Ο Ψιθυριστής

The Whisperer

Κατασκευή Εξωφύλλου: Εκδόσεις Μέθεξις
Επιμ. Έκδοσης: Εκδόσεις Μέθεξις

© Copyright Εκδόσεις Μέθεξις 2014
Κεραμοπουλου 5, Θεσσαλονίκη ΤΚ 546 22
Τηλ. - Fax: 2310-278301
e-mail: info@metheksis.gr
www.metheksis.gr

ISBN: 978-960-6796-60-9

Αριθμ. Έκδοσης 67

Αγγελική Μαραγκοπούλου

Ο Ψιθυριστής

Θεσσαλονίκη 2014

Πρόλογος

Η μηχανή «έφυγε» λίγο μπαίνοντας στη στροφή. Μάλλον είχε πολλή υγρασία στην άσφαλτο ή είχα πιει παραπάνω απ' όσο έπρεπε. Ο δρόμος ήταν άδειος και γκρίζος. Η διάθεσή μου ήταν, επίσης, άδεια και γκρίζα, απόλυτα σεταρισμένη με την ώρα και τον τόπο. Η Πειραιώς έχει μια μόνιμα καταθλιπτική ατμόσφαιρα τις καθημερινές κατά τις 04:00 το πρωί. Πάρκαρα τη μηχανή μου έξω απ' το Baby O, έβγαλα το κράνος και κατευθείαν άναψα ένα τσιγάρο. Η είσοδος του στριπτιτζάδικου διαθέτει έναν επιβλητικό φαλλό σε στύση, βαθύ μωβ. Πάντα μου άρεσε αυτή η διακόσμηση. Η παρακμή της με έκανε να αισθάνομαι όμορφα. Απορούσα αν είχε επιτυχία στους άντρες που επισκέπτονταν το μέρος. Αν ήμουν στη θέση τους, θα προτιμούσα μια χυμώδη, γυμνή γυναικεία κούκλα αντί για μια καλή εικόνα για το τι θα τους συνέβαινε στο εσωτερικό, μόλις έριχναν τα μάτια τους σε αυτά τα ομολογουμένως εξαίσια κυρίτσια, που θα γδύνονταν προς τέρψη των ματιών τους κι όχι μόνο.

«Καλησπέρα σας, κυρία μου». Ο ευγενέστατος πορτιέρης είχε πάψει να δείχνει έκπληξη από την παρουσία μου στο αμιγώς ανδρικό μαγαζί. Δε μίλησα. Με βαριά βήματα κατεύθυνα τις δωδεκάποντες μπότες μου προς την τουαλέτα. Το κεφάλι μου δεν ήταν πολύ καλά. Είχα πιει γύρω στο ενάμισι μπουκάλι ουίσκι και μερικές γραμμές κόκα, είχα τα νεύρα μου κι υπήρχαν αυξημένες πιθανότητες να θελήσω να πυροβολήσω άνθρωπο.

Έριξα λίγο νερό στο πρόσωπό μου και κοιτάχτηκα στον καθρέφτη. Μου φάνηκα, όπως πάντα, άθλια. Μαύροι κύκλοι σκίαζαν τα μάτια μου, το δέρμα μου ήταν αρρωστημένα χλωμό και το σώμα μου έμοιαζε έτοιμο να καταρρεύσει. Αυτή ήταν η λογική εξήγηση της κατάστασής μου, γιατί η κόκα με έκανε να αισθάνομαι άρχοντας, γαμάτη, στην κορυφή του κόσμου. Αλλά όλο αυτό είναι πλασματικό. Αισθάνεσαι γαμάτος αλλά ξέρεις πως δεν αισθάνεσαι έτσι από μόνος σου, πως μια χημική ουσία στο επιβάλλει.

Παρόλη την κατάντια της εικόνας μου, ακόμα περνούσα άνετα για ωραίο γκομενάκι. Βγήκα από την τουαλέτα με έναν αέρα θράσους, πήγα στο πρώτο τραπέζι μπροστά από την πίστα και ζήτησα ένα μπουκάλι ακόμα. Δίπλα μου μια αντροπαρέα γιόρταζε ένα bachelor party. Υπήρχε μια διακύμανση μεθυσιού στην ομάδα τους, από ελαφρύ έως τραγικό. Ένας από αυτούς κοιμόταν ήδη πάνω στον καναπέ. Οι υπόλοιποι ασχολούνταν με τις γυμνόστηθες κοπέλες στην πίστα. Το μαγαζί ήταν σχεδόν άδειο, εκτός από ένα γνωστό θαμώνα που χαλβάδιαζε διαφορετική Ρωσίδα κάθε βράδυ κι έναν καινούργιο που είχε πληρώσει ένα lap dance. Μάλλον ήταν Αλβανός, αν έκρινα από το σχήμα του κεφαλιού.

Το κινητό μου χτύπησε τρεις–τέσσερις φορές και το έκλεισα με εκνευρισμό. Ήπια μονορούφι δυο ποτήρια, άπλωσα τα πόδια μου πάνω στο τραπέζι κι άναψα τσιγάρο. Οι «bachelorettes» άρχισαν να μου δίνουν σημασία. Κυρίως λόγω των ποδιών, φαντάστηκα, που είναι πράγματι ιδιαζόντως μακριά. Ένας από αυτούς με κοιτούσε έντονα. Ήταν ομορφούλης, με θλιμμένα μάτια. Έσβησα το τσιγάρο πριν φτάσει στη μέση και σφύριξα στο σερβιτόρο: «Πες στον DJ να βάλει το *Red Right Hand* του Nick Cave».

Ανέβηκα στη σκηνή με αργές κινήσεις. Τα κορίτσια εξαφανίστηκαν στη θέα της τρελής που επιτέθηκε στον εργασιακό τους χώρο, συν ότι σκέφτονταν πως θα κέρδιζαν το μπόνους ενός πεντάλεπτου ησυχίας στα καμαρίνια. Οι καμπάνες της εισαγωγής του κομματιού ήχησαν σε πολλά ντεσιμπέλ. Οι άντρες του διπλανού τραπεζιού σταμάτησαν την παραπαίουσα διασκέδασή τους και καρφώθηκαν στον ατσάλινο στύλο. Κατέβασα το φερμουάρ της δερμάτινης φόρμας, αποχώρησα το μπουφάν από το παντελόνι κι άρχισα να χορεύω στο ρυθμό του Αυστραλού τραγουδιστή.

Ο άντρας που είχα βάλει στο μάτι με κοιτούσε με ανοιχτό στόμα. Έβγαλα με χάρη τις μπότες και τις πέταξα στο τραπέζι μου. Είχε χάσει τη συγκέντρωσή του. Ήπιε με μεγάλες γουλιές ένα αδιευκρίνιστο ποτό ενώ με κοιτούσε με ένα μπερδεμένο αλλά και φιλήδονο χαμόγελο. Τίναξα τα μαλλιά μου κάνοντας μια στροφή γύρω από το στύλο. Οι άντρες ζητωκραύγασαν με ενθουσιασμό. Η αλήθεια ήταν πως ήμουν καλή στο γδύσιμο. Είχα έμφυτο ταλέντο και την κορμοστασιά για να το υποστηρίξω. Συνέχιζε να με κοιτάζει λαίμαργα.

Μόλις τελείωσε το κομμάτι, κατέβηκα από τη σκηνή ακολουθώντας τις σκάλες μπροστά από το τραπέζι τους. Κάθισα στη θέση μου κι άρχισα να φοράω τα ρούχα μου που τα είχα πετάξει στρατηγικά στο σωστό σημείο. Λέγοντας ρούχα, εννοούσα όλα τα ρούχα, από τη μπλούζα μέχρι το μικροσκοπικό σλιπάκι. Έβαζα τις μπότες μου όταν ο άντρας με πλησίασε. Κρατούσε ένα μάτσο ευρώ. Το άφησε να σταθούν μπροστά μου στο ύψος των ματιών μου, σαν προέκταση του πέους του... Δε μίλησε. Τον κοίταξα στα μάτια και κατέβασα ένα ποτήρι ακόμα με μια ρουφηξιά. Σηκώθηκα αργά και τον έπιασα από το χέρι. «Τα καλύτερα πράγματα είναι τζάμπα. Θα έρθεις μαζί μου».

Κεφάλαιο 1

«Το όνομά μου είναι Άζρα. Είμαι 33 χρονών, αλκοολική, κο-
καϊνομανής, καπνίζω 50 τσιγάρα τη μέρα και δεν έχω απολύτως
κανέναν πάνω στον πλανήτη γη». Επανέλαβα το μάντρα μου
τρεις–τέσσερις φορές ακόμα, όπως κάθε πρωί τα τελευταία 15
χρόνια, με μοναδική αλλαγή το πεδίο της ηλικίας. Χρησιμεύει
σα χάρτης, σαν προσδιορισμός των συντεταγμένων. Με το κε-
φάλι που κουβαλάω και με τις ποσότητες χημικών ουσιών που
του έχω επιβάλει και συνεχίζω να του επιβάλω, είναι θαύμα το
πώς ανασυντάσσεται κάθε πρωί, είναι η αλήθεια. Όσο και να
προσπαθώ να σκοτώσω αυτόν τον εγκέφαλο, αυτός επιβιώνει.
Γέλασα πικρόχολα με τη σκέψη, κυρίως γιατί είχα συνείδηση
της κατάστασής μου, αλλά δεν έκανα τίποτα για να τη βελτιώσω.

Τεντώθηκα στη στενή αεροπορική μου θέση. Μετά από 18
ώρες και 43 λεπτά ταξιδιού, κάμποσες χιλιάδες ευρώ για τη
συντομότερη πτήση και στάσεις σε Φρανκφούρτη, Όσλο και
Τρόμσο, θα έφτανα επιτέλους στο Honningsvag. Στο βορειό-
τερο, κατοικούμενο άκρο της Νορβηγίας. Σε ένα βράχο, στο
τέλος της Ευρώπης. Στο τίποτα.

Ήμουν εξαιρετικά περίεργη για ποιο λόγο ο Ιερέας έμενε εκεί. Το δεδομένο είναι πως ο Ιερέας είναι πνευματικά ασταθής… από γέννας. Όμως και πάλι! Στο Honninsvag; Τι στην ευχή έκανε εκεί κάθε μέρα; Πιο περίεργη ήμουν για ποιο λόγο με κάλεσε.

«Κοίτα, Άζρα, είναι *απαραίτητο να έρθεις*». Η φωνή του έκανε διακοπές από το τηλέφωνο. Νορβηγικός χειμώνας.

«Αν υποσχεθείς να έχω προμήθειες σε ναρκωτικά, βότκα κι άνδρες, θα το σκεφτώ σοβαρά», του απάντησα μισο-αστεία, μισο-σοβαρά.

«Ουφ! Θα σε παρακαλούσα να μην κάνεις σαν κακομαθημένη πριμαντόνα. Απλά έλα. Τι στο καλό έχεις να κάνεις καλύτερο; Να μεθάς και να γυρνάς από ποτάδικο σε ποτάδικο στην Αθήνα; Και γαμώ!» Η φωνή του έσπασε. «ΕΛΑ».

«Μα τι με θέλεις;» επέμεινα.

«Ας πούμε ότι σε χρειάζομαι. Ας πούμε ότι πρέπει να κάνω κάτι που δε γίνεται χωρίς εσένα».

Αν κάποιος ήξερε τον Ιερέα, θα καταλάβαινε πως αυτό το ξέσπασμα αντιστοιχούσε σε ό,τι πιο αναλυτικά περιγραφικό και συναισθηματικό θα μου απευθυνόταν στη διάρκεια μιας ολόκληρης ζωής από τη συγκεκριμένη οντότητα. Έτσι ξεκίνησα…

Για να γίνω πιο σαφής, ο Ιερέας δεν ήταν φίλος μου. Ήταν περισσότερο ένας ψυχρός άντρας, με ασκητική, μακρόστενη μορφή, που με βοήθησε σε διάφορες φάσεις της ζωής μου, πιθανότατα επειδή δεν το κατάλαβε πως με βοηθούσε, πιθανότατα κατά λάθος. Στις 23 Φεβρουαρίου του 1989, με βρήκε μέσα στα χαλάσματα ενός διαλυμένου αεροσκάφους της *Cyprus Airways*, το οποίο συνετρίβη στην Κρήτη καθ' οδόν για Αίγυπτο. Όλοι οι επιβάτες και το πλήρωμα ήταν νεκροί. Εγώ δε θυμόμουν *τίποτα*, δεν ήμουν μέσα στη λίστα επιβατών και δεν είχα διαβατήριο. Υπήρχε μόνο μια κάρτα στην τσέπη μου που έγραφε: «Άζρα, 6 Ιουνίου 1976» στα ελληνικά και μια βαλίτσα με 2 δις δραχμές σε ομόλογα. Κανένας δε με αναζήτησε ποτέ και κανένας δε με θυμόταν στην περιοχή. Δεδομένου πως μιλούσα ελληνικά, υπέθεσαν πως είμαι Ελληνίδα. Πολύ σκούρα για Ελληνίδα αλλά μάλλον Ελληνίδα. Έμοιαζα γύρω στα 13-14. Έτσι, την ημερομηνία στην κάρτα αποφάσισαν να τη θεωρήσουν ως ημερομηνία γέννησης.

Ο Ιερέας ήταν τότε ορθόδοξος παπάς σε ένα κοντινό χωριό, την Αγία Γαλήνη. Ήταν γύρω στα 30. Άκουσε τον εκκωφαντικό κρότο της πρόσκρουσης κι ανέβηκε στο λόφο να δει τι συνέβη. Με βρήκε αναίσθητη, με τη βαλίτσα αγκαλιά, ένα σπασμένο πόδι κι ανοιγμένο κεφάλι. Από την έκπληξη δεν άνοιξε τη βαλίτσα. Γνωρίζοντάς τον, μπορώ να πω με σιγουριά πως δε θα ήμουν τόσο πλούσια, εάν σκεφτόταν να ανοίξει τη βαλίτσα, σε αντίθεση με αυτόν. Μάλλον ακόμα μισεί τον εαυτό του για αυτό. Είναι ένας εγωπαθής κι υλιστής διαβολάκος στο κάτω-κάτω. Δέχθηκε να μείνω μαζί του μέχρι τα 18. Ουσιαστικά ήταν σα να μου νοίκιαζε ένα δωμάτιο κι ένα επώνυμο. Δεν μπλέχθηκε στα πόδια μου ποτέ, με εξαίρεση κάποιες κρίσεις κηρύγματος, όταν έκανα κάτι έξω από τα δεδομένα του. Δε μου την έπεσε, δε με κοιτούσε στα μάτια. Ειλικρινά, πιστεύω πως εάν εξαφανιζόμουν, πιθανότατα δε θα το παρατηρούσε, μέχρι να του το επισημάνει κάποιος κουτσομπόλης από το χωριό. Μόλις έκλεισα –θεωρητικά- τα 18, σύμφωνα με την αποφασισμένη ημερομηνία γέννησής μου, απαλλάχθηκε από την κηδεμονία μου κι απλά σηκώθηκε κι έφυγε.

Τότε πήρα τα λεφτάκια μου κι ανέβηκα στην Αθήνα. Αφοσιώθηκα στο να σπουδάζω Φυσική και να καταστρέφω τον εαυτό μου, ανεπιτυχώς βέβαια, αλλά ομολογώ πως έκανα φιλότιμες προσπάθειες. Ενίοτε προσπάθειες-υπερπαραγωγή. Η ανεξάντλητη πηγή χρημάτων μου μού επέτρεπε να έχω τα «καλύτερα». Τους καλύτερους dealers, την καλύτερη κόκα, το καλύτερο αλκοόλ, τα καλύτερα αγόρια, τα καλύτερα ξενοδοχεία, τα καλύτερα ταξίδια, τα καλύτερα αμάξια. Παραταύτα, *ποτέ δεν περνούσα καλά.* Μπορώ να πω πως δεν έχω υπάρξει ευτυχισμένη, ή σωστότερα ούτε καν χαρούμενη, ούτε μια στιγμή στη ζωή μου. Το μόνο πράγμα που με κρατάει και δε φυτεύω μια σφαίρα στο κεφάλι μου είναι το ότι είμαι τελείως *χέστρα για κάτι τέτοιο,* ότι σιχαίνομαι τους μελοδραματισμούς, ότι δε θα έρθει κανείς στην κηδεία κι ότι θα πάνε χαμένα τόσα λεφτά, ενώ μπορώ να τα φάω κάλλιστα σε πρώτης ποιότητας κοκαΐνη κατευθείαν από την Κολομβία. Ξαναγέλασα πικρόχολα. Ο διπλανός μου με κοίταξε με την άκρη του ματιού του καχύποπτα. Σίγουρα ανησυχούσε για την πνευματική μου υγεία, έτσι όπως γελούσα και μουρμούριζα στον εαυτό μου.

Η προσγείωση ήταν ανώμαλη. Αναμενόμενο. Το αεροδρόμιο Valan, δεν είναι και τελευταίας κατασκευαστικής τεχνολογίας. Εκνευρίστηκα μόνο και μόνο στη σκέψη πως: α) είχα μπροστά μου 5 μήνες *σχεδόν νύχτας* και β) αυτό το σκατομέρος μάλλον θα απαιτούσε να κυκλοφορώ με snowmobile αντί με το αγαπημένο μου τετράτροχο.

«Δεσποινίς!» είπα στριγκά στην αεροσυνοδό. «Μπορείτε να ξεμαγκώσετε τη γαμο-πόρτα ώστε να πάρω τα γαμοπράγματά μου και να κατέβω από το γαμημένο σας σαράβαλο;» Η ευγενέστατη αεροσυνοδός, που σημειωτέον με είχε ανεχθεί σε όλη τη διάρκεια της πτήσης με ιώβειο υπομονή κι ένα γλυκύτατο χαμόγελο, δεν είπε κουβέντα. Οι συνεπιβάτες με κοίταζαν ενοχλημένοι. Όσο δεν κάπνιζα, τόσο χειρότερη γινόμουν.

«Λίγο πιο γρήγορα αν θέλετε να κουνήσετε τον τεράστιο κώλο σας», πρόσθεσα. Είμαι σίγουρη πως το νεαρό κορίτσι ανακουφίστηκε μόλις ξεκουμπίστηκα. Πιθανότατα δεν είχε δεχθεί ποτέ τόση λεκτική βία σε τόσο λίγο χρονικό διάστημα. *«Δε γαμιέται κι αυτή και το ολόισιο χαμόγελό της»*, σκέφτηκα με ένα τσίμπημα ζήλιας για την όμορφη Νορβηγίδα.

Βγήκα σκυθρωπή από το αεροπλάνο, ο Θεός να το κάνει, από αυτό το Smart με φτερά, τέλος πάντων. Κατευθύνθηκα στις γυναικείες τουαλέτες. Βούρτσισα λίγο τα μαλλιά μου κι έπλυνα τα δόντια μου. Εντάξει, είχα να δω τον Ιερέα γύρω στα 7 χρόνια. Δεν ήταν σωστό να είμαι και τελείως αφρόντιστη! Μπορεί να είχα να κάνω μπάνιο 2 μέρες, αλλά αυτό ποτέ δεν ήταν πρόβλημα με εμένα. Μύριζα καμένη ζάχαρη και βανίλια από φυσικού μου. Ποιος ξέρει τι είδους χημικές αλλαγές είχαν επέλθει στον οργανισμό μου μετά από τόσες ντρόγκες που… απλώς δε μύριζα άσχημα. *«Χα! Ίσως να μπορούσα να το πουλήσω αυτό!»* σκέφτηκα. Τράβηξα μια γραμμούλα, σκούπισα προσεκτικά τη μύτη μου για να απομακρύνω τυχόν ίχνη της άσπρης σκόνης και βγήκα. Η καθαρίστρια, μια γιγαντιαία, κάτασπρη Βορειοευρωπαία, μου έριξε ένα βλέμμα απέχθειας.

Ο Ιερέας καθόταν σε ένα τραπεζάκι κι έπινε τον καφέ του. Δε με είχε αντιληφθεί. Πάντα ήταν όμορφος άντρας, αλλά ο χρόνος δεν είχε περάσει καλά από πάνω του. Τα μαλλιά του είχαν αραιώσει και μια μικρή σαμπρέλα είχε εγκατασταθεί γύρω από τη μέση του. *«Γερνάς…»*, σκέφτηκα με μια τρυφερότητα, που δεν έχω ιδέα από πού στην ευχή προήλθε. Κατεύθυνα και τους 185 πόντους μου προς τον Ιερέα, τινάζοντας τα μαύρα μαλλιά μου προς τα πίσω. Πουτανιές! Ποτέ δε μου είχε κάτσει καλά ότι δε μου χάρισε ούτε ένα αντρικό βλέμμα τόσα χρόνια. Με κοίταξε με κενά μάτια. Σηκώθηκε βαριεστημένα και με αγκάλιασε ψυχρά, σαν πάγος νορβηγικός.

«Καλώς ήρθες».

«Καλώς σας βρήκα», απάντησα.

«Χμ! Πόσα κιλά έχεις μείνει; 20;» μου ανταπάντησε επικριτικά. «Δεν τρως...».

«Μιχαήλ! Δεν είσαι μαμά μου και δεν πείθεις στο ρόλο. Είμαι 65 κιλά, ευχαριστώ πολύ για το ενδιαφέρον. Τρώω μια χαρά, αν και τώρα θα προτιμούσα ένα ουίσκι για να είμαι ειλικρινής», είπα με το θράσος του πρώτου κύματος *ανεβάσματος* της κοκαΐνης. «Είχαν όριο στο αεροπλάνο. Μου έδωσαν μόνο 300ml αλκοόλ», γκρίνιαξα ειλικρινά.

«Πάμε να σε ποτίσω, Άζρα», είπε θλιμμένα και πολύ, πολύ, πολύ κουρασμένα.

Στριφογύρισα το ουίσκι στο ποτήρι, κοίταξα το χρώμα του κι οι σιελογόνοι αδένες μου γέμισαν υλικό. Δεν ήπια ακόμα, με τυραννούσα λιγάκι, γιατί αυτό το παιχνίδι με κάνει να αισθάνομαι τη μικρή ηδονή που νιώθεις όταν πειράζεις ελαφρά μια πληγή, ελαφρά όμως και με τη γνώση του τετελεσμένου, με τη γνώση πως θα πιεις απλά σε 5-10 δευτερόλεπτα. Κατέβασα δύο απανωτές, τεράστιες γουλιές κι *αμέσως* ήμουν καλύτερα. Ήμουν φυσιολογική. Είχα διαθέσιμο το 60% του μυαλού μου, ετοιμοπόλεμο και κοφτερό μπορούσα να ακούσω. Άναψα το πρώτο από τα 50 Prince της σημερινής ημέρας.

14

«Λοιπόν, ήρθα. Σειρά σου τώρα, Μιχαήλ», είπα πιο δυνατά από ό,τι θα έπρεπε. Οι σιωπηλοί και συνήθως κλεισμένοι στον εαυτό τους Νορβηγοί θαμώνες του μικρού μπαρ με στραβοκοίταξαν. Ήταν ένα ζεστό, μικρό μπαράκι λίγο έξω από την πόλη. Σέρβιραν καθαρά ποτά, όπως αποφάνθηκε το χημείο που έχω εγκατεστημένο στο κεφάλι μου, σε ωραία κρυστάλλινα ποτήρια με πετσετούλα. Ο μπάρμαν ήταν ψηλός, γέρος κι άσπρος. Μου θύμιζε λιγάκι το Λώρας στη Μαβίλη.

«Πάρε μια ανάσα πρώτα. Πιες λιγάκι», ψιθύρισε απρόθυμα.

«Μιχαήλ! Άφησα στην Αθήνα έναν εικοσιεπτάχρονο, απίστευτα όμορφο γκόμενο, πολύ και καλό σεξ, την άκρη μου και το σπίτι μου. Έστω, το δωμάτιο του ξενοδοχείου. Θα μου πεις *γιατί ήρθα ή θα παίξουμε την κολοκυθιά;*» είπα εκνευρισμένα.

Ο Ιερέας άλλαξε θέση αμήχανα και κοίταξε γύρω του, σα να περίμενε κάποιον να τον σώσει. «*Για να σε δω να μιλάς τώρα!*» σκέφτηκα χαιρέκακα. Ήξερα καλά την εξ ορισμού δυσκολία του να εκφράζεται κι ομολογώ πως το διασκέδαζα λιγάκι.

«Η κατάσταση δεν περιγράφεται εύκολα… Στο ελάχιστο…», είπε δειλά, κομπιάζοντας. Στριφογύρισε το κομποσκοίνι του, το οποίο ήταν πάντα δεμένο στο χέρι του. Ο Ιερέας είχε πάψει να είναι παπάς από τότε που έφυγε από την Κρήτη. Απλά παραιτήθηκε μόλις με παράτησε. Φαντάστηκα πως θα πέρασε 2-3 χρόνια στη Βραζιλία πηδώντας ό,τι κινείται σε χαμηλές τιμές, ομολογουμένως, αλλά μετά από καιρό έμαθα πως είχε «ξεχειμωνιάσει» σε ένα ορφανοτροφείο στην Γκάνα. Είχα μείνει άφωνη, γιατί δεν τον είχα ικανό. Το κομποσκοίνι του από το Άγιο Όρος, όμως, το είχε πάντα πάνω του. Όταν το άγγιζε, σήμαινε πως, εάν ήταν φυσιολογικός άνθρωπος, θα είχε πάθει τουλάχιστον εγκεφαλικό από το άγχος.

«Υπάρχει ένας μεγάλος κίνδυνος… Για όλους μας… Για όλο τον κόσμο εννοώ», κατόρθωσε να αρθρώσει ξέπνοα, κοιτώντας δεξιά κι αριστερά και φυσικά όχι εμένα.

«Ελπίζω να μη θες να μου πεις για την οικολογική καταστροφή, το λιώσιμο των πάγων και την αύξηση της θερμοκρασίας», του έφτυσα καταπρόσωπο. Η κόκα και το ουίσκι άρχισαν να με κάνουν εριστική.

«Όσον αφορά εμένα, αυτός ο πλανήτης μπορεί να πάει στο διάολο από αυτή τη στιγμή κιόλας. Στα αρχίδια μου!» είπα προκλητικά.

«Μη μιλάς έτσι σου έχω πει και δεν έχεις αρχίδια! Οπότε σταμάτα να χρησιμοποιείς τα γεννητικά όργανα ενός άλλου ζώου!»

«Θα μου πεις τι συμβαίνει ή να σηκωθώ να φύγω; Σε δυο λεπτάκια θα έχω κλείσει πτήση επιστροφής, δεν τρέχει τίποτα», αντέταξα σχεδόν οργισμένη. Τα μάτια μου είχαν πεταχτεί απ' τις κόγχες τους, το πρόσωπό μου είχε τραβηχτεί προς τα πίσω κι η καρδιά μου έπαιζε αφρικανικούς ρυθμούς.

«Είσαι τόσο όμορφη και φαίνεσαι τόσο άσχημη με αυτά τα σκατά που παίρνεις… Γαμώτο μου, Άζρα! Είχα ξεχάσει πόσο με καταθλίβει αυτή η όψη, αυτό το προσωπείο πάνω σου…», είπε θλιμμένα.

«Χα χα!» κάγχασα. «Σιγά μη σε ένοιαζε ποτέ!» είπα χαμηλόφωνα. Πέταξα ένα χαρτονόμισμα στο τραπέζι κι άρχισα να μαζεύω τα πράγματά μου.

«Έλα τώρα, μην κάνεις σα νιάνιαρο. Είσαι 40 χρονών γυναίκα!»

«Τριάντα τριών είμαι και μη με νευριάζεις περισσότερο», του είπα στοχεύοντας τα μάτια του. Φυσικά απέστρεψε το βλέμμα σε κλάσματα του δευτερολέπτου.

«Κοίτα Άζρα, αυτό που πρέπει να σου πω δεν είναι εύκολο... Δεν είναι εύκολα πιστευτό τουλάχιστον... Μάλλον πρέπει να το δεις με τα μάτια σου».

«Θα ήθελες να γίνεις *λιγάκι πιο σαφής;*» είπα ξαναψάχνοντας τα μάτια του. Δε καταλάβαινα ποτέ, γιατί όλοι αποφεύγουν τη ματιά μου.

«Γίνεται ένας πόλεμος... Ένας μεγάλος, σιωπηλός πόλεμος», είπε ξεψυχισμένα. «Ένας πόλεμος με πολλά θύματα, που πρέπει να τελειώσει, όσο γίνεται πιο σύντομα, πριν πάμε όλοι στο διάολο».

«Θα ξαναναφερόμουν στα γεννητικά όργανα του συμπαθέστατου διπόδου», άρχισα πάλι να επιτίθεμαι.

«Περίμενε, περίμενε», συνέχισε απρόθυμα.

Με το πρόσωπό του τραβηγμένο, λες και πονούσε φρικτά, για πρώτη φορά στα 20 χρόνια που τον ήξερα, στύλωσε τα μάτια του στα δικά μου, με τόση ένταση, που νόμιζα πως θα με έκαιγαν.

«Είναι ένας πόλεμος που μόνο εσύ μπορείς να τελειώσεις...».

Κεφάλαιο 2

Ήπια με μια γουλιά το υπόλοιπο ουίσκι. Η ένταση από το γεγονός πως *για πρώτη φορά στη ζωή μου κάποιος με κοίταξε στα μάτια* και μάλιστα αυτός ο κάποιος ήταν ό,τι κοντινότερο είχα σε οικογένεια, με είχε ισοπεδώσει. Σχεδόν δεν άκουσα τα λεγόμενά του, σχεδόν τα μπλόκαρα με μηδαμινή προσπάθεια.

«Μιχαήλ, τι συμβαίνει; Στα αλήθεια, τι *συμβαίνει;*» είπα χαμηλόφωνα. Αισθανόμουν μόνη, παγωμένη και τελείως άδεια.

«Θέλω να μου έχεις εμπιστοσύνη. Θα σου τα εξηγήσω όλα ή μάλλον θα στα δείξω όλα. Απλά αυτό θα πρέπει να γίνει σε 2 μέρες. Κάτι σοβαρό έχει προκύψει. Φεύγω σε μισή ώρα με την επόμενη πτήση», ολοκλήρωσε με έναν αέρα τύψεων.

«Πλάκα μου κάνεις;» κατόρθωσα να αρθρώσω. «Τι σημαίνουν όλα αυτά; Γιατί μου το κάνεις αυτό;» του είπα με πραγματική ανησυχία στη φωνή μου. Τίποτα... Η κόκα δεν έκανε τίποτα... Ήταν σαν αυτό το βλέμμα να με είχε βγάλει από τις διαστάσεις που ήξερα.

«Σου υπόσχομαι πως όλα θα τα καταλάβεις μόλις γυρίσω. Θέλω να πας στο ξενοδοχείο που σου έχω κλείσει, να ξεκουραστείς και να είσαι ασφαλής για 2 μέρες. Μόνο σε παρακαλώ, μην κάνεις σεξ με όποιον βρεις μπροστά σου και μην είσαι φωναχτά η Άζρα. Δε νομίζω να το αντέξει το μέρος. Είναι απλώς ένα μικρό χωριό στο κάτω-κάτω», είπε γελώντας και προφανώς προσπαθώντας να διασκεδάσει την κατάσταση, ανεπιτυχώς φυσικά.

«Ξέρεις πως δεν εμπιστεύομαι κανέναν, ούτε τον εαυτό μου... Ή, μάλλον, κυρίως τον εαυτό μου», του είπα ψυχρά.

«Πρέπει να προσπαθήσεις, Άζρα. Στο ζητάω σα μία και μοναδική χάρη. Κάνε 2 μέρες υπομονή. Μετά θα τα μάθεις όλα και, εάν το θελήσεις, θα μας βοηθήσεις».

«Μας βοηθήσεις;» τον κοίταξα απορημένη.

«Είμαστε πολλοί, Άζρα. Πάρα πολλοί κι όλοι στηριζόμαστε σε εσένα...». Σηκώθηκε απότομα βάζοντας αυτόματα τέρμα στη συζήτηση. «Πρέπει να φύγω. Τώρα. Εσύ πρέπει να πας να κοιμηθείς, να ξεκουραστείς λιγάκι;» Δεν ήταν πρόταση, ήταν ερώτηση. «Σε παρακαλώ, να προσέχεις μέχρι να έρθω. Θα σε βρω εγώ στο ξενοδοχείο». Δεν τον είχα δει τόσο εξαντλημένο σε όλη μου τη ζωή.

Δεν είπα κουβέντα. Συμφώνησα με ένα συγκαταβατικό βλέμμα, απλά. Μου έδωσε μια κάρτα με τη διεύθυνση του ξενοδοχείου κι απομακρύνθηκε με αργά, βαριεστημένα βήματα. Ήταν περίεργο! Ποτέ δεν είχα συνειδητοποιήσει πόσο ψηλός κι επιβλητικός ήταν!

Το ξενοδοχείο ήταν συμπαθητικό. Το δωμάτιό μου έμοιαζε με καμπίνα ψαρά, όλα τα έπιπλα ήταν από σουηδικό ξύλο και τα υφάσματα είχαν γελοία καρό σχέδια. Φυσικά έκανε πολύ κρύο κι ομολογώ πως αυτό το διαρκές βραδάκι, αυτό το μόνιμο λυκόφως με έκανε να αισθάνομαι λιγάκι άβολα και περίεργα. «*Δε βαριέσαι! Περισσότερος χρόνος για αμαρτίες*», σκέφτηκα. Ταιριάζουν πιο πολύ στη νύχτα. Όχι πως το φως της ημέρας με είχε ποτέ αποθαρρύνει στο παρελθόν.

Άναψα ακόμα ένα τσιγάρο. Είχα αγχωθεί όσον αφορά στο απόθεμα της κοκαΐνης μου. Σκέφτηκα πως θα χρειαστεί να κάνω λίγη οικονομία, τουλάχιστον μέχρι η *άκρη* μου να μου παραδώσει εδώ πάνω. Όταν πληρώνεις καλά, ο dealer σου σε βρίσκει ακόμα και στην άκρη του κόσμου. Νταραβέρια στη Νορβηγία! Νομίζω πως, εάν τα κατάφερνε ο «δικός» μου, θα έκανε επίσημα την είσοδό του στην... παγκοσμιοποίηση. Γέλασα χαμηλόφωνα. «*Άζρα, είσαι πάντα μια πρόκληση*», μου είχε πει πριν φύγω από την Αθήνα και μόλις του αποκάλυψα τι ήθελα και κυρίως πού το ήθελα. «*Σκατά πρόκληση*», σκέφτηκα.

Έκανα ένα μπάνιο, κατέβασα ακόμα ένα ουίσκι και σνίφαρα μια γραμμή. Τέντωσα το λαιμό μου και κοίταξα το άσπρο τοπίο από το παράθυρο. «*Δεν είναι και πολύ άσχημα*». Ο χειμώνας δεν ήταν τόσο βαρύς, όσο φανταζόμουν πως θα ήταν σε ένα τόσο βόρειο σημείο του κόσμου. Ήταν χιονισμένα φυσικά, αλλά δε φυσούσε κι όλα ήταν ήρεμα, γαλήνια και σκοτεινά. 12 ώρες τώρα...

Αποφάσισα να βγω μια βόλτα για να δω τι έχει να προσφέρει το μέρος. Με έτρωγε μια *αγωνία* κι όχι απλή περιέργεια για το τι θα μάθαινα σε 2 μέρες. Όπως είναι χαρακτηριστικό μου, δεν ήθελα να αναλύσω στο μυαλό μου τι είχε συμβεί. Ποτέ δεν το άντεχα αυτό, την ανάλυση. «*Δειλή*». Προτιμούσα να προσποιηθώ πως όλα είναι εξίσου αδιάφορα, μάταια κι απλά, όσο ήταν πριν, ας πούμε, 10 μέρες. Πριν το τηλέφωνο του Ιερέα, πριν το ταξίδι, πριν τη γεμάτη αινίγματα κι ένταση κουβέντα μας. Προτιμούσα να το παίξω πλούσια κληρονόμος, που βαριέται οικτρά σε νορβηγικό θέρετρο.

Στάθηκα μπροστά στον καθρέφτη με το τσιγάρο στο στόμα. Χάιδεψα τα πυκνά τατουάζ στα μπράτσα και τα πλευρά μου. Φόρεσα ένα στενό τζιν, ένα μαύρο αμάνικο (!) πουλόβερ, χοντρές μπότες για το χιόνι, ένα τεράστιο μπουφάν και βγήκα. Το Aurora Borealis ήταν απίστευτα όμορφο.

Η ώρα ήταν 10 το βράδυ. 22:00. Έπρεπε να υπενθυμίζω στον εαυτό μου την ώρα σε στρατιωτικό format, για να συνειδητοποιώ την *πραγματική* ώρα. Εάν εμπιστευόσουν τα μάτια σου, ήταν μόνιμα έξι η ώρα το απόγευμα κι ήσουν στη... Σκωτία, όσον αφορά το φως. Είμαι σίγουρη πως τα μικρά παιδιά θα χαίρονταν με ένα σωρό ντόπιες ιστορίες φαντασμάτων και ξωτικών. Το τραβούσε η τοποθεσία. Ήμουν, επίσης, σίγουρη πως το καλοκαίρι δε θα ήταν ακριβώς Κόπα καμπάνα ή Αιγαίο.

Οι δρόμοι παραδόξως δεν ήταν άδειοι. Φαίνεται πως οι Χονινγκσγκαρντιανοί ή όπως τους έλεγαν τέλος πάντων, ήταν έξω καρδιά. Σκάλιζαν τα φυτά τους, καθάριζαν τις αυλές από το χιόνι, μιλούσαν με το γείτονα. Φυσικά, όλοι ανεξαιρέτως χάζευαν το καινούργιο ζώο της πόλης – εμένα δηλαδή- καθώς περνούσα δίπλα στα κουκλίστικα δρομάκια των εξίσου κουκλίστικων σπιτιών τους. «*Ο Ιερέας με μισεί! Είναι ξεκάθαρο! Θέλει να με ξεκάνει. Για αυτό με έφερε σε αυτό το γλυκανάλατο και βαρετό μέρος*», σκέφτηκα εκνευρισμένη.

Συνέχισα παρόλ' αυτά να περπατάω προς την παμπ. Λέω την παμπ, γιατί, σύμφωνα με τον τύπο της ρεσεψιόν, σε αυτό το μέρος πήγαιναν όλοι. Όταν λέμε όλοι, εννοούμε όλοι οι άντρες. Προφανώς οι Νορβηγίδες δε γούσταραν και πολύ τα αρσενικά τους και τους ξαπόστελναν, ώστε να μείνουν μόνες στο σπίτι και να τα πιουν με τις φίλες τους. Εγώ γηγενείς φίλες δεν είχα, ακόμα τουλάχιστον, οπότε η προοπτική μιας βραδιάς πλεξίματος, λίτρων βότκας και Madrugada δεν ήταν στο πρόγραμμα. Τι μου απόμεινε λοιπόν; Μια προσπάθεια να προσεγγίσω τον ανδρικό πληθυσμό της πόλης. Αυτοί δύσκολα αντιστέκονταν στην κοινωνικότητά μου κι έτσι θα είχα λιγότερες πιθανότητες να περάσω τη νύχτα μόνη μου. Ή την αυριανή. Μέχρι να γυρίσει ο Ιερέας εν πάση περιπτώσει και να πάμε να πολεμήσουμε τον άγνωστο εχθρό. «*Ήμαρτον!*» σκέφτηκα με ένα ψήγμα αμφισβήτησης για πρώτη φορά από εκείνο το πρωί.

Άνοιξα την πόρτα και μπήκα στη ζεστασιά της παμπ. Το μέρος ήταν καλούτσικο. Αποφάνθηκα ρίχνοντας μια ματιά γύρω. Φυσικά, οι τύποι που έπιναν τα ποτά τους εκεί μέσα, ξανάπαιξαν τη σκηνή που είχα ζήσει άπειρες φορές στη ζωή μου κατά την είσοδό μου σε παρόμοιου τύπου ποτοπωλεία. Σταμάτησαν να μιλούν και με παρακολουθούσαν. «*Δεν έχεις ξαναδεί γυναίκα;*» έφτυσα απότομα στον κοντινότερο θαμώνα, ένα μεσήλικα, χοντρό κύριο. Με βλέμμα τσαντισμένο προχώρησα προς το εσωτερικό. Έβγαλα το μπουφάν μου και κάθισα στο μπαρ κοιτάζοντας την πόρτα. Αυτόματα όλοι συνέχισαν τις κουβέντες τους, αλλά είχαν και το νου τους σε εμένα με την άκρη του ματιού τους. «*Είστε μικροί κουτσομπόληδες λοιπόν!*» σκέφτηκα με χαρά. Θα μπορούσα να εξασκηθώ στο αγαπημένο μου σπορ, τέτοιο εγωκεντρικό και ναρκισσιστικό τέρας που είμαι. Θα μπορούσα να επιδείξω τον εαυτό μου.

Άναψα ένα τσιγάρο. Φυσικά όλοι με στραβοκοίταξαν. Ο μπάρμαν με πλησίασε. «Εμ! Κυρία μου, ξέρετε, δεν επιτρέπεται το κάπνισμα σε δημόσιους χώρους». Είχε πραγματικά τύψεις που μου έλεγε κάτι τέτοιο. Τελικά οι Νορβηγοί ήταν γλυκούτσικοι.

«Έλα τώρα, μεγάλε! Θα σας κάνω ένα ωραίο ανατολίτικο χορό προς το τέλος της βραδιάς -βυζάκια έξω- και θα είμαστε πάτσι, ναι; Τι προτιμάς να φύγω και να πήξετε στην τεστοστερόνη ή να μείνω και να διασκεδάσουμε μια χαρά; Ε; Τι λες;»

Ο γλυκύτατος σαραντάρης γίγαντας κόντεψε να πάθει ανεύρυσμα από την ντροπή του. Μάλλον δεν του είχε ξανατύχει τέτοια αθυροστομία κι ελευθεριότητα. Πάντα διασκέδαζα με αυτό. «Ε..εεεντάξει κυρία μου. Όπως θέλετε», απάντησε γρήγορα–γρήγορα. Είχε το ύφος του ανθρώπου που θέλει να εξαφανιστεί, να ανοίξει η γη να τον καταπιεί.

«Πώς σε λένε;» τον ρώτησα.

«Όσμπιον», απάντησε τόσο ντροπαλά, που καταντούσε λυπηρό για έναν τόσο μεγαλόσωμο άντρα.

«Λοιπόν, Όσμπιον... Έχεις παιδιά σωστά;»

«Ναι. Δδδύο».

«Να τα χαίρεσαι! Άκου, είμαι καλό παιδί. Δε θα σας ενοχλήσω, θα πιω τα ποτάκια μου ήσυχα-ήσυχα. Απλά πίστεψέ με, θα είμαι πολύ μεγαλύτερη φασαρία, εάν δε με αφήσεις να καπνίσω. Βέβαια, εάν πραγματικά το θέλεις, θα φύγω απλά κι ήρεμα».

«Οοοχι κυρία μου. Εντάξει. Καπνίστε όσο θέλετε. Τι να σας φέρω;» μου είπε κοιτώντας τα παπούτσια του.

«Μια βότκα. Σκέτη».

«Έχω 20 είδη βότκας. Ποια θέλετε;» Εξακολουθούσε να κοιτάζει τα παπούτσια του, μόνο που τώρα είχε κοκκινίσει τόσο πολύ, που ανησυχούσα.

«Όποιο σου αρέσει εσένα πιο πολύ. Κάν' το ένα μπουκάλι. Άσ' το εδώ δίπλα, σε παρακαλώ».

Μόλις κατέβασα την πρώτη γουλιά από αυτό το αληθινό βάλσαμο που μου έφερε ο Όσμπιον, η πόρτα άνοιξε με ένα μεγάλο θόρυβο. Είχε αρχίσει ένα είδος χιονοθύελλας εν τω μεταξύ και χοντρές νιφάδες στροβιλίστηκαν στην είσοδο για μερικά δευτερόλεπτα. Μια πραγματικά πανύψηλη, στρογγυλή και κατάξανθη πενηντάρα μπήκε με φασαρία. «Τι κάνουν τα αγόρια μου;» φώναξε με μια στεντόρεια και μπάσα φωνή. «*Ωραία! Mediterraneo*», σκέφτηκα. Όλοι, μηδενός εξαιρουμένου, απάντησαν χαρωπά στην κυριούλα. «Το μωρό μου; Τι κάνει το μωρό μου;» είπε και πάλι δυνατά, απευθυνόμενη στον Όσμπιον. Τον πλησίασε, του τσίμπησε τον κώλο και του έδωσε ένα υγρό φιλί στα χείλη. «Καλά, Γκαμπριέλα», απάντησε και πάλι ντροπαλά ο μπάρμαν. «*Ευτυχώς είναι γενικώς χαμηλών τόνων. Φοβήθηκα πως μετέτρεψα τον Viking σε λοβοτομημένο, νεαρό αγόρι*». Προφανώς, τα δύο παιδιά τα είχε με την Γκαμπριέλα. Δεν τον κάκιζα. Η γεροδεμένη γυναίκα φαινόταν γεμάτη χυμούς. Έμοιαζε πιο θερμή κι από εικοσάχρονη Βενεζολάνα μιγάδα.

«Γεια σου, κούκλα!» είπε βγαίνοντας από τη μπάρα. Κάθισε δίπλα μου έξω από το μπαρ. «Είμαι η Γκαμπριέλα. Για τους φίλους, Γκαμπριέλα. Πώς από τα παγωμένα μέρη μας;» φώναξε κλείνοντάς μου το μάτι.

«Με λένε Άζρα». Χρειάστηκε να κρατηθώ για να μη συνεχίσω το μάντρα «*Είμαι 33 χρονών. Είμαι αλκοολική...*».

Της έδωσα το χέρι μου. Το έσφιξε με μια όμορφη ειλικρίνεια. «Διακοπές».

«Χα χα! Διακοπές εδώ; Από όλα τα μέρη του κόσμου, εδώ;» Φάνηκε να μη με πιστεύει. «Έλα τώρα, γλύκα. Πες μου αλήθεια, γιατί είσαι εδώ;»

Τώρα θα μου τύχαιναν όλοι οι περίεργοι. Αντί να κάτσουν στα αυγά τους, θέλανε με το καλημέρα, ή μάλλον με το καλησπέρα, να μάθουν τα πάντα. «Είμαι φίλη του Μιχαήλ Α.», είπα ήρεμα. «Με είχε καλέσει άπειρες φορές και τελικά μου δόθηκε η ευκαιρία κι ήρθα. Να σε κεράσω μια βότκα;»

«Αυτό θα ήταν ό,τι πρέπει», μου απάντησε χαμογελώντας. Τα μάτια της σχημάτιζαν τις μικρές ρυτίδες γύρω από τα μάτια, τις οποίες λατρεύω στις γυναίκες. Το φωτοστέφανο σοφίας. Είχε όμορφο πρόσωπο και τόσο άσπρο δέρμα. Τα μάτια της ήταν έντονα πράσινα, αμυγδαλωτά, σαν ξωτικού, με τεράστιες, σχεδόν άσπρες, βλεφαρίδες. Να και κάποιος που δε χρειαζόταν make-up.

«Όσμπιον, πες στο κορίτσι πως κερνάς το μπουκάλι!» είπε αυστηρά. Γυρίζοντας σε εμένα ξεστόμισε δυνατά για να την ακούσουν όλοι. «Δε φαντάζομαι να περιμένεις να πληρώσεις την πρώτη μέρα που πάτησες στο χωριό μας. Ελπίζω *Αυτοί οι γάιδαροι εδώ μέσα να σε είχαν ήδη ενημερώσει για αυτή την πρακτική της φιλοξενίας μας».* Όλοι, μηδενός εξαιρουμένου, μαζεύτηκαν στις θέσεις τους. «Το φαντάστηκα», είπε φουρκισμένη.

«Είναι σα μικρά παιδιά. Μόλις δουν μια ωραία γυναίκα, χάνουν τους τρόπους τους», μου ψιθύρισε.

Γέλασα χαμηλόφωνα. «Σε ευχαριστώ πολύ. Είμαι σχεδόν σίγουρη πως δεν είσαι Νορβηγίδα…».

«Χα! Και βέβαια όχι! Αυτές είναι σκέτες βουβάλες! Θα το δεις. Είμαι από τη Σιβηρία».

Τώρα εξηγούνταν όλα!

«Εσύ από πού είσαι, γλύκα;» Με έλεγε συνέχεια «γλύκα» κι εμένα δε με χάλαγε καθόλου.

«Από την Αθήνα. Ελλάδα», απάντησα χαμηλόφωνα.

«Ουάου! Μακριά. Σαν τον Μιχαήλ, σωστά;»

«Ναι. Εκεί έχουμε γνωριστεί. Είμαστε φίλοι χρόνια». Άρχισα να ανησυχώ για τις ερωτήσεις της. Δεν ήθελα να μπω σε λεπτομέρειες για την μπερδεμένη μου κατάσταση. Την είχα συμπαθήσει και –παραδόξως- δεν ήθελα να σχηματίσει κακή εικόνα για μένα.

«Πώς τα περνάτε εδώ;» τη ρώτησα λίγο απότομα. Μάλλον κατάλαβε πως δε θέλω πολλά-πολλά για τη φάση μου. Το δέχθηκε αβίαστα.

«Μπα! Τίποτα σπουδαίο. Ψάρεμα, μαγαζί, παιδιά, διάβασμα, μαγείρεμα. Ευτυχώς, υπάρχει η βότκα. Χα χα!» γέλασε βροντερά.

«Αυτό ξαναπές το!»

Μιλούσαμε για καμιά ώρα. Ήταν πολύ ωραίος τύπος, ζωντανός, φωτεινός, αγαπησιάρικος κι αυτοσαρκαστικός. Τη γούσταρα πολύ. Ήπιαμε το μπουκάλι κι ο Όσμπιον, με ένα της νεύμα, έφερε ένα ακόμα. Γενικά, περνούσαμε μια ημιευχάριστη κατάσταση. Τελικά, ίσως να μη χρειαζόμουν σεξ για να περάσει το βράδυ. Η Γκαμπριέλα ήξερε να διηγείται με ζωντάνια τις καθημερινές της περιπέτειες και τις έκανε να ακούγονται σαν ταινίες του 007. Ακόμα κι αν αυτές οι περιπέτειες περιλάμβαναν σκισμένα γόνατα πεντάχρονων, Play Station και παιδικές τροφές, μα τω Θεώ, ακούγονταν συνταρακτικές.

Δυστυχώς, αυτό το χαλαρό διάλειμμα δεν έμελλε να κρατήσει για πολύ. Για κανένα μισάωρο αισθανόμουν μια έντονη ανησυχία. Ήμουν σίγουρη πως είχα ταχυκαρδία. «*Κωλόπραμα*», σκέφτηκα. Πήγα στην τουαλέτα, έκανα μια γραμμή αλλά τίποτα. Νόμιζα πως ο εγκέφαλός μου θα εκραγεί. Βέβαια, το έκρυβα καλά αλλά υπέφερα, κυρίως γιατί δεν ήξερα τι μου συμβαίνει. Συνέχιζα να πίνω με την ελπίδα πως το αλκοόλ θα κατευνάσει αυτό το φτερούγισμα. «*Αυτό μας έλειπε, να πάθω τίποτα εδώ πάνω, μετά από τόσες προσπάθειες στον... πολιτισμό*», σκέφτηκα όχι με φόβο, με ανακούφιση μάλλον, αλλά και με μια τσαντίλα για το πιθανό άδοξο της υπόθεσης. Εν πάση περιπτώσει, ήθελα να αποσυρθώ από αυτόν τον κόσμο τουλάχιστον θριαμβευτικά. Στην πραγματικότητα, ήθελα να κοιμηθώ για καμιά δεκαριά μέρες κι όταν ξυπνήσω, να βρεθώ στο δωμάτιο του ξενοδοχείου μου στην Αθήνα. Μια τέτοια προοπτική, όμως, δεν υπήρχε στον ορίζοντα. Ο χωρόχρονος μου έμοιαζε χαλασμένος, απορρυθμισμένος κι εγώ αισθανόμουν σα να κινιόμουν μέσα σε κακοπηγμένο ζελέ.

Η πόρτα της παμπ άνοιξε. Η χιονοθύελλα είχε σταματήσει κι η ησυχία στο δρόμο ήταν ποιητική. Η ησυχία του χιονιού.

Αυτό που είδα να μπαίνει στο χώρο ήταν μια *αγέλη*. Μια ομάδα από πανέμορφους, ψηλούς, αγέρωχους ανθρώπους *που κινούνταν σαν αιλουροειδή. Τόσο όμορφους, που σχεδόν με πονούσαν τα μάτια μου. Τους συνόδευε μια περίεργη παγωνιά και μια αύρα. Στο τέλος της αγέλης ακολουθούσε αυτός που ήσουν υποχρεωμένος να θεωρήσεις πως είναι ο αρχηγός. Δε διέκρινα χαρακτηριστικά, δεν μπορούσα να το αποτυπώσω στο μυαλό μου, απλά ήξερα πως είναι πολύ, μα πολύ όμορ-*

φος. Δεν το ήξερα μόνο, το ένιωθα. Η καρδιά μου φαινόταν σα να σταμάτησε. Flat line.

Μόλις έκλεισε την πόρτα πίσω του, γύρισε το βλέμμα του προς το δωμάτιο. Ένα μαύρο, φλεγόμενο βλέμμα, τόσο *ερεβώδες* και ταυτόχρονα τόσο φωτεινό και σταθερό, χωρίς καμία προσπάθεια ή ανησυχία, το βύθισε στα μάτια μου με τη μεγαλύτερη ευκολία του κόσμου.

Τα είκοσι από τα τριάντα τρία χρόνια που θυμόμουν, οι άνθρωποι φαίνονταν να *πονούν* αφόρητα από το βλέμμα μου, να υποφέρουν. Αυτός με κοιτούσε τόσο απλά κι αβίαστα. Μου φάνηκε πως με βολιδοσκοπούσε για μία ώρα.

Έβαλα τα χέρι μου κάτω από το σαγόνι μου και μάζεψα το ζεστό υγρό που ανάβλυζε κυριολεκτικά από τη μύτη μου. Αίμα...

Κεφάλαιο 3

Τα χέρια μου έτρεμαν κάτω από το παγωμένο νερό της βρύσης. Σε αντίθεση με τον κυρίως χώρο, παρατήρησα ότι η τουαλέτα της παμπ ήταν άθλια και σε μεγάλη ομοιότητα με την αφεντιά μου. Άθλια...Τέτοια ώρα, τέτοια λόγια... Η λάμπα τρεμόσβηνε πάνω από τον καθρέφτη του νιπτήρα κι έκανε *τόσο κρύο*. Σκούπισα το αίμα από το πρόσωπό μου και προσπαθούσα να το ξεπλύνω από τα χέρια μου. Αισθανόμουν σα να είχα πυρετό. 40 βαθμούς πυρετό. Ο χώρος έμοιαζε μαλακός σαν marshmallow κι ο εγκέφαλός μου εξακολουθούσε να υπολειτουργεί κατά κάποιον τρόπο. Προσπάθησα να επικεντρωθώ στις κινήσεις μου μία προς μία. Με βρεγμένα χέρια άναψα ένα τσιγάρο και πήρα μια βαθιά ρουφηξιά από τον καπνό. Ακολούθησε μια παρατεταμένη ανάσα και μια προσπάθεια να κεντράρω το βλέμμα μου κάπου. Δεν αισθανόμουν καλύτερα. Μόνο το τρέμουλο φαινόταν να ησυχάζει κάπως.

«Γλύκα, είσαι καλύτερα;» ακούστηκε η φωνή της Γκαμπριέλα έξω από την πόρτα της τουαλέτας.

«Νννναι, ναι, πολύ καλύτερα...Το αεροπλάνο, η κούραση...», προσπάθησα να δικαιολογηθώ ξεψυχισμένα. Φυσικά έλεγα ψέματα.

«Μην ανησυχείς. Θα σε περιμένω όσο χρειαστεί», μου ψιθύρισε το κεφάλι της Γκαμπριέλα εισβάλλοντας από την πόρτα.

«Δεν υπάρχει πρόβλημα, Γκαμπριέλα. Μπορείς να φύγεις. Θα τα καταφέρω...», πρόσθεσα απρόθυμα.

«Ούτε να το σκέφτεσαι!» μου είπε αυστηρά, με το βλέμμα Γερμανίδας νταντάς που δε δέχεται αντίλογο. «Θα σε περιμένω εδώ έξω μέχρι να νιώσεις καλύτερα και μετά θα σε πάω σπίτι μου. Θα σε φροντίσω σαν πληγωμένο πουλαράκι», μου είπε γλυκά και μου έκλεισε το μάτι.

Δεν υπάρχει αυτή η γυναίκα! Σκέφτηκα αποκαμωμένη. «Εντάξει... Ευχαριστώ...», συμπλήρωσα τόσο κουρασμένη, που δεν μπορούσα να αντισταθώ, ακόμα κι αν μου έλεγε πως θα με υιοθετήσει και θα με βάλει να φτιάχνω πίτες από μούρα, φορώντας παραδοσιακές φορεσιές των Amish για το υπόλοιπο της ζωής μου.

Κοίταξα τον εαυτό μου στον καθρέφτη. Ήμουν άσπρη σα φάντασμα. Οι μαύροι κύκλοι με έκαναν να φαίνομαι σαν τελειωμένη. «*Ε, είμαι στο κάτω-κάτω. Μια χαρά φαίνεσαι για την κατάστασή σου, κορίτσι μου*», σκέφτηκα. Τι στο διάολο είχε συμβεί; Ποιος ήταν αυτός; Ζαλίστηκα μόνο και μόνο φέρνοντας στο μυαλό μου τα όσα έγιναν 5 λεπτά νωρίτερα. Το φτερούγισμα υπήρχε ακόμα. Θεώρησα πως αυτός ήταν ακόμα στο χώρο, κάπου κοντά.

«Δε φαίνεσαι καλά». Η φωνή πίσω μου ήταν ζεστή κι απόκοσμη ταυτόχρονα.

Πότε μπήκε μέσα; Ο χώρος έγινε ακόμα πιο υγρός τώρα. Πάσχιζα να μη χάσω τις αισθήσεις μου. Γελοίο... όλο αυτό είναι γελοίο. Πείσμωσα. Πήρα μια βαθιά ανάσα και γύρισα προς τον άνθρωπο που στεκόταν πίσω μου. Το φως εξακολουθούσε να αναβοσβήνει. *Όλα μου φαίνονταν εκτός φυσικών ορίων.* Προσπάθησα να επιβάλω στη λογική να επικρατήσει.

«Είμαι καλύτερα τώρα. Κουράστηκα πολύ σήμερα», απάντησα δήθεν με σταθερή φωνή, που δεν έπειθε φυσικά κανέναν από τους δυο μας.

Ήταν τόσο όμορφος αν και μου προκαλούσε τέτοια απέχθεια. Ήταν γύρω στο 1,90. Φαινόταν κοντά στα 25, αλλά η φωνή του έμοιαζε να ανήκει σε άνδρα 50 χρονών. Αδύνατος και μυώδης, είχε καστανόξανθα, πυκνά μαλλιά, κυματιστά· τα ομορφότερα, μαύρα μάτια που είχα δει ποτέ και το πιο άσπρο δέρμα.

Εξακολουθούσε να με κοιτάζει στα μάτια. Ήμουν πιο ήρεμη τώρα. Οι κόχες των ματιών μου, όμως, έμοιαζαν να φλέγονται.

«Κουρασμένη είσαι. Αλλά το πρόβλημά σου είναι η κοκαΐνη», είπε απότομα. Με παραμέρισε από το νιπτήρα απαλά κι άρχισε να πλένει τα χέρια του. Εξακολουθούσε να με κοιτάζει μέσα από τον καθρέφτη. Το βλέμμα του ήταν ελαφρά κοροϊδευτικό. *Τόσο όμορφος.*

«Μα πώς ...», τον κοίταξα με απορία.

«Είμαι από τη Νέα Υόρκη. Μην ανησυχείς, το μυστικό σου είναι ασφαλές με εμένα. Αν και δεν κάνεις και πολλά για να το κρύψεις», μου απάντησε. Το ειρωνικό, ανεπαίσθητο μειδίαμα ήταν ακόμα στη θέση του, σε αυτά τα υπέροχα χείλη.

Σκούπισε τα χέρια του, όσο εγώ τον κοιτούσα σαν καθυστερημένο γυμνασιόπαιδο. Πλησίασε το πρόσωπό του στο δικό μου. Μας χώριζαν 30 εκατοστά. Κοίταξε το λαιμό μου και πέρασε το δείκτη του χεριού του πάνω από την κλείδα μου. Τα μάτια του παρακολουθούσαν τη νοητή γραμμή που σχημάτιζε και φυσικά, η καρδιά μου είχε σταματήσει και πάλι.

«Τόσο αδύναμη…», ψιθύρισε ξανακαρφώνοντας τα μάτια του στα δικά μου. Μια τρεμούλα με διαπέρασε και το ζεστό αίμα άρχισε να τρέχει και πάλι από τη μύτη μου. «Πρέπει να κάνεις κάτι για αυτό», φώναξε γυρνώντας απότομα προς την πόρτα. Το πρόσωπό του δεν ήταν ειρωνικό πια. Είχε γίνει σαν πέτρα. «Αύριο, στις 12:00 το μεσημέρι, θα περάσω να σε πάρω από εδώ, αν είσαι καλύτερα. Θα πάμε για κανένα φαγητό», είπε με σταθερή φωνή.

«Εγώ…γιατί; Μα δεν τρώω..», ψέλλισα μπερδεμένη.

«Μου αρέσει να τσεκάρω το νέο αίμα στην πόλη. Δεν έχουμε συχνά επισκέπτες…», μου είπε βγαίνοντας από την πόρτα. Δε με κοιτούσε. «Θα φας. Στις 12:00. Μην αργήσεις».

«Πώς σε λένε;» είπα τόσο σιγανά, που μόνο εγώ το άκουσα. Η πόρτα έκλεισε πίσω του. Δεν πήρα απάντηση.

Η Γκαμπριέλα ήταν σιωπηλή μέσα στο αυτοκίνητο. Η νύχτα ήταν παραδόξως έναστρη και, βέβαια, έκανε απίστευτο κρύο. Το Βόρειο Σέλας εξακολουθούσε να με μαγεύει αν και δεν το είχα συνηθίσει ακόμα. Το ρολόι έδειχνε 05:32 τα ξημερώματα. Ωραία αρχή στο νέο μέρος…

«Τι ήθελε αυτός;» μου είπε απότομα.

«Εγώ θα έπρεπε να ρωτάω ποιος είναι αυτός», της αντέτεινα πιο απότομα κοιτάζοντας έξω από το παράθυρο.

«Χα!» κάγχασε. «Αυτός είναι ένα σκατόπαιδο, ένας παλιάνθρωπος».

«Δε με βοηθάς πολύ», γκρίνιαξα.

«Κοίτα, νομίζω μετά τη θριαμβευτική σου βραδιά στην παμπ, δικαιούσαι μερικές πληροφορίες. Στο κάτω-κάτω έδωσες τροφή στο χωριό για καμιά... δεκαετία. Χα χα!» γέλασε χαρωπά. «Ο Όσμπιον, νομίζω, δε θα ξεπεράσει ποτέ την προοπτική που του πρόσφερες να χορέψεις γυμνόστηθη πάνω στο μπαρ. Νομίζω το οπτικοποίησε στο μυαλό του αυτόματα και δεν το άντεξε!» συνέχισε ακόμα πιο χαρωπά.

«Ωχ! Στο είπε...», ψέλλισα κοκκινίζοντας.

«Μην ανησυχείς, γλύκα! Μου άρεσε ο τρόπος σου. Μου αρέσουν τα άτακτα κορίτσια». Μου ξανάκλεισε το μάτι.

«Πότε έδωσα τόσα δικαιώματα σε αυτήν τη γυναίκα;» σκέφτηκα. Μάταια, φυσικά. Τα είχε πάρει μόνη της και μου άρεσε. Μου δημιουργούσε μια αίσθηση ζεστής κουβέρτας γύρω μου. Κάτι σαν αυτό που φαντάζομουν πως είναι η μαμά. «Μη γίνεσαι τόσο μαλάκας!» επαναστάτησα αυτόματα στη σκέψη μου. Αποφάσισα να μην ξαναγίνω τόσο συναισθηματική. Άκου, μαμά! Έλεος.

Εν τω μεταξύ, πάρκαρε άτσαλα το βανάκι της έξω από ένα από τα δεκάδες κουκλόσπιτα της περιοχής. *Ωραία! Θα μείνω στο Μικρό Σπίτι στο Λιβάδι!* σκέφτηκα κοροϊδευτικά. Η μεγαλόσωμη Σιβηρή φορτώθηκε με ευκολία τη βαλίτσα μου -που είχαμε περάσει και πάρει από το ξενοδοχείο- και 2 τερατώδεις σακούλες με ψώνια. Ποιος ξέρει τι ώρα ψώνισε... Την κοίταξα με απορία.

«Ο καινούργιος μπακάλης ήρθε φέτος από το Όσλο. Δεν έχει συνηθίσει τη νύχτα και το ωράριο ύπνου του έχει γίνει χάλια. Σήμερα άνοιξε στις 23:00 το βράδυ. Δεν είχε ύπνο, λέει», είπε χασκογελώντας σα δεκαεξάχρονη, άτακτη μαθήτρια.

«Με τόσους άντρες στο σπίτι δεν προλαβαίνω να πλένω, να ψωνίζω και να μαγειρεύω», είπε χαμογελαστά. «Γλύκα!» Αμέσως έγινε σοβαρή. «Στο σπίτι μου δεν παίζουν ναρκωτικά. Αν καταλάβω πως είσαι μαστουρωμένη, θα σε σύρω από τα μαλλιά ως της θάλασσα, θα δέσω μια πέτρα στο πόδι σου και θα σε πετάξω μέσα. Πρώτα θα σε δείρω όμως…».

«Ωραία!» κατσούφιασα. «*Και με κατάλαβες και θα με διώξεις τελικά, θα το δεις*».

«Θα είσαι καλή. Το ξέρω», μου είπε γλυκά ακουμπώντας το μάγουλό μου με το ζεστό της χέρι.

«Έλα να σου φτιάξω ένα γάλα για να κοιμηθείς».

«Γάλα; Δεν υπάρχει περίπτωση», είπα θυμωμένα.

«Είσαι ένα κακομαθημένο παλιόπαιδο, ε;» είπε τινάζοντας την ξανθιά χαίτη της προς τα πίσω.

«Εντάξει, ίσως ζητάω πολλά από σένα. Τουλάχιστον το αλκοόλ επιτρέπεται στο σπίτι μου».

«Δόξα τω Θεώ», ψέλλισα.

Η αλήθεια ήταν πως ήμουν πιο κουρασμένη από όσο είχα υπάρξει ποτέ στη ζωή μου. Ευτυχώς, η αιμορραγία είχε σταματήσει, η καρδιά μου φαινόταν στη θέση της και μάλλον δε θα εγκατέλειπα τον μάταιο τούτο κόσμο, τουλάχιστον μέχρι το ξημέρωμα. Ξημέρωμα, τρόπος του λέγειν. Ε, μετά κάτι θα σκάρωνα για να με διαλύσω πάλι. Ήμουν ειδική σε αυτό.

Κρατούσα τα χέρια μου γύρω από το τελευταίο ποτήρι βότκας της ημέρας. Το ίδιο έκανε κι η Γκαμπριέλα. Οι δύο μας κοιτούσαμε από το παράθυρο το ημίφως αυτής της συνεχόμενης νύχτας.

«Γκαμπριέλα…», την κοίταξα κι απέφυγε το βλέμμα μου. Όπως όλοι… Εκτός από αυτόν. «Ποιος είναι αυτός ο τύπος;» Προσπάθησα να δώσω ένα τόνο ανεμελιάς στη φωνή μου, αλλά δεν τα κατάφερα. Από τον πάνω όροφο, ο Όσμπιον ακουγόταν να ροχαλίζει.

Η Γκαμπριέλα φάνηκε διστακτική. «Ίσως είναι καλύτερα να σου πει ο Μιχαήλ…», αποφάνθηκε.

«Έλα τώρα! *Λίγο καλό, γυναικείο κουτσομπολιό δεν έβλαψε ποτέ κανέναν»*, της είπα χαμογελώντας με το πιο γοητευτικό μου χαμόγελο, αυτό που πάντα έπιανε. Άναψα τσιγάρο κάνοντας πως δεν τρέχει τίποτα. Φυσικά, δε σκόπευα να της αποκαλύψω πως με κάλεσε για φαγητό το επόμενο, ή μάλλον, το μεσημέρι εκείνης της ίδιας ημέρας. Ήταν στην τελική ήδη πρωί από τεχνικής άποψης.

«*Αυτός είναι ο Άλεφ»*, είπε σοβαρά. Ομολογώ πως εξεπλάγην με το περίεργο όνομα, αν και δεν είχα το δικαίωμα. Το όνομά μου είναι εξίσου περίεργο. «*Είναι Αμερικανός. Μένει στην πόλη εδώ και καμιά δεκαετία μαζί με τους φίλους του. Είναι κάτι σαν κοινόβιο»*, ψιθύρισε. Μάλλον θυμήθηκε πως η οικογένειά της κοιμόταν. «*Πλουσιόπαιδα που δεν έχουν τίποτα να κάνουν»*, πρόσθεσε με το ύφος κουτσομπόλας νοικοκυράς. Χασκογελάσαμε κι οι δύο.

«*Είναι πολύ όμορφος όμως…»*, είπα χαμηλόφωνα.

«*Α! Βέβαια. Σα θεός είναι. Όλες οι βουβάλες εδώ πέρα θα πουλούσαν την ψυχή τους στο διάβολο για να τις κανονίσει!»* είπε ξανά σα μικρή μαθήτρια.

«*Αυτός όμως, σύμφωνα με τις φήμες, μάλλον γουστάρει μόνο τις γυναίκες του κοινοβίου του. Ειδικά μια κοκκινομάλλα, ψηλή και παγωμένη, κατά τη γνώμη μου, αλλά κούκλα παραταύτα. Τους έχουν δει κατά καιρούς να σαλιαρίζουν ξεδιάντροπα σε διάφορα σημεία της πόλης. Φαντάζομαι αυτό*

37

σε ενδιαφέρει», είπε δήθεν αδιάφορα και μάζεψε τα άδεια πο-
τήρια. «Άντε, ύπνο τώρα!» σχεδόν φώναξε επιτακτικά. «Σε
δυο ώρες πρέπει να ξυπνήσω. Δε φεύγεις το πρωί εάν δε φας
το διάσημο πρωινό μου». Το εννοούσε.

Πήρα το δρόμο μου για τον ξενώνα με ένα ποτήρι νερό (!)
στο χέρι σε αντίθεση με τα τελευταία 15 χρόνια.

Παρά την κούραση, ο ύπνος μου ήταν ανήσυχος. Είχα πε-
ράσει μια από τις εντονότερες μέρες της ζωής μου δεδομένων
των πραγματικά άγριων συνηθειών μου, των τόσων ουσιών,
χρημάτων, ταξιδιών κι ανούσιου, επικίνδυνου σεξ με πάρα
πολλούς συντρόφους, η λέξη ένταση παίρνει άλλο νόημα. Σε
ένα διάστημα 24 ωρών είχα περισσότερη ανθρώπινη επαφή
από όση είχα νιώσει τα 20 χρόνια που θυμόμουν τον εαυτό
μου. Έτσι με επισκέφτηκε το ίδιο, τρομακτικό όνειρο.

Είμαι ξανά κάπου όπου μιλούν αραβικά. Η ζέστη είναι
αφόρητη κι εγώ περιπλανιέμαι μέσα σε ένα παζάρι. Μυρωδι-
ές από σκόνη, ακαθαρσίες και θερμότητα μπλέκονται μαζί με
τη φρεσκάδα λαχανικών, φρούτων και μπαχαρικών. Ο Ιερέας
βαδίζει μπροστά μου, σα σωματοφύλακας. Πού και πού ρίχνει
κλεφτές ματιές πίσω του με ανησυχία για να επιβεβαιώσει πως
είμαι εκεί.

Τότε, εγώ ξεστρατίζω. Κατευθύνομαι προς μια ομάδα
ανθρώπων, που είναι σκυμμένοι πάνω από κάτι. Δε διακρί-
νω. Πλησιάζω περισσότερο. Είναι ένας γέροντας Άραβας
πεσμένος στο έδαφος. Όλοι γύρω του φωνάζουν. Φαίνεται
να ψυχορραγεί. Αναπνέει με δυσκολία. Ένα μικρό αγόρι του
κρατάει το χέρι και προσπαθεί να του δώσει λίγο νερό. *Κά-
νει πολύ ζέστη. Ο ήλιος είναι εκτυφλωτικός. Ο γέροντας δεν
καταφέρνει να πιει νερό. Το υγρό χύνεται στο λαιμό και το*

ρούχο του. Το σώμα του σφαδάζει. Τα μάτια του είναι κενά. *Είναι τυφλός.*

Ξαφνικά, γυρίζει το κεφάλι του προς εμένα, σα να με βλέπει. Η ζέστη είναι τόσο αφόρητη που ζαλίζομαι. Χωρίς να το καταλάβω, το χέρι μου μπαίνει στην τσέπη μου και βγάζω ένα μπλοκ κι ένα μολύβι. Ένα μαύρο μολύβι. Το μπλοκ είναι κενό. Ο γέροντας φαίνεται να αργοπεθαίνει. Το παιδί κλαίει κι ουρλιάζει κάτι στα αραβικά. Δεν καταλαβαίνω. Το πρόσωπο του γέροντα είναι τραβηγμένο. *Δε μοιάζει πια καν ανθρώπινο. Με κοιτάζει με τρόμο, ενώ δε θα έπρεπε να με βλέπει.* Ψιθυρίζει κάτι, που δεν καταλαβαίνω. Αρθρώνει αργά και σταθερά δυο και τρεις φορές αυτό που θέλει να μου πει, αλλά δεν ξεχωρίζω τι μου λέει, έχει τόση φασαρία.

Τότε σκύβω στο μπλοκ και διαγράφω μια αόρατη λέξη με ένα μαύρο μολύβι που αφήνει μια αόρατη γραμμή. Πίσω μου, ένα λιοντάρι γρυλίζει και τα μάτια μου γεμίζουν δάκρυα.

Κεφάλαιο 4

«Hvorfor du gråter?» μου απεύθυνε ένα κατάξανθο κεφάλι ηλικίας γύρω στα πέντε. Ένας μπόμπιρας με κοιτούσε από την άκρη του κρεβατιού μου και το βλέμμα του φαινόταν ιδιαίτερα ανήσυχο.

«Γλύκα! Σε ρωτάει γιατί κλαις», ακούστηκε η φωνή της Γκαμπριέλα από την κουζίνα. *Μα καλά, πού τον άκουσε;* σκέφτηκα σαστισμένη. Σκούπισα βιαστικά τα μάτια μου και χαμογέλασα στο πιτσιρίκι. Μου χαμογέλασε κι αυτός. Ήταν κούκλος. Έμοιαζε στην Γκαμπριέλα.

«Τι να του πω;» φώναξα κι εγώ στην Γκαμπριέλα.

«Μόνο μην του πεις ψέματα!» απάντησε και την άκουσα να χασκογελάει.

Λες και μιλάω νορβηγικά. Γέλασα κι εγώ με το αστείο της. Κοίταξα καλά-καλά το μικρό. *Δεν είχα συνηθίσει να ξυπνάω με παιδιά στο υπνοδωμάτιό μου. Τέλος πάντων, με παιδιά κάτω των είκοσι δύο,* σκέφτηκα και χαμογέλασα στον εαυτό μου. *Άζρα είσαι απαράδεκτη!*

«Είδα ένα πολύ άσχημο όνειρο και στενοχωρήθηκα. Δεν είναι τίποτα όμως. Τώρα ξύπνησα κι είμαι μια χαρά», είπα αργά και σταθερά στα αγγλικά λες κι υπήρχε περίπτωση να με καταλάβει. Ο μικρός μου χαμογέλασε και πάλι κι έφυγε τρέχοντας για την κουζίνα, σα μια μικρή σβούρα.

«Έλα να φας. Είναι όλα έτοιμα», ακούστηκε η βαθιά και δυνατή φωνή της Σιβηρής.

«Μα, δεν πεινάω! Δεν τρώω ποτέ το πρωί. Δεν έχεις καμιά βότκα;» είπα με φωνή ταλαιπωρημένου γατιού.

«Αν φας, θα σου δώσω και βότκα!» ξαναφώναξε. Τουλάχιστον, με δεχόταν εν μέρει όπως είμαι. Δεν προσπαθούσε να με αποτοξινώσει μέσα σε μια μέρα. Δε θα είχε επιτυχία. Καλά, δε θα είχε επιτυχία ούτε σε μια αιωνιότητα, αλλά ας μην το υπεραναλύσουμε.

«Ουάου!» ξεφούρνισα μόλις αντίκρισα το τραπέζι. Είχε φαγητό για ένα λόχο. Μου ήρθε μια μικρή αναγούλα απ' τις τόσες μυρωδιές.

«Γλύκα, ξεκίνα!» διέταξε ο... Στάλιν.

«Μα είναι πάρα πολλά... Αυτά τρώτε κάθε πρωί;» ψέλλισα.

«Πώς νομίζεις ότι διατηρώ τη γραμμή μου;» είπε παίρνοντας τη στάση μοντέλου και γελώντας δυνατά.

Ο μικρός γέλασε κι αυτός χωρίς να έχει καταλάβει τι είπαμε. Μάλλον λόγω της γενικότερης ευφορίας κι ίσως γιατί εγώ φαινόμουν εντελώς αξιοθρήνητη αντιμέτωπη με τόσο φαγητό.

«Θες να κάνεις κι εμένα μια φάλαινα σαν κι εσένα, σωστά;» είπα γελώντας.

«Σε πάω και στοίχημα αν θες. Μέχρι να φύγεις από δω, θα σου βάλω 5-6 κιλά».

«Τι ώρα είναι;» είπα με ανησυχία.

«Έντεκα το πρωί. Κοιμήθηκες αρκετά», απάντησε.

Προσπάθησα να είμαι σχετικά αδιάφορη. Στην πραγματικότητα ήθελα να παρατήσω το πρωινό συσσίτιο, να τρέξω στον ξενώνα, να κάνω μπάνιο, να γίνω όμορφη, να... *Ούτε δεκατρία να ήσουν!* σκέφτηκα. Απορούσα πώς ήταν δυνατόν να έχει τόση σημασία για μένα η συνάντηση μαζί του. Δε μου είχε ξανασυμβεί τέτοια αδημονία για συνάντηση με άνδρα. Συνήθως τους θεωρούσα... "σκεύη" ηδονής.

Με *αυτόν,* όμως, ήταν διαφορετικά. Δεν μπορούσα να το εξηγήσω, ειδικά εφόσον μου ήταν αντιπαθής κι ανησυχητικά σίγουρος για τον εαυτό του. *Μα καλά, ποιος νομίζει ότι είναι;* Θύμωσα λιγάκι φέρνοντας στο μυαλό μου τη χθεσινή επαφή μας. Θύμωσα με τον εαυτό μου, σωστότερα, γιατί αντί να έχω το πάνω χέρι, αντί να είμαι ο *θύτης,* του είχα δώσει την εντύπωση ντροπαλής *μυξοπαρθένας.* Με είχε ψαρώσει και το σιχαινόμουν αυτό.

«Τι θα γίνει, θα φας ή άδικα μαγείρευα;» είπε παραπονιάρικα η Γκαμπριέλα, προσγειώνοντάς με στην πραγματικότητα.

«Για εμένα τα μαγείρεψες όλα αυτά;» Γούρλωσα τα μάτια μου. «Δεν είμαι αρσιβαρίστας, Γκαμπριέλα», συμπλήρωσα παιχνιδιάρικα.

«Έλα τώρα, γλύκα. Φάε λίγη ομελέτα, ένα τοστ τουλάχιστον».

Κατέβασα μεγάλες, γρήγορες μπουκιές από μια πραγματικά νοστιμότατη ομελέτα με μπέικον. Με δυσκολία, βέβαια, αλλά τουλάχιστον έδειχνα πως την απολαμβάνω για να την ευχαριστήσω. Στην τελική, με είχε γνωρίσει μόλις χθες και δε δίστασε να με βάλει σπίτι της, παρά το γεγονός πως την έπεσα στον άντρα της και δεν είχα και την κοσμιότερη των συμπεριφορών. Είχα αρχίσει να γίνομαι πολύ συναισθηματική ή μου φαινόταν;

«Γκαμπριέλα... Γιατί με δέχθηκες σπίτι σου;» είπα επιφυλακτικά, κοιτώντας έξω από το παράθυρο. «Εννοώ... Όχι πως δε σε ευχαριστώ για αυτό... Ίσα-ίσα. Αλλά, να... Δεν είμαι κι ακριβώς αξιαγάπητη».

«Ο Μιχαήλ είναι και δικός μου φίλος. Τον εκτιμώ και τον εμπιστεύομαι ιδιαίτερα. Πες ότι μου σφύριξε για την επίσκεψή σου». Κοίταξε κι αυτή έξω από το παράθυρο το σκοτάδι.

Θύμωσα. Αργά και σταθερά. «Η καλύτερη babysitter της πόλης, σωστά;» είπα πικρόχολα. Σιγά μην την είχα γοητεύσει με την απαστράπτουσα προσωπικότητά μου.

«Γλύκα, δε θα έμπαινες στο σπίτι μου, δίπλα στα παιδιά μου, αν δε σε είχα συμπαθήσει», είπε ανακατεύοντας τα αχυρένια μαλλιά του πιτσιρικά. Μου έδωσε ένα ποτήρι βότκα στο χέρι και με κοίταξε με ένα βλέμμα που υπονοούσε κατανόηση. «Πιες. Δεν είμαστε και θεοί», είπε θλιμμένα. «Μόνο προσποιήσου πως είναι νερό. Για το παιδί...».

Την κοίταξα με ευγνωμοσύνη, αλλά αυτή απέστρεψε το βλέμμα. Ήταν όμορφη. Κατέβασα το ποτήρι μονορούφι κι άναψα ένα τσιγάρο. Η Γκαμπριέλα κάτι είπε στα νορβηγικά στο μικρό κι αυτός έφυγε σφαίρα για τον πάνω όροφο. Προφανώς δεν ήθελε να αναπνέει τον καπνό. Δεν έκανα καμιά κίνηση για να σβήσω το τσιγάρο. Κάτι ψιθύρισε μέσα από τα δόντια της. Δεν τη ρώτησα τι είπε.

Με παροιμιώδη αδιαφορία, η οποία ήταν βέβαια ψεύτικη, κατευθύνθηκα στο δωμάτιό μου. Έκανα ένα γρήγορο ντους

και στέγνωσα υποτυπωδώς τα μαλλιά μου. Προφανώς, βιαζό-
μουν απίστευτα, αλλά δε θα το παραδεχόμουν ούτε σε εμένα,
ούτε σε κανέναν άλλο. Έκανα τη βαλίτσα μου άνω-κάτω μέχρι
να βρω το μοναδικό μου φόρεμα. Ένα μαύρο, στενό μάλλινο
φόρεμα μέχρι το γόνατο. Αυτό ήταν κατάντια... Συνέχισα
την προσποίηση. Υποτίθεται πως θα φορούσα κάτι τέτοιο,
ακόμα κι αν έβγαινα για φαγητό με το Μιχαήλ. Αν και δε θα
έβγαινα ποτέ για φαγητό με το Μιχαήλ. Το πολύ-πολύ να μου
έφτιαχνε ένα σάντουιτς, να μου έδειχνε προς την κατεύθυνση
του μπουκαλιού με το ουίσκι που κρατούσε πάντα στην κου-
ζίνα του ώστε να σερβιριστώ και να καθόταν στην πολυθρόνα
του για να δει τηλεόραση. Κάπως έτσι ήταν, όταν ο Μιχαήλ με
καλούσε σε γεύμα.

Φόρεσα τα σκουλαρίκια μου από αμέθυστο και βάφτη-
κα λιγάκι. Έβαλα τις ψηλές, μαύρες μπότες μου, ένα χοντρό
μαύρο παλτό και κοιτάχτηκα στον καθρέφτη. Συνήθως δεν
ήμουν ανασφαλής. Ούτως ή άλλως, κατά γενική ομολογία,
ήμουν γκόμενα πρώτης κλάσης. Από αυτές που οι πενηντά-
ρηδες επιχειρηματίες πληρώνουν πολλά για να βάλουν στο
κρεβάτι τους έστω και για μια ώρα. Εκείνη την ώρα, όμως,
αισθανόμουν άσχημη σαν την Πίπη Φακιδομύτη. Τράβηξα
μια γραμμή, μήπως και κατόρθωνα να εξαφανίσω αυτή την
ανασφάλεια, έστω και τεχνητά, άναψα ένα τσιγάρο κι έφυγα
για την παμπ. Ήταν 11:50.

Η σκοτεινιά έξω ήταν σταθερή και μια ομίχλη κυκλοφο-
ρούσε στην ατμόσφαιρα. Ήταν μαγευτικό μέρος στην πραγ-
ματικότητα. Ένα τοπίο πολύ διαφορετικό από την αυστηρό-
τητα του αθηναϊκού φωτός που δε σε αφήνει να κρύψεις τίπο-
τα. Περπατούσα αντικειμενικά γρήγορα με το κεφάλι κατε-

45

βασμένο, το γιακά μου σηκωμένο και το τσιγάρο στο στόμα. Θα πρέπει να έμοιαζα με το Χένρι Μίλερ στο Παρίσι, στον Τροπικό του Αιγόκερω. Μπήκα στην παμπ με το γνωστό, τσαντισμένο βλέμμα.

Ήταν σχεδόν άδεια. Ο Όσμπιον σφουγγάριζε έξω από την μπάρα.

«Καλημέρα, κυρία μου», είπε σχεδόν θλιμμένα. «Να σας φέρω κάτι;»

Τον κοίταξα με κάποια συμπάθεια. «Συγγνώμη για χθες βράδυ», είπα δειλά. «Δεν ήμουν ο εαυτός μου. Ήμουν αγενής. Με λένε Άζρα», είπα με πραγματική συστολή και του έδωσα το χέρι.

«Άζρα...», επανέλαβε. «Χάρηκα» και μου χάρισε ένα νωθρό χαμόγελο σφίγγοντάς μου το χέρι.

«Σε ευχαριστώ που μου επέτρεψες να κοιμηθώ σπίτι σου», συμπλήρωσα εξίσου δειλά.

«Δεν κάνει τίποτα», είπε βιαστικά κι επικεντρώθηκε στο να τοποθετηθεί πίσω από την μπάρα ώστε να με σερβίρει. Ακούμπησε ευγενικά τη σφουγγαρίστρα στον τοίχο και περίμενε να του πω τι θα πάρω.

«Μια βότκα. Από την αγαπημένη σου κι αυτή τη φορά θα την πληρώσω».

Κανονικά, θα έπρεπε να του φαινόμουν σα να είχα υποστεί εξορκισμό σε σχέση με τη χθεσινή μου κατάσταση. Ομολογώ πως είχε ένα βλέμμα απορίας, αλλά δεν τον ήξερα τόσο καλά, ώστε να γνωρίζω εάν αυτό ήταν το φυσικό του ή όχι. Εγώ από την άλλη σχεδόν το πίστευα πως είχα υποστεί εξορκισμό. Η Γκαμπριέλα θα έφταιγε ή η πρωινή ομελέτα. Δεν είχα μετανιώσει ξανά για τη σκατο-συμπεριφορά μου

και το γεγονός πως ζήτησα άφεση αμαρτιών από έναν πρα-
κτικά άγνωστο με εξέπληξε. Υποσχέθηκα να μην φάω πια
πρωινό σε αυτό το μέρος ώστε να αποφύγω να ζήσω τη Με-
λωδία της Ευτυχίας.

Κάθισα στη χθεσινή μου θέση στο μπαρ, κατέβασα τη δεύ-
τερη βότκα της ημέρας κι άναψα ένα τσιγάρο. Η ώρα ήταν
12:10. Εγώ δεν είχα αργήσει. Αυτός είχε όμως. Έπαιξα με τα
τσιγάρα και τον αναπτήρα μου με μια μικρή απογοήτευση.
Το μέρος ήταν πολύ γραφικό τελικά. Η μπάρα ήταν μακριά,
φτιαγμένη από παλιό ξύλο, το οποίο είχε ξεφτίσει σε ορισμένα
σημεία. Ο Όσμπιον τη διατηρούσε υποδειγματικά καθαρή.
Φαινόταν παλιά όσο το χωριό. Οι Νορβηγοί δεν είναι πολύ
εκδηλωτικοί άνθρωποι κι η παμπ τους ήταν εξαιρετικά σημα-
ντικό μέρος για αυτούς. Περιείχε τη *συμπύκνωση* της προ-
σπάθειας των βόρειων αυτών ψαράδων να έχουν μια κάποια
κοινωνική επαφή στο τέλος μιας δύσκολης μέρας. Τα παράθυ-
ρα ήταν μεγάλα. Μια απέλπιδα προσπάθεια να εισάγουν στο
χώρο όσο περισσότερο φως μπορούσαν κατά τη διάρκεια του
καλοκαιριού. Το χειμώνα, βέβαια, ενεργούσαν σαν κάδρα στη
γκρίζα απόχρωση της νύχτας. Της πεντάμηνης νύχτας. Ήταν
όμορφα.

«Δεν είναι λίγο νωρίς για βότκα;» Δίπλα μου στεκόταν
ένας ξανθός σαραντάρης. Η όψη του ήταν ταλαιπωρημένη.

«Γεια! Είμαι ο Ίβαρ», πρόσθεσε ενώ μου χαμογελούσε.

«Άζρα», απάντησα πνιχτά. «Χάρηκα». Δε μου έδωσε το
χέρι του.

Κοίταξε τον Όσμπιον. «Φίλε, καλημέρα. Φτιάξε μου μια
μερίδα αυγά τηγανητά κι ένα σάντουιτς. Θα ήθελα και λίγο
καφέ, σε παρακαλώ».

«Δεν είναι λίγο αργά για πρωινό;» πέταξα στον αέρα για να ανταπαντήσω στη δική του παρατήρηση. «Δεν το ήξερα πως είναι κι εστιατόριο εδώ», συμπλήρωσα.

«Δεν είναι. Καμιά φορά, όταν είμαστε πεινασμένοι, ο Όσμπιον είναι αρκετά ευγενικός ώστε να μας φτιάξει κάτι να βάλουμε στο στόμα μας», είπε σιγανά. «Και δεν είναι πρωινό. Τώρα γυρίζω από το ψάρεμα. Θα ήθελα να *μασήσω* κάτι πριν πάω για ύπνο», δικαιολογήθηκε.

Φαινόταν πολύ δυνατός, μυώδης κι ήταν βέβαια ψηλός όπως όλοι. Το δέρμα του ήταν μαυρισμένο. Πού στην ευχή είχε βρει ήλιο για να μαυρίσει, δεν μπορούσα να καταλάβω. Τα μάτια του ήταν γαλάζια και τα μάγουλά του καλύπτονταν από ένα ανοιχτόχρωμο στρώμα από γένια 4-5 ημερών. Η φωνή του ήταν βαθιά και σταθερή. Ήταν ιδιαίτερα γοητευτικός. Ήμουν και λιγάκι επιρρεπής στο αντίθετο φύλο.

«Σε πειράζει να μου κάνεις παρέα όσο τρώω; Δεν έχω συχνά την ευκαιρία να τρώω με παρέα και μου αρέσει ιδιαίτερα η κουβεντούλα την ώρα του φαγητού», μου είπε ειλικρινά. «Επιπλέον, είσαι πολύ ωραίο κορίτσι και θα ανέβουν οι μετοχές μου κατακόρυφα εάν με δουν μαζί σου», είπε χαλαρά αλλά πολύ σοβαρά.

«Σε ευχαριστώ για το "κορίτσι"», του είπα και χαμογέλασα. Μετακίνησε το βλέμμα του προς τον Όσμπιον, σα να ενοχλήθηκε από τη ματιά μου και χαμογέλασε κι αυτός στο υπερπέραν.

«Τι κάνεις εδώ, Άζρα; Δε σε θυμάμαι στο χωριό πριν φύγω, εδώ και 5 μέρες. Πρέπει να ήρθες αργότερα, σωστά; Δε νομίζω να μου ξέφευγε το γεγονός πως ένας επισκέπτης ήρθε στην πόλη στην αρχή του χειμώνα!»

Ο Όσμπιον του άφησε ένα τεράστιο πιάτο με φαγητό μπροστά του και μια κούπα ζεστό καφέ. Με λύπη σκέφτηκα όλο το φαγητό που έφτιαξε η Γκαμπριέλα και που θα πήγε σίγουρα χαμένο.

«Είμαι φίλη του Μιχαήλ Α.», εξήγησα για δεύτερη φορά σε 24 ώρες. «Ήταν αρκετά ευγενικός ώστε να με καλέσει κι ήρθα για διακοπές».

«Μήπως ήρθες για αποτοξίνωση κι όχι για διακοπές; Κανένας σοβαρός άνθρωπος δεν πίνει βότκα στις 12 το πρωί, ακόμα κι αν έξω μοιάζει σα να είναι εφτά το απόγευμα», μου είπε αυστηρά.

«Νομίζω πως αυτό δε σε αφορά», απάντησα τυπικά κι αρκετά εκνευρισμένα. *Δεν τον αφορούσε στο κάτω-κάτω. Ωραία αρχή, μεγάλε! Σκέφτηκα.*

«Σίγουρα δε με αφορά. Απλά, έχω την κακή συνήθεια να λέω τα πράγματα όπως τα σκέφτομαι», πρόσθεσε. Η φωνή του ήταν πολύ όμορφη και καθόλου απολογητική. Το εννοούσε.

«Ξέρεις δε δημιουργείς και τις καλύτερες προϋποθέσεις για να έχουμε μια ευχάριστη κουβέντα», είπα θλιμμένα. Ήταν 12:30 και δεν είχε φανεί ακόμα. Αυτό ήταν που πραγματικά με εκνεύριζε κι όχι οι ερωτήσεις του Σκανδιναβού δίπλα μου. Άλλωστε, είχα συνηθίσει σε κακές κριτικές.

«Δε με ενδιαφέρουν οι ευχάριστες κουβέντες. Με απωθεί η προσποίηση. Απλά προς ενημέρωσή σου», είπε λίγο πιο έντονα από όσο περίμενα.

«Δε θέλεις να μου πεις, λοιπόν, τι κάνει εδώ μια τόσο όμορφη γυναίκα με τόσο σοβαρό πρόβλημα με το ποτό;» έκανε νόημα στον Όσμπιον να μου γεμίσει το ποτήρι.

«Όπως βλέπεις, δε με ενοχλεί ότι πίνεις. Απλά ρωτάω για να μάθω».

«Κατ' αρχάς, δεν έχω σοβαρό πρόβλημα με το ποτό». Ψέματα φυσικά. Με ιντρίγκαρε πολύ ο τρόπος του. Μου φαινόταν πολύ ντόμπρος τύπος, με τσαγανό αλλά και πολύ εκνευριστικός. «Φυσικά δεν έχουμε το χρόνο να μου κάνεις ψυχανάλυση αυτή τη στιγμή. Δε θα το ήθελα κιόλας. Θα προτιμούσα να συζητούσαμε κάτι λίγο πιο ανώδυνο αν δε σε πειράζει».

«Θα το εκτιμούσα εάν δε μου έλεγες ψέματα. Πιστεύω πως αυτό είναι το τρίτο ποτό σου απ' το πρωί και κάτι μου λέει πως ξύπνησες αργά», είπε καθώς συνέχιζε να μασουλάει αδιάφορα.

«Δε σου έχω δώσει το δικαίωμα», ψέλλισα εκνευρισμένα. Με είχε εκνευρίσει. *Πώς γίνεται να χώνουν τη μύτη τους τόσο πολύ στη ζωή μου εδώ πέρα; Υποτίθεται πως ήμουν στη Νορβηγία. Εκεί όπου μπορεί να περπατάς τσίτσιδος μπροστά από το ανοιχτό σου παράθυρο και κανένας να μη σου δίνει σημασία.*

«Μη γίνεσαι επιθετική. Έχω ζήσει 20 χρόνια με μια αλκοολική γυναίκα και διαβάζω την κατάσταση αμέσως. Πες πως είναι χάρισμα. Αφού σε ενοχλεί τόσο, πάω πάσο». Σκούπισε το στόμα του με μια πετσέτα κι ήπιε μια γενναία γουλιά καφέ.

«Φυσικά, την έστειλα στη μάνα της τελικά. Όποιους δαίμονες και να προσπαθούσε να ξορκίσει, είτε δεν τους κατάφερνε, είτε δεν ήθελε να τους καταφέρει. Τέλος πάντων...». Με παρακολουθούσε, αλλά χωρίς να με κοιτάζει στα μάτια.

«*Εσύ τι κάνεις εδώ;*» είπε έντονα. Ήταν περίεργος.

«Είπαμε. Διακοπές», αμύνθηκα. Κάτι μου έλεγε πως δε θα είχαμε καλά ξεμπερδέματα με αυτόν τον τύπο. Ήταν πολύ επιθετικός και γοητευτικός για να αντέξω να είμαι ευγενική. Πάει ο κόπος του εξορκισμού.

Σηκώθηκε απότομα από τη θέση του, άφησε μερικά χρήματα δίπλα στο άδειο πιάτο και ρούφηξε την τελευταία γουλιά καφέ. Ήταν αρκετά και για τις βότκες μου. «*Μα τι κύριος...*», σκέφτηκα ειρωνικά.

«Κοίτα, μικρή...», είπε μαζεύοντας τα πράγματά του. *Μικρή; Τι λέμε τώρα; σκέφτηκα σχεδόν οργισμένη. Μα τι έκανα;* «Δεν έχω χρόνο. Δε με σηκώνει το κλίμα. Είμαι κουρασμένος, άυπνος και σίγουρα δεν έχω τη διάθεση να σου εκμαιεύσω τα επτασφράγιστα μυστικά σου». *Θα έφευγε. Δε με είχε παρατήσει σύξυλη κανένας μέχρι σήμερα. Δεν είχε τολμήσει. Με είχαν στήσει και παρατήσει δύο άντρες μέσα σε μισή ώρα. Ήμουν έτοιμη να εκραγώ.*

«Πώς τολμάς;» άρθρωσα έτοιμη να τα σπάσω όλα μέσα στο μαγαζί.

«Έλα, μην εκνευρίζεσαι. Απλά σου λέω την αλήθεια. Δεν είμαι σε θέση να υποστώ αυτή τη μικρή χορογραφία ευγένειας που απαιτούν οι σχέσεις των ανθρώπων. Δε σου κρύβω πως όσον αφορά στο πρώτο βήμα της προσέγγισης, το επιφανειακό, τη μόστρα που λέμε, με έχεις κερδίσει. Σίγουρα το ξέρεις πως είσαι από αυτές που ο καθένας θα ήθελε δίπλα του». *Τώρα θα έσκαγα σαν την Αίτνα!*

«Τι είναι αυτά που λες;» συνέχισα απορημένη. «Είσαι απαράδεκτος!»

«Λοιπόν, θες να περάσω να σε πάρω το βράδυ για κανένα ποτό; Πού μένεις;» πρόσθεσε. «Θα είμαι ξεκούραστος κι ευγενικός. Τότε θα μπορέσεις να μου πεις ό,τι θες εσύ και μόνο».

«Μπα... Δε νομίζω να γίνεται», είπα κοφτά.

«Έχεις εκνευριστεί. Δεκτό». Έβαλε τα χέρια του στην τσέπη, έβγαλε ένα κομμάτι χαρτί κι έγραψε το όνομά του κι ένα τηλέφωνο. «Αν το ξανασκεφτείς, μπορείς να με βρεις εδώ. Απλά άφησέ το να χτυπάει, γιατί ίσως κοιμάμαι. Κοιμάμαι βαριά», μου είπε κοιτάζοντάς με φευγαλέα.

Είχα μείνει άφωνη. Δύο ραντεβού σε 12 ώρες. Το πρώτο δεν ολοκληρώθηκε, οπότε ίσως θα έπρεπε να δώσω μια ευκαιρία στον Ίβαρ. Με αργές, επιτηδευμένες κινήσεις έβαλα το χαρτάκι στην τσάντα μου. Φυσικά, *κάπνιζα από τα νεύρα*. Χαμογέλασε αυτάρεσκα και λιγάκι ειρωνικά κι ετοιμάστηκε να φύγει.

«Σημείωσε πως η ευκαιρία σου είναι σήμερα. Αύριο φεύγω πάλι για *ψάρεμα*», πρόσθεσε.

«Βλέπω βρήκες παρέα», ακούστηκε η βαθιά φωνή πίσω μου. Ήταν αυτός. Δεν καταλάβαινα πώς κατάφερνε να κινηθεί χωρίς να τον αντιληφθώ. Εννοείται πως ήμουν πια απόλυτα *συγχυσμένη*. Δεν μπορούσα να ανταποκριθώ σε τέτοια πρόκληση. Το *φτερούγισμα* άρχισε ξανά. Παρακαλούσα όποιον όριζε τη μοίρα μου να μη μου επιτρέψει να γίνω ρεζίλι.

«Άλεφ! Τι κάνεις εσύ εδώ;» Ο Ίβαρ ήταν έκπληκτος. Το πρόσωπό του έδειχνε μεγάλη ένταση.

«Γύρισα επειγόντως χθες το πρωί. Δουλειές...», συμπλήρωσε με τη βελούδινη φωνή του.

«Γιατί εκπλήσσεσαι; Έχω το δικαίωμα να κινούμαι όπου εγώ νομίζω. Ήρθα να πάρω την κυρία από εδώ. Αν και άργησα λιγάκι...». Ακούμπησε το χέρι του στον ώμο μου κι ένα παγωμένο κύμα με πλημμύρισε. Πίστευα ακράδαντα πως θα λιποθυμούσα.

«Πού θα την πας;» είπε έντονα ο Ίβαρ.

«Αυτό δε νομίζω πως είναι δική σου δουλειά».

Δεν καταλάβαινα τι γινόταν. Θα μάλωναν κιόλας για την αφεντιά μου; Όλα μου φαίνονταν γεμάτα με τεστοστερόνη και λιγάκι αστεία.

«Φυσικά και είναι. Ελπίζω να τη φέρεις πίσω σώα κι αβλαβή. Έχουμε ραντεβού το βράδυ», προσέθεσε ο Σκανδιναβός ψαράς ιδιαίτερα επιθετικά. Δεν έβγαζα νόημα. Σε λίγο νόμιζα πως θα... συγκρούονταν όπως οι τάρανδοι.

«Δε θα έβαζα και στοίχημα στη θέση σου. Δεν την άκουσα να δέχεται», είπε αυτός σταθερά.

«Εγώ... δεν...», προσπάθησα να μπω στην κουβέντα ανεπιτυχώς. Στην τελική για εμένα μιλούσαν. Ήθελα απεγνωσμένα να δώσω το παρόν, να δείξω πυγμή, να συμμετέχω αλλά δεν κατόρθωνα να αρθρώσω λέξη ή μάλλον πρόταση, που να βγάζει νόημα.

Μου φάνηκε πως άκουσα ένα γρύλισμα. Ο Ίβαρ κυριολεκτικά ηττημένος, με κοίταξε φευγαλέα. «Τα λέμε αργότερα, Άζρα». Η φωνή του είχε λίγη περισσότερη αγωνία απ' όση θα περίμενα. Βγήκε από την πόρτα με αργά βήματα. Ήμουν εκεί μαζί του...

Κεφάλαιο 5

Δε μιλούσε. Ούτε εγώ μιλούσα. Μετακίνησε το κορμί του με μια απίστευτη χάρη και στάθηκε όρθιος δίπλα μου, ανάμεσα στο σκαμνί που καθόμουν και σε αυτό που μέχρι πριν λίγο καθόταν ο Ίβαρ. Στηρίχθηκε με τον αγκώνα του πάνω στο μπαρ. Η μπλούζα που φορούσε άφηνε να διαγράφονται οι μύες στο στέρνο του. Με κοιτούσε φυσικά στα μάτια. Είχε ένα ειρωνικό και *πανέμορφο* βλέμμα. Το μειδίαμα, που είχε και το προηγούμενο βράδυ χαραγμένο στα χείλη του, ήταν ακόμα εκεί, σαν ανεξίτηλο. Μετακίνησε μια τούφα από τα μαλλιά μου πίσω από τον ώμο μου. Πήρε μια βαθιά ανάσα. Εγώ δεν ανάσαινα εδώ και ώρα.

Μου φάνηκε σα να στεκόμασταν έτσι τουλάχιστον δέκα λεπτά. «Είσαι πολύ όμορφη», μου είπε σιγανά αλλά σταθερά.

«Κι εσύ...», μου ξέφυγε. «Αλλά δε νομίζω με τέτοια λόγια να αποφύγεις το γεγονός πως άργησες». Είχα αρχίσει να βρίσκω τον εαυτό μου. Μου φαινόταν πως ίσως και να είχα μια ελπίδα να ανασυγκροτηθώ.

«Έχεις δίκιο. Δεν ήταν πολύ ευγενικό. Λυπάμαι, αλλά μου έτυχε κάτι σοβαρό. Δε θα ξανασυμβεί», είπε σχετικά απολογητικά. *Δηλαδή σκοπεύει ήδη να επαναληφθεί αυτό;* σκέφτηκα.

Ήταν τόσο όμορφος, που στα αλήθεια μπερδευόμουν. Υπήρχε μια ένταση στον αέρα μεταξύ μας, σα να προετοιμαζόταν μια ηλεκτρική εκκένωση. Τα μάτια του μετακινήθηκαν σε όλο μου το πρόσωπο και σταμάτησαν στα χείλη μου. Επανέλαβε την κίνηση που είχε κάνει το προηγούμενο βράδυ και με το δείκτη του διέγραψε την καμπύλη της κλείδας μου. Με ξανακοίταξε στα μάτια. Με το χέρι μου έπιασα το δικό του, σα να τον σταματούσα, όσο κι αν δεν το ήθελα. Αισθανόμουν σα θήραμα και δε μου άρεσε ο ρόλος. Καταλάβαινα πως όλα πήγαιναν πολύ γρήγορα.

«Με κάλεσες για φαγητό αν θυμάμαι καλά», είπα έντονα και με μια σταθερότητα, που ομολογώ πως δε φανταζόμουν πως διέθετα υπό αυτές τις συνθήκες. «Θα με πας ή δεν κρατάς *ποτέ* τις υποσχέσεις σου;»

Το πρόσωπό του φωτίστηκε από ένα άψογο χαμόγελο. Φαινόταν σχεδόν ευχαριστημένος με την αντίδρασή μου.

«Φυσικά και θα σε πάω. Έχω μαγειρέψει ήδη. Πάντα κρατάω τις υποσχέσεις μου», είπε με έναν ευχάριστο τόνο. «Θα φάμε σπίτι μου». Κατευθύνθηκε προς την πόρτα και την άνοιξε για να βγω. Το βλέμμα του ήταν κυνηγητικό.

Έξω απ' την παμπ ήταν παρκαρισμένο ένα τεράστιο τζιπ. Το αυτοκίνητο είχε αλυσίδες και κατάλαβα πως θα βγαίναμε από την πόλη. Οι δρόμοι στο εσωτερικό της ήταν άψογα καθαροί. Προχωρούσε μπροστά μου με κινήσεις τεράστιας γάτας. Εκείνη τη στιγμή σκέφτηκα πως θα μπορούσε να κάνει μεγαλειώδη καριέρα στις πασαρέλες. Ήταν ένα τέλειο δείγμα του ανθρώπινου σώματος στην ηλικία των 25 ετών. Μια υποδειγματική, ανθρώπινη μηχανή.

Άνοιξε την πόρτα του συνοδηγού για να μπω μέσα. Με ευγενικές, γοητευτικές κινήσεις έσκυψε πάνω μου –επικίνδυνα κοντά μου- και μου έδεσε τη ζώνη. Έκλεισε την πόρτα κι εξακολουθώντας να με κοιτάζει στα μάτια, έκανε τον κύκλο του αυτοκινήτου για να έρθει στη θέση του οδηγού. *Με σαγηνεύει*, σκέφτηκα. Δε φοβόμουν όμως. Είχα αποφασίσει να μπω στην αντεπίθεση.

Αρχίσαμε να απομακρυνόμαστε από την παμπ και το κέντρο της πόλης. Το ηχοσύστημα μέσα στο αυτοκίνητο έπαιζε John Cambel. «Blues…», ψιθύρισα.

«Ελπίζω να τρως σπαγγέτι», μου είπε σταθερά. «Δεν είχα πολύ χρόνο», δικαιολογήθηκε.

«Η αλήθεια είναι πως δεν τρώω πολύ. Δεν έχω πρόβλημα όμως, δεν είμαι επιλεκτική».

«Προτιμάς να πίνεις, σωστά;» με κοίταξε έντονα.

«Η αλήθεια είναι πως ναι», είπα θλιμμένα. Δεν ήθελα να του πω ψέματα. Δεν ήξερα γιατί.

«Ξέρεις το λόγο που πίνεις τόσο;» Οδηγούσε πολύ γρήγορα για τις καιρικές συνθήκες.

«Μάλλον θέλω να κάνω κακό στον εαυτό μου», συμπλήρωσα παραθέτοντας την καλύτερη θεωρία που είχα διαθέσιμη για την κατάσταση.

«Όχι, δεν είναι αυτό», είπε με σιγουριά. «Θες να σου πω εγώ;» με κοίταξε ξανά δυνατά και σταθερά. Δεν απάντησα. Το θεώρησε ως κατάφαση. «Πίνεις γιατί δεν έχεις καμία σταθερή σε αυτόν τον κόσμο. Κανένα σημείο αναφοράς».

Το πώς είχαμε φτάσει σε τέτοιο σημείο ανάλυσης μέσα σε μισή ώρα μου διέφευγε. «Πώς το ξέρεις αυτό;» είπα λιγάκι ενοχλημένη.

«Ας πούμε χρόνια εμπειρίας στο ανθρώπινο είδος», είπε παγωμένα.

«Πόσο χρονών είσαι;» ρώτησα με μια ειρωνεία στη φωνή μου. Δεν έμοιαζε πάνω από 25 κι ήθελα πολύ να μάθω με ποια δικαιολογία θεωρούσε τον εαυτό του τόσο έμπειρο.

«Οι φίλοι μου λένε πως μόλις έκλεισα τα 27 και μπήκα στα 90!» γέλασε.

«Είμαι αρκετά μεγαλύτερή σου», είπα αυστηρά.

«Δε σου φαίνεται! Από τις αντιδράσεις σου θα έλεγα πως συμπεριφέρεσαι σαν κακομαθημένο δωδεκάχρονο», με κοίταξε και πάλι με την ίδια ειρωνεία.

Ήθελε να με νευριάσει αλλά δε θα του έκανα το χατίρι. Κοίταξα το μαγευτικό, αν και σκοτεινό, τοπίο. Ανεβαίναμε ένα λόφο όταν πίσω από την τελευταία στροφή εμφανίστηκε ένα απλά τεράστιο σπίτι, το οποίο πρέπει να είχε τουλάχιστον δέκα υπνοδωμάτια.

Βρήκα το θάρρος να απαντήσω. «Οι δικές σου αντιδράσεις θυμίζουν έναν παλιόγερο νάρκισσο», αντεπιτέθηκα χωρίς επιχείρημα φυσικά. Χαμογέλασε. Για κάποιο ανεξήγητο λόγο χαμογέλασα κι εγώ.

«Θα παίξουμε το πανάρχαιο έργο της κόντρας άνδρα και γυναίκας μέχρι να σε ρίξω στο κρεβάτι για να σταματήσουμε;» μου είπε τραβώντας το χειρόφρενο. Με κοιτούσε τόσο έντονα, που νόμιζα πως δε θα καταφέρω να κουνηθώ.

«Ίσως θα έπρεπε να κερδίσουμε λίγο χρόνο και να κάνουμε αυτό που πραγματικά θέλουμε κι οι δύο».

«Ίσως είναι καλύτερα να μείνεις εκεί που είσαι», είπα δήθεν αυστηρά και με πλήρη αποτυχία να γίνω πιστευτή πως το εννοούσα.

Έσκυψε προς το μέρος μου κι έχωσε το κεφάλι του μέσα στα μαλλιά μου. Πήρε μια βαθιά ανάσα, απομακρύνθηκε λιγάκι, με κοίταξε και γλίστρησε το χέρι του πίσω από το λαιμό μου. Με κράτησε *δυνατά* κοντά του και πλησίασε λίγο ακόμα, τόσο που σχεδόν τα χείλη του ακούμπησαν τα δικά μου.

«Μυρίζεις σα ζαχαρωτό», είπε με ένα θεϊκό βλέμμα. Αισθανόμουν σε καταστολή. Δεν μπορούσα να αντιδράσω.

«Σου αξίζει περισσότερος χρόνος», ψιθύρισε. Με ελευθέρωσε απαλά και στάθηκε και πάλι στη θέση του οδηγού.

«Θα ήταν καλύτερα και για τους δυο μας αν τελικά καταφέρναμε να πάμε μέσα για φαγητό», μου είπε με ένα χαμόγελο. Η ειρωνεία είχε εξαφανιστεί από το βλέμμα του.

Το σπίτι ήταν σα να είχε ξεπηδήσει από σελίδες περιοδικού. Το ισόγειο είχε μια τεράστια σάλα υποδοχής γεμάτη με όπλα, που φαίνονταν να προέρχονται από διάφορα μέρη του κόσμου. Τόξα του Αμαζονίου, περουβιανά ρόπαλα, τουφέκια του Α' Παγκοσμίου Πολέμου, βαλλίστρες του Μεσαίωνα.

«Έχουμε θέμα με τη βία;» είπα σαρκαστικά.

«Κανένα. Μπορώ να σκοτώσω με γυμνά χέρια, εάν θέλω», είπε με ένα τόνο μυστηρίου. «Αυτά είναι, ας πούμε, της οικογένειάς μου».

Ένα ρίγος με διαπέρασε. Φετιχισμός μου ήρθε στο μυαλό. Άφησα το παλτό μου σε μια κρεμάστρα, που φαινόταν να έχει έρθει κατευθείαν από το Sotheby's. Περάσαμε μέσα από μια αίθουσα χορού όπου ένα πιάνο με ουρά κι ένα υπέροχο κο ντραμπάσο στέκονταν με χάρη σε μια γωνία.

«Παίζεις;» ρώτησα με περιέργεια.

«Όχι εγώ, η αδερφή μου», μου εξομολογήθηκε.

«Μένεις εδώ με την οικογένειά σου;» Είχα πολλές απορίες.

«Μένουν μαζί μου η αδερφή μου κι οχτώ φίλοι. Έχουμε φτιάξει μια μικρή κοινότητα αν θέλεις», με οδηγούσε μέσα στο χώρο ανάβοντας τα φώτα. Το σπίτι ήταν πανέμορφο. Η τέχνη που υπήρχε μέσα ήταν εξαιρετική μολονότι δεν υπήρχαν φωτογραφίες ούτε καθρέφτες.

«Πού είναι όλοι τώρα;» ρώτησα με απορία.

«Ήθελα το σπίτι για τον εαυτό μου. Έτσι, πήγαν μια εκδρομούλα μέχρι το Όσλο. Θα γυρίσουν μεθαύριο», είπε γυρνώντας προς εμένα και περπατώντας για λίγο ανάποδα. Το βλέμμα του ήταν πια πιο μαλακό παρόλο που δεν μπορούσα να καταλάβω το λόγο και δεν είχα απολύτως καμία ιδέα για το τι περνούσε από το κεφάλι του.

Φτάσαμε στην κουζίνα. Ήταν ένα μεγάλος χώρος με αμερικανικές προδιαγραφές. Το τραπέζι ήταν όμορφα στρωμένο και μια κατσαρόλα άχνιζε στην κουζίνα. Με σχεδόν χορευτικές κινήσεις πέταξε το παλτό του σε έναν καναπέ στη γωνία και κατευθύνθηκε προς τα ντουλάπια. Σέρβιρε γενναία δύο πιάτα και τα τοποθέτησε στο τραπέζι.

«Θέλεις να βγάλεις το κρασί από το ψυγείο;» με ρώτησε απλά.

«Κανένα πρόβλημα», απάντησα. Όλα ήταν τόσο εύκολα. Σχεδόν διασκέδαζα. Άνοιξα το τεράστιο ψυγείο και παρατήρησα πως ήταν περίπου άδειο, εκτός από συσκευασίες με φρέσκο κρέας και διάφορα κρασιά. Πήρα ένα παγωμένο Chardonnay κι άρχισα να ψάχνω για το ντουλάπι με τα ποτήρια.

«Το πάνω αριστερά», μου υπέδειξε. Πέρασε πίσω μου με μια ταχύτητα που με άφησε άφωνη. Νόμιζα πως τον άκουσα να ψιθυρίζει κάτι. Μου πείραξε τα μαλλιά. Καθώς γύρισα το κεφάλι μου με κοίταξε στα μάτια και χαμογέλασε.

«Νομίζω σου είπα πόσο όμορφη είσαι». Φαινόταν ιδιαίτερα χαρούμενος.

«Ναι κι αν συνεχίσεις, θα το πάρω πάνω μου», γέλασα με τη σειρά μου. «Άλλωστε το ξέρεις πως δεν πας πίσω», συμπλήρωσα.

Ξαφνικά η όψη του έγινε σοβαρή. «Δεν είναι το ίδιο», είπε τόσο χαμηλόφωνα, που δυσκολεύτηκα να τον ακούσω.

Απέφυγα να συνεχίσω. Κατέβασα δυο ποτήρια από το ντουλάπι που μου υπέδειξε κι άνοιξα το κρασί. Σέρβιρα στα ποτήρια και προσπάθησα να καθίσω σε μια από τις δύο κενές θέσεις. Με εξαιρετική ταχύτητα βρέθηκε πίσω μου και τράβηξε την καρέκλα. Ήταν τόσο διαφορετικός τώρα. Σχεδόν είχε χαθεί αυτή η υπεροψία που με ξένιζε τόσο. *Μάλλον το κάνει επίτηδες, σκέφτηκα.*

«Σου αρέσει το φαγητό;» ρώτησε με αδημονία. Δεν είχα προλάβει να κατεβάσω την μπουκιά μου.

«Ωραίο είναι και το κρασί είναι υπέροχο», απάντησα σχεδόν μπουκωμένη.

«Γιατί ήρθες εδώ Άζρα;» Πρώτη φορά μου έλεγε με το όνομά μου.

«Εδώ στο σπίτι σου ή εδώ στο Honningsvag;» προσπάθησα να κερδίσω χρόνο.

«Και τα δύο». Σταμάτησε να τρώει, πλησίασε στο σώμα μου και με κάρφωσε κυριολεκτικά με τα κατάμαυρα μάτια του. Το βλέμμα του ήταν τόσο διαπεραστικό που αισθανόμουν ότι έβλεπε μέσα μου. Αισθανόμουν το σώμα μου απορρυθμισμένο για ακόμα μια φορά. Δεν είχα νιώσει έτσι ποτέ πριν στη ζωή μου κι έτσι αφέθηκα... Εστίασα στις κόρες των ματιών του που ελάχιστα διακρίνονταν από τη σκούρα ίριδα. Η καρδιά μου σταμάτησε και πάλι. Ο εγκέφαλός μου έβραζε.

Ζω σε ένα απέραντο σκοτάδι. Τίποτα δεν έχει νόημα. Όλα μοιάζουν από κάποιον γραμμένα, αλλά εγώ δεν μπορώ να βρω το ρόλο μου στο σενάριο. Όλα έχουν τη ροή τους εκτός από μένα, που στέκομαι μετέωρη στο κενό. Όλα με κάνουν να αισθάνομαι ολομόναχη και παγωμένη. Η ίδια η ύπαρξη με πονάει. Θέλω να τελειώσει αυτό το μαρτύριο, αλλά δεν ξέρω πώς. Η στιγμή που σε είδα ήταν το μοναδικό φως που αντίκρισα ποτέ μέσα σε αυτόν τον τάφο. Δε θέλω να φύγεις.

Δεν άρθρωσα τίποτα από όλα αυτά. Το βλέμμα του άλλαξε, έγινε τρυφερό και γεμάτο πόνο. Ήταν τόσο όμορφος.

«Το ξέρω... Το ξέρω...», ψιθύρισε κι η φωνή του έτρεμε. Σηκώθηκε από τη θέση του με μια απότομη κίνηση και με έβγαλε από το λήθαργο που είχα πέσει. Δεν καταλάβαινα τι μου είχε συμβεί. Ήμουν σαστισμένη και αναστατωμένη. «Καλύτερα να φύγεις», είπε ξεψυχισμένα.

«Μα...», προσπάθησα να διαμαρτυρηθώ. Δεν ήταν δυνατόν να άκουσε, σκέφτηκα με αμφισβήτηση. «Δε θέλω να φύγω ακόμα».

«Άκουσέ με, Άζρα». Η φωνή του ήταν πολύ δυνατή και θυμωμένη τώρα. «Για το δικό σου καλό, σήκω και φύγε τώρα!» Μου πέταξε τα κλειδιά του αυτοκινήτου.

«Τι έπαθες; Τι συμβαίνει;» ψέλλισα με ανησυχία. Προσπάθησα να τον ακουμπήσω. Πετάχτηκε σα να τον χτύπησε ηλεκτρικό ρεύμα. Το βλέμμα του ήταν οργισμένο κι η φωνή του ακούστηκε τόσο δυνατή, που νόμισα πως την ξερνούσε μέσα στο κεφάλι μου.

«ΣΗΚΩ ΚΑΙ ΦΥΓΕ ΤΩΡΑ!» ούρλιαξε. Τα Σκυλιά άρχισαν να γαβγίζουν, τα πιάτα γλίστρησαν από το τραπέζι κι έσπασαν με έναν εκκωφαντικό θόρυβο.

Έφυγα τρέχοντας για το τζιπ ζαλισμένη και τρομοκρατημένη. Έξω είχε μια απίστευτη χιονοθύελλα.

Κεφάλαιο 6

Ήμουν εξαιρετικά συγχυσμένη και φοβισμένη. Τα μάτια μου ήταν πλημμυρισμένα δάκρυα. Σχεδόν έκλαιγα με λυγμούς και δε μου το είχα επιτρέψει ποτέ αυτό. Αισθανόμουν πως, για κάποια δευτερόλεπτα, είχε ανοίξει μια *πύλη* μέσα μου από όπου ξεχύθηκαν τόσα συναισθήματα με αποδέκτη εκείνον. Σα να δημιουργήθηκε ένας ομφάλιος λώρος, που κόπηκε απότομα. Δεν καταλάβαινα ούτε τι συνέβη, ούτε πώς φτάσαμε ως εκεί. Έγιναν όλα τόσο γρήγορα. Ο πόνος μου προερχόταν από το γεγονός πως βρήκα ανταπόκριση και μετά αυτή η αγριότητα. Ήταν ένα *τέρας* όταν με έδιωχνε. Ένα πραγματικό *τέρας*.

Γιατί *γάβγιζαν* τα Σκυλιά; Πώς έσπασαν τα πιάτα; Πώς άκουσα τη φωνή του μέσα στο κεφάλι μου; Ποιος ήταν επιτέλους; *Τι* ήταν;

Οδηγούσα απερίσκεπτα για τη θύελλα που επικρατούσε και για τους παγωμένους δρόμους. Το χιόνι ήταν υπερβολικό. *Φοβόμουν.* Δεν μπορούσα να συντονίσω τις κινήσεις μου. Διέκρινα τα θαμπά φώτα της πόλης μέσα απ' το παραπέτασμα του χιονιού, το οποίο στροβιλιζόταν από έναν άγριο αέρα. Πάρκαρα όπως-όπως μπροστά από ένα τηλεφωνικό θάλαμο, κλείδωσα το τζιπ κι έβαλα τα κλειδιά στην τσέπη μου. Μπήκα με γρήγορες κινήσεις στο θάλαμο κι έψαξα απεγνωσμένα μέσα στην τσάντα μου για το χαρτάκι που είχα τοποθετήσει εκεί νωρίτερα. Σχημάτισα τον αριθμό και περίμενα μ' αγωνία την απάντηση απ' την άλλη άκρη της γραμμής. Δεν το σήκωνε κανείς. «Απάντησε, που να σε πάρει!» είπα δυνατά.

«Hallo...», ακούστηκε μια *ταλαιπωρημένη φωνή επιτέλους.*

«Ίβαρ!» κατάφερα να πω σχεδόν φωνάζοντας. Όπως πάντα, στρεφόμουν για βοήθεια στον πρώτο τυχόντα.

«...Άζρα;» ακούστηκε διστακτικά η φωνή του. «Είσαι καλά;» είπε μ' ένα τόνο που ακούστηκε σαν ειλικρινές ενδιαφέρον.

«Όχι... Δηλαδή ναι... Να, έχω αποκλειστεί στην είσοδο της *πόλης* απ' τη χιονοθύελλα...», προσπάθησα να δικαιολογηθώ. Δεν ήθελα να ξέρει τι μου συνέβαινε.

«Μα καλά, πού σ' άφησε ο αχρείος; Πού είσαι ακριβώς;» ακούστηκε εξοργισμένος.

«Δίπλα σε μια ταμπέλα που γράφει «Καλώς ήρθατε στο Honningsvag». Αν και τα νορβηγικά μου δεν είναι καλά...». Οι παλμοί μου έπεφταν σιγά-σιγά. Αισθανόμουν πιο ασφαλής. Μάλλον έφταιγε η αρρενωπή φωνή του.

«Περίμενε εκεί. Έρχομαι σε 5 λεπτά», είπε κι η γραμμή έκλεισε.

Τα χέρια μου έτρεμαν ακόμα. Έκανε αφόρητο κρύο μέσα στο θάλαμο. Ένα κόκκινο αυτοκίνητο ήταν σταματημένο μπροστά από το τζιπ. Δεν το είχα παρατηρήσει όπως ερχόμουν. Κάποιος ήταν μέσα, αλλά δε διέκρινα καλά. Τράβηξα μια γραμμή σκορπίζοντας αρκετό υλικό στο πάτωμα του θαλάμου από το τρέμουλο στα χέρια μου κι άναψα ένα τσιγάρο. Ήταν ηλίθιο το πώς γέμιζα καπνό το μισό τετραγωνικό του χώρου, αλλά δε με απασχολούσε. Αυτός που οδηγούσε το κόκκινο αυτοκίνητο κατέβηκε από τη θέση του συνοδηγού κι άρχισε να περπατάει προς το θάλαμο. *Αυτό μας έλειπε.* Φοβόμουν ακόμα και, καθώς δεν υπήρχε κανείς που να κινείται στους δρόμους εκεί γύρω, δεν ήθελα να αντιμετωπίσω κανέναν αυτήν τη στιγμή.

Η φιγούρα ξεκαθάρισε σιγά-σιγά. Βρισκόταν στα τρία μέτρα από το θάλαμο. Ήταν μια ψηλή, αδύνατη γυναίκα. Δε φορούσε πολλά ρούχα κι ένας κόκκινος χείμαρρος μαλλιών ξεχυνόταν από το σκούφο της. Ήταν μια από αυτούς.

Με κοιτούσε έντονα αποφεύγοντας τα μάτια μου. Άνοιξε απότομα την πόρτα του θαλάμου και τέντωσε το μακρύ χέρι της στο εσωτερικό με την παλάμη προς τα πάνω. «Μα... Εσύ δεν είσαι στο Όσλο;» κατάφερα να ψιθυρίσω. Οι νιφάδες στροβιλίζονταν στο μικρό χώρο.

«Τα κλειδιά και να μη σε νοιάζει...», είπε με μια σχεδόν οργισμένη φωνή.

Τρέμοντας έβγαλα τα κλειδιά του τζιπ και της τα έδωσα. Γύρισε με ταχύτητα ιαγουάρου κι αφού μου έριξε μια άγρια ματιά, απομακρύνθηκε. Νόμιζα πως θα ήταν έτοιμη να με πυ ροβολήσει, τόσο μίσος είχε η ματιά της.

Ο Ίβαρ κατέφθασε θριαμβευτικά μέσα σε ένα αυτοκίνητο με καρότσα μέσα στα επόμενα δευτερόλεπτα. Κορνάρισε σχεδόν με αυθάδεια για να καταλάβω πως ήταν αυτός. Η θύελλα είχε αρχίσει να κοπάζει. Βγήκα τρέχοντας από το θάλαμο, έκανα το γύρο του αυτοκινήτου και μπήκα με βιασύνη στο ασημί αυτοκίνητο.

«Είσαι τρελή». Δεν ήταν ερώτηση. «Τι κάνεις εδώ υπό τέτοιες συνθήκες; Αυτός σε άφησε εδώ;» ρώτησε.

«Όταν… με άφησε, δεν είχε θύελλα… Ήθελα να περπατήσω…», προσπάθησα να δικαιολογηθώ.

«Να περπατήσεις μες τη νύχτα, στους -2 βαθμούς, σε ένα μέρος που δε βλέπεις τη μύτη σου; Χμ!» είπε δύσπιστα. «Νομίζω σου είπα πως δε μου αρέσει να μου λένε ψέματα». Δεν είχε ξεκινήσει το αυτοκίνητο. Περίμενε μια εξήγηση. Μια πειστική εξήγηση.

«Δε μου αρέσει αυτός ο τύπος. Με φόβισε. Ήθελα να φύγω οπωσδήποτε κι έφυγα». Δεν υπήρχε περίπτωση να παραδεχθώ πως με έδιωξε αυτός, αλλά δε θα τολμούσα να πω κι όλη την αλήθεια. Κάτι μου έλεγε πως θα με περνούσε για τρελή.

«Καλά. Δε σε πιέζω παραπάνω. Ούτως ή άλλως το γεγονός πως σε φόβισε δε μου κάνει εντύπωση. Είναι λιγάκι απόκοσμος θα έλεγα». Μου χαμογέλασε με ένα πλατύ χαμόγελο. «Πού θέλεις να πάμε;» ρώτησε ευγενικά.

«Δεν έχω ιδέα! Αν θέλεις, μπορούμε να πάμε σπίτι σου. Εγώ δεν έχω βάση εδώ πέρα…», είπα σχεδόν παραπονιάρικα. «Η Γκαμπριέλα…», ψιθύρισα. «Θα έχει ανησυχήσει…», είπα αισθανόμενη τύψεις για την τεράστια Ρωσίδα.

«Της έχω ήδη τηλεφωνήσει. Την ενημέρωσα πως ανέλαβα εγώ», είπε αυτάρεσκα.

«Μα πώς το ήξερες πως μένω σπίτι της;» είπα με απορία. Όλοι ξέρουν τι κάνω εδώ πέρα;

«Άζρα, είσαι ό,τι διασκεδαστικότερο έχει συμβεί στην πόλη μετά από μια ομάδα λυκειόπαιδων από τη Λετονία, που είχαν έρθει το περασμένο καλοκαίρι για διακοπές. Όλοι ξέρουν τι κάνεις και πού είσαι», πρόσθεσε με μια μικρή ειρωνεία στη φωνή του.

Ωραία. Ένιωθα σα να έπαιζα στο Big Brother...

«Όχι πως δεν είχε ανησυχήσει ή εκνευριστεί μαζί σου. Μου τόνισε πως αύριο επιστρέφει ο Μιχαήλ και πως θέλει να σε δει αμέσως μόλις φτάσει. Ο Μιχαήλ είναι κηδεμόνας σου;» είπε και γέλασε χαρωπά.

Οδηγούσε προσεκτικά με το σεβασμό που έχουν στα επίγεια μέσα μεταφοράς οι ναυτικοί. Λες και το έδαφος τους φοβίζει.

«Έχει υπάρξει στο παρελθόν. Ο Μιχαήλ με έχει μεγαλώσει», είπα απολογητικά.

«Ωραία δουλειά... Όχι πως ο δικός μου πατέρας έχει κάνει καλύτερη. Μάλλον την ελάχιστη, θα έλεγα», είπε παιχνιδιάρικα και μου έκλεισε το μάτι. Τα μάτια του ήταν τόσο ζεστά και το ταλαιπωρημένο ύφος που είχε μου άρεσε πολύ. Μου άρεσε αυτός ο άντρας.

Φυσικά, δεν είχα συνέλθει ακόμα. Πίστευα πως με μια βότκα ή ένα ουίσκι θα ήμουν καλύτερα. Δεν υπήρχε περίπτωση να ξαναπερνούσαν από το κεφάλι μου όσα συνέβησαν. Θα άφηνα το υποσυνείδητο να τα επεξεργαστεί και να δημιουργήσει ακόμα μια τρύπα στην ψυχολογία μου. Άτακτη υποχώρηση. Όπως πάντα.

Ο Ίβαρ πάρκαρε το αυτοκίνητο προσεκτικά έξω από ένα κτίριο που έμοιαζε με αποθήκη.

«Κοίτα είμαι εργένης. Μην περιμένεις μεγαλεία», είπε απολογητικά. «Αλλά έχω βότκα», είπε με βλέμμα δεκάχρονου παιδιού που σου παρουσιάζει τα παιχνίδια του.

«Είμαι κι εγώ εργένης, Ίβαρ και προτιμώ την αποθήκη σου από τα κακέκτυπα της Laura Ashley, που κυκλοφορούν σε αυτό το χωριό», του χαμογέλασα. Μου δημιουργούσε μια ασφάλεια σαν την Γκαμπριέλα. Σα να μην υπήρχαν δυσάρεστες εκπλήξεις πίσω από αυτά τα παιδικά μάτια. What you see is what you get.

Με ευγενικές κινήσεις άνοιξε την πόρτα και με άφησε να περάσω. Το ένα ενιαίο δωμάτιο ήταν τεράστιο και πολύ θα ήθελα να ξέρω πώς το κρατούσε τόσο ζεστό. Μια τραπεζαρία, μια κουζίνα κι ένα τεράστιο καθιστικό κι υπνοδωμάτιο αποτελούσαν το σπίτι. Η διακόσμηση ήταν λιτή. Δεν υπήρχε τηλεόραση αλλά ένα γιγαντιαίων διαστάσεων στερεοφωνικό σε κομμάτια είχε τον πρωταγωνιστικό ρόλο στο χώρο, τοποθετημένο σε μια κατασκευή από ξύλο και μέταλλο κι ένας ολόκληρος τοίχος, με βιβλιοθήκη από τοίχο σε τοίχο, περιείχε εκατοντάδες βινύλια και CDs.

«Βολέψου, μικρή», μου είπε με αυθάδεια. Έβγαλε το μπουφάν του και το έβαλε με προσοχή σε μια καρέκλα. Το σώμα του φαινόταν σκληραγωγημένο και δυνατό.

«Πόσο χρονών είσαι;» ρώτησα διαγράφοντας την προσφώνηση που με είχε ενοχλήσει κάπως. Άκου, μικρή…

«Σαράντα πέντε. Είμαι ένα γερασμένο παλιάλογο», είπε πικρά.

«Ένα καλοδιατηρημένο, γερασμένο παλιάλογο», συμπλήρωσα.

Γέλασε καλόκαρδα. Κατευθύνθηκε προς το πικάπ κι έβαλε ένα δίσκο να παίζει.

«Charlie Mingus», είπα. «Τον λατρεύω αυτόν τον τύπο!» Είχα εντυπωσιαστεί από τη μουσική του επιλογή.

«Είσαι ενημερωμένη για την ηλικία σου», μου απεύθυνε διασκεδάζοντας με το ύφος μου. «Η μουσική είναι η ζωή μου. Εκτός από τα ψάρια», είπε χαμογελώντας. «Είμαι τρομπετίστας», πρόσθεσε.

«Εννοείς ερασιτέχνης...», ουσιαστικά ρώτησα.

«Όχι, επαγγελματίας», απολογήθηκε και πάλι. «Απλά τα παράτησα...».

«Μα γιατί;»

«Άλλη ιστορία για άλλη ώρα», μου είπε απότομα. «Τώρα θα μου πεις για σένα. Πεινάς μήπως;»

«Όχι. Να πιω θέλω. Σε παρακαλώ», είπα έχοντας προσπαθήσει να μη γίνω πιεστική εδώ και ώρα. Νομίζω τον ντρεπόμουν.

«Μα βέβαια... Συγγνώμη, ξεχάστηκα», είπε κατευθυνόμενος με γοργούς ρυθμούς προς την κουζίνα.

Με συντονισμένες κινήσεις με σέρβιρε μια γενναία δόση βότκας και την άφησε στο τραπεζάκι του καναπέ όπου είχα ήδη βολευτεί. Την ήπια μονορούφι και του έδωσα το ποτήρι στο χέρι.

«Άλλη μία παρακαλώ;» είπα με το πιο γλυκό κι αθώο μου βλέμμα.

«Θα μεθύσεις και δε θα ευθύνομαι εγώ για ό,τι γίνει...», είπε κοιτώντας με φευγαλέα στα μάτια.

«Δε μεθάω ποτέ και δε θα ευθύνεσαι εσύ. Χρειάζονται δύο», του είπα με νόημα.

Είχα απεγνωσμένη ανάγκη από ανθρώπινη επαφή, έστω και πλασματικά ειλικρινή. Μου άρεσε που ήμουν κοντά του. Φαινόταν να έχει τον έλεγχο κι αυτό με ζέσταινε. Με ρώτησε για τη ζωή μου και του έδωσα μια μικρή εικόνα για τις συνήθειές μου. Με ρωτούσε συνέχεια για τα πάντα και δεν απαντούσε παρά αινιγματικά στις δικές μου ερωτήσεις. Πού μένω, τι κάνω, πώς περνώ το χρόνο μου, τι μουσική ακούω. Μάλλον ήταν πολύ περίεργος για μένα.

«Είσαι ένα παλιόπαιδο, λοιπόν, μικρή», αποφάνθηκε μετά από ένα μπουκάλι βότκα και περίπου ένα δίωρο συζήτησης. «Μου αρέσεις όμως. Είσαι υπό σύγχυση, αλλά δεν τραβάς άλλους ανθρώπους στο ζόρι σου. Το εκτιμώ αυτό...», είπε και με κοίταξε από την κορυφή έως τα νύχια. Το ήξερα αυτό το ύφος. Ήταν το σημάδι πως κάποιος ήθελε από μένα κάτι παραπάνω από κουβέντα.

Φυσικά, δεν αισθανόμουν πολύ περήφανη για τον εαυτό μου. Χαμήλωσα τα μάτια κι εξέτασα το χαλί. «Δεν είναι και πολύ δύσκολο αυτό», είπα θλιμμένα. «Δεν είναι κανένας γύρω μου για να τον τραβήξω». Δε μου άρεσε που ξεστόμισα αυτό το παράπονο.

Σηκώθηκε με αργές κινήσεις από τον καναπέ δίπλα μου κι αναστέναξε βαθιά. Το κουρασμένο ύφος του με έκανε να τον θέλω ακόμα πιο πολύ. Ήπιε ένα σφηνάκι βότκα μόνος του με την πλάτη του γυρισμένη. Έπειτα έκανε μια στροφή προς εμένα και μετά από μερικά δευτερόλεπτα έμοιαζε σα να πήρε μια απόφαση.

Με πλησίασε αποφασιστικά με μεγάλα βήματα. Καθώς πλησίαζε, έβγαλε το πουλόβερ του. Ένας εξαίσια αρρενωπός και δυνατός κορμός αποκαλύφθηκε. Είχε ένα γλυκό χρώμα καραμέλας κι ένα ελαφρύ ξανθό χνούδι στο στέρνο. Ήξερα πως δε θα άντεχα να τον αποχωριστώ εκείνο το βράδυ. Ήταν ιδιαίτερα γοητευτικός για τα δεδομένα μου. Με σήκωσε από τον καναπέ απότομα τραβώντας με από το χέρι.

«Θα είμαι εγώ εδώ γύρω για λίγο», είπε βραχνά.

Με φίλησε με προσοχή. Έβγαλα τα ρούχα μου με γρήγορες κινήσεις χωρίς να λέω κουβέντα και κοίταξε απορημένος το σημαδεμένο από τα σχέδια σώμα μου. Το βλέμμα του έδειχνε πως του άρεσε αυτό που έβλεπε.

«Για να δούμε πόσο παλιόπαιδο είσαι», είπε ψιθυριστά και με τράβηξε πάνω του.

Κεφάλαιο 7

«Έχουμε πρόβλημα. Δεν ξυπνάει».

«Δεν έχουμε χρόνο. Έχει έρθει ήδη το Λιοντάρι».

«Δεν ξέρω… Είναι σε λήθαργο. Πόσους έχουμε χάσει;»

«Πάνω από εκατό χιλιάδες. Η εκεχειρία λήγει αύριο».

«Ξύπνησέ τον. Με όποιο κόστος. Δώσ' του την αποστολή του. Τέλειωσέ το».

«Ίσως τον χάσουμε…».

«Με όποιο κόστος. Το τέλος είναι κοντά. Αυτοί… δε θα περιμένουν».

Το νερό άρχισε να κυλάει. Δεν υπήρχε γυρισμός.

Κεφάλαιο 8

Ξύπνησα με έναν απαίσιο πονοκέφαλο. Το κρεβάτι δίπλα μου ήταν άδειο. Το σπίτι ήταν ζεστό και μύριζε καφέ. Σηκώθηκα αργά κρατώντας το κεφάλι μου. Δε θυμόμουν και πολλά από το προηγούμενο βράδυ. Η μέση μου πονούσε πολύ. Το ίδιο το κεφάλι μου και το αριστερό μου χέρι. *Μάλλον κοιμήθηκα στραβά,* σκέφτηκα.

Κατευθύνθηκα προς την κουζίνα. Υπήρχε καφές κι ένα κέικ, που δεν υπήρχε περίπτωση να πιω ή φάω αντίστοιχα. Έβαλα ένα ποτήρι νερό κι άναψα ένα τσιγάρο. Πάνω στο τραπέζι είχε ένα σημείωμα. *«Τελικά είσαι πολύ παλιόπαιδο... Φεύγω για ψάρεμα. Θα γυρίσω σε τέσσερις μέρες. Αν θέλεις, μπορούμε να τα πούμε τότε. Ίβαρ».* Ένας βολικός τύπος που εξαφανιζόταν όταν ο ρόλος του σταματούσε... Τι καλά! Σε άλλο ένα μικρό χαρτάκι, κάτω από το πρώτο, έγραφε: *«Όσο για χθες βράδυ... Ουοου!»* Ποιος να ξέρει τι τον ενθουσίασε τόσο...

Ήμουν ένα όρθιο ράκος. Αισθανόμουν πολύ κουρασμένη. Κοίταξα το ρολόι κι η ώρα ήταν μία το μεσημέρι. Φυσικά, έξω ήταν σκοτάδι. Κατευθύνθηκα στους δίσκους. Κάπου θα υπάρχει John Cambel... *Ήθελα να αναπαράγω κάτι από τον άλλον. Δυστυχώς, δεν υπήρχε τίποτα. Απογοητεύτηκα...*

Είχα περάσει ένα διασκεδαστικό βράδυ με έναν πολύ γοητευτικό, καραμελένιο τρομπετίστα -ο οποίος όμως τώρα ήταν ψαράς- με ειλικρινή, γαλάζια μάτια και από όσο θυμόμουν έκανε πάρα πολύ καλό σεξ. Ωστόσο, το πρώτο πράγμα που σκέφτηκα μόλις ξύπνησα ήταν αυτός. Αυτός που με κοιτούσε στα μάτια. Αυτός που με είχε τρομάξει και διώξει σα σκυλί χωρίς να ξέρω το γιατί. Αυτός που με πολιόρκησε μέσα σε δέκα λεπτά και που μου έκανε να τον θέλω. Αυτός που μου έκανε να νομίζω πως θα ήταν κάτι για μένα και χωρίς λόγο με κλώτσησε από το σπίτι του. Αυτός που έμοιαζε με ένα παιδί. Αυτός που με φόβιζε, μου έκανε να αισθάνομαι άβολα και με ειρωνευόταν. Αυτός που με κορόιδευε, πιθανώς όλη την ώρα, την προηγούμενη μέρα. Αυτός που τον ήξερα λιγότερο από δύο μέρες. *Σταμάτα!* σκέφτηκα. *Δεν είναι η ώρα τώρα!*

Ένα αυτοκίνητο σταμάτησε έξω από την αποθήκη του Ίβαρ. Αφουγκράστηκα με περιέργεια. Έξω θα πρέπει να ήταν πολύ ήσυχα, διαφορετικά δεν μπορούσα να δικαιολογήσω το πώς άκουγα τόσο καθαρά τα πάντα. Ίσως να ήταν οι γείτονες. Το σπίτι ήταν πολύ κοντά σε δύο άλλα αντίστοιχα. Άκουγα ξεκάθαρα τα βήματα πάνω στο χιόνι. Θα πρέπει να ήταν ένα ή δύο άτομα. Τρία γρήγορα χτυπήματα βρόντηξαν στην πόρτα.

«Ίβαρ! Είσαι μέσα;» Ήταν η έντονη φωνή της Γκαμπριέλα. Έτρεξα γρήγορα προς την πόρτα, την άνοιξα απότομα κι ένα κύμα ψύχους εισέβαλε στο χώρο. Στην πόρτα στεκόταν η Γκαμπριέλα και πίσω της ο Μιχαήλ.

«Για το Θεό, Άζρα, ρίξε κάτι πάνω σου!» φώναξε απελπισμένα ο Μιχαήλ και κοίταξε αδιάφορα στα δεξιά του. Η αλή-

θεια ήταν πως δε φορούσα ρούχα. «Γκαμπριέλα... Μιχαήλ...
Συγγνώμη», ψέλλισα. Γύρισα απότομα κι άρχισα να ψάχνω τα
εσώρουχά μου. Η Γκαμπριέλα κι ο Μιχαήλ μπήκαν στο σπίτι
κι έκλεισαν την πόρτα πίσω τους.

«Είσαι γρήγορη, γλύκα, σωστά; Δυο μερούλες και τσί-
μπησες τον καλύτερο άντρα του χωριού, ε;» ακούστηκε η
βροντερή φωνή της Γκαμπριέλα και μου έκλεισε το μάτι.
«Μετά τον Όσμπιον, φυσικά», είπε απολογητικά προς το
Μιχαήλ. «Εσύ δεν πιάνεσαι. Ήσουν παπάς, για όνομα του
Θεού!» Ο Μιχαήλ της χαμογέλασε με μια οικειότητα και
ζεστασιά, που δεν τον είχα δει ποτέ να έχει με άλλον άνθρω-
πο. «Ώστε είναι πραγματικά φίλοι!», σκέφτηκα με ένα τσί-
μπημα ζήλιας. Ποτέ δεν ήταν με εμένα έτσι! Με εμένα ήταν
σα να μην υπήρχα!

«Εμ! Απλά κάναμε λίγη παρέα...», είπα προσπαθώντας
άδικα να δικαιολογηθώ.

«Ναι, η Άζρα έχει μια περίεργη άποψη για την *παρέα*. Συ-
νήθως περιλαμβάνει και συνουσία», είπε ο Μιχαήλ ψυχρά και
με κάποια πίκρα. «Μου δημιουργούσε πολλά προβλήματα
όταν ήταν μικρή. Έπρεπε να δικαιολογώ σε πολλές Κρητικές
μανάδες πώς έκανε *παρέα* με τους γιους τους». Ήταν άδικος
κι ειρωνικός. Όπως πάντα.

«Άσ' την ήσυχη!» του απεύθυνε η Γκαμπριέλα αυστηρά.
Ο Μιχαήλ σώπασε χωρίς δεύτερη κουβέντα. *Την ακούει!* είχα
εκπλαγεί και ζήλευα στα αλήθεια. Αν και είναι δύσκολο να φα-
νταστείς κάποιον να μην ακολουθεί τις υποδείξεις της μεγα-
λόσωμης και γλυκύτατης γυναίκας.

Εν τω μεταξύ, προσπαθούσα να ντυθώ σε ρυθμούς πολύ
γρήγορους εκτελώντας περίεργες χορευτικές κινήσεις. «Λοι-

πόν, για μένα ήρθατε; Δεν ήθελα να αργήσω τόσο. Ελπίζω να μη σας ανησύχησα», είπα χαρωπά.

«Ήμαρτον, γλύκα. Μεγάλο κορίτσι είσαι. Δεν είναι αυτό», απάντησε η Γκαμπριέλα.

«Σε χρειαζόμαστε!» είπε έντονα ο Μιχαήλ.

Η δική του εικόνα ήταν εκ διαμέτρου αντίθετη από αυτή της Γκαμπριέλα. Η Ρωσίδα έμοιαζε οικεία και χαλαρή ενώ ο Μιχαήλ φαινόταν αγχωμένος κι ανήσυχος. Η φωνή του είχε μια ελαφριά κουρασμένη χροιά.

«Τι εννοείτε;» ρώτησα με απορία.

«Άζρα, ήρθες εδώ για κάποιο σκοπό. Θυμάσαι ή τα μικρά σου σεξουαλικά όργια σε απορρόφησαν τόσο, που δε θέλεις πια να μάθεις γιατί σε φώναξα εδώ πάνω; Πάντως όχι για διακοπές...», γρύλισε μέσα από τα δόντια του.

Μου φάνηκε πολύ περίεργο το γεγονός ότι η Γκαμπριέλα ήταν μέσα στο θέμα. Δεν είχα καταλάβει πως το αντιμετώπιζαν από κοινού, όποιο κι αν ήταν αυτό.

«Μα, η Γκαμπριέλα... Ξέρει;» Χρειαζόμουν περισσότερες διευκρινίσεις.

«Φυσικά και ξέρω γλύκα! Αν δεν ξέρω εγώ, ποιος θα ξέρει!» είπε και γέλασε βροντερά.

«Φεύγουμε! Ήρθε η ώρα να μάθεις γιατί είσαι εδώ», σχεδόν φώναξε ο Μιχαήλ.

«Πού πάμε;» ρώτησα ξανά με ένα άγχος να με κατακλύζει. Ήταν πολύ απότομη η μετάβαση από τη γλύκα της ανούσιας ζωής μου σε κάτι άλλο, διαφορετικό.

«Κάπου που θα καταλάβεις τι συμβαίνει», συμπλήρωσε σοβαρά η Γκαμπριέλα. Η όψη της Γκαμπριέλα μου φαινόταν πια τελείως διαφορετική όταν τα μάτια της δε γελούσαν.

Έμοιαζε *σοφή*. «Τα πράγματα είναι δύσκολα, Άζρα. Πρέπει να ξυπνήσεις. Πρέπει να δεις τι συμβαίνει γύρω σου», είπε σχεδόν πένθιμα.

Ένα μούδιασμα διαπέρασε τη σπονδυλική μου στήλη. Φοβόμουν και κρύωνα.

Μπήκαμε στο αυτοκίνητο της Γκαμπριέλα κι αρχίσαμε να οδηγούμε μέσα στη νύχτα. Απομακρυνόμασταν από την πόλη. Το σκοτάδι εξακολουθούσε να έχει το γαλακτώδες, γκριζωπό χρώμα που παρουσίαζε από τη μέρα που είχα φτάσει. Η ώρα στο καντράν του αμαξιού έδειχνε 14:02.

«Δεν έχουμε πολύ χρόνο», είπε με μια αγωνία στη φωνή του ο Μιχαήλ. Η Γκαμπριέλα γκάζωσε πιο πολύ κι εγώ έχασα τη σταθερότητά μου στο στενό πίσω κάθισμα. «Εεεεε! Μπορείτε να είστε λιγάκι πιο προσεκτικοί;» διαμαρτυρήθηκα. «Μα πού πάμε επιτέλους!»

«Κάπου που θα αλλάξει ο τρόπος που βλέπεις τα πράγματα, Άζρα!» είπε με στόμφο η Γκαμπριέλα.

Ξαφνικά, κομμένα τα «γλύκα». Ήταν πολύ διαφορετική. Όλα μου φαίνονταν λίγο αστεία. Οι εναλλαγές ήταν γρήγορες για να πάρω τα γεγονότα πολύ σοβαρά κι έκρυψα ένα πνιχτό γελάκι.

Ο Μιχαήλ γύρισε προς το μέρος μου και με μια πιο βροντερή φωνή από όσο είχα συνηθίσει, μου είπε: «Μη γελάς! Απλά μη γελάς!»

Τρόμαξα. Τώρα είχα αρχίσει να φοβάμαι περισσότερο. Είχα αρχίσει να φοβάμαι *στα σοβαρά*. Σκέφτηκα πως δεν ήξερα ποια είμαι. Στην πράξη κανείς δεν ήξερε. Ήμουν ολομόναχη κι ίσως όλα αυτά να είχαν να κάνουν με το πριν. Ίσως υπήρχε μια πλεκτάνη γύρω μου. Σκέφτηκα πως είχα πολλά χρήματα κι ίσως να ήθελαν το κακό μου. Σκέφτηκα πως ίσως να πέθαινα…

Οδηγούσε για περίπου μισή ώρα. Η περιοχή ήταν κατάφυτη. Ψηλά δέντρα σχημάτιζαν ένα δάσος, το οποίο σίγουρα θα ήταν εντυπωσιακό στο φως της ημέρας. Ο φιδωτός δρόμος το διέσχιζε. Κατάλαβα πως πλησιάζαμε στην περιοχή που ήταν το σπίτι του Άλεφ, αλλά από μια διαφορετική διαδρομή.

Φτάσαμε σε ένα ξέφωτο δίπλα σε ένα κατάφυτο λόφο. Εκεί, υπήρχε ένα υποτυπώδες, αλλά αρκετά μεγάλο ξύλινο κτίριο, κρυμμένο μέσα στα δέντρα, στην αρχή του ξέφωτου. Τα φώτα του ήταν όλα σβηστά, αλλά στον εξωτερικό χώρο υπήρχε μεγάλη κινητικότητα. Περίπου δέκα άτομα ήταν τοποθετημένα περιμετρικά του οικήματος κι έμοιαζαν να το φρουρούν. Όσο περνούσε η ώρα, τόσο περισσότερο φοβόμουν. Το μέρος ήταν απομακρυσμένο από τον «πολιτισμό» κι η όλη κατάσταση, το σπίτι, οι υποτιθέμενοι φρουροί δημιουργούσαν μια ατμόσφαιρα κρυψίνοιας. Προσπάθησα να κρατήσω την ψυχραιμία μου, κυρίως για να αποδείξω στον εαυτό μου πως είχα τουλάχιστον μια κάποια ποσότητα *ακεραιότητας*. Υποτίθεται πως προσπαθούσα να καταστρέφω τον εαυτό μου με πολλαπλούς τρόπους. Εάν αυτό ήταν ό,τι πραγματικά ήθελα, δε θα έπρεπε να φοβάμαι μια τέτοια άμεση προοπτική.

Η Γκαμπριέλα πάρκαρε άτσαλα μπροστά στην πόρτα του κτιρίου. Ο Μιχαήλ κατέβηκε από τη θέση του συνοδηγού και με γοργές κινήσεις, σχεδόν απότομες, άνοιξε την πόρτα μου και μου ζήτησε να τον ακολουθήσω στο εσωτερικό του κτιρίου. Μου φαινόταν πολύ καταβεβλημένος, σαν όλο αυτό να του ρουφούσε την ενέργεια. Τον ακολουθούσα σαν πιστό σκυλί. Γρήγορα φτάσαμε στην είσοδο του κτίσματος. Ο Μιχαήλ είπε κάτι στο φρουρό σε μια γλώσσα που ακούστηκε αραβική. Αυτός ξεκλείδωσε την πόρτα πειθήνια και ξαναστάθηκε στη θέση του. Καθώς περνούσα δίπλα του, έσκυψε το κεφάλι σα μια μικρή υπόκλιση και ψιθύρισε: «Malak! Malak al Maut!». Δεν είχα ιδέα τι μπορεί να σήμαινε αυτό.

«Σσσσς!» του απεύθυνε έντονα ο Μιχαήλ κι ο φρουρός χαμήλωσε το βλέμμα σα δαρμένο σκυλί.

Δε μιλούσα. Είχα καταπιεί τη γλώσσα μου από το φόβο. Η Γκαμπριέλα, που μας ακολουθούσε σε αυτή τη διαδρομή, άναψε κεριά στην είσοδο και πάνω σε ένα τραπέζι στο εσωτερικό. Υπήρχε κάτι που έμοιαζε με κακοφτιαγμένη ή απλά πολύ παλιά ξύλινη τραπεζαρία.

«Μπορείτε να μου πείτε γιατί είμαστε εδώ; Πραγματικά με φοβίζετε». Είχα αποφασίσει να πάρω το δρόμο της ειλικρίνειας. Δεν πίστευα πως είχα να κερδίσω τίποτα με κανέναν άλλο τρόπο.

«Με συγχωρείς, Άζρα», απολογήθηκε ο Μιχαήλ. Το ύφος του είχε μαλακώσει. «Δυσκολευόμαστε να το κάνουμε αυτό. Ίσως όλα σου φανούν λίγο παράδοξα... Κάθισε καλύτερα», είπε με μια γλύκα στη φωνή του και μου έδειξε μια καρέκλα, εξίσου άθλια με το τραπέζι. Διστακτικά κάθισα στην άκρη του φθαρμένου επίπλου.

«Άζρα, ξέρω πως έχεις σπουδάσει φυσικές επιστήμες», ξεκίνησε να μιλά η Γκαμπριέλα. «Επίσης ξέρω πως, τουλάχιστον κρίνοντας από τον τρόπο ζωής σου, είσαι μάλλον κυνικός άνθρωπος».

«Δε βλέπω τι σχέση έχει αυτό, αλλά ας πούμε πως ναι», συμφώνησα πλασματικά. Ήθελα να μάθω τι συνέβαινε κι όχι να διαμαρτυρηθώ για το πώς εκλάμβαναν την εικόνα μου.

«Κάνε λίγο υπομονή. Θέλω να προσεγγίσεις αυτά που θα σου πω με ανοιχτό μυαλό. Μπορείς να το κάνεις αυτό για μένα;» επέμεινε. «Τουλάχιστον προσπάθησε, εντάξει;»

«OK», είπα ξερά αν και δε μου άρεσε η εισαγωγή.

«Ο Μιχαήλ σου μίλησε για ένα μεγάλο πόλεμο. Φαντάζομαι πως αντιλαμβάνεσαι τι εννοούμε όταν λέμε *πόλεμος των ειδών*».

«Εννοείς τον πόλεμο μεταξύ ζώων που είναι ψηλότερα στην τροφική αλυσίδα με τα θύματά τους που βρίσκονται χαμηλότερα;» ρώτησα διστακτικά. Αισθανόμουν σα να έβλεπα National Geographic Channel.

«Έξυπνο κορίτσι», προσέθεσε η Γκαμπριέλα. «Αυτό ακριβώς. Λοιπόν τι θα έλεγες, εάν σου έλεγα *πως δεν είμαστε στην κορυφή της τροφικής αλυσίδας;* Αν μάθαινες πως οι άνθρωποι δεν είναι σκαρφαλωμένοι στο βουνό;» είπε αργά σα να ήμουν παιδί που παρακολουθεί το μάθημα.

«Δε θα σε καταλάβαινα και τόσο. Τι εννοείς, πως μας νικά κάποιος ιός, κάποιος βάκιλος, κάποιο μικρόβιο;» τους απεύθυνα. Θα βαριόμουν ασύλληπτα αν καταλάβαινα πως όλο αυτό είχε να κάνει με τρομοκρατία και βιολογικά όπλα.

«Θα έμενες έκπληκτη αν σου έλεγα πως αναφέρομαι σε ένα άλλο ζώο;» με κοίταξε φευγαλέα.

«Ποιο άλλο ζώο; Πολλά μπορούν να μας κατασπαράξουν κι άλλα τόσα πολύ μικρότερα να μας κάνουν κακό και να μας σκοτώσουν, αλλά ο πολιτισμός μας προστατεύει. Για αυτό υπάρχει. Θα το φιλοσοφήσουμε για πολύ ακόμα;» είχα αρχίσει να εκνευρίζομαι και να αδημονώ.

«Όχι, Άζρα. Μιλάμε για ένα ζώο που απειλεί την ανθρώπινη ύπαρξη και τα 5 δισεκατομμύρια του πλανήτη. Μιλάμε για την προοπτική του πλήρους αφανισμού από ένα είδος πολύ μικρότερο σε αριθμό, το οποίο όμως έχει παρόμοιες συνθήκες ζωής με εμάς. Απλά εμείς είμαστε το φαγητό του». Δε μίλησα. Περίμενα περισσότερες πληροφορίες. «Έχουμε ένα θέμα με αυτά τα ζώα εδώ στην περιοχή. Έχουν εδώ το αρχηγείο τους. Ή για να το πω σωστότερα, η αριστοκρατία τους ξεχειμωνιάζει εδώ».

«Τι είναι αυτά που λες; Ποιο ζώο; Γίνε πιο σαφής. Με τι μοιάζει, τι κάνει, πώς ζει και κυρίως εμένα τι με ενδιαφέρει;» είπα πια με αυθάδεια. Όλο αυτό μου έμοιαζε ένα φιάσκο. Ο Μιχαήλ με κοίταξε στιγμιαία με αποδοκιμασία. Πραγματικά μου έμοιαζε με μάρτυρα του Ιεχωβά ή στην καλύτερη με κάποιον από αυτούς τους τρελούς που γυρνούν στους δρόμους κηρύττοντας πως το τέλος είναι κοντά. Καταλάβαινε πως δεν πειθόμουν, δεν ενδιαφερόμουν. Αναρωτιόμουν εάν αυτό εννοούσε όταν έλεγε πως πρέπει να ξυπνήσω.

«Είναι ανθρωπόμορφα αλλά πολύ διαφορετικά. Είναι πανέμορφα σε σχέση με εμάς. Το πιο άσχημο από αυτά αποτελεί ένα γενετικό θαύμα στην πράξη», τη διέκοψε ο Μιχαήλ.

«Είναι γρήγοροι σε βαθμό εκατονταπλάσιο από έναν ιαγουάρο. Οι κινήσεις τους είναι άψογες. Μπορούν να εκτελέσουν χορευτικούς συνδυασμούς με απίστευτη ακρίβεια. Η δύναμή τους φαίνεται σε εμάς εξωπραγματική, αλλά την ελέγχουν απόλυτα. Είναι το τέλειο αρπακτικό. Πραγματικά, η φύση ξέδωσε κατασκευάζοντάς τους», είπε η Γκαμπριέλα.

«Έχουν μια μορφή οργανωμένης κοινωνίας. Ο αρχηγός τους, όμως, είναι πολύ σημαντικός. Χωρίς αυτόν είναι ανοργάνωτοι, σχεδόν χαμένοι», συμπλήρωσε ο Μιχαήλ. Είχε ανάψει τσιγάρο. Δεν τον είχα δει ποτέ να καπνίζει έως εκείνη τη μέρα.

«Χα!» κάγχασα. «Τι είναι εξέλιξη;» ρώτησα κοροϊδευτικά.

«Υπάρχουν από τότε που υπάρχουμε κι εμείς. Είμαστε ανταγωνιστικά είδη. Φυσικά με τους αιώνες κι Αυτοί έγιναν καλύτεροι», πρόσθεσε. Με παρατηρούσε όσο μιλούσε για να καταλάβει τι σκέφτομαι. Δε φαινόταν ευχαριστημένη. Ούτε κι ο Μιχαήλ.

«Ανταγωνιστικά είδη...», επανέλαβα. Δεν μπορούσα να το χωνέψω.

«Άζρα, είχαν και θα έχουν ένα πλεονέκτημα ακόμα. Δεν πεθαίνουν. Τουλάχιστον όχι εύκολα. Θα έλεγα πιο σωστά πως πεθαίνουν υπό πολύ συγκεκριμένες κι ιδιαίτερα σπάνιες συνθήκες. Δεν έχουν καρδιά, δεν έχουν αίμα κι η ύπαρξή τους δε στηρίζεται στην ανανέωση των οργάνων, η οποία με τον καιρό φθίνει. Έτσι είναι οι άνθρωποι. Αυτοί όχι. Είναι από την αρχή τέλειοι κι έτσι μένουν μέχρι το τέλος, εάν αυτό έρθει ποτέ. Η διασύνδεση των δομικών τους υλικών είναι αδιάσπαστη και τέτοια, που δεν καταστρέφεται ούτε από τη «χρήση». Απλά. Με μια προϋπόθεση», είπε με μια ανάσα.

«Και ποια είναι αυτή;» θέλησα να μάθω.

«Να τρέφονται. Το διαιτολόγιό τους είναι πολύ συγκεκριμένο», ψέλλισε κοιτώντας το πάτωμα. «Καταναλώνουν ανθρώπους».

«Ως εδώ!» φώναξα. Σηκώθηκα απότομα κι άρχισα να κατευθύνομαι προς την πόρτα. «Δε θέλω να ακούσω άλλο». Ήμουν εξοργισμένη. Νόμιζα πως με κορόιδευαν, πως όλο αυτό ήταν μια φάρσα.

«Σε παρακαλώ! Έλα μαζί μου», είπε γλυκά ο Μιχαήλ. Με πήρε από το χέρι και με οδήγησε στο διπλανό δωμάτιο. Ο νέος αυτός χώρος ήταν εκ διαμέτρου αντίθετος με το λιτό, σχεδόν άδειο, στον οποίο βρισκόμασταν πριν από λίγο. Τα έπιπλα ήταν μεν λιγοστά, αλλά το υπόλοιπο δωμάτιο ήταν γεμάτο με οθόνες, υπολογιστές και λεντάκια που αναβόσβηναν. Όλα εκεί μέσα έμοιαζαν τελευταίας τεχνολογίας. Υπήρχε ένα καλοστημένο σύστημα τηλεφακών στο παράθυρο, που συνδεόταν με όλο τον τεράστιο υπολογιστή, τον οποίο μόλις είχα επιθεωρήσει βιαστικά. Όλα μου έμοιαζαν όλο και πιο γελοία.

«Τι θέλετε να κάνω τώρα; Να παρατηρήσω σαν ηδονοβλεψίας κανένα Νορβηγό να τρώει τη γυναίκα του;» είπα και γέλασα με πίκρα.

«Κοίταξε Άζρα. Σε παρακαλώ!» είπε ο Μιχαήλ. Η Γκαμπριέλα στεκόταν δίπλα μου και με άγγιξε στον ώμο σα να με προέτρεπε σιωπηλά.

Διστακτικά πλησίασα στο φακό. Τους κοίταξα σειριακά και τελικά έψαξα να δω τι θα μου αποκάλυπτε η καλοστημένη τεχνολογία. Η στόχευση του τηλεφακού ήταν προς τη μικρή κοιλάδα στα βόρεια του κτιρίου. Υπήρχε ένα φωταγωγημένο σπίτι εκεί. Κοίταξα βαριεστημένα. Καθώς εστίαζα, με έκπληξη διαπίστωσα πως το σπίτι ήταν η έπαυλή του. Το σπίτι με τα δέκα υπνοδωμάτια που βρισκόμουν χθες. Ένας ψιλός παγωμένος ιδρώτας εμφανίστηκε στο μέτωπό μου.

Όταν όλα ξεκαθάρισαν μέσα στο μηχάνημα, ευχήθηκα να μην είχα κοιτάξει ποτέ. Από τα τεράστια παράθυρα της αίθουσας χορού έβλεπα πολύ καθαρά. Της αίθουσας χορού που μόλις το προηγούμενο βράδυ με είχε ξεναγήσει χαμογελώντας. Έβλεπα τα πάντα πεντακάθαρα. Τα πόδια μου άρχισαν να τρέμουν κι η αναπνοή μου σταμάτησε.

Οι τέσσερις από την αγέλη που είχα δει να μπαίνουν στην παμπ πριν δύο βράδια, ήταν σκυμμένοι πάνω από ένα σώμα. Το σώμα ήταν γυναικείο. Ανθρώπινο. *Αυτός καθόταν σε μια πολυθρόνα δίπλα στο πιάνο και παρακολουθούσε. Αδιάφορος έπινε ένα ποτήρι πιθανότατα με κρασί. Σηκώθηκε κι εξαφανίστηκε από το δωμάτιο. Τραβήχτηκα με τρόμο από το φακό κι έπιασα το κεφάλι μου.*

«Για το Θεό, γιατί δεν κάνουμε κάτι;» ίσα που ακούστηκα. Ήμουν άσπρη, λευκή σαν το χιόνι εκεί έξω. Η Γκαμπριέλα με έπιασε από τη μέση και με τράβηξε κοντά της. Έπιασα την Γκαμπριέλα από τους ώμους και προσπάθησα να την κοιτάξω στα μάτια. Απέστρεψε το βλέμμα.

«Αυτοί, Άζρα, είναι τα Λιοντάρια. Δυστυχώς για σένα, μόνο εσύ μπορείς να σκοτώσεις τον αρχηγό τους», είπε η Γκαμπριέλα με ένα τόνο που θα ταίριαζε περισσότερο σε επικήδειο.

Κυριολεκτικά άκουσα το χτύπημα του κεφαλιού μου στο πάτωμα. Ο εγκέφαλός μου είχε πάρει φωτιά κι η εικόνα χάθηκε από τα μάτια μου. Υπήρχε παντού ανυπόφορος πόνος...

Κεφάλαιο 9

Ξύπνησα με έναν απαίσιο πονοκέφαλο. Το κρεβάτι δίπλα μου ήταν άδειο. Το σπίτι ήταν ζεστό και μύριζε καφέ. Σηκώθηκα αργά κρατώντας το κεφάλι μου. Δε θυμόμουν και πολλά από το προηγούμενο βράδυ. Η μέση μου πονούσε πολύ. Το ίδιο το κεφάλι μου και το αριστερό μου χέρι. Μάλλον κοιμήθηκα στραβά, σκέφτηκα. Κατευθύνθηκα προς την κουζίνα. Υπήρχε καφές κι ένα κέικ, τα οποία δεν υπήρχε περίπτωση να πιω ή φάω αντίστοιχα. Έβαλα ένα ποτήρι νερό κι άναψα ένα τσιγάρο. Πάνω στο τραπέζι είχε ένα σημείωμα. «Τελικά είσαι πολύ παλιόπαιδο... Πάω για τσιγάρα. Θα γυρίσω σε κανένα μισάωρο. Αν θέλεις, μπορούμε να τα πούμε τότε. Ίβαρ». Ένας βολικός τύπος, ο οποίος εξαφανιζόταν όταν ο ρόλος του σταματούσε... Τι καλά! Τελικά είχε ακυρώσει το ψάρεμα. Μάλλον με συμπαθούσε. Σε άλλο ένα μικρό χαρτάκι, κάτω από το πρώτο, έγραφε: «Όσο για χθες βράδυ... Ουοου!» Ποιος να ξέρει τι τον ενθουσίασε τόσο...

Αισθανόμουν πιο μπερδεμένη από ποτέ. Το μυαλό μου ήταν κυριολεκτικά σούπα. Δεν είχα ποτέ πρόβλημα με το αλκοόλ και μου έκανε εντύπωση η επίδραση ενός μπουκαλιού βότκας. Στο κάτω-κάτω είχα καταναλώσει πολύ χειρότερα πράγματα στο παρελθόν και την επόμενη μέρα ήμουν σχετικά καλά. Εκείνη την ώρα πραγματικά θα ήθελα να έρθει ο Ίβαρ. Τον χρειαζόμουν.

Ο πονοκέφαλος ήταν αφόρητος και κρύωνα τόσο πολύ. Το δέρμα μου έκαιγε. Μάλλον είχα πυρετό. Πιθανότατα την είχα αρπάξει μέσα στη χιονοθύελλα ή μέσα στον τηλεφωνικό θάλαμο. Ίσως να χρειαζόμουν ένα παυσίπονο. Πάρα πολλές υποθέσεις. Προσπάθησα να ανασυγκροτήσω τη σκέψη μου. Τι έκανα εκεί; Πού ήταν ο Μιχαήλ; Προσπάθησα να ανασύρω από τη μνήμη μου την τελευταία μας συνάντηση στο αεροδρόμιο. «Θα χρειαστεί να λείψω για 2 μέρες. Όταν γυρίσω πίσω, όμως, θα περάσουμε τις διακοπές σου μαζί, εντάξει;» Αυτό μου είχε πει. Το χαμόγελο, που θυμόμουν, μου έμοιαζε τόσο διαφορετικό, τόσο ξένο από αυτόν. Πραγματικά το μυαλό μου ήταν σούπα. Δεν υπήρχε ακριβέστερη παρομοίωση. Κάποια στιγμή, μια μόνιμη ή παροδική δυσλειτουργία θα εμφανιζόταν.... Με φαντάστηκα γριά, παρατημένη, ολομόναχη σε ένα ίδρυμα, με το φαγητό να στάζει από το σαγόνι μου, καθώς μια εκνευρισμένη νοσοκόμα θα προσπαθούσε να με μπουκώσει με κάποιο αηδιαστικό φαγητό για λοβοτομημένους. «Ωραίο τέλος», σκέφτηκα. «Όσο θεαματικό το ήθελες!»

Ο ήχος μιας μηχανής αυτοκινήτου κυριολεκτικά έσκισε τη σιωπή. Αφουγκραζόμουν με προσοχή. Πίστευα πως ήταν ο Ίβαρ. Το αυτοκίνητο σταμάτησε έξω από την πόρτα κι αργά βήματα ακούστηκαν πνιχτά πάνω στο χιόνι. Ένας χτύπος, μοναδικός και σταθερός ακούστηκε από την πόρτα. Ο Ίβαρ απλά θα έμπαινε στο σπίτι του. Δε θα χτυπούσε. Ίσως ήταν κάποιος άλλος. «Ποιος είναι;» ξεστόμισα δειλά.

«Μπορείς να ντυθείς και να ανοίξεις;». Ήταν αυτός. Τι δουλειά είχε εκεί; Πώς ήξερε πού βρίσκομαι κι ότι δε φορούσα ρούχα; Δε μου έμοιαζε να βρίσκεται σε ιδιαίτερα φιλικές σχέσεις με τον Ίβαρ, ώστε να τον επισκεπτόταν, από όσο τουλάχιστον μπορούσα να θυμηθώ. Ντύθηκα βιαστικά. Έτρεξα προς την πόρτα. Ένα κύμα παγωνιάς εισέβαλε στο χώρο με το που άνοιξα. Στεκόταν εκεί. Το βλέμμα του ήταν οργισμένο. Τα μάτια του ήταν κόκκινα, άυπνα, σκιασμένα από μαύρους κύκλους. Πάλι όμως ήταν απλά υπέροχος.

«Δεν έχασες χρόνο, βλέπω!» είπε θυμωμένα. «Μετά από πόση ώρα άνοιξες τα πόδια σου; Πέντε, δέκα λεπτά; Μια ώρα το πολύ;»

Αυτός με είχε διώξει. Δεν ήταν δική του δουλειά. Τα Σκυλιά, τα πιάτα. Είχα αποσπασματικές μνήμες από το προηγούμενο μεσημέρι και δεν καταλάβαινα τι μου συνέβαινε. Κάτι σαν ένστικτο μου έλεγε πως θα έπρεπε να φοβάμαι. Φυσικά, αδιαφόρησα για αυτή την προειδοποιητική μηχανή, που πάει πακέτο με το ανθρώπινο σύστημα.

«Βλέπω συνεχίζεις να είσαι απαράδεκτος». Μόλις είχα θυμώσει κι εγώ. «Δε νομίζω να σε αφορά. Δεν καταλαβαίνω γιατί το συζητάμε και δεν έχω ιδέα τι κάνεις εδώ», είπα αυστηρά.

Με κοιτούσε με ένα βλέμμα απορίας, σα να μην καταλάβαινε την αντίδρασή μου, τα λόγια μου. Διστακτικά προσπάθησα να βεβαιωθώ πως θυμόμουν τι είχε συμβεί. Φοβόμουν πως μπέρδευα τη φαντασία με την πραγματικότητα. Φοβόμουν πως είχε συμβεί κάτι άλλο από αυτό που θυμόμουν. Το βλέμμα του μαρτυρούσε πως είχε καταλάβει τη σύγχυσή μου. Ήμουν σίγουρη πως δε φαινόμουν πολύ καλά. Για κάποιο λόγο έβλεπα μέσα στο μυαλό μου διαρκώς μια εικόνα λιονταριών που ξέσκιζαν μια γαζέλα. Σα σκηνή από ντοκιμαντέρ για τη ζωή των ζώων. Έπιασα το κεφάλι μου και με τα δύο χέρια. Τα πόδια μου έτρεμαν.

«Δεν... Δεν αισθάνομαι πολύ καλά», είπα με μια μισοπεθαμένη φωνή.

«Άζρα, τι συμβαίνει;» ρώτησε κι η φωνή του ήταν ζεστή, παρηγορητική. Το ύφος του είχε αλλάξει άρδην. Δε φαινόταν οργισμένος πια. Δεν ήμουν σίγουρη εάν μπέρδευα κι αυτό ακόμα. Είχε υπάρξει οργισμένος λίγα λεπτά πριν; Ή μήπως όχι... Τόσο μπερδεμένα όλα...

«Δεν ξέρω... Όλα είναι πολύ συγκεχυμένα. Μάλλον είμαι άρρωστη. Δεν ξέρω. Κι αυτά τα ζώα...». Η εικόνα δεν έφευγε από το μυαλό μου.

Έκανε ένα βήμα προς εμένα και με άγγιξε στους ώμους. Ένα ρίγος με διαπέρασε. «Πρέπει να έρθεις μαζί μου. Δεν είσαι καλά», είπε με μια σιγουριά που έμοιαζε το μόνο σταθερό πράγμα εκεί γύρω. Όλα τα υπόλοιπα έλιωναν. Ήμουν ένα ράκος. Με μια κίνηση που δεν κατάλαβα από πού προήλθε, πήρα τα τσιγάρα μου και τον κοίταξα στα μάτια. «Πάρε με από εδώ», ψιθύρισα ξέπνοα.

Με βοήθησε να μπω στο τζιπ του και μου φόρεσε τη ζώνη για δεύτερη φορά μέσα σε 24 ώρες. Το ύφος του ήταν απορημένο κι ανήσυχο. Με γρήγορες κινήσεις ήρθε στη θέση του οδηγού. Ξεκίνησε το αυτοκίνητο και καθώς απομακρυνόμασταν, διέκρινα με την άκρη του ματιού μου το αυτοκίνητο του Ίβαρ, το οποίο πλησίαζε προς την αποθήκη. Η καρδιά μου σφίχτηκε. Δεν ήθελα να του το κάνω αυτό, αλλά οι δυνάμεις μου δε με βοηθούσαν για να επιχειρήσω την όποια εξήγηση.

«Θα ζήσει. Μην ανησυχείς», μου είπε κοιτώντας με φευγαλέα. «Είναι ένα γερασμένο παλιάλογο». Για έναν ανεξήγητο λόγο αυτή η έκφραση μου φάνηκε γνωστή.

«Μάλλον πρέπει να σε πάω στον Ιερέα», είπε σοβαρά.

«Μα πώς το ξέρεις; Μόνο εγώ τον λέω έτσι», τον κοίταξα με απορία.

«Προφανώς δεν είσαι η μόνη». Μου έμοιαζε με δικαιολογία.

«Δε θέλω να πάω στο Μιχαήλ. Θέλω να μείνω μαζί σου». Τα λόγια αυτά τα ξεστόμισα με θράσος.

Έμοιαζε να διστάζει. Ήταν σκεφτικός. «Άζρα... Δεν έπρεπε να σε διώξω έτσι χθες το μεσημέρι. Δεν έπρεπε να γίνει αυτό. Συγγνώμη». Αυτό έμοιαζε με απολογία. Ο άντρας που είχα δίπλα μου ήταν γεμάτος εκπλήξεις. Άρα, δε θυμόμουν λάθος. Δεν ήμουν τρελή. Οδηγούσε πολύ γρήγορα και πάλι. Κατευθυνόμαστε προς το σπίτι του. Αναγνώρισα το δρόμο. Η νύχτα ήταν βαριά.

«Είμαι λίγο κακότροπος. Κυκλοθυμικός. Δεν μπορώ να το ελέγξω», είπε θλιμμένα. «Δεν ήθελα να σε τρομάξω».

Άρα, όντως είχα λόγο να φοβηθώ. Αφού είχα λόγο να φοβηθώ, γιατί έμενα μαζί του; «Δε με τρόμαξες. Δεν τρομάζω εύκολα», είπα ψέματα φυσικά. Τα Λιοντάρια δεν έφευγαν από το μυαλό μου. Δεν μπορούσα να καταλάβω γιατί είχα φάει αυτό το κόλλημα. Έτρεμα μέσα στο αυτοκίνητο, παρότι καταλάβαινα πως η θέρμανση ήταν στο μέγιστο. «Η μάλλον τρομάζω, όταν δεν είμαι καλά. Έχω πυρετό». Έμοιαζα με βρεγμένο γατί.

93

Χαμογέλασε κοιτώντας το δρόμο μπροστά μας. Το δάσος ήταν πολύ πυκνό και χιονισμένο. Μου φάνηκε πως έβλεπα μικρά κόκκινα μάτια ανάμεσα στα δέντρα. «Τι είναι αυτό; Ποιος είναι εκεί;» είπα φοβισμένα.

«Αλεπούδες. Μην ανησυχείς. Μην ξεχνάς πως είσαι στη φύση», είπε σιγανά. Έμοιαζε να προσπαθεί να κάνει ησυχία. Η φωνή του ήταν νανουριστική. Τα μάτια μου βάρυναν κι ένιωθα να βουλιάζω στο κάθισμα του αυτοκινήτου. Τον άκουσα να ψιθυρίζει. «Ναι, σωστά... Κοιμήσου. Κάν' το ακόμα πιο δύσκολο...».

«Φύγε! Εξαφανίσου!» ακούστηκε η φωνή του μέσα στον ύπνο μου. Δεν απευθυνόταν σε εμένα.

Ξύπνησα σε ένα ξένο δωμάτιο. Βρισκόμουν σε ένα μεγάλο κρεβάτι ντυμένο με χρωματιστά μπροκάρ. Όλη η διακόσμηση ήταν παλιομοδίτικη. Ακόμα και το κρεβάτι είχε ουρανό. Όλα ήταν πολύ καθαρά και τακτοποιημένα. Διστακτικά ανασηκώθηκα. Ήμουν πολύ καλύτερα. Το κεφάλι μου ήταν στη θέση του και δεν πονούσε. Η σούπα, που περιείχε πριν λίγες ώρες, μου φαινόταν πιο συμπαγής. Αισθανόμουν ακόμα ζεστή, αλλά όχι τόσο όσο νωρίτερα. Φυσικά, η κατάσταση έξω από το παράθυρο έδειχνε πως ήταν νύχτα, αλλά δεν μπορούσα να καταλάβω τι ώρα θα μπορούσε να είναι. Άλλωστε, το φως δεν εναλλασσόταν. Φορούσα τα ρούχα μου κάτω απ' τα σκεπάσματα.

Προσπάθησα να σηκωθώ από το κρεβάτι. Το σώμα μου πονούσε. Δίπλα στο κρεβάτι υπήρχε ένα κομοδίνο. Ένα ποτήρι νερό στεκόταν πάνω σε ένα βιβλίο. Το πορτραίτο του Ντόριαν Γκρέυ. Σήκωσα το ποτήρι αδηφάγα κι ήπια το περιεχόμενο μονορούφι. Θα προτιμούσα να ήταν αλκοολούχο, αλλά και το νερό καλό μου φαινόταν. Πήρα μια βαθιά ανάσα και σηκώθηκα. Σε μια διπλανή καρέκλα διέκρινα μερικά καλοδιπλωμένα ρούχα. Ένα τζιν κι ένα πουλόβερ. Αυτό ήταν πολύ ευγενικό. Με μικρά βήματα, κατά τι ασταθή, κατευθύνθηκα προς το μπάνιο. Μόλις άνοιξα την πόρτα, υδρατμοί ξεχύθηκαν στο χώρο. Μια μεγάλη μπανιέρα στο κέντρο του τεράστιου μπάνιου ήταν γεμάτη με καυτό νερό, κατά τα φαινόμενα. Πραγματικά αυτό ήταν ό,τι χρειαζόμουν εκείνη τη στιγμή. Έβγαλα τα ρούχα μου, τα οποία αισθανόμουν πως φορούσα μέρες, και βυθίστηκα με ευχαρίστηση στο ζεστό νερό. Η αίσθηση ήταν πραγματικά υπέροχη. Το νερό μαλάκωνε τους πονεμένους μυς μου και με γέμιζε με μια αίσθηση ευεξίας. Πήρα μια βαθιά ανάσα και βούτηξα με το κεφάλι μου κάτω απ' το νερό.

«Καταναλώνουν ανθρώπους», ψιθύρισε μια τρομοκρατημένη φωνή μέσα στο κεφάλι μου. Ήταν η δική μου φωνή. Τρομαγμένη πετάχτηκα από το νερό. Η ασυνάρτητη σκέψη με είχε τρομάξει. Μόλις άνοιξα τα μάτια μου, τον είδα να στέκεται στην άκρη της μπανιέρας.

«Το μπάνιο θα σου κάνει καλό». Με κοίταξε στα μάτια. Φαινόταν πιο κουρασμένος από νωρίτερα, χωρίς ύπνο και πάλι εξαίσιος όμως. Τα μάτια του ήταν πιο μαύρα από κάθε άλλη φορά.

«Ευχαριστώ. Για όλα». Ήμουν τουλάχιστον ειλικρινής.

«Παρακαλώ. Δεν ήσουν καλά. Είχα υποχρέωση να σε περιθάλψω». Είχε ένα ιπποτικό, χαρωπό βλέμμα που δεν ταίριαζε με την ταλαιπωρημένη του εικόνα.

«Πόσο κοιμόμουν;» ρώτησα ανήσυχα.

«Για περίπου 6 ώρες».

«Ωχ! Ο Μιχαήλ, ο Ίβαρ, η Γκαμπριέλα», είπα ξεχειλισμένη απ' τις τύψεις.

«Η αλήθεια είναι πως είχαμε μερικά επεισοδιακά τηλεφωνήματα. Ο Ίβαρ μας είδε να φεύγουμε μαζί και το σφύριξε σε όλους. Δεν ήξερα πόσο διεκδικητικός είναι ο Μιχαήλ μαζί σου. Παρεπιπτόντως, γύρισε».

«Ελπίζω να μη σε έφερε σε δύσκολη θέση», είπα απολογητικά.

«Κοίτα, δε με συμπαθούν τόσο. Η αλήθεια είναι πως απαίτησε να σε πάρει από εδώ. Είχαμε μια μικρή μάχη». Με κοιτούσε πιο έντονα τώρα. «Του ξεκαθάρισα πως έμεινες εδώ οικειοθελώς». Τα μάτια του σχεδόν γελούσαν. Είχα αρχίσει να αντέχω το βλέμμα του. Δε μου προκαλούσε πια άπνοια, αλλά σίγουρα έκανε την καρδιά μου να χτυπάει με τρελούς ρυθμούς. Αυτός ο άνδρας με έκανε να αισθάνομαι ανίσχυρη, παραδομένη κι εντελώς ευχαριστημένη που βρισκόμουν κοντά του. Δεν υπήρχε λόγος να το αρνούμαι πλέον στον εαυτό μου. Ήμουν πολύ κουρασμένη για να αντισταθώ.

Κάθισε στην άκρη της μπανιέρας με αργές κινήσεις, έριξε ένα βλέμμα στα τσιγάρα μου, που είχα ακουμπήσει δίπλα μου, άναψε ένα τσιγάρο και μου το έδωσε. Οι κινήσεις του ήταν μαγικές. Επανέλαβε τη χορογραφία με ένα ακόμα και ρούφηξε τον καπνό με πάθος. Εξακολουθούσε να με κοιτάζει έντονα, σα να με έγδυνε από τις σάρκες μου, σα να έψαχνε πιο μέσα. Έμοιαζε να προετοιμάζει κάποια αδιάκριτη ερώτηση.

«Ποια είσαι;» μίλησε ψιθυριστά.

«Δεν έχω ιδέα», απάντησα τελείως αληθινά. Δεν ήθελα να κρυφτώ. Δεν είχα τη διάθεση. Είχα αποφασίσει να μην επαναλάβω τη φτηνή ιστορία που διηγιόμουν έως τότε στους

ανθρώπους. Μόνο ο Μιχαήλ κι οι Κρητικοί στην Αγία Γαλή-
νη ήξεραν την πραγματικότητα. Σε όλους τους άλλους έλεγα
πως ήμουν ορφανή και πλούσια κληρονόμος.

«Τι εννοείς;» ρώτησε με απορία.

«Εννοώ πως ξύπνησα σε ένα νοσοκομείο της Κρήτης στα
δεκατρία μου χρόνια. Ή μάλλον έτσι φαινόταν αφού έμοιαζα
πως ήμουν δεκατρία. Στην πράξη κανείς δεν ήξερε την ακριβή
μου ηλικία. Τόσο με «έκοψε» ο γιατρός. Δε θυμάμαι τίποτα
για τη ζωή μου πιο πριν». Κοιτούσα το νερό κι όχι αυτόν. Το
τσιγάρο κάπνιζε στο χέρι μου. Η στάχτη σε λίγα δευτερόλε-
πτα θα αποχωριζόταν από τον κορμό του και θα έπεφτε στο
πάτωμα.

«Δε σε ζήτησε κανείς; Γονείς, συγγενείς, φίλοι; Δεν έψα-
ξες με την αστυνομία;» Εξακολουθούσε να με εξετάζει.

«Ποτέ δε με ζήτησε κανείς. Ο Μιχαήλ με βρήκε τυχαία.
Έκανε μεγάλες προσπάθειες να βρει κάτι για μένα αλλά δεν
ταίριαζα με καμία από τις εξαφανίσεις της εποχής».

«Πώς σε βρήκε δηλαδή;» Ήταν περίεργος.

«Είχε πέσει ένα αεροπλάνο στο κεφάλι μου. Βρέθηκα στο
πεδίο ενός αεροπορικού δυστυχήματος», εξήγησα. Με κοι-
τούσε με έκπληξη. Προφανώς του φαινόταν απίστευτο. «Είχα
χτυπήσει στο κεφάλι. Μάλλον για αυτό...», συνέχισα.

«Δε θυμάσαι τίποτα;» συμπλήρωσε.

Ανακάτευα το νερό με αμηχανία ενώ αυτός συνέχισε να κα-
πνίζει το τσιγάρο του με αυτόν τον υπέροχο τρόπο.

«Εσύ ποιος είσαι;» πέρασα στην αντεπίθεση. Τον κοίτα-
ξα στα μάτια με αδημονία. Έπρεπε να μου πει κάτι για αυτόν.
Έπρεπε να καταλάβω τι με τραβούσε κοντά του. Σίγουρα δεν
ήταν η ομορφιά του. Είχα βρεθεί αντιμέτωπη με άνδρες τόσο

όμορφους στο παρελθόν, που ήθελα να τους αφομοιώσω. Με αυτόν όμως ήταν κάτι άλλο. Κάτι που ακόμα δεν μπορούσα να διευκρινίσω.

Άπλωσε το χέρι του και το ακούμπησε στο μάγουλό μου. Το χέρι του ήταν αμυδρά χλιαρό. Ένιωθα σα να περνούσε ενέργεια μέσα από το λεπτό δέρμα που μας χώριζε. Σαν όσμωση. Τα μάτια του είχαν κυριολεκτικά βυθιστεί στα δικά μου.

«Κάποιος εντελώς χαμένος μέχρι πριν δύο μέρες», είπε πικρά.

Δε θα είχαμε καλά ξεμπερδέματα…

Κεφάλαιο 10

Κατέβηκα στην τεράστια κουζίνα μετά από αρκετή προσπάθεια να προσανατολιστώ στο δαιδαλώδη πρώτο όροφο, όπου βρισκόταν το υπνοδωμάτιο που είχα κοιμηθεί. Με είχε αφήσει να ντυθώ και μου ζήτησε να τον ακολουθήσω στην κουζίνα. Ήθελε να φάω κάτι. Το σπίτι ήταν έρημο και σκοτεινό. Αυτός ετοίμαζε ένα πιάτο με κάτι αδιευκρίνιστο. Μόλις μπήκα στο δωμάτιο, γύρισε προς εμένα και μου χαμογέλασε. Ένιωσα τις δυνάμεις μου να με εγκαταλείπουν. Δεν καταλάβαινα γιατί είχε τέτοια επίδραση πάνω μου. Το μόνο που μπορούσα να φανταστώ ήταν πως μάλλον τον ήθελα πάρα πολύ. Όσο δεν είχα θελήσει κανέναν έως εκείνη τη μέρα.

«Θα πρέπει να το φας όλο. Χρειάζεσαι δυνάμεις». Το ύφος του ήταν αυστηρό. «Είναι κουάκερ».

«Πολύ δύσκολο το βλέπω», είπα ξέπνοα. «Τα δημητριακά κι εγώ είμαστε σε διάσταση». Χαμογελούσα.

«Δε νομίζω να έχεις επιλογή. Μπορώ να σε αναγκάσω, ξέρεις», είπε απειλητικά.

Θα ήθελα να το δω αυτό... Δεν κάνεις μια προσπάθεια; σκέφτηκα λιγάκι πονηρά.

«Είμαι πολύ πειστικός αν θέλω», συμπλήρωσε. Τοποθέτησε το πιάτο στο τραπέζι και σταύρωσε τα χέρια. «Εμπρός... Είσαι αρκετά γενναία νομίζω». Ήταν κοροϊδευτικός.

Πραγματικά, ήταν από τη φύση του πολύ πειστικός. Νόμιζα πως θα εκτελούσα ό,τι και να μου ζητούσε αλλά δεν ήθελα να το καταλάβει αυτό. Κάθισα στη θέση μπροστά από το αηδιαστικό πιάτο με ύφος κακομαθημένου παιδιού. Ξεφύσηξα δυο τρεις φορές, ανακάτεψα με απέχθεια το πηχτό φαγητό κι έβαλα με γρήγορες κινήσεις μια μπουκιά στο στόμα μου.

«Έλεος!» είπα με ύφος κρατουμένου που βασανίζεται απάνθρωπα για ώρες. Κατάπια γρήγορα.

«Έλα, τώρα. Δε θα σε σκοτώσει...».

Στην πραγματικότητα θα ήθελα ένα ποτό. Είχα αρχίσει να αισθάνομαι άβολα. Μου έλειπε. Δεν ήθελα να το παραδεχτώ όμως. Από την άλλη, αν δεν το ζητούσα, ήξερα πως πολύ σύντομα δε θα σκεφτόμουν παρά μόνο αυτό· για να μην αναφερθώ στην αθλιότητα στην οποία θα έπεφτε το σώμα μου μετά από τόσες ώρες αποχής. Θα έδινα και τη ζωή μου για να μη με δει έτσι. Προσπάθησα λοιπόν να εξαγοράσω την αλκοολούχα μου επιθυμία κι έφαγα γρήγορα όλο το πιάτο.

«Ορίστε. Πιο γενναία και από τον Αννίβα!» είπα θριαμβευτικά.

«Μπράβο. Δεν ήταν τόσο γενναίος, όσο νομίζεις».

«Μπορώ να ζητήσω ένα ποτό; Μια βότκα, ένα ουίσκι, ο,τιδήποτε». Κοιτούσα τα πόδια μου όσο ξεστόμιζα αυτή μου την επιθυμία. Ντρεπόμουν.

«Αν πραγματικά το χρειάζεσαι...». Έβγαλε ένα μπουκάλι από το ντουλάπι και γέμισε ένα υπέροχο κρυστάλλινο ποτήρι. Από το χρώμα του κατάλαβα πως ήταν ουίσκι. Το άφησε μπροστά μου και με κοίταξε σχεδόν τρυφερά.

«Δε μου αρέσει να σε βλέπω έτσι. Δεν πιστεύω πως είσαι εσύ». Αυτό ήταν πρόταση μομφής.

«Δεν έχω και πολλές επιλογές. Τώρα έχει γίνει. Σίγουρα δε θα σου αρέσει αυτό που θα δεις εάν δεν πιω». Εξακολουθούσα να κοιτάζω τα πόδια μου. Είχα αποφύγει το σκόπελο της κοκαΐνης, αλλά δε θα τον απέφευγα για πολύ ακόμα. Έτσι, αποφάσισα να αναφέρω ένα μέρος της αλήθειας.

«Κοίτα... Είμαι βαθιά προβληματικό άτομο. Έχω θέματα με ουσίες. Αληθινά, δεν ξέρω τι θέλεις από μένα, εάν ξέρεις πού μπλέκεις και γιατί επιμένεις. Ίσως θα ήταν καλύτερα και για τους δυο μας να μην είχες έρθει στο σπίτι του Ίβαρ, να μη με είχες πάρει από εκεί». Φυσικά δεν το εννοούσα, αλλά έπρεπε να κάνω την προσπάθειά μου.

«Μην το λες αυτό...». Η φωνή του ήταν βαθιά, σχεδόν βραχνή, φορτισμένη.

«Είσαι... ενδιαφέρουσα».

Ώστε με έβρισκε ενδιαφέρουσα. Παράξενη επιλογή λέξης. Την προηγούμενη ημέρα μου είχε πει με σαφήνεια πως θέλει να με ρίξει στο κρεβάτι. Άρα, ελκόταν από μένα. Φυσικά, κάτι τέτοιο ήταν αμοιβαίο και κατά τη γνώμη μου κατανοητό ακόμα κι από κάποιον τρίτο που θα παρακολουθούσε τον τρόπο που κοιταζόμασταν. Δεν είχε κάνει καμία κίνηση όμως. Στη συνέχεια με είχε διώξει και μετά ξαναπάρει στο σπίτι του αφού ενδιάμεσα είχε πάθει μια κρίση ανεξήγητης ζήλιας σε ό,τι αφορούσε τον Ίβαρ. Παρόλ' αυτά, εξακολουθούσε να μην κάνει καμία κίνηση. Από την προηγούμενη συνάντησή μας σχεδόν απέφευγε να με ακουμπήσει. Όσες φορές το είχε κάνει βέβαια, αισθανόμουν πως ίσως δε θα σταματούσε κι όμως το έκανε. Με είχε τρελάνει στις ερωτήσεις, σα να με βολιδοσκοπούσε. Μου είχε πει πως ήταν χαμένος μέχρι την ώρα που έφτασα και μετά σιώπησε. Τώρα μου έλεγε πως ήμουν ενδιαφέρουσα. Μήπως απλά έπαιζε μαζί μου; Δεν ήθελα να το παραδεχτώ.

«Θες να μου εξηγήσεις τι το ενδιαφέρον μου βρίσκεις;» Τον κοίταξα στα μάτια. Εξακολουθούσε να κάθεται ακουμπώντας στον πάγκο με τα χέρια σταυρωμένα. Κοίταξε το κενό πίσω μου και μετά από μερικά δευτερόλεπτα εστίασε και πάλι πάνω μου. Στο μυαλό μου ξεπήδησε και πάλι η εικόνα με τα λιοντάρια. Τι σκατά είναι αυτό;» σκέφτηκα αρκετά εκνευρισμένη με το υποσυνείδητό μου ή τη μόνιμη ψύχωση που πίστευα πως είχε αρχίσει να κάνει την εμφάνισή της την πιο ακατάλληλη στιγμή.

«Άζρα! Δε νομίζω να αντιλαμβάνεσαι πόσο ξεχωριστή είσαι... Έχεις πολλές δυνατότητες. Δεν είναι μόνο αυτό που νομίζω πως είσαι, είναι... Το τι θα μπορούσες να κάνεις». Αυτό κι αν ήταν παράδοξο. Τον κοιτούσα με απορία. Φαινόταν τόσο κουρασμένος. «Δεν έχω γνωρίσει στη ζωή μου άνθρωπο με τόσες προοπτικές. Νομίζω πως ...». Δίσταζε. Όλο αυτό έμοιαζε πολύ δύσκολο για αυτόν.

«Νομίζεις πώς;» απαίτησα να μάθω τη συνέχεια.

«Νομίζω πως μου δείχνεις τι θα μπορούσα να είμαι. Είναι σα να είσαι το ακριβώς αντίθετο από μένα. Μου δείχνεις πως θα μπορούσα να είχα εξελιχθεί εάν είχα κάνει διαφορετικές επιλογές στη ζωή μου». Ορίστε, το ξεστόμισε ολόκληρο. Όχι ότι έβγαζα νόημα.

«Χα! Παράδειγμα προς αποφυγήν. Θα μπορούσες να είσαι κι εσύ κάποιος που δεν κάνει βήμα χωρίς σκόνες κι αλκοόλ; Κάποιος που κρύβεται πίσω από το δάχτυλό του; Κάποιος που δεν αναθεωρεί στιγμή από όσες πέρασαν, παρά μόνο για να θυμηθεί που είναι τα τσιγάρα του ή πότε ήπιε τελευταία φορά; Κάποιος με σπασμένη πυξίδα;»

Με πλησίασε αργά. Τράβηξε την καρέκλα μου προς το μέρος του και γονάτισε μπροστά μου. «Δεν έχεις ιδέα τι μπορείς να κάνεις, σωστά;» Με κοιτούσε στα μάτια διερευνητικά, σα να προσπαθούσε να ξεθάψει κάτι. Συνέχιζα να τον κοιτάζω με απορία. Δεν καταλάβαινα ακόμα κι εκείνη τη στιγμή τι εννοούσε. Μου χαμογέλασε με το φωτεινότερο χαμόγελο που είχα φανταστεί ποτέ. Η όψη του φάνηκε άμεσα πιο ξεκούραστη και δέκα φορές ομορφότερη· σα να άλλαξε πρόσωπο. «Δεν έχεις ιδέα τι μπορείς να κάνεις». Δεν ήταν ερώτηση πια. «Το ήξερα πως σου άξιζε περισσότερος χρόνος». Γελούσε. Γελούσε με την ψυχή του. Βαθιά κι ευτυχισμένα. Με παρέσυρε κι εμένα το ειλικρινές γέλιο του. Γελούσαμε κι οι δύο με την ψυχή μας.

«Τι λες λοιπόν; Θα ήθελες να πάμε ένα ταξίδι μέχρι το Λίβανο; Θα σου έκανε καλό λίγη ζέστη κι ακόμα περισσότερο, λίγος ήλιος». Με κοιτούσε σα να είχε μπροστά του ένα θαύμα. Ποτέ, κανείς δε με είχε κοιτάξει σα να ήμουν ένα θαύμα.

Έπρεπε να πάρω τα πράγματά μου, το διαβατήριό μου, τις πιστωτικές μου κάρτες. Έπρεπε να εξηγήσω στο Μιχαήλ πως θα έφευγα. Θα του έλεγα πως θα ερχόμουν κάποια άλλη στιγμή για να συνεχίσω τις διακοπές μου σε αυτό το σκοτεινό μέρος. Ίσως την άνοιξη... Ήθελα να πω δυο κουβέντες και στον Ίβαρ. Σκέφτηκα λοιπόν, πως θα ήταν καλύτερα να ξεκινήσω από τα εύκολα. Τον Ίβαρ. Με άφησε έξω από το σπίτι του. Μου έδωσε 2 ώρες. Η ώρα ήταν 20:35. Στις 23:00 θα απογειωνόμασταν με προορισμό τη Βηρυτό. Αισθανόμουν ενθουσιασμένη.

Με δειλά βήματα πλησίασα προς την πόρτα της αποθήκης. Το αυτοκίνητο του Ίβαρ ήταν παρκαρισμένο από έξω κι ένα αμυδρό φως διακρινόταν από τα παράθυρα. Έπρεπε να είναι μέσα. Χτύπησα διστακτικά την πόρτα αφού δεν υπήρχε κουδούνι. Η πόρτα άνοιξε σχεδόν αμέσως. Σα να περίμενε πίσω από αυτήν, σα να ήξερε πως έφτασα. Με κοίταξε θλιμμένα και δε μίλησε. Άφησε την πόρτα ανοιχτή και γύρισε κατευθυνόμενος προς το εσωτερικό. Φαντάστηκα πως αυτό σήμαινε πως μπορούσα να περάσω μέσα. Τον ακολούθησα ακόμα πιο συμμαζεμένη από πριν. Δεν είχα φερθεί καλά και για κάποιο λόγο αυτό με ενοχλούσε. Δε συνήθιζα να ενδιαφέρομαι για τα αισθήματα των ανθρώπων, αλλά κάτι μέσα μου είχε αλλάξει με τον Ίβαρ.

«Λοιπόν; Γύρισες στον τόπο του εγκλήματος;» είπε ανέκφραστα. Τελικά, ίσως τον είχε πειράξει περισσότερο από ό,τι φαντάστηκα.

«Ίβαρ! Συγγνώμη. Δεν υπάρχει δικαιολογία», είπα δειλά.

Τα μάτια του ήταν τόσο θλιμμένα. Δε μίλησε. Μάλλον περίμενε από μένα περισσότερες εξηγήσεις.

«Δεν αισθανόμουν καλά. Ήρθε και με πήρε. Δεν έπρεπε να φύγω έτσι. Όχι μετά από τη νύχτα που περάσαμε».

«Δεν τρέχει τίποτα, μικρή. Δε μου χρωστάς κάτι. Στο κάτω-κάτω ένα πήδημα ήταν. Ωραίο πήδημα, αλλά πήδημα και μόνο». Μου άξιζε. Η σκληρότητά του μου άξιζε εκατό τοις εκατό.

«Δεν... Δεν ήταν έτσι. Δεν ήταν απλά αυτό... Κοίταξε, είμαι πολύ μπερδεμένη. Δε σου άξιζε τέτοια συμπεριφορά. Ίσως δεν έπρεπε να έρθω καθόλου μαζί σου».

«Μικρή, μπερδεμένη δεν είσαι. Τουλάχιστον όχι τόσο όσο νομίζεις. Μην κοροϊδεύεις τον εαυτό σου. Είπαμε, ήταν απλά ένα πήδημα. Θέλεις κάτι άλλο;» Δε με κοιτούσε.

«Όχι, όχι. Καλύτερα να φύγω».

«Έτσι νομίζω κι εγώ». Άρχισα να κατευθύνομαι προς την πόρτα. Είχε γυρισμένη την πλάτη του προς εμένα. «Και πού είσαι;» φώναξε χωρίς να με κοιτάξει. «Αν ποτέ ξαναβρεθείς εδώ γύρω και θες ένα στα γρήγορα, είμαι στη διάθεσή σου. Μου κάνει κέφι να σε εξυπηρετώ». Η φωνή ήταν γεμάτη δηλητήριο.

Μου άξιζε εκατό τοις εκατό. Έφυγα γρήγορα και δεν κοίταξα πίσω μου.

Περπατούσα μέσα στη νυχτωδία του χωριού. Το σπίτι της Γκαμπριέλα ήταν κοντά σε αυτό του Ίβαρ. Γύρω στο ενάμισι τσιγάρο δρόμος. Όλο το χωριό ήταν ούτως ή άλλως μικρό. Μπορούσες να το περπατήσεις αλλά έκανε τόσο κρύο, που χαιρόμουν πολύ που δεν χρειαζόταν να περπατήσω περισσότερο. Ήλπιζα να μπορούσα να βρω το σπίτι του Μιχαήλ εξίσου εύκολα, γιατί μετά τη συμπεριφορά μου προς την Γκαμπριέλα δεν ήθελα να υποχρεωθώ και να της ζητήσω να με πάει εκεί με το αυτοκίνητο. Το σπίτι της φαινόταν όντως σαν ψεύτικο από μακριά. Σαν παραδεισένιο.

Δοκίμασα να χτυπήσω την πόρτα αλλά πριν προλάβω να το σκεφτώ, η πόρτα άνοιξε κι η Γκαμπριέλα στράφηκε προς το εσωτερικό. «Ήρθε!» φώναξε. Μου φαινόταν λες κι όλοι παραφυλούσαν πίσω από τις πόρτες τους περιμένοντας εμένα.

«Πέρασε». Ήταν αυστηρή. Προφανώς είχε θυμώσει μαζί μου ή κάτι τέτοιο. Μπήκα στο καθιστικό με ύφος σκανταλιάρικου παιδιού. Στον καναπέ καθόταν ο Μιχαήλ κι έμοιαζε να βράζει από τα νεύρα του. Δε θα ήταν εύκολο αυτό τελικά.

«Είσαι απαράδεκτη! Απλά απαράδεκτη!» Το είχα ξανακούσει αυτό από το Μιχαήλ πάμπολλες φορές. Μόνο που τότε ήμουν δεκαεφτά κι όχι τριάντα τρία. «Μπορείς να μου πεις τι νομίζεις ότι κάνεις;» Τελικά επαναλαμβανόταν. Το λογύδριο ήταν ίδιο κι απαράλλαχτο, ακόμα κι αν δεν το είχε ξεστομίσει πολλά χρόνια τώρα. Αισθανόμουν πως έπρεπε να μη μιλήσω και να τρέξω αδιάφορα στο δωμάτιό μου, να ανοίξω τέρμα το ράδιο και να μην απαντάω στις φωνές του. Όπως τότε. Αλλά δε γινόταν. Δεν είχα ράδιο. Χαμογέλασα με τη σκέψη κι αυτό τον εξόργισε. «Θέλεις να μου πεις τι έκανες εκεί πάνω; Τι δουλειά είχες με αυτόν; Για το Θεό, Άζρα, από όλο τον κόσμο, αυτόν;» Ήταν εκτός εαυτού. Κάτι τέτοιο δεν ήταν συνηθισμένο. Συνήθως ήταν αδιάφορος για μένα. Οι φωνές του στο παρελθόν συνδέονταν με την απέχθειά του να με δικαιολογεί στον κόσμο.

Η Γκαμπριέλα στεκόταν στην πόρτα του δωματίου κι απλά παρακολουθούσε. Δεν έλεγε κουβέντα. Αισθανόμουν μια ένταση να αναπτύσσεται στο κεφάλι μου. Τα ζώα επανήλθαν στη σκέψη μου. Ένιωσα μια ζέστη να με περιτριγυρίζει, μια ζέστη να με δένει με σκοινιά. «Καταναλώνουν ανθρώπους!» επανέλαβε η φοβισμένη μου φωνή μέσα στο κεφάλι μου. Έπιασα το μέτωπό μου.

«Άσ' την, Μιχαήλ! Άσ' την!» είπε έντονα η Γκαμπριέλα, σχεδόν με ανησυχία· σα να καταλάβαινε πως κάτι μου συνέβαινε.

«Μιχαήλ», ξεκίνησα ξεψυχισμένα. Ο Ιερέας είχε δαμάσει το θυμό του και με παρακολουθούσε με σταθερότητα τώρα. «Μιχαήλ, Γκαμπριέλα. Φεύγω. Πηγαίνω μαζί του ένα ταξίδι». Δεν ξεστόμισα τίποτα άλλο.

«Είσαι σίγουρη πως θέλεις να πας μαζί του; Εννοώ θέλεις πραγματικά;» με ρώτησε με ενδιαφέρον. Η κουβέντα έμοιαζε με συζήτηση μεταξύ πατέρα και κόρης, όταν οι αντιστάσεις του πρώτου έχουν πια καμφθεί.

«Δε θέλησα ποτέ στη ζωή μου τίποτα περισσότερο από αυτό». Η φωνή μου ήταν σταθερή και δυνατή.

Ο Μιχαήλ ήταν καταβεβλημένος. Η Γκαμπριέλα πήρε μια βαθιά ανάσα και βγήκε από το δωμάτιο σα να πέθαινε από το άγχος. Ο Μιχαήλ με κοίταξε κι είπε αργά και σιγανά, σα να φοβόταν μήπως ξυπνήσει κάποιον: «Το ξέρεις πως είναι επικίνδυνος;»

«Δεν το ξέρω, το νιώθω αλλά δε με ενδιαφέρει». Ήμουν σίγουρη.

«Πάντα κόντρα σε όλα, σωστά; Πήγαινε! Έπρεπε να σε είχα αφήσει να σε πάρει ο διάολος όταν ήταν στο χέρι μου».

Κεφάλαιο 11

Πήρα ένα ταξί για το αεροδρόμιο. Η νύχτα ήταν πιο σκο-
τεινή, πιθανώς γιατί πυκνά σύννεφα κάλυπταν τον ουρανό.
Ενδόμυχα χαιρόμουν που θα έφευγα από εκεί. Δεν είχα συ-
μπαθήσει αυτό το σκοτάδι αν και το Βόρειο Σέλας με είχε
εντυπωσιάσει βαθιά. Αισθανόμουν κάποια πίκρα για τον
Ίβαρ κυρίως, γιατί φανταζόμουν πως δε θα τον ξανάβλεπα
ποτέ. Υπήρχε κι αυτή η έκρηξη του Μιχαήλ... Είχε επιτέλους
εξομολογηθεί πως καλύτερα θα ήταν να με είχε αφήσει να πε-
θάνω. Τελικά, η αίσθηση που είχα τόσα χρόνια, πως δηλαδή
ήμουν μια υποχρέωση που θα προτιμούσε να είχε αποφύγει,
δεν ήταν λανθασμένη. Είχα πληγωθεί ανεπανόρθωτα. Δεν πί-
στευα πως οι σχέσεις μας θα μπορούσαν ποτέ να αποκαταστα-
θούν κι αυτό με στενοχωρούσε πολύ.

Κάθισα στο μικρό καφέ του αεροδρομίου και παρήγγει-
λα μια βότκα. Σκεφτόμουν πως καλύτερα να έπινα εκείνη τη
στιγμή όσο μπορούσα, για να μη χρειαστεί να το κάνω μέσα
στο αεροπλάνο. Θα πετούσαμε με το δικό του, αλλά και πάλι

δεν πίστευα πως θα ήταν συνετό να δοκιμάσω τα όρια της υπηρεσίας τροφοδοσίας του σχετικά με το αλκοόλ. Παρήγγειλα κι ένα δεύτερο ποτήρι. Προσπάθησα να βάλω τα γεγονότα σε μια σειρά. Μου ήταν ακατανόητο, γιατί όλες οι προηγούμενες ημέρες έμοιαζαν τόσο παρωχημένες. Τέτοια θολή αίσθηση των γεγονότων είχα μετά από χρήση LSD και δεν είχα πάρει εδώ κι αρκετό καιρό.

Τουλάχιστον, τα συναισθήματά μου ήταν πιο ξεκάθαρα. Ήθελα να είμαι μαζί του. Τελεία. Δεν υπήρχε συνέχεια. Μου άρεσε τόσο πολύ που αψηφούσα ακόμα κι αυτό τον αμυδρό συναγερμό κινδύνου, που χτυπούσε διαρκώς μέσα στο κεφάλι μου. Ήταν χαμηλόφωνος, αλλά ήταν εκεί. Δεν υπήρχε εξήγηση, γιατί το ένστικτό μου μού υπαγόρευε διαρκώς πως ήταν επικίνδυνος. Το είχε αναφέρει κι ο Μιχαήλ. Είχα επίγνωση του γεγονότος βασισμένη στο φτερούγισμα που μου προκαλούσε κάθε φορά που τον αντίκριζα. *Με ποιο τρόπο θα μπορούσε να είναι επικίνδυνος;* διερωτήθηκα. Ο μόνος τρόπος που μπορούσα να φανταστώ είναι να μην εμφανιζόταν, να επέστρεφα στα όσα έκανα έως τότε. Πριν τον γνωρίσω. Κάτι τέτοιο φάνταζε καταστροφικό. Τόσο επίπεδο κι ανούσιο.

Κατέβασα γρήγορα το δεύτερο ποτήρι και παρήγγειλα έναν καφέ για κάλυψη. Καθώς σάρωνα το χώρο, είχα την εντύπωση πως μακριές σκιές κινούνταν πάνω στους τοίχους. Ανοιγόκλεισα τα μάτια μου προσπαθώντας να δω καθαρότερα. Κατέληξα πως μάλλον έτσι μου φάνηκε. Η ατμόσφαιρα μέσα στο αεροδρόμιο έμοιαζε παράξενα φορτισμένη. Όμως αυτό δεν ήταν η ιδέα μου. Οι υπάλληλοι πίσω από τον πάγκο, οι καθαρίστριες έμοιαζαν να έχουν κυριευτεί από ένα περίεργο εκνευρισμό. Συνήθως δεν ήμουν παρατηρητική, οπότε υπέθεσα πως ο εκνευρισμός ήταν πραγματικότητα. Όμως, αφού ακόμα κι εγώ το αντιλήφθηκα, προσπάθησα να μη δώσω σημασία.

Καθώς το βλέμμα μου περνούσε πάνω από το αντικείμενα του χώρου αδιάφορα, καρφώθηκε πάνω του. Μόλις είχε μπει στο κτίριο και περπατούσε με αργά, αποφασιστικά βήματα προς εμένα. Με κοιτούσε με τέτοια ένταση, που ανατρίχιασα. Πίσω του βρίσκονταν όλα τα μέλη του κοινοβίου. Κρατούσαν βαλίτσες. Άρα, θα φεύγαμε όλοι μαζί. Οι υπόλοιποι ήταν εξωφρενικά όμορφοι, αλλά δεν πλησίαζαν τη δική του ομορφιά ούτε στο ελάχιστο.

Πίσω του και δεξιά του περπατούσε η κοκκινομάλλα, που είχε απαιτήσει να πάρει τα κλειδιά του τζιπ, όταν ήμουν στον τηλεφωνικό θάλαμο. Από το ύφος της κατάλαβα πως δεν ήταν ιδιαίτερα ευχαριστημένη με την κατάσταση. Θυμήθηκα τα λεγόμενα της Γκαμπριέλα κι υπέθεσα πως αυτή ήταν το ζευγάρι του. Ένα τσίμπημα ζήλιας με τρύπησε βάναυσα. Γιατί τους έπαιρνε μαζί του; Γιατί έπρεπε να υφίσταμαι την παρουσία της; Φαντάστηκα πως το ίδιο θα ένιωθε κι η ίδια, αν έκρινα από τη δυσαρέσκειά της. Το βλέμμα της ήταν αηδιασμένο. Παρόλ' αυτά, εξακολουθούσε να είναι πανέμορφη.

Πίσω του και στα δεξιά του στεκόταν μια καστανόξανθη κοπέλα με σκούρα μάτια. Κάτι αμυδρό στα χαρακτηριστικά της μου θύμιζε εκείνον. Μάλλον θα ήταν η αδερφή του. Το δικό της βλέμμα ήταν φοβισμένο. «*Ίσως να μη συμπαθεί τα αεροπλάνα...*», σκέφτηκα. Ήταν κι αυτή πολύ ψηλή κι αδύνατη, σχεδόν διάφανη. Το πρόσωπό της έμοιαζε με πίνακα της Αναγέννησης. Με κοίταξε φευγαλέα και το βλέμμα της ήταν ακόμα πιο φοβισμένο. Δεν καταλάβαινα, φοβόταν εμένα;

111

Οι υπόλοιποι εφτά άνδρες ήταν εξίσου εντυπωσιακοί με τα κορίτσια. Οι δέκα τους έμοιαζαν με ομάδα μοντέλων, που προσγειώθηκε στο Μιλάνο για να συμμετάσχει σε επιδείξεις μόδας. Τα ρούχα τους ήταν υπέροχα και φαίνονταν πανάκριβα. Όλη η αγέλη έστριψε συντονισμένα προς τα δεξιά, προς τις πύλες εκτός από αυτόν. Αυτός συνέχισε να περπατάει προς εμένα.

«Τελικά, τα κατάφερες πιο γρήγορα από όσο φανταζόμουν». Με κοιτούσε αδηφάγα. «Συγγνώμη που άργησα, αλλά είναι δύσκολο να συντονίσεις εννιά άτομα για ένα ξαφνικό ταξίδι...», απολογήθηκε χαμογελώντας.

«Δεν ήξερα πως θα έρχονταν όλοι μαζί μας». Ήλπιζα να μην είχε ανιχνεύσει την ενόχληση στη φωνή μου.

«Ας πούμε πως δε μένουν κάπου αν δεν είμαι κι εγώ». Φαινόταν πως ούτε του ίδιου του άρεσε αυτή η εξέλιξη.

«Η κοπέλα με τα κόκκινα μαλλιά σου είναι κάτι; Δεν εκτιμώ τα δράματα με τρίγωνα διαφόρων ειδών». Ήμουν εκνευρισμένη κι ήταν ολοφάνερο.

Χαμογέλασε και με κοίταξε στα μάτια. «Δεν είναι αυτό που φαντάζεσαι. Βγάλ' το από το μυαλό σου και μη σε απασχολεί, εντάξει;» Η αλήθεια ήταν πως είχε θράσος. Δεν ήθελε να δώσει περισσότερες λεπτομέρειες. Αυτό δεν ήταν δίκαιο.

«Σκοπεύω να έχεις την αμέριστη προσοχή μου. Δε θα είμαστε όλοι μαζί στο αεροπλάνο. Δε χρειάζεται να τους συναντήσεις καν». Απομάκρυνε τα μαλλιά μου από το πρόσωπό μου. Η ένταση μεταξύ μας επανερχόταν. Δεν μπορούσα να φανταστώ εκείνη τη στιγμή τι θα μπορούσε να γίνει μέσα στο αεροπλάνο. Η προοπτική μου φάνταζε μαγική. Πήρε μια βαθιά ανάσα. «Πάμε;» είπε δείχνοντάς μου το δρόμο.

Προχώρησα μπροστά του και με οδήγησε στο αεροπλάνο. Δύο φροντιστές μας έδειχναν τους διαδρόμους. Κατεβήκαμε στον παγωμένο αεροδιάδρομο και τύλιξα το παλτό μου σφιχτά γύρω μου. Το κρύο ήταν παροιμιώδες. Ο αέρας έμοιαζε να διαπερνά το σώμα και να φτάνει έως το κόκαλο. Δεν είχα ιδέα πώς θα ταξιδεύαμε με τέτοιο καιρό.

«Άζρα, μπορείς να προχωρήσεις; Θα έρθω σε ένα λεπτό», μου φώναξε δέκα βήματα πιο πίσω μου. Είπε κάτι στο φροντιστή στα νορβηγικά κι αυτός με έπιασε από τον αγκώνα απαλά κι ευγενικά για να με συνοδεύσει. Ανέβηκα απ' την μπροστινή σκάλα του αεροπλάνου.

Μόλις μπήκα, συνειδητοποίησα πως ουσιαστικά το αεροπλάνο ήταν χωρισμένο στα δύο. Ώστε για αυτό μου είχε πει πως δε θα τους συναντήσω. Κάθισα αναπαυτικά σε μια από τις περίπου έξι θέσεις που υπήρχαν. Ο χώρος ήταν μεγάλος και λειτουργικός για ένα τόσο μικρό αεροσκάφος. Υπήρχε ένα μπαρ, ένα τραπέζι και κατάλαβα πως οι θέσεις γίνονταν κρεβάτια. Κοίταξα αδιάφορα έξω από το παράθυρο τους φροντιστές που προετοίμαζαν το αεροπλάνο.

Η άκρη του ματιού μου έπιασε μια λάμψη στα δεξιά του κτιρίου. Ο χώρος ήταν σκοτεινός και μου έκανε εντύπωση μια αχλή που υπήρχε, μια φωτεινή ομίχλη. Προσπάθησα να δω καλύτερα μέσα από το βρεγμένο γυαλί του παραθύρου. Τον διέκρινα να μιλάει έντονα με κάποιον. Η εικόνα μου φαινόταν αφύσικη, αλλά δεν καταλάβαινα γιατί. Λογομαχούσε, οι κινήσεις του ήταν θυμωμένες. Ο άλλος άνθρωπος δε διακρινόταν, ήταν κρυμμένος στη σκοτεινιά του χώρου. Νόμιζα πως στο βάθος βρισκόταν ακόμα μια μορφή, αλλά δεν ξεχώριζα καθαρά. Τότε η αχλή εξαπλώθηκε παντού γύρω τους. Ο άλλος άνθρωπος ήταν ο Μιχαήλ. Οι δύο φαίνονταν εξοργισμένοι κι οι κινήσεις προμήνυαν καυγά.

Προσπάθησα να καθαρίσω το τζάμι με το μανίκι μου για να δω καλύτερα. Ο Μιχαήλ ήταν τελείως διαφορετικός από ότι τον θυμόμουν, η μορφή του, η κορμοστασιά του ήταν τελείως αλλιώτικη. Όμως ήταν αυτός. Φαινόταν σα να φωτοβολούσε από το εσωτερικό. Αυτός τον έπιασε από το λαιμό με μια βίαιη κίνηση. Η τρίτη μορφή ξεπρόβαλε προστατευτικά από το βάθος. Ήταν η Γκαμπριέλα. Στάθηκε πίσω από το Μιχαήλ και κοιτούσε με ένταση τη σκηνή, σα να περίμενε μια διαταγή. Η Γκαμπριέλα φάνηκε να είπε κάτι κι ο Άλεφ άφησε το λαιμό του Μιχαήλ. Τους φώναξε δυο λέξεις κι άρχισε να απομακρύνεται από το δίδυμο και να πλησιάζει προς το αεροπλάνο. Ο Μιχαήλ κι η Γκαμπριέλα φαίνονταν ηττημένοι. Δεν μπορούσα να κατανοήσω τι είδους παιχνίδι έκαναν τα μάτια μου και νόμιζα πως έλαμπαν. Τότε κατάλαβα γιατί η εικόνα μου έμοιαζε αφύσικη. Κοίταξα το φροντιστή που έβαζε τις βαλίτσες στο αεροπλάνο και ξανάριξα το βλέμμα μου στους τρεις τους, που ακόμα ήταν σχετικά κοντά μεταξύ τους. Σύγκρινα τις διαστάσεις και κατάλαβα πως, εάν έβλεπα καλά, θα έπρεπε κι οι τρεις τους να είναι γύρω στα τρία μέτρα ύψος ο καθένας... Ανοιγόκλεισα τα μάτια μου και το επόμενο δευτερόλεπτο, όλα ήταν φυσιολογικά και τα μεγέθη ήταν όπως θα έπρεπε. Είχα μείνει με ανοιχτό το στόμα.

Τον παρακολουθούσα να ανεβαίνει τη σκάλα του αεροπλάνου, καθώς ο Μιχαήλ κι η Γκαμπριέλα απομακρύνονταν. Μπήκε στο χώρο κι εκνευρισμένα γύρισε να με κοιτάξει.

«Πραγματικά δεν ξέρω για πόσο ακόμα θα θέλεις να είσαι μαζί μου». Πέταξε το παλτό του σε μια γωνία και κάθισε στη θέση δίπλα μου κοιτώντας το κενό μπροστά του.

Περίμενα μερικά λεπτά αμίλητη. Δεν μπορούσα να επεξεργαστώ όσα είχα δει. Είχα μια ειλικρινή ανησυχία πως είχα αρχίσει να χάνω το μυαλό μου. Δεν ήμουν έτοιμη να τα παρατήσω τόσο εύκολα όμως.

«Μπορείς σε παρακαλώ, να μου πεις τι συνέβη εκεί έξω; Είδα την Γκαμπριέλα και το Μιχαήλ. Τι ήθελαν;» Σκόπευα να το χειριστώ αργά και σταθερά.

Αυτός δίστασε για μερικά δευτερόλεπτα. Φοβόμουν πως όσα είχα αρχίσει να αισθάνομαι για αυτόν δε θα με άφηναν να φτάσω μέχρι το τέλος. «Σου είπα πως ο Μιχαήλ είναι πολύ διεκδικητικός με εσένα. Ήρθε να μου ζητήσει να μη σε πάρω μαζί μου». Ο εκνευρισμός ήταν ακόμα εμφανής στη φωνή του.

«Δεν έχει αυτό το δικαίωμα», απάντησα. «Μπορώ να αποφασίσω για τον εαυτό μου. Δεν είμαι παιδί».

«Άζρα, από ό,τι φαίνεται είσαι πολύτιμη για αυτούς. Φαντάζομαι όφειλε να κάνει την προσπάθειά του». Ο θυμός του ξεφούσκωνε σιγά-σιγά. Όταν ήταν οργισμένος, έμοιαζε ακόμα πιο θεϊκά όμορφος.

«Πολύτιμη; Τι εννοείς;»

«Προφανώς είσαι σημαντική για αυτόν. Δεν πιστεύω πως δεν το έχεις καταλάβει μέχρι τώρα». Διόρθωνε τις λέξεις του.

«Ακόμα κι αν ισχύει αυτό, δεν έχει φροντίσει ποτέ να το κάνει αντιληπτό σε *εμένα*». Η φωνή μου ακουγόταν σαν παράπονο.

«Έλα τώρα. Απλά ανησυχεί, γιατί φεύγεις με τον τελευταίο άνθρωπο στον οποίο θα σε εμπιστευόταν ποτέ. Όπως σου είπα, δεν έχουμε καλές σχέσεις. Θα έλεγα πως με μισεί», συμπλήρωσε προλαβαίνοντας την ερώτησή μου.

«Φαντάζομαι αυτή είναι η καλύτερη εξήγηση που θα πάρω σωστά;» είπα καχύποπτα. Δεν άντεχα να απομυζήσω την αλήθεια με την όποια στρατηγική ή μέθοδο.

«Τι εννοείς;» Το βλέμμα του ήταν ανήσυχο τώρα. Δεν ήξερα πως μπορούσε να *ανησυχήσει*. Σκέφτηκα για μερικά δευτερόλεπτα προσπαθώντας να μεταφράσω την κατάστασή μου από τη γλώσσα της μοναχικότητάς μου, που ήταν κατανοητή μόνο σε εμένα, στη γλώσσα που καταλάβαιναν οι άνθρωποι. Είχα μια ξαφνική και ξεκάθαρη συνείδηση. Ήμουν ερωτευμένη μαζί του. Μου πήρε μόνο τρεις μέρες, αλλά ήμουν στα αλήθεια *ερωτευμένη μαζί* του. Δεν ήταν δύσκολο να το εντοπίσω αν και δεν το είχα νιώσει ποτέ αυτό το συναίσθημα, όταν έρθει και στεριώσει μέσα σου, είναι πολύ δύσκολο να το αγνοήσεις. Όσο χαζό, παιδιάστικο, ανώριμο, γρήγορο, επικίνδυνο και να ήταν να σου συμβεί τόσο γρήγορα, η πραγματικότητα δεν άλλαζε.

«Μη νομίζεις πως δεν καταλαβαίνω ότι κάτι δεν πάει καλά. Η αλήθεια είναι πως δεν πιστεύω και πολύ ότι είμαι τρελή. Το φοβάμαι στο βάθος του μυαλού μου, αλλά δεν το πιστεύω. Έχω καταλάβει πως δεν είναι τυχαίο πως ό,τι συνέβη από την ώρα που ήρθα έως αυτή τη στιγμή μου μοιάζει αντικρουόμενο. Δεν είναι απλά η εντύπωσή μου. Θυμάμαι πως τα πράγματα συνέβησαν με τον άλφα τρόπο, ενώ βαθιά μέσα μου πιστεύω πως έχουν συμβεί με το βήτα τρόπο. Προ ολίγου που διαπληκτιζόσουν με τους δυο τους, μου φανήκατε αφύσικα

116

ψηλοί. Έχω καταλάβει πως κάτι τρέχει με εσένα. Έχω κατα-
λάβει πως κάτι τρέχει με εμένα». Τον κοίταξα μ' αδημονία.
Προσπαθούσα να αποκωδικοποιήσω το βλέμμα του. Φαινό-
ταν ακόμα πιο ανήσυχος μετά από όσα μόλις του είχα πει.

«Ξέρεις ποια είναι η διαφορά με όλα αυτά;» τον ρώτησα.
«Ό,τι και να συμβαίνει, δε με ενδιαφέρει. Όσο είμαι μαζί σου,
δε με ενδιαφέρει. Δε λέω πως δε θα καταλάβω, ούτε πως δε θα
ψάξω ή δε θα προσπαθήσω να καταλάβω. Απλά, ό,τι και να
κατανοήσω, τελικά δε θα αλλάξει την ροή των πραγμάτων, το
πώς νιώθω για σένα». Είχα τραβήξει όλες αυτές τις σκέψεις
από το μυαλό μου και τις είχα ξεστομίσει χωρίς να τις συντάξω
σωστά. Με κοιτούσε έκπληκτος.

«Δεν έχεις ιδέα τι σημαίνει αυτό για μένα». Χαμήλωσε το
βλέμμα του. Ήταν τόσο αγέρωχος ως εκείνη της στιγμή, που η
αμυδρή αυτή κίνηση με συγκλόνισε. «Στο είπα πως δεν ξέρεις
τι μπορείς να κάνεις. Άχρα, δε σταματάς να με εκπλήσσεις».

Χάιδεψα με το χέρι μου το πρόσωπό του. Τα μάτια του
με κοιτούσαν σταθερά κι έντονα, αλλά έμοιαζαν γεμάτα από
πόνο. Απορούσα με τον εαυτό μου για το ξαφνικό μου θάρρος.
Πέρασε το χέρι του πίσω από το κεφάλι μου, όπως είχε κά-
νει εκείνο το βράδυ μέσα στο αυτοκίνητό του. Μου φαινόταν
πως είχαν περάσει αιώνες από τότε. Καταλάβαινα πως, όταν
το έκανε αυτό, έχανε τον έλεγχο. Με τράβηξε με δύναμη κο-
ντά του. Η ανάσα του ήταν γλυκιά. Η δική μου αναπνοή ήταν
ακανόνιστη. Το αίμα χτυπούσε στα μηνίγγια μου.

«Δεν μπορείς να φανταστείς πόσο σε θέλω...», μου ψιθύ-
ρισε μεθώντας με ακόμα πιο πολύ. Τα χείλη του ακούμπησαν
τα δικά μου στην αρχή αργά, διερευνητικά. Νόμιζα πως δεν
άκουγα την καρδιά μου. Το σώμα του ανέδυε μια ζέστη. Αμέ-

117

σως το φιλί του έγινε πιο βίαιο, ανεξέλεγκτο. Μετατόπισε το βάρος του σχεδόν πάνω μου. Τα χέρια του μπλέχτηκαν γύρω μου. Δε με είχαν φιλήσει ποτέ τόσο *απελπισμένα*. Με τόση προσπάθεια να βάλουν τόσα πολλά σε τόσο λίγες στιγμές. Σταμάτησε απότομα. Τραβήχτηκε προς τα πίσω και ξανακάθισε στη θέση του. Ήμουν ζαλισμένη κι αποπροσανατολισμένη. Ο ίδιος φαινόταν επίσης *συγχυσμένος*.

«Είναι πιο δύσκολο από όσο νόμιζα... Πολύ πιο δύσκολο. Πρέπει να σου δώσω το χρόνο που σου αξίζει». Σηκώθηκε γρήγορα από τη θέση του και χωρίς να με κοιτάξει κατευθύνθηκε προς το πιλοτήριο. «Καλύτερα να κοιμηθείς λιγάκι. Το ταξίδι είναι μεγάλο». Έκλεισε την πόρτα πίσω του κι εγώ έμεινα μόνη και παγωμένη.

Κεφάλαιο 12

Είχα μείνει να παρατηρώ την πόρτα του πιλοτηρίου σα να περίμενα να ανοίξει και να γυρίσει σε εμένα. Παρά το έντονο βλέμμα μου ακόμη και μετά από μια ώρα, η πόρτα παρέμενε ερμητικά κλειστή. Γιατί στην ευχή είχε φύγει; Αυτός ο άντρας θα με τρέλαινε. Σηκώθηκα από τη θέση, όπου είχα μείνει ακίνητη για πολλή ώρα και κατευθύνθηκα προς το μπαρ, που υπήρχε στη γωνία, εάν μπορούσες να την πεις γωνία. Έψαξα το περιεχόμενο και βρήκα ένα ωραίο malt. Έβαλα σε ένα ποτήρι ένα διπλό ποτό και γύρισα στο ομολογουμένως βολικό αεροπορικό κάθισμα. Κοίταξα έξω από το παράθυρο προσπαθώντας να κρατήσω τη σκέψη μου κενή. Δεν είχα τη δυνατότητα να διαχειριστώ ό,τι είχε γίνει. Προτιμούσα να περιμένω να πάρει το αλκοόλ την πρώτη θέση και μετά θα το σκεφτόμουν.

Η πόρτα που χώριζε το χώρο από αυτόν που βρίσκονταν οι υπόλοιποι της ομάδας άνοιξε. Η ψηλή, πανέμορφη κοκκινομάλλα διερεύνησε το χώρο κι έδειξε να ξεθαρρεύει μόλις είδε πως αυτός δεν ήταν εκεί. Ωραία! Είμαι έτοιμη για μια μεγαλοπρεπή σκηνή, σκέφτηκα. Με δυσαρεστούσε το γεγονός ότι βρισκόμασταν στον ίδιο χώρο. Χωρίς να πει κουβέντα, έκλεισε την πόρτα και με πλησίασε αργά. Με κοιτούσε διερευνητικά, με ζύγιζε.

«Γεια». Πήρα την πρωτοβουλία και μίλησα πρώτη.

Δεν άρθρωσε λέξη. Ήρθε και κάθισε δίπλα μου, στη θέση που καθόταν αυτός πριν από λίγο. Συνέχιζε να με κοιτάζει και το βλέμμα της είχε μια υποψία απέχθειας. Σα να με σιχαινόταν διακριτικά.

«Ήρθα να δω με τα μάτια μου τι μέρος του λόγου είσαι», είπε εχθρικά.

Πρέπει να ήταν πολύ πικραμένη. «Πώς σε λένε;» προσπάθησα να αντιπαρέλθω τον αρνητισμό. Με ενοχλούσε η ίδια η ύπαρξή της, αλλά δεν ήθελα να δημιουργήσω θέμα. Άλλωστε, ένας Θεός ήξερε τι μπορούσα να κάνω σε περίπτωση που εκνευριζόμουν πραγματικά. Είχα υπάρξει πολύ βίαιη στο παρελθόν και το τελευταίο πράγμα που ήθελα ήταν να μπει αυτός στο χώρο και να με δει να σπάω ένα μπουκάλι στο κεφάλι της.

«Δε θα αλλάξει κάτι, αν μάθεις το όνομά μου», είπε αμυντικά. Δεν το πίστευα πως υπήρχε μια υποψία φόβου στη φωνή της. «Τι θέλεις μαζί του;» με ρώτησε με τον ίδιο βαθμό αγένειας στο ύφος της. Το πρόσωπό της ήταν εξωπραγματικά όμορφο. Δύο υπέροχα μαύρα μάτια σκιάζονταν από τεράστιες βλεφαρίδες. Το ίδιο το σχήμα τους θα μπορούσε να αποτελεί σπουδή ζωγράφων στη γυναικεία ομορφιά. Το δέρμα της ήταν ολόλευκο κι ημιδιάφανο, με μια ελαφριά εσωτερική λάμψη. Ήταν εξαίσια. Η ζήλια μου μεγάλωνε όσο περισσότερο την παρατηρούσα.

«Δεν πρόκειται να σου πω, γιατί δεν πιστεύω πως σε αφορά», απάντησα με έντονη εχθρότητα.

«Ο,τιδήποτε έχει να κάνει με αυτόν με αφορά περισσότερο από οποιονδήποτε στον κόσμο». Θα είχαμε πόλεμο.

«Θα σε παρακαλούσα να λύσεις το όποιο θέμα σου μαζί του κι όχι μαζί μου. Ειλικρινά, δε μου είσαι τίποτα για να σου εξηγήσω. Δε νομίζεις πως, αντίθετα, αν είσαι κάτι σε αυτόν, οφείλει να σου δώσει μερικές πληροφορίες; Εκτός κι αν δε νοιάζεται για σένα». Ήξερα πώς να γίνω ιδιαίτερα δηλητηριώδης όταν ήθελα.

Με κοιτούσε έκπληκτη από το θράσος μου. Η οργή της μεγάλωνε όσο κυλούσαν τα δευτερόλεπτα κι όσο θύμωνε, τόσο τα μάτια της γίνονταν πιο σκοτεινά και πιο όμορφα. «Είμαι σίγουρη πως θέλεις να του κάνεις κακό», σφύριξε μέσα από τα δόντια της, «κι αυτό δε θα επιτρέψω ποτέ να συμβεί». Η εχθρότητα ζύγιζε κιλά μέσα στο μικρό χώρο.

«Όλο αυτό είναι γελοίο». Γέλασα ειρωνικά και σηκώθηκα από τη θέση μου. Ήθελα να φύγει από το χώρο. Αισθανόμουν εκνευρισμένη κι εγκλωβισμένη, γιατί δεν μπορούσα να αποφύγω τη σύγκρουση. Τα νεύρα μου τέντωναν επικίνδυνα. Πίστευα πως δε θα μπορούσα να αποφύγω τα χειρότερα. «Θέλω να φύγεις από εδώ. Δε γουστάρω τσαμπουκάδες και κυρίως δε γουστάρω εσένα», είπα σχεδόν φωνάζοντας και κοιτώντας τη στα μάτια. Δεν άντεξε το βλέμμα μου κι επικέντρωσε γενικά στο πρόσωπό μου. Ήταν τόσο περήφανη, που δε θα σταματούσε να προσποιείται πως δεν το βάζει κάτω.

«Δε φεύγω, αν δε σιγουρευτώ πως δε θα του κάνεις κακό», είπε πιο έντονα από πριν.

«Αν δε φύγεις, θα σε αναγκάσω εγώ». Την κοίταξα επίτηδες στα μάτια. Ο θυμός της εξερράγη με τέτοια βιαιότητα, που δεν κατάλαβα πώς με πέταξε στον τοίχο με τέτοια

121

δύναμη. Κυριολεκτικά άκουσα το πλαστικό να σπάει πίσω από την πλάτη μου. Ένιωσα να χάνω το μυαλό μου από το θυμό. Όταν μου συνέβαινε κάτι βίαιο, γινόμουν ένα τέρας. Το κεφάλι μου είχε τέτοια πίεση, που νόμιζα πως το αίμα θα αρχίσει να ξεπηδάει από τα αυτιά μου. Όλα γύρω μου θόλωσαν και της επιτέθηκα.

Το επόμενο πράγμα που θυμάμαι είναι αυτήν να ουρλιάζει σε μια γλώσσα που δεν καταλάβαινα και να σφαδάζει από τον πόνο. Παρότι από την έκφρασή της καταλάβαινα πως η ένταση της φωνής της θα έπρεπε να είναι πολλά ντεσιμπέλ, όλα τα άκουγα σε πολύ χαμηλό volume γύρω μου. Οι δύο αντίθετες πόρτες άνοιξαν. Αυτός ξεχύθηκε στο χώρο, με έπιασε από τους ώμους και με τράβηξε στη μια άκρη του χώρου. Με κοιτούσε στα μάτια και μου ψιθύριζε: «Ηρέμησε... Ηρέμησε...». Η φωνή της συνέχιζε να ουρλιάζει σε χαμηλό για μένα τόνο. Τρεις από τους άνδρες του κόκπιτ την έπιασαν και προσπαθούσαν να τη μεταφέρουν, την ώρα που αυτή συνέχιζε να φτύνει λέξεις προς εμένα σε αυτή την άγνωστή μου γλώσσα. Είδα το βλέμμα της αδερφής του, που ήταν ακόμα πιο φοβισμένο από πριν. Αυτός τους είπε κάτι με ένταση στην ίδια ανεξήγητη διάλεκτο, χωρίς να πάρει τα μάτια του από τα δικά μου. Η πίεση του κεφαλιού μου έμοιαζε να καταλαγιάζει όσο με κοιτούσε. Ένιωθα σιγά-σιγά πως ηρεμούσα. Οι ήχοι μου φάνηκε πως επανέρχονταν στη φυσιολογική τους κατάσταση. Πίστευα πως ίσως θα απέφευγα να γεμίσω τον τόπο με το εγκεφαλικό μου υγρό. Η ανάσα μου άρχισε να γίνεται πιο αργή. «Ηρέμησε», μου είπε μια τελευταία φορά. «Αν σε αφήσω, πιστεύεις πως θα είσαι εντάξει;» Ήταν πιο μαλακός τώρα. Τα δάχτυλά του χαλάρωσαν ελαφρά γύρω από τους ώμους μου, αλλά δε με άφησε, σα να ήταν έτοιμος να με σφίξει σαν τανάλια, αν έβλεπε πως ήμουν ακόμα οργισμένη.

«Νομίζω πως της έσπασα το χέρι». Η φωνή μου ακουγόταν μεταλλική στα αυτιά μου. Ρομποτική.

«Έτσι φαίνεται. Θες να μου πεις τι συνέβη;» ρώτησε απαλά, σα να καθησύχαζε ένα παιδί.

«Με εξόργισε. Μόλις έγινε βίαιη, έγινα κι εγώ. Θα έπρεπε να έχεις βάλει μεγαλύτερη τάξη». Δε λυπόμουν για αυτό που είχα κάνει. Το βλέμμα του έδειχνε πως καταλάβαινε πως δεν υπήρχε μεταμέλεια στη φωνή μου. Ήξερα πως στην πράξη αυτό που ήθελα να κάνω ήταν να μου είχαν δώσει λίγο χρόνο ακόμα. Ήθελα να της ξεριζώσω την καρωτίδα με τα δόντια μου. Αισθανόμουν πως τη μισούσα.

«Τι λες, θα μπορούσαμε να συνεχίσουμε με ασφάλεια αυτό το ταξίδι;» Το πιο χαλαρωτικό πράγμα που μπορούσα να ζητήσω ήταν αυτό το βλέμμα, το οποίο συνέχιζε να με ηρεμεί.

«Ναι, αλλά μόνο αν μείνεις μαζί μου», είπα με σιγουριά.

Αναστέναξε και με οδήγησε στη θέση μου. Μετέτρεψε το κάθισμα σε κρεβάτι με το πάτημα ενός κουμπιού και με έβαλε να ξαπλώσω. Πειθήνια ακολούθησα τις οδηγίες του.

«Κοιμήσου, τώρα. Εγώ θα είμαι εδώ». Το βλέμμα του ήταν ζεστό. Κάθισε στη θέση απέναντι μου. Με κοιτούσε και κάπνιζε όσο εγώ προσπαθούσα να κοιμηθώ.

Ξύπνησα από μια ευχάριστη ζέστη στο πρόσωπό μου. Άνοιξα διστακτικά τα μάτια μου κι αντίκρισα θερμές αχτίδες να τρεμοπαίζουν πάνω στο γυαλί του παραθύρου. Ήλιος... Μου είχε ήδη λείψει. Έλεγξα το κάθισμά του καθώς αναση

Αγγελική Μαραγκοπούλου

κωνόμουν στηριζόμενη στον αγκώνα μου. Καθόταν στην ίδια θέση κι εξακολουθούσε να με κοιτάζει.

«Προσγειωνόμαστε σε 5 λεπτά. Ξύπνησες πάνω στην ώρα», είπε αργά. «Ελπίζω να είσαι πιο ήρεμη τώρα. Δε θα ήθελα να σε ξαναδώ έτσι». Είχε μπει κατευθείαν στην επίθεση. Πίστευα πως είχε ιδιαίτερο θράσος, επειδή μου έκανε υποδείξεις για μια κατάσταση για την οποία ευθυνόταν μονάχα αυτός κι η αδύνατη κοκκινομάλλα.

«Νομίζω πως σου το είπα και νωρίτερα. Όφειλες να είχες ξεκαθαρίσει το όποιο θέμα μαζί της, πριν μπούμε εδώ μέσα. Εγώ δεν έχω καμία σχέση. Αυτή μου επιτέθηκε πρώτη. Δεν είμαι ο τύπος που κάθεται και τις τρώει χωρίς αντίδραση». Είχα αρχίσει να εκνευρίζομαι.

«Μην κάνεις σαν παιδί. Η Λίλυ δεν είναι αυτό που φαντάζεσαι. Απλά ανησυχεί για μένα». Μου χαμογελούσε και δεν μπορούσα να αντισταθώ εύκολα σε αυτό. «Μπορείς να κάνεις κάτι ώστε να μην την ξαναδώ μπροστά μου, σε παρακαλώ;» είπα παραπονιάρικα.

«Δυστυχώς, αυτό δε γίνεται. Η Λίλυ βρίσκεται πάντα εκεί που είμαι κι εγώ. Θα πρέπει να το συνηθίσεις. Εγώ μπορώ να σε παρακαλέσω να μην ξαναμαλώσετε;» Δεν υπήρχε περίπτωση να υποχωρήσει. Το διάβαζα στα μάτια του. Όπως κι εγώ δεν υπήρχε περίπτωση να παραδεχτώ πόσο με πλήγωνε αυτή του η σταθερότητα.

«Δεν υπάρχει θέμα. Δεν είμαι εγώ που έχω πρόβλημα με την κοπέλα». Το ύφος μου ήταν πικραμένο. Δεν κατάφερνα να προσποιηθώ επιτυχώς την αδιάφορη.

«Άζρα, δε μου αρέσει να επαναλαμβάνομαι. Σου το είπα ήδη. Μην κάνεις σαν παιδί». Σηκώθηκε από τη θέση του και

124

κατευθύνθηκε προς το παράθυρο του αεροπλάνου. Ο ήλιος έγλυφε τις γραμμές του προσώπου του. Ήταν σα να είχα μπροστά μου ένα καταπληκτικό πρωτότυπο. «Πραγματικά η φύση ξέδωσε...». Αισθάνθηκα τη φωνή της Γκαμπριέλα να περιπλανιέται μέσα στο μυαλό μου. Λέξεις και προτάσεις που δεν είχαν ειπωθεί, σύμφωνα με τη μνήμη μου, εξακολουθούσαν να εμφανίζονται από το πουθενά. Τουλάχιστον, η εικόνα των λιονταριών είχε φανεί πως καταλάγιαζε εδώ και ώρες. Ενώ τα λεγόμενά του θα έπρεπε να με εξόργιζαν, όλο αυτό το συνονθύλευμα παράλογων σκέψεων με αποπροσανατόλιζε τόσο που δεν προλάβαινα να θυμώσω. Πήρα μια βαθιά ανάσα και τον κοίταξα διερευνητικά. «Δε θα μαλώσω μαζί σου». Ήμουν πολύ κουρασμένη με όλο αυτό το μπέρδεμα στο κεφάλι μου ώστε να αντέξω διάφορες αντιπαραθέσεις. «Δεν έχω όρεξη».

«Δεν έχει όρεξη...», ψιθύρισε και χαμογέλασε. «Κάτι μου λέει πως δε θα παραιτηθείς όμως. Είσαι πεισματάρα».

«Όσο δε φαντάζεσαι. Επίσης, έχω μνήμη ελέφαντα». Η ατμόσφαιρα είχε ελαφρύνει. «Μήπως προτιμάς να μου πεις ποιος είναι ο σκοπός της επίσκεψής μας εδώ;» Ήταν πια η ώρα να μάθω κι αποφάσισα να αδράξω την ευκαιρία, εκείνη τη στιγμή που φάνηκε πως η κατάσταση ήταν λίγο πιο χαλαρή. Μπορεί να επέλεγα να είμαι κοντά του μόνο και μόνο για να υπάρχω δίπλα στην αύρα αυτού του άντρα, που μου άρεσε τόσο πολύ, αλλά δεν είχα πάψει να είμαι και περίεργη.

«Ήρθαμε να βρούμε κάποιους φίλους». Ξανακοίταξε έξω από το παράθυρο.

«Κι άλλους φίλους...», πρόσθεσα λιγάκι εκνευρισμένη. «Μοιάζει να έχεις ήδη φτιάξει ένα πρόγραμμα που δεν κατανοώ. Θα πρέπει να μου δώσεις μια ένδειξη, μια πραγματική ένδειξη για το τι κάνουμε στα αλήθεια εδώ». Τον κοίταξα στα μάτια. Απολάμβανα αυτό το καινούργιο προνόμιο, αυτή τη νέα συνήθεια: μπορούσα να κοιτάζω κάποιον στα μάτια…

«Η Βηρυτός ήταν το σπίτι μου για πολλά χρόνια. Θα ήθελα να μάθω τι θα πιστεύεις για μένα όταν μάθεις περισσότερα για το ποιος είμαι. Θα έχει μεγάλο ενδιαφέρον».

«Πιστεύεις πως το να συναντήσουμε τους φίλους σου θα με βοηθήσει να καταλάβω ποιος είσαι;» Είχα αρχίσει να αμφισβητώ το λόγο που ήμασταν εκεί, όπως μόλις μου τον είχε περιγράψει.

«Αυτό είναι απλά μια παράπλευρη ενέργεια. Με την ευκαιρία ότι είμαστε εδώ». Ήταν σοβαρός. Έμοιαζε να το εννοεί, αλλά δε με έπειθε πραγματικά.

«Θες να καθίσεις στη θέση σου ώστε να προσγειωθούμε;»

Δεν είπα λέξη. Κάθισα στη θέση δίπλα του κι έδεσα τη ζώνη του αεροπορικού καθίσματος. Το αεροπλάνο άρχισε τη βουτιά του προς τον αεροδιάδρομο.

Η ζέστη με χτύπησε σαν ωστικό κύμα μόλις η πόρτα του αεροπλάνου άνοιξε, κόβοντάς μου την ανάσα για μερικά δευτερόλεπτα. Ο ήλιος ήταν εκτυφλωτικός και τόσο θερμός, που το σώμα μου έζησε μια μεγάλη έκπληξη σε σχέση με την ψύχρα και τη σκοτεινή υγρασία της Νορβηγίας. Ήμουν χαρούμενη που βρισκόμουν σε καιρικές συνθήκες πιο κοντά σε αυτές που είχα συνηθίσει. Υπήρχε μια έντονη κινητικότητα γύρω από το αεροπλάνο από διάφορους σκουρόχρωμους τύπους, οι οποίοι ανοργάνωτα κι αγχωτικά προσπαθούσαν να προσφέρουν τις υπηρεσίες τους. Αυτός περπατούσε προς μια μαύρη Vanguish S. Σταμάτησε δυο μέτρα πριν την πόρτα του συνοδηγού, γύρισε και με κοίταξε πίσω από τα σκούρα γυαλιά του. Ήταν σα να με καλούσε. Με αργά βήματα κατευθύνθηκα προς το αυτοκίνητο. Μου άνοιξε, όπως έκανε μέχρι τότε, την πόρτα και μπήκα στο αμάξι. Σε μερικά δευτερόλεπτα αυτό το θαύμα της μηχανικής ξεκίνησε την πτήση του στους πολυσύχναστους δρόμους της πόλης.

Είχα ταξιδέψει πολύ στη Μέση Ανατολή, αλλά δεν είχα βρεθεί ποτέ στην πρωτεύουσα του Λιβάνου. Το χρώμα των αραβικών χωρών μου άρεσε ιδιαίτερα, αλλά δεν ήταν από τα μέρη που αισθανόμουν πολύ άνετα. Είχα κάνει μια συνειδητή επιλογή μη συμπάθειας προς τους μουσουλμάνους γενικά, γιατί δεν ταίριαζαν με την κοσμοθεωρία μου. Δε μου άρεσε ο τρόπος που έβλεπαν τις γυναίκες κι ήμουν μια από αυτές. Δεν πίστευα πως μπορείς να συμπάσχεις με κάποιον, που σε θεωρεί υποδεέστερο είδος, ακόμα κι αν έφταιγε η παιδεία του για αυτό. Είχα γνωρίσει πολλούς αγράμματους ανθρώπους στα βουνά, οι οποίοι είχαν αποβάλει την όποια ηλίθια αντίληψη βασιζόμενοι στη δική τους θεώρηση των πραγμάτων κι απλά δε δεχόμουν ότι τόσα εκατομμύρια άντρες δεν αισθάνονταν απλά δέος μπροστά στο τι μπορεί να κάνει ένα μικροσκοπικό πλασματάκι, όπως η γυναίκα δίπλα τους. Το να γεννήσεις δώδεκα παιδιά στη μέση της ερήμου και να συνεχίσεις να δουλεύεις στα υποτυπώδη χωράφια με μηδαμινά μέσα, με έκανε να πιστεύω πως απλά όφειλαν να τις θεοποιήσουν, αντί να αδιαφορούν και να συνεχίζουν να πίνουν τσάι στα καφενεία.

Μετά από περίπου μισή ώρα αμίλητης διαδρομής κι αρκετά χιλιόμετρα ζέστης, σκόνης και πολύχρωμων δρόμων καταφτάσαμε σε μια αραβική έπαυλη. Το σπίτι δε φαινόταν από το δρόμο λόγω ότι ήταν προστατευμένο από ένα τοίχο ύψους περίπου τριών μέτρων. Έμοιαζε να καλύπτει ένα οικοδομικό τετράγωνο. Στην είσοδο ένας οπλισμένος φρουρός στεκόταν δίπλα σε ένα μικρό κτίριο. Μόλις είδε το αυτοκίνητο, μπήκε στο κτίσμα και ξαφνικά η μεγάλη πύλη άνοιξε αυτόματα. Ένα σπίτι σε κλασικό αραβικό στυλ αποκαλύφθηκε στο εσωτερικό ενώ γύρω του υπήρχε ένας κήπος, που έμοιαζε δύσκολη η επιβίωσή του υπό τέτοιες καιρικές συνθήκες. Πάρκαρε με προσοχή έξω από την είσοδο, έσβησε τη μηχανή και κοίταξε για μερικά δευτερόλεπτα την έπαυλη.

«Άζρα, εδώ μεγάλωσα. Αυτό είναι το σπίτι μου». Η φωνή του είχε μια αμυδρή αίσθηση νοσταλγίας.

«Θα ήθελα πολύ να μάθω γιατί περνάς το χειμώνα στη σκοτεινή πλευρά της Νορβηγίας από τη στιγμή που έχεις αυτό». Ήταν όμορφο σπίτι και σίγουρα πιο φιλικό σε σύγκριση με αυτό στο Honningsvag.

«Δεν έχεις δίκιο. Το κρύο είναι αναζωογονητικό. Θες να πάμε μέσα;»

«Βέβαια. Ταξιδέψαμε τόσες χιλιάδες χιλιόμετρα για να καθίσουμε μέσα στο αυτοκίνητο; Όσο και να μου αρέσει η Aston Martin, προτιμώ ένα δωμάτιο με μπάνιο».

Ήταν πια προφανές σε εμένα πως προτιμούσε τα τεράστια σπίτια. Καταλάβαινα πως αυτό είχε να κάνει και με το γεγονός πως τον συνόδευε αυτή η παρέα που έμοιαζε με χορό ζωγραφισμένο από το Μικελάντζελο. Το κτίριο χαρακτηριζόταν από τα χρώματα τις ερήμου. Η ώχρα, η τερακότα και τα αραβικά πλακάκια έκαναν παντού εμφανή την παρουσία τους. Είχα δει πολλά τέτοια σπίτια στη νότια Ισπανία κι όχι στη Μέση Ανατολή.

«Το σπίτι θυμίζει Άραβες του Ελ Τζαζαϊρ. Δε μοιάζει σχετικό με την περιοχή», είπα δειλά μολονότι δεν ήμουν ειδική στην αρχιτεκτονική.

«Δεν κάνεις λάθος». Με συνόδευε σε ένα μεγάλο σαλόνι. Στο μικρό, χαμηλό τραπεζάκι μας περίμενε κάτι που φαινόταν σα ζεστό τσάι. Κάθισε με χαλαρές κινήσεις πάνω σε μια κεντημένη μαξιλάρα κι έδεσε τα πόδια του οκλαδόν.

«Ο άντρας που με μεγάλωσε ήταν από τα βουνά του Άτλαντα». Με ένα χαλαρό χτύπημα μου έδειξε τη θέση δίπλα του. «Ξέρεις, μοιάζουμε πολύ σε κάτι».

«Σε τι;» ρώτησα με απορία.

«Δε μας έχουν μεγαλώσει οι γονείς μας. Με υιοθέτησε ένας Μαροκινός Στρατηγός στα οχτώ μου. Πέρασε το μεγαλύτερο μέρος της ζωής του στην Αλγερία κι όταν μετοίκησε εδώ, απαίτησε ένα σπίτι που να του θυμίζει το Αλγέρι».

«Χμ! Ένα ακόμα ορφανό, σωστά;»

«Δεν είμαι ορφανό, Άζρα. Οι γονείς μου με πούλησαν στο Στρατηγό». Τώρα το ύφος του ήταν τόσο σκληρό, που νόμιζα πως πονούσα.

«Τι εννοείς, σε πούλησαν;» Μου φαινόταν αδιανόητο.

«Ήθελαν πολύ να με ξεφορτωθούν κι ο Στρατηγός με χρειαζόταν. Χρειαζόταν ένα διάδοχο. Ξέρεις πόσο σημαντικό είναι το ζήτημα του γιου για τους άνδρες στο Ισλάμ κι ειδικά για τους άνδρες με ισχύ». Σέρβιρε τσάι σε δυο όμορφα, κρυστάλλινα ποτηράκια, σα να λέγαμε το απλούστερο πράγμα του κόσμου. Εγώ καταλάβαινα, όμως, πως η κουβέντα μας δεν του ήταν αδιάφορη.

«Τελικά, από πού προέρχεσαι;» Είχα συγχυστεί τόσο πολύ. Οι απορίες κατέκλυζαν το κεφάλι μου και δεν μπορούσα να βάλω σε σειρά τις ερωτήσεις που ήθελα να ξεστομίσω.

«Έχω γεννηθεί στη Νέα Υόρκη από Αμερικανούς γονείς. *Ο σωστός τρόπος για να το θέσω είναι πως... όταν ήμουν οχτώ, κατάλαβαν πως αυτό το παιδί που είχαν μπροστά τους δεν ήταν αυτό που θα ήθελαν για παιδί τους. Ο Στρατηγός είχε ήδη μια κόρη, την αδερφή μου, που είδες ήδη στο αεροδρόμιο. Ο Στρατηγός νόσησε από μια δύσκολη για την εποχή ασθένεια και δε θα μπορούσε να κάνει πια παιδιά. Αποφάσισε λοιπόν να υιοθετήσει ένα γιο κι οι γονείς μου ήταν παραπάνω από πρόθυμοι να με ξεφορτωθούν. Τέλος της ιστορίας».* Κατάλαβα πως δε θα μάθαινα περισσότερα για αυτό το κομμάτι της ζωής του. Είχε πια κλειδώσει. Όχι πως δεν είχα απορίες για την υπόλοιπη.

«Εντυπωσιακό. Η αδερφή σου έχει πολλά χαρακτηριστικά σαν εσένα. Πίστευα πως είστε αληθινά αδέρφια. Υπάρχει μια ομοιότητα που μοιάζει γονιδιακή. Μου είπες πως είσαι Αμερικανός. Ξαναγύρισες εκεί; Γιατί το όνομά σου μοιάζει αραβικό...».

«Πολλές ερωτήσεις, σωστά;» Με κοιτούσε χαμογελώντας.

«Με την αδερφή μου μοιάζουμε παραδόξως. Δεν έχω ιδέα πώς γίνεται αυτό. Απλά έτυχε, μάλλον. Την αισθάνομαι πραγματικά σαν αδερφή μου, όμως. Από παιδιά είχαμε μια ιδιαίτερη σχέση. Πήρα ισλαμική παιδεία εδώ στο Λίβανο και μόλις τελείωσα το σχολείο, γύρισα στη Νέα Υόρκη για να σπουδάσω. Εκεί ζούσα μέχρι πριν τρία χρόνια». Έπινε το τσάι του νωχελικά κι εξακολουθούσε να με μαγεύει με την αψεγάδιαστη εικόνα του ακόμα και μετά από οχτώ ώρες άυπνης πτήσης.

«Τι σπούδασες; Γιατί έφυγες από τη Νέα Υόρκη; Πώς συνδέθηκες με τους υπόλοιπους οχτώ και γιατί είστε μαζί από τότε; Γιατί ζεις 5 μήνες στη Νορβηγία;» πυροβόλησα με τις ερωτήσεις για να μην τις ξεχάσω λόγω της εικόνας του, η οποία εξακολουθούσε να με βγάζει εκτός προγράμματος.

«Θρησκειολογία. Γιατί έπρεπε. Είμαστε μαζί από παιδιά, κάτι σαν παιδικοί φίλοι μπορείς να πεις. Γιατί το Βόρειο Σέλας είναι σημαντικό για μένα». Χαμογελούσε και το βλέμμα του ήταν σχεδόν τρυφερό. «Αλλά μέχρι εδώ θα μάθεις προς το παρόν. Αν σου τα πω όλα μονομιάς, θα βαρεθείς και θα φύγεις. Έχω καταλάβει πως δύσκολα μένεις σε ένα μέρος και πως πολύ εύκολα βαριέσαι».

«Ναι, κι εσύ είσαι τελείως βαρετός...», είπα σαρκαστικά. Χαμογέλασε ακόμα πιο πλατιά και με κοίταξε πιο βαθιά από πριν. Κάθε φορά που το έκανε αυτό ήταν σα να σταματούσε για λίγο το ρολόι. Ήταν σα να περνούσαν 5 λεπτά πιο αργά από ό,τι συνήθως.

«Δεν μπορώ να καταλάβω πώς γίνεται όταν σε κοιτάζω να αλλάζει η ροή των πραγμάτων». Το είχε νιώσει κι αυτός.

«Πρέπει να σταματήσουμε να το κάνουμε αυτό, διαφορετικά θα δημιουργήσουμε ανεπανόρθωτη βλάβη στο χωρόχρονο», είπα με μια σιγανή φωνή σα μαγεμένη. Δεν έπαιρνα τα μάτια μου από πάνω του.

«Έχω παραβεί όλους τους κανόνες. Λες μια τρυπούλα στη θεωρία της σχετικότητας να είναι το πραγματικό πρόβλημα με εμάς τους δύο;» Τα λόγια του ήταν αινιγματικά.

«Τι εννοείς; Ποιους κανόνες;»

«Υπάρχουν ορισμένοι λόγοι που υπαγορεύουν πως δεν είναι συνετό να είμαι μαζί σου, όχι απλά στον ίδιο χώρο, ίσως ούτε στην ίδια ήπειρο. Παρόλ' αυτά, αποφάσισα να σε πάρω μαζί μου». Αυτά που μόλις ξεστόμισε ήταν ακόμα πιο μυστηριώδη.

«Ποιοι λόγοι; Δεν καταλαβαίνω...».

«Δε χρειάζεται να καταλάβεις τώρα. Δεν υπάρχει βιασύνη. Αντιθέτως...», είπε πιο δυνατά και σηκώθηκε από τη θέση του, «...είναι ακριβώς η ώρα για να συναντήσεις το Στρατηγό. Βλέπεις, Άζρα, δεν μπορείς μόνο εσύ να έχεις τον Ιερέα σου. Έχω κι εγώ το Στρατηγό μου».

Μια μορφή άρχισε να διακρίνεται στην πόρτα, από την οποία είχαμε μπει νωρίτερα στο μικρό σαλόνι. Κοντοστάθηκε για μερικά δευτερόλεπτα και μετά άρχισε να περπατάει προς εμάς. Αυτός κατευθύνθηκε προς το μέρος του και του είπε μερικές λέξεις στα αραβικά. Ο άνδρας απάντησε και τύλιξε τα μπράτσα του γύρω του. Αγκαλιάστηκαν. Δε φαινόταν πάνω από πενήντα. Ήταν γύρω στο 1,80, καστανόξανθος και λιπόσαρκος. Το σώμα του ήταν εφηβικό και το πρόσωπό του είχε μια διάχυτη εξυπνάδα. Το σίγουρο ήταν πως δεν έμοιαζε Μαροκινός. Γύρισε το βλέμμα του προς εμένα κι άφησε τον Άλεφ κοιτώντας με εξεταστικά.

«Είναι πολύ πιο όμορφη από όσο θα μπορούσα να φανταστώ». Κατάλαβα πως του είχε μιλήσει για μένα. Αναφερόταν σε εμένα στο τρίτο πρόσωπο κι αυτό δε μου άρεσε. Με έκανε να αισθάνομαι σαν παιδί. Σηκώθηκα από το μαξιλάρι μου και με σταθερά βήματα τους πλησίασα. Άπλωσα το χέρι μου προς αυτόν.

«Με λένε Άζρα».

Έσκυψε το κεφάλι κοιτώντας προς το έδαφος, εκτελώντας μια μικρή υπόκλιση σα στρατιώτης του αμερικανικού εμφυλίου κι άγγιξε το χέρι μου απαλά.

«Χαίρομαι που σε γνωρίζω. Είμαι ο Ομάρ». Χαμογέλασε πλατιά. «Είσαι πράγματι πολύ όμορφη».

«Ευχαριστώ. Δε συνηθίζουν να μου το λένε τόσο συχνά και τόσο... ευγενικά», πρόσθεσα.

«Φίλε μου, δε νομίζω πως σε αδικώ. Θα πρέπει να είναι όντως δύσκολο να αντισταθείς σε αυτήν την κυρία», είπε συνωμοτικά προς τον Άλεφ. Δυσκολεύτηκα να μην αυτοσαρκαστώ μέσα μου. Απλά και μόνο να ήξερε με τι άνθρωπο είχε μπλέξει ο θετός του γιος... Τους παρατήρησα λιγάκι άκομψα, γιατί μου έκανε εντύπωση πως δεν ταίριαζαν στην εικόνα πατέρα και γιου. Έμοιαζαν περισσότερο με δυο καλούς φίλους. Ο Ομάρ φαινόταν πολύ ευγενικός, είχε μια ειλικρινή λάμψη ενδιαφέροντος για τον Άλεφ και το βλέμμα του ήταν εξαιρετικά σπινθηροβόλο.

«Ομολογώ πως μου είναι πολύ δύσκολο. Ελπίζω όλα να είναι καλά εδώ», απάντησε.

«Θα έλεγα πως το παλεύουμε... Είναι λίγο άσχημα τα πράγματα, ιδιαίτερα μετά τη λήξη της εκεχειρίας, αλλά τώρα που είσαι κι εσύ εδώ, οι ελπίδες μου αναπτερώνονται. Όσο κι αν διαφωνούσα με το να έρθεις...». «Ανωτέρα βία», είπε λιτά. «Νομίζω θα ήταν καλύτερα να τα πούμε για λίγο οι δυο μας».

«Άζρα, θα ήθελες να πας στο δωμάτιό σου να τακτοποιηθείς; Έχω μερικές επείγουσες δουλειές. Η αδερφή μου θα μπορούσε να σου κρατήσει συντροφιά μέχρι το απόγευμα. Μετά θα μπορέσουμε να περάσουμε το χρόνο μας μαζί». Με κοιτούσε στα μάτια ζεστά και τα πόδια μου άρχισαν να με εγκαταλείπουν. Ο Ομάρ σφύριξε παιχνιδιάρικα.

«Ουόου. Πολύ ζέστη εδώ... Λοιπόν, φεύγω προς το παρόν. Άζρα, χάρηκα πολύ που σε γνώρισα και θα τα πούμε πι-

στεύω αργότερα. Άλεφ, θα σε περιμένω στο γραφείο σου».
Μου χαμογέλασε ευγενικά κι έφυγε γρήγορα από το δωμάτιο.

«Είναι πολύ σημαντικός για μένα. Χωρίς αυτόν θα ήμουν χαμένος». Πέρασε τα δάχτυλά του πάνω στο στέρνο μου. Άρχιζε να αναπτύσσει μια μικρή ρουτίνα στις κινήσεις του. «Πήγαινε στο δωμάτιό σου και σε λίγο θα σου στείλω την αδερφή μου, εντάξει;» Οι κουβέντες του πάντα είχαν μια μικρή υπόνοια προστακτικής.

«Ελπίζω να μην αργήσεις». Έστρεψα τα μάτια μου στα δικά του.

«Όχι, όσο είναι στο χέρι μου». Πέρασε τα δάχτυλά του μέσα απ' τα μαλλιά μου. Πραγματικά δεν ήξερα για πόσο ακόμα θα μπορούσα να το αντέξω αυτό. Η ένταση μεταξύ μας ήταν ανυπόφορη κι η κάθαρση απλά δεν ερχόταν. Έβαλα κι εγώ το χέρι μου μέσα στα μαλλιά του. Τον κρατούσα με τον ίδιο τρόπο, με την ίδια ένταση και τα πρόσωπά μας απείχαν μερικά εκατοστά.

«Πού είναι το δωμάτιό μου;» είπα σιγανά.

«Πρώτος όροφος, πρώτο δωμάτιο στα δεξιά της σκάλας», απάντησε βραχνά. Αποσπάστηκε από μένα με κινήσεις που έδειχναν πως προσπαθούσε πολύ για να τα καταφέρει κι έφυγε γρήγορα από το δωμάτιο. Τα λιοντάρια άρχισαν να τρέφονται με τη γαζέλα μόλις τον έχασα από τα μάτια μου. Το μυαλό μου ήταν και πάλι ένα κουβάρι. Είχα αρχίσει να μη δίνω σημασία.

Ανέβηκα τις σκάλες με βαριεστημένα βήματα. Το σπίτι μου άρεσε όλο και περισσότερο όσο το παρατηρούσα. Τα αραβικά σχέδια ήταν όμορφα και τα αντικείμενα λεπτοδουλεμένα. Εντόπισα το δωμάτιο που μου υπέδειξε νωρίτερα και γύρισα το πόμολο. Ήταν το δεύτερο υπνοδωμάτιο που με φιλοξενούσε κι ήταν το ίδιο καθαρό και περιποιημένο με το πρώτο. Η πόρτα του μπαλκονιού ήταν ανοιχτή και μια εικόνα της πόλης απλωνόταν στα πόδια μου.

Άνοιξα τη βαλίτσα μου, βρήκα μερικά καθαρά ρούχα και μπήκα για ένα γρήγορο μπάνιο. Τυλιγμένη με την πετσέτα κάθισα στην άκρη του κρεβατιού κι άρχισα να προσπαθώ να βάλω τις σκέψεις μου σε τάξη. Δεν ήξερα τι έκανα εκεί, για πόσο θα καθόμουν, τι ήθελε από μένα, πού βρίσκονταν οι άλλοι κι ειδικά η Λίλυ, πώς θα αντιδρούσαν που της έσπασα το χέρι, σε ποια εκεχειρία αναφέρονταν, ποιος πόλεμος γινόταν, γιατί είχε πει πως ήμουν πολύτιμη για το Μιχαήλ, ποιοι λόγοι υπαγόρευαν να μην είμαστε μαζί και γιατί είχε σπάσει τους κανόνες.

Είχα μια αίσθηση, που δεν είχε γίνει σιγουριά ακόμα, πως όσο έμενα μακριά από αλκοόλ και κοκαΐνη το μυαλό μου λειτουργούσε καλύτερα. Σκέφτηκα να κάνω μια δοκιμή, να αντισταθώ για λίγο, για όσο μπορούσα στο να πιω ο,τιδήποτε. Τουλάχιστον αυτό. Αποφάσισα πως εκείνο το βράδυ θα έπρεπε να μου δώσει μερικές απαντήσεις. Μερικές ολόκληρες κι αληθινές απαντήσεις. Όλα όσα μου συνέβαιναν ήταν παράλογα, ακόμα και για κάποιον με τους δικούς μου ρυθμούς. Είχα αρχίσει να έχω επιτακτική ανάγκη να τα βάλω σε μια σειρά, πριν το χάσω τελείως. Επίσης, είχα αρχίσει να έχω επιτακτική ανάγκη να έχω αυτόν τον άνδρα δικό μου, μέχρι το τέλος αυτής της ίδιας νύχτας.

Ντύθηκα βιαστικά κι αποφάσισα να βρω εγώ την αδερφή του. Συνειδητοποίησα πως δε μου είχε πει καν ποιο είναι το όνομά της. Σίγουρα κάποιος μέσα στο σπίτι θα ήξερε να μου πει πού βρίσκεται. Άνοιξα την πόρτα του δωματίου και βγήκα διστακτικά. Το σπίτι ήταν τεράστιο και δεν είχα ιδέα πού μπορεί να βρισκόταν αυτός, η αδερφή του ή η όποια βοήθεια. Αποφάσισα να κατέβω στο ισόγειο. Παρατήρησα δυο μοναδικά λιοντάρια σκαλισμένα στη βάση της σκάλας. «Αυτό το μοτίβο επαναλαμβάνεται πολύ συχνά τελευταία», σκέφτηκα.

Μπήκα και πάλι στο μικρό σαλόνι, όπου πριν λίγο πίναμε τσάι και γνώρισα τον Ομάρ. Παρατήρησα αυτή τη φορά, υπό την έλλειψη της παρουσίας του που επισκίαζε τα πάντα, πως υπήρχε μια μεγάλη βιβλιοθήκη στο βάθος. Κατευθύνθηκα προς τα εκεί κι άρχισα να προσπαθώ να διαβάσω τους τίτλους των βιβλίων. Τα περισσότερα ήταν στα αραβικά και φαίνονταν πολύ παλιά αλλά καλοδιατηρημένα. Στη δεξιά άκρη της βιβλιοθήκης είδα μερικές ράχες βιβλίων που τα γράμματα έμοιαζαν λατινικά. Πλησίασα περισσότερο για να διακρίνω. Ήταν μια Παλαιά Διαθήκη, μια Καινή Διαθήκη, ένα Κοράνι, ένα βιβλίο Κβαντομηχανικής κι ένα για τη Γενική Θεωρία της Σχετικότητας. Σκέφτηκα πως αυτός ήταν ένας ωραίος τρόπος να βλέπεις τα πράγματα. Η απόρριψη της ύπαρξης του Θεού δίπλα στα ομορφότερα βιβλία που γράφτηκαν για αυτόν και δεν είχε πέσει καν φωτιά να τον κάψει...

«Πραγματικά αυτή η πουτάνα μπορεί να τα τινάξει όλα στον αέρα». Η φωνή ήταν ανδρική και μου ήταν άγνωστη. Στην άκρη του δωματίου διέκρινα μια μικρή πόρτα. Πίσω της άκουγα ξεκάθαρα κάποιους να μιλούν έντονα. Η πόρτα δεν ήταν τελείως κλειστή κι εγώ στήθηκα στην πλευρά της χαραμάδας για να καταλάβω τι συνέβαινε. Διέκρινα τους οχτώ της αγέλης και την αδερφή του να κάθονται γύρω από ένα τραπέζι. Φορούσαν όλοι τους ρούχα που έμοιαζαν με στολές εργασίας, κάτι σαν αυτές που φορούν οι εργάτες της οδοποιίας.

«Είδες τι έκανε στη Λίλυ; Είμαστε χιλιάδες φορές δυνατότεροι κι αυτή της τσάκισε το χέρι σα να ήταν κλαδάκι». Η Λίλυ καθόταν σε μια γωνία. Το χέρι της δεν ήταν δεμένο παρά το γεγονός πως θυμόμουν πως της το είχα σπάσει και το επιβεβαίωνε κι ο αρσιβαρίστας που μιλούσε φοβισμένος. Την άκουσα κυριολεκτικά να γρυλίζει. Πραγματικά, ακουγόταν σα ζώο κι αυτό με μπέρδευε ακόμα περισσότερο. Ένας βαθύς ήχος, σα θυμωμένο θρόισμα, έβγαινε από το στήθος της. Δυσκολευόμουν να πιστέψω πως εγώ ήμουν αυτή που είχα τσακίσει το χέρι της σαν κλαδάκι.

«Πιστεύω πως ο Άλεφ κινδυνεύει όσο δεν πάει άλλο. Μπορεί να τον τελειώσει σε δευτερόλεπτα. Δεν έχω συνηθίσει να αισθάνομαι τόσο αδύναμος. Να πάρει ο διάολος, έχω συνηθίσει να αισθάνομαι θύτης κι όχι θύμα». Ο άνδρας φαινόταν πανικόβλητος. Δεν μπορούσα να καταλάβω πώς αυτός ο τεράστιος, μυώδης άνθρωπος μιλούσε για μένα σα να ήμουν τουλάχιστον ο Τζακ ο αντεροβγάλτης και, κυρίως, πώς γινόταν να με φοβάται. Παρόλ' αυτά, το βλέμμα του αποδείκνυε τον εκνευρισμό του. Πηγαινοερχόταν στο δωμάτιο με ένταση και διένυε τέτοια απόσταση, που τον έχανα διαρκώς από τα μάτια μου καθώς κρυβόταν στα άκρα του βεληνεκούς των ματιών μου.

«Μην ξεχνάς, όμως, πως ο Άλεφ μπορεί να προστατεύσει τον εαυτό του. Αυτός μπορεί να τη σκοτώσει σε δευτερόλεπτα. Νομίζω πως ξέρει τι μπορεί να κάνει και θα το κάνει αν χρειαστεί», πρόσθεσε ένας ακόμα από τους άνδρες. Καθόταν με τα πόδια πάνω στο τραπέζι κι έδειχνε πιο χαλαρός από όλους,

πιο σίγουρος. Επίσης, φαινόταν μεγαλύτερος από τους υπό-
λοιπους, αν και όχι λιγότερο όμορφος. Η σκέψη μου κόλλησε
στην πεποίθηση πως αυτός θα μπορούσε να με σκοτώσει...

«Έχουμε τη σημαντικότερη επίθεση από την αρχή αυτού
του πολέμου κι έχουμε να ασχοληθούμε με αυτήν». Η Λίλυ
φαινόταν εκτός εαυτού. «Ήταν ανάγκη να εμφανιστεί τώρα;»
Τα κόκκινα μαλλιά της ανέμισαν καθώς σηκώθηκε απότομα
από τη θέση της. Ήταν σε εμπύρετη κατάσταση αλλά το χέρι
της φαινόταν μια χαρά, το κινούσε χωρίς δυσκολία, χωρίς την
υποψία πόνου.

«Ο Μιχαήλ θα πρέπει να πήρε εντολές να την ξυπνήσει.
Το τελευταίο χαρτί...», πρόσθεσε διστακτικά η αδερφή του.
Καθόταν ήρεμα και πειθήνια στη θέση της. Ήταν η ηρεμότε-
ρη όλων. Δυστυχώς για μένα, δεν καταλάβαινα τα λόγια της.

«Το πρόβλημά μας δεν είναι πως ξύπνησε, εάν έχει ξυπνή-
σει δηλαδή, γιατί εμένα μου φαίνεται πιο κοιμισμένη κι από
την ωραία κοιμωμένη. Το πρόβλημά μας είναι πως ο Άλεφ
αποφάσισε ότι τη γουστάρει».

«Όλο αυτό βάζει τον πόλεμο σε κίνδυνο. Αν αυτός χαθεί,
είμαστε όλοι χαμένοι. Προφανώς αυτή είναι η πρόθεσή τους».
Ο πανικόβλητος άνδρας ήταν τώρα πια ένα ράκος. Φαινόταν
σα να είχε σκάψει το έδαφος από τη συνεχή κίνηση.

«Δε βάζει τίποτα σε κίνδυνο. Έχουμε τον πλήρη έλεγχο».
Η αδερφή του προσπαθούσε να κρατήσει τις ισορροπίες.

«Ο Άλεφ είναι το δυνατότερο Λιοντάρι που έχει έρθει
ποτέ σε όλα τα επίπεδα. Η νίκη μας είναι δεδομένη με αυτόν
αρχηγό».

«Μην ξεχνάς, όμως, πως αυτή είναι η μόνη που μπορεί να
τον σκοτώσει. Να μας σκοτώσει όλους. Με μια κίνηση...».

«Σταματήστε επιτέλους. Είμαστε υποχρεωμένοι να υπα-
κούσουμε σε ό,τι μας προστάξει. Μας πρόσταξε να μείνουμε
μακριά της και να τον αφήσουμε να το χειριστεί. Δεν είναι
καλύτερα να φάμε κάτι;» Η πανέμορφη αδερφή του έμοιαζε
να βάζει τα πράγματα στη θέση τους. «Πεθαίνω της πείνας.
Έχουμε να φάμε τρεις μέρες». Φαινόταν σαν η τροφή να ήταν
το μόνο που την απασχολούσε. Σαν ένα ένστικτο να την είχε
κυριεύσει και να μην μπορούσε να το κρύψει πια. Αμέσως, το
βλέμμα όλων αποπροσανατολίστηκε από την προηγούμενη
συζήτηση. Μου έκανε μεγάλη εντύπωση πώς γινόταν από
κάτι που φαινόταν τόσο σημαντικό να πέρασαν σε κάτι τόσο
γήινο, τόσο απλό, όπως το φαγητό. Ήταν σα να μπορούσαν να
αποσπαστούν πολύ εύκολα.

«Νομίζω πως είναι ώρα», πρόσθεσε η Λίλυ. Πλησίασε
προς την πόρτα απέναντί μου και φώναξε κάτι στα αραβικά.
Μια γυναίκα με φοβισμένο βλέμμα έβγαλε το κεφάλι της μέσα
από μια πόρτα, που βρισκόταν στην άλλη άκρη του δωματίου.
Φορούσε μια μουσουλμανική μαντίλα. Το κεφάλι μου άρχισε
να πονάει. Η αναπνοή μου γινόταν άστατη. Για κάποιο λόγο
όλη αυτή η αδιαθεσία μου ήταν οικεία.

Η πόρτα άνοιξε και μια κοπέλα, όχι πάνω από δεκαέξι χρο-
νών, μπήκε στο δωμάτιο, σαν κάποιος να την έσπρωξε. Ήταν
φοβισμένη και γυμνή. Είχε μακριές, καστανές μπούκλες κι
ένα ζεστό, κανελί χρώμα στο δέρμα της. Το πρόσωπό της ήταν
ωχρό. Τα μάτια μου πετάχτηκαν από τις κόγχες τους. Τι θα
έκαναν στο κορίτσι; Η γύμνια της με ξένισε σε σχέση με τις
φόρμες εργασίας που φορούσαν οι υπόλοιποι. Ήταν σαν όλοι
οι άλλοι να ήταν πολύ ντυμένοι για τις συνθήκες. Η Λίλυ κι η
αδερφή του σηκώθηκαν από τις καρέκλες τους και πλησίασαν

το παιδί. Η κοπέλα ήταν τροφαντή, το δέρμα της έμοιαζε γεμάτο ζωή, σχεδόν παλλόταν από υγεία. Μάζεψαν προσεκτικά τα μαλλιά της με τα πορσελάνινα χέρια τους, τα γεμάτα νεύρα, πίσω από το κεφάλι της κοπέλας. Η αναπνοή μου είχε συντονιστεί με της κοπέλας, ήταν σα να ήμουν δίπλα της. Έτρεμα όπως κι αυτή στον ίδιο ρυθμό.

«Μη φοβάσαι», είπε γλυκά η αδερφή του. «Δε θα καταλάβεις τίποτα». Άγγιξε τους ώμους της με τα δύο της χέρια και στη συνέχεια χάιδεψε τα μπράτσα της ερωτικά. Αηδίαζα. Η κοπέλα άρχισε να κλαίει, αλλά δεν έλεγε κουβέντα. Προσπαθούσε να μην ακουστεί, αλλά δεν μπορούσε να συγκρατήσει τον πανικό της. Ήταν ολοφάνερος στο βλέμμα της.

«Συγγνώμη», είπε με μια κοφτή ανάσα και κυριολεκτικά πήδηξε πάνω της. Σαν αράχνη…

Ένιωθα σα να είχα 40 βαθμούς πυρετό. Όλα άρχιζαν για ακόμα μια φορά να χάνουν τα όριά τους και τότε όλα μπήκαν σε σειρά στο μυαλό μου μέσα σε δέκατα του δευτερολέπτου. Θυμήθηκα γιατί πραγματικά με είχε καλέσει ο Μιχαήλ, τον πόλεμο που μου είχε αναφέρει, το βράδυ στο παράξενο σπίτι κοντά στην έπαυλή του· τις εξηγήσεις της Γκαμπριέλα και του Μιχαήλ, τα Λιοντάρια, την παρόμοια σκηνή που είχα δει από τον τηλεφακό· ότι αυτός ήταν ο αρχηγός, ότι εγώ μόνο μπορούσα να τον σκοτώσω, ότι την επόμενη μέρα είχα ξυπνήσει και δε θυμόμουν κι ότι και τότε ήμουν τόσο ζεστή, που θα έπρεπε να είμαι νεκρή.

Όλη αυτή η ένταση με έκανε να στηριχθώ πιο πολύ στην πόρτα και προφανώς δε θα έπρεπε. Η χαραμάδα έγινε πιο μεγάλη κι απότομα διέκρινα τα μάτια της αδερφής του να με καρφώνουν, καθώς μασούσε ένα κομμάτι της κοπέλας. «Είναι εδώ!» ούρλιαξε. Σηκώθηκε αναπηδώντας στα πόδια της με μια ακροβατική κίνηση κι έδειξε προς εμένα με τα ματωμένα της χέρια. Οι ίριδές της ήταν εμπύρετες, όπως όλων τους. Το έβλεπα καθαρά. Δεν έμοιαζε με άγγελο πια. Έμοιαζε με δαίμονα. Ολόκληρη η αγέλη συντονίστηκε με την κίνησή της σα να πήραν ταυτόχρονα μια εντολή που δεν ειπώθηκε ή ακούστηκε ποτέ. Σηκώθηκαν ένας-ένας κι άρχισαν να κινούνται απειλητικά προς εμένα.

Απέστρεψα το βλέμμα μου από αυτούς κι αποφάσισα να συγκεντρωθώ στο πώς να απομακρυνθώ από την αγέλη, με το όποιο κόστος. Στράφηκα προς το σαλόνι, γλίστρησα δίπλα από τη βιβλιοθήκη κι άρχισα να τρέχω. Είχα δει την έξοδο, αλλά τα βήματά μου έμοιαζαν πολύ αργά και πολύ ασυντόνιστα για να τα καταφέρω. Εκείνη τη στιγμή η σωτηρία έμοιαζε χιλιόμετρα μακριά. Η μικρή πόρτα πίσω μου ακούστηκε να σπάει σε δεκάδες ξύλινα κομμάτια, να εκρήγνυται και τους αισθάνθηκα να πετούν πίσω μου. Ένιωθα κύματα αέρα να με μαστιγώνουν, σα να χτυπούσαν τα φτερά τους μεγάλα πουλιά. Μέχρι να ανοιγοκλείσω τα μάτια βρέθηκαν ξαφνικά μπροστά μου.

«Πώς ... », ψέλλισα. Δεδομένου πως πριν λίγο είχαν σπάσει το λαιμό μιας γυναίκας με μια κίνηση, δε θα έπρεπε να με παραξενεύει τίποτα. Ήμουν τόσο φοβισμένη, που δεν μπορούσα να αντιδράσω. Τα πόδια μου καρφώθηκαν στο αραβικό πάτωμα κι η έξοδός μου μπλοκαρίστηκε από τις μορφές τους. Ήμουν παγιδευμένη. Το βλέμμα μου σάρωσε το χώρο. Με την αρρωστημένη κι ηλίθια ανάγκη των ανθρώπων που βρίσκονται σε σοκ, επικέντρωσα την προσοχή μου σε κάτι άσχετο στο αραβικό μοτίβο του τοίχου. Ήταν πολύπλοκο σε χρώματα μπλε και κόκκινο κι οι ψηφίδες ήταν αριστοτεχνικά τοποθετημένες. Ο τεχνίτης πρέπει να το φιλοτεχνούσε για χρόνια.

Το αίσθημα της αυτοσυντήρησης ήταν αυτό που με ξύπνησε από το λήθαργο και με ώθησε να κάνω ένα γρήγορο φλας μπακ σε ό,τι είχε συμβεί λίγα λεπτά πριν. Ήταν σα να έτρεχα μια ταινία ανάποδα σε γρήγορη κίνηση. Η κοπέλα ανακατασκευάστηκε και βγήκε από την πόρτα, άρχισαν να μιλούν ανάποδα και τότε εντόπισα κάτι.

Η «ταινία» σταμάτησε να παίζει σε ένα συγκεκριμένο σημείο αυτόματα. Επανέλαβαν τα λόγια αργά και σταθερά. Είχαν πει πως με φοβούνται. Βασικά τους τρομοκρατούσα. Είχαν αναφέρει πως μπορώ να τους σκοτώσω όλους με μια κίνηση. Ακόμα κι αυτόν. Βέβαια, δεν ήξερα ποια ήταν η κίνηση αυτή, αλλά δεν ήταν ανάγκη Αυτοί να μάθουν αυτή την άγνοιά μου. Εξάλλου, η έξοδος έμοιαζε πολύ μακριά και πολύ δύσκολη στην προσέγγιση, δεδομένου πως εννιά ανεξήγητες, σαρκοβόρες και μη ανθρώπινες υπάρξεις μου έκλειναν το δρόμο. Ακόμη κι αν κατάφερνα να αποδράσω από το σπίτι, δεν είχα ιδέα τι με περίμενε εκεί έξω. Πήρα μια βαθιά ανάσα, απέσπασα το βλέμμα από τις ψηφίδες του τοίχου και τους κοίταξα άγρια. Αποφάσισα να τα παίξω όλα για όλα.

«Μην κουνηθείτε!» διέταξα. «Μην τολμήσετε να κουνηθείτε αλλιώς αυτό θα είναι το τέλος σας». Προσπαθούσα να φανώ όσο πιο πειστικά άγρια μπορούσα. Έψαξα διαδοχικά για εννιά ζευγάρια μάτια. Όλα, ένα προς ένα απέστρεψαν το βλέμμα, σα να πονούσαν. Με μεγάλη μου έκπληξη καρφώθηκαν στις θέσεις τους. Το βλέμμα μου κόλλησε στη Λίλυ που δεν πατούσε στο πάτωμα. Αιωρούνταν...

«Θα μείνετε ακίνητοι, όπως σας έχω διατάξει κι εγώ θα ανέβω στο δωμάτιό μου». Μίλησα αργά και σταθερά, αν και τα πόδια μου έτρεμαν. Ήλπιζα να μην μπορούσαν να το διακρίνουν αυτό. Δεν κουνήθηκαν στο ελάχιστο. Καμιά ανάσα, κανένας ήχος δεν ακουγόταν στο χώρο. Ήταν σαν να μην αναπνέαμε. Διστακτικά έβαλα το δεξί μου πόδι μπροστά από το αριστερό. Το ξύλινο πάτωμα έτριξε βγάζοντας έναν παράφωνο ήχο. Μου φάνηκε πως κι οι εννιά τους μετακινήθηκαν ένα χιλιοστό πιο μακριά μου χωρίς να το καταλάβω. Στέκονταν εκεί, γεμάτοι αίμα και θάνατο. Η ομορφιά τους είχε χαθεί. Έμοιαζαν σατανικοί.

Έκανα ένα ακόμα βήμα κι ένιωσα το χώρο να περιβάλλεται από ένα μαγνητικό πεδίο. Σα να είχαν τα πάντα σταματήσει μέσα στον κύκλο που βρισκόμασταν, ενώ έξω από αυτόν όλα συνεχίζονταν κανονικά. Τα μαλλιά των θηλυκών έβλεπα πως δεν κινούνταν. Ήταν σα να ήμασταν βουτηγμένοι μέσα σε ένα πηχτό ζελέ, σε φορμόλη. Κατάλαβα πως αυτός ο κύκλος ήταν πιο σκοτεινός από το γύρω χώρο. Συνέχισα να περπατάω με τόσο αργές κινήσεις που ήταν σα να κινιόμουν αιώνες. Η αγέλη χώρισε χωρίς να γίνουν αντιληπτές οι ενδιάμεσες κινήσεις. Ένιωθα πως έχανα κάποια καρέ.

Ήταν πια πίσω μου. Άκουγα ξεκάθαρα τα γρυλίσματά τους. Δεν κουνιόνταν, ούτε ανέπνεαν. Το καταλάβαινα, ακόμα και χωρίς να τους βλέπω. Στην κορυφή της σκάλας βρισκόταν αυτός. Ανέβηκα με γρήγορα βήματα και στάθηκα μπροστά του.

«Έχεις πολλές εξηγήσεις να μου δώσεις». Ήμουν εξοργισμένη. Άνοιξα την πόρτα του δωματίου και τον περίμενα να μπει μέσα πριν την κλείσω. Είχε το ύφος καταδικασμένου που κατευθύνεται προς την ηλεκτρική καρέκλα.

Κεφάλαιο 13

Έκλεισα την πόρτα με όση δύναμη διέθετα. Ολόκληρο το δωμάτιο σείστηκε από το θόρυβο. Στεκόταν κοιτάζοντας προς την πόλη, ατενίζοντας από το ανοιχτό παράθυρο. Είχα καρφώσει τα μάτια μου στην πλάτη του. Ήμουν τόσο οργισμένη, αλλά και φοβισμένη ταυτόχρονα, που πίστευα πως δε θα κατάφερνα να αρθρώσω λέξη.

«Μην το κάνεις αυτό», είπε δυνατά και γύρισε απότομα προς εμένα.

«Τι; Να μην κάνω τι;» ρώτησα με αναίδεια. Πίστευα πως αναφερόταν στο ξεκαθάρισμα που θα του ζητούσα.

«Μη με κοιτάζεις έτσι. Συντονιζόμαστε. Μπορείς να μου βάλεις φωτιά», είπε και χαμήλωσε το βλέμμα.

«Εγώ... Πώς;» κοίταξα το ταβάνι μέχρι να καταλάβω τι εννοούσε.

«Όταν είσαι θυμωμένη, μπορείς να μου βάλεις φωτιά. Μη με κοιτάζεις έτσι, λοιπόν». Πήρα μια βαθιά ανάσα και προσπάθησα να ηρεμήσω. Δεν ήθελα να του κάνω κακό. Τουλάχιστον όχι ακόμα.

«Δε θέλω να μου τα πεις όλα. Κάποια τα έχω θυμηθεί. Αλλά έχω πολλές επιπλέον απορίες», είπα πολύ πιο ήρεμη πια.

«Απορίες. Αυτό έχεις να πεις; Έχεις απορίες;» Με κοιτούσε με βλέμμα έκπληκτο. «Θα πρέπει να μου εξηγήσεις κι εσύ κάποια πράγματα», ανταπάντησε. Το ύφος του άλλαξε. Αυτός ο άνθρωπος, ή ό,τι ήταν τέλος πάντων, δεν παραιτούνταν εύκολα.

«Εντάξει. Αλλά θα ξεκινήσω εγώ». Ήθελα να πάρω το πάνω χέρι.

Στεκόμασταν ο ένας απέναντι στον άλλον, μας χώριζαν περίπου 2 μέτρα και δεν τολμούσαμε να πλησιάσουμε ο ένας τον άλλον. Υπήρχε μια αδιόρατη εχθρότητα, σα να ζυγίζαμε τον αντίπαλο, σα να μην υπήρχε ούτε ψήγμα εμπιστοσύνης. Τα μάτια του είχαν στενέψει κι έμοιαζε να προσπαθεί να αποκωδικοποιήσει την έκφρασή μου με μεγάλη προσπάθεια.

«Τι είσαι; Εννοώ στην πραγματικότητα τι είσαι. Μη μου πασάρεις ρομαντικές φανφάρες ότι είσαι δήθεν χαμένος. Είμαι μεγάλο κορίτσι». Είχα οχυρωθεί πίσω από την έμφυτη ειρωνεία μου. Ό,τι είχε χτιστεί ως τότε μεταξύ μας έμοιαζε να γκρεμίστηκε μέσα σε δευτερόλεπτα. Ήθελα να τον πληγώσω με κάποιο τρόπο, αλλά πρώτα ήθελα να μάθω.

«Ξέρεις τι είμαι, Άζρα. Το είδες με τα ίδια σου τα μάτια». Το βλέμμα του έκρυβε, ανεπιτυχώς κατά τη γνώμη μου, ένα είδος πόνου. Ήμουν σίγουρη πως ήταν καταπληκτικός ηθοποιός.

«Θέλω να μου εξηγήσεις εσύ. Με λεπτομέρειες». Προσπαθούσα να κρατήσω τη φωνή μου σταθερή και να συνέλθω από την εξάρτηση που είχα αποκτήσει από αυτόν τις τελευταίες μέρες. Ήμουν πια σίγουρη πως με κορόιδευε από την αρχή και πάλευα να πείσω τον εαυτό μου να ξαναγίνει λογικός σε ό,τι αφορούσε όλη αυτήν την ιστορία.

«Είμαι ένα ζώο αυτού του πλανήτη πολύ διαφορετικό από εσένα. Η ύπαρξή μου δεν είναι γνωστή παρά σε ελάχιστους ανθρώπους. Όπως θα έχεις καταλάβει, δεν είναι πολύ αγαπητό το είδος μας σε εσάς, σε αντίθεση με εμάς που οι άνθρωποι μας είναι ιδιαίτερα αγαπητοί». Εξακολουθούσε να στέκεται σε μια θέση ημι-αμυντική, ημι-επιθετική. Ακριβώς όπως κι εγώ, δεν άφηνε να αλλάξει στο ελάχιστο η απόσταση που μας χώριζε, είτε μεγαλώνοντας είτε μικραίνοντας.

«Ε, όχι κι αγαπητοί! Μας κατακρεουργείτε σαν ψυχοπαθείς δολοφόνοι. Ή μάλλον οι ψυχοπαθείς δολοφόνοι θα θεωρούνταν αγγελούδια μπροστά σας. Αδελφές του ελέους». Η οργή μου για τη δολοφονία της οποίας ήμουν μάρτυρας, άρχισε να ξεχειλίζει.

«Είναι η φύση μας», είπε μοιρολατρικά. Τα μάτια του δεν έπαυαν να σκανάρουν το χώρο σε τακτά χρονικά διαστήματα. Ήταν ένα αρπακτικό, τα ένστικτά του ήταν αυτά ενός άρτια εκπαιδευμένου πολεμιστή. Ενός πολεμιστή που είχε αρχίσει να μου γίνεται επικίνδυνα απαραίτητος.

«Δεν είναι τόσο απλό...Τι το ιδιαίτερο είσαι εσύ;»

«Είμαι ο αρχηγός, ας πούμε. Πρόκειται για μια ιδιότητα, που δεν είναι και κατοχυρωμένη, για να σου δώσω να καταλάβεις. Είναι κάτι σα δικαίωμα, το οποίο αποκτάς λόγω εξελικτικής υπεροχής».

«Δηλαδή είσαι ο χειρότερος;» Τον κοιτούσα με μάτια τεράστια από την έκπληξη.

«Δεν το διάλεξα. Δεν μπορείς να το καταλάβεις αυτό;» Τα μάτια του έπαιξαν στο χώρο, σα να μετάνιωσε που ξεστόμισε τις λέξεις.

«Κάθε πότε τρως;»

«Θες να ξέρεις κάθε πότε τρώω ή κάθε πότε έχω ανάγκη να φάω;» Έμοιαζε να αισθάνεται αμήχανα.

«Και τα δύο». Μου είχε κινήσει ξανά το ενδιαφέρον.

«Έχω την ανάγκη κάθε μέρα, αλλά αντέχω κι εφτά ή οχτώ ημέρες χωρίς τροφή. Με δυσκολία, αλλά αντέχω. Όσο... πεινάμε τόσο πιο φριχτοί γινόμαστε στην όψη. Δε θες να δεις ένα Λιοντάρι πεινασμένο για πάνω από πέντε μέρες...».

«Δεν τρως άλλη τροφή; Σε έχω δει να τρως, μαζί μου...».

«Δεν είναι η επιλογή μου. Η πείνα μας είναι εκατοντάδες φορές ισχυρότερη από αυτή του ανθρώπου. Ένας άνθρωπος θα μπορούσε να πεινάσει για να σώσει το παιδί του. Ένας άνθρωπος θα μπορούσε να πεθάνει από την πείνα αν χρειαζόταν. Εμείς δεν αντέχουμε. Δεν είμαστε τόσο... αλτρουιστές».

«Έτσι γεννήθηκες; Γιατί σε έδιωξαν οι γονείς σου;» τον πυροβολούσα με ερωτήσεις.

«Όλοι γεννιόμαστε έτσι. Από άλλα Λιοντάρια. Απλά φυτοζωούμε μέχρι η σωματική μας διάπλαση να μπορεί να υποστηρίξει το κυνήγι. Γύρω στα 9 με 10 χρόνια μας έχουμε εξελιχθεί σε έναν τέλειο θηρευτή, ακόμα κι αν το σώμα μας εξελίσσεται για πολύ αργότερα. Η ιστορία με τους γονείς μου δεν είναι αληθινή. Άζρα, υπάρχω πολύ πριν το 1983».

«Πόσο πιο πριν δηλαδή;» Τον κοιτούσα στα μάτια με ενδιαφέρον. Το σώμα του έδειχνε το πολύ 25 με 27. Η φωνή του πάντα με μπέρδευε γιατί ακουγόταν βαθιά, ώριμη και βελούδινη.

«Εσύ πόσο με κάνεις;» Το βλέμμα του έκρυβε μια ανησυχία.

«Όχι πάνω από 30. Με τίποτα πάνω από 30».

Κοίταξε το πάτωμα. Πήρε μια βαθιά ανάσα και στύλωσε ξανά τα μάτια του πάνω μου. «Ας πούμε πως έχω γνωρίσει πολλές πλευρές της ιστορίας». Η ανησυχία στο βλέμμα του ήταν ακόμα παρούσα.

«Πόσο πολλές; Αρχές του αιώνα;» Δε μιλούσε.

«Τι εννοείς; Δέκατος ένατος;» Τα μάτια μου έγιναν τεράστια. Κουβέντα δεν ακουγόταν. Ένα αμυδρό χαμόγελο εμφανίστηκε στα χείλη του. «Δοκίμασε καλύτερα γύρω στο 30 μ.Χ.».

Ήμουν πια άφωνη. Τον κοιτούσα και δεν το πίστευα. Αυτό το *δείγμα* ανθρωπόμορφου σώματος που είχα μπροστά μου, αποτελούνταν από μύες και δέρμα που έσφυζαν από ομορφιά και υγεία. Δεν υπήρχε περίπτωση να ήταν τόσο *παλιός*. Με είχε συνεπάρει ο όγκος της πληροφορίας. Η αμυντική χορογραφία μας έσπασε σε δέκατα του δευτερολέπτου, καθώς τον πλησίασα με μια έκρηξη κινήσεων. Έδειξε να εκπλήσσεται. Ακούμπησα το μπράτσο του και μετά το θώρακά του. Δεν αντέδρασε, απλά έκλεισε τα μάτια και περίμενε να τελειώσει η εξερεύνηση.

«Αυτό σημαίνει πως δεν είσαι θυμωμένη πια;» ρώτησε.

«Ούτε να το σκέφτεσαι. Είμαι εξοργισμένη. Αλλά θέλω να καταλάβω τι είσαι. Από τι είσαι φτιαγμένος…». Τον ακουμπούσα με περιέργεια. Δεν καταλάβαινα καμιά διαφορά στην αφή. Ήταν απαλός και δυνατός. Έμοιαζε ευχαριστημένος από το άγγιγμά μου.

«Είμαι φτιαγμένος από τα ίδια υλικά με εσένα. Απλά είναι συνδεδεμένα μοριακά με έναν πιο προηγμένο τρόπο, αν θέλεις. Αυτό κάνει τα κύτταρα σχεδόν αδιάσπαστα και πολύ δύσκολο να αποκοπούν ή να χαλάσουν από τη χρήση. Δεν ανανεώνονται καν, Άζρα. Μετά το τέλος της ανάπτυξης δεν αλλάζουν ποτέ».

«Και η καρδιά σου;»

«Δε χρειαζόμαστε αίμα, άρα δε χρειαζόμαστε καρδιά. Τα κύτταρα τρέφονται απευθείας όταν τρεφόμαστε. Δεν έχουν ανάγκη από μεταφορά οξυγόνου».

Τον κοιτούσα με ακόμα μεγαλύτερη περιέργεια. Έσκυψα απαλά πάνω του κι ακούμπησα το κεφάλι μου στο στήθος του. Αφουγκράστηκα. Έψαχνα για το γνώριμο χτύπο αλλά δεν άκουγα τίποτα. Το απόλυτο κενό. Ομολόγησα στον εαυτό μου πως αυτό ήταν κάπως απόκοσμο.

«Θα μπορούσα να συνηθίσω στην περιέργειά σου, ξέρεις. Μου αρέσει να με αγγίζεις. Έστω κι αν το ενδιαφέρον σου είναι επιστημονικό».

«Δε νομίζω πως είναι ώρα για αστεία. Πρέπει να καταλά-βω», είπα με ένταση.

Άνοιξε τα μάτια του και με κοίταξε θυμωμένα. Δεν τον είχα ξαναδεί να έχει τέτοιο ύφος απέναντί μου, ήταν εχθρικός.

«Νομίζεις πως αστειεύομαι; Πραγματικά νομίζεις πως αστειεύομαι;»

«Όχι, δεν αστειεύεσαι. Με κοροϊδεύεις. Μου λες ψέματα». Τον κοιτούσα με ύφος χιλίων καρδιναλίων. Φαινόταν πως τα είχα καταφέρει. Τον είχα πληγώσει.

«Εγώ δε σου λέω ψέματα. Για σένα δεν ξέρω». Αυτή η ανασφάλεια μου φαινόταν ύποπτη για κάποιον... αυτής της ηλικίας. «Μου χρωστάς κι εμένα μερικές απαντήσεις». Ξα-ναπήρε την προηγούμενη, αποστασιοποιημένη του θέση, σα να προσπαθούσε να υπενθυμίσει στον εαυτό του να είναι προσεκτικός.

Ζύγισα την κατάσταση προσπαθώντας να κάνω μια περί-ληψη στο κεφάλι μου, να οργανώσω τις σκέψεις μου. Επιχείρησα να απογυμνώσω τα γεγονότα από στοιχεία που δε θα επέτρεπαν μια στεγνή προσέγγιση. Ήμουν σε ένα εχθρικό μέρος, η ζωή μου κινδύνευε και δεν ήξερα για ποιο λόγο δεν επιχειρούσε να με σκοτώσει. Έπρεπε να μάθω αυτό το λόγο. Η ζωή του κινδύνευε. Ήξερα ακριβώς το λόγο που δεν επιχειρούσα να τον σκοτώσω, όμως δεν ήξερα πώς και δε μου είχε δώσει το έναυσμα ακόμα.

«Ξέρεις ή δεν ξέρεις;»

«Εσύ τι νομίζεις;» απάντησα αινιγματικά. Φοβόμουν να είμαι ειλικρινής. Δεν ήξερα πού θα με οδηγούσε. Αισθανόμουν πως μύριζε το φόβο μου.

«Δε σε ρώτησα αυτό. Θέλω να ξέρω την αλήθεια. Ή μάλλον, θέλω την επιβεβαίωση αυτού που νομίζω πως είναι η αλήθεια από τα δικά σου χείλη».

«Δε νομίζεις πως η θέση μου είναι αρκετά δυσχερής ώστε να μη θέλω να σου πω την αλήθεια;»

«Άζρα, η θέση σου ήταν η χειρότερη θέση στην οποία θα μπορούσες ποτέ να βρεθείς από την ώρα που άνοιξα την πόρτα της παμπ. Πιστεύω, δε νομίζω, πιστεύω πως δεν ξέρεις τίποτα. Πιστεύω πως μπορούσα και μπορώ να σε βγάλω από τη μέση ανά πάσα στιγμή». Έγειρε απειλητικά πάνω μου.

«Αλλά δε θα το κάνεις…». Τον κοιτούσα στα μάτια.

«Δεν το έκανα όταν μπορούσα και δε θα το κάνω όσο περνάει από το χέρι μου». Το πρόσωπό του ήταν σφιγμένο και σοβαρό. Τα μάτια του κατάμαυρα.

«Τι εννοείς;»

«Όσο δεν κάνεις εσύ το πρώτο βήμα, θα σε προστατεύω. Αν κινηθείς, έστω και κατά διάνοια, απειλητικά εναντίον μου, θα σε σκοτώσω».

«Είπες πως κι εγώ μπορώ να σε σκοτώσω. Θα μου πεις γιατί συμβαίνει όλο αυτό;» μίλησα σχεδόν με παράπονο.

«Είσαι μια απάντηση της ανθρώπινης φύσης στο είδος μου. Φαντάζομαι δεν περιμένεις περισσότερες λεπτομέρειες πάνω σε αυτό». Είχε ένα ειρωνικό χαμόγελο.

«Πώς το κατάλαβες; Τι είμαι, εννοώ». Δίστασε, δεν απαντούσε αμέσως, λες και προσπαθούσε να βρει τα σωστά λόγια.

«Όταν σε είδα μπαίνοντας στην παμπ, δεν το πίστευα. Για πολλά χρόνια περίμενα την εμφάνιση της εξέλιξής σας, αυτόν που θα μπορούσε να με καθαρίσει. Ας πούμε πως έχω ένα συναγερμό για την περίπτωση αυτή».

«Τι σκέφτηκες μόλις κατάλαβες πως ήμουν αυτός;» Ήμουν περίεργη.

«Εξεπλάγην. Κατ' αρχάς, περίμενα έναν άνδρα κι αντί αυτού, είδα μπροστά μου μια γυναίκα. Κατά δεύτερον, ήσουν τόσο εύθραυστη, τόσο απορροφημένη από τα μικρά σου προβλήματα, τόσο *αλλού*. Κατάλαβα αμέσως πως δεν είχες ιδέα για τη δύναμή σου».

«Αποφάσισες λοιπόν να τελειώνεις μαζί μου. Για αυτό δε με κάλεσες σπίτι σου;»

«Ναι». Κοίταξε το πάτωμα με αμηχανία. «Δεν τα κατάφερα όμως. Δεν μπόρεσα». Βύθισε τα μάτια του στα δικά μου. «Δεν ήθελα». Με κοιτούσε χωρίς να μιλάει.

«Γιατί δεν ήθελες;» Είχα πλήρη συνείδηση πως αυτό που συνέβαινε ήταν εξαιρετικά επικίνδυνο και βλακώδες από άποψη προσωπικής επιβίωσης. Ένας συνδυασμός κινδύνου, βλακείας κι ευπιστίας. Δεν άλλαζε τίποτα όσον αφορούσε εμένα όμως. Συνέχιζα να είμαι βλάκας, εύπιστη κι επιρρεπής στον κίνδυνο κι όλα αυτά γιατί ήταν αυτός στη μέση.

«Δεν μπορείς να φανταστείς πόσο δύσκολο ήταν για μένα. Θυμάσαι που σου είπα πως έσπασα όλους τους κανόνες μαζί σου; Προσπάθησα... θα έπρεπε να σε είχα σκοτώσει σε τρεις περιπτώσεις. Δεν το έκανα».

«Σε ποιες περιπτώσεις;» Έπρεπε να ξέρω.

«Στην τουαλέτα της παμπ, στο σπίτι μου και στο αυτοκίνητο όταν κοιμήθηκες».

Έφερα τις εικόνες στο μυαλό μου κι αναρρίγησα σκεπτόμενη πόσο κοντά στο τέλος μου είχα έρθει. Πόσο κοντά στο τέλος μου ήμουν τώρα. Εξακολουθούσα να μην ξέρω για ποιο λόγο με κρατούσε ζωντανή.

«Γιατί δεν το έκανες;»

«Σου έχω ήδη απαντήσει: δεν ήθελα».

«Δεν είναι αρκετό αυτό. Πρέπει να ξέρω αν θα θελήσεις ξανά».

Ακούμπησε τα δάχτυλά του στο πρόσωπό μου και με απαλές κινήσεις το έστρεψε προς το δικό του, αναγκάζοντάς με να τον κοιτάξω στα μάτια.

«Άζρα, μόλις σε είδα μπροστά μου, ήταν σα να είδα κάποιον που, για πρώτη φορά από τότε που υπάρχω, θα μπορούσε να με αντιμετωπίσει με ίσους όρους. Όμως, εκείνη την ώρα ήσουν ανίσχυρη στα χέρια μου. Δε μου φάνηκε δίκαιος αγώνας, δε μου φάνηκε ενδιαφέρων. Έτσι σκέφτηκα στην παμπ».

Τον κοιτούσα διστακτικά. Ώστε αυτό ήταν; Περίμενε να είμαι ισάξιά του για να παλέψουμε; Απλά βαριόταν;

«Μετά όμως...».

«Μετά;» ρώτησα με αγωνία. Δίστασε για μερικά δευτερόλεπτα. Φαινόταν να μην ξέρει αν έπρεπε να απαντήσει ή όχι. Πήρε μια ανάσα και μίλησε αργά.

«Μετά σε άκουσα. Σε άκουσα μέσα στο κεφάλι μου. Όταν ήμασταν στο σπίτι μου, στ' αλήθεια άκουσα όλα όσα σκέφτηκες κι ήταν ακριβώς ό,τι ένιωθα κι εγώ και δε θα τολμούσα ποτέ να ξεστομίσω σε κανέναν. Ούτε στον ίδιο μου τον εαυτό».

Τον κοιτούσα άφωνη, έκπληκτη και μαλακιά σαν πλαστελίνη στα χέρια του.

«Ζω σε ένα απέραντο σκοτάδι. Τίποτα δεν έχει νόημα. Όλα μοιάζουν από κάποιον γραμμένα, αλλά εγώ δεν μπορώ να βρω το ρόλο μου στο σενάριο. Όλα έχουν τη ροή τους εκτός από μένα, που στέκομαι μετέωρος στο κενό. Όλα με κάνουν να αισθάνομαι ολομόναχος και παγωμένος. Η ίδια η ύπαρξη με πονάει. Θέλω να τελειώσει αυτό το μαρτύριο, αλλά δεν ξέρω πώς. Η στιγμή που σε είδα ήταν το μοναδικό φως που αντίκρισα ποτέ μέσα σε αυτόν τον τάφο. Δε θέλω να φύγεις».

Ξεστόμισε τις σκέψεις που είχα μέσα στο κεφάλι μου κλειδωμένες κι ασφαλείς από αδιάκριτα βλέμματα. Τα πόδια μου είχαν αρχίσει να μου δίνουν σημάδια προδοσίας.

«Άζρα, μου έδειξες πως υπάρχω ακόμα. Είχα παραιτηθεί πια. Πίστευα ακράδαντα πως ήμουν ένα λάθος της φύσης, ένα ολίσθημα, μια στατιστική διακύμανση. Καταλαβαίνεις πως υπάρχω δύο χιλιάδες χρόνια και δεν είχα ποτέ νιώσει για κάποιον ό,τι ένιωσα για σένα; Είναι πολύς καιρός...».

Δε μιλούσα. Είχα βουλιάξει στις σκέψεις μου. Ήθελα τόσο πολύ να τον πιστέψω, που η προσπάθεια να αντισταθώ με εξαντλούσε, μου απορροφούσε όλη μου την ενέργεια, με σκότωνε. Είχα ήδη αποφασίσει πως ήμουν ερωτευμένη μαζί του, ό,τι και να ήταν. Αυτό ήταν ένα γεγονός που δεν άλλαξε κι ήταν ένα γεγονός τόσο σίγουρο και δυνατό, που έμοιαζε, καθώς το σκεφτόμουν, να μπορεί να καθορίσει τη ροή των γεγονότων. Είχα υποφέρει τόσο στη ζωή μου, μην έχοντας κανένα σημείο αναφοράς, καμία ελπίδα για ένα ενδιαφέρον, για κάτι που να αξίζει να σηκωθείς από το κρεβάτι το πρωί. Απλά εκτελούσα τις ρουτίνες μου διαιωνίζοντας μια ζωήπου στην πράξη δε με ενδιέφερε. Τι κι αν μου έλεγε ψέματα; Τι κι αν στην πραγματικότητα ήθελε το κακό μου; Στ' αλήθεια, *τι σημασία είχε;*

«Σου το έχω ήδη πει πως ό,τι και να συμβεί δεν πρόκειται να αλλάξει το πώς νιώθω για σένα». Είχα παραιτηθεί. «Είσαι ήδη σημαντικός. Κουράστηκα να προσπαθώ να το αρνηθώ. Ακόμα κι αν μου λες ψέματα. Τι νόημα έχει να προσπαθήσω;»

«Τι εννοείς πως σου λέω ψέματα; Είσαι εδώ κι είσαι ζωντανή! Δε σου φτάνει αυτό; Δεν καταλαβαίνεις πόσο αυταπόδεικτο είναι το γεγονός ότι εσύ είσαι σημαντική για μένα;» Με κοιτούσε με ένα βλέμμα που ουσιαστικά έψαχνε μέσα μου για να καταλάβει τι άλλο θα έπρεπε να κάνει. Με πλησίασε ακόμα περισσότερο. Πήρε το δεξί μου χέρι και το ακούμπησε στο λαιμό του.

«Εδώ. Αν προσπαθήσεις ελάχιστα, μπορείς να με σκοτώσεις. Θα χαθώ χωρίς να κουραστείς καν. Δεν πρόκειται να αντισταθώ». Μου έδειχνε τον τρόπο και το χέρι μου έτρεμε πάνω στη ζεστή σάρκα. «Είμαι στο έλεός σου». Τα μάτια του έμοιαζαν σα δυο μαύρες λίμνες. Ήταν τόσο μόνος του.

Δε μίλησα. Τον έφερα κοντά μου χωρίς να φέρει την παραμικρή αντίσταση. Το σώμα του ήταν τόσο ζεστό, σα να είχε πυρετό. Ακούμπησε το πρόσωπό του στο δικό μου και τύλιξε τα χέρια του γύρω από τη μέση μου. Άρχισε να με φιλάει με ένταση.

«Έλα σε εμένα», ψιθύρισε βραχνά.

Κεφάλαιο 14

Καθόμουν άφωνη και κοιτούσα αφηρημένα την κιτρινισμένη, μεσημεριανή ατμόσφαιρα της πόλης, όπως απλωνόταν κάτω από το μπαλκόνι του δωματίου μου. Η πόλη χαρακτηριζόταν από αρκετά υψηλές θερμοκρασίες και μεγάλα ποσοστά υγρασίας την ημέρα, με αποτέλεσμα να κάθομαι σχεδόν λαχανιασμένη στην άκρη του κρεβατιού μου. Βέβαια, ίσως να ήμουν λαχανιασμένη και για άλλο λόγο. Δίπλα μου ήταν ξαπλωμένος αυτός, όμορφος, ζεστός, υπέροχος. Το δέρμα του γυάλιζε από ένα λεπτό στρώμα ιδρώτα. Αυτός ο άνδρας με έκανε να χάνω το μυαλό μου. Ήταν δικός μου, κατά τα φαινόμενα, παρά το γεγονός πως δεν ήταν άνθρωπος.

Είχαμε περάσει πολλή ώρα κλεισμένοι στο ζεστό δωμάτιο. Είχαμε κάνει έρωτα βίαια, έντονα κι απελπισμένα. Η αναπνοή του ήταν ακανόνιστη και κοφτή, ενώ με κοιτούσε με ένα βλέμμα ευχαρίστησης. Δε θα μπορούσα να ήμουν περισσότερο γεμάτη, ευτυχισμένη και μπερδεμένη. Είχα την αίσθηση πως όλα έγιναν σε λάθος τόπο και χρόνο, πως ήμουν εκεί ασφαλής κι ολοκληρωμένη, ενώ ακριβώς έξω από την πόρτα μου υπήρχε ένας παράλογος κι ανεξήγητος κόσμος.

«Τώρα;» Τον κοίταξα μοιρολατρικά. Σηκώθηκε με χορευτικές κινήσεις και στάθηκε μπροστά μου. Το γυμνό σώμα του με αποσυντόνιζε καθώς μικρές, στρογγυλές σταγόνες κάλυπταν το δέρμα του.

«Τώρα οι δύο προαιώνιοι εχθροί βρήκαν ένα διασκεδαστικότερο τρόπο να περνούν το χρόνο τους». Έβαλε τα χέρια του μέσα στα μαλλιά μου, ακινητοποιώντας με με ένα τρόπο που με έκανε να νιώθω ανίσχυρη, αλλά μου άρεσε πολύ. Δε χρειαζόταν να το αρνηθώ, μου άρεσε να έχει τον έλεγχό μου. «Νομίζω πως δε θα καταλάβεις ποτέ πόσο σε θέλω». Το ύφος του είχε αλλάξει. Ήταν βαθύ, αγχωμένο, δυνατό.

«Νομίζω πως εσύ δε θα καταλάβεις ποτέ πόσο σε ήθελα σε όλη μου τη ζωή χωρίς να το ξέρω». Δεν ένιωθα άνετα που παραδεχόμουν τα πάντα τόσο εύκολα. «Θέλω να μείνουμε εδώ. Ας μην ανοίξουμε αυτήν την πόρτα, ας μη βγούμε έξω από εδώ».

«Δε γίνεται, Άζρα. Μας περιμένει ένα χάος εκεί έξω. Έχουμε σπάσει μερικούς πολύ σημαντικούς κανόνες. Εγώ το έκανα εν γνώσει μου κι είμαι απόλυτα έτοιμος να δεχθώ τις συνέπειες. Εσύ, όμως, θα πρέπει να μάθεις κάποια πράγματα πρώτα για να έχεις ολόκληρη την εικόνα». Πλησίασε τα ρούχα του, τα οποία είχε πετάξει νωρίτερα στο πάτωμα μπροστά από το κρεβάτι, κι άρχισε να ντύνεται με εκείνες τις μοναδικές, αιλουροειδείς κινήσεις, που μου θύμιζαν τον Νουρέγιεφ σε χορευτικό οίστρο.

«Τι εννοείς χάος; Ποιες συνέπειες; Ποιοι κανόνες;» Τα λεγόμενά του με είχαν μπερδέψει ακόμα πιο πολύ. Αναστέναξε και με τράβηξε για να σηκωθώ από το κρεβάτι.

«Κατ' αρχάς, όσο και να μου αρέσει να σε βλέπω γυμνή, θα πρέπει να ντυθείς για να συναντήσουμε κάποιους ανθρώπους. Κατά δεύτερον, ελπίζω να θυμάσαι πως υπάρχει κι ένας πόλεμος εκεί έξω, όπως σου έχει ήδη αναφέρει ο Μιχαήλ». Το βλέμμα του σκοτείνιασε καθώς πρόφερε το όνομα του Ιερέα. Με προσγείωσε στην πραγματικότητα πολύ απότομα. Αισθάνθηκα σα να έπεσα από τη μηχανή μου και να σερνόμουν στην άσφαλτο για μερικά μέτρα.

«Ο Ιερέας...», ψιθύρισα. «Το ξέρεις πως με απορρυθμίζεις; Έχω αφοσιωθεί τόσο σε εσένα, στο να μάθω όσο γίνεται περισσότερα για το τι είσαι, τι τρέχει με το είδος σου, που έχω αμελήσει όλη αυτή την άλλη, την παράλληλη κατάσταση».

Χαμογέλασε αυτάρεσκα. «Μου αρέσει που έχω αυτή την επίδραση πάνω σου. Πίστευα παλιότερα πως όταν πετύχαινα κάτι τέτοιο ήταν λόγω... κατασκευαστικής υπεροχής. Δεν ξέρεις πόσο αναζωογονητικό είναι να πετυχαίνω κάτι τέτοιο με κάποιον εξίσου... μαγικό με εμένα». Έκανε μερικά βήματα προς το μπαλκόνι και κοίταξε στην αυλή. «Κι εσύ με τη σειρά σου δε με απορρυθμίζεις απλά, με κάνεις ανίκανο να βάλω σε λογική σειρά τις σκέψεις μου. Χάνω τις προτεραιότητες...».
Αισθάνθηκα πολύ όμορφα επειδή παραδέχθηκε πως τον αποσυντόνιζα.

«Ήρθαν. Είσαι έτοιμη;» Γύρισε προς εμένα και μου έτεινε το χέρι με μια θεατρική κίνηση. «Μείνε κοντά μου κι όλα θα πάνε καλά».

Κατεβήκαμε τις σκάλες και κατευθυνθήκαμε προς ένα μεγάλο σαλόνι που δεν είχα δει μέχρι εκείνη τη στιγμή. Προχωρούσε μπροστά μου σταθερά. Τα βήματά του κι οι κινήσεις του πρόδιδαν μια ανησυχία για το άτομό μου, μια προσπάθεια να δηλώσει πως του ανήκα, πως δε θα άφηνε κανέναν να μου κάνει κακό. Στη μεγάλη αίθουσα ήταν συγκεντρωμένη όλη η αγέλη, ενώ μαζί τους ήταν επίσης ο Ομάρ κι ένας άνδρας, τον οποίο δεν αναγνώριζα. Στέκονταν όλοι όρθιοι και συγκεντρωμένοι κοντά σε ένα μεγάλο μαρμάρινο τζάκι, εντελώς άχρηστο σε αυτό το γεωγραφικό πλάτος, σχηματίζοντας ένα στενό κύκλο. Έμοιαζαν να συνομιλούν έντονα, μέχρι την ώρα που εμφανιστήκαμε στην πόρτα, οπότε και σταμάτησαν την όποια κουβέντα έκαναν, αφήνοντας τα λόγια να ξεθωριάσουν καθώς πλησιάζαμε. Όλοι τους είχαν γυρίσει τα κεφάλια τους προς εμάς. Η αγέλη φαινόταν πιο καχύποπτη κι άρχισε να παίρνει διάφορες στάσεις, που έμοιαζαν άλλες αμυντικές κι άλλες επιθετικές. Έμοιαζαν τόσο περισσότερο με ζώα όσο τους κοιτούσα, που ένας κρύος ιδρώτα έλουσε τη ραχοκοκαλιά μου.

Το δωμάτιο ήταν σχετικά σκοτεινό. Το μόνο φως που υπήρχε ήταν αυτό μερικών υποτονικών φωτιστικών στα άκρα του μεγάλου δωματίου. Η αδερφή του καθόταν μαζεμένη στο πιο απομακρυσμένο σημείο από μένα ενώ ο Ομάρ βρισκόταν πιο κοντά μου από όλους τους. Ο Άλεφ είχε έναν αέρα αρχηγού ενώ οι κινήσεις του φαίνονταν προσεκτικά υπολογισμένες, ώστε να επιβεβαιώνουν κάθε δευτερόλεπτο στους υπόλοιπους ποιος ακριβώς κάνει κουμάντο. Μου φάνηκε πως όλο αυτό το θέατρο θα πρέπει να του ήταν πολύ κουραστικό, ειδικά αν έπρεπε να το επαναλαμβάνει καθημερινά για τόσο πολλά χρόνια. Για χιλιάδες χρόνια, στην πραγματικότητα.

Σταθήκαμε στην είσοδο του ήδη σχηματισμένου κύκλου. Ο Άλεφ σε μια θέση πιο μπροστά μου. Η αγέλη εξέπεμπε ένα σιγανό γρύλισμα υπενθυμίζοντας πως η συνάντηση δεν ήταν χαλαρή σε καμία περίπτωση. Αυτός τους έριξε ένα υποτιμητικό βλέμμα και μονομιάς η σιωπή κυριάρχησε στο χώρο.

«Είμαι έτοιμος», είπε με μια φωνή σταθερή, καθαρή και δυνατή. «Σας ακούω». Ο Ομάρ στράφηκε προς τους δυο μας. Διέκρινα ένα ειρωνικό, σχεδόν χαιρέκακο χαμόγελο στα χείλη του.

«Φαντάζομαι το υποψιάζεσαι πως έχουμε περιέλθει σε μεγάλο κίνδυνο». Μου έκανε εντύπωση η γλώσσα που χρησιμοποιούσε, ήταν παλιά. Διέκρινα στα μάτια του την ίδια υποψία κόκκινης ίριδας που είχα δει νωρίτερα ξεκάθαρα κι απροκάλυπτα στους υπόλοιπους της αγέλης, όσο έτρωγαν. Κατάλαβα πως κι αυτός ήταν Λιοντάρι. Μου φάνηκε αδιαμφισβήτητο. Ήταν, όμως, πολύ διαφορετικός. Όχι τόσο αηδιαστικά όμορφος αλλά περισσότερο γοητευτικός και πιο συντονισμένος από τους άλλους.

«Θέλετε να μου εξηγήσετε κι εμένα τι συμβαίνει;» Αποφάσισα πως έπρεπε να αρχίσω να μπαίνω στο νόημα. Όλα ήταν συγκεχυμένα κι όλοι έμοιαζαν να μιλούν με υπονοούμενα και μισόλογα.

«Χα! Σας το είπα πως δε θυμάται τίποτα», ψέλλισε αλαζονικά ένας από τους άνδρες της αγέλης.

«Θυμάμαι αρκετά ώστε να σε κάνω κομμάτια», είπα μέσα από τα δόντια μου. Ο άνδρας απάντησε με ένα φριχτό γρύλισμα, αλλά έκανε ένα βήμα πίσω. Η έκπληξη με κατέβαλε, αλλά δεν το έδειξα. Δεν μπορούσα να φανταστώ πως με φοβόντουσαν τόσο, ώστε Αυτοί, αυτά τα πανίσχυρα και φονικά ζώα, τους οποίους είχα δει να καταβροχθίζουν με μεγάλη ευκολία ζωντανούς ανθρώπους, υποχωρούσαν σε μια κουβέντα μου, μόνο και μόνο σκεπτόμενοι την πιθανότητα να έλεγα την αλήθεια.

«Αρκετά!» Η φωνή του έμοιαζε οργισμένη. Το επόμενο δευτερόλεπτο μου έριξε κι εμένα ένα αυστηρό βλέμμα. «Σας απαγορεύω να προβάλετε εχθρότητα απέναντί της. Σε ανάπαυση!» Ο άνδρας ανταποκρίθηκε άμεσα και κατάλαβα από τις κουβέντες που προηγήθηκαν πως ήταν στρατιώτης.

«Η Άζρα έχει δίκιο. Θα χρειαστεί να της κάνουμε μια μικρή εισαγωγή», συμπλήρωσε ευγενικά ο Ομάρ. «Πιστεύω πως έχεις μια μικρή ιδέα για την εμπόλεμη κατάσταση που επικρατεί».

«Όπως το είπες. Πολύ μικρή ιδέα». Τραγικά μικρή ιδέα, ανύπαρκτη σχεδόν.

«Τη σχέση μας με τους ανθρώπους την έχεις καταλάβει φαντάζομαι», πρόσθεσε με το ίδιο χαιρέκακο ύφος.

«Μα βέβαια! Είναι το αγαπημένο σας φαγητό», είπα με μια υποψία αηδίας στη φωνή μου.

«Δε θα το έθετα έτσι. Μάλλον είναι το μοναδικό μας φαγητό. Δεν υπάρχει εναλλακτική λύση. Καμία. Είναι Αυτοί ή εμείς». Έκανε δυο βήματα προς το μέρος μου με τα χέρια πίσω από τη μέση του. «Τα τελευταία χρόνια, ή σωστότερα, τα τελευταία διακόσια χρόνια, υπάρχει μια έντονη διάθεση από την πλευρά μας να κυριαρχήσουμε στον πλανήτη. Έχουμε γίνει περισσότεροι, βλέπεις. Δεδομένου ότι είμαστε αναμφισβήτητα σε πλεονεκτική θέση, θα θέλαμε μια πιο σταθερή παροχή φαγητού και πιστεύουμε πως μπορούμε να επιβάλουμε μια τέτοια συμφωνία στους ανθρώπους».

«Τι εννοείς; Θέλετε να μπορείτε να τρέφεστε από προσφορές από πλευράς των ανθρώπων; Τι συνέβαινε ως τώρα;» Είχα αρχίσει να τους πυροβολώ με τις ερωτήσεις μου.

«Μέχρι πριν διακόσια χρόνια έπρεπε να κυνηγούμε για την τροφή μας με προσοχή, ώστε να μη δημιουργήσουμε ανισορροπία στους πληθυσμούς των ανθρώπων. Ήταν μια στρατηγική την οποία είχαμε τελειοποιήσει με το πέρασμα των αιώνων γιατί, αν το κυνήγι μας ξέφευγε από τον έλεγχο, τότε θα εξαφανιζόμασταν κι εμείς οι ίδιοι». Με κοιτούσε πιο αλαζονικά πια. «Πριν αρκετό καιρό αποφασίσαμε πως ίσως θα έπρεπε να περάσουμε σε φάση... κτηνοτροφίας. Στο κάτω-κάτω μπορούμε εύκολα να επιδείξουμε την ισχύ μας στο ανθρώπινο είδος. Θα προτιμούσαμε, λοιπόν, να μας παρέχεται η τροφή μας από το να χρειάζεται να τη διεκδικήσουμε. Όπως καταλαβαίνεις, αυτό μας έφερε σε σύγκρουση με τους ανθρώπους. Υπάρχουν μικρές ομάδες που γνωρίζουν την ύπαρξή μας. Είναι ένα είδος θεματοφυλάκων της ανθρώπινης επιβίωσης. Σε αυτές τις ομάδες ανήκουν ο Μιχαήλ κι η Γκαμπριέλα. Αυτοί οι τύποι είναι ιδιαίτερα ευαίσθητοι σε θέματα ανθρώπινων δικαιωμάτων». Ο άνδρας που μίλησε ήταν το μεγαλόσωμο Λιοντάρι που, νωρίτερα και πριν την έκρηξη του... οικογενειακού γεύματος, φαινόταν πολύ φοβισμένος από την ύπαρξή μου.

Άρχισα να περπατάω μπρος πίσω, δίπλα από τον Άλεφ σε μια προσπάθεια να χωνέψω όσα μου έλεγαν. Φυσικά, μου φαίνονταν απίστευτα, αλλά όσα είχα ζήσει μου είχαν ανοίξει το μυαλό κι ήμουν πιο διατεθειμένη να τα πιστέψω όλα αυτά. Αυτός με εξέταζε διερευνητικά. Μπορούσα να διακρίνω στα μάτια του μια μικρή αχτίδα ανησυχίας. Μου άρεσε που λαχταρούσε να μάθει πώς τα έβλεπα όλα αυτά. Με έκανε να αισθάνομαι σημαντική, ότι ένα πανέμορφο, αρχαίο πλάσμα αδιευκρίνιστης για εμένα φύσης, ενδιαφερόταν τόσο για την πάρτη μου.

163

«Στην πραγματικότητα μιλάμε για εχθροπραξίες μεγάλης βιαιότητας κι έντασης τα τελευταία εκατό χρόνια. Ο πόλεμος συνεχίζεται με αμείωτο ενδιαφέρον κι αντίσταση κι απ' τις δύο πλευρές. Δυστυχώς για εμάς, οι στρατιώτες μας, ο μεγάλος όγκος όσων μάχονται, δεν ανήκουν στα ανώτερα κλιμάκιά μας, δεν είναι αριστοκρατία», πρόσθεσε ο Ομάρ.

«Δηλαδή; Έχετε... κάστες;» Τον κοιτούσα με απορία.

«Περίπου. Στην πράξη έχουμε κάστες που καθορίζουν οι φυσικές ικανότητες του κάθε Λιονταριού. Όσο χαμηλότερα στην ιεραρχία είσαι, τόσο ευκολότερα φθείρεσαι, τόσο περισσότεροι τρόποι υπάρχουν να καταστραφείς από τους ανθρώπους». Ο Ομάρ κοιτούσε με βλέμμα όλο νόημα τον Άλεφ. «Ο Άλεφ είναι η κορυφή του είδους. Σκοτώνεται με έναν και μοναδικό τρόπο κι είμαι σίγουρος πως όλοι μας εδώ ξέρουμε ποιος είναι αυτός». Με κάρφωσε με το βλέμμα του αποφεύγοντας, βέβαια, τα μάτια μου.

«Εγώ, μπορώ να τον σκοτώσω μόνο εγώ», ψέλλισα με έναν ενδόμυχο φόβο πως συνειδητοποιούσα τι σήμαινε αυτό για το είδος μου, για τους ανθρώπους, το πόσο σημαντικό ήταν.

«Από εκεί και πέρα υπάρχουν διαβαθμίσεις. Όσο πλησιάζεις προς τη βάση, τόσο ευκολότερα σκοτώνεται ένα Λιοντάρι. Όχι πως το να σκοτώσεις ένα στρατιώτη είναι απλό. Χρειάζονται περίπου εφτά με οχτώ άνθρωποι καθώς και πολύ, μα πολύ ειδικές συνθήκες».

«Τα ανθρωπάκια αντιστέκονται όμως, σωστά;» Ξαφνικά το βλέμμα μου απέκτησε μια λάμψη. Είχα αρχίσει να μπαίνω στο νόημα και κάτι δεν πήγαινε πολύ καλά με όλα αυτά που μου αράδιαζαν. Κάτι δε μου έβγαινε στο ζύγισμα.

«Όχι ιδιαίτερα. Προσπαθούν και συχνά τα καταφέρνουν. Μην ξεχνάς πως για αυτούς πρόκειται για αγώνα επιβίωσης».

«Εγώ νομίζω πως σας έχουν δυσκολέψει για κάποιο λόγο. Αλλιώς δε θα συνεχιζόταν για τόσα χρόνια αυτή η κατάσταση. Ένας πόλεμος των 6 ημερών δε θα ήταν αρκετός κατά τη γνώμη σου; Αν, φυσικά, η παντοδυναμία σας κι η ξεκάθαρη φυσική υπεροχή σας είναι τόση, όση ισχυρίζεστε». Γύρισα προς αυτόν και τον κοίταξα με ένταση. Είχα μερικές θεωρίες για το τι συνέβαινε κι ήμουν πρόθυμη να τις μοιραστώ μαζί τους. Ο φοβισμένος άνδρας της αγέλης άφησε ένα γρύλισμα να του ξεφύγει κι εγώ κατάλαβα πως είχα χτυπήσει φλέβα χρυσού.

«Δεν... δεν είναι τόσο απλά τα πράγματα. Πρέπει να τηρηθούν κάποιες ισορροπίες. Υπάρχουν κι άλλες δυνάμεις στο παιχνίδι. Δεν είμαστε μόνο εμείς κι οι άνθρωποι». Τώρα πια κοιτούσε τον Άλεφ, σα να ζητούσε έγκριση για να προχωρήσει. Αυτός περπάτησε αργά προς το τζάκι και κάθισε σε μια μαύρη, παλιά πολυθρόνα δίπλα στη φωτιά. Συνέχιζε να με κοιτάζει διερευνητικά κι έκανε ένα αμυδρό νεύμα στον Ομάρ, σα να έδινε τη συγκατάθεσή του για ό,τι του ζητούσε διακριτικά. «Υπάρχει κι άλλη μια σταθερά, θα μπορούσα να την πω. Άλλη μια δύναμη σε αυτό το παιχνίδι». Κοίταξε φευγαλέα τον άγνωστο σε εμένα άνδρα, που δε μου είχε συστηθεί. Δεν είχε κουνηθεί, απλά στεκόταν ανάμεσα στους υπόλοιπους κρυμμένος και σιωπηλός. Τον παρατήρησα με μεγαλύτερο ενδιαφέρον από τη στιγμή που κατάλαβα πως κάτι υπάρχει πίσω από αυτόν. Άλλη μια παράμετρος του μυστηρίου που πάσχιζα να διαλευκάνω.

«Κάποιοι από εμάς έχουν πάρει μια άλλη πορεία. Έχουν αλλάξει τις προτεραιότητές τους». Κοίταξε ξανά τον άγνωστο άνδρα. Ήταν ψηλός, λεπτός, απέπνεε έναν αέρα κομψότητας. Θα μπορούσε κάλλιστα να περάσει απαρατήρητος, αλλά καταλάβαινες πως αυτό ήταν ένα καλά δουλεμένο προτέρημα. Υπήρχε προσπάθεια πίσω του. Φορούσε ένα όμορφο, μαύρο κοστούμι.

«Τι είδους προτεραιότητες;» Εξακολουθούσα να διερευνώ τον άνδρα με μεγάλη περιέργεια.

«Ένας μικρός αριθμός Λιονταριών, με την υποστήριξη και τη βοήθεια ορισμένων Ανθρώπων, ενδιαφέρονται για το χρήμα και μόνο. Αυτοί κινούν τις χρηματαγορές, σε αυτούς ανήκει η πλειοψηφία του πλούτου του πλανήτη».

«Τι θέση έχουν Αυτοί σε όλα αυτά;» Τον κοίταξα με απορία.

«Αυτοί ενδιαφέρονται, ώστε όλες οι εξελίξεις, ανθρώπινες και μη, όλα τα ιστορικά γεγονότα να συμβαίνουν με τέτοιο τρόπο, ώστε να μην διακινδυνεύουν τη συσσώρευση του πλούτου τους. Όπως καταλαβαίνεις και δεδομένου πως Αυτοί είναι η αποκλειστική πηγή των εσόδων όλων των Λιονταριών, είμαστε υποχρεωμένοι εν μέρει, να ακολουθούμε τις... συμβουλές τους».

«Ακόμα κι εσείς ακολουθείτε αυτές τις συμβουλές;» Κοίταξα τον Άλεφ με απορία.

«Δεν τις ακολουθούμε από υποχρέωση. Μην ξεχνάς πως κατά κάποιο τρόπο έχουμε μαζί μας την υπέρτατη των αρχών στο δικό μας κόσμο. Απλά, είναι προς συμφέρον μας να το κάνουμε. Οι άνθρωποι είναι περισσότερο αποδοτικοί όταν είναι σε ύπνωση. Ένα παγκόσμιο χάος θα μπορούσε να λήξει με νίκη των Λιονταριών εύκολα και γρήγορα, αλλά θα οδηγούσε και σε μια σύντομα δύσκολη κατάσταση για εμάς. Όταν κινδυνεύει το φαγητό μας, κινδυνεύουμε κι εμείς».

Άρχισα και πάλι να κινούμαι στο δωμάτιο, σε ένα βεληνεκές δύο ή τριών τετραγωνικών, μια μικρή κίνηση που, όμως, με βοηθούσε να επεξεργαστώ όσα άκουγα. Ήταν πολλές πληροφορίες για τόσο λίγο χρόνο.

«Ο κύριος;» ρώτησα κοιτώντας τον άγνωστο με αποφασιστικό βλέμμα.

Ο άγνωστος άνδρας πλησίασε το κέντρο της μικρής σύναξης. Οι κινήσεις του ήταν αργές, προσεκτικές και πολύ ευγενικές ενώ μπορούσες να διακρίνεις μια μικρή χάρη σε αυτές. Ήταν φανερό πως δεν ήταν Λιοντάρι. Ήταν ένας απλός άνθρωπος.

«Είναι ένας Διαπραγματευτής. Ανήκει σε ένα σώμα Λιονταριών κι Ανθρώπων που φροντίζουν να μεταβιβάζουν τις επιθυμίες του Συμβουλίου στις δυο πλευρές και να φτάνουν σε συμφωνίες. Αυτή τη στιγμή ένας ομόλογός του βρίσκεται στο στρατόπεδο των Ανθρώπων», είπε βιαστικά ο Ομάρ.

Κοίταξα το Διαπραγματευτή διερευνητικά από την κορυφή ως τα νύχια. «Κάτι μου λέει πως δεν έχεις καλά νέα να μας φέρεις».

Κεφάλαιο 15

Οι τακτικές ενέργειες να συνοψίσω τα γεγονότα ήταν πάντα μια από τις απεγνωσμένες προσπάθειές μου να διατηρήσω μια ιστορική συνέχεια στη ζωή μου. Ειδικά μετά τα τελευταία εικοσιτετράωρα και χωρίς την παρηγορητική επίδραση των χημικών ουσιών, με τα πρώτα συμπτώματα των στερητικών συνδρόμων να μου χτυπούν την πόρτα, είχα την ανάγκη της ανακεφαλαίωσης.

Εξέτασα τον τοίχο πίσω μου με ένα προσποιητό ενδιαφέρον, που παραδόξως φάνηκε να πείθει τους πάντες. Δε μιλούσαν. Με είχαν αφήσει ήσυχη στην προσεκτική ανάλυση του αραβουργήματος που διακοσμούσε το σκοτεινό δωμάτιο. Πήρα μια βαθιά ανάσα κι άρχισα την καταγραφή. Πέρασα όσα είχα ζήσει από τη στιγμή που έφτασα στο νορβηγικό βορρά ως εκείνη ακριβώς την ώρα από ένα γρήγορο φίλτρο κι έκανα ένα ξεσκαρτάρισμα. Ένιωθα την καρδιά μου να χτυπά πιο γρήγορα από το κανονικό και πίστευα πως έτρεμα έντονα, αλλά κάτι τέτοιο δε συνέβαινε. Είχα αρχίσει να στερούμαι. Αν ήταν το αλκοόλ ή η κοκαΐνη, δεν είχα ιδέα.

Παρόλ' αυτά, έμοιαζε σαν κάποιος να μου χάρισε ένα καινούριο καλειδοσκόπιο για να χαζεύω τον κόσμο. Αν όλα όσα μου έλεγαν ήταν αλήθεια -και στην πραγματικότητα είχα δει η ίδια αρκετά, ώστε να μην αμφισβητώ τα όσα υποστήριζαν- ο κόσμος αποκτούσε ένα νέο νόημα. Με αυτό το καινούργιο παιχνίδι ένιωθα να έχω τουλάχιστον *κάποια σχέση*. Μπορεί να μην είχα ιδέα ποια ήμουν, αλλά έμοιαζε να υπάρχει ένας εντυπωσιακά μεγάλος αριθμός ανθρώπων ή κατά τα φαινόμενα κι άλλων ζώων, που ήξεραν πολύ καλά όχι μονάχα τι ήμουν, αλλά και τι μπορούσα να κάνω. Αισθανόμουν μια ανεπαίσθητη αηδία για τον εαυτό μου, για το ότι το πρίσμα μου ήταν τόσο εγωκεντρικό. Παρά το γεγονός πως γινόταν ένας εξωφρενικός πόλεμος και τόσοι άνθρωποι κινδύνευαν, παρότι όλα όσα ήξερα μέχρι τότε έμοιαζαν ένα όμορφο παραμύθι σε σχέση με την πραγματικότητα, εγώ αισθανόμουν *καλά. Καλά γιατί είχα μια θέση σε όλα αυτά.*

Φυσικά, το βραβείο του καλύτερου κινήτρου για τη μοναδική στη ζωή μου αισιοδοξία που με είχε καταβάλει, το είχε κερδίσει αυτός και μάλιστα επάξια. Αυτός είχε κάνει την αλλαγή. Ήμουν ερωτευμένη κι από ό,τι φαινόταν ήταν κι αυτός, αν ήθελα να πιστέψω τα μάτια και τα αυτιά μου. Ήμουν μια κάκιστη περίπτωση εξαρτημένου ανθρώπου, με αρχές στερητικού συνδρόμου, ερωτευμένη με ένα ζώο, *που μου φαινόταν απλά υπέροχο και που θα μπορούσα να σκοτώσω ανά πάσα στιγμή*, για να μην αναφερθώ στο γεγονός πως το ίδιο μπορούσε να κάνει κι αυτός, τελειώνοντας άδοξα τη μικρή μας ιστορία. Ένιωθα πως η κατάστασή μου θα μπορούσε άνετα να χαρίσει ένα ωραιότατο εγκεφαλικό στον κύριο Μπουκόφσκι και θα έδινα το δεξί μου χέρι για να είχα την ευτυχία να διηγηθώ τα καθέκαστα στο συμπαθέστατο συγγραφέα. Όχι τίποτα άλλο, δε θα κατανοούσε ποιος ο λόγος να απέχω από το αλκοόλ.

Γύρισα απότομα και τους κοίταξα, εγκαταλείποντας άμεσα την ενασχόληση της καλλιτεχνικής ανάλυσης του δωματίου. Αυτός σηκώθηκε, ήρθε δίπλα μου και τοποθέτησε προσεκτικά τα χέρια του στους ώμους μου. Πίσω του διέκρινα τη Λίλυ να αποστρέφει το βλέμμα της προσπαθώντας να κρύψει ένα κύμα πόνου. Δεν υπήρχε περίπτωση να ήταν απλώς μια συνοδός, ένας σωματοφύλακας. Ήξερα καλά πως αντιδρούσε μια γυναίκα που ζηλεύει. Είχα προκαλέσει σε πολλές αυτό το συναίσθημα στο παρελθόν και γνώριζα καλά τα σημάδια κι η Λίλυ μπορεί να μην ήταν άνθρωπος, αλλά ήταν γυναίκα.

Βύθισε τα μάτια του στα δικά μου, χαρίζοντάς μου μια ακόμα στιγμή προβλημάτων συντονισμού και με έσφιξε περισσότερο στα χέρια του.

«Σου είπα πως έχω σπάσει κάποιους κανόνες». Το βλέμμα του τώρα ήταν πιο ανήσυχο. «Θα πρέπει να δεχθώ τις συνέπειες». Δεν ήθελα να αποχωριστώ το άγγιγμά του, αλλά καθώς όλα τα ωραία έχουν ένα τέλος, πήρε τα χέρια του από πάνω μου και γύρισε προς τους υπόλοιπους. «Ένας βασικός κανόνας τόσο της δικής μας ύπαρξης όσο και του Συμβουλίου είναι να μη βρίσκομαι σε κίνδυνο». Κοίταξε τη φωτιά που σιγόκαιγε όλη αυτή την ώρα σιωπηλά και παραδόξως δίχως να ελαττώνεται, σαν τα κούτσουρα να ήταν άκαυστα. «Δεν υπάρχει αντικαταστάτης μου. Εξελικτικά δεν έχουμε κάποιον άλλο αρχηγό και δεν πρέπει να έρχομαι σε επικίνδυνη θέση, γιατί θέτω έτσι σε κίνδυνο όλη την αγέλη κι όλο μου το είδος».

«Εσύ, ειδικά τις τελευταίες μέρες, βρίσκεσαι διαρκώς δίπλα στο μεγαλύτερο κίνδυνο για την ύπαρξή σου, αλλά και για την ύπαρξη του είδους σου, σωστά;» Είχα καταλάβει πια τι συνέβαινε. Αλλά δεν καταλάβαινα τι σήμαινε αυτό για τον ίδιο.

«Άζρα, οι οδηγίες του Συμβουλίου ήταν, σε περίπτωση που εμφανιζόσουν ποτέ στον πλανήτη, είτε να μείνω όσο πιο μακριά σου γίνεται, είτε αν η συνάντησή μας ήταν αναπόφευκτη, να σε σκοτώσω γρήγορα και καθαρά. Φυσικά, δεν έκανα τίποτα από τα δύο». Πίσω του ακούστηκαν μερικά αμυδρά γρυλίσματα. Γύρισε απότομα και γρύλισε κι ο ίδιος και για ακόμα μια φορά οι υπόλοιποι σώπασαν ηττημένοι. «Το συμβούλιο έχει τις αντιρρήσεις του, οι συνοδοί μου έχουν τις αντιρρήσεις τους, για να μην αναφέρω τους Ανθρώπους, που έχουν αφηνιάσει. Αυτοί δε θα έλεγα πως έχουν απλά αντιρρήσεις».

«Οι Άνθρωποι... Τι δουλειά έχουν οι Άνθρωποι;» Αυτό ήταν κάτι που εμφανώς δεν το περίμενα.

«Δεν ξέρω αν το έχεις καταλάβει ακόμα, αλλά μάλλον για τους Ανθρώπους είσαι κάτι σαν το υπέρτατο όπλο. Η νίκη τους είναι απίθανη κατά γενική ομολογία, αλλά με εσένα εδώ γύρω γίνεται κάτι παραπάνω από πιθανή».

Έμεινα με ανοιχτό το στόμα. Αυτό ήταν κάτι που δεν είχα φανταστεί. Οι Άνθρωποι με χρειάζονταν. Μένοντας μαζί του ήταν σα να είχα αλλάξει στρατόπεδο; Σα να είχα προδώσει το είδος μου; Ένιωσα ένα τσίμπημα. Τελικά, μπορεί να είχα περισσότερη σημασία από όση νόμιζα. Αυτό το καταπονημένο κορμί, που όσο περνούσε η ώρα ένιωθε όλο και πιο λανθασμένα τα νευρικά μηνύματα, είχε μεγάλη σημασία για τα

172

καημένα τα ανθρωπάκια. Μου ξέφυγε ένα ειρωνικό γελάκι. *Καλή επιλογή για να στηρίξουν το μέλλον τους. Ό,τι πρέπει…,* σκέφτηκα.

Προφανώς, οι επιλογές μου λοιπόν, είχαν πολύ περισσότερη σημασία από όση πίστευα για πολύ περισσότερους ανθρώπους από όσους θα μπορούσα ποτέ να φανταστώ. Αυτή ήταν μια επιπλοκή για την οποία σίγουρα δεν ήμουν έτοιμη. Θεωρητικά, δεν είχα καμία ηθική. Τουλάχιστον έτσι πίστευα μέχρι τότε, αν και δεν είχε χρειαστεί ποτέ να πάρω κάποια σοβαρή απόφαση. Η ζωή μου ήταν ανενόχλητα κατεστραμμένη από εμένα κι αφορούσε μόνο εμένα. Η προοπτική να βρεθώ αντιμέτωπη με το να χρειαστεί να πάρω θέση για κάτι σημαντικό με χτύπησε σα μαστίγιο. Ο Άλεφ φάνηκε να το καταλαβαίνει αυτό και με κοίταξε πιο έντονα.

«Δε φταις εσύ για αυτό που είσαι. Δεν είχες καμία επιλογή», ψιθύρισε παρηγορητικά. Αυτές οι κουβέντες ήταν σα να απάλυναν το τσίμπημα που ένιωσα νωρίτερα. «Παρόλ' αυτά, το συμβούλιο μας έχει καλέσει σε μια συνάντηση μαζί τους. Θα χρειαστεί να κάνουμε μια συζήτηση και πιθανώς να πρέπει να έρθουμε σε επαφή με τους Ανθρώπους. Αυτό ήρθε να μας ανακοινώσει ο Διαπραγματευτής», πρόσθεσε με δυνατότερη φωνή ώστε να τον ακούσουν κι οι υπόλοιποι.

«Πού θα γίνουν όλα αυτά; Η συνάντηση δηλαδή… Υπάρχει κάτι που πρέπει να περιμένουμε; Κάτι που πρέπει να ξέρω;» Είχα αρχίσει να ανησυχώ σοβαρά για την εξέλιξη της κατάστασης. Όλα φαίνονταν να τρέχουν με ιλιγγιώδεις ρυθμούς. Ήταν σα να βρισκόμουν πάνω σε ένα Kawasaki ZX12R, που δεν είναι και το πιο στριφτερό του κόσμου, και να διένυα τέρμα γκάζι την πίστα του Μονακό.

«Η συνάντηση θα χρειαστεί να γίνει σε ουδέτερο έδαφος. Ευτυχώς, δε θα χρειαστεί να αλλάξουμε πόλη. Περιμένουν εμάς και στη συνέχεια τους Ανθρώπους λίγο έξω από τη Βηρυτό». Ο Ομάρ έβαλε τα πράγματα στη θέση τους και παρουσίασε το πρόγραμμα. Αντιδρούσε σα να ήταν το δεξί χέρι του Άλεφ και μπορούσα να επιβεβαιώσω μια έντονη αίσθηση ειλικρινούς ενδιαφέροντος χωρίς ίχνος δουλοπρέπειας προς τον αρχηγό του. Έμοιαζαν να είναι φίλοι που δεν αφήνουν την ιεραρχία να μπει ανάμεσά τους.

«Ελπίζω μόνο να μη χρειαστεί να συναντηθούμε με τους Ανθρώπους. Σίγουρα όλο αυτό το έχουν πάρει πολύ πιο βαριά από εμάς».

Η συνάντηση θα γινόταν σε μια περιοχή στα νότια της Βηρυτού, όχι πολύ έξω από την πόλη, κατά τα λεγόμενα του Ομάρ κι από ό,τι άφησε να καταλάβω, η περιοχή ήταν ιδιαίτερα επικίνδυνη, σχεδόν ελεγχόμενη απόλυτα από τη Χεζμπολάχ με αποτέλεσμα να πρέπει να μεταφερθούμε με πιο συμβατικά μέσα από μια Aston Martin.

Ο Άλεφ αρνήθηκε να οδηγηθεί στο σημείο που είχε συμφωνηθεί μέσα σε ένα στρατιωτικό τζιπ, περισσότερο γιατί ήταν εμφανώς εκνευριστικά ατίθασος και μάλλον είχε βάλει σκοπό της ύπαρξής του να δυσκολεύει πάραυτα όσους είχαν υποχρέωση να τον προστατεύουν. Όχι πως θα κινδύνευε, ακόμα κι αν προσπαθούσαν να τον σκοτώσουν με μια μεγαλειώδη πυρηνική έκρηξη, αλλά ο Ομάρ επέμενε πως δεν ήταν η καλύτερη ιδέα να τραβήξουν πάνω τους τα φώτα της δημοσιότητας.

Η πρότασή του, λοιπόν, ήταν να πάμε μαζί με τη μηχανή του, κάτι που εμένα τουλάχιστον μου φαινόταν αν όχι το ίδιο, τουλάχιστον κατά τι λιγότερο κραυγαλέο με το αυτοκίνητο

που μας είχε οδηγήσει στην έπαυλη. Φυσικά, δεν ήμουν δια-
τεθειμένη να καταθέσω εύκολα τα όπλα και διαμαρτυρήθηκα
ζητώντας να μου δανείσει μια δική μου μηχανή, ώστε να φτά-
σω οδηγώντας η ίδια στο χώρο της συνάντησης. Αφού μου
χάρισε ένα απογειωτικό χαμόγελο που πιθανώς υπονοούσε
πως του έκανα τη ζωή δύσκολη, αλλά όχι πως αυτό δεν τον
διασκέδαζε. Υποχώρησε και δέχθηκε να μου παραχωρήσει μια
από τις μηχανές του με τη συμφωνία να τον ακολουθήσω κατά
πόδας. Κάτι που δε θα μπορούσα να αποφύγω άλλωστε, εφό-
σον δεν είχα ιδέα πού θα πηγαίναμε και σιχαινόμουν εξ ορι-
σμού τα GPS.

Η ώρα ήταν πια αργά το απόγευμα κι η Βηρυτός άρχισε να
έχει τη δική της έκδοση χειμωνιάτικου καιρού, που μου θύμι-
ζε έντονα φθινόπωρο στην Αθήνα ή έστω φθινόπωρο στην Α-
θήνα, όταν υπήρχε κι όχι δυο και μοναδικές εποχές, αποτέλεσμα
της κλιματικής αλλαγής. Ο Ομάρ μας οδήγησε σε ένα μεγάλο
γκαράζ κοντά στην είσοδο του κτήματος, μέσα στο οποίο βρι-
σκόταν το σπίτι. Εκεί μας περίμεναν δύο μηχανές, μια μαύρη
Hayabusa και μια κόκκινη Ducatti 999. Υπήρχαν τουλάχιστον
άλλες δέκα μηχανές καλυμμένες με προστατευτικά καλύμματα
μέσα στο γκαράζ. Χάρηκα που μοιάζαμε και σε αυτό.

«Εγώ παίρνω το ιταλικό». Τον κοιτούσα παιχνιδιάρικα.

«Τα ιταλικά σε αφήνουν στα κρύα του λουτρού. Τώρα τε-
λευταία οι Ιταλοί έμαθαν πως ο σχεδιασμός μηχανών κι αυ-
τοκινήτων απαιτεί Μαθηματικά. Δεν έχουν προλάβει να πε-
ράσουν αυτή τη φιλοσοφία στη γραμμή παραγωγής». Με
κοιτούσε με ένα ειρωνικό χαμόγελο. Φαινόταν σίγουρος για
την υπεροχή των γνώσεών του στον κόσμο των δικύκλων με-
γάλου κυβισμού.

«Δε με πειράζει. Η Hayabusa από πίσω μοιάζει με scooter. Αρνούμαι να το οδηγήσω». Τώρα του χαμογελούσα κι εγώ ειρωνικά.

«Είναι εγγυημένο, λοιπόν, πως θα μας καθυστερήσεις όλους. Μην πεις ότι δε σε προειδοποίησα». Ο Ομάρ είχε το ύφος ανθρώπου (ή ζώου για να μην ξεχνιόμαστε) που είχε αρχίσει να κουράζεται από το συνδυασμό των δυο μας, αλλά ήταν πολύ ευγενικός για να το δείξει ή να το παραδεχθεί. Ακόμα, υποψιαζόμουν πως σύντομα δε θα άντεχε πια και θα το ακούγαμε ένα χεράκι.

Αυτός έβαλε το μπουφάν του και το κράνος του. Ένα δερμάτινο Dainese κι ένα μαύρο Arai κράνος με περίμεναν δίπλα στη μηχανή. Τον μιμήθηκα. Και τα δύο μου έκαναν γάντι ενώ το κράνος είχε ενδοσυνεννόηση. Βάλαμε μπροστά τις μηχανές και τον ακολούθησα, καθώς έβγαινε απ' την πύλη του οικοπέδου. Καθώς μπήκα στον κεντρικό δρόμο, είδα απ' τους καθρέφτες άλλες τέσσερις μηχανές πίσω μου. Ο αναβάτης της μίας είχε μακριά, κόκκινα μαλλιά, κάτι που μου επιβεβαίωνε πως η συνοδεία του δεν τον άφηνε ποτέ κατά τα φαινόμενα, ειδικά ένα μέλος της, που σιχαινόμουν να τον ακολουθεί.

«Να είσαι πίσω μου. Μη διανοηθείς να με προσπεράσεις. Δεν έχουμε χρόνο για τέτοια», ακούστηκε η φωνή του αυστηρή στ' αυτί μου. Ακόμα και με την παραμόρφωση των μηχανημάτων ήταν μια υπέροχη, βαθιά φωνή.

«Θα το εκτιμούσα αν δε με πρόσταζες. Ξέρεις, δεν έχεις δικαιοδοσία πάνω μου». Ακούστηκα θιγμένη, αλλά δε με πείραζε. Δεν απάντησε αμέσως.

«Έχεις δίκιο. Δε θα ξαναγίνει. Απλά πρέπει να συνηθίσω». Απολογήθηκε. Αυτό ήταν καλό σημάδι πίστευα. «Μπορείς, σε παρακαλώ, να μείνεις πίσω μου; Δε θα ήθελα να σε χάσω και να καθυστερήσουμε», επανέλαβε.

«Δεν είμαι τόσο ανταγωνιστική. Θα κάνω ό,τι πρέπει». Ακολουθούσα πίσω του, όχι και τόσο πειθήνια, δοκιμάζοντας τις δυνατότητες της μηχανής. Ήμουν σίγουρη πως τον εκνεύριζα αλλά δεν το μετάνιωνα.

Περνούσαμε μέσα από την πόλη με αρκετά μεγάλη ταχύτητα. Η Βηρυτός είχε εντυπωσιακά καλούς δρόμους, προφανώς λόγω της ανασυγκρότησης της πόλης μετά τον τελευταίο πόλεμο. Ήταν ό,τι πρέπει για τις μηχανές που οδηγούσαμε, για τις ταχύτητες που είχαμε και για τους χειρισμούς που κάναμε κι οι έξι. Ομολόγησα στον εαυτό μου πως κι οι υπόλοιποι τέσσερις ήταν άριστοι οδηγοί. Δεν ήθελα να παραδεχτώ βέβαια πως αυτή ήταν επαρκής οδηγός, αλλά ήταν η αλήθεια.

Όσο προχωρούσαμε προς τα νότια, τόσο παρατηρούσα πως τα κτίρια μετατρέπονταν σε χαμόσπιτα κολλημένα το ένα στο άλλο. Η εικόνα μου θύμιζε φαβέλες του Σάο Πάολο, απλά με πιο αραβικό άρωμα, κυρίως λόγω των καλυμμένων με μαντίλες γυναικών, που κυκλοφορούσαν σέρνοντας κουτσούβελα. Η οδήγησή του έγινε πιο επιθετική και την ακολούθησα με μικρή προσπάθεια. Οι υπόλοιποι τέσσερις είχαν αρχίσει να μένουν πιο πίσω. Ίσως γιατί οι μηχανές τους ήταν λιγότερο σβέλτες. «Πίσω μου», τον άκουσα να μου ψιθυρίζει στο αυτί. Τελικά ανησυχούσε για μένα.

Μετά από μια απότομη δεξιά στροφή καταλήξαμε σε έναν παραλιακό δρόμο. Είχε αρχίσει να νυχτώνει και τα φώτα του δρόμου άναψαν απότομα. Κοίταξα πίσω μου, αλλά δε διέκρινα πουθενά τους υπόλοιπους τέσσερις. «Πού είναι οι άλλοι;»

τον ρώτησα με μια μικρή ανησυχία. Νόμιζα πως δε θα έπρεπε να μας είχαν χάσει.

«Δεν ξέρω», ακούστηκε η φωνή του. «Θα έπρεπε να είναι πίσω σου. Είσαι σίγουρη πως δεν τους βλέπεις;»

Κοίταξα από τους καθρέφτες με προσοχή. Δυο στροφές πίσω από μένα διέκρινα τα φώτα μιας μηχανής. «Νομίζω τους είδα. Θα πρέπει απλά να έμειναν πίσω». Συνέχισα να οδηγώ ακολουθώντας τον στο φιδωτό, παραλιακό δρόμο. Το βλέμμα μου συνέχισε να προσπαθεί να διακρίνει τους τέσσερις συνοδούς, αλλά είχα την αμυδρή εντύπωση πως τα φώτα που έβλεπα δεν ήταν δικά τους. Προσπάθησα να μετρήσω τις μηχανές που με ακολουθούσαν. Ήταν πέντε κι όχι τέσσερις.

«Βλέπω πέντε συνοδούς». Δεν μπορούσα να κρύψω μια ανησυχία στη φωνή μου. Το ένστικτό μου μού υποδείκνυε πως κάτι δεν πήγαινε πολύ καλά. «Υπάρχει περίπτωση να μας ακολουθεί κανένας άλλος; Ο Ομάρ;»

«Καμία. Μόνο Αυτοί οι τέσσερις με ακολουθούν με μηχανή. Αυτό δεν είναι καλό». Η φωνή του ήταν πιο αυστηρή τώρα κι έδειχνε να επεξεργάζεται πυρετωδώς την κατάσταση. Όχι ότι αυτό τον έκανε να οδηγεί πιο προσεκτικά. Το αντίθετο θα έλεγα.

Προσπαθούσα να μείνω ακριβώς πίσω του, να απομακρυνθώ από αυτούς που με ακολουθούσαν, αλλά και να επιβεβαιώσω την ταυτότητά τους. Τα φώτα τους έμοιαζαν να με πλησιάζουν αργά. Η απόσταση μεταξύ μας σταδιακά μίκραινε, κυρίως λόγω της κίνησης που είχαμε αρχίσει να συναντούμε σε αυτό το ύψος της παραλιακής οδού. Οι μηχανές ήταν σίγουρα διαφορετικές. Μπορούσα πια να το διακρίνω με σιγουριά.

«Δεν είναι οι δικοί σου. Οι μηχανές είναι άγνωστες», του επιβεβαίωσα.

«Μείνε πίσω μου κι έχε τα μάτια σου ανοιχτά». Ουσιαστικά με πρόσταξε για άλλη μια φορά.

«Ποιοι είναι;» ρώτησα με απορία κι ανησυχία.

«Μάλλον κάποιοι που δε μας συμπαθούν πολύ».

Οι μηχανές άρχισαν να είναι πολύ πιο επιθετικές. Αντιδράσαμε αντίστοιχα κι αρχίσαμε να κινούμαστε με πιο επικίνδυνους ελιγμούς μέσα στην κίνηση. Αρχίσαμε να εισπράττουμε κορναρίσματα κι αραβικές βρισιές από τους ενοχλημένους και τρομαγμένους Λιβανέζους, που προφανώς δεν είχαν συχνά την ευκαιρία να παρενοχλούνται οδικά από super bikes.

«Τα καταφέρνεις;» Ανησυχούσε για μένα.

«Μια χαρά. Όλο αυτό είναι πολύ διασκεδαστικό». Η ειρωνεία ήταν διακριτική στη φωνή μου, αλλά ήμουν σίγουρη πως αυτός την αντιλήφθηκε.

«Δεν έπρεπε να σε βάλω σε κίνδυνο». Ήταν σα να μονολόγησε.

«Γιατί είμαι σε κίνδυνο;» ρώτησα άμεσα.

«Άζρα, δε θέλουν εμένα. Δεν κινδυνεύω από αυτούς στο ελάχιστο. Εσένα θέλουν».

Μια λεπτή γραμμή ιδρώτα έρεε στη ραχοκοκαλιά μου. Δεν καταλάβαινα ακριβώς ποιοι ήταν και γιατί ήθελαν εμένα, αλλά δεν μπορούσα να ανοίξω φιλοσοφική κουβέντα με τη Ducatti ανάμεσα στα πόδια μου και τη συναίσθηση πως έπρεπε να ξεφύγω σε έναν άγνωστο δρόμο με αρκετή κίνηση από κάτι τύπους, οι οποίοι πιθανώς ήθελαν το κακό μου. Ασυναίσθητα γκάζωσα τη μηχανή κι έφτασα στο ίδιο επίπεδο με αυτόν. Ήμουν στη δεξιά λωρίδα, αυτός κινούνταν στην αριστερή κι ανάμεσά μας βρισκόταν ένα αυτοκίνητο. Στο πίσω κάθισμα του αυτοκινήτου ένας πιτσιρίκος με κοιτούσε διερευνητικά.

«Νομίζω πως σου είπα να μείνεις πίσω μου». Το βλέμμα που μου έριξε μέσα από το κράνος ήταν κάτι παραπάνω από θυμωμένο.

«Πλησιάζουν. Δεν ξέρω αν καταλαβαίνεις τι εννοώ. Εσύ ο ίδιος μου είπες πως δεν κινδυνεύεις σε αντίθεση με εμένα».

Οι πέντε μηχανές έμοιαζαν πολύ πιο κοντά μας τώρα πια. Στην πρώτη υπήρχε κι ένας συνοδηγός. Ανέβασα τις στροφές και πετάχτηκα μπροστά του με δυο απότομους ελιγμούς. Αυτός φρενάρισε ελαφρά.

«Γαμώτο, Άζρα!» Είχε νευριάσει.

«Πάω μπροστά. Καλύτερα να βγούμε από το δρόμο. Δεν έχω πολλά περιθώρια να κινηθώ. Στην επόμενη έξοδο». Πάτησα κι άλλο το γκάζι και τον άκουσα να αναστενάζει παραιτημένος.

Οι δυο μας επιδοθήκαμε σε μια σειρά από κινήσεις στο δρόμο, που θα τρόμαζαν αρκετούς οδηγούς. Το καταφέραμε με μια σειρά αυτοκινήτων και τα κορναρίσματα έγιναν εντονότερα. Καθώς έστριβα δεξιά στην έξοδο που είχα ήδη βάλει στο μάτι, είδα κι άλλες μηχανές να εμφανίζονται πίσω απ' τους πέντε. Παρακάλεσα τη μοίρα μου να ήταν οι συνοδοί κι όχι περισσότεροι από αυτούς τους άγνωστους τύπους.

Τον έβλεπα πίσω μου σχεδόν στα δέκα μέτρα. Ακόμα πιο πίσω από αυτόν, άρχισαν να στρίβουν κι οι πέντε ένας προς έναν. Σχεδόν έπεσα πάνω σε ένα σκονισμένο Lada που εμφανίστηκε ξαφνικά. Το απέφυγα τελευταία στιγμή, ενώ ο οδηγός έχασε τον έλεγχο κι έπεσε πάνω σε μια μάντρα.

«Μην τους σκοτώσεις όλους». Η φωνή του ήταν ακόμα θυμωμένη. «Πιο γρήγορα. Μπες στο δεύτερο στενό αριστερά».

Καθώς έστριβα, είδα τον συνοδηγό της μιας μηχανής να τεντώνει το χέρι του και να με σημαδεύει. Κρατούσε ένα όπλο. Πάγωσα, αλλά συνέχισα να οδηγώ. Μόλις χάθηκα στο στενό, άκουσα μια σφαίρα να σφηνώνεται στον τοίχο πίσω μου. Οι πεζοί άρχισαν να φωνάζουν τρομοκρατημένοι ενώ έτρεχαν να καλυφθούν. Τον είδα ανακουφισμένη πίσω μου, αλλά, δυστυχώς, τον ακολουθούσαν Αυτοί που μας καταδίωκαν.

«Φύγε. Φύγε», μου ψιθύριζε.

Προσπάθησα να προχωρήσω πιο γρήγορα αλλά ο δρόμος ήταν άθλιος κι ήταν μια από τις περιπτώσεις που θα χρειαζόμουν μια enduro μηχανή κι όχι ένα γρήγορο street. Βλαστήμησα χαμηλόφωνα καθώς προσπαθούσα να ξεφύγω μέσα στη γενική αναταραχή που προκλήθηκε από τον πυροβολισμό. Άκουσα άλλους δύο ίδιους υπόκωφους ήχους· οι φωνές έγιναν πια ουρλιαχτά κι έστριψα και πάλι στο πρώτο στενό που βρήκα όσο πιο γρήγορα μπορούσα. Αυτός έστριψε πίσω μου. Τα μάτια μου καρφώθηκαν στο τέρμα του δρόμου. Ένας τοίχος. Ήταν αδιέξοδο.

Ο δρόμος ήταν μικρός κι έρημος. «Να πάρει!» φώναξα.

«Καλή επιλογή», ακούστηκε ειρωνικά πίσω μου. «Κατέβα και τρέχα!» Σχεδόν ούρλιαξε στο κεφάλι μου.

«Πού να πάω;» ρώτησα τρομοκρατημένη.

«Όπου βρεις, μακριά από εδώ!» Σταμάτησε τη μηχανή και κατέβηκε με γρήγορες κινήσεις. Έκανα κι εγώ το ίδιο. Έβγαλα το κράνος κι έβαλα τα κλειδιά στην τσέπη μου. Άρχισα να τρέχω προς το τέλος του δρόμου δοκιμάζοντας τις πόρτες μία-μία. Ήλπιζα πως θα έβρισκα μια από αυτές ανοιχτή, αλλά δεν είχα καμία τύχη. Συνέχισα παρόλ' αυτά την προσπάθεια. Η αναπνοή μου είχε γίνει ακανόνιστη απ' το άγχος. Πού και πού κοιτούσα πίσω μου για να δω τι γίνεται. Αυτός είχε γυρίσει προς την είσοδο του στενού και τους παρατηρούσε καθώς έμπαιναν με τις μηχανές. Η στάση του έμοιαζε με στάση αιλουροειδούς έτοιμου να επιτεθεί.

Η τύχη μου χαμογέλασε ειρωνικά στο τέλος του δρόμου. Μου χαμογέλασε, γιατί η τελευταία πόρτα που θα μπορούσα να δοκιμάσω άνοιξε. Ειρωνικά, βέβαια, γιατί πίσω της ήταν ένα τυφλό, άδειο δωματιάκι σα μικρή αποθήκη. Θα μπορούσα απλά να κρυφτώ εκεί. Έκλεισα τη μικρή πόρτα όσο χρειαζόταν, για να μη μπορούν να με αντιληφθούν Αυτοί στα είκοσι μέτρα που μας χώριζαν, αλλά να μπορώ να βλέπω τι συμβαίνει. Συνειδητοποίησα πως στεκόμουν κρυφά πίσω από μισόκλειστες πόρτες συχνά τελευταία. Παραδόξως ζεσταινόμουν. Το μικρό δρομάκι ήταν σκοτεινό, αλλά τους διέκρινα καθώς κατέβηκαν από τις μηχανές τους.

«Δε θέλουμε τίποτα από σένα». Ένας άγνωστος άνδρας απηύθυνε το λόγο στον Άλεφ. «Αυτή χρειαζόμαστε».

Ακούστηκε ένα απόκοσμο γρύλισμα. «Δεν έχετε καμιά δουλειά μαζί της. Ή για να το πω πιο σωστά, αν θέλετε κάτι από αυτή, θα πρέπει να περάσετε πρώτα από μένα». Μιλούσε και το γρύλισμα συνέχιζε. Δεν έβλεπα παρά την πλάτη του, αλλά μου φάνηκε για πρώτη φορά ανησυχητικά φοβερός.

«Μην ξεχνάς την παύση του πυρός. Μέχρι να δούμε το συμβούλιο, δεν μπορείς να μας επιτεθείς». Ο συνοδηγός, που με είχε πυροβολήσει, άρχισε να πλησιάζει προς αυτόν.

«Θα στείλω στο διάολο και την παύση του πυρός και το συμβούλιο αν συνεχίσεις να πλησιάζεις προς τα εδώ». Η φωνή του ήταν ικανή να σε κάνει να τρέμεις από φόβο για το υπόλοιπο της ζωής σου.

«Θέλουμε απλά να της μιλήσουμε. Στο κάτω-κάτω είναι εχθρός σου. Δεν καταλαβαίνω προς τι το ενδιαφέρον». Οι άνδρες ήταν έξι. Είχαν κατέβει όλοι από τις μηχανές κι είχαν σχεδόν περικυκλώσει τον Άλεφ. Αυτός συνέχισε να στέκεται επιθετικά μην επιτρέποντάς τους να περάσουν προς την κρυψώνα μου. Ήταν φανερό πως οι άνδρες ήταν διστακτικοί και φοβισμένοι, αλλά δεν το έβαζαν κάτω.

«Δε νομίζω πως οι πυροβολισμοί σας ήταν ακριβώς πρόσκληση σε συζήτηση». Τώρα έμοιαζε πολύ θυμωμένος. «Δεν είναι εχθρός μου».

«Επιβεβαιώνεις, λοιπόν, την αλλαγή στρατοπέδου της; Είναι μαζί σας;» Οι άνδρες φάνηκε να εκνευρίζονται και κινήθηκαν πιο απειλητικά «Αυτό φοβόμασταν. Δε φαντάζομαι, κατά συνέπεια, να μας κακολογείς που θελήσαμε το κακό της».

«Δεν έχει καμία σχέση με όλο αυτό. Για τελευταία φορά θα σας ζητήσω να φύγετε. Δε νομίζω να έχουμε ξαναβρεθεί αντιμέτωποι και σας εγγυώμαι πως δεν το θέλετε αυτό».

«Έχουμε τις διαταγές μας. Ίσως να αξίζει τον κόπο να αναμετρηθούμε». Αυτός που μιλούσε περισσότερο από όλους ήταν λιγότερο φοβισμένος. Φαντάστηκα πως δεν ήξεραν με ποιον είχαν να κάνουν. Ήταν τουλάχιστον ενάντια στο ένστικτο της αυτοσυντήρησης να τα βάλεις με κάποιον που δεν πεθαίνει. Μόνο η άγνοια ή η ηλιθιότητα θα το δικαιολογούσε.

«Άλλωστε, έξι είναι αρκετοί για ένα στρατιώτη».

Τον άκουσα να γελάει σιγανά κι ειρωνικά. «Μα βέβαια… Αρκετοί. Για να δούμε τι μπορείς να κάνεις με αυτόν το στρατιώτη εδώ…».

Ζύγισε το βάρος του στα πόδια του με μερικές αμυδρές κινήσεις κι έγειρε τους ώμους με έναν τρόπο παρόμοιο με αυτόν που φερμάρουν τα μεγάλα αιλουροειδή. Ξαφνικά μου φάνηκε πιο ψηλός.

Ένας από τους έξι άνδρες φάνηκε να έχει μια ξαφνική συνείδηση καθώς τον κοιτούσε φοβισμένα. Οι υπόλοιποι, αν κι εμφανώς απασχολημένοι από τις πιθανότητες που είχαν, αλλά και προσπαθώντας να μεθοδεύσουν τις κινήσεις τους, δεν κατάλαβαν καμιά αλλαγή. Ο φοβισμένος άνδρας προσπάθησε να μιλήσει, αλλά για κάποιον ανεξήγητο λόγο αποφάσισε να σωπάσει.

Οι άνδρες σχημάτισαν ένα ημικύκλιο γύρω από τον Άλεφ και τράβηξαν από το εσωτερικό των μπουφάν τους μικρά όπλα, που δεν έμοιαζαν με περίστροφα, αλλά δεν καταλάβαινα σε ποια κατηγορία θα μπορούσαν να ανήκουν. Αυτός συνέχισε να γρυλίζει κι έκανε ένα βήμα πίσω. Δεν ήταν βήμα υποχώρησης. Φαινόταν σα να προσπαθούσε να δημιουργήσει χώρο για να κινηθεί. Ένας άνδρας εκτόξευσε ένα από τα αντικείμενα που κρατούσαν κι οι υπόλοιποι τον μιμήθηκαν. Τα μάτια μου δεν κατάφεραν να ακολουθήσουν τις κινήσεις που έκανε για να το αποφύγει. Η ταχύτητά του ήταν ασύλληπτη. Έξι αντικείμενα προσγειώθηκαν πίσω του, ενώ αυτός φαινόταν σα να μην είχε κινηθεί καθόλου· έμοιαζε να τον είχαν διαπεράσει. Η έκπληξη στα πρόσωπα των ανδρών ήταν εμφανής από την κρυψώνα μου. Ο άνδρας που προσπάθησε να μιλήσει νωρίτερα, τελικά ξεστόμισε το φόβο του:

«Είναι αυτός. Γαμώτο! Είναι αυτός». Οι υπόλοιποι φάνηκε να συνειδητοποιούν τι τους έλεγε ο φοβισμένος άνδρας και τρομοκρατήθηκαν ακόμα περισσότερο.

Αυτός απελευθέρωσε όλη την ενέργεια που συσσώρευε, όση ώρα περίμενε να κάνουν οι άνθρωποι την πρώτη κίνηση. Ακόμα ακουγόταν το γρύλισμά του, αλλά τώρα συνοδευόταν από τον ήχο ενός ειρωνικού γέλιου. Πετάχτηκε πάνω στον άνδρα που ήταν πιο κοντά του, σχεδόν γαντζώνοντάς τον και με μια κίνηση του δεξιού του χεριού τού έσπασε το λαιμό. Πριν προλάβουν οι υπόλοιποι να αντιδράσουν, είχε εγκαταλείψει το θύμα του κι είχε ήδη επιτεθεί σε έναν ακόμα. Τον έβλεπα να βυθίζει το κεφάλι του στο λαιμό του ανθρώπου. Με μια κίνηση του κεφαλιού του ο άνδρας έπεσε στο έδαφος, ενώ ένας κρουνός αίματος ανάβλυζε από το σημείο που προφανώς τον είχε δαγκώσει. Το αίμα χτυπούσε στα μηνίγγια μου. Ήταν ένα άγριο ζώο.

«Είναι ο αρχηγός! Φύγετε! Δεν υπάρχει ελπίδα». Οι υπόλοιποι τέσσερις τράπηκαν σε φυγή. Αυτός γύρισε προς εμένα, σκούπισε βιαστικά το αίμα από το πρόσωπό του κι άρχισε να κατευθύνεται προς την πόρτα που ήμουν κρυμμένη. Στην είσοδο του δρόμου και πριν προλάβουν οι άνθρωποι να ανέβουν στις μηχανές και να φύγουν, εμφανίστηκαν οι συνοδοί.

«Πάρτε τους! Και τους τέσσερις! Και θέλω εξηγήσεις για το πού ήσασταν», φώναξε κοιτώντας εμένα μέσα από τη χαραμάδα κι απευθυνόμενος στους δικούς του. Αυτοί κατέβηκαν από τις μηχανές τους και περικύκλωσαν τους ανθρώπους. Μέσα σε μερικά δευτερόλεπτα, αυτός είχε ανοίξει την πόρτα, είχε μπει μέσα μαζί μου και με κάλυπτε με το σώμα του βάζοντας τα χέρια του γύρω από τα αυτιά μου. Ωστόσο, πρόλαβα να ακούσω μερικές κραυγές πόνου κι είχα μια καλή ιδέα από πού προέρχονταν. Το δωματιάκι ήταν πλημμυρισμένο από τη μεταλλική μυρωδιά του αίματος, το οποίο δεν ανήκε σε κανέναν από τους δυο μας.

Κεφάλαιο 16

Έμοιαζε σα να πέρασα μια ώρα μέσα στην αγκαλιά του. «Δεν έπρεπε να σε φέρω σε αυτή τη θέση. Δεν έπρεπε να με δεις έτσι». Με έσφιγγε δυνατά και μου ψιθύριζε όση ώρα καθόμασταν εκεί, στο σκοτάδι της μικρής αποθήκης. Η αλήθεια ήταν πως δεν ήθελα να φύγω από εκεί. Ήμουν απόλυτα γαλήνια κι ευτυχισμένη κοντά του. Μετά από κάποια ώρα όμως με άφησε, αν κι αντιστάθηκα. Η ησυχία έξω στο δρόμο ήταν απόλυτη, ή τουλάχιστον έτσι μου φαινόταν. Άνοιξε απαλά την πόρτα και με τράβηξε έξω από την αποθήκη.

Οι τέσσερις συνοδοί σκούπιζαν τα ρούχα, τα πρόσωπα και τα χέρια τους από κάτι που έμοιαζε με ανθρώπινα υπολείμματα. Τέσσερα κουφάρια βρίσκονταν στη μέση του δρόμου στοιβαγμένα το ένα πάνω στο άλλο. Προφανώς, οι τέσσερίς τους είχαν κορέσει την πείνα τους με την ευκαιρία κι ο ένας από αυτούς περιέλουζε με βενζίνη τα πτώματα, προσπαθώντας να εξαφανίσουν τα ίχνη. Σε εκείνο το σημείο της πόλης με την τόση εγκληματικότητα, κανείς δε θα ανησυχούσε για τέσσερις καμένους τύπους. Πιθανότατα δε θα απασχολούσαν καν ιατροδικαστή κι ήταν ακόμα πιο πιθανό να μην καταλάβαιναν ποτέ πως Αυτοί οι τύποι ήταν κατακρεουργημένοι.

Συνειδητοποιούσα αργά αλλά σταθερά πως οι Άνθρωποι αισθάνονταν πως τους είχα προδώσει. Εάν πίστευαν πως είχα κάνει αυτή την επιλογή αλλαγής στρατοπέδου, είτε ήταν πολύ εκδικητικοί, είτε υπήρχε κάποιος λόγος να θέλουν το κακό μου. Αυτή τους η προσπάθεια τους είχε κοστίσει τη ζωή τους, όχι από το δικό μου χέρι, αλλά από αυτούς που με υπερασπίζονταν. Ακόμα κι αν στην πράξη αποτελούσα το μεγαλύτερο εχθρό τους, σκεφτόμουν πως τελικά η ζωή δε σταματάει να σε εκπλήσσει για το τι είναι αναμενόμενο και τι όχι.

«Είσαι καλά;» τον ρώτησα με ενδιαφέρον. Το γεγονός πως βρισκόμουν τόσο κοντά του πριν λίγο καθώς κι η τρυφερότητα κι η ανησυχία που διέκρινα στη φωνή του με είχαν αποσυντονίσει για ακόμα μια φορά. Δεν είχα μιλήσει καθόλου και τώρα που βρέθηκα στην ευχάριστα ψυχρή ατμόσφαιρα της λιβανέζικης νύχτας είχα αρχίσει να επικοινωνώ και πάλι.

«Εάν είμαι καλά;» Με κοιτούσε με απορία. «Μέχρι πριν λίγο κάποιοι σε κυνηγούσαν για να σε σκοτώσουν, μετά με είδες να κατατροπώνω δυο ανθρώπους με όχι και τόσο ευχάριστο τρόπο και σε απασχολεί εάν *είμαι καλά;*»

«Ναι. Δεν ξέρω αν το θυμάσαι, αλλά με ενδιαφέρεις πολύ». Ένα νευρικό γελάκι ακούστηκε πίσω μας. Η Λίλυ δεν κατάφερνε να συγκρατήσει τα νεύρα της με επιτυχία κι ήμουν σίγουρη πως της ανεβάζαμε το αίμα στο κεφάλι· μεταφορικά μιλώντας, εφόσον στην πράξη δεν είχε αίμα.

«Είμαι μια χαρά. Αν και θα πρέπει να βιαστούμε, έχουμε αργήσει για τη συνάντηση». Γύρισε απότομα και θυμωμένα προς τους άλλους. «Μπορείτε να μου πείτε πώς γίνεται κι εξαφανιστήκατε ακριβώς τη στιγμή που θα έπρεπε να είστε εκεί;» Τους κοιτούσε με ένα βλέμμα που πετούσε φλόγες. «Με ακολουθείτε στο μεγαλύτερο μέρος της ύπαρξής μου, σχεδόν με ενοχλείτε με τη μόνιμη παρουσία σας, αν και ξέρετε πως εγώ είμαι αυτός που μπορεί να σας προστατεύσει στην ουσία, σας χρειάζομαι μία φορά κι απλά δεν είστε εκεί». Ήταν πραγματικά οργισμένος. Οι τέσσερις συνοδοί είχαν καρφώσει το βλέμμα στο έδαφος σαν παιδιά που περίμεναν την τιμωρία τους κι ήταν προφανές πως τους λυπούσε πολύ η ανεπάρκεια που παρουσίασαν στον αρχηγό τους. Έμοιαζε λες και δεν υπάκουαν απλώς, λες και τον αγαπούσαν. «Ήταν πολύ έξυπνο. Αυτό που σκέφτηκαν ήταν πολύ έξυπνο. Μας απέσπασαν την προσοχή με ένα στημένο ατύχημα και μπήκαν μπροστά μας στη θέση σας, με τέτοιο συγχρονισμό, που απλά πιστέψαμε πως ήσασταν εσείς. Όταν βγήκατε από την παραλιακή καταλάβαμε τι συνέβη, αλλά ήμασταν πολύ μακριά σας». Ο ένας μεγαλόσωμος άντρας προσπαθούσε να δικαιολογηθεί ενώ η Λίλυ κάγχασε για άλλη μια φορά.

«Θες να προσθέσεις κάτι;» Ο Άλεφ φαινόταν ακόμα πιο οργισμένος μαζί της.

«Ναι. Αν είχες κρατήσει τη συχνότητα της ενδοσυννενόησης με όλους μας αντί μόνο μαζί της, όλα θα ήταν πιο απλά, δε νομίζεις;» Τον κοιτούσε ακόμα πιο θυμωμένη από αυτόν.

«Όχι, δε νομίζω. Η ανεπάρκειά σας δεν έχει να κάνει με τα τεχνολογικά μέσα. Φαίνεται πως θα σας ξέφευγαν αυτά τα ηλίθια ανθρωπάκια, ακόμα κι αν ήμασταν στο Μεσαίωνα και μας κυνηγούσαν με γαϊδούρια. Δε θα το συζητήσω άλλο. Έχουμε αργήσει». Της έριξε ένα τελευταίο απαξιωτικό βλέμμα και την είδα που χαμήλωσε τα μάτια με μια υπόνοια πόνου.

Ήταν πολύ σκληρός μαζί της κι αυτό δε μου άρεσε. Υποδείκνυε πως αυτή είχε κάποια σημασία για αυτόν. Ζήλευα.

Με κοίταξε με ένα ύφος που εναλλάχθηκε τόσο σύντομα από οργή σε ενδιαφέρον, ώστε με εξέπληξε. «Είσαι έτοιμη να φύγουμε; Θα με ακολουθείς προσεκτικά ή θα σε αναγκάσω να ταξιδέψεις σα συνοδηγός μου;»

«Θα είμαι εντάξει. Υπόσχομαι». Τον κοίταξα στα μάτια και το βλέμμα του μαλάκωσε ακόμα περισσότερο. Τελικά είχα κι εγώ επίδραση πάνω του και το γεγονός αυτό με χαροποιούσε ιδιαίτερα. Ανεβήκαμε για ακόμα μια φορά στις μηχανές και βγήκαμε προσεκτικά από το στενό. Μας ακολούθησαν οι συνοδοί κι άκουσα τη φωτιά να φουντώνει πίσω μας, καθώς απομακρυνόμασταν από το μέρος που έγινε όλο αυτό το σκηνικό. Κανείς δε φάνηκε να μας δίνει σημασία. Ήταν σα να ήμασταν αόρατοι.

Μετά από μερικούς γρήγορους ελιγμούς βρεθήκαμε πάλι στην παραλιακή οδό και πήραμε ξανά την κατεύθυνση προς τα νότια. Αυτός δε μιλούσε κι η οδήγησή του είχε γίνει ελαφρά πιο αφηρημένη. Καταλάβαινα πως σκεφτόταν κι ανέλυε κάτι που ήταν προφανώς άγνωστο σε εμένα κι αυτό με ανησυχούσε ακόμα περισσότερο. Είχα συνηθίσει σε μια εικόνα του σταθερή κι υπό πλήρη έλεγχο κι εύκολα κατανοούσα πως εγώ τον είχα φέρει σε δύσκολη θέση, σε μια θέση που τον έκανε ανήσυχο κι αγχωμένο. Όχι, φυσικά, πως όλα αυτά του συνέβαιναν χωρίς να τα έχει επιλέξει, αλλά και πάλι η κατάσταση με έκανε να νιώθω άσχημα.

Η νύχτα γινόταν όλο και πιο πυκνή, καθώς τα φώτα λιγόστευαν όσο απομακρυνόμαστε από την πόλη. Το τοπίο φαινόταν μελαγχολικό μέσα στη σκοτεινιά του μεσογειακού χειμώνα. Φυσικά, δε συγκρινόταν με τίποτα με το σχεδόν καταθλιπτικό νορβηγικό σκοτάδι στο οποίο ζούσα μέχρι πριν περίπου είκοσι δύο ώρες. Είχα περάσει μια τόσο έντονη ημέρα, ώστε μου φαινόταν πως την είχα καταχωρήσει σαν εβδομάδα παρά απλά σαν είκοσι τέσσερις ώρες.

«Εδώ, δεξιά». Η φωνή του ήταν και πάλι προστακτική, αλλά δεν είχα διάθεση να το συζητήσω. Ήδη ασχολιόμουν με την επικείμενη συνάντηση κι έπλαθα διάφορα σενάρια στο κεφάλι μου για το τι θα μπορούσα να περιμένω. Υπάκουσα πειθήνια. «Καλό κορίτσι!» με χλεύασε. Δεν το πίστευα πως είχε όρεξη εκείνη την ώρα κι υπό αυτές τις συνθήκες.

«Δώσε μου λίγη ώρα να ανασυγκροτηθώ και θα δεις πώς ένας αναρχικός ξαναγεννιέται από τις στάχτες του». Σιγά μην του τη χάριζα! Τον άκουσα να γελάει σιγανά.

Ο δρόμος ήταν ακόμα πιο σκοτεινός κι ήταν εμφανές πως δεν υπήρχαν κτίρια εκεί γύρω. Προχωρούσαμε όλο και πιο προσεκτικά, μέχρι που αρχίσαμε να βλέπουμε στρατιωτικά αυτοκίνητα σταματημένα δεξιά κι αριστερά του δρόμου. Στο βάθος διακρινόταν ένα χαμηλό κτίριο, άσχημο και μεταλλικό σαν τις αμερικανικές βάσεις στο Βιετνάμ, με τη μόνη διαφορά πως το τοπίο ολόγυρα δεν περιλάμβανε ζούγκλα. Θα περίμενα κάτι πιο εντυπωσιακό από τα πλουσιότερα Λιοντάρια του πλανήτη. Μπροστά από το κτίριο υπήρχε ένα φυλάκιο. Αυτός σταμάτησε πρώτος μπροστά στο φύλακα. Παρατήρησα πως οι «στρατιώτες» είχαν αδιευκρίνιστες κι άγνωστες σε εμένα στολές. Καθώς το βλέμμα του ελεγκτή έπεσε φευγαλέα πάνω μου και πριν το αποστρέψει με πόνο, όπως όλοι, διέκρινα τη γνωστή μου πια κόκκινη γραμμή γύρω απ' την ίριδά του. Ήταν Λιοντάρι και κάτι μου έλεγε πως όλοι εκεί γύρω ήταν το ίδιο. Οι κινήσεις κι η κορμοστασιά τους μαρτυρούσαν αυτό το είδος, το οποίο είχα αρχίσει να το ξεχωρίζω σε σχέση με τους ανθρώπους.

Ο Στρατιώτης έκανε μια κίνηση σεβασμού σα μικρή υπόκλιση με το κεφάλι και τον άφησε να περάσει. Τον ακολούθησα και παρατήρησα πως μικρά γρυλίσματα ακούγονταν από παντού γύρω μου, σιγανά και διακριτικά, αλλά γρυλίσματα. Άρα ήξεραν ποια είμαι. Δεν καταλάβαινα πώς γινόταν αυτό. Φανταζόμουν πως είχαν κάποιου είδους ραντάρ που με εντόπιζε. Ο Άλεφ γύρισε απότομα πάνω από τον ώμο του χωρίς να κοιτάξει κάποιον συγκεκριμένα και μονομιάς οι ήχοι σταμάτησαν πειθήνια. Ήταν σαν κάποιες στιγμές να είχαν ένα είδος *ομαδικού εγκεφάλου*.

Παρκάραμε τις μηχανές σε ένα χώρο στα δεξιά του φυλακίου και κατεβήκαμε για να συνεχίσουμε με τα πόδια. Αυτός περπατούσε μπροστά μου κι εγώ ακολουθούσα ήσυχα ακριβώς πίσω του. Αισθανόμουν τους υπόλοιπους τέσσερις κάπου στο βάθος μετά από μένα κι ήμουν σίγουρη πως η Λίλυ προσπαθούσε να βρίσκεται όσο μακρύτερα από μένα ήταν δυνατόν. Περπατήσαμε πάνω στο χωμάτινο διάδρομο για περίπου πενήντα μέτρα, μέχρι που καταλήξαμε στο μεταλλικό, στρατιωτικό κτίριο. Οι συνοδοί μου έδιναν την εντύπωση πως είχαν βρεθεί και στο παρελθόν σε αυτό το ίδιο μέρος. Ο φύλακας της εισόδου του κτιρίου επανέλαβε τη μικρή κίνηση ένδειξης σεβασμού που παρακολούθησα και προηγουμένως στην είσοδο, παραμέρισε για να περάσουμε και πρόλαβε να με κοιτάξει με ένα έκπληκτο ύφος πριν χαμηλώσει τα μάτια του.

«Θέλω να είσαι σιωπηλή και προσεκτική εδώ μέσα. Μη μιλήσεις, αν δε σε απευθύνουν το λόγο και μην παραξενευτείς με τίποτα», είπε χαμηλόφωνα χωρίς να με κοιτάξει.

Ο χώρος ήταν αχανής, σαν τεράστια αποθήκη. Υπήρχαν μεταλλικά ράφια κατά μήκος των τοίχων από το έδαφος μέχρι το ταβάνι, αλλά κι ενδιάμεσα, σχηματίζοντας μεγάλους διαδρόμους. Στα ράφια υπήρχαν τοποθετημένες μεγάλες ξύλινες κούτες με άγνωστο, για εμένα, περιεχόμενο. Το μόνο που έβλεπα ήταν μεγάλοι αριθμοί τυπωμένοι πάνω στις κούτες, κάτι που έμοιαζε με σύστημα αρχειοθέτησης. Ο φωτισμός του χώρου ήταν έντονος και ψυχρός, σαν αυτόν που θα έβρισκε κανείς σε ένα χειρουργείο.

Προχωρώντας μέσα από τους διαδρόμους που υπήρχαν στην ευρύχωρη αποθήκη, φτάσαμε σε αυτό που φαινόταν το κέντρο του χώρου. Το σημείο αυτό ήταν ελεύθερο από αντικείμενα. Επιπλέον, ήταν εμφανής η απουσία οποιουδήποτε εκτός από εμάς. Αυτός σταμάτησε κι οδηγώντας με από το χέρι με έβαλε να σταθώ πίσω του. Οι υπόλοιποι ακινητοποιήθηκαν κι Αυτοί ακόμα πιο πίσω.

«Άλεφ! Χαίρομαι που σας βλέπω καλά για ακόμα μια φορά». Η φωνή ήταν βαθιά κι έμοιαζε *αρχαία*. Ένας μικροκαμωμένος άνδρας εμφανίστηκε πίσω από τις κούτες που υπήρχαν μπροστά μας και στο βάθος.

«Ο ταπεινός σας ταμίας σας υποβάλλει τα σέβη του», πρόσθεσε κι εκτέλεσε μια γλοιώδη υπόκλιση.

«Κι εγώ χαίρομαι που σε βλέπω, Βίνσεντ. Αλλά δε σταματάς να το παίζεις δούλος μου; Όλοι ξέρουμε πως δεν είσαι». Η φωνή του έμοιαζε εκνευρισμένη. Ο άνδρας φαινόταν γέρος και καχεκτικός όμως παρόλ' αυτά δεν είχα αμφιβολία πως ήταν Λιοντάρι. Οι ίριδές του κι οι κινήσεις του τον πρόδιδαν, αλλά δεν έμοιαζε σε τίποτα με τα υπέροχα πλάσματα που είχα συναντήσει ως εκείνη τη στιγμή. «Πού είναι οι υπόλοιποι;»

«Δε θέλαμε να σας κάνουμε να περιμένετε. Ποτέ δεν το θέλουμε αυτό, αλλά υπήρχαν κάποιες νέες πληροφορίες που τους καθυστέρησαν. Φαίνεται πως... δεν αντέξατε να τηρήσετε την παύση του πυρός. Ανέκαθεν ήσασταν λίγο ατίθασος». Το βλέμμα του ήταν γλυκερό και δουλικό, αλλά φαινόταν από χιλιόμετρα πως ήταν προσποιητό.

«Δε με άφησαν άλλη επιλογή. Μου επιτέθηκαν πρώτοι». Η φωνή του δεν ήταν απολογητική. Αυτός ο άνδρας δεν είχε συνηθίσει να δίνει λογαριασμό.

«Δε θα έλεγα πως δεν έχετε κάνει κι εσείς ό,τι μπορείτε για να περιπλέξετε την κατάσταση. Ας είμαστε δίκαιοι. Τους ρημάξατε το μοναδικό τους όπλο». Το χαμόγελό του μου έφερνε αναγούλα.

«Δεν ήταν *μόνο* δική μου επιλογή. Είχε κι η ίδια το πενήντα τοις εκατό της απόφασης».

«Αυτό θα το εξετάσουμε. Τώρα, όμως, θα πρέπει να δούμε πώς μπορούμε να διορθώσουμε όλο αυτό που ξαμόλησαν τα ανθρωπάκια». Το χαμόγελο εξαφανίστηκε από το πρόσωπό του. Πίσω του εμφανίστηκαν ακόμα πέντε μικροσκοπικά γεροντάκια. Ένας-ένας έκαναν μικρές υποκλίσεις προς τον Άλεφ και με αργές κινήσεις στάθηκαν δίπλα στο Βίνσεντ. Το γηραιότερο ανθρωπάκι πήρε το λόγο.

«Άλεφ, χαίρομαι που σας βλέπω. Καταφέρατε και πάλι να μας αναστατώσετε όμως...». Το ύφος του ήταν μεγαλόπρεπο κι αυστηρό.

«Ομολογώ πως είστε ο πιο ανήσυχος Άλεφ που είχαμε ποτέ!»

«Δε θα έλεγα πως ευθύνομαι εγώ για αυτό. Πρέπει να παραδεχτείτε πως είναι τέτοιες κι οι ιστορικές συνθήκες». Ο Άλεφ τους κοιτούσε στα μάτια.

«Θα πρέπει να μας βοηθήσετε και λιγάκι όμως. Σε μια ώρα θα φτάσει κι η αποστολή των Ανθρώπων. Ξέρετε είναι τρομοκρατημένοι κι εξοργισμένοι. Αυτό τους έκανε ανέκαθεν επικίνδυνους. Είναι πολύ ασταθές είδος», πρόσθεσε ένα ακόμα γεροντάκι.

«Θα κάνω ό,τι μπορώ στα πλαίσια του εφικτού. Το ξέρετε πως δε θέλω να διαταράσσω τις ισορροπίες σας, όταν, βέβαια, αυτό είναι στο χέρι μου». «Αυτή τη στιγμή μας απασχολεί μια μεγάλη αναταραχή στις χρηματαγορές που προκάλεσαν οι Άνθρωποι σε αντίδραση προς το γεγονός ότι το όπλο δε φαίνεται πρόθυμο να εκτελέσει διαταγές». Το Λιοντάρι που μίλησε ήταν αυτό που έμοιαζε νεότερο από όλα. Παραταύτα, ήταν πολύ μικροσκοπικό και δεν έφτανε πάνω από 160 εκατοστά.

«Τι συνέβη ακριβώς;» απόρησε ο Άλεφ. «Θα το εκτιμούσα, αν κάνατε μια γενική σύνοψη της κατάστασης, ώστε να καταλάβουμε όλοι μας τι ακριβώς συμβαίνει». Κατάλαβα πως με αυτό εννοούσε εμένα.

Τα γεροντάκια φάνηκε να θορυβήθηκαν από την άγνοιά του, προφανώς γιατί ό,τι είχε συμβεί ήταν ιδιαίτερα σημαντικό για αυτούς κι ίσως γιατί δυσαρεστούνταν που θα έπρεπε να είναι επεξηγηματικοί.

«Νομίζω πως όλοι σας γνωρίζετε ότι η κυρία που μας επισκέπτεται για πρώτη φορά σήμερα είναι το τελευταίο κι απόλυτο χαρτί των Ανθρώπων στον πόλεμο εναντίον σας. Είναι η μοναδική που μπορεί να σας καταρρακώσει εξαφανίζοντας τον παρόντα Άλεφ, δηλαδή εσάς».

«Ξέρετε την άποψή μου για αυτόν το διαχωρισμό *μας* και *σας*. Ξέρετε ότι δεν πιστεύω ότι έχετε πετύχει ουσιαστική ανεξαρτησία από το είδος μας. Αν πέσουμε εμείς, θα πέσετε μαζί μας. Δεν έχετε υπερασπιστές κι οι Άνθρωποι σίγουρα δε θα σας υποστηρίξουν». Η φωνή του ήταν αυστηρή και δυνατή. Διαφωνούσαν.

«Άλεφ, δεν πιστεύουμε πως είναι η ώρα να ανοίξουμε διάλογο πάνω σε αυτό. Γνωρίζεις καλά ότι θεωρούμε πως οι συμμαχίες μας είναι αρκετά ισχυρές ώστε να επιβιώσουμε ανεξάρτητα από εσάς. Όχι, βέβαια, πως δεν έχετε την απεριόριστη εμπιστοσύνη κι υποστήριξή μας. Το συμβούλιο δεν είναι αχάριστο. Δεν ξεχνά από πού προέρχεται». Σε αυτό το σημείο και τα έξι γεροντάκια χαμογέλασαν δουλικά κι ένευσαν σα μια μικρή υπόκλιση. Ήμουν σίγουρη πως δεν υπήρχε χειρότερη λυκοφιλία από αυτήν. Φαινόταν σα να εξαρτιόνταν από τα πραγματικά Λιοντάρια από κάτι που δεν ήξερα και προσπαθούσαν να κρατήσουν τις ισορροπίες αλλά ταυτόχρονα, φαινόταν σαν ενδόμυχα να ήταν σίγουροι, ή σχεδόν σίγουροι, πως Αυτοί θα επιβίωναν ό,τι και να συνέβαινε. Ίσως να είχαν μεγάλη εμπιστοσύνη στη δύναμη του χρήματος. Υποτίθεται στο κάτω–κάτω πως Αυτοί ήταν οι κύριοι του πλούτου σε αυτόν τον πλανήτη.

«Οι Άνθρωποι, λοιπόν, φαίνεται πως έχασαν τη μοναδική τους ευκαιρία να κερδίσουν αυτόν τον πόλεμο. Η Άζρα, από όσα μάθαμε, δεν είναι διατεθειμένη να αποτελέσει όργανο κανενός. Ήταν φυσικό να πανικοβληθούν κι αυτό ήταν ακριβώς αυτό που δεν έπρεπε να συμβεί». Το Λιοντάρι έπαιξε τα μάτια του με αγωνία.

«Και τι έκαναν;» ρώτησε αυτός με τη σειρά του αλαζονικά. Προφανώς δεν τους είχε ικανούς για πολύ επικίνδυνα πράγματα.

«Οι Άνθρωποι, από την αρχή του αιώνα, σιωπηλά κι ύπουλα κατέστρωναν ένα ιδιόμορφο, τρομοκρατικό Σχέδιο πίεσης προς το Συμβούλιο. Ουσιαστικά, δημιούργησαν διάφορες βαλβίδες πίεσης στο παγκόσμιο χρηματοοικονομικό σύστημα, ώστε να μας... κάνουν τη ζωή δύσκολη όταν τα βρουν σκούρα. Είναι ένα έξυπνο κόλπο για κάποιον τόσο αδύναμο». Διέκρινα ένα ίχνος θαυμασμού στα λόγια του. «Ήταν ένα τελευταίο τους όπλο και το πιο εναλλακτικό που θα μπορούσαν να κατασκευάσουν. Εφόσον Αυτοί είναι το εργατικό μας δυναμικό, Αυτοί που αποτελούν τις οικονομίες του πλανήτη, αργά, μεθοδικά και μέσα σε εξήντα περίπου χρόνια έστησαν το δικό τους μικρό σύστημα ελέγχου. Μερικές πιέσεις στα κατάλληλα σημεία και... τα κέρδη του Συμβουλίου, αλλά κι η δική τους οικονομική επιβίωση είναι σε κίνδυνο. Το τελευταίο χαρτί: θεωρία του χάους. Μικρές κινήσεις με μεγάλα αποτελέσματα».

Ο Άλεφ ήταν σκεπτικός. Προφανώς δεν περίμενε τέτοια εξέλιξη κι είχε εκπλαγεί, αλλά κατάφερνε να το κρύβει. Τα γεροντάκια κινήθηκαν αμυδρά και πάλι, σα να προετοίμαζαν ένα καινούργιο λογύδριο.

«Η χρηματοπιστωτική κρίση που ξέσπασε φέτος στην Αμερική είναι ακριβώς μια από τις βαλβίδες αυτές. Κάθε μέρα που περνάει, κλείνουν κι άλλη μία, ώστε να επιβεβαιώσουν τον κατήφορο της οικονομίας. Αλλά για να το σταματήσουν, θέλουν την εύνοιά μας σε αυτόν τον πόλεμο. Ξέρουν καλά πως το συμβούλιο ενδιαφέρεται κυρίως για τον πλούτο και είμαστε σε θέση να γνωρίζουμε πως αν συνεχίσουν αυτό που ξεκίνησαν, θα έχουμε σοβαρό πρόβλημα σε όλες τις αγορές για πολλά χρόνια». Ο γέροντας κοιτούσε κατευθείαν τον Άλεφ. Το ύφος του ήταν κακό και τα μάτια του πετούσαν φωτιές.

197

«Άλεφ, θα πρέπει να δράσετε ανάλογα», είπε αργά και σταθερά. «Πρέπει να μας βοηθήσετε».

«Πώς θα μπορούσα να σας βοηθήσω;» Ακόμα κρατούσε την ψυχραιμία του. Ανεπαίσθητα ένιωσα τους συνοδούς να κλείνουν τον κύκλο πίσω μου μετακινούμενοι μερικά εκατοστά και μόνο. Σα να απειλούσαν σιωπηλά.

«Θα πρέπει... να τη δώσετε πίσω». Τον κοιτούσε ακόμα στα μάτια κι είχα αρχίσει να εκνευρίζομαι που μιλούσαν για μένα χωρίς να με θεωρούν αυτόβουλο ον. *Να με δώσει πίσω...*

«Αυτός είναι ο όρος των Ανθρώπων; Να τη δώσω πίσω;» Καταλάβαινα πως ο θυμός του σιγά–σιγά φούντωνε. «Τι σας κάνει να νομίζετε πως έχω την όποια δικαιοδοσία πάνω της για να τη δώσω πίσω;»

Τα μέλη του Συμβουλίου έριξαν ένα βλέμμα μακρόσυρτο κι ανήσυχο προς εμένα. Ήταν η πρώτη στιγμή που ενεργούσαν σα να αναγνώριζαν πως ήμουν κι εγώ εκεί, πως δεν ήμουν απούσα. Με κοιτούσαν τυφλά, αποφεύγοντας τα μάτια μου, αλλά αυτή η απροσδιόριστη κίνηση δήλωνε πως καταλάβαιναν πως είμαι εκεί.

«Αυτό μας φέρνει στο δεύτερο μέρος της κουβέντας μας. Είμαστε ιδιαίτερα περίεργοι να μας εξηγήσετε ποια είναι η στάση σας. Εννοούμε πως θα πρέπει να πάρετε μια θέση. Άζρα, τι έχετε να πείτε για αυτό;»

Ξεροκατάπια ανήσυχα. Δεν είχα αφομοιώσει όσα είχαν πει και μου ζητούσαν το λόγο για κάτι που δεν είχα ιδέα πως θα έπρεπε να δώσω το λόγο εξ αρχής.

«Δεν καταλαβαίνω τι εννοείτε. Θέλετε να γίνετε πιο σαφής;» Οι γέροντες αναστέναξαν κουρασμένα ή καλύτερα βαριεστημένα.

«Θέλω να πω πως πρέπει να μας πείτε ποιο είναι το κίνη-τρό σας πίσω από όλα αυτά. Γιατί επιλέξατε να πράξετε όπως πράξατε κι αν υπάρχει περίπτωση να αλλάξετε γνώμη». Πήρα μια βαθιά ανάσα. Τον είδα να προσπαθεί να μιλήσει για να με βοηθήσει, αλλά ο γέροντας του έριξε μια ματιά την οποία αυ-τός αντέκρουσε θυμωμένα, μα δε μίλησε. Πάλι αυτός ο ομαδι-κός εγκέφαλος.

Όλο αυτό ήταν πολύ απότομο κι ανεξήγητο για μένα. Κάποιοι που δεν είχαν καμία εξουσία πάνω μου, ή τουλάχι-στον έτσι πίστευα, αλλά που είχαν μια ανεξήγητη σχέση κι εξάρτηση με αυτόν με περνούσαν από δίκη. Ευγενική δίκη, αλλά παρόλ' αυτά δίκη. Δεν ήμουν και πολύ υπομονετικός άνθρωπος, όπως, επίσης, είχα ανέκαθεν τεράστιο θέμα με την εξουσία. Μάλλον δε θα είχαμε και πολύ καλή εξέλιξη από ό,τι έβλεπα.

«Φαντάζομαι πως καταλαβαίνετε πως δεν έχω σχέση με όλα αυτά. Δεν έχω ιδέα για αυτόν τον πόλεμο, για εσάς, για τα Λιοντάρια, για τους Ανθρώπους. Δεν έχω ιδέα για τη δύ-ναμη που έχω και δεν προτίθεμαι να κάνω κακό σε κάποιον ή κάποιους στο όνομα κανενός είδους ή αγώνα, αν δεν έχω σαφή άποψη για την ηθική του αγώνα αυτού. Εν ολίγοις, δε σκοπεύω να βοηθήσω ή να προδώσω ή να σκοτώσω μόνο και μόνο επειδή μπορώ. Θα πρέπει να θέλω κι αυτή τη στιγμή δε θέλω καθόλου. Δεν ξέρω αν όλα αυτά βγάζουν κάποιο νόημα για εσάς. Επιπλέον, θα ήθελα να ξέρετε πως δεν έχετε καμία εξουσία πάνω μου. Σας απαντώ μόνο από δική μου καθαρά παραχώρηση και γιατί δε θέλω να φέρω σε δύσκολη θέση τους φίλους μου από εδώ, με τους οποίους προφανώς έχετε σχέσεις ανεξήγητες σε εμένα».

Το συμβούλιο κι όλα τα γεροντάκια, με κοίταξαν με μεγάλη έκπληξη. Τα μάτια τους ήταν διάπλατα κι ένιωθα πως μάλλον αυτός είχε αφήσει ένα αυτάρεσκο χαμόγελο να σχηματιστεί στο πρόσωπό του.

«Βλέπω πως είστε δύο οι ατίθασοι εδώ μέσα. Άλεφ, θα το εκτιμούσα αν σταματούσες να δείχνεις τόσο ευχαριστημένος από την απάντησή της». Γύρισε προς τους υπόλοιπους του Συμβουλίου, τους έριξε ένα βλέμμα κι απευθύνθηκε και πάλι σε εμένα.

«Έχεις συναίσθηση τι σημαίνει αυτό για τους Ανθρώπους και για την παγκόσμια οικονομία;» Με κοιτούσε με ειλικρινή ανησυχία.

«Όχι ακριβώς. Αν κι έχω μια καλή εικόνα από όσα είπατε, αλλά δεν έχω ποτέ στην ύπαρξή μου ακολουθήσει αυτό που υποτίθεται πως μου υπαγορεύει η μοίρα. Οι άνδρες πολεμούν και χάνουν τη μάχη… Δε φαντάζεστε πως θα γίνω εν ψυχρώ δολοφόνος για το καλό κάποιας αδιευκρίνιστης ιδέας. Αυτή τη στιγμή μπορώ να σας πω πως τα Λιοντάρια δε μου έχουν κάνει κανένα κακό, σε αντίθεση με κάποιους Ανθρώπους που προσπάθησαν να με σκοτώσουν. Βλέπετε τη σύγχυση σε όλα αυτά, σωστά;» Ένιωθα πως τα λεγόμενά μου ήταν πιο αληθινά από όσο φανταζόμουν. Το συμβούλιο στεκόταν εκεί και με κοιτούσε με θολό βλέμμα. Η όλη κατάσταση έμοιαζε σουρεαλιστική.

Ο γηραιότερος άρχισε να περπατάει προς εμένα. Στάθηκε στα τρία μέτρα από εκεί που βρισκόμουν κυριολεκτικά καρφωμένη και με κοίταξε θυμωμένα. Το πρόσωπό του είχε γίνει πιο αρνητικό από πριν και παρά το μικρό του μέγεθος, ξαφνικά φαινόταν πιο μεγαλόσωμος και πιο απειλητικός. Παραδόξως άρχισα να τον φοβάμαι, αλλά προσπάθησα να μην το δείξω. Η φωνή που βγήκε από το λαρύγγι του ακούστηκε σαν μακρύ, βαθύ σύριγμα σαν φίδι. Ανατρίχιασα.

«Μη μας υποτιμάτε. Μπορεί να μην έχουμε εξουσία πάνω σας, αλλά μπορούμε εύκολα να αποκτήσουμε. Θα εκπλαγείτε με το πόσους δρόμους ανοίγουν οι επιλογές των πλασμάτων αυτού του κόσμου. Δρόμους που δεν υπήρχαν μέχρι πριν λίγο». Δίπλα του αυτός γρύλισε χαμηλόφωνα. Ο γέροντας του έριξε ένα βλέμμα κι υπάκουα απομακρύνθηκε προς το υπόλοιπο Συμβούλιο.

«Θα φροντίσουμε να επιτύχουμε μια καλή συμφωνία με τους Ανθρώπους αν και δεν το θεωρώ πιθανό κι εφόσον μας αρνείστε τη βοήθειά σας». Ένευσε απότομα στους υπόλοιπους κι άρχισαν να απομακρύνονται από το σημείο που ήρθαν στο χώρο. Γύρισε απότομα προς τον Άλεφ και φώναξε με φωνή που έμοιαζε στεντόρεια και τελείως διαφορετική από αυτή που χρησιμοποιούσε μέχρι εκείνη τη στιγμή.

«Είμαστε υποχρεωμένοι να τους μεταφέρουμε όσα αποφασίσατε και να προσπαθήσουμε για το καλύτερο. Αν δεν επιτύχουμε καλή συμφωνία με τους Ανθρώπους όμως, να είστε σίγουροι πως το θέμα θα γίνει και δικό μας. Διακυβεύονται πολλά για μας. Τότε να είστε σίγουροι πως δε θα είμαστε τόσο ευγενικοί». Σε κλάσματα του δευτερολέπτου είχαν εξαφανιστεί από το χώρο κι απομείναμε μόνοι, όπως ακριβώς πριν μισή ώρα. Κανείς δεν κινήθηκε.

Αυτός γύρισε προς εμένα με ένα βλέμμα σκεπτικό. Ήταν ολοφάνερο πως ακόμα ζύγιζε την κατάσταση. Πέρασε δίπλα μου και κινήθηκε προς την έξοδο. Παρατήρησα πως το βλέμμα των υπολοίπων ήταν ανήσυχο.

«Νομίζεις πως είναι καλή ιδέα να έχουμε το συμβούλιο εναντίον μας; Έχει γίνει ποτέ κάτι τέτοιο στο παρελθόν;» Η Λίλυ ήθελε να μάθει περισσότερα.

«Όχι. Όχι και στις δύο ερωτήσεις σου. Αλλά δε νομίζω πως έχουμε άλλη επιλογή», της απάντησε κοιτώντας την έντονα στα μάτια.

«Έχουμε. Να της πεις να φύγει». Η Λίλυ ουσιαστικά έφτυσε τα λόγια της πάνω μου. Άρχισα να καταλαβαίνω πως μάλλον το να φύγω ήταν το καλύτερο για όλους, αλλά η αλήθεια ήταν πως δεν ήθελα. Αυτός ήρθε δίπλα μου, με έπιασε από το μπράτσο και με οδήγησε προς την έξοδο. Περπατώντας έσκυψε στο λαιμό μου και μου ψιθύρισε.

«Αν νομίζεις πως περίμενα τόσα χρόνια για να σε βρω και στη συνέχεια να εγκαταλείψω, είσαι γελασμένη. Δεν είμαι διατεθειμένος να σε αφήσω να πας πουθενά. Όχι, όσο περνάει από το χέρι μου». Μια άγρια χαρά ξέσπασε μέσα μου.

Κεφάλαιο 17

Σχεδόν με τραβούσε μέσα στην αποθήκη και κυριολεκτικά αισθανόμουν τους συνοδούς να αγανακτούν πίσω μας. Μόλις βγήκαμε από την αποθήκη στην κρύα νύχτα της Βηρυτού, η ψύχρα μαστίγωσε το πρόσωπό μου και με επανέφερε στην πραγματικότητα. Όλη η σκηνή που έζησα μέσα στη μεταλλική αποθήκη, ήταν τόσο εξωπραγματική που έμοιαζε με όνειρο, με κατασκεύασμα του υποσυνείδητου. Χρειαζόταν αρκετή επεξεργασία για να καταχωρηθεί στον εγκέφαλο σα γεγονός.

«Μην ανησυχείς. Σε όλους δημιουργείται η ίδια εντύπωση: ότι δεν υπάρχουν, πως ό,τι έζησες δεν ήταν αλήθεια. Φταίει το γεγονός ότι είναι τόσο αρχαίοι». Είχε μαντέψει τη σκέψη μου ή αντιδρούσα πολύ προβλέψιμα.

«Τι εννοείς αρχαίοι; Μεγαλύτεροι από εσένα;» Γέλασε άηχα.

«Αυτοί είναι πραγματικά αρχαίοι. Μιλάμε για ίσως δεκάδες χιλιάδες χρόνια. Είναι εδώ σχεδόν ανέκαθεν. Είναι παλιοί Άλεφ».

«Τι είναι ο Άλεφ;» ρώτησα με απορία.

«Ο αρχηγός της αγέλης. Το πιο εξελιγμένο ζώο σε κάθε χρονική περίοδο. Έχουμε από τη γέννησή μας μια πνευματική ισχύ πάνω σε όλους του είδους μας. Σα να μας ακούν μέσα στο κεφάλι τους και να υπακούν στη θέλησή μας. Αν γεννηθεί ο νέος Άλεφ, θα τον ακούσω με τη σειρά μου και θα υποταχτώ. Δεν έχω άλλη επιλογή. Είναι γονιδιακό».

«Αφού εσύ είσαι ο Άλεφ τώρα, πώς μπορούν να σου κάνουν κακό; Πώς μπορούν να σε απειλήσουν;» Η έντονη ανησυχία μου από τα λεγόμενα του γέροντα έψαχνε για απεγνωσμένη επιβεβαίωση.

«Δεν ξέρω, Άζρα. Δεν έχει ξανασυμβεί. Ίσως να μπλοφάρουν. Ίσως και να έχουν τον τρόπο. Μην ξεχνάς πως είναι πολύ παλιοί, σοφοί. Το σίγουρο είναι πως δε θα υποταχτώ σε μια πιθανή μπλόφα». Η φωνή του ήταν τραχιά κι αποφασιστική. Ήταν φανερό πως ήταν πολεμιστής και δε θα κατέθετε τα όπλα εύκολα. Το αντίθετο μάλιστα.

Μας χώριζαν πενήντα μέτρα από τις μηχανές. Διέκρινα μια ομάδα να κατευθύνεται προς το μεταλλικό κτίριο ακολουθώντας τον ίδιο δρόμο που διασχίσαμε κι εμείς πριν λίγη ώρα. Καθώς μας πλησίαζαν, οι συνοδοί συμπτύχθηκαν γύρω μας κι άρχισαν να γρυλίζουν. Τα μάτια τους μαρτυρούσαν μίσος, φλέγονταν από επιθετικότητα. Αυτός με έσφιξε ακόμα περισσότερο δίπλα του, σα να προσπαθούσε να μου αποδείξει πως ήταν εκεί, πως αυτός ήταν αδιαπέραστος και δε θα άφηνε τίποτα κακό να μου συμβεί. Διασταυρωθήκαμε με την ομάδα και παρατήρησα πως τα ίδια βλέμματα ανταλλάχθηκαν μεταξύ τους. Ήταν Άνθρωποι. Καθώς περνούσαν δίπλα μας κι όσο μας παρακολουθούσαν με τα μάτια, τους παρατήρησα με προσοχή. Δεν ήταν φοβισμένοι ή τουλάχιστον κατάφερναν να δείχνουν με τη σειρά τους αγέρωχοι κι αποφασιστικοί. Μια μικρή υποψία θαυμασμού εμφανίστηκε μέσα μου. Ήταν χαμένοι από χέρι, ανίσχυροι μπροστά σε αυτό το εξωφρενικά δυνατό είδος, αλλά πολεμούσαν, προσπαθούσαν, αντιστέκονταν με όποιο μέσο διέθεταν. Φαντάζομαι πως αυτό είναι το χαρακτηριστικό του ανθρώπινου είδους. Προσπαθεί να επιβιώσει, ακόμα κι όταν οι πιθανότητες του υποδεικνύουν πως καλύτερα θα ήταν να δέσει μια πέτρα στο λαιμό του και να κατευθυνθεί στην κοντινότερη θάλασσα.

Ανεβήκαμε στις μηχανές και ξεκινήσαμε το ταξίδι του γυρισμού προς την έπαυλη. Οι δρόμοι ήταν αρκετά πιο ήσυχοι τώρα. Η μανιώδης ώρα αιχμής που είχαμε αντιμετωπίσει νωρίτερα είχε εξατμιστεί κι όλα ήταν πιο καθαρά και πιο ήρεμα. Οδηγούσαμε πιο αργά μέσα στη δροσερή νύχτα. Έμοιαζε τόσο με την παραλιακή της Αθήνας, με το δρόμο προς το Σούνιο που ένιωσα μια μικρή νοσταλγία για την πόλη μου.

«Πώς τους ακούς μέσα στο κεφάλι σου;» ρώτησα από την ενδοσυνεννόηση. Ήθελα να καταλάβω όσο γίνεται περισσότερα πράγματα για τον τρόπο που υπήρχε, για την υπόστασή του.

«Είσαι περίεργο κορίτσι, έτσι;» Φαινόταν να διασκεδάζει με το χαρακτήρα μου. «Δεν ακούω κανέναν. Ή για να το θέσω σωστά, όσο δεν ακούω είμαι ασφαλής, είμαι ακόμα ο Άλεφ. Τώρα όσο για τους άλλους, δεν μπορώ να σου πω από πρώτο χέρι αλλά, όπως μου το έχουν περιγράψει, δεν ακούν κάτι. Είναι περισσότερο σαν η θέληση κάποιου να λυγίζει τη δική σου. Δεν ακούς λόγια ή λέξεις, δεν είναι τόσο ξεκάθαρο. Είναι σα να σου επιβάλλεται κάτι. Σαν τον ύπνο του ηρεμιστικού που ξέρεις πως δε νυστάζεις, αλλά σε καταβάλει το χημικό».

Εντυπωσιάστηκα από το παράδειγμα που χρησιμοποίησε. Αν ήμουν στη θέση του, θα είχα χρησιμοποιήσει κι εγώ το ίδιο και το είχα κάνει πολλές φορές στο παρελθόν.

«Θα πρέπει να είναι πολύ δύσκολο να το νιώσεις. Να μην έχεις την ευκαιρία να αντισταθείς, να κάνεις αυτό που αποφασίζεις εσύ». Αναρίγησα στη σκέψη.

«Δυστυχώς, δεν έχω επιλογή. Όσο κι αν έχω προσπαθήσει να μην επιβάλω πράξεις ή αποφάσεις στους φίλους μου, δεν το έχω καταφέρει. Είναι έξω από το πώς είμαι *σχεδιασμένος*. Όσο και να το σιχαίνομαι, δεν μπορώ να το αποφύγω». Ακουγόταν πικραμένος. Δεν το περίμενα πως ήταν άνδρας που δεν ήθελε την εξουσία που είχε. «Ακόμα κι αν σου φαίνεται περίεργο, θα προτιμούσα να με ακολουθούσαν γιατί το ήθελαν, γιατί πιστεύουν πως είμαι ο καταλληλότερος, παρά γιατί τους υποδεικνύει η φύση πως είμαι αυτός. Δεν εκτιμώ πολύ την έλλειψη *της ελεύθερης βούλησης*». Ένας αρχηγός που θα ήθελε να τον είχαν εκλέξει. Αδιανόητο…

Συνεχίσαμε τη διαδρομή χωρίς να μιλήσουμε. Αυτός ίσως σκεφτόταν το πολύπλοκο της κατάστασης και πιθανώς το πώς θα έπρεπε να κινηθεί από εδώ και στο εξής. Εγώ αναθεωρούσα την κατάσταση κι εξακολουθούσα να καταλήγω στο να σκέφτομαι εκείνον σαν ερωτευμένη πιτσιρίκα. Ήμουν τόσο δίπλα σε εξωπραγματικά συμβάντα και γεγονότα· ο κόσμος, όπως τον αντιλαμβανόμουν, είχε αλλάξει δεδομένα και μορφή μέσα σε λίγες μέρες, όμως δεν ήταν αυτό που με απασχολούσε αλλά ήταν αυτός. Η έλλειψη κοσμοθεωρίας έως τότε με έκανε πολύ προσαρμοστική στα όσα είχα βιώσει. Όταν ο κόσμος σου είναι τόσο ρευστός, εύκολα δέχεσαι πως τα πράγματα είναι ή γίνονται τόσο διαφορετικά.

Αντίθετα, επικεντρωνόμουν σε εκείνον. Όσο πιο μακριά μου βρισκόταν, τόσο μεγαλύτερη ανάγκη τον είχα. Βέβαια μιλάω για στεγνή, άμεση κι επίπονη σωματική ανάγκη να είμαι κοντά του. Η ευχαρίστηση, όταν ήμουν μαζί του, ήταν τέτοια που δεν ένιωθα την ανάγκη καμίας ουσίας, κανένα στερητικό δε με βασάνιζε. Αυτό το γεγονός ήταν που με τρόμαζε περισσότερο από όλα, αυτό ήταν αντίθετο στον κόσμο, όπως τον αντιλαμβανόμουν ως τότε, αυτό με ταρακουνούσε περισσότερο από όλα τα απίστευτα, που είχα μάθει έως εκείνη τη μέρα, μαζί.

Κάθε φορά που απομακρυνόταν περισσότερο από εκατό μέτρα, που έχανα τη μορφή του μπροστά μου πάνω στη μηχανή σε κάποια στροφή, τότε ο σωματικός πόνος του στερητικού συνδρόμου επανερχόταν σε δευτερόλεπτα και το σώμα μου υπέφερε από την έλλειψη αλκοόλ και κοκαΐνης. Παρατήρησα πως αυτό συνέβη τρεις φορές που τον έχασα από τα μάτια μου. Ένιωσα σα να με διαπέρασε ηλεκτρικό ρεύμα, σχεδόν έχασα τον έλεγχο της μηχανής. Αμέσως μόλις τον διέκρινα και πάλι, όλα περνούσαν, αισθανόμουν υγιής και δυνατή, σα να μην είχα πάρει ποτέ καμία ουσία, αγνή και καθαρή.

Σκέφτηκα πως θα έπρεπε να επιβεβαιώσω αυτήν την κατάσταση. Θα έπρεπε να με βοηθήσει να καταλάβω.

«Θα μπορούσες να με βοηθήσεις;» ρώτησα δειλά.

«Τι θέλεις;» ανταποκρίθηκε αμέσως.

«Σε παρακαλώ, μπορείς να γκαζώσεις; Φύγε μπροστά για ένα χιλιόμετρο περίπου. Θα πάω πιο αργά», ψέλλισα σχεδόν ανεπαίσθητα. Νόμιζα πως θα με περάσει για τρελή.

«Γιατί;» Δε θα μου έκανε αβίαστα τη χάρη.

«Σε παρακαλώ, έχε μου εμπιστοσύνη. Φύγε. Άλλωστε θα είμαστε σε επαφή, συν ότι με ακολουθούν οι υπόλοιποι». Η ανάσα του ακούστηκε βαθιά και το επόμενο δευτερόλεπτο η μηχανή είχε εξαφανιστεί από τον ορίζοντα. Τα πρώτα δευτερόλεπτα δεν υπήρχε καμία διαφορά στο σώμα μου. Τα άκρα μου, η καρδιά μου, το κεφάλι μου, όλα αντιδρούσαν αναμενόμενα κι υγιώς. Αφουγκραζόμουν τους χτύπους της καρδιάς μου στα μηνίγγια μου και περίμενα. Η αλλαγή ήταν τόσο απότομη κι επίπονη, που δεν έχασα τον έλεγχο της μηχανής από καθαρό ένστικτο και πολλά κιλά τύχης.

Μια ηλεκτρική εκκένωση διαπέρασε τη σπονδυλική μου στήλη και το αμέσως επόμενο δευτερόλεπτο η καρδιά μου ήταν έτοιμη να αποκολληθεί από το σώμα μου και να συνεχίσει ανεξάρτητη τη ζωή της, σαν τα αποκεφαλισμένα κοτόπουλα. Τα μάτια μου έχασαν τη συγκέντρωσή τους κι αισθανόμουν πως πονάω ολόκληρη. Ήθελα να σταματήσω και να καταπιώ όποιο παράγωγο αιθυλικής αλκοόλης υπήρχε ελπίδα να βρω. Ο,τιδήποτε. Ακόμα και φωτιστικό οινόπνευμα.

«Γύρνα! Σε παρακαλώ!» ψιθύρισα με απελπισία. Δεν ήξερα αν με άκουγε, δεν ήξερα αν ήταν ακόμα στο χώρο εμβέλειας της ενδοσυνεννόησης. Σε δευτερόλεπτα κι ενώ πάλευα να κρατήσω τον έλεγχο της μηχανής, διέκρινα τα φώτα του μπροστά μου. Πατούσε φρένο. Αμέσως το σώμα μου κατακλείστηκε από ένα φάρμακο και σε λίγη ώρα ήμουν όπως πριν, δυνατή και συγκεντρωμένη.

«Τι έγινε;» με ρώτησε με πραγματική ανησυχία στη φωνή του. «Είσαι καλά;» Βρισκόμασταν ακριβώς στην είσοδο του σπιτιού του, όταν κατάφερα να ξαναμιλήσω ξεπερνώντας το σοκ. Δεν είχα ιδέα πόση ώρα είχε περάσει.

«Καλά. Ναι, είμαι καλά», ξεστόμισα παρκάροντας τη μηχανή μου δίπλα στη δική του. Δεν ήθελα να επαναλάβω με λόγια αυτό που είχα νιώσει νωρίτερα, την έλλειψη, την εξάρτηση, το ανεξήγητο. Κατέβηκε, έβγαλε το κράνος του και με κοίταξε με εκείνο το ζεστό, ταλαιπωρημένο ύφος του, το οποίο μου είχε ήδη γίνει οικείο. Αυτός ο άνδρας, όταν με κοιτούσε, ήταν σα να εξέπεμπε *πόνο*.

«Δε θέλω να υποφέρεις. Για τίποτα». Προσπάθησε να τραβήξει μια τούφα από τα μαλλιά μου πίσω από τον ώμο μου. Το χέρι του, σα να ξεγελάστηκε στη διαδρομή, εγκατέλειψε τον αρχικό σκοπό του και τυλίχτηκε γύρω από το λαιμό μου. Η παλάμη του ακουμπούσε τις φλέβες που χτυπούν με ένταση στο σημείο, ενώ τα δάχτυλά του ξεκουράστηκαν στις ρίζες των μαλλιών μου. Ένιωθα τη δύναμη του αγγίγματός του και την ίδια στιγμή, την αβεβαιότητα του αποτελέσματος. Θα μπορούσε να μου σπάσει το λαιμό με ελάχιστη προσπάθεια. Ήταν μια απλή κίνηση με διπλή σημασία, αλλά στην πραγματικότητα κι εγώ κι αυτός αισθανόμασταν πως αν εκπνέαμε με λίγο μεγαλύτερη ένταση, αν κάναμε ο,τιδήποτε για να χαθεί ο έλεγχος της στιγμής, θα βρισκόμασταν σε δευτερόλεπτα σε μια προσπάθεια να έρθουμε όσο πιο κοντά γίνεται, να ακουμπήσουμε ο ένας τον άλλο σε όσα περισσότερα σημεία, σε όση μεγαλύτερη επιφάνεια γινόταν. Ήταν ένα αίσθημα πείνας.

Τράβηξε το χέρι του από πάνω μου σα να κάηκε, σα να συνειδητοποίησε πως έχανε τον έλεγχο, πως ίσως να μου έκανε κακό. Δεν ήμουν σίγουρη αν φοβόμουν ή όχι. Με κοίταξε με την ίδια αμείωτη ένταση, έσκυψε και μου ψιθύρισε στο αυτί. Η ανάσα του γλυκιά και ζεστή στο λαιμό μου.

«Θέλω να περάσω τη νύχτα μαζί σου». Τα πόδια μου λύγισαν, ή έτσι μου φάνηκε, βυθίστηκαν σε ένα πάτωμα που είχε μαλακώσει τόσο, που δε μου επέτρεπε να σταθώ όρθια. Με τράβηξε από το χέρι κι ανεβήκαμε στον πάνω όροφο. Ήμουν ασύλληπτα κουρασμένη κι η μέρα μου είχε φανεί τεράστια, αλλά το μόνο που σκεφτόμουν ήταν αυτός.

Έκλεισε την πόρτα του δωματίου πίσω μου, χωρίς να ακουστεί ο παραμικρός θόρυβος αν και μπορούσα να ακούσω την ανάσα του, γρήγορη και βαριά ταυτόχρονα. Έστρεψα το σώμα μου προς αυτόν και τον κοίταξα σιωπηλά. Ήταν τόσο όμορφος, που κατάφερνε να θολώσει όλο το υπόλοιπο σκηνικό μόνο με την ύπαρξή του. Το πρόσωπό του ήταν σοβαρό και μετρημένο. Με κοιτούσε κι αυτός με τη σειρά του, αλλά έλειπε αυτή η έκφραση που μαρτυρούσε πως βρισκόταν στην κόψη του ξυραφιού, η έκφραση που είχα διακρίνει πριν λίγο.

«Ξέρεις πως πρέπει να δούμε πώς θα προχωρήσουμε;» Έμεινα άφωνη για λίγα δευτερόλεπτα.

«Ξέρεις πως πρέπει να αποφασίσεις πώς θέλεις να με αντιμετωπίσεις; Αυτές οι αλλαγές στον τρόπο που μου φέρεσαι είναι λίγο σχιζοφρενικές. Καταφέρνεις να με μπερδεύεις αφάνταστα». Πριν λίγο φαινόταν έτοιμος να με καταβροχθίσει και τώρα με κοιτούσε σα να πρόκειται απλά να καταστρώσουμε μαζί ένα στρατηγικό Σχέδιο. Συνέχισε να με κοιτάζει αμίλητος και σα να διέκρινα μια σπίθα θυμού στα μάτια του. Έμοιαζε να εκνευρίστηκε σε κλάσματα του δευτερολέπτου για κάτι που δεν καταλάβαινα.

«Δε σκοπεύεις να μιλήσεις; Μερικές από τις λίγες, ομολογουμένως, στιγμές που έχουμε περάσει μαζί, με κάνεις να νομίζω πως απλά είμαι μέρος του σχεδίου σου, πως με εκμεταλλεύεσαι». Δεν έλεγα ψέματα. Πραγματικά, αυτή η σκέψη περνούσε συχνά από το μυαλό μου, αλλά την έδιωχνα βιαστικά. Δε θα το άντεχα να συνέβαινε αυτό. Η σπίθα στα μάτια του έγινε εντονότερη. Είχα καταφέρει να τον εξοργίσω άραγε; Έκανε ένα βήμα μπροστά και το χέρι του με έπιασε δυνατά από το μπράτσο, τόσο δυνατά, που ένιωσα το αίμα να σταματά να κινείται κάτω από το δέρμα μου.

«Δεν ξέρεις τίποτα! Δεν καταλαβαίνεις τίποτα!» Η φωνή του ήταν άγρια, οργισμένη, αλλά σιγανή και βαθιά, έτσι όπως ξεστόμιζε τις λέξεις μέσα από τα δόντια του. Με φόβιζε, αλλά δε θα το παραδεχόμουν.

«Αν σταματήσεις να με πονάς, θα μπορέσουμε να μιλήσουμε», είπα μέσα από τα δόντια μου. Η συμπεριφορά του με έκανε να αμφιβάλλω όλο και περισσότερο, να νομίζω ότι, πολύ έξυπνα, με είχε παραμυθιάσει για να με αποσπάσει από τους Ανθρώπους, ή πως απλώς διασκέδαζε λιγάκι μέσα στη μακροχρόνια, πληκτική ζωή του.

Άφησε το χέρι μου πριν ολοκληρώσω την πρότασή μου και φάνηκε να προσπαθεί να ανασυγκροτήσει τον εαυτό του. «Συγγνώμη...δεν έπρεπε...». Φαινόταν χαμένος. «Δεν ξέρεις πόσο πρέπει να προσπαθήσω, πόσο δύσκολο είναι για μένα». Έμοιαζε σα να έπεφτε ένα προσωπείο και να άφηνε να ρίξω μια γρήγορη ματιά στην αλήθεια που κρυβόταν από κάτω.

«Τι εννοείς; Δύσκολο να κάνεις τι; Να μου εξηγήσεις;» Τον πλησίασα περισσότερο καθώς έριχνε το βλέμμα του στο πάτωμα. Επέστρεψε τα μάτια του στα δικά μου και πήρε μια βαθιά ανάσα.

«Άζρα, πρέπει να αντιστέκομαι συνέχεια στο ένστικτό μου... να μη σε βγάλω από τη μέση. Καταρρίπτω κάθε γενετικό κώδικα που μου υπαγορεύει πως η ασφάλειά μου κι η ασφάλεια του είδους μου είναι πάνω από όλα. Όμως την ίδια

211

στιγμή…», σταμάτησε για λίγο, «όμως την ίδια στιγμή σκέφτομαι πως απλώς θα έπρεπε να σε αφήσω να φύγεις, να βγεις από αυτό το παιχνίδι μεταξύ κόσμων που δεν ελέγχεις και δεν ήξερες πως υπήρχαν ως τώρα. Δεν ξέρεις πόσο έχω υποφέρει ο ίδιος από αυτά που μου υπαγορεύει η μοίρα, η θέση μου, η τύχη μου, πράγματα που δεν ελέγχω. Δε θα ήθελα το ίδιο για σένα».

«Γιατί δε με διώχνεις;» Τον πλησίασα κι άλλο. Κατάλαβα πως το πρόσωπο του ελέγχου ήταν προσποιητό κι είχε εμφανίσει ρωγμές. Ακούμπησα το χέρι μου στο στέρνο του, στο βουβό, άψογο σώμα.

«*Γιατί μου το κάνεις αυτό;*»

«Γιατί δε με διώχνεις;» επανέλαβα.

«Δε θέλω να σε αφήσω. Περίμενα πολύ καιρό για σένα. Δε θέλω». Τα μάτια του έμοιαζαν να πάλλονται, δεν είχα ξαναδεί κάτι τέτοιο.

«*Γιατί δεν παραιτείσαι; Δε χρειάζεται να φύγω. Δε θέλω να φύγω*».

«Μένει ακόμα ο κίνδυνος που υπάρχει μόνο και μόνο από το τι είμαι». Προσπαθούσε να αντισταθεί.

«*Δε θα μου κάνεις κακό*». Πλησίασα στο πρόσωπό του μερικά εκατοστά από τα χείλη του. Δεν τον ακουμπούσα.

«Μην είσαι τόσο σίγουρη. Δε θα έπρεπε να είσαι τόσο σίγουρη. Να πάρει! Δεν είμαι εγώ σίγουρος!»

«*Δε θα μου κάνεις κακό*». Ακούμπησα τα χείλη μου στα δικά του και την ίδια στιγμή ένας πυρετός με κατέκλυσε. Φοβήθηκα πως ίσως κάπως έτσι θα μπορούσε να με σκοτώσει, να με κάψει. Το στόμα του αντιστάθηκε για μερικά δέκατα του δευτερολέπτου. Μόλις πέρασα τα χέρια μου μέσα στα μαλλιά του, παραδόθηκε. Η γλώσσα του μου επιτέθηκε με αυθάδεια κι έναν πόθο, που έστειλε ρίγη στο σώμα μου. Τα χέρια του άρχισαν να με αγγίζουν σα να προσπαθούσαν να αποτυπώσουν κάθε εκατοστό του σώματός μου· εκνευρισμένος από τα ρούχα, με δύο βίαιες κινήσεις έσκισε ό,τι φορούσα, το πέταξε στο πάτωμα και με κοίταξε για μερικά δευτερόλεπτα χωρίς να αφήσει τη λαβή με την οποία με είχε ακινητοποιήσει.

«Το ξέρεις πως θα καούμε στην κόλαση...». Έμοιαζε να ζητά τη συγκατάθεσή μου.

«Το ξέρω και δε με νοιάζει». Τον τράβηξα ξανά κοντά μου. Αυτός ο άνδρας ήταν δικός μου.

Κεφάλαιο 18

Ξύπνησα μέσα σε ένα κύμα ιδρώτα. Τα μάτια μου ήταν γεμάτα δάκρυα, όπως κάθε φορά που έβλεπα αυτό το όνειρο. Ο γέροντας δεν τα κατάφερνε, εγώ εξακολουθούσα να τραβάω μια αόρατη γραμμή στο κενό σημειωματάριο και το λιοντάρι εξακολουθούσε να γρυλίζει. Οι λυγμοί μου πνίγονταν στην προσπάθεια να μην τον ξυπνήσω, ανεπιτυχώς βέβαια. Έξω έμοιαζε να ξημερώνει. Τα ροδαλά χρώματα της αυγής έσπερναν μια ατμόσφαιρα παρηγορητική, όπως πετυχαίνει πάντα η αυγή να ημερεύει την αναστάτωση της νύχτας.

«Τι έγινε; Τι σου συμβαίνει;» με ρώτησε ψιθυριστά, με το κεφάλι του μέσα στα μαλλιά μου, μπερδεμένος ακόμα από τον ύπνο.

«Τίποτα, τίποτα... Απλά ένα όνειρο», δικαιολογήθηκα βιαστικά. Με τύλιξε με τα μπράτσα του και με έσφιξε με δύναμη.

«Είμαι εγώ εδώ. Μην ανησυχείς». Τα λόγια του ήταν σίγουρα, ανακουφιστικά.

«Θες να μου πεις τι είδες;» Είχε ανοίξει τα μάτια του διάπλατα, ήταν ξύπνιος παρότι θα πρέπει να τον είχε πάρει ο ύπνος μόλις πριν μια ώρα, ή τουλάχιστον έτσι μου φαινόταν.

«Δε χρειάζεται. Δεν είναι τίποτα», δικαιολογήθηκα. Γύρισα και τον κοίταξα ακουμπώντας στο μαξιλάρι μου. Τα μάτια του ήταν πιο μαύρα από ποτέ και τόσο διαφορετικά από τους υπόλοιπους. Παρατήρησα πως έμοιαζε πιο κουρασμένος από την προηγούμενη μέρα.

«Γιατί τα μάτια σου δεν είναι έχουν την κόκκινη γραμμή γύρω από την ίριδα;»

«Τι;» Με κοίταξε απορημένα.

«Τα μάτια των άλλων Λιονταριών έχουν μια κόκκινη γραμμή γύρω από κατάμαυρες κόρες, σαν τον Ομάρ. Τα δικά σου ποτέ δεν είναι κόκκινα». Ήμουν παρατηρητική τελικά. Όχι κατά γενική ομολογία, αλλά σε ό,τι αφορούσε αυτόν, ήμουν εξωφρενικά παρατηρητική. Δίστασε να απαντήσει.

«Δεν περιμένεις καν να ανατείλει ο ήλιος για να αρχίσεις τις ερωτήσεις σου, έτσι;» Τεντώθηκε αφήνοντας του άψογους μύες του να διαγραφούν αμαρτωλά κάτω από το δέρμα του. Αν απαντούσε στα επόμενα δευτερόλεπτα, ήταν αμφίβολο αν θα τον παρακολουθούσα. Ήμουν χαμένη σε ένα μάθημα ανατομίας, όχι και τόσο επιστημονικό, είχα ξεχάσει την ίδια μου την ερώτηση.

«Δεν έχω φάει εδώ και μια βδομάδα». Τον κοίταξα με έκπληξη. «Αντέχω, μην ανησυχείς», δικαιολογήθηκε.

«Μα... γιατί; Τι... τι θα έτρωγες;» ψέλλισα. Ήταν ξεκάθαρο πως η κουβέντα αυτή τον δυσκόλευε.

«Μάλλον, έχω καλύτερα πράγματα να κάνω. Με έχεις απορροφήσει». Με κοιτούσε σχεδόν ντροπαλά, σα να μην ήθελε να φανεί τόσο αδύναμος.

«Ναι, αλλά πρέπει να φας, σωστά;»

«Καταλαβαίνεις πως κάθε γεύμα μου είναι ένας φόνος... για τα δικά σου δεδομένα τουλάχιστον. Σου είναι τόσο εύκολο να με προτρέψεις να τραφώ;» Τα μάτια του ήταν διερευνητικά. Αδημονούσε για την απάντηση. Ένα ρίγος με διαπέρασε. Για να επιζήσει αυτός, κάποιος έπρεπε να πεθάνει. Δεν είχε υπάρξει άλλη στιγμή που να δω τόσο καθαρά μπροστά μου αυτή την αλήθεια.

«Ναι, αλλά πρέπει να φας. Τι σκοπεύεις να κάνεις;»

«Δεν ξέρω... Δεν το έχω σκεφτεί. Σίγουρα δε θα πεθάνω από την πείνα. Απλά όσο είσαι εδώ, δε θέλω. Με κάνεις να αισθάνομαι *ένοχος* για αυτό που είμαι».

Ανέλυσα για λίγο στο μυαλό μου την κατάσταση. Το να είμαι μαζί του και να τον δέχομαι όπως ήταν, σήμαινε πως ήμουν κι εγώ συνένοχη σε αυτούς τους φόνους. Αυτό ήταν κάτι για το οποίο δεν ήμουν έτοιμη, κάτι που ασυναίσθητα είχα αναβάλει για μια επόμενη στιγμή, για μια επόμενη χρονική περίοδο, όσο το δυνατόν πιο αργά. Διέκρινε το δισταγμό στο πρόσωπό μου.

«Σου το είπα πως δεν είναι εύκολο. Πρέπει να παλέψουμε ενάντια σε αυτό που είμαστε. Δεν ξέρω αν μπορείς ή αν θέλεις». Τα μάτια του έμοιαζαν με μικρού αγοριού, που περίμενε ανυπόμονα μια πολυπόθητη απάντηση. Δεν ήξερα αν ήταν ένα από τα ταλέντα του, ένα χάρισμα του είδους του, δεν είχα τόση εμπειρία μαζί τους. Ήταν ανεξήγητο, όμως, πώς κάποιος τόσο παλιός, τόσο έμπειρος, κατάφερνε να δείχνει φρέσκος κι αναζωογονητικός, όπως ένα παιδί. Δεν είχα ελπίδα. Τουλάχιστον όχι εκείνη τη στιγμή, όχι αντιμέτωπη με αυτά τα μάτια.

«Προφανώς πρέπει να φας. Γιατί δεν το... κανονίζεις; Νομίζω έχει περάσει πολύς καιρός και μου είχες πει πως γίνεστε αδύναμοι, πως μαραζώνετε. Όμως, εσύ είσαι το ίδιο δυνατός, όσο την πρώτη μέρα που σε γνώρισα». Επέμενα σε περισσότερες ερωτήσεις.

«Έχω περισσότερες αντοχές. Τα προνόμια των εξελιγμένων Άλεφ... Αντέχω περίπου ένα μήνα χωρίς τις επιπλοκές». Κοίταξε αδιάφορα έξω από το παράθυρο. Ήταν φανερό πως ήθελε να περάσει η κουβέντα, όσο πιο ανώδυνα γινόταν. Ήμουν έκπληκτη για το πόσο ένοχος φαινόταν. Πίστευα πως κάποιος με αυτά τα χρόνια στην πλάτη του, θα είχε αποδεχθεί τον εαυτό του. Τελικά, ίσως αυτό να ήταν δύσκολο κατόρθωμα για όλα τα πλάσματα του πλανήτη.

«Τι εννοείς *επιπλοκές;*» Δε θα άφηνα την ευκαιρία να καταλάβω, όσο κι αν έβλεπα πως αυτό τον πλήγωνε. Δε βιάστηκε να απαντήσει.

«Είδες το Συμβούλιο; Πόσο γέροι και μικροί φαίνονται;» ρώτησε απρόθυμα.

«Ναι. Μου έκανε εντύπωση το πόσο διαφορετικοί από τους υπόλοιπους από εσάς είναι. Τόσο μικρόσωμοι, τόσο ζαρωμένοι».

«Το Συμβούλιο δεν τρέφεται τόσο συχνά όσο οι υπόλοιποι από εμάς. Για αυτό είναι έτσι καταρρακωμένοι. Έχουν μια θεωρία πως όσο σταδιακά κι αραιά τρέφονται, τόσο θα καταφέρουν με τους αιώνες να μειώσουν την τροφή στο ελάχιστο. Έχουν φτάσει να τρέφονται μια φορά στους τρεις ή τέσσερις μήνες».

«Όταν λες τρέφονται, εννοείς με ανθρώπινο κρέας;» Κατάπια με δυσκολία τα λόγια που ξεστόμισα. Με κοίταξε φευγαλέα.

«Ναι. Μόλις τραφούν γίνονται ξανά νέοι κι όμορφοι σαν τους υπόλοιπους. Όσο καθυστερούν να τραφούν τόσο καταστρέφονται».

«Για αυτό σου αρέσει το *Πορτραίτο του Ντόριαν Γκρέυ;*» Τον κοίταξα με τρυφερότητα. Το βλέμμα του έδειχνε να ανασαίνει από ανακούφιση μόλις είδε αυτή μου την αντίδραση.

«Μόλις κάνεις συμφωνία με το διάβολο, δεν υπάρχει γυρισμός». Ήταν τόσο θλιμμένος. Ακούμπησα τα χέρι μου στο πρόσωπό του και τον κοίταξα στα μάτια. Το κυκλοφορικό μου σύστημα δεν κατάφερνε ποτέ να συντονιστεί όποτε το έκανα αυτό.

«Κανόνισέ το. Θα μείνω εδώ να σε περιμένω». Το μόνο σίγουρο ήταν πως δεν άρθρωνα αυτές τις λέξεις με ελαφριά καρδιά.

«Ευχαριστώ. Δεν ξέρεις τι σημαίνει αυτό για μένα». Σηκώθηκε χωρίς να με ακουμπήσει και ντύθηκε με αργές κινήσεις. Καταλάβαινα πως του ήταν δύσκολο, πολύ δύσκολο αυτό που είχε κάνει τόσες μέρες.

«Πώς είναι;» τον ρώτησα πριν κατευθυνθεί προς την πόρτα.

«Ποιο πράγμα;» Με κοίταξε με το ίδιο θλιμμένο βλέμμα.

«Η πείνα. Πώς είναι;»

«Σαν πόνος που σου ξεσκίζει τα σωθικά. Σα φωτιά που σε κατακαίει. Θέλεις να το κάνεις για να σωθείς».

Ήξερα πολύ καλά τι εννοούσε.

Κοίταξα το ρολόι στον απέναντι τοίχο. Είχα εκτιμήσει από το φως πως θα έπρεπε να είναι γύρω στις εφτά το πρωί και δεν έπεσα έξω. 07:23. Το σώμα μου ήταν καταπονημένο και βαρύ, είχα κοιμηθεί ελάχιστα, αλλά κι όσα είχα κάνει την προηγούμενη ημέρα δεν ήταν λίγα. Ίσα-ίσα, εκείνη τη στιγμή, που είχα τη δυνατότητα να χαλαρώσω και να αναθεωρήσω τα όσα είχα ζήσει. Μου φαίνονταν τόσο πολλά, τόσο έντονα που κοιτούσα το ταβάνι με μάτια ορθάνοιχτα κι έκπληκτα από τη συνείδηση αυτή.

Είχα έρθει από την άκρη της Ευρώπης και τα σκοτάδια της Νορβηγίας στο μεσογειακό Λίβανο· είχα γνωρίσει το Στρατηγό· είχα παρακολουθήσει μια ομάδα Λιονταριών να τρέφεται κι αυτό σίγουρα δεν ήταν ωραίο θέαμα· είχα έρθει αντιμέτωπη μαζί του· είχα μάθει περισσότερα πράγματα για το τι πραγματικά συνέβαινε εκεί έξω· είχα κινδυνέψει από Ανθρώπους· είχα παρακολουθήσει αυτόν να τους εξοντώνει με έναν απάνθρωπο, ζωώδη τρόπο· είχα αντισταθεί στο Συμβούλιο· είχα περάσει πολλές ώρες μαζί του, ώρες που, όμως, δε μου φαίνονταν αρκετές. Φυσικά, το τελευταίο κομμάτι μου άρεσε περισσότερο από όλα.

Ο εγκέφαλός μου ήταν αλήθεια πως δεν είχε ξεπεράσει το σοκ των τελευταίων ημερών στο σύνολο. Πίστευα πως βρισκόμουν σε μιας μορφής καταστολή, την οποία μου επέβαλα εγώ η ίδια, απλά και μόνο επειδή δεν μπορούσα να τα αφομοιώσω όλα αυτά τόσο γρήγορα. Δεν μπορούσα να μην παραδεχθώ πως φοβόμουν τη στιγμή που θα ολοκληρωνόταν το παζλ, τη στιγμή που η ύπαρξή μου θα χώνευε και το τελευταίο κομματάκι πληροφορίας. Άραγε υπήρχε περίπτωση να φρικάρω; Πώς θα *αντιδρούσα στ' αλήθεια*; Αφουγκραζόμουν με προσοχή το σώμα μου, φοβούμενη ότι ίσως αυτός να έφευγε από το σπίτι. Αν το έκανε αυτό, ήξερα πως ο πόνος κι ο πυρετός της στέρησης θα γυρνούσε πίσω σε εμένα. Αυτός ο έλεγχος, αυτή η καταπραϋντική επίδραση που είχε πάνω μου, με τρόμαζε περισσότερο από όλα. Δεν την καταλάβαινα. Όταν έφευγε, γινόμουν και πάλι ανθρώπινη, αδύναμη, ενώ όταν ήμουν κοντά του ήμουν θωρακισμένη. Λαχταρούσα μια θεωρία, κάποιον να μου εξηγήσει τι γινόταν.

Σηκώθηκα με δυσκολία και μπήκα στο μπάνιο. Ήταν ώρα να βγάλω την προηγούμενη μέρα από πάνω μου, όσο κι αν κάποια κομμάτια της μου φαίνονταν ήδη αγαπημένα. Σκούπισα με το χέρι μου τους υδρατμούς από τον καθρέφτη και κοίταξα προσεκτικά το υγρό σώμα μου, το γεμάτο σχέδια με μελάνι. Κανένα από τα σχέδια αυτά δεν τα θυμόμουν. Τα είχα από παιδί, από πριν. *Ακόμα σπασμένη πυξίδα...*, σκέφτηκα. Τουλάχιστον τώρα είχα αυτόν κι έναν πόλεμο που έπρεπε να ξεκαθαρίσω και να τοποθετήσω στο δικό του κουτάκι, στη θέση του. Ακόμα, όμως, πορευόμουν χωρίς χάρτη, η πυξίδα μου ήταν πεταμένη στο πάτωμα, θρύψαλα. Για πρώτη φορά σκέφτηκα ότι ίσως να μου επιτρεπόταν να χρησιμοποιήσω την πυξίδα κάποιου άλλου. Δανεική...

Ο πόνος δεν είχε έρθει. Αυτός, λοιπόν, ήταν ακόμα εκεί, στο ίδιο κτίριο με εμένα και σκότωνε κάποιον άνθρωπο για να επιζήσει ο ίδιος. Αναρρίγησα στην ιδέα πως κάποιος αθώος θα πέθαινε σε λίγο, αν δεν το είχε ήδη κάνει και μου ήρθε στο μυαλό η εικόνα της κοπέλας, που πέθανε τόσο βάρβαρα την προηγούμενη μέρα στα νύχια τους. Τίναξα το κεφάλι μου για να ξεφύγω από τα ατσαλένια μπράτσα των σκέψεών μου. Όπως πάντα, ήμουν δειλή. Δεν αντιμετώπιζα τους φόβους μου, δεν έπαιρνα αποφάσεις και προτιμούσα να προσποιηθώ πως δε συνέβαινε τίποτα το περίεργο. Απορούσα, όμως, μέσα μου για πόσο καιρό θα τη γλίτωνα τόσο ανώδυνα. Κάποια στιγμή η συνείδηση πως ήμουν ασυγκράτητα ερωτευμένη με ένα δολοφόνο, θα έβρισκε το δρόμο της για την επιφάνεια. Τότε δε θα μπορούσα να το ξεχάσω αυτόματα. Τότε ίσως να μη συγχωρούσα ποτέ τον εαυτό μου.

Βγήκα από το μπάνιο κι άρχισα να ψάχνω τη βαλίτσα μου για μερικά ρούχα κατάλληλα για τον καιρό του Λιβάνου. Όταν είχα πακετάρει, θα πήγαινα στη Νορβηγία και μόνο, οπότε εκείνη τη στιγμή συνειδητοποιούσα πως ο νέος αυτός προορισμός, ο Λίβανος, δεν ήταν και το πιο εύκολο μέρος για να συνδυαστεί με παρκά και πουλόβερ. Στην πόρτα ακούστηκε ένα σιγανό κι ευγενικό χτύπημα.

«Πέρασε», φώναξα σχεδόν με αυθάδεια. Ένα αγγελικό, καλοσυνάτο πρόσωπο με μαύρα μάτια που πετούσαν φωτιές εμφανίστηκε στο άνοιγμα της πόρτας. Ήταν η αδερφή του. Ήταν τόσο περίεργο το γεγονός ότι δεν ήταν βιολογικά αδέρφια, έμοιαζαν τόσο πολύ, που θα καταλάβαινες με μια ματιά πως έχουν κάποια σχέση. Της χαμογέλασα, γιατί διέκρινα έναν αμυδρό φόβο στα μάτια της.

«Είμαι η Κριστίνα. Σου έφερα κάτι να φορέσεις. Φαντάστηκα πως δε θα είχες κατάλληλα ρούχα». Ήταν ελαφρά ντροπαλή, αλλά και σατανική ταυτόχρονα και μου άρεσε τόσο πολύ αυτό. Αυτή η οικογένεια έμοιαζε να ακροβατεί σε ένα τεντωμένο σκοινί ανάμεσα στο καλό και στο κακό κι όλη αυτή η προσπάθεια Ισορροπίας διαγραφόταν εύγλωττα στα πρόσωπά τους. Μπορεί η έκφρασή τους να ήταν η αθωότερη του κόσμου και το βλέμμα τους να σε έκανε να νομίζεις πως σκέφτονται τα πιο αμαρτωλά πράγματα.

«Είσαι πολύ ευγενική, ευχαριστώ. Πράγματι, δεν έχω τίποτα να βάλω». Της χαμογέλασα πιο πλατιά. Πήρε περισσότερο θάρρος και μπήκε στο δωμάτιο σα δροσερό πρωινό. Ήταν εξαίσια, πανέμορφη, σουρεαλιστική. Σαν αυτόν. Με

*πλησίασε με τις γνωστές μου πια χορευτικά γατίσιες κινήσεις
κι ακούμπησε στο κρεβάτι μερικά ρούχα που φαίνονταν βαμβακερά.*

«Είναι δικά μου. Ελπίζω να σου αρέσουν. Πιστεύω φοράμε
πάνω-κάτω το ίδιο νούμερο». Ήταν σπιρτόζα κι ευχάριστη,
αν κι ο φόβος που είχα ανιχνεύσει προηγουμένως στα μάτια
της ήταν ακόμα εκεί, σα ριζωμένος. Ξεδίπλωσα τα ρούχα με
απαλές κινήσεις. Ήταν ένα ελαφρύ μπλουζάκι, ένα βαμβακερό παντελόνι κι ένα τζιν μπουφάν στα χρώματα της άμμου.
Ήταν πανάκριβα αν έκρινα από τις ετικέτες.

«Νομίζω πως αυτά δεν είναι τα μόνα ρούχα σου που έχω
καταχραστεί». Της έδειξα πάνω σε μια διπλανή καρέκλα τα
ρούχα που είχα βρει στο δωμάτιο που με φιλοξένησαν στο
Honningsvag και τα οποία είχα φορέσει και στο ταξίδι μέχρι
εκεί. «Σε ευχαριστώ και για αυτά, αν και κανονικά θα έπρεπε να σου τα επιστρέψω καθαρά και σιδερωμένα». Άναψα ένα
τσιγάρο, κάθισα στο κρεβάτι και την κοίταξα χαρωπά. Παρακολούθησα το βλέμμα της, που είδε τα σκισμένα ρούχα μου
στο πάτωμα και διέκρινα ένα χαμόγελο στα χείλη της.

«Δεν πειράζει. Θα το κανονίσω, μην ανησυχείς. Είσαι φιλοξενούμενή μας, δεν έχεις καμία τέτοια υποχρέωση». Το
παιχνιδιάρικο βλέμμα της με κοιτούσε από την κορυφή ως τα
νύχια. Η εικόνα της, τόσο όμορφη και ζεστή ερχόταν σε πλήρη αντίθεση με την άγρια, πεινασμένη γυναίκα, που επιτέθηκε αδυσώπητα στο νεαρό κορίτσι την προηγούμενη μέρα, που
της έσπασε το λαιμό με μια κίνηση, ενώ η ίδια φαινόταν τόσο
εύθραυστη, σαν πορσελάνη. Τόσο οξύμωρο...

Τη χάζευα διακριτικά. Είχε μακριά, κυματιστά, καστανόξανθα μαλλιά. Το σώμα της ήταν αδύνατο, εφηβικό, με μακριά

άκρα, όλο χάρη και το πρόσωπό της μια πανδαισία. Τα μά-
τια της ήταν σχιστά, πανέμορφα και κατάμαυρα, με αυτή τη
διακριτική κόκκινη γραμμή να περιχαρακώνει την ίριδα. Το
δέρμα της έμοιαζε να εκπέμπει μια λάμψη από το εσωτερικό
του. Ίσως να ήταν αποτέλεσμα του χθεσινού γεύματος. Την
ίδια λάμψη είχε κι η Λίλυ όπως είχα παρατηρήσει μέσα στο
αεροπλάνο. Άρα, αν η θεωρία μου ήταν σωστή, θα έπρεπε να
τρέφονται πολύ συχνά. Θα πρέπει να ήταν δολοφόνοι κατά
συρροή.

«Θα μου δώσεις κι εμένα ένα τσιγάρο;» ψέλλισε με την
κελαριστή φωνή της. Φαινόταν γύρω στα είκοσι, αλλά η εκτί-
μησή μου για τα Λιοντάρια έπεφτε έξω. Της έτεινα το πακέτο,
αυτή άπλωσε τα αιθέρια δάχτυλά της και τράβηξε ευγενικά
ένα τσιγάρο. Το άναψε και πήρε μια βαθιά ρουφηξιά.

«Δε μας απασχολούν και πολύ οι συνέπειες των ανθυγιει-
νών συνηθειών», είπε αυτοσαρκαστικά.

«Πόσο χρονών είσαι;» της ανταπάντησα απορροφημένη
από τον κύκλο των ερωτήσεων που κυκλοφορούσαν στο κε-
φάλι μου.

«Πόσο λέω ή πόσο είμαι;» απάντησε έξυπνα. Χαμογέλα-
σα με το αστείο της κι αυτή άφησε ένα μικρό γελάκι σαν τιτί-
βισμα.

«Είμαι εδώ από το 1700 περίπου. Λέω πως είμαι είκοσι τρία
όμως». Κοίταξε από το παράθυρο. Τους έφερνε γενικότερη με-
λαγχολία η σκέψη της ηλικίας τους κατά τα φαινόμενα.

«Έχεις χριστιανικό όνομα...», παρατήρησα.

«Γεννήθηκα χριστιανή. Ο Στρατηγός με υιοθέτησε όταν
ήμουν περίπου διακοσίων ετών. Είχα περάσει πολύ καιρό με
αυτό το όνομα για να το αλλάξω». Συνέχιζε να καπνίζει το

τσιγάρο της κι έμοιαζε πραγματικά σαν αφίσα ταινίας του ασπρόμαυρου, γαλλικού κινηματογράφου, σαν τη Ζαν Μορώ.

«Εσύ; Τι έχεις να μου πεις για σένα;» Με κοιτούσε διερευνητικά. «Μάλλον θα έλεγα πως με απασχολεί πιο πολύ τι έχεις να μου πεις για σένα και τον αδερφό μου». Αυτό ήταν χτύπημα κάτω από τη μέση. Μια ευγενική, ζεστή υποδοχή και μετά μια ερώτηση, που ούτε εγώ ήξερα την απάντηση. Έσβησα το τσιγάρο μου βιαστικά στη μέση.

«Τι ακριβώς θέλεις να μάθεις;» Προσπαθούσα να κερδίσω λίγο χρόνο, αν και δε θα κατάφερνα να προσποιηθώ πως θα έβρισκα μια απάντηση εγκαίρως.

«Τι σκοπεύεις να κάνεις μαζί του; Τι τρέχει ακριβώς με εσάς τους δύο;» Φαινόταν να ενδιαφέρεται ειλικρινά. «Ξέρεις... είναι πολύ σημαντικός για μένα. Είναι η οικογένειά μου». Ήταν σα να διάβασε τη σκέψη μου. Ξεροκατάπια με δυσκολία και πήρα μια βαθιά ανάσα. Αυτό ήταν πιο δύσκολο από ότι φανταζόμουν.

«Δεν μπορώ να απαντήσω στις ερωτήσεις σου. Θα το ήθελα πολύ να είχα κι εγώ αυτές τις απαντήσεις, αλλά δεν τις έχω. Το μόνο που μπορώ να σου πω είναι πως και για μένα είναι πολύ σημαντικός. Πολύ πιο σημαντικός από όσο θα νόμιζες σε σχέση με το χρόνο που είμαστε ο ένας μέσα στη ζωή του άλλου». Δε θα μπορούσα να έλεγα μεγαλύτερη αλήθεια.

«Δεν έχω καταλήξει ακόμα για το πού ακριβώς στέκομαι σε σχέση με όλη αυτή την κατάσταση. Με έχει συνεπάρει όλο αυτό με τον αδερφό σου και δεν έχω καταφέρει να σκεφτώ καθαρά για πράγματα έξω από αυτόν. Το μόνο που μπορώ να σου πω με σιγουριά είναι πως θα είμαι σωστή. Αυτό σου το υπόσχομαι», συμπλήρωσα.

«Σωστή;» Με κοιτούσε με απορία. Άναψα ακόμα ένα τσιγάρο προσπαθώντας να γεμίσω το κενό των κινήσεών μας μέσα στη γενικότερη αμηχανία. Η σοβαρότητα της κουβέντας μας αναπτύχθηκε πολύ σύντομα, χωρίς προειδοποίηση.

«Δε σκοπεύω να σας κάνω κακό όσο δεν κινδυνεύω από εσάς. Θα κινιόμουν εναντίον σας μόνο σε περίπτωση που χρειαζόταν να αμυνθώ. Αν αλλάξω γνώμη, θα σας ενημερώσω εγκαίρως. Πρώτα θα φύγω από τη ζωή σας και μετά...». Σταμάτησα.

«Μετά θα σταθείς εναντίον μας;» συμπλήρωσε η ίδια τη σκέψη μου. Αναστέναξε. «Δεκτό και δίκαιο».

«Όλο αυτό είναι πολύ δύσκολο για μένα. Θεωρητικά, το να είμαι μαζί σας είναι ενάντια σε κάθε νόμο και κανόνα που υπήρχε περίπτωση να διέπει ποτέ τη ζωή μου». Κοιτούσα αφηρημένα το πάτωμα.

«Καταλαβαίνω. Κανένας πόλεμος δεν έχει μια όψη, ποτέ καμία αντιπαράθεση δεν είναι άσπρο-μαύρο. Εμένα αυτό μου έχει διδάξει η ιστορία». Είχε κατανόηση κι αυτό μου την έκανε ακόμα πιο συμπαθή. «Μη νομίζεις πως κι αυτός δεν υποφέρει. Μόνο η προσπάθεια να μη σου επιτεθεί, δεν μπορείς να φανταστείς πόση αυτοσυγκράτηση χρειάζεται».

Την κοίταξα έκπληκτη. Αυτή τη σκοπιά δεν την είχα καταλάβει μέχρι εκείνη τη στιγμή. «Τι εννοείς; Για ποιο λόγο θέλει να μου επιτεθεί;»

«Για πολλούς. Πρώτα από όλα γιατί είσαι η τροφή του. Νομίζω ότι είσαι πολύ θελκτική για όλους μας. Κατά δεύτερο, γιατί το ένστικτό του τού υπαγορεύει να εξολοθρεύει τον οποιονδήποτε κίνδυνο για το καλό το δικό του και του είδους μας κι αυτή τη στιγμή είσαι ο μόνος κίνδυνος που υπάρχει για αυτόν». Με κοίταξε φευγαλέα.

«Για εσάς; Δεν είμαι η τροφή σας; Δε θέλετε να μου επιτεθείτε;» Ανατρίχιασα με τη σκέψη. Υποτίθεται πως μπορούσα να τους αντιμετωπίσω, αλλά δεν ήξερα ακόμα πώς.

«Δεν είναι το ίδιο. Έχουμε τη διαταγή ενός Άλεφ στο κεφάλι μας να μη σε ακουμπήσουμε. Σε προστατεύει. Είμαστε γενετικά προγραμματισμένοι να ακολουθούμε τις διαταγές του πάνω από κάθε ένστικτό μας. Αν μας πει να πεθάνουμε από την πείνα, θα το κάνουμε χωρίς να μπορούμε να αντιδράσουμε. Επιπλέον, φοβόμαστε τη δική σου αντίδραση». Η σπίθα του φόβου αναζωπυρώθηκε, ξεχώριζε ξεκάθαρα στα μάτια της.

«Άρα, όταν βρίσκεται κοντά μου, υποφέρει...».

«Όσο δε φαντάζεσαι. Εγώ το βλέπω πάνω του. Αλλά το ίδιο υποφέρει μακριά σου». Σηκώθηκε από τη θέση της. Δε φαινόταν και πολύ βέβαιη για το αν έπρεπε να μου τα αποκαλύπτει όλα αυτά. «Ίσως και περισσότερο...».

«Μην ανησυχείς. Δε θα του πω πως μου τα είπες όλα αυτά». Την κοίταξα συνωμοτικά.

«Αν ήξερες πόσο μόνος είναι όλα αυτά τα χρόνια. Αν ήξερες τι αλλαγή έχω δει πάνω του από τότε που ήρθες... Όλοι μας το έχουμε δει, αλλά δεν το καταλαβαίνουμε το ίδιο».

Ίσως θα έπρεπε να ξέρει τι σημασία είχε για εμένα η εμφάνισή του στη ζωή μου. Αν είχε την παραμικρή ιδέα, ίσως δε θα ανησυχούσε τόσο για τον κίνδυνο. Δεν ήμουν, όμως, ποτέ καλή στα λόγια. Δεν κατάφερνα να τα βάλω σε σειρά για να εκφράσουν όσα ήθελα να πω. Ειδικά με κάποια που ήξερα τόσο λίγο, που δεν ήταν άνθρωπος και που με είχε παρασύρει σε μια κουβέντα για πράγματα που δεν είχα καν αναλύσει ακόμα.

«Η Λίλυ; Τι ρόλο παίζει η Λίλυ σε όλα αυτά;» Η γυναικεία μου φύση δε θα άφηνε την ευκαιρία να μάθω λεπτομέρειες για τη σχέση του με την κοκκινομάλλα να πάει χαμένη. Βαθιά μέσα μου ζήλευα αλλά δεν ήξερα γιατί.

«Η Λίλυ ήταν σύντροφος και σωματοφύλακάς του. Είναι πιο μεγάλη από μένα. Θα πρέπει να είναι μαζί από το 1500. Δεν είναι πνευματική σύντροφος. Είναι περισσότερο κάτι σαν *παλλακίδα. Τα Λιοντάρια έχουν αυξημένες σωματικές ανάγκες. Φταίει μάλλον η δίαιτα».* Χαμογέλασε πονηρά. «Αλλά όλο αυτό το διέκοψε από εκείνο το βράδυ που ήρθες σπίτι μας, που σου μαγείρεψε. Δεν ξέρω τι του έκανες». Το ύφος της είχε σοβαρέψει.

«Γιατί μου τα λες όλα αυτά; Τι σε κάνει να θες να μου πεις τόσα μυστικά του;» Δεν είχα πάψει να είμαι και λίγο καχύποπτη.

«Έχω καταλάβει πως όλο αυτό μεταξύ σας είναι σημαντικό. Πολύ σημαντικό. Κανένας δεν έρχεται σε τέτοια σύγκρουση με τον εαυτό του και τα πιστεύω του για ένα καπρίτσιο. Πες πως είμαι αθεράπευτα *ρομαντική».* Μου χαμογέλασε. «Αλλά σε διέλυσα στις ερωτήσεις πρώτη φορά που σε γνωρίζω. Θέλεις να πάμε καλύτερα κάτω; Θα σε αφήσω να ντυθείς και θα σε περιμένω, ναι; Μπορούμε να περάσουμε λίγη ώρα ακόμα μαζί». Την κοίταξα χαρωπά. Ναι, λίγη ακόμα ώρα μαζί της δε θα ήταν άσχημα.

Κεφάλαιο 19

Ντύθηκα και κατέβηκα στον κήπο. Η πρωινή δροσιά ήταν ανακουφιστική. Η Κριστίνα με περίμενε εκεί, μέσα στα δέντρα και τα λουλούδια, σε μια πλατφόρμα σα βεράντα στο κέντρο αυτού του οργασμού της φύσης. Οι κέδροι μύριζαν πολύ όμορφα και το τραπέζι μπροστά της ήταν φορτωμένο με ένα πλούσιο πρωινό, που φυσικά δεν υπήρχε περίπτωση να φάω ούτε εγώ ούτε η Κριστίνα. Ήπιαμε καφέ, μια προσπάθεια από μέρους της να φανεί ευγενική εκτελώντας κινήσεις, που έμοιαζαν φυσιολογικές για έναν άνθρωπο, και μιλήσαμε για το σπίτι και τα χρόνια τους εκεί. Στο βάθος του κήπου διέκρινα τους άνδρες της συνοδείας, οι οποίοι έλεγχαν διαρκώς την κατάσταση μεταξύ μας, όχι και πολύ διακριτικά, ανησυχώντας για την ασφάλειά της.

Στη συνέχεια, με βοήθησε να κάνουμε κάποιες επαφές με τη Νορβηγία και να κανονίσουμε να μεταφερθούν τα μεταφορικά μου μέσα από την αποθήκη, που τα είχα αφήσει τελευταία πίσω στην Αθήνα. Κατάφερα να συνειδητοποιήσω πόσο βλακώδης ήταν η κίνηση αυτή να τα πάρω μαζί μου και μετανοώντας κανόνισα να επιστρέψουν στη μόνιμη κατοικία τους. Συνέχιζα να ελέγχω τις αισθήσεις μου και καθώς αισθανόμουν μια χαρά, ήμουν σίγουρη, σύμφωνα με το χθεσινό μου πείραμα, πως αυτός ήταν εκεί, κάπου κοντά. Αυτή η αίσθηση μου προκαλούσε ένα παράλογο συνονθύλευμα αγαλλίασης κι ανησυχίας. Αφενός γιατί ήταν κοντά μου και θα τον έβλεπα σύντομα κι αφετέρου γιατί κάποιον σκότωνε εκείνη την ίδια στιγμή, που εγώ χαιρόμουν τον ήλιο και τη βλάστηση.

Προσποιόμουν πως όλο αυτό το θέατρο ήταν φυσιολογικό, πως η οικογένεια στης οποίας το σπίτι βρισκόμουν σα φιλοξενούμενη εκείνη τη στιγμή, ήταν μια κανονική ανθρώπινη οικογένεια κι εγώ περνούσα μερικές ανάλαφρες ώρες με την αδερφή του ανθρώπου που είχα αποφασίσει πως θα ήταν δικός μου μέσα σε μόλις πέντε μέρες. Εκτός από την αναγούλα που έφερνα η ίδια στον εαυτό μου από αυτή την οικτρή δειλία που με χαρακτήριζε και την προσποίηση που κατέκλυζε όλο μου το είναι μόνο και μόνο για να μην αντιμετωπίσω τις ερινύες μου, ήμουν κι απορημένη με το πόσο γρήγορα είχα συνδεθεί τόσο δυνατά μαζί του. Πέντε μέρες δεν ήταν καν μια εβδομάδα. Πέντε μέρες δεν ήταν καν αρκετές για διακοπές. Πέντε μέρες...

Καθώς μιλούσαμε για το Λίβανο και την πόλη με την Κριστίνα, παρατήρησα πως το ύφος της άλλαξε, σοβάρεψε, το πρόσωπό της σκοτείνιασε. «Δυστυχώς, οι ευχάριστες στιγμές είναι πολύ παροδικές για το είδος μου», ψιθύρισε σχεδόν στον εαυτό της. Μέσα από τα δέντρα κι από την κατεύθυνση που βρίσκονταν οι άγρυπνοι φρουροί της αδερφής του παρουσιάστηκε ο Ομάρ. Ούτε το δικό του ύφος ήταν ευχάριστο, σε αντίθεση με αυτό που είχε την προηγούμενη ημέρα, οπότε και μου είχε φανεί τόσο ευγενικός και καλοσυνάτος. Μας πλησίασε με μεγάλα βήματα και κάθισε με επισημότητα ανάμεσα στις δυο μας διατηρώντας πάντα την αρχοντιά του και το σπινθηροβόλο βλέμμα του. Η Κριστίνα τον κοιτούσε πια με εμφανή αγωνία.

Ο Ομάρ δε θα έλεγες πως ήταν όμορφος άνδρας. Ήταν όμως πολύ γοητευτικός. Το σώμα του δεν ήταν ογκώδες. Αντίθετα, ήταν λιπόσαρκο κι αδύνατο και το σύνολο των μυών του διαγράφονταν κάτω από το δέρμα του μαζί με τα νεύρα και τους τένοντες. Το πρόσωπό του είχε ένα και μόνο χαρακτηριστικό: ήταν έξυπνο. Τα μάτια του είχαν μια πιο λεπτή κόκκινη γραμμή από τους υπόλοιπους, προφανώς δείγμα πως είχε κάποιες μέρες να τραφεί. Κοίταξε την Κριστίνα στα μάτια, εφόσον τα δικά μου τα απέφευγε όπως όλοι. Ήταν φανερό πως τα νέα δεν ήταν και πολύ καλά.

«Το Συμβούλιο δεν πήρε και πολύ ευνοϊκές αποφάσεις για εμάς. Μόλις ήρθε ο Διαπραγματευτής. Μετά από ολονύχτια συνέλευση και μετά τη συνάντηση με τους Ανθρώπους κατέληξαν σε μια απόφαση όχι και τόσο θετική για μας ή για σένα, Άζρα». Με τα τελευταία του λόγια, μου έριξε ένα γρήγορο, πρόχειρο βλέμμα.

«Τι συνέβη;» Η ανησυχία στη φωνή της Κριστίνα ήταν εντονότερη τώρα πια. Προφανώς είχε τους λόγους της να ανησυχεί.

«Πού είναι ο Άλεφ;» ρώτησε ο Ομάρ αντί να απαντήσει στην Κριστίνα.

«Δεν... είναι έτοιμος ακόμα. Έπρεπε να φάει κάτι». Η Κριστίνα κοιτούσε ντροπαλά το πάτωμα της βεράντας. Ήταν σίγουρο πως η παρουσία μου την έκανε να αισθάνεται άσχημα, όταν έπρεπε να αναφέρει αυτή τη σωματική ανάγκη. Ο Ομάρ δε φάνηκε να αντιδρά περίεργα σε αυτά τα νέα.

«Εντάξει. Θα τα πω σε εσάς πρώτα. Το προτιμώ, που λείπουν οι άλλοι, αλλά θα ήθελα να ήταν εδώ ο Άλεφ». Σηκώθηκε ανήσυχα. Μου έκανε εντύπωση που τον ανέφερε έτσι. Ήταν σα να τοποθετούσε μια απόσταση μεταξύ τους όταν επρόκειτο για στρατηγικά ζητήματα. «Το Συμβούλιο μας μπλόκαρε τους πόρους. Όλους τους πόρους. Αποφάσισαν πως έτσι θα μας πιέσουν ώστε να παραιτηθεί η Άζρα και να επιστρέψει στους Ανθρώπους». Έμοιαζε ξεψυχισμένος μόλις άρθρωσε τα λόγια αυτά.

«Όλους; Τα πάντα;» Τα μάτια της Κριστίνα ήταν κενά, σα να μην έβλεπε, σα να ήταν τυφλή. «Δε θα το αντέξω αυτό!» Η φωνή της έτρεμε.

«Θέλετε να μου πείτε τι εννοείτε;» Δεν καταλάβαινα τίποτα από όσα έλεγαν και δεν μπορούσα να συμμετέχω στη συζήτηση βυθισμένη καθώς ήμουν στην άγνοια.

«Το Συμβούλιο έχει τον οικονομικό έλεγχο του πλανήτη. Όσο, βέβαια, το επιτρέπει το χαοτικό του συστήματος. Μας παρέχουν τους πόρους, τα χρήματα, τις περιουσίες μας. Εφόσον αισθάνονται πως κινδυνεύουν τα κέρδη τους με αυτές τις αυτοκτονικές κινήσεις των ανθρώπων, θα μας πιέσουν όπως μπορούν για να εξασφαλίσουν τη σταθερότητα των εισοδημάτων τους. Μας τα έκοψαν όλα».

«Μα αυτό είναι ενάντια στη συμφωνία μας», διαμαρτυρήθηκε η Κριστίνα.

«Η συμφωνία μας υποστηρίζουν πως έλεγε ξεκάθαρα πως θα υπερασπιζόμαστε κι εμείς με τη σειρά μας την ασφάλεια και την *ευημερία* τους. Καταλαβαίνεις πως θεωρούν ότι δεν

τηρούμε το δεύτερο όρο». Η Κριστίνα ήταν σκεπτική, τα μά-
τια της θολά κι απελπισμένα.

«Δε μπορώ να κυνηγήσω πάλι, Ομάρ. Δε θα το αντέξω.
Δε φτάνουν τόσοι αιώνες σαδιστικής προσπάθειας; Δε θα τα
καταφέρω...». Ήταν πραγματικά καταβεβλημένη.

«Τα χρήματα μας επέτρεπαν να *αγοράζουμε* την τροφή μας.
Ήταν σχεδόν συνειδητή επιλογή συγκεκριμένων Ανθρώπων,
οι οποίοι μας παραδίνονταν για να εξασφαλίσουν οικονομι-
κά την οικογένεια ή κάποιον δικό τους. Με τα νέα δεδομένα
θα πρέπει να βγούμε στο κυνήγι. Είναι... κατάντια για μας,
για την κάστα μας». Απευθυνόταν σε εμένα. Είχα μείνει έκ-
πληκτη για πολλαπλή φορά τις τελευταίες μέρες. «Επιπλέον,
Άζρα, μας ανακοίνωσαν πως το ίδιο θα συμβεί και για σένα».

«Δηλαδή; Πώς γίνεται αυτό;» Τώρα είχα αρχίσει να
εκνευρίζομαι.

«Έχουν τον έλεγχο όλων των τραπεζών του πλανήτη. Πι-
στεύεις στ' αλήθεια πως δεν μπορούν να το κάνουν αυτό; Σε
συμβουλεύω να ελέγξεις πόσα χρήματα έχεις μαζί σου. Μάλ-
λον έμεινες μόνο με αυτά. Μη σκεφτείς καν άλλα περιουσια-
κά στοιχεία, όλα είναι μπλοκαρισμένα. Για αυτό μόνο να είσαι
σίγουρη».

Ήμουν λοιπόν άφραγκη. Για πρώτη φορά στη ζωή μου
έμεινα με τα ρούχα που φορούσα και δέκα χιλιάδες ευρώ που
είχα στη βαλίτσα μου. Ένιωσα ένα κύμα θυμού να με κατα-
κλύζει. «*Δεν είναι δυνατόν*», σκέφτηκα. Δεν ήταν δυνατόν.
Από τότε που θυμόμουν τον εαυτό μου είχα ό,τι ήθελα. Τα
χρήματα δεν ήταν ποτέ θέμα, ήταν μέρος αυτού που ήμουν,
κάτι αυταπόδεικτο, ένα γεγονός. Ένιωθα πως θα μπορούσα
να τα σπάσω όλα στη μικρή, στρογγυλή βεράντα. Πήρα μια

βαθιά ανάσα και προσπάθησα να ηρεμήσω. «Πόσα χρειά-
ζεστε για έναν άνθρωπο και πόσους χρειάζεστε ο καθένας;
Κάθε πότε;» Είχα θολώσει και τα λόγια μου δεν έμπαιναν
εύκολα σε σειρά.

«Το κόστος είναι από δέκα έως εξήντα χιλιάδες ευρώ. Χρει-
άζεται ένας ανά τέσσερις από εμάς κάθε δυο μέρες. Ο Άλεφ
χρειάζεται δύο τη φορά, αλλά αντέχει μέχρι μία εβδομάδα
περίπου αν χρειαστεί. Είναι... διαφορετικός». Δεν του άρε-
σε αυτή η κουβέντα. Αναλογίστηκα το μέγεθος του ποσού.
Μπορούσαν να ξετινάξουν μια περιουσία μόνο και μόνο για
να επιβιώσουν για ένα μήνα. Ήταν πιο δύσκολο από όσο φα-
νταζόμουν και για όλο αυτό έφταιγα εγώ. Η σκέψη μου ήταν
δυσβάσταχτη, όσο δυσβάσταχτη ήταν η ιδέα να τον αφήσω.
Η Κριστίνα στεκόταν με δυσκολία δίπλα μου, έτοιμη να κα-
ταρρεύσει. Τα μάτια της είχαν γεμίσει δάκρυα. Δεν ήξερα πως
τα Λιοντάρια μπορούσαν να κλάψουν.

Από την είσοδο του σπιτιού διέκρινα το δικό του σώμα.
Περπατούσε με το γνωστό του πια περπάτημα, σταθερά και
μαγικά προς εμάς, προς τη μικρή βεράντα. Μόλις η μορφή
του ξεκαθάρισε από τα φυτά και τα δέντρα που τον μισο-έκρυ-
βαν, μου κόπηκε η ανάσα. Δεν πίστευα πως γινόταν να φαίνε-
ται πιο όμορφος από όσο ήταν μέχρι πριν δυο ώρες. Κι όμως,
η επιδερμίδα του σχεδόν έλαμπε, φωτοβολούσε, το σώμα του
φαινόταν πιο ρωμαλέο και δυνατό από πριν και το πρόσωπό
του απλά δεν υπήρχε. Έχασα τη σταθερότητά μου, το συντονι-
σμό μου, το χτύπο της καρδιάς μου απλά και μόνο κοιτώντας
τον. «Έτσι είναι όταν έχει τραφεί», μου ψιθύρισε η Κριστίνα.
«Πανέμορφος, σωστά;» Διέκρινα μια περηφάνια στη φωνή
της και δεν είχε άδικο που αισθανόταν περήφανη αφού κι εγώ

θα ήμουν στη θέση της αν ένα τόσο θεϊκό πλάσμα ήταν αδερφός μου.

Με κόπο ανέκτησα τις βασικές μου λειτουργίες μόλις έφτασε σε εμάς. Μου έριξε ένα βλέμμα επιδοκιμασίας, σα να του άρεσε αυτό που έβλεπε. Ανέβηκε αθόρυβα τα σκαλιά της βεράντας και στάθηκε δίπλα στον Ομάρ. Αυτός σηκώθηκε από τη θέση, πλησίασε προσεκτικά στον ώμο του κι άρχισε να του ψιθυρίζει στα αραβικά. Ο Άλεφ φαινόταν να καταλαβαίνει, αλλά η έκφρασή του δεν άλλαξε στο ελάχιστο, δεν ανησύχησε, δεν αναστατώθηκε, δε θύμωσε. Δεχόταν τα όσα άκουγε με τη σταθερότητα και την περηφάνια που έδειχνε όταν φορούσε το προσωπείο του αρχηγού. Είχα δει αυτόν τον άνδρα ξεγυμνωμένο από οποιονδήποτε ρόλο κι ήξερα πως μπορούσε να είναι τρυφερός και παραδόξως ανθρώπινος. Αλλά ο ρόλος του Άλεφ δε θα έλεγα ψέματα πως φαινόταν κομμένος και ραμμένος για αυτόν.

«Δε βλέπω να υπάρχουν πολλά για να σκεφτούμε. Θα πρέπει να προσαρμοστούμε. Ομάρ, πόσα χρήματα έχουμε διαθέσιμα;» Το βλέμμα του ήταν χαμένο μέσα στον κήπο μπροστά του.

«Γύρω στα τριακόσιες χιλιάδες ευρώ. Αυτά είναι όλα όσα δεν έχουμε δεσμευμένα».

«Φαίνεται πως ήρθε η ώρα μου να γυρίσω στο κυνήγι. Χρησιμοποιείστε τα χρήματα που έχουν απομείνει για να καλύψετε τις δικές σας ανάγκες. Δε θέλω να υποφέρει η Κριστίνα, τουλάχιστον όσο περνάει από το χέρι μου. Εγώ από αύριο κυνηγάω». Πέρασε την παλάμη του από το πρόσωπο της αδερφής του με μια τρυφερότητα συγκινητική.

«Ευχαριστώ», του ψιθύρισε αυτή με τη σειρά της.

«Ίσως θα ήταν καλύτερα να αναθεωρήσουμε τις επιλογές μας. Ίσως θα ήταν σοφότερο να σκεφτούμε και μια άλλη προοπτική». Όσα είπα δε βγήκαν εύκολα από μέσα μου. Ο Ομάρ, μέσα σε δευτερόλεπτα, αναλογιζόμενος όσα ξεστόμισα, φάνηκε να έχει κι άλλες πιθανότητες να σκεφτεί. Η Κριστίνα επέτρεψε στον εαυτό της μια λάμψη ελπίδας. Ο Άλεφ, όμως, γρύλισε άγρια μέσα από τα δόντια του, τόσο ξαφνικά θυμωμένος για άλλη μια φορά που με ξάφνιασε και με τρόμαξε ταυτόχρονα. Τελικά ήταν πολύ κυκλοθυμικός. Μου έπιασε βίαια το μπράτσο.

«Αυτό ούτε να το σκέφτεσαι», είπε απότομα και την ίδια στιγμή άφησε το χέρι μου σα να συνειδητοποίησε μόλις τι είχε κάνει. Μια σκέψη πέρασε αστραπιαία από το μυαλό μου. Τι θα συνέβαινε αν κάποια φορά δεν κατάφερνε να σταματήσει τον εαυτό του; Αν όλη αυτή η επιθετικότητα εναντίον μου δε δαμαζόταν εγκαίρως; Θα ήμουν ανυπεράσπιστη, αφημένη στα χέρια του, εκτός κι αν το ένστικτο της αυτοσυντήρησης με καθοδηγούσε στο σωστό δρόμο, που πολύ αμφέβαλλα για το τελευταίο. Πειθήνια σταμάτησα την κουβέντα εκεί. Δεν παραιτούμουν, απλά αποφάσισα να το αφήσω για αργότερα, για κάποια στιγμή που θα ήταν πιο εύκολο να τον προσεγγίσω.

«Επιπλέον, έχουμε να ασχοληθούμε με άλλα πράγματα αυτή τη στιγμή». Κοίταξε τον Ομάρ με ανυπομονησία. «Η παύση του πυρός έληξε. Θα επιτεθούμε στους Ανθρώπους αύριο το ξημέρωμα». Ο Ομάρ φάνηκε να καταγράφει νοητά τις οδηγίες του.

«Υπάρχει μεγάλη δύναμη εδώ, κυρίως λόγω της πρόσκλησης του Συμβουλίου. Το θεωρείς σοφό να επιτεθούμε με τόσο στρατό αντιμέτωπό μας; Νομίζω είναι τριπλάσιοι

236

από εμάς». Ο Στρατηγός όφειλε να παραθέσει όλα τα στοιχεία που διέθετε.

«Ακόμα κι έτσι δεν είναι καλή αναλογία για αυτούς. Επιπλέον, θα συμμετέχουμε κι εμείς. Αυτό μας δίνει σαφές προβάδισμα». Ο Ομάρ εξακολουθούσε να *σημειώνει νοερά.* Η Κριστίνα αναρρίγησε, όμως, στο άκουσμα αυτών των λόγων.

«Είναι απαραίτητο; Εννοώ... μήπως θα ήταν πιο καλά να έμενες εσύ εδώ;» Το πρόσωπό της έδειχνε μεγάλη πνευματική προσπάθεια. Κατάλαβα πως της ήταν πολύ δύσκολο να εκφράσει αντίρρηση σε αυτό που την είχε διατάξει ο αρχηγός της. Κι όμως το έκανε. Μόλις ολοκλήρωσε την πρόταση της, αμέσως η όψη της ηρέμησε. Είχα εντυπωσιαστεί.

«Μην είσαι τόσο προληπτική, Κριστίνα. Τίποτα δε θα μου συμβεί», απάντησε αυτός χαμογελώντας. «Θα έπρεπε να το ξέρεις ήδη αυτό».

«Τι εννοεί; Κινδυνεύεις από κάτι;» ρώτησα με ανησυχία.

«Εκτός από σένα, όχι πραγματικά». Με κοίταξε παιχνιδιάρικα. Ένιωθα πως προσπαθούσε να μου κρύψει κάτι.

«Δεν είναι έτσι», συμπλήρωσε ο Ομάρ. «Υπάρχει μια... τρύπα στις γνώσεις μας. Ένα κενό που οι Άνθρωποι προσπαθούν αιώνες να το εκμεταλλευτούν, ανεπιτυχώς βέβαια. Αλλά η αλήθεια είναι πως προσπαθούν σε κάθε μάχη ανεξαιρέτως. Απλά... ο Άλεφ τους προλαβαίνει».

«Όχι, πάντα. Εκείνη τη φορά στη Γαλλία σχεδόν τα κατάφεραν», είπε με ανησυχία η Κριστίνα.

«Μια μικρή ατυχία. Ήμουν απασχολημένος. Είμαι πολύ πιο συγκεντρωμένος από τότε. Μην ανησυχείς», της απάντησε με μια φωνή δυνατή και βροντερή. Ήταν καλός στην προπαγάνδα.

«Θα μου εξηγήσετε κι εμένα ή θα με αφήσετε να βράζω στο ζουμί μου;» διαμαρτυρήθηκα γιατί δε μου έδιναν σημασία, ενώ στ' αλήθεια ανησυχούσα.

«Υπάρχουν επιστημονικά βιβλία των Λιονταριών, μυστικά βιβλία που καταγράφουν την ιστορία, τη φυσιολογία, το απόσταγμα της σοφίας μας. Περιέχουν, επίσης, πληροφορίες για τις μεθόδους των Ανθρώπων να μας εξοντώσουν καθώς και τα αποτελέσματα των μεθόδων αυτών, ώστε να είμαστε προετοιμασμένοι». Ο Ομάρ προσπαθούσε να μου εξηγήσει όσο καλύτερα μπορούσε στον περιορισμένο χρόνο που φαινόταν πως είχαμε. Ξαφνικά κι οι τρεις τους αδημονούσαν να προετοιμαστούν για τη μάχη. «Σε αυτά τα βιβλία αναφέρεται πως οι Άλεφ σκοτώνονται με ένα συγκεκριμένο τρόπο: από αυτόν που ψιθυρίζει στις ψυχές. Εσύ είσαι ένας Ψιθυριστής των Ψυχών, ένας άνθρωπος γενετικά τροποποιημένος με σκοπό να καταστρέψει τον Άλεφ. Η εξέλιξη σε κατασκεύασε ως απάντηση. Δεν... υπάρχει καταγραφή για κανέναν Ψιθυριστή ως τώρα». Μου φάνηκε λογικό που κόμπιαζε, που δυσκολευόταν να μου εξηγήσει πόσο επικίνδυνη ήμουν για αυτούς αλλά και πάλι μου έδινε την εντύπωση πως όσα μου έλεγε δεν ήταν όλη η αλήθεια. Έμοιαζαν περισσότερο με μια παραλλαγή της.

«Υπάρχει όμως και κάτι άλλο;» ρώτησα με απορία. Προσπέρασα γρήγορα το γεγονός πως με έβλεπαν σαν ένα δολοφόνο, το χειρότερο και πιο ειδεχθή για τα δικά τους δεδομένα.

«Ναι, υπάρχει. Μια θολή αναφορά... χωρίς επιβεβαίωση για το αν τελικά είναι επικίνδυνη ή όχι. Αναφέρεται μια μέθοδος που επιχειρούν οι Άνθρωποι τα τελευταία τρεις χιλιάδες χρόνια ενάντια στους Άλεφ, αλλά δε μας πληροφορούν αν όντως είναι ο δεύτερος τρόπος να εξολοθρεύσεις έναν Άλεφ ή όχι. Φυσικά, αυτό δεν εμποδίζει τους Ανθρώπους να δοκιμάζουν, αλλά κι εμάς να μη μπορούμε να αντέξουμε να ελέγξουμε το αποτέλεσμα».

«Τι μέθοδος είναι αυτή ακριβώς;» Φυσικά συνέχιζα να θέλω να μάθω τις λεπτομέρειες. Ο Ομάρ χαμήλωσε το βλέμμα του κι άρχισε να περπατάει πάνω κάτω στη μικρή βεράντα. Ο Άλεφ φαινόταν να διασκεδάζει με την αμηχανία του, σχεδόν σίγουρος πως δεν κινδύνευε από τίποτα σε αυτόν τον κόσμο, εκτός από μένα φυσικά.

«Έχουν κι οι Άνθρωποι κάποιους ιδιαίτερα ισχυρούς πνευματικά. Κάποιους με ειδικές ικανότητες στον εγκέφαλό τους και τους ονομάζουν Ιερείς. Σαν το Μιχαήλ». Τον κοίταξα έκπληκτη και στράφηκα προς τον Άλεφ.

«Για αυτό τον έλεγες κι εσύ έτσι». Μόλις είχα καταλάβει. Μου έγνεψε καταφατικά. «Λοιπόν;» Ήθελα να μάθω τη συνέχεια.

«Αν δώδεκα από τους Ιερείς, τους ιδιαίτερα προικισμένους Ιερείς, συγκεντρωθούν και καταφέρουν να επιχειρήσουν να αποκεφαλίσουν έναν Άλεφ, ίσως επιτύχουν να τον σκοτώσουν». Φαινόταν να αναρριγεί στην προοπτική αυτή, δεν ήθελε καν να το σκέφτεται.

«Δεν υπάρχει λόγος να ανησυχούμε, όμως, γιατί είτε είναι απίστευτα αδύναμοι, είτε δεν προλαβαίνουν καν να το σκεφτούν», πρόσθεσε αυτός. Εγώ προσπαθούσα να καταλάβω με ποιο τρόπο δώδεκα άνθρωποι θα επιχειρούσαν να αποκεφαλίσουν έναν, αλλά δεν μπορούσα να το οπτικοποιήσω. Αυτός ο καινούργιος κόσμος, που μου είχε αποκαλυφθεί, ήταν γεμάτος πληροφορίες και συνθήκες που δε θα φανταζόμουν ποτέ ότι υπήρχαν ενώ μερικές από αυτές μου ήταν ιδιαίτερα δυσάρεστες.

Επιδόθηκαν με ζέση σε μια προετοιμασία που φαινόταν πολύ πολύπλοκη. Γύρω μου αναπτυσσόταν ένας πυρετός κινήσεων από όλους τους, αλλά κι από έναν ολόκληρο στρατό που έμοιαζε να βρίσκεται στο σπίτι από την άφιξή μας ή και νωρίτερα, αλλά ήταν καλά κρυμμένος. Με άφησαν να χαζεύω στη βιβλιοθήκη του σπιτιού όσο Αυτοί μετακινούνταν μέσα στο τεράστιο σπίτι, σαν πολυάσχολο σμήνος από μέλισσες. Από μια ανοιχτή πόρτα που οδηγούσε σε ένα μεγάλο γραφείο, έβλεπα τον Άλεφ και τον Ομάρ σκυμμένους πάνω από χάρτες και σχέδια, φωτογραφίες κι έγγραφα. Δεν είχα υπάρξει ποτέ ως τότε μάρτυρας των όσων κινήσεων χρειάζεται να κάνει ένας στρατός, ώστε να είναι έτοιμος για μια μάχη, πόσο μάλλον όταν ο στρατός αυτός ήταν θεωρητικά αθάνατος κι αισχρά δολοφονικός.

Είχαμε αποφασίσει από κοινού με τον Άλεφ πως θα τους ακολουθούσα σε αυτή την αναμέτρηση. Από τη μία πλευρά, δεν ήθελε να με αφήσει μόνη μου στην έπαυλη, ειδικά μετά την απόπειρα των Ανθρώπων εναντίον μου. Θα έμεναν πολύ λίγοι στρατιώτες πίσω και θεωρούσε πως δεν ήταν αρκετοί σε περίπτωση που οι Άνθρωποι θα ήθελαν να ξαναπροσπαθήσουν να με ξεφορτωθούν. Από την άλλη, βέβαια, ανησυχούσε πως εάν οι Άνθρωποι έβλεπαν ότι ήμουν κι εγώ μαζί τους στην επίθεση, θα επιβεβαίωναν ότι είχα αυτομολήσει στα Λιοντάρια, αλλά θεωρούσε ότι δεν είχε άλλη επιλογή. Είχα καταλάβει πως η επίθεσή τους θα ήταν αιφνιδιαστική και παρατήρησα πως κάποιος είχε πάντα το νου του σε εμένα και το κινητό μου. Δε φαίνονταν να αποκλείουν την πιθανότητα να προσπαθούσα να ειδοποιήσω τους Ανθρώπους και δεν τους κάκιζα για αυτό. Ούτε εγώ ήμουν εκατό τοις εκατό σίγουρη πως δε θα το προσπαθούσα.

Όσο όλοι τους ήταν απασχολημένοι με όλο αυτό τον οργασμό, προσπαθούσα να βάλω τις σκέψεις μου σε σειρά για πολλοστή φορά. Η όλη εμπειρία με είχε κάνει να σκεφτώ και να πονοκεφαλιάσω όσο δεν το είχα κάνει ποτέ στη ζωή μου, ούτε καν όταν έδινα εξετάσεις για Φυσική Πλάσματος. Τα Λιοντάρια είχαν φανεί πολύ πρόθυμα να εξηγήσουν πολλά πράγματα στο θεωρητικά μεγαλύτερο εχθρό τους, εμένα. Ίσως κι *υπερβολικά πρόθυμα*. Αναρωτιόμουν αν θεωρούσαν πως η σχέση μου με τον Άλεφ σήμαινε πως αυτόματα είχα παρεισφρήσει στους κύκλους τους κι ενέκρινα τις πράξεις και τη θέση τους ή αν απλά ακολουθούσαν τις διαταγές του. Πίστευα πως όσα είχα πει στο συμβούλιο αποδείκνυαν την ουδετερότητά μου, αλλά όσο το σκεφτόμουν, καταλάβαινα πως δε θα ήταν κι εύκολο να είμαι ουδέτερη σε όλη αυτή την κατάσταση. Στο κάτω–κάτω δεν ήταν και πολύ λογικό να έχεις ερωτικές σχέσεις με ένα δολοφόνο και να προσποιείσαι πως δεν είσαι συνεργός σε όσα κάνει.

Από την άλλη πλευρά, δεν μπορούσα να κρύψω από τον εαυτό μου ότι με εξέπληττε το πόσο γρήγορα είχα έρθει τόσο κοντά του. Ήταν κάτι ανεξήγητο για μένα, η ένταση των συναισθημάτων, η αγωνία να βρίσκομαι κοντά του, η σωματική μου εξάρτηση ήταν γεγονότα των οποίων η λογική ήταν ασύλληπτη. Φυσικά, η όλη κατάσταση απείχε πολύ από το γεγονός να είναι φυσιολογική, αλλά και πάλι το γεγονός να μην μπορώ να την εξηγήσω στο ελάχιστο, με έκανε να νιώθω τουλάχιστον ανασφαλής. Πέραν όλων αυτών, είχα να αντιμετωπίσω και την ξαφνική κρίση ηθικής που με είχε καταβάλει. Οι Άνθρωποι, το *δικό μου είδος,* ήταν σε άσχημη θέση, ανυπεράσπιστοι κι ευάλωτοι. Μπορεί να είχαν προσπαθήσει να με σκοτώσουν, αλλά αν ήταν τόσο απελπισμένοι όσο φαντάζόμουν, δε θα μπορούσα εύκολα να μη δικαιολογήσω μια τέτοια κίνηση από μέρους τους. Επιπλέον, τους είχα εγκαταλείψει τόσο εύκολα, τόσο απλά.

Ο Μιχαήλ είχε θυμώσει πριν φύγω από τη Νορβηγία, όταν του ανακοίνωσα τι ήθελα να κάνω, αλλά δεν είχε προσπαθήσει να με σταματήσει. Αυτό δε μου έμοιαζε λογικό. Ήταν σαν κάτι να τον σταματούσε και δεν είχα ιδέα τι μπορούσε να είναι αυτό. Το μόνο σίγουρο ήταν πως θα έπρεπε με κάποιον τρόπο να έρθω σε επαφή μαζί του. Τώρα πια μου ήταν ξεκάθαρο αυτό και προσπαθούσα να σκεφτώ έναν τρόπο αλλά και την κατάλληλη χρονική στιγμή. Προφανώς, θα έπρεπε να περιμένω να τελειώσει αυτή η κρίση, αλλά σκεφτόμουν πως η έκβασή της ίσως έκανε την όποια προσπάθεια επαφής με το Μιχαήλ από δύσκολη έως ακατόρθωτη. Άραγε, αν οι Άνθρωποι έφευγαν από την επικείμενη μάχη με βαριές απώλειες, πόσο απλό θα ήταν να τους προσεγγίσω; Αυτή η μάχη τι νόημα είχε στη σκακιέρα του συγκεκριμένου πολέμου; Το μόνο σίγουρο ήταν πως είχα μερική πληροφόρηση για όσα συνέβαιναν και, δυστυχώς, αυτό δε μου επέτρεπε να αποφασίσω άμεσα. Χρειαζόμουν μια πίστωση χρόνου και δεν ήξερα αν οι δύο πλευρές ήταν διατεθειμένες να μου τη δώσουν.

Μετά από πολλές ώρες μέσα σε αυτή την αναστάτωση κι απορροφημένη όπως ήμουν από τις σκέψεις μου, δεν κατάλαβα πως η ώρα είχε περάσει. Η νύχτα είχε αρχίσει να πέφτει πάνω από την πόλη. Ένα αμυδρά ροδαλό φως είχε κατακλύσει τη βιβλιοθήκη. Η σκέψη μου ήταν καρφωμένη εδώ κι αρκετή ώρα στο κινητό μου. Η ώρα, η ομορφιά της ατμόσφαιρας της λιβανέζικης πόλης το σούρουπο, η ανάλαφρη στιγμή με έκαναν να αναλογίζομαι όλο και περισσότερο πόσο απλό θα ήταν. Ένα τηλέφωνο... Δυο κουβέντες κι όλη αυτή η έκρηξη βίας, που προμηνυόταν για την αυριανή ημέρα, δε θα μπορούσε να ολοκληρωθεί.

Έλεγξα το δωμάτιο γύρω μου κι επιβεβαίωσα πως όλοι είχαν αρχίσει να χαλαρώνουν. Καταλάβαινα πως οι όποιες προετοιμασίες είχαν φτάσει στο τέλος τους και με τον ίδιο τρόπο είχαν καταλαγιάσει κι οι μετακινήσεις γύρω μου. Το δωμάτιο, που βρίσκονταν ο Άλεφ κι ο Ομάρ όλη την ημέρα, ήταν άδειο και δεν μπορούσα να εντοπίσω πουθενά τους δυο τους. Η βιβλιοθήκη ήταν μεγάλη και σκοτεινή, πίστευα πως θα μπορούσα να πάρω τηλέφωνο και να ψιθυρίσω βιαστικά στο Μιχαήλ μερικές κουβέντες. Όχι πολλά–πολλά, μόνο πως, όπου και να βρίσκονταν στο Λίβανο, κινδύνευαν. Δε θα έκανα κακό σε κανέναν. Τα Λιοντάρια θα ήταν ασφαλή, θα επιχειρούσαν να επιτεθούν την επόμενη ημέρα και δε θα έβρισκαν τίποτα. Ή έτσι ήλπιζα... Όλοι θα έπαιρναν μια παράταση χρόνου, ειδικά εγώ, που τόσο τη χρειαζόμουν, συν ότι θα άπλωνα ένα χέρι βοήθειας προς τους Ανθρώπους και θα τους έδινα να καταλάβουν πως δεν είχα δεχθεί τα Λιοντάρια σα συμμάχους μου.

Τι θα γινόταν αν με έπιαναν όμως, δεν ήθελα να το σκεφτώ. Θα έχανα κάθε εμπιστοσύνη από το αντίθετο στρατόπεδο και δεν ήξερα καν, αν θα ήθελαν να μου κάνουν κακό εκείνη την ίδια στιγμή, που θα αντιλαμβάνονταν τι είχα κάνει. Ο Άλεφ είχε κάνει σαφές πως αν ήθελα το κακό του, θα είχα να αντιμε-

243

τωπίσω και τη δική του φονική οργή. Ίσως απλά θα έπρεπε να πάρω αυτό το ρίσκο...

Σε μερικά δέκατα του δευτερολέπτου και χωρίς να σκεφτώ τίποτα παραπάνω, άπλωσα το χέρι μου στο τραπεζάκι μπροστά μου κι έπιασα το κινητό μου. Η ανάσα μου είχε ήδη γίνει τόσο γρήγορη, που νόμιζα πως αν δε με πρόδιδε τίποτα άλλο, ήταν σίγουρο πως θα με πρόδιδε αυτή. Αισθάνθηκα τα πόδια μου να μουδιάζουν καθώς έψαχνα στο μενού του τηλεφώνου τον αριθμό του Μιχαήλ. Πάτησα το κουμπί της κλήσης και καθώς περίμενα να ακούσω το γνώριμο ήχο, έριξα μια βιαστική ματιά γύρω μου. Δεν υπήρχε κανείς. Η πλάτη μου ήταν γυρισμένη στη βιβλιοθήκη, το δωμάτιο απλωνόταν άδειο μπροστά μου κι η κλήση δεν εννοούσε να «βγει». Στο βάθος του δωματίου και προερχόμενη από τη μεγάλη σκάλα, που οδηγούσε στον πάνω όροφο, άκουσα μια σιγανή συνομιλία. Η γραμμή έπιασε, ο ήχος της κλήσης ήταν κακός και πριν προλάβει να χτυπήσει δεύτερη φορά, ο Μιχαήλ ακούστηκε ανήσυχος στην άλλη άκρη της γραμμής: «Πες μου, τι τρέχει;» Πριν προλάβω να ξεστομίσω το παραμικρό, το χέρι μου, λες κι αντέδρασε αυτόματα, έκλεισε το τηλέφωνο και το έβαλε στην τσέπη μου.

Από την είσοδο του μεγάλου δωματίου ερχόταν η φωνή του, σε κάποιον απευθυνόταν στα αραβικά. Το επόμενο δευτερόλεπτο τον διέκρινα στο σκοτάδι να κατευθύνεται προς εμένα, χωρίς να τον δυσκολεύει η έλλειψη φωτός στο παραμικρό. Ήταν φανερό, κατά τη γνώμη μου, πως έτρεμα. Το βήμα του ήταν τόσο αποφασιστικό, ώστε πίστεψα πως είχε δει, ακούσει και καταλάβει τα πάντα. Ήδη προσπαθούσα να συντάξω στο μυαλό μου τη δικαιολογία που θα ξεστόμιζα. Τα μάτια μου έκαιγαν, το μυαλό μου το ένιωθα σαν πυρωμένη λάβα, όλα μου έμοιαζαν τόσο ζεστά. Μέσα στα επόμενα δευτερόλεπτα με είχε πια πλησιάσει και μας χώριζε μονάχα μισό μέτρο. Δε σταμάτησε όμως. Όρμησε πάνω μου και με φίλησε με μανία. Δεν άντεξα να μην ανταποκριθώ στο σώμα του που με καλούσε, τον φίλησα κι εγώ κι η ζέστη μέσα μου αυξήθηκε απότομα. Διέκοψε ξαφνικά και με κόπο αυτή την επαφή, που μου φαινόταν μαγική, και κόλλησε το σώμα του πάνω μου. Καθώς περνούσε το χέρι του μέσα στα μαλλιά μου, το στόμα του ψιθύρισε βραχνά στο αυτί μου: «Δεν μπορώ να σε συγχωρώ για πάντα, ξέρεις. Αυτή θα είναι η τελευταία φορά...». Είχα παγώσει στην αγκαλιά του, καθώς αυτός μου αφαιρούσε τα ρούχα αργά και βασανιστικά.

Κεφάλαιο 20

Η περιοχή φαινόταν βραχώδης κι εγκαταλελειμμένη, του-
λάχιστον όσο ήταν ορατή γύρω από το τζιπ όπου βρισκόμουν
κι από όσο είχα παρατηρήσει στη διαδρομή μέχρι το σημείο,
όπου με είχαν «παρκάρει». Είχα κουλουριαστεί στο πίσω κά-
θισμα του αυτοκινήτου και περίμενα να δω πώς θα εξελιχθεί
η κατάσταση. Το τζιπ ήταν σταματημένο πάνω σε κάτι που
έμοιαζε με λόφο και στις μπροστινές θέσεις του κάθονταν δύο
Λιοντάρια που με φρουρούσαν. Στεκόμασταν εκεί, με σβηστά
φώτα, μέσα στο πηχτό σκοτάδι και περιμέναμε κάτι άγνω-
στο σε εμένα. Λίγο νωρίτερα, όλη η αγέλη είχε εξαφανιστεί
μέσα στη μαύρη νύχτα προς την κατεύθυνση κάποιων αμυ-
δρών φώτων στο βάθος. Όλη αυτή η κίνηση είχε γίνει με άκρα
μυστικότητα και τόσο χαμηλόφωνα και σιωπηλά, που κατα-
ντούσε απόκοσμο. Η αλήθεια ήταν πως τα Λιοντάρια είχαν
τη δυνατότητα να κινούνται με τέτοια μυστικοπάθεια, που θα
μπορούσες άνετα να περάσεις την κίνησή τους για ένα θρόι-
σμα του αέρα, για κάτι άρρηκτα δεμένο με τον περιβάλλοντα
χώρο, κάτι φυσιολογικό.

Το κομβόι των αυτοκινήτων, που μας είχε οδηγήσει μέχρι εκεί, ήταν μικρό. Από την έπαυλη είχαμε ξεκινήσει μόλις εφτά αυτοκίνητα, αλλά σε κάποιο σημείο εκτός της πόλης και καθώς αρχίσαμε να κατευθυνόμαστε προς την ενδοχώρα και να απομακρυνόμαστε από τη θάλασσα, παρατήρησα πως κι άλλα αυτοκίνητα ενώθηκαν με τη δική μας πομπή. Το σύνολο θα πρέπει να ήταν γύρω στα είκοσι, αλλά παρότι πλησιάζοντας στο λόφο είχαν σβήσει τα φώτα των αυτοκινήτων, είχα την αίσθηση πως εκεί μας περίμεναν κι άλλοι. Είχα εντυπωσιαστεί πολύ από το γεγονός πως οδηγούσαν με σβηστά φώτα μέσα στο βαθύ σκοτάδι. Κατάλαβα πως έβλεπαν τη νύχτα, κάτι που δεν ήταν παράλογο. Στο κάτω–κάτω δεν έπαυαν να είναι γάτες.

Το γεγονός ότι καθόμουν εκεί, χωρίς να βλέπω τίποτα πέρα από κάποια φώτα σε απόσταση περίπου μισού χιλιομέτρου, με έκανε να αισθάνομαι ασφυξία, σα να ήμουν μέσα σε ένα κουτί. Ευτυχώς, η νύχτα ήταν δροσερή και το ελαφρύ αεράκι βοηθούσε κάπως την κατάσταση. Είχα ήδη παγώσει. Όχι όμως από την ομολογουμένως χαμηλή θερμοκρασία, αλλά περισσότερο από την ευθεία απειλή που μου είχε απευθύνει αυτός νωρίτερα. Με είχε δει μέσα στο σκοτάδι ή είχε καταλάβει με κάποιο τρόπο πως προσπαθούσα να μιλήσω με τον Ιερέα. Δεν είχα καταλάβει πώς το είχε καταφέρει αυτό και δε μου είχε αφήσει περιθώρια να το συζητήσω. Όση ώρα ήμασταν μόνοι στην άδεια και σκοτεινή βιβλιοθήκη, αυτός ήταν το ίδιο παθιασμένος μαζί μου όσο ήταν τις προηγούμενες φορές, ή ίσως κι ακόμα περισσότερο. Μου είχε κόψει την ανάσα για ακόμα δύο ώρες, με είχε αποσυντονίσει και φέρει στα όριά μου για ακόμα μια φορά, σα να μην είχε συμβεί τίποτα, κι ήταν τόσο πιο δυνατός κι έντονος από τις άλλες φορές, που είχα φοβηθεί ακόμα περισσότερο. Φυσικά, δεν μπορούσα και δεν ήθελα να ξεκολλήσω από πάνω του. Το μόνο που ένιωσα από αυτόν, όμως, ήταν ένας πόνος, μια αμυδρή απελπισία στον τρόπο που με άγγιζε.

Όταν φτάσαμε στο λόφο και μέσα στο απόλυτο σχεδόν σκοτάδι, είχε σκύψει πάνω μου και με είχε σφίξει για λίγο πάνω στο σώμα του. Μετά, χωρίς κουβέντα, έφυγε με αυτό το φτερούγισμα, με αυτόν το *μη-θόρυβο*, αφήνοντάς με μόνη με τους δύο στρατιώτες. Αυτοί στέκονταν ακίνητοι, ένιωθα πως ήταν εξίσου φοβισμένοι μαζί μου και δεν κινούνταν στο ελάχιστο, στην προσπάθειά τους να τηρήσουν τις εντολές που είχαν λάβει. Να με έχουν ασφαλή. Άκουγα το ρουθούνισμα της προσπάθειάς τους να ανιχνεύσουν το περιβάλλον γύρω τους. Έβλεπαν και μύριζαν τη νύχτα σαν πραγματικά ζώα. Τους ένιωθα τόσο ξένους, ώστε δεν τολμούσα καν να τους ρωτήσω τι και για πόσο θα περιμέναμε εκεί.

Μετά από περίπου πενήντα λεπτά, ξεδιπλώθηκα από τη θέση μου, κυρίως γιατί αναθάρρησα από μια ελαφριά γκρίζα απόχρωση που άρχισε να αποκτά ο ορίζοντας. Φυσικά, ακόμα δεν έβλεπα καθαρά γύρω μου, ούτε κατά διάνοια, απλώς με πολλή προσπάθεια θα μπορούσα να διακρίνω την περίμετρο μεγάλων αντικειμένων που βρίσκονται στα πέντε μέτρα από μένα. Οι στρατιώτες φάνηκε σα να κουνήθηκαν κι Αυτοί μερικά εκατοστά μόλις ένιωσαν τη δική μου κίνηση. Βέβαια, αυτή ήταν απλά η εντύπωσή μου, γιατί δεν τους διέκρινα. Η ατμόσφαιρα έμοιαζε εκρηκτική παρά τη δροσιά της επερχόμενης αυγής. Το λυκόφως που θα ακολουθούσε δεν έμοιαζε καν παρηγορητικό κι η καρδιά μου χτυπούσε άτακτα από την αγωνία, χωρίς να μπορώ να εντοπίσω το λόγο.

Μετά από αρκετή προσπάθεια να συγκεντρωθώ και να ηρεμήσω, τελικά κατάλαβα γιατί όλα έμοιαζαν έτοιμα να ξεσπάσει καταιγίδα. Δεν άκουγα *τίποτα*. Ο άνεμος δεν ακουγόταν, ήταν σαν η άπνοια να ήταν τέλεια. Δεν υπήρχαν φύλλα που να κινούνται, σκόνη που να αναδεύεται. Δεν άκουγα κανένα ζώο να σέρνεται, κανένα έντομο να πεταρίζει άτακτα στον αέρα. Δεν υπήρχε αυτός ο συνεχόμενος, αθροιστικός βόμβος που χαρακτηρίζει ένα ζωντανό τοπίο, αυτό το συνονθύλευμα από μικρούς, ανεπαίσθητους ήχους, που ο καθένας τους δε φτάνει στα αυτιά σου, αλλά που όλοι μαζί δημιουργούν αυτήν την «κουρτίνα» που όλοι μας θεωρούμε φυσιολογική. Σταμάτησα να αναπνέω, γιατί νόμιζα πως μόνο αυτό θα ακουγόταν, πως θα πρόδιδε σε όλους τη θέση μου μέσα στο σκοτάδι· είτε η αναπνοή μου είτε η καρδιά μου που χτυπούσε ξέφρενα.

Μέσα σε αυτήν την απρόσμενη, αρρωστημένη σιωπή ένιωσα τους δυο στρατιώτες να γλιστρούν έξω από το αυτοκίνητο. Σε κλάσματα του δευτερολέπτου ο ένας με ακούμπησε με το ζεστό του χέρι και τύλιξε τα μπράτσα του γύρω από τους ώμους μου σε μια προστατευτική προσπάθεια. Το σώμα του μύριζε έντονα σα δροσισμένα δέντρα, σα δάσος. Άκουσα το ανεπαίσθητο γρύλισμα που ξέφυγε από το στήθος του, αλλά παραδόξως δε φοβήθηκα, με έκανε να αισθάνομαι ασφαλής. Ο δεύτερος στρατιώτης ακούστηκε να απομακρύνεται κάπως και διέκρινα το περίγραμμά του λίγα μέτρα μπροστά από το αυτοκίνητο.

Ένα φρικιαστικό ουρλιαχτό ξέσκισε το σκοτεινό ξημέρωμα. Ήταν το ουρλιαχτό ενός αρπακτικού, ενός δολοφόνου. Τινάχτηκα ελαφρά στη θέση μου, γιατί δεν έβλεπα τίποτα κι αυτό με έκανε να αισθάνομαι τόσο τυφλή κι ανίσχυρη, που δεν το άντεχα. Ο στρατιώτης με πίεσε στη θέση μου με δύναμη, σα να με καθησύχαζε. Το επόμενο δευτερόλεπτο αναστατωμένες ανθρώπινες φωνές ακούστηκαν από τα φώτα, που υπολόγιζα πως ήταν ο στόχος της επίθεσης. Το ουρλιαχτό εντάθηκε κι ενώθηκε με δεκάδες άλλα, εξίσου φρικιαστικά κι απειλητικά. Τα πόδια μου έτρεμαν από το φόβο, καθώς διέκρινα περισσότερες ανθρώπινες φωνές, φωνές πανικού που, όμως, δεν καταλάβαινα τι φώναζαν.

Ήταν ένα μαρτύριο να ακούς όλη αυτήν την αναταραχή, αυτές τις φοβερές φωνές επίθεσης, αυτές τις πανικόβλητες αντιδράσεις και να μη διακρίνεις το παραμικρό. Ήξερα, βέβαια, πως εκεί έξω εκτυλισσόταν μια *επίθεση*, αλλά δεν μπορούσα να φανταστώ στο ελάχιστο πώς γίνονταν όλα. Το μόνο που καταλάβαινα ήταν πως οι Άνθρωποι είχαν αιφνιδιαστεί και πάλευαν με νύχια και με δόντια ενάντια σε κάτι, που πιθανώς τους υπερνικούσε σε δυνατότητες από την αρχή της επίθεσης. Τα Λιοντάρια δεν ακούγονταν παρά μόνο όταν τα ουρλιαχτά τους έσκιζαν τον αέρα. Είχα επικεντρώσει όλες μου τις δυνάμεις στο να καταλάβω και να ερμηνεύσω τι ακριβώς άκουγα. Σε τακτά χρονικά διαστήματα, διέκρινα ανθρώπινες φωνές που είτε φαινόταν σα να έδιναν οδηγίες με μεγάλη ένταση, είτε εξέφραζαν απλό και φρικιαστικό πόνο. Συνήθως τις τελευταίες ακολουθούσαν υπόκωφοι γδούποι, σα σώματα που έπεφταν στο έδαφος με μεγάλη δύναμη. Αφού κατάφερνα να τα ακούσω εγώ σε τόση απόσταση από εκεί που γίνονταν όλα, είχα αρχίσει να τρέμω κι ο στρατιώτης με έσφιξε ακόμα πιο πολύ.

Η αυγή είχε αρχίσει να δίνει περισσότερο φως στη γύρω περιοχή και σήκωσα απαλά το κεφάλι μου, ώστε να προσπαθήσω να διακρίνω τι συνέβαινε. Η αναταραχή είχε καταλαγιάσει κάπως κι όσο προσπαθούσα να διακρίνω τι γινόταν, τόσο οι ήχοι ηρεμούσαν ακόμα περισσότερο. Τα ουρλιαχτά δεν ακούγονταν πια, αλλά δεν μπορούσα να διακρίνω και καμία αντίδραση από τους Ανθρώπους. Η ηρεμία, που ακολουθούσε, μου μύριζε θάνατο και καταστροφή. «Τι γίνεται;» κατάφερα να ψελλίσω στο στρατιώτη. Δε μου απάντησε, παρά με άφησε το ίδιο απότομα, όπως όταν με είχε αγκαλιάσει, λες κι ανακουφίστηκε που τελείωσε την αποστολή του.

Μέσα στο ρόδινο φως του ξημερώματος άρχισα να διακρίνω τα σώματα των Λιονταριών που κατευθύνονταν προς το τζιπ με γρήγορα, σταθερά βήματα. Κοίταξα γρήγορα γύρω μου και κατάλαβα πως ένας ολόκληρος στρατός άδειων αυτοκινήτων ήταν σταματημένος γύρω μας, στην κορυφή ενός λόφου που «έβλεπε» σε μια μικρή, κατάξερη κοιλάδα. Ανασηκώθηκα στο κάθισμά μου για να δω καλύτερα. Μια σειρά από μικρά, ξύλινα κτίρια, από μικρά σπιτάκια υπήρχε διάσπαρτη στη μικρή, απομονωμένη κοιλάδα. Τα φώτα ήταν ακόμα αναμμένα. Κάποιες μορφές σκόρπιζαν ένα υγρό με μπιτόνια. Φωτιά... Θα έβαζαν φωτιά σε αυτό που καταλάβαινα πως ήταν ανθρώπινα πτώματα.

Τα Λιοντάρια είχαν πια πλησιάσει τα σταματημένα τους αυτοκίνητα. Ήταν ένας στρατός, αποδεδειγμένα πια φονικός, αν έκρινα από το μεγάλο αριθμό των θυμάτων που άφησαν πίσω τους. Παρά την ανατριχιαστική αποστολή τους, δεν έπαυαν να δίνουν την εικόνα μιας ομάδας πολεμιστών απαράμιλλης ομορφιάς, γεμάτης με βίαιη δύναμη κι ανεξήγητες ικανότητες. Πήδηξαν με χάρη στα αυτοκίνητα κι οι οδηγοί άρχισαν να ξεκινούν τις μηχανές και να απομακρύνονται· χωρίς κουβέντα, αυτόματα και σιωπηλά.

Αυτός στάθηκε δίπλα μου απ' την εξωτερική πλευρά του αυτοκινήτου. Δεν ήταν κουρασμένος, φαινόταν σα να μην είχε καταβάλει την παραμικρή προσπάθεια, ήταν σαν ο φόνος να ήταν η δεύτερη φύση του. Ο πιο καλά σχεδιασμένος θηρευτής του πλανήτη... Τα ματωμένα ρούχα του πρόδιδαν μονάχα πως είχε επιδοθεί στο να αφαιρεί ζωές λίγα λεπτά της ώρας πριν. Με κοίταξε με αυτό το βλέμμα που περιείχε πενήντα τοις εκατό θυμό και πενήντα τοις εκατό θλίψη. Χωρίς να ξεστομίσει το παραμικρό, έκανε το γύρω του τζιπ και κάθισε στη θέση του οδηγού. Οι στρατιώτες εξαφανίστηκαν σε ένα διπλανό αυτοκίνητο. Εξακολουθώντας να βρίσκεται βυθισμένος στη σιωπή, έβαλε μπροστά κι άρχισε να οδηγεί, προφανώς με σκοπό να φύγουμε από εκεί γρήγορα.

Πήδηξα απότομα στη θέση του συνοδηγού. Γύρισε και με κοίταξε με αυθάδεια, μου φαινόταν ακόμα πιο όμορφος κι επικίνδυνος από πριν. Ίσως να έφταιγε η ζωντανή απόδειξη πως είχε σκοτώσει τόσο κόσμο. Μέχρι εκείνη τη στιγμή απλά συμπέραινα τη φονικότητά του. Αυτό που είδα μπροστά μου, αυτός ο αριθμός σωμάτων που κείτονταν στη μικρή κοιλάδα, με είχε ξυπνήσει πολύ πιο απότομα από ό,τι είχα δει ως εκείνη την ώρα κι από ό,τι είχα ακούσει. Παραδόξως, είχε ως αποτέλεσμα αυτός να ασκεί πάνω μου ακόμα περισσότερη έλξη. Έλξη τόσο δυνατή, που σίγουρα δεν είχε να κάνει με την αυτοκαταστροφή ορισμένων γυναικών ή την αγάπη τους για τα «κακά παιδιά». Ένας ψυχαναλυτής πιθανώς να μπορούσε να διαγνώσει κάποιου είδους διαστροφή, κάποια ασθένεια. Κατά τη γνώμη μου, δεν ήμουν ποτέ υγιής πνευματικά και δε με εξέπληττε αυτό. Μου χαμογέλασε στραβά, κοιτώντας με ξανά όσο έντονα του επέτρεπε η απαραίτητη προσοχή που απαιτούσε η οδήγηση στον ανώμαλο δρόμο. Του χαμογέλασα κι εγώ, αντιγράφοντας την ειρωνεία της έκφρασής του.

«*Δε σε παλεύω*», είπε κοφτά, χωρίς να αφήσει το μειδίαμα να εξαφανιστεί. «*Δε σε παλεύω. Δεν το πιστεύω ότι αντιδράς, όπως αντιδράς μερικές φορές*», πρόσθεσε.

«*Τι περίμενες, να σου αρχίσω στο κήρυγμα; Εσείς δε μου λέτε πως έχουμε πόλεμο; Φαντάζομαι πως στους πολέμους γίνονται μάχες και στις μάχες υπάρχουν απώλειες. Δεν είμαι εγώ αυτή που θα σας κρίνω. Δε συμμετέχω σε αυτό αν θυμάσαι*». Για μια στιγμή πέρασε από το μυαλό μου πως ίσως ήμουν πιο απότομη από όσο θα δικαιολογούνταν, αλλά δεν είχα περιθώριο να διορθώσω το ύφος μου.

«*Πολλές φορές η τύχη μας επιβάλλει τη θέση μας σε μια αντιπαράθεση*». Είχε σοβαρέψει τώρα.

«*Νόμιζα πως πηγαίναμε κόντρα σε αυτήν την τύχη, έτσι δεν είναι;*» Τον κοίταξα με αδημονία. Ήλπιζα να μην είχε αρχίσει αυτός να έχει αμφιβολίες για τη θέση μου. Είχα τις δικές μου αμφιβολίες να με ανησυχούν και προσπαθούσα σκληρά να μη γίνουν αντιληπτές. Αν κι αποδεδειγμένα δεν είχα και μεγάλη επιτυχία σε αυτή μου την προσπάθεια.

«*Τότε γιατί πήρες τηλέφωνο το Μιχαήλ;*» Το χτύπημα ήταν απρόσμενο και ως τέτοιο, με άφησε μουδιασμένη κι ανήσυχη. Δίσταζα να απαντήσω κυρίως γιατί δεν είχα μια καλή απάντηση. Φυσικά λέγοντας καλή, εννοούσα αληθινή, με αρχή, μέση και τέλος στη σκέψη. Ξεροκατάπια.

«*Φοβήθηκα*», ψιθύρισα.

«Κι εγώ», απάντησε.

«Εσύ; Γιατί;» Γύρισα και τον κοίταξα με απορία.

«Γιατί θα έπρεπε να σου κάνω κακό». Δε με κοιτούσε. Αντίθετα είχε επικεντρωθεί στο δρόμο. Τον αναστάτωνε αυτή η συζήτηση. «Αυτό είναι το τελευταίο πράγμα που θέλω να κάνω. Εσύ; Γιατί φοβήθηκες εσύ;»

Αν τον έβλεπες σαν τρίτος, θα νόμιζες πως έκανε μια απλή, α- διάφορη συζήτηση, μια κουβέντα που δεν απαιτούσε οπτική επα- φή, σα να συζητούσε για τις διακοπές ή για το πού θα μπορούσα- με να βγούμε το βράδυ. Εγώ, όμως, ήξερα πως αυτό σήμαινε πως τον ενοχλούσαν όσα σκεφτόταν, έλεγε ή περίμενε να ακούσει.

«Φοβήθηκα πως θα είχα το βάρος όλων αυτών των θα- νάτων στην πλάτη μου, πως θα έφταιγα εγώ που ήξερα και δε μίλησα. Μετά όμως…». Δε μίλησε. Απαιτούσε σιωπηλά να τελειώσω τη σκέψη μου κοιτώντας ακόμα αδιάφορα το δρόμο. «Μετά, μέσα στο επόμενο δευτερόλεπτο, θυμήθηκα την υπόσχεση που έδωσα στην Κριστίνα: πως πρώτα θα σας το πω, εάν αποκτήσω θέση σε αυτόν τον πόλεμο, και μετά θα φύγω· πως ακόμα κι αν απέτρεπα αυτή τη μάχη, αυτό το κακό θα επαναλαμβανόταν αλλού, αργότερα· πως οι Άνθρωποι δε χρειάζονται προστασία, χρειάζονται συμμάχους κι αυτό το τη- λέφωνο δεν έκανε τίποτα από όλα αυτά. Ήταν απλά ο πανικός κάποιου να σταθεί σωστός ηθικά. Δεν είναι τόσο απλό όμως». Πήρε μια βαθιά ανάσα και γύρισε να με κοιτάξει. «Μην το ξανακάνεις αυτό ποτέ».

«Αν σκοπεύω να το κάνω, θα είσαι ο πρώτος που θα το μάθει. Μέχρι εκεί μπορώ να φτάσω». Δεν είπε λέξη.

«Ελπίζω να είσαι έτοιμη για μεγάλο ταξίδι». Το ύφος του άλλαξε απότομα, έγινε πιο σοβαρό.

«Πόσο μεγάλο δηλαδή;»

«Μέχρι και δεκατέσσερις ώρες με το αεροπλάνο». Το βλέμμα του ακτινοβολούσε. «Φεύγουμε για Περού».

Κεφάλαιο 21

Το Περού ήταν αληθινά μακριά. Δώδεκα χιλιάδες χιλιόμετρα μακριά. Τον κοιτούσα με ορθάνοιχτα μάτια σα manga. Τι στο διάολο θα κάναμε στο Περού; Γιατί ήθελε να πάμε εκεί; Κυρίως με ενοχλούσε ότι είχα αρχίσει να αισθάνομαι σαν αποσκευή, έτσι όπως με πηγαινοέφερνε η αγέλη μαζί της κατά το δοκούν. Πριν προλάβω να αρθρώσω έστω και μία από τις απορίες που κατέκλυζαν το μυαλό μου, αυτός ανέλαβε δράση.

«Η σημερινή μάχη είναι σίγουρο πως θα πυροδοτήσει αντιδράσεις από όλες τις εμπλεκόμενες δυνάμεις. Πρέπει να μάθεις κάποια πράγματα για το Περού και πόσο σημαντικό μέρος είναι».

«Όσο σημαντικό είναι το Honninsvag;» Τα πράγματα είχαν αρχίσει να περιπλέκονται ακόμα πιο πολύ και θα χρειαζόμουν περισσότερες διευκρινίσεις. «Τι το ιδιαίτερο έχει το κάθε μέρος; Γιατί είσαστε στο Honningsvag; Γιατί εδώ; Γιατί στο Περού;»

Το τζιπ ακολουθούσε το φιδογυριστό παραλιακό δρόμο έξω από τη Βηρυτό καθώς ο ήλιος αναδυόταν από τους λόφους. Φαινόταν πως βρισκόμασταν στην αντίθετη πλευρά της πόλης από εκεί που είχαμε βρεθεί, όταν πήγαμε στη συνάντηση με το συμβούλιο. Αυτός έμοιαζε να σκέφτεται βαθιά όσα θα μου έλεγε. Πιθανολογούσα πως ήταν πολύ πολύπλοκα. Πήρε μια βαθιά ανάσα κι άναψε ένα τσιγάρο, που το κάπνιζε περισσότερο ο αέρας και λιγότερο αυτός. Ήταν σα να προσπαθούσε να απασχολήσει τα χέρια του, σα να μην έφτανε το τιμόνι για να δείξει απασχολημένος.

«Θα σου φανεί περίεργο, αλλά η Νορβηγία, ειδικά αυτό το βόρειο άκρο της, το χωριό, έχει μεγάλη σημασία για τα Λιοντάρια. Κάθε μέρος όπου είναι ορατό το Βόρειο Σέλας είναι ιδιαίτερης σημασίας, αλλά πιο πολύ το Honningsvag».

«Γιατί αυτό;» ρώτησα με ανυπομονησία πριν ολοκληρώσει την πρότασή του.

«Το Βόρειο Σέλας είναι ορατό κοντά στους μαγνητικούς πόλους της γης. Το κενό στο μαγνητικό πεδίο δημιουργεί αυτό το εντυπωσιακό φαινόμενο, όταν οι μαγνητικές καταιγίδες του ήλιου φτάνουν στο κενό αυτό αντί να απομακρύνονται λόγω της μαγνητικής ασπίδας της γης».

«Μη μου εξηγείς τι είναι το Βόρειο Σέλας. Ξέρω πολύ καλά, θα με πάρει ο ύπνος», τον διέκοψα ενοχλημένη. Σιχαινόμουν να ακούω πληροφορίες που ήδη ήξερα καλά.

«Συγγνώμη, αν σας κούρασα, δόκτωρ!» Γύρισε και μου χαμογέλασε πειραχτικά. «Οι ηλιακές καταιγίδες ενισχύουν τον οργανισμό των Λιονταριών. Δες το σαν προληπτική ακτινοθεραπεία. Μας αναζωογονούν και μας κάνουν δυνατότερους. Είναι το υγιεινότερο μέρος για να ζούμε και για αυτό το δημοφιλέστερο για την υψηλότερη ιεραρχία. Προφανώς δεν μπορούμε να μετακομίσουμε όλοι εκεί, αλλά αρκετοί βρίσκονται στις σχετικές περιοχές όπως Νορβηγία, Ρωσία, Αλάσκα, Καναδάς».

«Μάλιστα. Κάτι σαν την Κόστα Ντελ Σολ για τους Ανθρώπους, σωστά; Κι ο Λίβανος;»

«Ο Λίβανος είναι άλλη περίπτωση. Εδώ βρίσκονταν πάντα οι ισχυρότεροι πνευματικά Άνθρωποι στην ιστορία. Στη Μέση Ανατολή γενικά. Προσπάθησε να το δεις με ανοιχτό μυαλό και θα είναι εμφανές. Όλες οι μεγάλες θρησκείες εδώ αναπτύχθηκαν, εκτός από τις νεότερες. Έπρεπε να έχουμε στρατηγική παρουσία πάντα όπου τα θηράματά μας αναπτύσσουν τη σκέψη τους για το φόβο της εξέγερσης, για να τους παρακολουθούμε». Η προσήλωσή του στο δρόμο ήταν ελάχιστη και παρόλ' αυτά η οδήγησή του ήταν εντυπωσιακή.

«Κάτι σαν πιθανώς επικίνδυνη κοιτίδα ανθρώπινου επαναστατισμού, έτσι;» Χαμογέλασα πονηρά. Τελικά οι άνθρωποι τους δημιουργούσαν ανέκαθεν προβλήματα. Άτακτα, απείθαρχα πλασματάκια... «Μας μένει το Περού».

«Το Περού είναι άλλη περίπτωση... Το Περού είναι ο ενεργειακός ομφαλός της γης. Το Κούζκο στην κυριολεξία είναι πλημμυρισμένο ενέργεια. Το ίδιο κι η Ιερή Κοιλάδα. Είναι το ιδανικότερο μέρος για αναμετρήσεις κι από τις δύο πλευρές, γιατί όλοι είναι ισχυρότεροι. Εκεί βρίσκονται συγκεντρωμένοι οι καλύτεροι, οι πιο εκπαιδευμένοι πολεμιστές κι από τα Λιοντάρια κι από τους Ανθρώπους».

«Συγκεντρωμένοι και περιμένουν;» Μου φαινόταν πολύ παράδοξο.

«Ακριβώς. Ζουν εκεί, προετοιμάζονται και περιμένουν. Αντιπαραθέσεις στο Περού γίνονται σπάνια, σαν τελευταία, ύστατη κίνηση. Για την ακρίβεια, το μέρος έχει χρησιμοποιηθεί μόνο δύο φορές στο παρελθόν. Δυστυχώς, η ένταση που δημιουργείται από την ενέργεια του μέρους δεν επιτρέπει καλό χειρισμό ούτε από τους μεν ούτε από τους δε. Γενικά το αποφεύγουμε».

«Ποια η διαφορά τώρα; Γιατί πηγαίνουμε εκεί;»

Με κοίταξε θλιμμένα. «Γιατί έχουμε παίξει όλα μας τα χαρτιά, γιατί πρέπει να τελειώνουμε, γιατί για πολλά χρόνια περιμέναμε για το τέλος κι εσύ διάλεξες να φύγεις από το παιχνίδι...». Του ανταπέδωσα το βλέμμα. Ίσως τα πράγματα με την πάρτη μου να ήταν πιο σοβαρά από όσο νόμιζα. Η ουδετερότητα έμοιαζε τελικά πιο πολύ με μια ουτοπία.

Είχα αρχίσει να ανησυχώ. Ήταν εμφανές πως καμία από τις δύο πλευρές δεν ήταν απόλυτα ειλικρινής μαζί μου. Αντίθετα, με άφηναν να δω την αλήθεια κομματάκι-κομματάκι και, φυσικά, δε μάθαινα το λόγο που γινόταν αυτό. Μέσα στα τελευταία πέντε λεπτά το τοπίο ξεκαθάρισε λίγο ακόμα. Μια μικρή παρατήρηση από πλευράς του αρκούσε για να ρίξει περισσότερο φως σε όλα. Ήμουν σιωπηλή για περίπου πέντε λεπτά κι αυτός φαινόταν ανήσυχος στη θέση του οδηγού. Είχε καταλάβει πως η οπτική μου γωνία άλλαζε λεπτό με το λεπτό κι έτσι δικαιολογούσα και την επιφυλακτικότητά του λίγο νωρίτερα να μου πει όσα μου είπε, όσα φαινομενικά ήταν αδιάφορα σε σχέση με ό,τι ήξερα στο παρελθόν. Καθόταν σε αναμμένα καρφιά.

Ο Μιχαήλ κι η Γκαμπριέλα με είχαν αφήσει να φύγω από τη Νορβηγία πολύ εύκολα. Είχαν επιχειρήσει να αποτρέψουν αυτόν κι όχι εμένα από το να με πάρει μαζί του στο Λίβανο κι αυτό δεν το καταλάβαινα. Ήταν ανεξήγητο το γιατί δεν πίεζαν εμένα ευθέως και περισσότερο. Οι Άνθρωποι φοβούνταν την αποχή μου πολύ πριν ξεκινήσουν όλα για μένα, για αυτό είχαν εξαπολύσει ελεγχόμενα αλλά σταθερά τη λαίλαπα μιας παγκόσμιας οικονομικής κρίσης εδώ και μήνες. Το συμβούλιο τα έπαιξε όλα για όλα μπλοκάροντας τους οικονομικούς πόρους του αρχηγού τους, ώστε να εξαναγκάσει να με «επιστρέψει», αδιαφορώντας για τα προβλήματα που αυτό θα τους δημιουργούσε. Τα Λιοντάρια υπέφεραν τόσο από το γεγονός ότι δεν έπαιρνα σαφή θέση υπέρ των Ανθρώπων, όσο κι από το ότι δεν τελείνε αυτός ο πόλεμος γρήγορα κι απλά, με εμένα κι αυτόν σε αντιπαράθεση. Παρόλ' αυτά, αυτός δε με εγκατέλειπε, όσο και να του κόστιζε. Όλοι ήταν αναγκασμένοι να προχωρήσουν σε μια βίαιη μάχη στις χειρότερες δυνατές συνθήκες, σαν εναλλακτική της έλλειψης της όποιας πιθανότητας για αυτή τη διμερή αντιπαράθεση. Ήμουν εξαρτημένη από αυτόν μέσα σε ελάχιστο χρόνο για να το αντιμετωπίσω λογικά και κυρίως κανείς δεν πίεζε εμένα.

«Γιατί δε μου τα λέτε όλα; Γιατί μου κρύβετε την αλήθεια και με αφήνετε να δω μονάχα ψήγματα κατά καιρούς κι ανάλογα με τις συνθήκες;» Τον κοίταξα έντονα. Πέταξε το τσιγάρο απότομα κι έστριψε σε ένα δρόμο που οδηγούσε στο αεροδρόμιο.

«Δεν μπορώ να σου πω. Πρέπει να μου έχεις εμπιστοσύνη, αλλά δεν μπορώ να σου πω. Συγγνώμη...». Εξακολουθούσα να τον κοιτάζω, με το στόμα ανοιχτό αυτή τη φορά. «Πρέπει να φύγουμε με την παραδοσιακή μέθοδο, με απλό αεροπλάνο. Αν θυμάσαι, δεν έχουμε τους πόρους που είχαμε πριν».

Γύρισα το κεφάλι μου και κάρφωσα το βλέμμα μου στον ορίζοντα. Δεν πίστευα ούτε κι εγώ αυτό που άρθρωσα. «Εσύ θα φύγεις. Εγώ δε θα πάω πουθενά». Τα βλέφαρά μου δεν έπαιξαν καν. Εντυπωσιάστηκα από τον εαυτό μου. Τελικά, ίσως ήμουν δυνατότερη -σε ό,τι αφορούσε αυτόν- από όσο νόμιζα, ή αυτό προσποιούμουν στον εαυτό μου. Σταμάτησε το τζιπ απότομα στην είσοδο του αεροδρομίου. Ένα σύννεφο σκόνης σηκώθηκε πίσω μας κι οι φρουροί στην είσοδο έμειναν εμβρόντητοι από την απότομη στάση, αλλά δεν τολμούσαν να μιλήσουν. Αυτός δε με κοιτούσε.

«Μη μου το κάνεις αυτό», είπε μέσα από τα δόντια του. *Κοίταξέ με, σκέφτηκα με όλη μου τη δύναμη. Κοίταξέ με και πες μου τα όλα.*

«Δεν μπορώ». Εξακολουθούσε να μη με κοιτάζει, αλλά με άκουγε. Έμοιαζε να παλεύει με τον εαυτό του.

«Δε θα έρθω. Σου είπα πως αυτός ο πόλεμος δεν είναι δικός μου, αλλά η πραγματικότητα είναι πως *δεν ξέρω* αν είναι ή όχι. Από όσα μου λέτε, συμπεραίνω μονάχα πως δε με αφορά. Αλλά δε μου λέτε την αλήθεια».

«Σου λέμε όσα μπορούμε να σου πούμε». Η φωνή του ακουγόταν βαθιά και σκοτεινή. Υπέφερε. «Στ' αλήθεια, Άζρα, *δεν μπορώ* να σου πω τίποτα άλλο».

«Τότε φύγε». Άνοιξα την πόρτα και κατέβηκα απότομα από το αυτοκίνητο. Κοντοστάθηκα για μερικά δευτερόλεπτα με την πλάτη γυρισμένη, αλλά δεν άκουσε λέξη από το στόμα του. Άρχισα να περπατάω γρήγορα προς την πόλη. Δεν κοίταξα πίσω μου. Τόσο εύκολα.... Με άφησε να φύγω τόσο εύκολα...

Συγκεντρώθηκα στο να προσπαθώ να προσανατολιστώ προς την πόλη. Οι δρόμοι ήταν επιεικώς άθλιοι κι απαιτούσε ιδιαίτερη προσπάθεια, ώστε να μην πατήσεις ακαθαρσίες ή να μην πέσεις πάνω στους απορημένους Λιβανέζους, που κοιτούσαν διακριτικά αλλά με περιέργεια μια γυναίκα που κυκλοφορεί μόνη στο δρόμο, ακόμα κι αν η ώρα ήταν πρωινή. Όλη αυτή η προσποιητή συγκέντρωση με βοηθούσε να μπω σε καταστολή. Στο πίσω μέρος του μυαλού μου είχα μια τεράστια επιθυμία να καταρρεύσω εκεί, επιτόπου, στη μέση του δρόμου, αλλά η στρατιωτική πειθαρχία, που μου είχε επιβάλει να βρω το δρόμο μου μέχρι το κέντρο της πόλης, με απέτρεπε προσωρινά.

Σε λιγότερο από δέκα λεπτά κατάφερα να χαθώ στα στενά δρομάκια της πόλης. Αστραπιαία πέρασε από το μυαλό μου η πιθανότητα να κινδυνεύω από ακόμα μια δολοφονική προσπάθεια από πλευράς των Ανθρώπων, αλλά δε με ένοιαζε ιδιαίτερα. Η μηδενιστική μου πλευρά είχε κάνει και πάλι την εμφάνισή της. Όλα έμοιαζαν να μην έχουν νόημα ή εγώ ήμουν πολύ κουρασμένη για να μπορέσω να το εντοπίσω. Έπρεπε να βρω ένα ξενοδοχείο δυτικού τύπου. Αυτό ήταν απαραίτητο, γιατί ήθελα να πιω αλκοόλ και δεν πίστευα πως θα ήταν εύκολο να το βρω σε μια μουσουλμανική χώρα. Τουλάχιστον, δεν πίστευα πως θα ήταν πρόθυμοι να σερβίρουν μια γυναίκα. Το κινητό μου άρχισε να χτυπάει μέσα στην τσάντα μου συνεχόμενα κι ενοχλητικά. Δεν έκανα καν τον κόπο να δω ποιος είναι, τουλάχιστον πριν βάλω σε τάξη το μυαλό μου και σε τάξη θα έμπαινε μόνο αν έπινα κάτι.

Βρήκα μια πιάτσα με ταλαιπωρημένα ταξί και μπήκα στο κοντινότερο σε εμένα. Δε θα μπορούσα να πάρω τα πόδια μου για πολύ ακόμα. Προσπάθησα να εξηγήσω στον οδηγό πως ήθελα να με πάει σε ένα ξενοδοχείο και μετά από λίγη ώρα φάνηκε να συνεννοούμαστε. *Πώς μπόρεσε να με αφήσει τόσο εύκολα;* Μετά από μια κενή διαδρομή κατά τη διάρκεια της οποίας το μυαλό μου ήταν απλώς κενό, φτάσαμε σε ένα μεγάλο κτίριο, κοντά στην παραλία, με βαριά αρχιτεκτονική, που έμοιαζε να έχει τις πιο πολυτελείς προθέσεις των Λιβανέζων, με μικρή επιτυχία βέβαια. Έκανα ρομποτικά τις απαραίτητες διαδικασίες με έναν ευγενέστατο ρεσεψιονίστ κι ανέβηκα αργά στο δωμάτιο που μου έδωσε.

Αφού πέταξα την τσάντα μου πάνω στο κρεβάτι κι άνοιξα την μπαλκονόπορτα, κατέβασα άτσαλα πέντε μπουκαλάκια από το μίνι-μπαρ ό,τι βρήκα μπροστά μου. Κοίταξα για μερικά λεπτά με κενό βλέμμα τον τοίχο. Ένας πόνος, ανυπόφορος με διαπέρασε από το κεφάλι μέχρι τα πόδια, χωρίς προειδοποίηση, ξαφνικά. Έφυγε.... Ένιωσα να βουλιάζω στο στρώμα, να με καταπίνει, να μου κόβει την ανάσα. Δεν αντέδρασα. Ένιωθα καλύτερα όσο τα ρούχα με έπνιγαν, ασφαλής. Όλα ήταν σκοτεινά και μύριζαν φρεσκοπλυμμένα σεντόνια.

Ο γέρος με κοιτούσε με μάτια γεμάτα πόνο. Καταλάβαινες πως η αναπνοή του, η καρδιά του θα τον πρόδιδε γρήγορα. Και τι δε θα έδινα για να καταλάβαινα τι μου λέει. Τα δάκρυα πάντα έκαιγαν τα μάτια μου. Δεν άντεχα να βλέπω κάποιον να πεθαίνει. Αυτή τη φορά έσκυψα πάνω από το βασανισμένο γέρο και του ψιθύρισα. Άγνωστο τι. Σταμάτησε να μιλάει απότομα. Παρακολούθησα υπνωτισμένη το χέρι μου να τραβάει τη γνωστή αόρατη γραμμή στο κενό χαρτί. Ο ήχος της πένας που άφηνε το μελάνι της, αν και θα έπρεπε να είναι αδιόρατος, μου τρυπούσε το κεφάλι.

Τα χέρια μου ήταν τόσο παγωμένα, που νόμιζα πως θα ξεκολλήσουν από τον καρπό μου. Το κεφάλι μου το αισθανόμουν λες κι *ήδη* είχε ξεκολλήσει από το λαιμό μου. Ο πόνος ήταν αφόρητος παντού. Στο κεφάλι, τα κόκαλα, τη μέση, τα μάτια, τα πόδια, όλα. Μέσα σε μια ομίχλη του εγκεφάλου μου θυμόμουν αδιόρατα να σηκώνομαι με δυσκολία από το κρεβάτι, να πίνω, να τραβάω γραμμές, να στρίβω τσιγάρα, να ξαπλώνω, να βυθίζομαι και πάλι από την αρχή. Το δωμάτιο μύριζε σα ζαχαροπλαστείο, πράγμα που σήμαινε πως είχα να πλυθώ αρκετές μέρες. Δε με ένοιαζε. Ανασήκωσα μόνη μου τους ώμους μου, σα να προσπαθούσα να το επιβεβαιώσω στον εαυτό μου. Δε με ένοιαζε...

Προσπάθησα να θυμηθώ τι με έβγαλε από το λήθαργο. Άναψα ένα τσιγάρο κι έπιασα το κεφάλι μου αγκομαχώντας από την προσπάθεια. Δε θυμόμουν γιατί σηκώθηκα. Όλα γύρω μου ήταν βουβά, σα να είχα κουφαθεί από μια έκρηξη, από μια χειροβομβίδα. Το τσιγάρο μου έπεσε στο κρεβάτι. Δε βιάστηκα να το μαζέψω, το κοιτούσα για μερικά δευτερόλεπτα, στη συνέχεια το σήκωσα κι αφέθηκα να χαζεύω το μαύρο κάψιμο που άφησε στα βρώμικα σεντόνια. Άπλωσα το χέρι και πήρα το σχεδόν άδειο μπουκάλι βότκα που βρισκόταν δίπλα μου. Αυτό θυμόμουν καλά πού το είχα αφήσει και κατέβασα με λαχτάρα τις τελευταίες γουλιές.

Κάτι με ενοχλούσε σα σουβλιά αλλά δεν μπορούσα να το εντοπίσω. Στο βάθος του εγκεφάλου μου, πίσω από το λαβύρινθο του αυτιού μου είχα μια αμυδρή ενόχληση, που δεν ήξερα ούτε από πού προερχόταν, ούτε σε ποια κατηγορία ανήκε. Η σιωπή, η σιωπή του χιονιού που ένιωθα από την ώρα που σηκώθηκα, φαινόταν να χάνεται σαν ομίχλη. Η σουβλιά γινόταν όλο και πιο έντονη. Είχα στηρίξει το κεφάλι μου στα δυο χέρια και κοιτούσα τη μοκέτα. Το τσιγάρο μου έπεσε στο πάτωμα αυτή τη φορά και το έσβησα με τη γυμνή πατούσα. Τίποτα... Κανένας πόνος. Τουλάχιστον κανένας πόνος μεγαλύτερος από αυτόν που ήδη ένιωθα. Η ηχητική ομίχλη διαλυόταν όλο και περισσότερο με όρους οπτικής ομίχλης. Τέτοιο μπέρδεμα των αισθήσεων... Η σουβλιά έγινε ανυπόφορη και με μια τελευταία «κίνηση» μετασχηματίστηκε σε ήχο. Το τηλέφωνο... Αυτό χτυπούσε τόση ώρα, αυτό με είχε σηκώσει. Τι κρίμα που το ένιωθα αλλιώς, τελικά ήταν το τηλέφωνο. Χασκογέλασα στον εαυτό μου. Τι μπέρδεμα... Τράβηξα με κόπο τον κορμό μου προς το κομοδίνο και με δυσκολία σήκωσα το ακουστικό. Το κράτησα στο αυτί μου αλλά δε μίλησα.

«Άζρα! Άζρα είσαι καλά; Έρχομαι σε μισή ώρα. Θα είμαι εκεί. Με ακούς;» Ήταν η φωνή του Μιχαήλ. Μου ήταν αδιάφορη. Είτε την άκουσα είτε όχι ήταν για μένα το ίδιο και το αυτό. Χωρίς να πω κουβέντα, κατέβασα το ακουστικό. Μετά από δυο-τρία λεπτά το ξανασήκωσα και ζήτησα από τη ρεσεψιόν να μου στείλει δυο μπουκάλια βότκα και νερό. Μόλις κατέβασα το ακουστικό, το τηλέφωνο άρχισε να χτυπάει ξανά. Τράβηξα το καλώδιο από τον τοίχο και χώθηκα στα ζεστά, σχεδόν υγρά σκεπάσματα. Μέσα σε μισή ώρα ήμουν ξανά βυθισμένη στην ανυπαρξία.

Ένιωθα το παγωμένο νερό να με περιβάλει. Το σοκ ήταν αμυδρό αλλά υπαρκτό. Κάποιος με βύθισε σε μια μπανιέρα με παγωμένο νερό... Το κεφάλι μου δέχτηκε μια απότομη πίεση και σε δευτερόλεπτα βρέθηκα ολόκληρη κάτω από το νερό. Ένα δυνατό σώμα με τράβηξε έξω το ίδιο απότομα.

«Ξύπνα, γαμώ το! Ξύπνα, άχρηστο κι αχάριστο πλάσμα! Ξύπνα, γιατί δε θα διστάσω να σε χτυπήσω!» Αναγνώριζα τη φωνή, ήταν ο Μιχαήλ. Δεν αντέδρασα, δεν άνοιξα τα μάτια μου. Το σώμα με βούτηξε στο νερό και πάλι χωρίς να καταφέρει κάποια αντίδραση. Είχα ξυπνήσει, αλλά δε με ένοιαζε να δείξω σημεία ζωής. Ένα ξεγυρισμένο χαστούκι βρήκε το αριστερό μου μάγουλο. Είχε βάλει όλη του τη δύναμη, τόση που θα ήταν ικανός να με κάνει να λιποθυμήσω. Σχεδόν ένιωσα το μίσος του να περνάει μέσα μου. Άνοιξα ξεψυχισμένα τα μάτια και τον κοίταξα.

«Τι θέλεις; Γιατί δε με αφήνεις ήσυχη;» Δεν είχα χρησιμοποιήσει τις φωνητικές μου χορδές επαρκώς για πολλές μέρες το πιθανότερο κι η φωνή μου βγήκε βραχνή κι αρρωστημένη.

«Επιτέλους… Ξεκόλλα και ΞΥΠΝΑ!» Η φωνή του έκανε γκελ πάνω στα εσωτερικά μου όργανα. Στραβομουτσούνιασα και τον κοίταξα με ακόμα περισσότερο μίσος.

«Τουλάχιστον μπορείς να ξεκουμπιστείς από εδώ για να κάνω ένα κανονικό ντους; Με ξύπνησες, συγχαρητήρια, με έβρεξες, ας τελειώνουμε με τις διαδικασίες συντήρησης μια και καλή…». Ήθελα να τον χτυπήσω κι εγώ, όσο βίαια με είχε χτυπήσει κι αυτός, αλλά δεν είχα τη δύναμη.

«Τέλειωνε. Είσαι μέσα στη βρώμα μάλλον εδώ και δέκα μέρες», είπε αυστηρά και βγήκε σα σίφουνας από το μπάνιο, προφανώς ανακουφισμένος, που δε θα έπρεπε να υφίσταται τη γύμνια μου για πολύ ακόμα. Δέκα μέρες… Μου είχε φανεί μόλις σα μερικές ώρες. Δεν ήθελα να σκεφτώ, πόσο μάλλον να ξεστομίσω, έστω και μέσα στο μυαλό μου, από τι είχαν περάσει δέκα μέρες.

Έκανα ένα βιαστικό ντους και βγήκα σαν πεθαμένη από το μπάνιο του δωματίου. Ο Μιχαήλ στεκόταν όρθιος δίπλα στο παράθυρο, εξίσου εξοργισμένος με πριν κι η Γκαμπριέλα

καθόταν σε μια πολυθρόνα. Το δωμάτιο ήταν καθαρό. Προ-
φανώς η υπηρεσία δωματίου είχε κάνει τη δουλειά της όση
ώρα ήμουν βυθισμένη στη μπανιέρα. Άναψα ένα τσιγάρο και
ρούφηξα μερικές γουλιές βότκα ξεδιάντροπα, κοιτώντας μια
το Μιχαήλ και μια τη Γκαμπριέλα. Δεν ξεστόμισα κουβέντα.
Η Γκαμπριέλα με κοιτούσε με οίκτο, αλλά δεν τόλμησε να μου
πει τίποτα. Μάλλον η εικόνα μου ήταν για λύπηση. Τα μαλλιά
μου έσταζαν στους ώμους μου κι η πετσέτα μου είχε ήδη μου-
σκέψει, αλλά δεν έκανα καμιά κίνηση να ντυθώ.

«Για πόσο ακόμα θα ξεφτιλίζεσαι; Δεν μπορείς να μαζέ-
ψεις τα κομμάτια σου και να συνεχίσεις; Στο κάτω–κάτω εσύ
φταις για ό,τι σου συμβαίνει...». Ο Μιχαήλ έφτυσε τα λόγια
του πάνω μου. Πάλι δεν είπα τίποτα. Απλά συνέχισα να καπνί-
ζω με απάθεια. «Δεν πρόκειται να σταματήσεις αυτή τη συ-
μπεριφορά, βλέπω...». Με κοίταξε με θλίψη, ο θυμός του σα
να εξανεμίστηκε μέσα σε μερικά δευτερόλεπτα. Με πλησίασε
κι ακούμπησε το χέρι μου. Ανατρίχιασα, γιατί δεν είχα συνη-
θίσει να με ακουμπάει ο Μιχαήλ. «Άζρα, γιατί δεν είσαι αυτή
που ήσουν; Πού είσαι κρυμμένη μέσα σε αυτό το σώμα;» Η
φωνή του ακουγόταν σα να ήταν έτοιμος να κλάψει, σα να με
νοσταλγούσε στ' αλήθεια. Αλλά δεν καταλάβαινα ποιος ήταν
αυτός που ήμουν στο παρελθόν. Ποτέ δεν είχα καταφέρει να
ευχαριστήσω το Μιχαήλ κι αυτό με έκανε να νιώθω ακόμα
πιο άχρηστη και θλιμμένη. Τον κοίταξα φευγαλέα και γύρισα
προς το μπουκάλι μου κι ήπια λίγο ακόμα, καθώς τα μάγουλά
μου ήταν ήδη υγρά από τα δάκρυα.

«Δεν μπορώ...». Αυτό ήταν το μόνο που μπόρεσα να πω.
Ο Μιχαήλ απογοητευμένος άφησε το χέρι μου και κατευθύν-
θηκε προς την πόρτα.

«Θα μείνει η Γκαμπριέλα μαζί σου μέχρι να είσαι καλύτερα. Τότε έρχεσαι μαζί μου στη Νορβηγία. Αν θέλεις… Ό,τι θέλεις τέλος πάντων… Μπορείτε να με βρείτε στο κινητό αν με χρειαστείτε κάτι». Με χαμηλωμένο βλέμμα βγήκε από το δωμάτιο κλείνοντας απαλά την πόρτα πίσω του. Η φευγαλέα ματιά που του έριξα, μου έδωσε την εντύπωση πως ήταν πιο παραδομένος κι απελπισμένος απ' όσο τον θυμόμουν ποτέ.

Κεφάλαιο 22

Τρελή. Ένιωθα τρελή. Αποκομμένη από τις αισθήσεις, από την ύπαρξή μου· παραδομένη από οποιαδήποτε προσπάθεια επιβίωσης υπό όρους ανθρώπινης αξιοπρέπειας, έτοιμη να πεθάνω. Ένα ζώο. Τρελή. Υπήρχε μια απόσταση ανάμεσα στο παρόν και στο σώμα και το μυαλό μου. Μια απόσταση λες και τα όσα μου συνέβαιναν γίνονταν σε... τρίτο πρόσωπο. Μέσα στο κεφάλι μου επικρατούσε η παρανοϊκή ησυχία μιας νύχτας στη Σαχάρα σε συνδυασμό με τη φασαρία μιας ινδουιστικής γιορτής στη Βομβάη. Ταυτόχρονα, σα να ακροβατούσα πάνω σε μια σαρακοφαγωμένη, κρεμαστή γέφυρα, με μια άβυσσο να καραδοκεί κάτω από τα πόδια μου και σε αυτόν τον αγώνα μου να περάσω απέναντι είχα για βοηθό μου, οδηγό μου ένα τυφλό, μεθυσμένο κορίτσι.

Το κορμί μου πονούσε τόσο, λες κι είχα μόλις απελευθερωθεί μετά από δεκαπέντε μέρες βασανιστηρίων σε φυλακή της Σομαλίας. Γέλασα δυνατά κι άγρια με αυτές μου τις σκέψεις, με τις παρομοιώσεις, που γεννιούνταν μέσα στο μυαλό μου, την ίδια στιγμή που τα μάγουλά μου δεν είχαν στεγνώσει ακόμα. Τα μάτια μου συνέχιζαν να τρέχουν δάκρυα χωρίς να ξέρω το γιατί. Η Γκαμπριέλα με κοιτούσε θλιμμένα.

«Δε νομίζεις πως πρέπει να συνέλθεις;» Μου σφύριξε ακόμα πιο θλιμμένα από όσο με κοιτούσε. «Πρέπει να φας κάτι. Είσαι νηστική μέρες».

«Δε νομίζω. Δεν πάει τίποτα κάτω», της ξέκοψα απότομα. Το τσιγάρο, που είχα ανάψει νωρίτερα, μου έκαψε τα δάχτυλα. Το κρατούσα μηχανικά τα τελευταία πέντε λεπτά πάνω κάτω. Με αργές κινήσεις το άφησα στο τραπεζάκι δίπλα μου. Πώς ήταν δυνατό να είχα γίνει τόσο χάλια, τόσο απότομα, μόνο και μόνο γιατί *αυτός* έφυγε; Γιατί μου ήταν τόσο σημαντικός; Ένιωθα μόνη, ολομόναχη, πιο πολύ από ποτέ. Κανείς δε μου μιλούσε ειλικρινά, κανείς δε με βοηθούσε να καταλάβω την αλήθεια. Όλοι έμοιαζαν να είναι εναντίον μου, λες κι απείχαν από τον όποιο ρόλο βοήθειας προς εμένα, πέρα από το να εκτελέσουν τα βασικά: να μην πεθάνω, να μη με σκοτώσουν, να μη μείνω για πάντα κλεισμένη μέσα σε ένα δωμάτιο ξενοδοχείου πίνοντας την περιουσία μου. Μέσα στην παράνοια του αλλόκοτου ξυπνήματός μου, μια ξαφνική συνείδηση έγινε πιο ξεκάθαρη από ο,τιδήποτε άλλο. *Πρέπει να καταλάβω. Πρέπει να καταλάβω μόνη μου. Δεν μπορούν να μου πουν...* Γύρισα απότομα προς την Γκαμπριέλα. Τα μάτια μου πέταγαν σπίθες. Η μεγαλόσωμη Ρωσίδα αναρρίγησε μόλις είδε την αλλαγή μου από την πλήρη απάθεια κι απελπισία στη φρενήρη προσπάθεια να πιαστώ από κάπου.

«Γκαμπριέλα, πες μου μόνο αυτό. Πρέπει να τα καταλάβω όλα μόνη μου, σωστά; Κάτι σας εμποδίζει να μου πείτε τι συμβαίνει». Την κοιτούσα με λαχτάρα. Το βλέμμα της έδειχνε ξανά ζωντανό και γεμάτο ενδιαφέρον. Δε μίλησε. Μου έγνεψε θετικά με μανία. «Κάτι δε σας επιτρέπει να μου πείτε ακριβώς τι συμβαίνει και θα πρέπει να καταλήξω εγώ στα συμπεράσματά μου». Την έπιασα δυνατά από τους ώμους και την ταρακούνησα με μια δύναμη, που δεν ήξερα ότι διέθετα μετά από δέκα μέρες με υποτυπώδες φαγητό. «Αν μου πείτε εσείς, θα πάθω κάτι. Θα μου συμβεί κάτι». Η Γκαμπριέλα συνέχισε να γνέφει θετικά με την ίδια ζέση με πριν, αν όχι με περισσότερη. Ήταν όλα πιο ξεκάθαρα. Αυτό δικαιολογούσε τα μισόλογα, τις μπερδεμένες συνθήκες, τα ήξεις-αφίξεις. «Όχι μόνο σε εμένα, αλλά και σε εσάς». Η επιφοίτηση συνεχιζόταν. «Αν μου μιλήσετε, όλοι μας θα πάθουμε κακό. Έτσι είναι, Γκαμπριέλα;»

«Ναι. Ναι, έτσι είναι. Το ήξερα πως θα καταλάβεις, γλύκα. Και θα είχες καταλάβει νωρίτερα, αν δεν τα έκανε θάλασσα αυτός ο άθλιος». Με κοιτούσε με οίκτο, σα να με είχε παρασύρει κάποιος κακοποιός, σα να με είχαν ξεγελάσει.

«Καλύτερα θα ήταν να αφήσουμε αυτόν έξω από την κουβέντα μας». Αμέσως η φωνή μου σκλήρυνε. «Για την ώρα αυτός και τα όσα νιώθω για αυτόν θα πρέπει να μείνουν έξω από την εξίσωση, εντάξει;» Άρχισα να ντύνομαι με βιασύνη. «Πάμε τώρα. Πεινάω και νομίζω πως έχουμε πολλά να πούμε εμείς οι δύο». Τα μάτια της Γκαμπριέλα φωτίστηκαν και μου χαμογέλασε ζεστά. Δεν πίστευε στην τύχη της...

Μασουλούσα μανιωδώς ένα πιάτο με αρνί και κους-κους με μπόλικο μαϊντανό. Το εστιατόριο του ξενοδοχείου χαρακτηριζόταν από την ίδια μπαρόκ υπερβολή με το δωμάτιο που είχα περάσει αηδιαστικά τις προηγούμενες μέρες. Κοιτούσα γύρω μου με όλο και μεγαλύτερο ενδιαφέρον, όσο το φαγητό με δυνάμωνε σημαντικά. Η Γκαμπριέλα καθόταν απέναντί μου με ένα γαλήνιο ύφος. Φαινόταν σχεδόν σίγουρη πως σε λίγο όλα θα λύνονταν, όλα θα πήγαιναν στη θέση τους. Εγώ με τη σειρά μου δεν ήμουν τόσο αισιόδοξη όσο η συντρόφισσά μου, αλλά σε κάθε περίπτωση ήμουν σαφώς ανασυγκροτημένη. Η διαφορά στην ψυχοσύνθεσή μου ήταν τέτοια που πίστευα πως οποιοσδήποτε ψυχολόγος θα είχε σίγουρα διαγνώσει σχιζοφρένεια· δεν ήμουν φυσιολογική. Από την άλλη, με παρηγορούσε η ιδέα πως ούτε το γεγονός πως υπήρχαν νοήμονα όντα, που ζούσαν τρώγοντας ανθρώπους εδώ κι αιώνες, ήταν κατά τι φυσιολογικό, οπότε αποφάσισα να μην ασχοληθώ, άμεσα τουλάχιστον, με αυτό που ως τότε νόμιζα πως ήταν η νόρμα.

«Είσαι καλύτερα τώρα;» Η φωνή της Γκαμπριέλα ήταν γεμάτη ενδιαφέρον.

«Αρκετά», ψέλλισα και κατάπια την τελευταία μπουκιά του πιάτου μου μαζί με μια γενναία γουλιά ουίσκι. Ο σερβιτόρος με κοιτούσε με την άκρη του ματιού του όλο περιφρόνηση και αηδία. «Αρκετά καλύτερα ώστε να ψαχουλέψουμε παρέα την κατάσταση λίγο περισσότερο. Δεν είναι η ώρα νομίζεις;» Προσπάθησα να την κοιτάξω στα μάτια, αλλά φυσικά η ανοιχτόχρωμη Σιβηρή εστίασε το βλέμμα της μάλλον σε έναν πίνακα, που στόλιζε τον τοίχο πίσω μου. «Εσύ κι ο Μιχαήλ είστε Ιερείς», είπα με φωνή σταθερή όσο ποτέ. Η Γκαμπριέλα χαμήλωσε το βλέμμα κι άρχισε να παίζει με το πιρούνι του κουβέρ της που ποτέ δε χρησιμοποίησε. «Αυτό το παίρνω σαν κατάφαση», πρόσθεσα.

«Και πολύ καλά κάνεις. Κοίτα, Άζρα, δεν ξέρω πώς να το κάνουμε όλο αυτό. Ίσως θα ήταν καλύτερα να περιμένουμε και το Μιχαήλ. Δε θα αργήσει, σε μισή ώρα θα είναι εδώ. Πήρε το μήνυμά μου κι απάντησε πως έρχεται». Η Γκαμπριέλα ανησυχούσε σημαντικά, όμως εγώ ένιωθα πως δεν είχα την πολυτέλεια της αναμονής. Έπρεπε να κερδίσω το χαμένο χρόνο, τις δέκα μέρες που χαραμιζόμουν μέσα στο δωμάτιο του ξενοδοχείου.

«Όχι, δε γίνεται αυτό. Πρέπει να βιαστώ». Βαθιά μέσα μου είχα αποφασίσει να μην κρατήσω μυστικά. Για κάποιον ανεξήγητο λόγο, δεν ένιωθα πια ανασφαλής, δεν ένιωθα κίνδυνο. Η εξήγηση, που μου είχα δώσει, μου ήταν αρκετή. «Κοίτα, Γκαμπριέλα, πρέπει να μάθω τι έγινε τελικά στο Περού».

Η Ρωσίδα φάνηκε να αναστατώνεται ελαφρά, αλλά κράτησε την αυτοκυριαρχία της. «Ελπίζω σιγά-σιγά και σταθερά να φτάσουμε κι εκεί», πρόσθεσε σιγανά, σα να ντρεπόταν.

Στριφογύρισα το ποτό στο ποτήρι μου, ασυναίσθητα, προσπαθώντας να αποφασίσω από πού να αρχίσω κι άρχισα από το πρώτο πράγμα που μου ήρθε στο μυαλό. «Είμαι ένας Ψιθυριστής. Δεν έχει υπάρξει άλλος Ψιθυριστής ως σήμερα. Από πάντα, από την αρχή του κόσμου». Την κοίταξα διερευνητικά κι έγνεψε καταφατικά. «Ο λόγος της ύπαρξής μου είναι *μόνο* ο θάνατος του Άλεφ;» Η Γκαμπριέλα δε μίλησε ούτε και κουνήθηκε. «Συγγνώμη, ήταν ερώτηση. Μόνο ο θάνατος του Άλεφ, μόνο για αυτό υπάρχω». Την κοιτούσα με αδημονία. Δεν κουνιόταν εκατοστό. «Όχι. Υπάρχω και για κάτι άλλο». Προσπαθούσα να συγκεντρωθώ, να σκεφτώ μια λογική έκβαση. Όσο λογική θα μπορούσε να είναι η έκβαση μιας ιστορίας με τόσο ασυνήθιστα στοιχεία. «Ένας Ψιθυριστής των Ψυχών, *ψιθυρίζει στις ψυχές.* Γιατί το κάνει αυτό, γαμώτο...». Η προσπάθεια μου φαινόταν χαοτική, τυχαία και χωρίς άμεσο αποτέλεσμα. Η Γκαμπριέλα εξακολουθούσε να μην κουνιέται, πιθανό σημάδι πως ήμουν πολύ μακριά από την αλήθεια ή ίσως πολύ κοντά σε κάτι επικίνδυνο. Το 50-50 δε με άφηνε και πολλά περιθώρια ελιγμού κι αποφάσισα να αλλάξω δρόμο. «Ο σκοπός της ύπαρξής μου είναι *μεταξύ άλλων* κι ο θάνατος του Άλεφ». Κόλλησα το βλέμμα μου πάνω της, αδημονώντας για την απάντηση. Η Γκαμπριέλα έγνεψε θετικά απαλά με το κεφάλι της. «Κάτι που σκοράρει ψηλά και στη λίστα προτεραιοτήτων των Ιερέων». Η Ρωσίδα εξακολουθούσε να γνέφει θετικά.

Σκέφτηκα πως μια ανακεφαλαίωση των όσων ήξερα και μια επιβεβαίωση των όσων είχα καταλάβει δε θα έβλαπτε κανέναν. Από κάπου έπρεπε να πιάσω αυτό το κουβάρι και στ᾽ αλήθεια δεν ήξερα από πού να ξεκινήσω. Άφησα το βλέμμα μου να περιπλανηθεί στο σχεδόν άδειο εστιατόριο, πήρα μια βαθιά ανάσα κι άρχισα ξανά από το πρώτο πράγμα που μου ήρθε στο μυαλό.

«Οι άνθρωποι με χρειάζονται, γιατί μόνο εγώ μπορώ να τους δώσω σίγουρα τη νίκη αλλιώς δεν έχουν καμία ελπίδα και τα Λιοντάρια υπερέχουν πολύ κατασκευαστικά για να αφήσουν κάποιο περιθώριο στους ανθρώπους». Η Γκαμπριέλα είχε καρφώσει το βλέμμα πίσω μου και δεν κουνιόταν καθόλου. Η φωνή, που μου απάντησε, δεν ήταν η δική της αλλά του Μιχαήλ.

«Όχι ακριβώς. Πασχίζουμε να αναπτύξουμε τη στρατηγική μας σε διάφορα μέτωπα αλλά ναι, η αλήθεια είναι πως η μόνη σίγουρη νίκη είσαι εσύ». Τράβηξε μια καρέκλα και κάθισε δίπλα μου. «Ελπίζω να αισθάνεσαι καλύτερα», πρόσθεσε. Η φωνή του ήταν κουρασμένη, ξεψυχισμένη και ναι, θα μπορούσα να διακρίνω με δυσκολία μερικά ψήγματα ενδιαφέροντος. Αυτό με έκανε σχεδόν ευχαριστημένη, τέτοιο εγω-κεντρικό πλάσμα που είμαι. Γύρισα και τον κοίταξα -εξίσου ξεψυχισμένα με τη φωνή του- για να τον αναγκάσω να συνε-χίσει, αλλά κυρίως προσπαθώντας να μην καταλάβει τη χαρά μου για αυτά τα ψίχουλα σημασίας που μου πετούσε. «Ίσως ενημερώθηκες από το συμβούλιο πως οι Άνθρωποι έχουν κι-νηθεί παράλληλα και προς μια προσπάθεια έμμεσης πίεσης, μέσω της απορρύθμισης των χρηματαγορών σε όλο τον κό-σμο, μια προσπάθεια πίεσης των Λιονταριών μέσω της ισχύος του Συμβουλίου». Επιτέλους, κι άλλο γνώριμο έδαφος.

«Ναι, ήταν ιδιαίτερα ανήσυχοι για αυτήν την τακτική», συμπλήρωσα πολύ πιο θερμά από πριν. «Μόνο που αυτή η μέθοδος καταρχάς δεν έχει σίγουρα αποτελέσματα και κατά δεύτερον θα έλεγα πως έχει εξίσου βαριές επιδράσεις και στους ίδιους τους Ανθρώπους. Μιλάμε για μια απορρύθμιση που ίσως έχει χαοτικά αποτελέσματα, ίσως βάλει σε δεύτερη μοίρα το θέμα της υπερθέρμανσης του πλανήτη κι ίσως αυτό οδηγήσει στην καταστροφή των Ανθρώπων. Όλοι ασχολού-νται με τα χρήματα, δεν υπάρχει καιρός για οικολογία». Χα-μήλωσε το βλέμμα κι εξέτασε το τραπέζι, τα αραβουργήματα στις άκρες του. Είναι απίστευτο πού επικεντρώνουν τη συγκέ-ντρωσή τους τα πλάσματα όταν διηγούνται κάτι σημαντικό.

«Προφανώς προτιμάται η γρήγορη, καθαρή και σίγουρη μέθοδος», αναστέναξα. «Μόνο που αυτή μας κάνει νερά». Η Γκαμπριέλα άναψε ένα τσιγάρο και μου πρόσφερε κι εμένα ένα. «Μην προσπαθείτε να μου δημιουργήσετε τύψεις. Προ-έχει να καταλάβω τι συμβαίνει και μετά θα δούμε. Η όποια συναισθηματική εμπλοκή μου αυτή τη στιγμή δε θα καταφέ-ρει τίποτα». Τράβηξα μια ρουφηξιά από το τσιγάρο που μόλις άναψα, κατέβασα το υπόλοιπο ποτήρι με το ποτό κι έγνεψα απότομα στο σερβιτόρο για ακόμα ένα γέμισμα. Ανταποκρίθηκε με ένα ευγενικό νεύμα, αλλά η περιφρόνηση στο βλέμμα του ήταν εμφανής, αν όχι κραυγαλέα. Η απόψή του για μένα ήταν το τελευταίο πράγμα που με απασχολούσε εκείνη τη στιγμή.

«Κατά τη γνώμη σου, η σχέση σου με το μεγαλύτερο σφαγέα του ανθρώπινου είδους δε συμπεριλαμβάνεται στην κατηγορία «συναισθηματική εμπλοκή»; Ο Μιχαήλ ήταν πάντα αμείλικτος κι αυστηρός στις κατηγορίες του, δεν υπήρχε περίπτωση να σου χαριστεί. Γύρισα απότομα το βλέμμα μου πάνω του θυμωμένη και θιγμένη κι αυτός το απέστρεψε απότομα χωρίς να καταφέρει να καμουφλάρει το απεγνωσμένο της κίνησης, όπως έκανε άλλες φορές.

«Τον βλέπεις πουθενά γύρω μου;» απάντησα θυμωμένα. «Δεν είμαστε μαζί». Κάρφωσα το βλέμμα στο νεοφερμένο ποτό μου, το σήκωσα κι ήπια το μισό. Η έλλειψη κοκαΐνης με έκανε να υπερβάλω φανερά στο αλκοόλ.

Ο Μιχαήλ κι η Γκαμπριέλα έχασαν το συντονισμό τους σα δωδεκάχρονα σχολιαρόπαιδα. Προφανώς δεν περίμεναν μια τέτοια εξέλιξη. «Δηλαδή... δεν...δεν είσαι μαζί τους; Δεν είναι προσωρινός αυτός ο χωρισμός; Νόμιζα πως αυτός δεν ήθελε να σε πάρει μαζί του στο Περού». Τα μάτια της Γκαμπριέλα έλαμπαν με μια νέα ελπίδα και με πυροβολούσε με ερωτήσεις.

«Μη βιάζεσαι, Γκαμπριέλα. Μη συμπεραίνεις. Όχι, δεν είμαστε μαζί. Όχι, δε με έδιωξε. Εγώ έφυγα. Όχι, δεν είμαι ούτε μαζί σας, γιατί αυτή είναι η κρυφή ερώτηση που θα ήθελες να κάνεις. Αυτό που πρέπει να γίνει είναι να καταλάβω. Μετά θα δούμε με ποια πλευρά είμαι. *Αν θα είμαι με κάποια πλευρά. Να συνεχίσουμε τώρα;»* πρότεινα απότομα. Η λάμψη είχε χαθεί από τα μάτια της Γκαμπριέλα, αλλά ήταν σαφώς πιο ανανεωμένη από πριν. Ο Μιχαήλ έμοιαζε διστακτικός. *«Αφού δεν μπορείτε να μου πείτε τι συμβαίνει, έχουμε πολύ δρόμο ακόμα. Νομίζω πως έχω καταλάβει μέχρι στιγμής τις δυνάμεις που εμπλέκονται σε όλο αυτό: τα Λιοντάρια κι οι Άνθρωποι είναι οι αντίπαλοι και το συμβούλιο τοποθετείται κατά την περίσταση κι ανάλογα με το υλικό του κέρδος. Οι Διαπραγματευτές είναι Άνθρωποι και Λιοντάρια που δρουν σαν ενδιάμεσοι μεταξύ Συμβουλίου κι Ανθρώπων και Λιονταριών αντίστοιχα, οι Ιερείς είναι βοηθοί των Ανθρώπων κι ένας Ψιθυριστής σκοτώνει τον Άλεφ μεταξύ άλλων».* Κανένας από τους δύο δεν κινήθηκε. Κάτι είχα κάνει λάθος. *«Τι; Τι συνέβη; Όλα αυτά τα έχουμε ξαναπεί...».* Έψαχνα τρομοκρατημένη τη λάθος σκέψη. *«Το συμβούλιο; Δεν είναι έτσι το συμβούλιο;»* Δεν κουνήθηκαν ούτε χιλιοστό. Το κεφάλι μου διαπέρασε μια σουβλιά, μια αποκάλυψη.

«Οι Ιερείς... Οι Ιερείς δεν είναι βοηθοί... Οι Ιερείς δεν είναι καν Άνθρωποι». Ο Μιχαήλ με κοίταξε φευγαλέα κι απέστρεψε το βλέμμα με ένα θετικό νεύμα.

«Μιχαήλ, παλιοτόμαρο, δεν είσαι Άνθρωπος;» σχεδόν ούρλιαξα χαιρέκακα κι ένα σατανικό γέλιο με κατέβαλε. Άρπαξα το μαχαίρι και το βύθισα βίαια στο απλωμένο χέρι του, σα να περίμενα αιώνες να τον πονέσω, σα να αντλούσα την υπέρτατη ευχαρίστηση από το να του κάνω κακό, με τη σιγουριά και την ασφάλεια πως δε θα τον σκοτώσω. Το μέταλλο του εργαλείου διαπέρασε πέρα ως πέρα το άκρο του και σφηνώθηκε στο τραπέζι. Θα έπρεπε να είχε κομματιάσει νεύρα, τένοντες,

μύες, σάρκα. Ένα μουγκρητό βγήκε από το στέρνο του Ιερέα, μερικές σταγόνες αίμα πετάχτηκαν γύρω και μετά τίποτα. Μια καθαρή, όμορφη πληγή, *πεντακάθαρη, τριανταφυλλένια.* Όλα έγιναν πολύ γρήγορα. Η Γκαμπριέλα σηκώθηκε, πετάχτηκε από τη θέση της γρήγορα, αγχωμένα, βεβιασμένα για να πληρώσει και να αποσπάσει την προσοχή του προσωπικού από τη σκηνή. Εγώ γελούσα ακόμα μπάσα και κακισμένα, κοιτώντας το αφύσικο τραύμα. Ο Μιχαήλ θυμωμένος έβγαλε το μαχαίρι από το χέρι του, το ακούμπησε απαλά δίπλα του και με άρπαξε βίαια από το μπράτσο. Εγώ γελούσα, γελούσα και κοιτούσα τη ροζ πληγή που έκλεινε μαγικά, καθώς αυτός με τραβούσε έξω. Μέχρι να με σύρει από το εστιατόριο, το χέρι του ήταν λείο κι υγιές, όπως πριν λίγο.

«Πάντα ήσουν ένας μεγάλος μπελάς, Άζρα». Ψιθύριζε μέσα από τα δόντια του. «Πιο μεγάλος από όσο θα μπορούσα ποτέ να χειριστώ».

Κεφάλαιο 23

Η ζέστη ήταν ανυπόφορη. Ο μεσημεριανός ήλιος μας χτυπούσε αλύπητα και δε φαινόταν να έχει διάθεση για το παραμικρό ψήγμα ελέους, ακόμα κι αν ήμασταν στην αρχή του λιβανέζικου χειμώνα. Ο Ιερέας εξακολουθούσε να με σέρνει κυριολεκτικά πίσω του, απομακρυνόμενος από το ξενοδοχείο και το μπερδεμένο προσωπικό, που μας παρακολουθούσε σιωπηλά πίσω από τις τζαμαρίες. Εξακολουθούσα να γελάω σαν παρανοϊκός τρόφιμος ψυχιατρείου. Η Γκαμπριέλα είχε προηγηθεί κι είχε ήδη μπει στη θέση του οδηγού του αυτοκινήτου. Το βλέμμα της έδειχνε πως ήταν αναστατωμένη. Από τι έγινε; Από την αντίδρασή μου ή μήπως από την αντίδραση του Μιχαήλ; Ο Ιερέας με *πέταξε* στο πίσω κάθισμα και μπήκε νευριασμένος στη θέση του συνοδηγού.

«Για αυτό. Για αυτό ήσουν έτσι τόσα χρόνια. *Δεν είσαι Άνθρωπος...*». Γελούσα γιατί όλα είχαν μπει στη θέση τους. Η αδιαφορία του, η παντελής έλλειψη ενδιαφέροντος για μένα, για ένα παιδί που ζούσε μαζί του στο κάτω-κάτω. Η απουσία οποιουδήποτε *είδους* ενδιαφέροντος. «Ούτε να με πηδήξεις δεν ήθελες! Ούτε να με αγγίξεις! Με κοιτούσες σα να μην ήμουν καν γυναίκα, σα να ήμουν ένα ζώο, ένα σκυλί. Να πάρει ο διάολος, το σκυλί σου το πρόσεχες περισσότερο». Γελούσα πιο δυνατά ακόμα. Ευχαριστημένη που δεν έφταιγα εγώ για όλη την απάθεια, που είχα εισπράξει τόσα χρόνια από αυτόν, που ήταν ό,τι κοντινότερο σε οικογένεια θα είχα ποτέ.

«Σκάσε! Σκάσε επιτέλους!» Είχε γυρίσει προς το μέρος μου και με κοιτούσε απροσδιόριστα με τόσο μίσος που νόμιζα πως θα με σκοτώσει μόνο με το βλέμμα του. Ήταν εκτός εαυτού. Αν ήταν μίσος ή οργή δεν καταλάβαινα βέβαια, αλλά έμοιαζε να έχει ξεπεράσει τα όποια οριά του. «Σταμάτα, αχάριστη! Σταμάτησε, γιατί θα σε σταματήσω εγώ». Είχε πιάσει το χέρι μου με τόση δύναμη, που με έκαιγε. Το γέλιο μου δε σταματούσε με τίποτα, με είχε κυριεύσει, πλημμυρίσει, καταβάλει.

«Απορώ γιατί μπήκες στον κόπο να με μεγαλώσεις, γιατί έκανες αυτήν την προσπάθεια, γιατί δε με άφησες να ψοφήσω πάνω σε εκείνο το βουνό, γιατί δε με παρέδωσες σε ένα ορφανοτροφείο...». Έφτυνα τα λόγια μου πάνω του. Ο πόνος κι η πίκρα τόσων χρόνων, η έλλειψη της όποιας τρυφερότητας από ένα άλλο πλάσμα είχε πια ξεχειλίσει από μέσα μου. Ένα παιδί που μεγάλωσε χωρίς κανέναν, ζητούσε εξηγήσεις. «Στ' αλήθεια, γιατί;» Το γέλιο μου κόπηκε απότομα και τα μάτια μου γέμισαν δάκρυα. Δεν είχα επιτρέψει ποτέ στον εαυτό μου να παραδεχτεί στο Μιχαήλ πόσο πολύ τον είχα ανάγκη και πόσο με πονούσε αυτή του η στάση τόσα χρόνια. Αλλά δεν είχα πια όρεξη να το κρύβω, δεν είχα όρεξη για αυτό το παιχνίδι, για κανένα παιχνίδι. «Γιατί;» Τα μάτια μου έτρεχαν ποτάμια. Το ύφος του φαινόταν συγκλονισμένο, σα να μην ήξερε πώς να τα χειριστεί όλα αυτά, όλο αυτό το συναίσθημα. Έπιασε το πρόσωπό μου με τα δυο του χέρια απαλά.

«Γιατί κάπου μέσα σε αυτό το σώμα βρίσκεται ένας σύντροφος, ένας αδελφός, κάποιος που αγαπώ πέρα από τα όρια αυτού του κόσμου κι ο ρόλος μου είναι να τον φροντίζω και να περιμένω να ξυπνήσει».

Η Γκαμπριέλα σταμάτησε το αυτοκίνητο προσεκτικά. Το βλέμμα της ήταν τρομαγμένο και κοιτούσε επιφυλακτικά στο πίσω κάθισμα μέσα από τον καθρέφτη, σα να περίμενε να πέσει φωτιά να μας κάψει. Η φωτιά, όμως, φαινόταν να εξαπλώνεται μόνο μέσα στο κεφάλι μου. Η ίδια θολούρα, ο ίδιος *πυρετός* που είχα νιώσει εκείνο το βράδυ, που μου αποκάλυψαν τη φύση των Λιονταριών μέσα στο σκοτεινό τους φυλάκιο, με είχε πλημμυρίσει. Έπιασα το κεφάλι μου τρομοκρατημένη, χωρίς να καταλαβαίνω τι μου συνέβαινε.

«Μιχαήλ… Δεν έπρεπε…». Η Γκαμπριέλα ψέλλισε σιωπηλά, ακουγόταν σα να μιλούσε μερικά εκατοντάδες μέτρα μακριά μου. Ο Μιχαήλ ήταν ανήσυχος, φοβισμένος.

«Άζρα! Τι έχεις; Άζρα, μίλα μου…». Δεν μπορούσα να αρθρώσω λέξη, το κεφάλι μου ζύγιζε τόνους. Έσφιγγα τις παλάμες μου σα μέγγενη πάνω στο κεφάλι μου, αλλά αυτή η πίεση από το εσωτερικό, από τον εγκέφαλό μου γινόταν όλο και μεγαλύτερη κι η καρδιά μου σκίρτησε από το φόβο του θανάτου. Φοβόμουν στ' αλήθεια πως θα πέθαινα. Φοβόμουν πως θα πέθαινα; Δεν ήμουν σίγουρη αν στ' αλήθεια φοβόμουν για το θάνατό μου. Παραδόξως, ο θάνατος μου φαινόταν τραγικά οικείος, γνώριμος. Μάλλον φοβόμουν για εκείνη τη μικρούλα στιγμούλα, που θα μου κοβόταν η ανάσα κι όλα θα μαύριζαν. Φοβόμουν για τη *μετάβαση*, όχι για το *μετά*. Όλα γύριζαν

283

μπερδεμένα. Ήμουν σύντροφος... Αδελφός... Πόσα χρόνια; Τι γίνεται; Τι *είχε* γίνει; Ποια ήμουν; Θα ερχόταν το τέλος; Πότε θα ερχόταν το τέλος;

Εικόνες, αποσπάσματα εμφανίζονταν μπροστά μου. Ο Μιχαήλ, η Γκαμπριέλα, Αυτός. Δεν μπορούσα να αναπνεύσω, άρχισα να πνίγομαι. *Γαμώτο...*, σκέφτηκα. *Θα τα τινάξω εδώ σαν ένα παλιόσκυλο.* Η καρδιά μου έμοιαζε να έχει σταματήσει, οι ήχοι είχαν αποκοπεί τελείως από μένα. Δεν άκουγα, δεν ένιωθα τίποτα άλλο εκτός από τη φωτιά και την πίεση μέσα στο κεφάλι μου. Τινάχτηκα έξω από το αυτοκίνητο, περπατούσα γρήγορα, προσπαθούσα να πάρω ανάσα. *Τίποτα... Θα πεθάνω. Σίγουρα, θα πεθάνω.* Άρχισα να τρέχω χωρίς ανάσα, ή έτσι νόμιζα τουλάχιστον. Ήθελα να φύγω από κοντά τους, από όλα. Δεν άντεχα αυτό το μαρτύριο. Ήθελα να ζήσω ή να πεθάνω, απλά να σταματήσει αυτή η ενδιάμεση κατάσταση. Ήθελα κάτι τελεσίδικο. Έτρεχα όσο πιο γρήγορα μπορούσα, προς μια τυχαία κατεύθυνση. Φαίνεται πως έτρεχα αρκετά γρήγορα, γιατί κανείς δε με πρόλαβε κανείς από τους δυο τους. Ή δεν προσπάθησε κανείς; Χώθηκα μέσα σε ένα παζάρι, χρώματα γύρω μου με αποπροσανατόλιζαν ακόμα περισσότερο, οι ήχοι αποκομμένοι, η ένταση των χρωμάτων και των εικόνων εκτυφλωτική, αντιστάθμιζε την έλλειψη της ακοής. Medley...

Χρειάστηκαν απλά μερικά δευτερόλεπτα μέσα σε αυτό το πολύχρωμο χάος κι η πίεση εξαφανίστηκε, η φωτιά στο κεφάλι μου καταλάγιασε, όλα έμοιαζαν ήσυχα, στη θέση τους· παράξενα ήσυχα, σιωπηλά· αποκομμένα από την πραγματικότητα, σαν σε άλλη διάσταση. Κοίταξα μπροστά μου και τον είδα. Ο Ιερέας ήταν εκεί, *πέντε μέτρα πριν από μένα, περπατούσε αργά, σα σωματοφύλακας.* Πήρα μια βαθιά ανάσα με τη νεοαποκτηθείσα ικανότητά μου αφού μου είχε επιτραπεί να αναπνεύσω και πάλι. Ήμουν επιφανειακά ήρεμη, αλλά στην πραγματικότητα συγκλονισμένη. Αν άφηνα να παρασυρθώ απ' το σοκ μου, θα άρχιζα να τρέμω ανεξέλεγκτα. Γύρω μου όλοι μιλούσαν αραβικά, γρήγορα και δυνατά. *Όλα συμβαίνουν όπως στο όνειρό μου. Ακριβώς όπως στο όνειρό μου.* Ο Ιερέας γύρισε και με κοίταξε πάνω από τον ώμο του με το βλέμμα του απαλό, καθησυχαστικό. Συνέχισα να περπατάω αργά, να περιμένω τη συνέχεια που τόσο καλά ήξερα, σχεδόν με αδημονία.

Τον ξεχώρισα αμυδρά μέσα στο πλήθος. Ο γέρος. Ο τυφλός γέρος πεσμένος σε μια γωνία, στηριγμένος σε ένα τοίχο και το παιδί δίπλα του γονατισμένο. Ο γεράκος ψυχορραγούσε. Ο πόνος μέσα μου εμφανίστηκε μόλις τον είδα. Θα πέθαινε. Το παιδί δίπλα του έκλαιγε, προσπαθούσε να ζητήσει βοήθεια, φώναζε, επιχειρούσε να του δώσει νερό, χωρίς επιτυχία. Ο γεράκος ήταν αβοήθητος, τα κενά, άσπρα μάτια του δεν εστίαζαν πουθενά. Ο πόνος μέσα μου μεγάλωσε. *Θα πέθαινε.*

Ο Ιερέας με κοίταξε σταθερά, με σιγουριά και μου ένευσε «Προχώρα». Ήταν σα να αντήχησε μέσα στο κεφάλι μου. Ήξερα τι να κάνω πολύ καλά, έπρεπε να κάνω *τη δουλειά μου.* Ο γεράκος τινάχτηκε από τη θέση του, τα τυφλά του μάτια καρφώθηκαν πάνω μου, σα να με έβλεπαν. Δε θα έπρεπε να με βλέπουν αλλά με έβλεπαν. Τα στεγνά, ξερά του χείλη σχημάτισαν λέξεις, λέξεις στα αραβικά που τις καταλάβαινα.

«Ήρθες... Ήρθες... Άργησες, αλλά ήρθες. Σε περίμενα νωρίτερα, χρόνια νωρίτερα. Σε έβλεπα στα όνειρά μου, αλλά δεν ερχόσουν. Έζησα καλά, δόξασα το Θεό, έκανα παιδιά, εγγόνια. Είμαι ευχαριστημένος. Έζησα καλά. Είμαι έτοιμος να με πάρεις, Malak Al Maut. Άγγελε του θανάτου».

Έβαλα το χέρι μου στην τσέπη μου κι έβγαλα ένα μπλοκ που δεν ήξερα ότι είχα. Δεν ήταν κενό. Περιείχε ονόματα σε λίστα. Τα πρώτα ήταν διαγραμμένα. Προχώρησα σταθερά μέχρι το σημείο που βρήκα το πρώτο που δεν είχε διαγραφεί: Σαλίφ Νόκτα, γιος του Μωχάμετ και της Ανέ. Πλησίασα το γέρο. Το παιδί έκλαιγε, το ίδιο κι ο γεράκος, φοβόταν. Προσπαθούσε να δείχνει γενναίος, αλλά φοβόταν. Τα μέσα μου πονούσαν ανυπόφορα. Έσκυψα πάνω του και πλησίασα το αυτί του. Μου φάνηκε πως μύριζα θάνατο. Δεν έμενε τίποτα άλλο από το να τελειώσω *τη δουλειά μου.* Του ψιθύρισα: «Σαλίφ, γιε του Μωχάμετ και της Ανέ. Ήρθε η ώρα να φύγεις από εδώ. Ήρθε η ώρα να πεθάνεις». Διέγραψα το όνομα την ώρα που ένιωσα την ψυχή του να φεύγει από μέσα του, σα μια τελευταία ανάσα με γλυκιά μυρωδιά. Τη μυρωδιά μου.

Ο αντικαταστάτης άρχισε να ουρλιάζει μέσα στην Κυψέλη: «Γύρισε. Ο Ψιθυριστής ΓΥΡΙΣΕ».

Πριν–1

Άνοιξα τα μάτια μου, η ανάσα μου είχε σταθεροποιηθεί. Απόλαυσα μια γεμάτη αναπνοή και κοίταξα γύρω μου. Ατέλειωτη θάλασσα, τέλεια άπνοια, γκρι ουρανός με ένα απροσδιόριστο φως, χωρίς ορατή πηγή. Στεκόμουν πάνω στο νερό. Το σκηνικό μου ήταν γνώριμο. Ήμουν στα Ενδιάμεσα Πεδία. Πάνω οι Συν, κάτω οι Πλην, εγώ στη μέση. Κοίταξα το σώμα μου. Ήμουν ίδια όπως πάντα. Σταγόνες νερό κυλούσαν στο λαιμό μου, ήμουν βρεγμένη. Τίναξα τα μαλλιά μου. Μαζί με τα μαλλιά θρόισαν, τινάχτηκαν και τα τεράστια, μαύρα φτερά. Τα είχα ξεχάσει. Ήταν σα να είχαμε αποχωριστεί εδώ και καιρό και ξαφνικά τα ξαναβρήκα. Ένιωθα ολόκληρη και πάλι. Ακούμπησα το σώμα μου, έλεγχος αν είναι όλα όπως τα είχα νιώσει τελευταία φορά. Ναι. Εντάξει. Ήμουν φανερά αποπροσανατολισμένη. Γιατί; Γιατί, Αζραέλ; Γιατί μπερδεύτηκες, αρχάγγελε του θανάτου; Χα! Μιλούσα στον εαυτό μου...

Πονούσα ακόμα μέσα μου. Έβγαλα το μπλοκ. Όλοι εδώ, όλοι γραμμένοι, ένας-ένας. ΟΛΟΙ. Ανεξαιρέτως. Όλοι οι συν, όλοι οι Πλην, όλοι οι Άνθρωποι, όλα τα Λιοντάρια. Ακόμα κι

Αυτοί. Όλοι είχαν ένα τέλος κάποτε κι εγώ η τελευταία. Αυτή που θα φροντίσει πως όλα κι όλοι τέλειωσαν την ώρα που πρέπει, πριν κλείσει τα μάτια της. Η τελευταία επιζήσασα. Για λίγο... Πόσο πονούσε αυτή η δουλειά. Δεν την ήθελα. Την απεχθανόμουν. Αλλά κάθε καλός στρατιώτης εκτελεί ό,τι του αναθέσουν χωρίς πολλά-πολλά. Δεν υπάρχει ελεύθερη βούληση κι εγώ έπρεπε να πλησιάζω λίγο πριν το τέλος. Αυτό που πονούσε πιο πολύ ήταν ότι, όταν βρισκόμουν αρκετά κοντά, με έβλεπαν, με ένιωθαν και τότε ξεκινούσε ο πόνος μέσα μου. Άλλοι παρακαλούσαν, άλλοι έβριζαν, άλλοι δωροδοκούσαν κι άλλοι έτρεχαν να σωθούν χωρίς ελπίδα. Ήμουν πάντα εκεί, να τους ψιθυρίσω το τέλος, τον αποχωρισμό της ψυχής από το σώμα, το τέλος τους σε αυτό ή σε άλλο επίπεδο. Αυτοί που με πονούσαν πιο πολύ ήταν όσοι ήξεραν, όσοι περίμεναν τη μοίρα τους και τα παιδιά. Δεν άντεχα τα παιδιά των ανθρώπων. Τόσο αθώα, έτρεχαν πάντα με ανοιχτή αγκαλιά. Νομίζουν πως θα παίξουμε. Χαμογελαστά. Αυτά δεν τα πήγαινα στους ανακριτές, δεν είχαν τίποτα να ομολογήσουν. Πήγαιναν κατευθείαν στη θέση τους. Δεν άντεχα αλλά ήταν η δουλειά μου.

Ο Γαβριήλ με πλησίασε σιωπηλός. Η δική του δουλειά ήταν εύκολη, απλή, ευχάριστη. Επικοινωνεί με τους προφήτες. Αυτός υπαγόρευσε τα ευαγγέλια στους αποστόλους, το Κοράνι στο Μωάμεθ. Ήταν το προπύργιο της προπαγάνδας αυτών. Ο Μιχαήλ το ίδιο τυχερός. Άγγελος του ελέους. Ο Μααλίκ, διοικητής των Πλην, υπαρχηγός του Ιμπλίς. Ο Ριντουάν, διοικητής των Συν. Ποτέ δεν κατάλαβα γιατί έδωσαν σε εμένα το χειρότερο κλήρο. Υποτίθεται πως ήμουν ο σωστότερος Στρατιώτης, ο καλύτερος. Δεν καταλάβαινα γιατί με τιμώρησαν έτσι, με τόσο πόνο. Ο Γαβριήλ ανησυχούσε που δε μιλούσα.

«Είσαι καλά; Καλύτερα τουλάχιστον; Κουνήσου από τη θέση σου, θα πετρώσεις…». Ο Γαβριήλ δε μιλούσε, φυσούσε όσα ήθελε να σου πει μέσα στο κεφάλι σου κι είχε χιούμορ. Σπάνιο προτέρημα για έναν αρχάγγελο. Γύρισα και τον κοίταξα. Χαμογέλασα στην προσπάθειά του να με ευθυμήσει.

«Έτσι θέλω να σε βλέπω. Δεν αντέχω έναν άγγελο με κατάθλιψη… Το χειρότερό μου». Το αεράκι του λόγου του μου ηρεμούσε το κεφάλι. Ο Γαβριήλ ήταν πραγματική ευλογία. Ήταν ένας τεράστιος, ξανθός άγγελος, όμορφος, με μεγάλα, εκφραστικά, γαλάζια μάτια κι άσπρα φτερά. Άλλοτε ήταν άντρας, άλλοτε γυναίκα, δεν μπορούσε να σταθεροποιηθεί, σαν τους υπόλοιπους που είχαμε καταλήξει, είχαμε διαλέξει. Άλλοτε ο Γαβριήλ, άλλοτε η Γκαμπριέλα. Έλεγε πως ήταν μαγικό να μπορεί να δει τον κόσμο κι από τις δύο πλευρές. Είχε εθιστεί στην εναλλαγή. Ήθελε να είναι δίκαιος, αντικειμενικός κι η σταθερότητα του φύλου δε θα του επέτρεπε κάτι τέτοιο. Κατ' αυτόν, όλα είχαν μια φυλετική προσέγγιση.

Ο Μιχαήλ δεν είχε αλλάξει φύλο καν. Ούτε για δοκιμή. Όπως γεννήθηκε, έτσι κι έμεινε. Αρσενικό. Χωρίς εναλλαγές, χωρίς δοκιμές, αποφασιστικός και κάθετος. Ό,τι του έτυχε αυτό και θα υποστηρίξει. Μάταια η Γκαμπριέλα προσπαθούσε να τον πείσει πως οι γυναίκες είναι πιο συμπονετικές και πως το έργο του θα ήταν πιο εύκολο όντας γυναίκα. Το έλεος σε μια γυναίκα δεν υπάρχει, υποστήριζε ο Μιχαήλ. Κανένα πλάσμα, που τυλίγει τα χέρια του γύρω από το παιδί του και το πνίγει χωρίς λόγο, δεν μπορεί να είναι ικανό για έλεος. Είχε στο μυαλό του τις μελανές εικόνες μιας ανθρώπινης Μήδειας κι αυτό του αρκούσε για να καταδικάσει ολόκληρο το γυναικείο φύλο. Αποφασιστικός και κάθετος. Έτσι ήταν πάντα. Απορούσα πως γινόταν να είναι αυτός ο ελεήμονας.

Έμεινα άντρας για πολύ λίγο. Δεν το άντεχα, ήταν ασύμβατο. Μόνο κάποιος που μπορεί να κρατήσει στα σπλάχνα του μια νέα ζωή, να την τρέφει και να τη φροντίζει μέχρι να γεννηθεί αλλά και μετά, για πάντα ή για όσο υπάρχει, μόνο ένα τέτοιο σώμα δικαιούται να καταλαβαίνει τον πόνο του θανάτου, τη βιαιότητα της αλλαγής επιπέδου, τη σήμανση και τη σημασία του να τελειώνεις ό,τι με τόσο κόπο και φροντίδα ένα γυναικείο σώμα έπλασε. Έγινα γυναίκα κι έμεινα έτσι.

«Ποιος ήταν; Παιδί; Τι σε έκανε έτσι;» Το θρόισμα του Γαβριήλ στο κεφάλι μου συνεχιζόταν. Δε θα ηρεμούσε αν δεν κάναμε ψυχανάλυση.

«Όχι, όχι. Όχι παιδί. Ένας δολοφόνος». Κοιτούσα τον ατελείωτο ορίζοντα. Τα Ενδιάμεσα Παιδιά μου έδιναν το περιθώριο να επαναφέρω τον έλεγχο. Αποτελούσαν μια χρονική επέκταση μεταξύ των δευτερολέπτων του πραγματικού χρόνου. Μπορούσες να μείνεις εκεί μια αιωνιότητα και να μην έχει περάσει ούτε ελάχιστος χρόνος. Ήταν μια χρονική κρύπτη που μου άρεσε να εκμεταλλεύομαι.

«Τότε γιατί στενοχωριέσαι; Τον άφησες στους ανακριτές;»

«Από αυτούς έρχομαι. Γαβριήλ, ξέρεις πως όλοι με καταρρακώνουν. Αλλά… αυτός… κι άλλοι δηλαδή… αυτός έκανε ένα λάθος. Ένα λάθος μέσα σε μια μικρή ζωή, μια ζωούλα μια σταλιά, το οποίο το μετάνιωσε σε όλη την υπόλοιπη διάρκειά της και θα τιμωρηθεί για αυτό το λάθος για μια αιωνιότητα…». Δε μου άρεσε αυτό.

«Θα σταματήσεις να είσαι τόσο αναρχική; Έτσι έχουν τα πράγματα. Δουλειά μας είναι να εκτελούμε το κομμάτι μας για να είναι η ροή των πραγμάτων όπως θέλουν Αυτοί. Μην αρχίσουμε τις φιλοσοφίες πάλι γιατί κουράζομαι. Αυτά να τα λες με το Μιχαήλ, που έχει την όρεξή σου και λυπάται τους πάντες». Το θρόισμα ήταν λίγο πιο θυμωμένο τώρα. Ο Γαβριήλ ήταν πιο επιθετικός και λιγότερο υπομονετικός από τη Γκαμπριέλα. Είχα επιθυμήσει τη γυναικεία μορφή του εκείνη την ώρα.

«Καλά, καλά, μη γκρινιάζεις! Γίνεσαι ανυπόφορος μερικές φορές», του χαμογέλασα και πάλι. «Νόμιζα πως μας χρειάζονται».

«Για αυτό ήρθα. Έχεις καινούργια δουλειά. Πάμε στο Μιχαήλ να σου την ανακοινώσει». Δεν περίμενε την απάντησή μου. Βούτηξε με το κεφάλι στο νερό εκτελώντας μια άψογη βουτιά και χωρίς δεύτερη σκέψη, τον ακολούθησα. Φεύγαμε από τα Ενδιάμεσα Πεδία. Ήταν ώρα να πάμε στην Κυψέλη.

Ο Μιχαήλ στεκόταν ολομόναχος στη μέση της Κυψέλης. Εδώ ο χρόνος έτρεχε κανονικά κι ο χώρος έμοιαζε πιο περιορισμένος, αλλά και το ίδιο αχανής με τα Ενδιάμεσα Πεδία. Ο Γαβριήλ τίναξε τα νερά από πάνω του κι εγώ τον μιμήθηκα. Κι οι δυο τους έμοιαζαν σα να έχουν χιλιάδες φτερά και ταυτόχρονα μόνο δύο. Ήταν κι οι δύο όμορφοι και μαγικοί. Ο Μιχαήλ είχε το πιο γλυκό βλέμμα που είχα δει ποτέ μου. Ένα βλέμμα που μου ήταν γνώριμο, όσο το βλέμμα ενός αδελφού. Ενός συντρόφου κι αδελφού. Αυτό αμυδρά κάτι μου θύμιζε, αλλά δεν μπορούσα να το εντοπίσω. Τον πλησίασα κι ακούμπησα την παλάμη μου στο πρόσωπό του. Ένας χαιρετισμός αγάπης μεταξύ μας. Μου το ανταπέδωσε. Μείναμε για λίγο έτσι, ο ένας απέναντι από τον άλλο. Δε με κοιτούσε στα μάτια. Κανείς δε με κοιτούσε ποτέ στα μάτια. Τα μάτια μου σκότωναν και μέχρι να το κάνουν, αυτά τα δευτερόλεπτα μέχρι να δολοφονήσουν, πονούσαν τόσο το μυαλό, που ήταν ανυπόφορο. Όλα τα πλάσματα απέστρεφαν το βλέμμα πονεμένα, από ένστικτο.

«Έχεις καινούργια αποστολή, Αζραέλ». Η φωνή του Μιχαήλ αντήχησε στον τεράστιο χώρο καμπανιστή, βροντερή, πεντακάθαρη, άψογη, πανέμορφη, καθησυχαστική. «Καιρός να ξαναφύγεις».

«Για πού;» ρώτησα πειθήνια. Ο Μιχαήλ ήταν παλιότερος. Αν κι είμασταν αρχάγγελοι ίσης ισχύος και θέσης, αυθόρμητα τον σεβόμουν σα μεγαλύτερο, σα σοφότερο. Τον υπάκουγα και τον ακολουθούσα χωρίς δεύτερη σκέψη και χωρίς να μου το έχει επιβάλει κανείς. Μου φαινόταν πως ήταν ειλικρινά και βαθιά καλύτερος από μένα και δεν τον ζήλευα για αυτό. Τον θαύμαζα και τον αγαπούσα.

«Για τον πλανήτη. Υπάρχει κάποιος που πρέπει να ξεφορτωθείς». Τα λόγια του ήταν πιο σκληρά από όσο θα περίμενα ποτέ, τόσο ασύμβατα με το είναι του. Αναρρίγησα. Μόνο για κάποιον πολύ συγκεκριμένο θα μιλούσε έτσι. Μήπως είχε έρθει η ώρα; Άνοιξα ανήσυχη το μπλοκ να βρω τον επόμενο στη λίστα. Το τέλος ερχόταν ξαφνικά κι άγνωστο πότε για τον καθένα. Η λίστα ανασυντασσόταν, τα ονόματα άλλαζαν θέση κατά τη βούληση αυτών, ποτέ, μέχρι τη στιγμή που με έβλεπε κάποιος, δεν ήξερα αν η θέση του στη λίστα ήταν μόνιμη. Μερικές φορές το όνομα έφευγε από μπροστά μου τη στιγμή που ήμουν έτοιμη να το σβήσω. Ποτέ όμως, αφού ψιθύριζα. *Αυτός που μάθαινε για το θάνατό του δε γύριζε ποτέ πίσω;* Ψέλλισα φοβισμένη την επόμενη ερώτηση. «Ποιον; Για ποιον ήρθε η ώρα;» Τα ονόματα εξακολουθούσαν να αλλάζουν θέση μπροστά μου χωρίς να σταθεροποιούνται, δε με άφηναν να δω τι είχαν αποφασίσει Αυτοί.

«Αζραέλ, πρέπει να πεθάνει αυτός που μπορεί να σε σκοτώσει». Ο Μιχαήλ τώρα κοιτούσε εμένα με συμπόνια. Ήταν φανερό πως ανησυχούσε *για το δικό μου καλό*, για το αν θα έβγαινα εγώ ζωντανή από αυτό. Με αγαπούσε κι αυτός το ίδιο δυνατά, όσο τον αγαπούσα κι εγώ.

«Ο Άλεφ; Γιατί τώρα; Ποια η διαφορά τώρα;» Τον κοιτούσα απορημένη. Έψαχνα τη δικαιολογία πίσω από τις αποφάσεις αυτών. Ο Γαβριήλ αναστέναξε. Για αυτόν κάτι τέτοιο ήταν αιρετικό, δε θα έπρεπε να μου περνάει καν από το μυαλό. Ήταν αντίθετο στο ρόλο ενός στρατιώτη. *Ήμουν πάντα έτσι όμως. Ήθελα να καταλαβαίνω γιατί.* «Ελπίζω να μη χρειαστεί να παλέψεις. Ξέρεις πως εμπιστεύομαι τις ικανότητές σου στη μάχη περισσότερο κι από τις δικές μου. Απλά ήρθε η ώρα του». Ο Μιχαήλ κοιτούσε μακριά κι αυτό ισοδυναμούσε με *συνειδητό ψέμα* από μέρους του.

«Άσε τα διπλωματικά σου, Μιχαήλ. Ξέρεις ότι δε φοβάμαι να παλέψω μαζί του, ούτε πρόκειται να έχω κανένα πρόβλημα. Ρώτησα γιατί θέλουν να φύγει τώρα. Γιατί όχι σε πεντακόσια χρόνια; Γιατί όχι αφού αντικατασταθεί απ' τον επόμενο, όπως τόσοι άλλοι; Τι συνέβη τώρα; Σκοτώνω σπάνια τους Άλεφ, κυρίως αφού παροπλιστούν από τον επόμενο, συχνά ούτε τότε. Αυτό δε θα θέσει τα Λιοντάρια σαν είδος σε κίνδυνο; Δεν παρεμβαίνει στην Ισορροπία;» Είχα πολλές ερωτήσεις. Ο Μιχαήλ κοίταξε θυμωμένα το Γαβριήλ, κάτι που δε συνήθιζε· γενικά ο θυμός ήταν έξω από τα δεδομένα του. Ήταν απόλυτος αλλά σπάνια οργισμένος.

293

«Αζραέλ, δεν είμαι σίγουρος. Κάνω ό,τι μου λένε. Ξέρεις πως Αυτοί δεν μπορούν να αποφασίσουν το μέλλον των αρχαγγέλων ούτε να το δουν. Ο Άλεφ είναι η αντίδραση στη δική σου δράση σε αυτό το σύμπαν. Κάτι έχουν δει…». Ο Γαβριήλ φανερά ενοχλημένος από την κουβέντα και τα λόγια του Μιχαήλ γύρισε την πλάτη του προς εμάς, κάλυψε τα αυτιά του με τα χέρια του κι άρχισε να μουρμουρίζει μέσα στο κεφάλι του δημιουργώντας ένα πολύπλοκο λευκό θόρυβο. Δεν ήθελε να ακούει.

«Σε σχέση με αυτόν τον Άλεφ συγκεκριμένα;» έπρεπε να μάθω περισσότερα.

«Ναι, κάτι δεν πάει καλά με αυτόν τον Άλεφ. Λένε πως μάλλον θα κάνει κάτι διαταρακτικό για την Ισορροπία και πρέπει να πεθάνει τώρα. Δεν ξέρω τίποτα άλλο. Ξέρεις ότι ούτε αυτά δε θα έπρεπε να είχα ψαχουλέψει, αλλά ανησυχώ για σένα…».

«Ευχαριστώ, Μιχαήλ. Ευχαριστώ για την προσπάθεια», είπα μετανοημένη. Ήξερα πως είχε παρανομήσει για να μάθει μέχρι εκεί και το είχε κάνει για μένα, γιατί ήξερε πως θα ρωτούσα. Αναστέναξα και πήρα μια βαθιά ανάσα. «Φαίνεται πως δε θα τη γλιτώσω. Θα τα πούμε σε λίγο. Αν δεν αντέχεις την αναμονή, κάνε κάτι διασκεδαστικό. Παίξε σκάκι με το Γαβριήλ». Είχα ένα ψεύτικα άνετο ύφος. Μάζεψα τα φτερά μου και βούτηξα στο νερό.

Πριν–2

Σε αυτή τη φάση της ιστορίας τα Λιοντάρια συνήθως ζούσαν στη φύση, κυνηγούσαν Ανθρώπους όπου τους εντόπιζαν απομονωμένους και μπλέκονταν ανάμεσά τους, για να στήσουν έξυπνες ενέδρες. Η εξωτερική, ανθρωπόμορφη εικόνα τους μπέρδευε τα ανθρωπάκια. Εμφανίζονταν σα φυσιοδίφες, πλανόδιοι μουσικοί, έμποροι· σαν άνθρωποι χωρίς ρίζες. Είναι πανέξυπνοι κι εύκολα, με λίγη προσπάθεια και μικρή επένδυση χρόνου, μάθαιναν να φαίνονται -και να είναι- εκλεπτισμένοι, εκπαιδευμένοι, σοφοί πολλές φορές. Είναι ασύλληπτα καλοί στη γνώση, την επιστήμη, τις τέχνες. Φυσικά, όλα γίνονταν για κάλυψη. Είχαν καταφέρει ακόμα και να διεισδύσουν στους ιππότες που μάχονταν στους Αγίους Τόπους. Ήταν σκληροί πολεμιστές, με σαφές πλεονέκτημα: δεν πέθαιναν εύκολα. Αλλά αυτό δεν το ήξεραν οι Άνθρωποι. Τα ανθρωπάκια ήταν ανίδεα και κατά συνέπεια, ανυπεράσπιστα.

Ανακάτεψα τις πληροφορίες στο κεφάλι μου. Όσο και να μη συμπαθούσα αυτά τα πλάσματα, δουλειά μου δεν ήταν να τα κρίνω. Είχαν κι αυτά τη θέση τους στη μεγάλη Ισορροπία, ένα λόγο ύπαρξης, αλλά αυτό δε σήμαινε πως μου άρεσαν κιόλας. Υπήρχε, βέβαια, μια αναγνώριση, ένας σεβασμός ανάμεσά μας. Με γνώριζαν ενστικτωδώς, σε αντίθεση με τους Ανθρώπους, στους οποίους η αλήθεια είχε αποκαλυφθεί σε κομμάτια, αναμασημένη, προετοιμασμένη ή επηρεασμένη ανάλογα με το τι ήθελαν Αυτοί. Τα Λιοντάρια είχαν έναν αξιοθαύμαστο συντονισμό με το σύμπαν, σα να ένιωθαν τα πάντα κι όταν έφθανα για να πάρω κάποιο από αυτά, στέκονταν αγέρωχα, περήφανα, υπομονετικά, χωρίς λέξη. Δέχονταν το τέλος με μια αφοπλιστική απλότητα, απαλλαγμένη από συναισθηματισμούς. Άηχα, χωρίς συναίσθημα. Αυτό ήταν για μένα σχεδόν λυτρωτικό. Δεν έκρυβα, όμως, πως λυπόμουν που τόσο κατασκευαστικά τέλεια δείγματα της δημιουργίας έπρεπε κάπως να τελειώσουν την πορεία τους στον πλανήτη.

Ο Άλεφ ήταν πιο μπερδεμένη υπόθεση. Διαρκώς προστατευμένος κι απομονωμένος, περισσότερο λόγω μιας αρρωστημένης κι εντελώς ανυπόστατης αντίληψης των υπολοίπων της αγέλης πως έπρεπε να τον προφυλάξουν από κάθε κακό. Στην πραγματικότητα αυτός δεν κινδύνευε από κανέναν άλλον εκτός από μένα. Ήταν σε θέση να προστατέψει κάθε Λιοντάρι σε όλα τα μήκη και τα πλάτη του πλανήτη με το ένα χέρι. Ήταν αδύνατο να πεθάνει εκτός κι αν με κάποιο τρόπο και για κάποιο λόγο, είχα πρόσβαση στο λαιμό του. Μπορούσα να τον κόψω στα δύο. Μπορούσα κυριολεκτικά να του ξεριζώσω το κεφάλι. Το ίδιο μπορούσε να κάνει κι αυτός, βέβαια. Ο θάνατος του ενός από το χέρι του άλλου κάθε άλλο παρά απλή υπόθεση θα μπορούσε να είναι. Μάλλον θα επρόκειτο για μια βίαιη, απάνθρωπη μάχη. Στο κάτω-κάτω, θα μπορούσε να διαταράξει ανεπανόρθωτα τη ροή των πραγμάτων, το μεγάλο Σχέδιο. Αν σκότωνε τον αρχάγγελο του θανάτου, κανείς δεν ήξερε ποιος θα αναλάμβανε τις αρμοδιότητες αυτού. Εμού, δηλαδή.

Τον είχα ξετρυπώσει κοντά στους Αγίους Τόπους. Η περιοχή χαρακτηριζόταν από επικίνδυνες συγκρούσεις, οι Σταυροφορίες ήταν σε πλήρη εξέλιξη κι ο Μεσαίωνας μαινόταν σε κάθε γωνιά του κόσμου. Το μέρος ήταν αρκετά πολυσύχναστο για κάποιον που η αγέλη του τον ακολουθεί καταπιεστικά κι υπερπροστατευτικά. Ωστόσο, φαινόταν να του αρέσει εκεί για κάποιο λόγο, κατάλαβα πως ζούσε καιρό στα μέρη αυτά. Τον παρακολουθούσα αρκετή ώρα από απόσταση τέτοια, ώστε να μην καταφέρει να με νιώσει, μια απόσταση ασφαλείας. Βέβαια, για κάποιον ανεξήγητο λόγο, κοντοστεκόταν διαρκώς και κοιτούσε πάνω από τον ώμο του. Ίσως κάτι να ένιωθε, αλλά αυτό το κάτι του ήταν πιθανώς απροσδιόριστο, μια γενική αίσθηση κινδύνου. Περιπλανιόταν μέσα στο τεράστιο σπίτι, που φαινόταν πως ήταν η κατοικία του, έκανε ελέγχους στο στρατό του μέσω των διοικητών του, απεύθυνε εντολές και γενικά δούλευε πυρετωδώς. Στο κάτω-κάτω, δεν ήταν παρά μια καλά οργανωμένη αγέλη πολεμιστών, η οποία στο τέλος της ημέρας έπρεπε να έχουν διασφαλίσει τα προς το ζην, την επιβίωση, το φαγητό τους.

Ήθελα να βρω την κατάλληλη στιγμή για την επίθεσή μου. Δε θα έπρεπε να είναι κανένας άλλος εκεί γύρω. Δε θα έπρεπε να μολυνθεί αυτός ο θάνατος από κανέναν άλλο. Όφειλα να είμαι συγκεντρωμένη σε αυτόν και για το δικό μου καλό. Κάτι μου έλεγε πως θα ήταν αρκετά περήφανος ώστε να μην κάνει φασαρία, δε θα καλούσε σε βοήθεια κανέναν «αυλικό»

297

του να μου αποσπάσει την προσοχή, δε θα υποχωρούσε. Θα πολεμούσε με νύχια και με δόντια μέχρι να ηττηθεί. Τέτοιος άντρας μου έμοιαζε.

Περπατούσε μέσα στον κήπο. Ήταν μόνος του. Αυτό μου το επιβεβαίωναν όλες μου οι ικανότητες, όλες μου οι αισθήσεις. Τον παρακολουθούσα από αρκετή απόσταση, προσπαθώντας να ζυγίσω ποια θα ήταν η κατάλληλη στιγμή. Ήθελα να τον αιφνιδιάσω, να μην προλάβει να αντιδράσει. Ήθελα να βρεθώ μπροστά του ξαφνικά και μετρημένα, πριν προλάβει να νιώσει ποια είμαι, τι είμαι και με μια κίνηση να τον απαλλάξω για πάντα από τη ζωή του.

Φυσικά, υπήρχε η περίπτωση να μην τα καταφέρω. Ήμουν σίγουρη πως ο αγώνας, ο οποίος θα ακολουθούσε σε αυτή την περίπτωση, θα ήταν σκληρός κι αδυσώπητος. Θα έπρεπε να είμαι διατεθειμένη να τα παίξω όλα για όλα, να πολεμήσω με όλο μου το είναι, με κάθε δύναμη κι ικανότητα που διέθετα. Γιατί, αντίθετα με ό,τι είχα συνηθίσει ως τότε, θα πάλευα και για τη δική μου ύπαρξη. Αλλά δε φοβόμουν. Το μόνο που δεν ένιωθα ήταν φόβος. Για τίποτα.

Τα βήματά του είχαν γίνει πιο αργά. Είχα αρχίσει να ανησυχώ πως ήταν σοβαρά υποψιασμένος πως κάτι δεν πήγαινε καλά κι αυτό ήταν τελείως αντίθετο από ό,τι ήθελα. Είχα επικεντρώσει όλες μου τις αισθήσεις στο να τον παρακολουθώ κρυμμένη καλά πίσω από τα δέντρα του κήπου. Πού και πού σταματούσε κι αφουγκραζόταν. Πριν προλάβω να επιλέξω την κατάλληλη στιγμή για την επίθεσή μου, κοντοστάθηκε και γύρισε απότομα προς το μέρος μου. Η έκπληξή μου ήταν τέτοια, που δε φρόντισα να κρυφτώ καλά. Πώς ήταν δυνατό να με κατάλαβε, μου διέφευγε.

Βημάτισε γρήγορα προς το μέρος μου, κοιτώντας με αποφασιστικά κι έντονα στα μάτια. Αυτός ο Άλεφ δεν ήταν απλή υπόθεση. Πήρα γρήγορα επιθετική στάση, έτοιμη για μια μεγάλη και βίαιη αναμέτρηση. Στάθηκε κοφτά απέναντί μου, η δική του στάση εξίσου επιθετική. Πριν κάνει καμιά κίνηση, πριν προλάβω να ανασάνω, η ματιά του με είχε σχεδόν παραλύσει. «*Πώς γίνεται;*» σκέφτηκα απορημένη. Κανένας δεν μπορούσε -δεν άντεχε- να με κοιτάξει στα μάτια.

«Σκλάβα…», είπε με μια φωνή βαθιά κι οργισμένη. «Αυτό μου έστειλαν, *μια σκλάβα;*» Με κοιτούσε με ένα βλέμμα που μαρτυρούσε περιφρόνηση κι αυτή η υφή της ματιάς του ήταν που με εξόργιζε. Με υποτιμούσε!

Δεν μπορούσα να μιλήσω, δε μου επιτρεπόταν. Ήταν η Ισορροπία, οι κανόνες. Είχα αποφασίσει να μην τον αφήσω καν να μυριστεί την υπερηφάνεια μου. Ζύγισα καλύτερα το βάρος μου κι ετοιμάστηκα για εφόρμηση. Δε φάνηκε να πτοείται. Αντί να αντιδράσει, συνέχισε να με κοιτάζει από την κορυφή ως τα νύχια.

«Ένα φερέφωνο, μια δούλα… Τι ήρθες να κάνεις εδώ, μικρή υπηρέτρια; Ό,τι σου υπαγόρευσαν *Αυτοί;*» Η οργή του ξεχείλιζε. Η δική μου όλο και «χτιζόταν». Ήταν ήδη φανερό πως ήταν καλός στο να με εξοργίζει. «Τουλάχιστον σου αποκαλύπτουν γιατί το κάνεις; Γιατί θα με σκοτώσεις; Ή τουλάχιστον γιατί σου *είπαν* να με σκοτώσεις;» Το ύφος του ήταν απορημένο. Δεν έβγαζα άχνα. Μπλόκαρα τα συναισθήματά μου και του επιτέθηκα. Με μια γρήγορη κίνηση έκανε στην άκρη και με απέφυγε αριστοτεχνικά. Πριν σταθεροποιηθώ, πρόλαβε να με χτυπήσει στα φτερά. Δεν πόνεσα, ενοχλήθηκα. «Έχεις καμία ιδέα για ο,τιδήποτε από αυτά που σε βάζουν να κάνεις ή απλώς χορεύεις στο ρυθμό της μουσικής που παίζουν εκείνοι; Σαν εμένα…». Τα μάτια του έδειχναν θλιμμένα και τα χέρια του έπεσαν κουρασμένα στα πλευρά του. Κοντοστάθηκα… Ένα τέρας με συνείδηση… Δε μου είχε ξανασυμβεί. Είχα βρεθεί μπροστά σε μετανοημένους, σε πλάσματα που είχαν κάνει πολλά και το είχαν μετανιώσει. Αυτός συνέχιζε να ζει, όπως ζούσε, αλλά χωρίς να το θέλει. Εξακολουθούσα να μη βγάζω κουβέντα. «Το ξέρεις πως αν δεν ήμουν προγραμματισμένος να επιβιώνω, δε θα αντιστεκόμουν στον ερχομό σου; Το ξέρεις ότι τέτοια ζωή δεν τη θέλω; Χωρίς τέλος, χωρίς αρχή, χωρίς επιλογή…». Τον κοιτούσα αποσβολωμένη. Ένα τέρας με συνείδηση και τάσεις αυτοχειρίας…

«Τι… τι είναι αυτά που λες;» ψέλλισα απαλά, ίσα που ακούστηκα. Ήταν η πρώτη φορά που μιλούσα σε ένα μελλοθάνατο, η πρώτη φορά που του απεύθυνα λόγο διαφορετικό από την ανακοίνωση του θανάτου του.

Βέβαια, δεν ήταν ένας τυχαίος μελλοθάνατος. Πάγωσε, ακίνητος στη θέση του. Προφανώς δεν περίμενε να έχει τέτοιο αποτέλεσμα ο οργισμένος του λόγος. Δεν περίμενε πως θα έσπαγα τον κανόνα. Ούτε κι εγώ το περίμενα. Με κοιτούσε τόσο αποσβολωμένος, όσο απορημένη ήμουν κι εγώ με τον εαυτό μου.

«Μίλησες;» ψιθύρισε σα να φοβόταν πως δεν είχε συμβεί. «Μπορείς και μιλάς;»

«Γιατί τα λες όλα αυτά;» είπα με πιο καθαρή φωνή πια. «Θες να πεις πως δε θέλεις τη ζωή σου; Είσαι το τελειότερο δημιούργημα στον πλανήτη αλλά και στα υπόλοιπα επίπεδα. Τι άλλο θα ζητούσες εκτός από το να μην πεθάνεις τώρα; Ειλικρινά δεν ξέρω τι το προκάλεσε». Τον κοιτούσα με ενδιαφέρον.

«Εσύ είσαι ευχαριστημένη; Ξέρεις στ' αλήθεια τι κάνεις;»
Η ματιά του ανταπέδιδε το ενδιαφέρον μου. Με μπέρδευε επικίνδυνα.

«Όχι, δεν είμαι. Όχι, δεν ξέρω». Δεν είχα ιδέα τι στην οργή με έσπρωχνε να του μιλήσω.

«Ξέρεις τι με απασχολεί;» είπε και με πλησίασε λίγο περισσότερο, ακίνδυνα, σιγανά. «Δεν ξέρω αν είμαι με το σωστό ή το λάθος. Νομίζω πως όλα περιέχουν και τα δύο». Συνέχισε να με κοιτάζει διερευνητικά. Δε μιλούσα. «Κάτι μου λέει πως κι εσύ νομίζεις το ίδιο», συνέχισε με την ίδια, βελούδινη φωνή. «Δε νομίζεις πως η δουλειά σου είναι αρκετά τελεσίδικη για να μην είσαι σίγουρη για τα κίνητρά σου;»

Με μπέρδευε σαν ένα jinn, ένα δαίμονα. Υποχώρησα απότομα και τρομαγμένα, γύρισα προς το νερό και βούτηξα για τα Ενδιάμεσα Πεδία. Ήττα κατά κράτος...

Πριν–3

Κρύφτηκα για καιρό στη βολική κρύπτη μου. Ο Μιχαήλ ερχόταν συχνά ανήσυχος για να μάθει πότε θα τελείωνα την αποστολή μου κι εγώ του πρόσφερα απλόχερα τη δικαιολογία της προετοιμασίας της κατάλληλης στιγμής. Έπρεπε να κάνει λίγο υπομονή, έπρεπε να μην έχει τόσο στενή ακολουθία, έπρεπε να μην το περιμένει. Η ανησυχία του για τη δική μου ασφάλεια δεν τον άφηνε να υποπτευθεί κάτι. Εκτελούσα με ευλάβεια τα υπόλοιπα καθήκοντά μου και προσπαθούσα να μη σκέφτομαι. Να μη σκέφτομαι πως *αρνήθηκα να τελειώσω μια ζωή*. Είχα πάρει εγώ μόνη μου αυτήν την απόφαση, είχα αντισταθεί στη λίστα κι ήμουν ακόμα εκεί, χωρίς συνέπειες. Βέβαια, οι λόγοι που είχα κάνει κάτι τέτοιο δε μου ήταν ξεκάθαροι, ή μάλλον δεν ήθελα να μου γίνουν ξεκάθαροι. Δεν ήθελα να παραδεχθώ πως αυτός ο Άλεφ με είχε ρωτήσει όσα ρωτούσα διαρκώς τον εαυτό μου· πως καταλάβαινα ότι τυραννιόταν από τα ίδια ερωτήματα· πως για λίγο ένιωσα σα να είχα κοιτάξει μέσα σε έναν καθρέφτη, ή πως, σαν ένας καλός σαϊτάν, ένα κακό πνεύμα, προσπαθούσε να με αποπροσανατολίσει.

Παρά το χρόνο που προσπάθησα να βάλω ανάμεσα σε εμένα κι όσα είχαν συμβεί, έπρεπε να το αντιμετωπίσω. Δεν ήταν στο χαρακτήρα μου η αναβλητικότητα. Όλα τα ήθελα καθαρά και ξάστερα, τακτοποιημένα και στη θέση τους. Ήξερα καλά, λοιπόν, πως έπρεπε να δω πώς θα προχωρούσα. Όμως για να καταστρώσω το υπόλοιπο του σχεδίου μου, κάτι μου έλεγε πως έπρεπε να ξαναβρεθώ στην πορεία του Άλεφ. Είχαμε αφήσει μια συζήτηση στη μέση, μια κουβέντα που θα ξεκαθάριζε το πώς θα προχωρούσα. Όσο κι αν δεν το παραδεχόμουν, η παράβαση του κανόνα δεν είχε να κάνει με το γεγονός ότι του μίλησα. Η σημαντικότερη παράβαση ήταν ότι δεν τον εκτέλεσα παρά τις σαφείς θελήσεις αυτών. Ο τέλειος στρατιώτης είχε παραβεί το καθήκον του για πρώτη φορά από την αρχή του μεγάλου σχεδίου. Ή θα έπρεπε να τον αποτελειώσω και να ξεχάσω όσα έγιναν για πάντα ή να ομολογήσω στους ανώτερούς μου και μετά Αυτοί θα έκριναν το μέλλον μου.

Έψαξα να τον βρω για ακόμα μια φορά και μετά από κάποια προσπάθεια τον εντόπισα σε ένα σκοτεινό μέρος κοντά στο Βόρειο Πόλο. Τα Λιοντάρια αναζωογονούνταν από τις μαγνητικές καταιγίδες. Το ήδη σχεδόν άψογο σώμα τους έπαιρνε τονωτικές ενέσεις από τα ιονισμένα σωματίδια, χαρίζοντάς τους ακόμα περισσότερη δύναμη. Κατά συνέπεια, όλα τα μέρη πάνω από τον Αρκτικό Κύκλο ήταν δημοφιλείς προορισμοί για αυτούς. Σε αυτόν τον τόπο, πολύ βόρεια στην Ευρώπη, σε μια ακατοίκητη λωρίδα γης έμενε εδώ και καιρό ο Άλεφ, παραδόξως μόνος του. Πήρα μια βαθιά ανάσα, βούτηξα στο υγρό κι αναδύθηκα ξαφνικά μπροστά του.

Δε φάνηκε να παραξενεύεται, δε βλεφάρισε καν. Αντίθετα, σηκώθηκε από τη θέση του και ξανακάθισε λίγο πιο δίπλα για να μου κάνει χώρο. Χάζευε το Βόρειο Σέλας. Τίναξα το νερό καλά από το σώμα, τα μαλλιά και τα φτερά μου και κάθισα λίγο πιο δίπλα του κοιτώντας στην ίδια κατεύθυνση με εκείνον. Το Βόρειο Σέλας ήταν πραγματικά ένα όμορφο φαινόμενο. Δεν είχα συχνά την ευκαιρία απλά να καθίσω και να το παρατηρώ.

«Είμαι ο Άλεφ. Εσύ, φαντάζομαι, είσαι ο Αζραέλ». Δε μίλησα παρά μόνο ένευψα καταφατικά χωρίς να τον κοιτάξω. «Σε περίμενα». Μιλούσε σιγανά, σα να σεβόταν την ηρεμία του τοπίου, τη σιωπή του χιονιού, την απομόνωση. «Δεν είμαι σαΐτάν. Δεν προσπάθησα να σε αποπροσανατολίσω σαν ένα κακό πνεύμα», είπε λίγο πιο δυνατά από πριν. «Όσα σου είπα είναι ό,τι ακριβώς σκέφτομαι». Γύρισε και με κοίταξε. Η μαγνητική καταιγίδα έριχνε εναλλασσόμενες αποχρώσεις στο πρόσωπό του. Ήταν αρκετά σκοτεινά κι αρκετά φωτεινά. «Δε μιλάς πια;» με ρώτησε με απορία. «Ή μήπως ήρθες να αποτελειώσεις ότι ξεκίνησες παλιότερα;» Η φωνή του ήταν πιο σοβαρή. Ένιωσα πως είχε ταραχτεί, σα να μπήκε αυτόματα σε εγρήγορση, μια ενστικτώδη κατάσταση που θα με δυσκόλευε να τον σκοτώσω. Θα πολεμούσε στην παραμικρή επιθετική μου κίνηση.

«Ησύχασε. Δεν ήρθα για αυτό», είπα μονότονα. Σίγουρα δεν ήξερα πώς να το κάνω αυτό. Ένιωσα το σώμα του να χαλαρώνει. Ξαναγύρισε προς το Βόρειο Σέλας.

«Δεν έχω πολλά όμορφα πράγματα στη ζωή μου», είπε βαριεστημένα. «Εσύ; Εσύ έχεις καμιά χαρά;»

«Γιατί το κάνεις αυτό;» είπα εξακολουθώντας να κοιτάζω το φυσικό σκηνικό μπροστά μου.

«Γιατί είμαι κάποιος καταδικασμένος από τη φύση του, από κάποιον άλλον ή άλλους να ζω για πάντα μια ζωή χωρίς κανένα νόημα». Μιλούσε θλιμμένα.

«Πώς μπορείς να λες πως η ζωή σου δεν έχει νόημα; Είσαι άψογος, είσαι ό,τι καλύτερο έχει φτιαχτεί». Τον κοιτούσα με απορία.

«Αζραέλ, κι εσύ είσαι άψογη. Σου αρκεί αυτό;» είπε ανήσυχα. «Είναι προαποφασισμένο ό,τι κάνω. Αυτό δεν αντέχω. Είναι καθορισμένο το πώς θα ζήσω, το πώς θα πεθάνω. Ούτε στο θάνατο δεν μπορώ να παραδοθώ, όσο και να το θέλω. Προσπάθησε να με σκοτώσεις και θα δεις πόσο σκληρά θα παλέψω χωρίς να το θέλω». Δε μίλησα. Το καταλάβαινα αυτό που έλεγε. Το ίδιο ένιωθα κι εγώ. Δεν ήθελα να βλέπω τον πόνο όλων αυτών των πλασμάτων, δεν άντεχα. Όμως, κάποιοι άλλοι με είχαν βάλει σε αυτή τη θέση και δεν μπορούσα να ξεφύγω με τίποτα. Ήμουν παγιδευμένη. «Παγιδευμένος», ψιθύρισε ξεστομίζοντας με τις ίδιες λέξεις ό,τι ακριβώς σκεφτόμουν εκείνη τη στιγμή. «Είμαι παγιδευμένος». Γύρισε και με κοίταξε με απελπισία. Δεν καταλάβαινα πώς είχα φτάσει σε αυτό το σημείο. Το μόνο σίγουρο ήταν πως το πλάσμα που είχα απέναντί μου πονούσε, ήταν δυστυχισμένο όσο κι εγώ και δεν ήθελα να το σκοτώσω για τίποτα στον κόσμο.

«Ξέρεις, τα πράγματα δεν είναι και τόσο καλά ούτε τόσο εύκολα», είπα ξερά. Τον κοίταξα κι εγώ, έντονα. Ήταν τόσο πρωτόγνωρο για μένα να μπορώ να κοιτάζω κάποιον στα μάτια. Μια πραγματική επικοινωνία, αληθινή, από αυτές που νιώθεις το θρόισμα της ίριδας, τη γέννηση ενός συναισθήματος ανάμεσα στα νήματα του ματιού. Μου φαινόταν καταπληκτικό.

«Πώς αντέχεις να με κοιτάς;» τον ρώτησα απαλά.

«Δεν ξέρω. Απλά δε με πονάς. Τουλάχιστον όσο μου είχαν πει ότι θα πονούσες», μου απάντησε.

306

«Δηλαδή πονάς». Δεν τα έλεγε όλα.

«Ναι, αλλά αξίζει τον κόπο. Έτσι σε καταλαβαίνω καλύτερα». Με κοιτούσε πιο βαθιά από πριν. Γύρισα ξανά προς το πολύχρωμο σεντόνι στον ουρανό. Ένας λύκος ούρλιαξε μερικά χιλιόμετρα μακριά και κάποιος άλλος του απάντησε ακόμα μακρύτερα. Σηκώθηκα απότομα, τίναξα τα φτερά και τον κοίταξα μια τελευταία φορά.

«Θα ξανάρθω», υποσχέθηκα. Καθώς βουτούσα, τον άκουσα να ψιθυρίζει. Νόμισα πως είπε *Μην αργήσεις*.

Πριν–4

Άνοιξα την πόρτα και κατέβηκα τα δεκαεφτά υγρά, σκοτεινά σκαλιά. Το μέρος ήταν ανυπόφορα κρύο κι επικρατούσε ένα μόνιμο, ανησυχητικό σκοτάδι. Η στενή σκάλα οριοθετούνταν από δυο τοίχους παγωμένους και γλιστερούς, γεμάτους μούχλα και δυσωδία. Πολύ αφιλόξενο μέρος. Βέβαια, υποτίθεται πως αυτός ήταν κι ο σκοπός. Το σωφρονιστικό σύστημα που είχαν σκαρφιστεί Αυτοί δε θα μπορούσε να είναι καλύτερο ή χειρότερο, όπως το δει κανείς. Φώναξα τον Μααλίκ, δυο και τρεις φορές, αλλά δεν πήρα καμιά απάντηση. Υπέθεσα πως θα ήταν κάπου απομακρυσμένα. Η περιοχή των Πλην ήταν αχανής στο κάτω-κάτω κι εγώ δεν προσπάθησα και με το σύνολο των δυνάμεών μου να τον εντοπίσω. Αποφάσισα να περιμένω υπομονετικά, κάποια στιγμή θα εμφανιζόταν.

Αυτός ο Άλεφ με είχε αναστατώσει φανερά. Η απόδειξη δεν ήταν άλλη από την επίσκεψή μου στο Μααλίκ. Ο «βασιλιάς» των Πλην ήταν ένας άγγελος που δύσκολα του άνοιγες κουβέντα, ένας πειθήνιος, άριστος στρατιώτης σε μια δύσκολη θέση. Είχε υπηρετήσει σωστά στο παρελθόν, είχε άριστο μητρώο κι είχε αποδείξει και με το παραπάνω πόσο άμεμπτος και «καθαρός» ήταν. Σε αντάλλαγμα είχε πάρει κι αυτός το δικό του *αξιοζήλευτο παράσημο*: διοικητής του χάους. Αυτός που κρατάει την τάξη στα πεδία των αρνητικών, εκεί που το κακό συσσωρεύεται σε τόνους, εκεί που πετιέται κάθε ακαθαρσία του μεγάλου σχεδίου, εκεί όπου Αυτοί που απομυζούν την ενέργεια στιβάζονται για να υποφέρουν, για να επιστρέψουν στο ισοζύγιο λίγη από την ενέργεια που κατανάλωσαν. Αυτή του την εργασία την εκτελούσε υποδειγματικά, περήφανα, χωρίς ίχνος δυσαρέσκειας κι επειδή ήξερα πως μέσα μου δεν ήμουν τόσο άμωμη, τον θαύμαζα...

Μετά από αρκετή ώρα ή ώρες, η καταπακτή δίπλα μου άνοιξε κι ο Μααλίκ αναδύθηκε ιδρωμένος, βρώμικος, δυσοίωνος. Από τα πεδία των Πλην δεν ακουγόταν τίποτα. Αυτό το μέρος χαρακτηριζόταν από την απόλυτη ησυχία και το απόλυτο σκοτάδι. Δεν μπορούσες να κατέβεις εκεί κάτω και να μη γυρίσεις κυριολεκτικά βαμμένος μαύρος από αυτό το σκοτάδι. Ο Μααλίκ, χωρίς να ξεστομίσει λέξη, άρχισε να πλένεται. Το σκοτάδι έφευγε από πάνω του παρασυρόμενο από το νερό, σα βρωμιά, σα χρώμα, αφήνοντας να αποκαλυφθεί η πραγματική, εξωπραγματική ομορφιά του, η οποία ήταν τόσο καλά κρυμμένη.

Ήταν πανύψηλος, με λευκό δέρμα, μαύρα, μακριά μαλλιά και μεγάλα, κατακόκκινα φτερά. Βρεγμένος αλλά καθαρός, στάθηκε απέναντί μου περήφανα.

«Θα πρέπει να έχεις πολύ καιρό να κατέβεις εδώ κάτω, Αζραέλ. Σχεδόν ξέχασα την όψη σου. Σε τι οφείλω την τιμή;» είπε πιο δυνατά από όσο θα περίμενα και χαμογέλασε στον εαυτό του. «Συγγνώμη... Δεν έχω συχνά παρέα κι έχω ξεχάσει να μιλάω πολιτισμένα», απολογήθηκε.

«Σκέφτηκα ακριβώς αυτό: πως είχα καιρό να περάσω από εδώ. Πάντα σταματάω στους ανακριτές. Δεν είναι και πολύ ευγενικό», είπα χαμηλόφωνα.

«Ώστε ο λόγος της επίσκεψής σου είναι κοινωνικός. Δυσκολεύομαι να το πιστέψω». Ο Μααλίκ δε χάριζε κάστανα. «Μήπως να ανασύντασσες την πρότασή σου σε κάτι πιο πιστευτό τουλάχιστον...».

Καθόμουν στο τελευταίο σκαλί κι εξέταζα εδώ και ώρα με ιδιαίτερη προσοχή τα πόδια μου. Μάζεψα λίγο τα φτερά μου και σηκώθηκα απότομα. Στάθηκα δίπλα του, είχαμε το ίδιο ύψος.

«Θέλω να δω κάποιον. Κάποιον που έχω φέρει εδώ και καιρό». Ήμουν αποφασισμένη κι επιθετικά όπως μίλησα, τον κοίταξα στα μάτια. Αποτράβηξε το βλέμμα του με πόνο.

«Γιατί νομίζεις πως θα σε αφήσω;» είπε εξίσου δυνατά με πριν λίγο. Πάντα ήταν υπερπροστατευτικός με τη δουλειά του, τυπικός, δύσκολος.

«Γιατί δεν υπάρχει πουθενά κανένας συγκεκριμένος κανόνας πάνω στο θέμα. Σε όλους απαγορεύεται να δουν τους Πλην ονομαστικά, εκτός από μένα κι εσένα. Τι σε εμποδίζει;» Προσπαθούσα η φωνή μου να είναι σταθερή και χωρίς ίχνος γαλιφιάς. Ήταν πολύ αυστηρός ώστε να διακινδυνέψω να μη με πάρει στα σοβαρά.

«Έχουμε τα ίδια δικαιώματα», πρόσθεσα για να τονίσω το δίκιο μου.

«Αλλά όχι τις ίδιες υποχρεώσεις», είπε απότομα, κάτι που δεν περίμενα να τον πειράζει τόσο. «Γιατί τώρα; Τι το διαφορετικό έχει αυτός;»

«Τίποτα το σπουδαίο. Δε θα αργήσω...», είπα απαλά. Του έκλεινα την πόρτα, δεν ήθελα να καταλάβει περισσότερα για το σκοπό μου. Καταλάβαινα πως δε θα μπορούσε να αντισταθεί στο επίχείρημά μου για πολλή ώρα ακόμα.

«Κάνε γρήγορα, λοιπόν. Θέλω να τα βρω όλα, όπως τα άφησα», είπε θυμωμένα. «Από κάθε άποψη ...». Άνοιξε την καταπακτή και μου έδωσε το χέρι για να κατέβω.

Το αρνήθηκα ευγενικά και πήδηξα μέσα στο σκοτάδι με τα πόδια.

Ο Μιχαήλ αναδύθηκε μπροστά μου τόσο ξαφνικά, που με διέκοψε από τις σκέψεις μου. Μου φαινόταν *πολύ ανήσυχος*, καθώς με πλησίαζε, δεν ενδιαφέρθηκε καν να τινάξει τα φτερά του. Ήταν *πολύ ενοχλητικό να κάθεσαι με βρεγμένα φτερά*, ειδικά όταν αυτά ήταν περισσότερα από όλων των αγγέλων μαζί. Παρολ' αυτά, φαινόταν πως αυτό δεν τον ενοχλούσε. Μάλλον είχε άλλα πράγματα στο μυαλό του, σαφώς πιο σημαντικά. Στάθηκε μπροστά μου και με χαιρέτησε βιαστικά. Ήταν ολοφάνερο πως αδημονούσε να μου μιλήσει. «Τι συμβαίνει, Αζραέλ;» είπε ξέπνοα. Από τι είχε κουραστεί, μου διέφευγε. «Τι κάνεις τόσο συχνά κάτω;»

Γύρισα απαλά το κεφάλι μου και τον κοίταξα παρωχημένα τόσο, ώστε να μην του κάνω κακό. «Δε σε καταλαβαίνω», είπα σιγανά προσπαθώντας να κερδίσω μερικά δευτερόλεπτα, αν κι ήξερα πως αυτή η στιγμή θα ερχόταν εδώ και καιρό.

«Μην παίζεις παιχνίδια μαζί μου. Με προσβάλλεις», είπε ανακτώντας αυτόματα το ρυθμό της αναπνοής του. «Ξέρεις τι μπορεί να γίνει, αν ο Μααλίκ αποφασίσει να πάει είτε στον Ίμπλις είτε στους άλλους αντί για μένα;»

Δε μιλούσα. Ήξερα πως θα γινόταν φασαρία, αλλά και τι με αυτό; Ήμουν αρκετά πιο αναίσθητη από ό,τι παλιότερα, χωρίς να καταλαβαίνω τι είχε προκαλέσει εκείνη την αλλαγή.

Μου είχε χαριστεί ισχυρή θέληση αλλά δεν ήμουν κι άλογο κούρσας... Ή τουλάχιστον είχα αποφασίσει να μου δώσω λίγο αέρα.

«Αζραέλ, χρωστάς πολλά στο Μααλίκ. Ήρθε ανήσυχος σε εμένα, γιατί ξέρει πως έχουμε καλές σχέσεις, για να με πείσει να σου μιλήσω», είπε ανήσυχα. «Γιατί πηγαίνεις συνέχεια στους Πλην;» Δε θα υποχωρούσε.

Σηκώθηκα με αργές κινήσεις και τίναξα τα φτερά μου. Κοίταξα λιγάκι τον αχανή ορίζοντα των πεδίων, το αρρωστημένο, ανεξήγητο φως τους, πήρα μια βαθιά ανάσα και σκέφτηκα πως δε θα έχανα και τίποτα, αν ο Μιχαήλ ήξερε. Μόνο αυτός, άλλωστε, θα μπορούσε να με καταλάβει. Η αγάπη του προς εμένα, προς όλα τα πλάσματα κι η έμφυτη συμπόνια του θα του επέτρεπαν να δει τι ήταν αυτό που προσπαθούσα να κάνω.

«Συζητάω», είπα διστακτικά, σιγανά, για αρχή. «Συζητάω με κάποιους Πλην». Παρά την εισαγωγή που είχα κάνει στον εαυτό μου, δυσκολευόμουν να τον κοιτάξω. Εξακολουθούσα να φοβάμαι την αντίδρασή του. «Πρέπει να καταλάβω ορισμένα πράγματα, Μιχαήλ». Μόλις ολοκλήρωσα τη φράση μου κατάφερα να γυρίσω προς το μέρος του.

«Τι στην ευχή μπορεί να συζητάς με τους καταδικασμένους; Εσύ... Ένα πλάσμα του φωτός», είπε σιγανά.

«Χα! Πλάσμα του φωτός... Κάθε δευτερόλεπτο έρχομαι σε επαφή με το έρεβος, Μιχαήλ, ακόμα περισσότερο κι από το Μααλίκ. Μην κοιτάς που εμένα δε με βάφει το σκοτάδι. Μου μαυρίζει την ψυχή», είπα το ίδιο απαλά με τον ελεήμονα. «Αυτό είναι χειρότερο».

«Θέλεις να μου εξηγήσεις με ποιο τρόπο σε βοηθάει η κουβέντα σου με τους Πλην; Ήμαρτον, Αζραέλ, δεν περίμενα

ποτέ πως χρειάζεσαι ψυχανάλυση από το κακό...». Δεν μπο-
ρούσε να χωνέψει όσα έλεγα, αλλά λόγω της ευγενικής φύσης
του, που έδινε σε όλους κι όλα μια ευκαιρία, περίμενε υπομο-
νετικά να ακούσει τι είχα να του αραδιάσω.

«Προσπαθώ να καταλάβω αν είναι *πραγματικά κακοί*»,
είπα σταθερά, πολύ πιο σίγουρη από πριν.

«Καθένας μετά από μια επίσκεψη εκεί κάτω ίσως φαίνεται
να μετανιώνει, Αζραέλ. Είναι πολύ σκοτεινό μέρος. Μπορείς
να ξέρεις μονάχα αν τους έβλεπες αντιμέτωπους με τις ίδιες
συνθήκες που έπραξαν ό,τι έπραξαν· ασφαλείς και μακριά από
το σκοτάδι, μακριά από την υπόσχεση του *αιώνιου σκοταδι-
ού*· αν τους δεις αντιμέτωπους με την επιλογή που είχαν να
κάνουν ξανά και ξανά», ψέλλισε προσπαθώντας ειλικρινά να
βάλει τις δικές μου σκέψεις σε μια σειρά.

«Μακάρι να ήμουν τόσο σίγουρη όσο εσύ», ανταπάντησα
απότομα. «Δεν ξέρω, Μιχαήλ. Δεν ξέρω. Εμένα μου φαίνεται
πως στα πεδία των Πλην τιμωρούνται αδυσώπητα πλάσματα
που δε θα έπρεπε, πλάσματα που θα μπορούσαν να προσφέ-
ρουν θετικό ισοζύγιο στο μεγάλο Σχέδιο». Εξακολουθούσα
να τον κοιτάζω, συγκεχυμένα βέβαια, αλλά με αδημονία. «Εί-
ναι αθώοι, Μιχαήλ».

Ο αρχάγγελος ήταν εμβρόντητος. Τα χίλια φτερά του φάνη-
κε να θροΐζουν ενοχλημένα ενώ στο ευγενικό κι όμορφο πρό-
σωπό του διέκρινα μια συννεφιά οργής. Δυστυχώς, τώρα τε-
λευταία φαινόταν πως κατάφερνα συχνά να τον εξοργίζω, αλλά
αυτό δε μείωνε στο ελάχιστο την αγάπη του προς εμένα. Αυτή
τη φορά, όμως, φαινόταν πως ίσως είχα ξεπεράσει τα όριά του.

«Είναι αθώοι! Μόνο να έβλεπες πώς αντιδρούν στα
όσα τους λέω. Στην ελπίδα, στη δυνατότητα να επανορθώ-

σουν...». Τα λόγια έβγαιναν δυνατά από μέσα μου όσο ο Μιχαήλ οργιζόταν ακόμα περισσότερο.

«Αζραέλ, αρχάγγελε του θανάτου, τι έκανες;» φώναξε με μια φωνή θυμωμένη, που σήκωσε άνεμο και κύματα στα μισοπεθαμένα Ενδιάμεσα Πεδία. Τον κοιτούσα αποσβολωμένη, φοβισμένη, δεν τον είχα δει ποτέ τόσο οργισμένο.

«Κηρύττεις στο σκοτεινό βασίλειο; *Πώς* το έκανες αυτό;» συνέχισε με τη πρωτόγνωρη για εμένα φωνή του.

Δεν είχα σκεφτεί μέχρι εκείνη τη στιγμή πως έσπαγα έναν κανόνα ακόμα. Έναν πολύ πολύ βασικό κανόνα. Δεν είχα σκεφτεί πως αυτό που έκανα εκεί κάτω ενέπιπτε στην κατηγορία *κήρυγμα.* Μετά κι από αυτό, ήταν σίγουρο πως ήμουν πια σοβαρότατα μπλεγμένη. Αλλά δε με φόβιζε αυτή η προοπτική.

«Ίσως να αξίζει τον κόπο», είπα σταθερά. «*Σου είπα πως είναι αθώοι. Οι πιο πολλοί τουλάχιστον. Δε νομίζεις πως η δουλειά μου είναι υπερβολικά τελεσίδικη για να μην είμαι σίγουρη για τα κίνητρά μου;*» συμπλήρωσα χρησιμοποιώντας τα λόγια του Άλεφ. Αυτό το Λιοντάρι με είχε επηρεάσει πολύ περισσότερο από όσο νόμιζα.

«Θέλεις να μου πεις τι σκοπεύεις να καταφέρεις με όλα αυτά που κάνεις; Φυσικά κι η δουλειά σου είναι τελεσίδικη, σημαντική. Για αυτό την έχουν αναθέσει σε εσένα, Αζραέλ. Γιατί μπορείς να χειριστείς κάτι τόσο δύσκολο, αντιφατικό, επικίνδυνο για σένα και τους άλλους. Μόνο ο καλύτερος μπορεί να φέρει εις πέρας την αποστολή σου. Δεν το καταλαβαίνεις;» είπε θλιμμένα, απογοητευμένος. «Εσύ, τι πας και κάνεις; Αποδεικνύεις πως δεν άξιζες αυτής της εμπιστοσύνης».

Μετακινήθηκα λίγο μακρύτερά του και γύρισα το σώμα μου προς την αντίθετη κατεύθυνση. Η ανασφάλειά μου για το αν όσα έκανα ήταν σωστά, αναδύθηκε ολόκληρη στην επιφάνεια. Εκτιμούσα τόσο την άποψη του Μιχαήλ, που όσα μου είπε όχι απλά με πλήγωσαν, αλλά με κλόνισαν σημαντικά. Δεν περίμενα ότι θα με επηρέαζε τόσο, αλλά από την άλλη πλευρά ήξερα βαθιά μέσα μου πως είχα δίκιο.

«Δεν είναι τόσο απλά τα πράγματα», είπα ανασυντάσσοντας γρήγορα τη σκέψη μου. «Δεν το βλέπεις πως υπάρχει τόση αδικία εκεί κάτω; Πώς να αντέξουμε τόση ανισότητα, τόση *εγγενή* ανισότητα μέσα στην ίδια τη μεγάλη Ισορροπία;» Όλα όσα είχα ανακαλύψει τόσο καιρό που επισκεπτόμουν τους Πλην με έπνιγαν. Ήμουν σίγουρη πως ο Μιχαήλ ήταν ο μόνος που θα μπορούσε να καταλάβει. Έτσι πήρα θάρρος από το γεγονός πως δε μιλούσε, πως σκεφτόταν και συνέχισα. «Μιχαήλ, είναι τουλάχιστον άδικο. Εκεί κάτω υποφέρουν άνθρωποι που έκαναν ένα λάθος και δε θα το επαναλάμβαναν ποτέ ή που θα το επαναλάμβαναν μόνο υπό αυτές τις συνθήκες». Συνέχιζα να τον κοιτάζω διερευνητικά. «Εκεί κάτω βρίσκονται όλοι οι στρατιώτες σαν εμάς Μιχαήλ, που ακολούθησαν διαταγές, που υπερασπίστηκαν μια χώρα, τη μάνα τους, τα γυναικόπαιδα και που υπέφεραν μια ζωή για αυτό. Γιατί;»

Ο αρχάγγελος βημάτισε ανήσυχα πάνω στο σκούρο, γκρι νερό και σχηματίστηκαν μικρά κύματα που απομακρύνθηκαν προς το άπειρο, αναταράσσοντας την Ισορροπία του ατελείωτου νερού. Κοιτούσα τα κύματα και περίμενα την αντίδρασή του σα μικρό παιδί. Σταμάτησε απότομα και με κοίταξε με τη γνωστή του συμπόνια.

«Τι το ξεκίνησε όλο αυτό, Αζραέλ; Γιατί άρχισες να είσαι τόσο ανυπάκουος; Τι ζητάς περισσότερο από το ότι έχεις έναν

316

από τους μεγαλύτερους σκοπούς στο μεγάλο Σχέδιο;» Η φωνή του έμοιαζε πληγωμένη, σα να τον είχα απογοητεύσει οικτρά. Στριφογύρισα τα λόγια του μέσα στο μυαλό μου κι ένιωσα τόσο μόνη, τόσο απελπιστικά μόνη, που τα συναισθήματα πάγωσαν μέσα μου. *Κανείς, ποτέ δε θα καταλάβαινε τη δυστυχία μου... Ή ίσως μόνο κάποιος...* «Ο Άλεφ τα προκάλεσε όλα αυτά, Αζραέλ; Μίλησέ μου, σε παρακαλώ. Αυτός διατάραξε την Ισορροπία, αυτό ήταν το κακό που θα έκανε. Θα μετέτρεπε το μεγάλο Στρατηγό σε ένα κοινό εγκληματία, κάποιον που καταρρίπτει τους κανόνες...». Η φωνή του ήταν πια σιγανή, παραδομένη, θλιμμένη, έμοιαζε να τον είχε βρει το μεγαλύτερο κακό και δεν ήξερε πώς να αντιδράσει. «Θα σε κατακρεουργήσουν, Αζραέλ. Θα σε κυνηγήσουν, θα σε εξορίσουν, ούτε μπορώ να φανταστώ πόσο κακό θα σου κάνουν Αυτοί. Είσαι ο δυνατότερος, ο καλύτερος, είναι ευάλωτοι απέναντί σου κι εσύ μόνο μπορείς να τους βάλεις τέλος. Δε θα αφήσουν έτσι αυτήν την ανταρσία». Τα μάτια του, το σώμα του ήταν ξέπνοα, κουρασμένα. «Γιατί το έκανες αυτό;» είπε μια τελευταία κουβέντα σιγανά, απαλά, στον εαυτό του.

«Γιατί δεν υπάρχει τίποτα χειρότερο από το να είσαι ο πιστός σκύλος των αφεντικών». Γύρισα την πλάτη μου προς τον αρχάγγελο κι έφυγα με μια θυμωμένη βουτιά.

Πριν–5

Έψαξα πολύ για να τον βρω. Δεν ήταν κρυμμένος, αλλά το μυαλό μου δεν πήγαινε στο πού θα βρισκόταν. Ήταν αγκυροβολημένος με την πιεστική του συνοδεία από αγχωμένα να τον προστατέψουν Λιοντάρια, σε μια εύφορη κι ακατοίκητη από οποιονδήποτε άλλο κοιλάδα της δυτικής νότιας Αμερικής. Ένα εντυπωσιακό ποτάμι τη διέτρεχε και τα εδάφη ήταν πλούσια και γόνιμα. Το μέρος θα γινόταν αργότερα η μεγάλης πνευματικής σημασίας για τους Ίνκας Ιερή Κοιλάδα και στην κορυφή της θα στηνόταν η πρωτεύουσα του βασιλείου τους, το Κούζκο. Αυτά όλα, όμως, θα λάβαιναν χώρα τουλάχιστον 300 με 400 χρόνια αργότερα.

Προς το παρόν, η κοιλάδα κατακλυζόταν μονάχα από το στρατό του, ο οποίος κατά καιρούς λεηλατούσε μικρά χωριά στις χαμηλότερες περιοχές για να εξασφαλίσει την τροφή τους. Με προσοχή φυσικά, ώστε να μην ξεκληρίσουν τον ελάχιστο πληθυσμό των περιοχών αυτών. Πρέπει να είχαν περάσει τουλάχιστον εκατό χρόνια από την τελευταία φορά που τον είχα συναντήσει, σε εκείνη την έρημη παγωμένη περιοχή της Ευρώπης. Ο ίδιος μου φαινόταν όμως ακόμα πιο δυνατός κι ακόμα πιο νέος από εκείνη την τελευταία φορά που τον είδα.

Μόλις με διέκρινε ανάμεσα στα πανύψηλα δέντρα με το λεπτό κορμό, στράφηκε προς το μέρος μου και με πλησίασε με γρήγορα βήματα. Η όψη του μαρτυρούσε υγεία, το μέγιστο αυτού του αγαθού και μια ομορφιά απόλυτη κι ανησυχητική. Μου φάνηκε περίεργο ότι εκείνη τη στιγμή κατάλαβα για πρώτη φορά πόσο όμορφος ήταν. Το βλέμμα του καρφώθηκε στα μάτια μου με μια ξεκάθαρα άγρια χαρά.

«Σου είχα ζητήσει να μην αργήσεις. Αυτή είναι η *άποψή σου για μια γρήγορη συνάντηση;*» είπε δυνατά και σταμάτησε ακριβώς μπροστά μου, περίπου δυο μέτρα από μένα.

«Είχα πολλά να κανονίσω», δικαιολογήθηκα βεβιασμένα. Τον παρατηρούσα με όλο και μεγαλύτερο ενδιαφέρον. Δεν υπήρχε αμφιβολία ότι ήταν τόσο όμορφος και δυνατός, όσο ένα πλάσμα του φωτός, όσο ένας άγγελος. Παρόλ' αυτά, δεν έπαυε να είναι ένας στυγνός κι απάνθρωπος δολοφόνος, ένας εγκληματίας, ένας θηρευτής.

«Όχι περισσότερο από σένα...», είπε σταθερά και με κοίταξε ακόμα πιο έντονα στα μάτια. Αναπήδησα ελαφρά στο άκουσμα των όσων μου είπε. Πώς ήταν δυνατόν να κατάλαβε τι σκεφτόμουν; «Μην ανησυχείς, δε διαβάζω το μυαλό. Με κοιτούσες με ένα βλέμμα που τα έλεγε όλα. Πώς γίνεται κάποιος σαν εμένα να είναι τόσο γεμάτος από το κακό... Αυτό δε σκεφτόσουν;» ξεστόμισε με αυτή την απλή και καθησυχαστική φωνή του.

«Αυτό ακριβώς», απάντησα σταθερά. «Μόνο που προσπαθώ να καταλάβω τι μας κάνει διαφορετικούς. Τι είναι αυτό που μας τοποθετεί σε διαφορετικά στρατόπεδα», συνέχισα

*πλησιάζοντάς τον λίγο περισσότερο. «Εσύ τουλάχιστον σκο-
τώνεις για να επιβιώσεις... Εγώ; Τι δικαιολογία έχω εγώ;»
πρόσθεσα απότομα και γύρισα αποστρέφοντας το βλέμμα μου
από αυτόν. Αν κάποιος με παρατηρούσε προσεκτικά, θα κατα-
λάβαινε πως ένιωθα ντροπή. Ντροπή...*
*«Ακολουθώ εντολές. Μπερδεμένες κι ανισόρροπες εντο-
λές. Υπερασπίζομαι μια πραγματικότητα για την οποία δεν
έχω την παραμικρή απόδειξη πως είναι δίκαιη, σοφή, σω-
στή... Πες ό,τι θέλεις, αλλά όλο αυτό μόνο Ισορροπία δε μου
φαίνεται», ψιθύρισα απαλά. Τον ένιωσα να αναστατώνεται
αμυδρά. Σαν το σώμα του -παρότι δεν το έβλεπα- να ρίγησε.
Η ανάσα του έγινε πιο δυνατή, αφουγκραζόταν. «Ξέρεις τι νο-
μίζω;» συνέχισε με την ίδια ζέση, που μου είχε μιλήσει πριν
λίγο. Θα έλεγε κανείς πως ήταν ενθουσιασμένος που μου μι-
λούσε και σίγουρα κανείς δεν ήταν ενθουσιασμένος που μου
μιλούσε έως τότε. «Νομίζω πως για σκλάβος προχωράς μια
χαρά...», κατέληξε.*
*Οργίστηκα από τα λόγια του και γύρισα επιθετικά κι από-
τομα να τον αντιμετωπίσω. Υπήρχε μια βιαιότητα στην κίνη-
σή μου αυτή, αλλά αυτός δεν αντέδρασε όπως θα περίμενα, με
κοιτούσε ήρεμα και χαμογελούσε σα να ήταν απαλλαγμένος
από κάθε άγχος, κάθε δυσκολία σε αυτή τη ζωή που κρατούσε
ήδη πολύ καιρό. Με εξέπληξε και δεν ήξερα πώς να αντιδρά-
σω. Φόρεσα το αυστηρό μου προσωπείο. Ίσως να είχα ηλικία
πολλών αιώνων, αλλά σε θέματα συναισθηματικής φόρτισης
ήμουν ένα νεογέννητο· μικρό, αβοήθητο κι άπειρο.*
*«Ησύχασε... Μην τα παίρνεις όλα τόσο κυριολεκτι-
κά», πρόσθεσε ήρεμα. «Στο κάτω-κάτω όλοι σκλάβοι είμα-
στε. Σκλάβοι της φύσης μας. Μη νομίζεις πως τρέφω καμιά*

ψευδαίσθηση για τον εαυτό μου...», είπε χαμηλώνοντας το βλέμμα του. «Δεν είμαι καλύτερός σου».

«Χα!» κάγχασα αλαζονικά. «Τολμάς και συγκρίνεις εσένα με εμένα;» πρόσθεσα συνεχίζοντας την άχαρη προσποίησή μου, η οποία πιθανότατα δεν έπειθε κανέναν. Συνέχιζε να χαμογελάει με ένα ύφος τόσο ειλικρινές και μαλακό, που δεν ήξερα πώς να αντιδράσω κι έβαλα τα γέλια... *Δυνατά και γάργαρα άρχισα να γελάω, όσο είχα να γελάσω πολύ καιρό από τη στιγμή εκείνη. Μου φαινόταν πως όσα ζούσα μέχρι τότε ήταν γελοία. Η προσπάθεια να ακολουθήσω εντολές, οδηγίες, αυτούς χωρίς καμιά επιβεβαίωση πως ήμουν με τη σωστή πλευρά της ιστορίας τουλάχιστον. Όλη η κατάθλιψη, η προσπάθεια, το αίσθημα του καθήκοντος, ο πόνος για το χαμό των πλασμάτων, η αδικία, όλα θα μπορούσαν να σταματήσουν, αρκεί να το ήθελα εγώ.*

Γελούσε μαζί μου, γελούσε κι αυτός βαθιά κι έντονα. Με κοιτούσε και γελούσε και φαινόταν να απελευθερώνεται το ίδιο σημαντικά με εμένα. Είχε καρφώσει το βλέμμα του στα μάτια μου και γελούσε με την ψυχή του. Τα πουλιά στα γειτονικά δέντρα φοβήθηκαν και πέταξαν μακριά, αναστατωμένα από τη βιαιότητα των γέλιων μας. Σταμάτησε να γελάει απότομα και με κοίταξε με μια ανησυχία, με το άγχος και την αγωνία ενός παιδιού, που ζητάει απεγνωσμένα την ασφάλεια και την επιβεβαίωση.

«Λες να έχουμε ελπίδα;» ψιθύρισε απαλά, τόσο σιγά και διακριτικά, ώστε υπήρχε σαφής αντίθεση με την όψη του, τη γεμάτη δύναμη και σιγουριά.

«Ελπίδα για ποιο πράγμα;» ρώτησα κι εγώ με τη σειρά μου. Πλησίασε ένα βήμα ακόμα προς το σώμα μου. Σχεδόν άκουγα αυτό το δεύτερο παράλληλο ήχο, αυτό το ελαφρύ γρύλισμα που παρήγαγαν τα Λιοντάρια μέσα από το στέρνο τους, που όμως το αντιλαμβανόσουν μόνο όταν ήσουν πολύ-πολύ κοντά τους, εκτός αν ήθελαν να το κάνουν να ακουστεί δυνατά.

«Ελπίδα να αλλάξουν όλα αυτά, να τα αλλάξουμε, να δια-λέξουμε ένα δρόμο διαφορετικό από αυτόν που μας επιβάλ-λουν...», πρόσθεσε πιο δυνατά τώρα πια, με περισσότερη ένταση, σα να απελευθέρωνε από μέσα του τις σκέψεις του. Δίστασα για λίγο να του απαντήσω, αλλά δεν άργησα να ζυγίσω την κατάσταση. Γιατί να μην του μιλούσα άλλωστε; Μου είχε δείξει όση εμπιστοσύνη του έδειξα κι εγώ μέχρι τότε. Ήταν το μόνο πλάσμα που μπορούσε να με αντιμετω-πίσει υπό ίσους όρους κι όμως, παρά τον κίνδυνο για τη ζωή του, διάλεξε να με ακούσει και κυρίως, να με πιστέψει πως δε θα του έκανα κακό. Επιπλέον, δε με είχε απειλήσει στο ελάχιστο κι έμοιαζε να τον ενδιαφέρει περισσότερο η πιθα-νότητα να αλλάξει τη μοίρα του ή πιο σωστά, η *δυνατότητα* να αλλάξει τη μοίρα του.

«Γιατί το κάνεις όλο αυτό; Γιατί σε νοιάζει τόσο; Γιατί μι-λάς σε εμένα;» Άφησα τις ερωτήσεις μου να κατακλύσουν την ατμόσφαιρα. Με εξέτασε σκεφτικός, σκιές πέρασαν πάνω από τα μαύρα μάτια του. Ήταν χορτάτος, ο δολοφόνος που είχα μπροστά μου δεν πρέπει να *είχε* πολλές ώρες που άφησε το αίμα να στεγνώσει στα χέρια του.

«Γιατί είσαι το μόνο πλάσμα που μπορεί να αποδείξει πως υπάρχει αυτή η ελπίδα. Πίστευα πως ήσουν ένα φε-ρέφωνο, ένα προγραμματισμένο, καθοδηγούμενο δουλικό, χωρίς άποψη και γνώμη. Και...», δίσταζε, προσπαθούσε να βρει τις λέξεις, να περιγράψει πώς είχε σκεφτεί, « ... τη στιγμή που με κοίταξες, σταμάτησες και μου *μίλησες* ήταν σα να άλλαξαν όλα. Όλα όσα νόμιζα πως ίσχυαν έως τότε», πρόσθεσε ακόμα πιο έντονα. «Αζραέλ, είδα στα μάτια σου την *αμφιβολία*. Αν εσύ αμφέβαλες όπως ακριβώς αμφέβαλα κι εγώ, τότε ήμουν σίγουρος πια πως κάπου βαθιά υπήρχε ελπίδα».

Σκεφτόμουν όλα όσα μου έλεγε κι όσο περνούσε η ώρα, τόσο ενθουσιαζόμουν. Για ένα παράξενο λόγο, τα δικά του συναισθήματα έμοιαζαν να καθρεφτίζουν τα δικά μου. Το σώμα του, η στάση του όση ώρα σιωπούσα και τον κοιτούσα μαρτυρούσαν την ίδια ζέστη· τη ζέστη του ενθουσιασμού, της αλλαγής, της νέας αρχής. Η καρδιά μου χτυπούσε τόσο δυνατά, που πίστευα ειλικρινά πως μπορούσε να την ακούσει. Το αίμα είχε συγκεντρωθεί στο κεφάλι μου και χτυπούσε στα μηνίγγια μου με θράσος κι αυθάδεια. Όσο σκεφτόμουν, τόσο μου φαινόταν πως θα μπορούσαμε να αλλάξουμε κάτι.

Αποφάσισα πως δεν είχα να χάσω τίποτα αν του μιλούσα. Στο κάτω-κάτω ήμουν χαμένη. Σε λίγο Αυτοί θα μάθαιναν για τις επισκέψεις μου κάτω. Τέτοιες κινήσεις δε μένουν κρυφές για πολύ, όσο και να με προστάτευε από τα αδιάκριτα βλέμματά τους στη ζωή μου η ίδια μου η φύση. Αυτοί δεν μπορούσαν να δουν τι σκέφτομαι, ούτε να δουν το μέλλον μου ή τις κινήσεις μου· ήμουν ένα απόλυτο πλάσμα του φωτός, ελεύθερο από την παρακολούθησή τους. Όμως, υποτίθεται πως ήμουν *έρμαιο* των πράξεών τους, πως μπορούσαν να με τιμωρήσουν, να μου αφαιρέσουν τα προνόμια, να με καταδικάσουν αλλά δεν μπορούσαν να με *σκοτώσουν*. Αυτό μπορούσα να το κάνω μόνο εγώ σε αυτό το σύμπαν.

Όσο περιδιάβαιναν όλα αυτά μέσα στο μυαλό μου, τόσο μου φαινόταν πως υπήρχαν κενά. Αν δεν μπορούσαν να με σκοτώσουν και δεν μπορούσαν να δουν τι σκέφτομαι και τι πράττω, πώς θα μπορούσαν να με περιορίσουν και να με τιμωρήσουν; Το ίδιο σκεφτόμουν και για αυτόν. Άρχισα να βλέπω ένα φως στην άκρη του τούνελ, ένα φως που δε θα μάθαινα ποτέ αν ήταν αληθινό ή ψεύτικο, παρά μόνο αν ταξίδευα μέχρι εκεί.

«Σε κάθε περίπτωση, η όλη ιστορία έχει πολλά στοιχεία που δεν κολλάνε», ψιθύρισα. Ο Άλεφ αναπήδησε ελαφρά από την αδημονία του κι από τη συγκέντρωσή του τόση ώρα που περίμενε μια αντίδραση από μένα.

«Το σκέφτηκες κι εσύ;» πρόσθεσε. «Αν δε σε σκοτώσω εγώ – που μόνο εγώ μπορώ...».

«Και δε σε σκοτώσω ούτε εγώ – που μόνο εγώ μπορώ...», συμπλήρωσα αυτό που ήμουν σίγουρη πως εννοούσε.

«... τότε Αυτοί θα είναι σε δύσκολη θέση. Οι μόνοι δύο στους οποίους δεν έχουν δικαιοδοσία ζωής και θανάτου, θα ελέγχουν τη δική τους μοίρα», είπε και με πλησίασε τόσο, που σχεδόν *ανάσαινε* μέσα μου. Η μυρωδιά του ήταν φρέσκια κι απαλή, σα δάσος, σα δέντρα, δεν είχε σχέση με τη βαριά, ζαχαρώδη μυρωδιά μου, τη μυρωδιά του λιβανιού, των ψυχών και του θανάτου.

Έκανα με τη σειρά μου μια αμυδρή κίνηση προς αυτόν και διέκρινα καθαρά το γρύλισμα κάτω από το στέρνο του, δε μας χώριζαν παρά μερικά εκατοστά. Τόσο κοντά έπρεπε να βρισκόμαστε για να ειπωθούν όσα θα ειπώνονταν, για να μην ακούγονται παραέξω τα λόγια που θα τάραζαν την Ισορροπία.

«Αυτό, Άλεφ, γνωρίζεις τι είναι;» είπα και τον κοίταξα με ένα βλέμμα, που πρέπει να προκαλούσε αφόρητους πόνους σε οποιονδήποτε άλλο.

«Πάρα πολύ καλά», απάντησε σχεδόν ψιθυριστά. «Αυτό είναι η Μεγάλη Ανταρσία».

Πριν–6

Του εξήγησα τα πάντα. Μου πήρε μέρες, εβδομάδες ή ίσως μερικά δευτερόλεπτα. Δεν μπορούσαμε να καταλάβουμε τι συνέβη, είχε χαθεί και για τους δυο μας η αίσθηση του χρόνου. Του μίλησα για τους Πλην, για την αδικία, για το πώς δε δινόταν η ευκαιρία στα πλάσματα να επανορθώσουν, να αντισταθμίσουν τα όσα είχαν προδιαγραφεί για αυτούς. Υπήρχαν πολλοί φυλακισμένοι, σαν εμάς τους δύο. Φυλακισμένοι σε σώματα, συνθήκες, πράξεις και καταστάσεις, που είχαν σχεδόν προαποφασιστεί για αυτούς, ενώ στην πραγματικότητα οι ίδιοι θα έπρατταν διαφορετικά στην επόμενη ευκαιρία. Με παρακολουθούσε με προσοχή, με λαχτάρα.

Φαινόταν να γνωρίζει καλά πως από εκείνο το σημείο, ύστερα από όσα είχαμε πει, δεν υπήρχε επιστροφή για εμάς τους δύο. Ο κίνδυνος ήταν πολύ μεγάλος, η έκβαση των πραγμάτων άγνωστη και, το πιθανότερο, ζοφερή και μακάβρια. Αυτοί δε θα άφηναν την κατάσταση να ξεφύγει από τον έλεγχό τους. Στην πραγματικότητα, δεν είχαμε ιδέα πώς θα μπορούσαν να εξελιχθούν οι καταστάσεις. Το σίγουρο ήταν πως βρισκόμαόταν σε αχαρτογράφητα νερά. Το αν τα συμπεράσματά μας κι όσα ήμασταν διατεθειμένοι να κάνουμε ήταν αρκετά για να οδηγήσουν στον αφανισμό μας, το αν αυτός ακριβώς ο αφανισμός ήταν δυνατός ή όχι, μας ήταν άγνωστο.

Κοντοστάθηκε μερικά βήματα μακριά μου και με κοίταξε διερευνητικά. «Είσαι σίγουρη για αυτό που πάμε να κάνουμε; Εννοώ, το έχεις αποφασίσει;» ρώτησε ήρεμα, αλλά χωρίς να καταφέρνει να κρύψει μια υπόνοια ανησυχίας στη φωνή του.

«Δεν υπήρχε περίπτωση να σου μιλούσα διαφορετικά», απάντησα γρήγορα, προσπαθώντας να καθησυχάσω τις όποιες αμφιβολίες του. «Δε νομίζεις πως όλο αυτό θα ήταν άσκοπο αν δεν είχα πάρει τις οριστικές μου αποφάσεις;» Τον κοίταξα πιο έντονα από πριν. «Θέλεις να μου πεις τι σε απασχολεί;»

«Το πισωγύρισμα. Είναι πολύς ο καιρός που τα σκέφτομαι όλα αυτά και δεν είμαι διατεθειμένος να γυρίσω πίσω», είπε έντονα κι αποφασιστικά. Τα μάτια του είχαν ένα βαθύ, βυσσινί χρώμα κι έμοιαζε σταθερός και δυνατός. «Αζραέλ, εγώ δε θα γυρίσω πίσω».

Μιμήθηκα με επιτυχία το ύφος του και τον κοίταξα με ακόμη περισσότερη δύναμη. Ήξερα καλά μέσα μου πως θα ήμουν ιδιαίτερα πειστική. Δεν είχα υπάρξει πιο σίγουρη για τα λόγια μου από την πρώτη στιγμή της ύπαρξής μου ως εκείνη τη μέρα. «Δε θα γυρίσουμε πίσω». Ήμουν έτοιμη να συνάψω μια συμφωνία, ένα συμβόλαιο, αλλά ήταν φανερό πως κανένας από τους δυο μας δεν ήξερε το πώς ακριβώς θα γινόταν αυτό. Τα είδη μας όχι απλά δε διασταυρώνονται στη ροή της ιστορίας αλλά, εν προκειμένω, οι δυο μας ήμασταν περισσότερο κάτι από θανάσιμοι εχθροί. Η αμηχανία είχε μετατρέψει την ήδη υγρή ατμόσφαιρα σε μασίφ, στερεά κομμάτια.

Με κοιτούσε με το βαθύ του βλέμμα, το οποίο είχε αρχίσει όχι απλά να μου γίνεται οικείο, αλλά με έκανε να αισθάνομαι *καλά, ασφαλής, ξεκάθαρη*. Κατά τη γνώμη μου, του ανταπέδωσα αυτό το αίσθημα και χαμογέλασε.

«Δε χρειάζεται να ανησυχείς», του είπα απαλά. «Δε χρειάζεται συμβόλαιο. Όλα θα πάνε όπως τα θέλουμε», πρόσθεσα.

«Παραδόξως... σε εμπιστεύομαι», μου απάντησε εξακολουθώντας να χαμογελάει με αυτό το αινιγματικό χαμόγελο που είχε αρχίσει να εγκαθίσταται στο πρόσωπό του. «Θέλεις να μου πεις πώς στην ευχή σκοπεύεις να κάνουμε ό,τι είναι να κάνουμε; Δε νομίζω πως το Σχέδιό μας είναι ιδιαίτερα ξεκάθαρο».

«Αυτό σε διασκεδάζει;» ανταπάντησα με την ίδια περίεργη κι αταίριαστη με τις συνθήκες *ευχάριστηση*.

«Όχι και τόσο. Πιο πολύ με διασκεδάζει –ή μάλλον με ευχαριστεί- το γεγονός ότι πήραμε κι οι δύο την απόφαση να αντισταθούμε. Θα έλεγα πως αυτό και μόνο με έχει μεθύσει κατά κάποιο τρόπο», είπε σκεφτικός. Παρατήρησα ένα μικρό σύννεφο που σκίαζε το βλέμμα του. Ανησυχούσε... Όλο αυτό επιβεβαίωνε διαρκώς την ειλικρίνειά του αν κι ήταν παράδοξο να τον αμφισβητώ. Είχα παραδεχτεί τόσα σε αυτόν, είχα εκθέσει τον εαυτό μου σε φοβερό και μη αναστρέψιμο κίνδυνο κι ακόμα, δεν είχα δεχθεί κανένα πλήγμα προδοσίας από μέρους του. Εκτός κι αν περίμενε να φύγω για να τρέξει κατευθείαν σε αυτούς. «Δεν πρόκειται να το κάνω», είπε αποφασιστικά.

«Μπορείς να μου εξηγήσεις, σε παρακαλώ, πώς γίνεται να καταλαβαίνεις τι σκέφτομαι;» τον ρώτησα γεμάτη απορία κι έκπληξη.

«Δεν ξέρω. Απλά μου φαίνεται πως οι σκέψεις σου γράφονται στο πρόσωπό σου», απάντησε απλά και σταθερά. «Δε θα το κάνω. Δε θα πάω σε αυτούς», είπε στρεφόμενος προς το πλούσιο δάσος. «Δεν καταλαβαίνεις πως αυτούς κατηγορώ για αυτό που είμαι, για τη δυστυχία μου;» Παρότι δεν μπορούσα να διακρίνω το πρόσωπό του όπως στεκόταν, ένιωθα την οργή του να ξεχειλίζει. «Πιστεύω πως παίζουν με όλα τα επίπεδα· σα να διασκεδάζουν με τα μικρά τους πειράματα. Ίσως να είναι Αυτοί το πραγματικό κακό».

«Αυτό δεν το ξέρω», είπα με τη σειρά μου. «Δεν έχω αρκετά στοιχεία ακόμα, θα χρειαστώ πολλή έρευνα για να αποφασίσω αν Αυτοί είναι το κακό ή όχι. Προς το παρόν, ξέρω πού είναι άδικοι κι αυτό διατίθεμαι να διορθώσω με όποιο κόστος για μένα».

«Αυτό που πρέπει να κάνουμε πρώτα είναι να δούμε πώς θα τους κρυφτούμε, πώς μπορούμε να τους αποφύγουμε, να προστατευτούμε από το να χάσουμε αυτόν τον πόλεμο εξαρχής», είπε πλησιάζοντάς με ξανά μετά την έκρηξη οργής που είχε νωρίτερα.

Κάτι τέτοιο δε θα ήταν δύσκολο. Του εξήγησα λοιπόν, πως Αυτοί δεν μπορούσαν να δουν πού βρίσκονται οι αρχάγγελοι. Τα πλάσματα του φωτός είχαν μια ιδιαίτερη ελευθερία: μπορούσαν να κινούνται σε όλα τα επίπεδα, εκτός από την περιοχή των Πλην, χωρίς Αυτοί να βλέπουν τα πεπραγμένα ή όσα αυτά θα έπρατταν. Χρειάστηκε να μάθει πως λόγω μιας έλλειψης περιγραφής στους κανόνες, μου επιτρεπόταν –αν και όχι ρητά- να μπαίνω στην περιοχή των Πλην. Κάτι τέτοιο το σιχαινόταν ο Μααλίκ, αλλά σαν τυπολάτρης κι υπάκουος μέχρι δακρύων στους κανόνες δεν μπορούσε να μου το αρνηθεί.

«Υπάρχει και κάποιος άλλος που όσα θα πράξει δε θα μπορούν να τα δουν Αυτοί», πρόσθεσα απαλά και σιωπηλά. Γύρισε και με κοίταξε με απορία χωρίς να μιλήσει. «Εσύ», είπα πιο σιγανά από πριν. «Έπρεπε να το είχα καταλάβει όταν ο Μιχαήλ μου μετέφερε την εντολή να σε σκοτώσω», σχεδόν παραδέχτηκα στον εαυτό μου.

«Ο Μιχαήλ μεταφέρει τις εντολές; Αυτός σου είπε να με σκοτώσεις;» είπε με απορία. Προσπαθούσε να καταλάβει τον κόσμο μας.

«Όχι, τις εντολές τις δέχομαι απευθείας. Είναι πολύπλοκο», απάντησα αργά. «Αλλά συχνά ο Μιχαήλ, που έχει *ορατότητα των εντολών ως αρχαιότερος, επισκέπτεται αυτούς για να ζητήσει έλεος*». Η απάντησή μου φάνηκε να τον προβληματίζει. Κοντοστάθηκε και με κοίταξε με περισσότερη απορία στο βλέμμα.

«Θέλεις να πεις πως ο Μιχαήλ προσπάθησε να κερδίσει χρόνο για *μένα*;» Φαινόταν να μην το πιστεύει, ήταν έκπληκτος.

«Άλεφ, ο Μιχαήλ είναι ο αρχάγγελος του ελέους. Δεν υπήρχε περίπτωση να μην προσπαθούσε να σώσει το τελειότερο πλάσμα της δημιουργίας ως τώρα, παρά το γεγονός πως δεν εγκρίνει τη δίαιτά σου, ούτε τον τρόπο που την εξασφαλίζεις», του εξήγησα υπομονετικά. «Εγώ, όμως, έπρεπε να το είχα καταλάβει. Ο Μιχαήλ δεν μπορούσε να μου απαντήσει τι το κακό θα έκανες και ζητήθηκε ο άμεσος τερματισμός σου. Δεν μπορούσαν να δουν γιατί θα ήμασταν *μαζί*», είπα και τον κοίταξα βαθιά στα μάτια. «Φαίνεται πως όταν είμαστε μαζί δε βλέπουν πού είμαστε και τι συμβαίνει. Αλλά δεν ξέρω γιατί...».

«Αν αυτό ισχύει, ίσως είναι καλύτερα να μείνουμε εδώ. Η Ιερή Κοιλάδα είναι μια τέλεια κρυψώνα. Επιπλέον, με βοηθάει ιδιαίτερα», είπε προσπαθώντας να συντάξει ένα υποτυπώδες Σχέδιο. «Η ενεργειακή συγκέντρωση μου κάνει πολύ καλό και δεν είναι τόσο γνωστή η επίδραση του μαγνητικού πεδίου εδώ, όσο είναι αυτή του Aurora Borealis. Έτσι, δε θα υποπτευθούν το μέρος», πρόσθεσε.

«Θα πρέπει να διώξεις τη φρουρά σου», είπα ανήσυχα. «Το γεγονός ότι δε βλέπουν εμάς, δε σημαίνει πως δεν μπορούν να παρακολουθήσουν οποιοδήποτε άλλο Λιοντάρι ή Άνθρωπο». Έπρεπε να σκεφτούμε πριν από αυτούς, να είμαστε ένα βήμα μπροστά.

Κατάλαβε πως κάτι με απασχολούσε. «Θέλεις να μου πεις τι συμβαίνει;» ρώτησε ανυπόμονα. Δεν του άρεσαν οι ανησυχίες ακριβώς τη στιγμή που έπρεπε να προχωρούμε σε σχέδια, λεπτομερή και μεγαλεπίβολα. Φαινόταν ξεκάθαρα πως ήταν φτιαγμένος πολεμιστής.

«Έχεις καταλήξει στο τι θα κάνουμε με όλα αυτά;» ρώτησα με αδημονία, με τη λαχτάρα να ακούσω αυτό που ήθελα. Με κοίταξε με τη σιγουριά που ήλπιζα να με κοιτάξει.

«Θα πάμε κάτω και θα τους μαζέψουμε. Όταν είμαστε αρκετοί, δε θα μπορούν να κάνουν τίποτα Αυτοί», είπε σταθερά. «Θα ξεκινήσει η εξέγερση».

Πριν–7

Μέναμε κρυμμένοι στην Ιερή Κοιλάδα. Έδιωξε τη φρουρά του χωρίς καμία εξήγηση, αν και δε χρειαζόταν. Οι στρατιώτες του είχαν τυφλή υπακοή και μηδενική αμφισβήτηση. Νόμιζα πως κατά κάποιο τρόπο έλεγχε το μυαλό τους. Από τη στιγμή που θα τους έδινε μια από τις σιωπηλές διαταγές του, η αγέλη ή το τμήμα της αγέλης υπάκουαν πειθήνια, ακόμα κι αν η εντολή εναντιωνόταν στη φύση και την επιβίωσή τους, ακόμα κι αν τους πονούσε ή τους έβλαπτε, χωρίς να βαρυγγομήσουν, χωρίς να διαμαρτυρηθούν, με το ίδιο περήφανο κι άχρωμο βλέμμα, που δέχονταν το θάνατό τους, έτσι υπάκουαν κι εκτελούσαν. Δεν τους επονόμαζαν άδικα «στρατιώτες». Ήταν καλοί, από τους καλύτερους που είχα δει κι είχα μεγάλη εμπειρία στην υπακοή.

Μιλούσαμε, αναλύαμε, σχεδιάζαμε. Ο στόχος μας φάνταζε τόσο μακρινός, τόσο παράτολμος, τόσο απίθανος κι όμως, μόνο και μόνο η προοπτική, αυτή η εναλλακτική στη μέχρι τότε αποδεδειγμένα άχαρη, μίζερη και δυστυχή ζωή μας, μας έκανε τόσο χαρούμενους που σχεδόν η εικόνα μας δεν ταί-

333

ριαζε με το ζοφερό μέλλον που απλωνόταν μπροστά μας. Ἡ το ζοφερό μέλλον που *πιθανώς* απλωνόταν μπροστά μας. Η έλλειψη πληροφορίας, η παντελής απουσία της εναλλακτικής αυτής εξέλιξης της ιστορίας από τις γραφές, άφηνε κάποια, αν και όχι πολύ ελπιδοφόρα, κενά αλλά πάντως κενά.

Με προσεκτική σκέψη κι οργάνωση προσπαθούσαμε να αποφασίσουμε ποιος θα ήταν ο τρόπος που θα φτάναμε κάτω. *Σίγουρα θα είχε σημάνει συναγερμός από την εξαφάνισή μου. Δεν είχε ξανασυμβεί να μην υπάρχει αυτός που πρέπει να συλλέξει τις ψυχές. Σίγουρα επίσης θα υπήρχε εναλλακτική, αν και προσωρινή, λύση, κίνηση της οποίας την ακρίβεια αγνοούσα, κυρίως γιατί δεν είχε καν περάσει ποτέ από το μυαλό μου η πιθανότητα να μην είμαι εγώ εκεί για να κάνω τη δουλειά μου. Υπέθετα, όμως, πως κάποια κίνηση για αντικατάστασή μου είχε γίνει, κυρίως γιατί ήξερα πως ο Άλεφ κυνηγούσε και κάποιος έπρεπε να συνόδευε αυτές τις ταλαιπωρημένες ψυχές εκεί, όπου θα περνούσαν το υπόλοιπο της αιωνιότητας.*

Αυτοί ήταν σίγουρο πως είχαν συμπεράνει πως εγώ κι ο Άλεφ ήμασταν μαζί κι η αποχή από τα καθήκοντά μου σίγουρα τους είχε οδηγήσει στο συμπέρασμα πως κάτι πολύ κακό –για αυτούς- συνέβαινε ή θα συνέβαινε σε λίγο. Ο Μααλίκ, όντας εξαιρετικά υπάκουος, θα είχε τουλάχιστον διπλασιάσει την ασφάλεια των Πλην. Βέβαια, μπορεί η ασφάλεια των Πλην να στηριζόταν αποκλειστικά στον ίδιο, αλλά αυτό το πλάσμα του φωτός, αυτός ο άγγελος που καθημερινά ξεπλενόταν από τα σκοτάδια του κακού, ήταν ικανός να κρατήσει μια στρατιά πολεμιστών με τις δικές μου ικανότητες, μαχόμενος για το απρόσβλητο του κολαστηρίου που διοικούσε.

Δεν υπήρχαν, λοιπόν, πολλές επιλογές για την παράνομη εί-
σοδό μας στα χωράφια του κακού, παρά μόνο ο αιφνιδιασμός.
Έπρεπε με κάποιο τρόπο να καταφέρουμε γρήγορα κι απρόσμε-
να να εισβάλουμε στο μεγάλο σκοτάδι. Παρά τις μακροχρόνιες
διαβουλεύσεις μας και τις πολύωρες συζητήσεις, αυτός ο τρό-
πος δεν είχε βρεθεί ακόμα κι η καθυστέρηση της ιδέας που τόσο
πολύ λαχταρούσαμε, δεν ευχαριστούσε κανέναν από τους δύο.

Στεκόταν κάτω από ένα πλατύφυλλο δέντρο, χαρακτηρι-
στικό της περιοχής των Άνδεων. Ολόκληρη η πλαγιά, στην
οποία βρισκόμασταν, ήταν στην είσοδο της Ιερής Κοιλάδας κι
έβριθε από αυτά τα πανύψηλα δέντρα με το λεπτό κορμό. Ο
αέρας στην περιοχή αυτή ήταν ελάχιστος κι η βλάστηση ανα-
πτυσσόταν με τρελούς ρυθμούς, κυρίως λόγω της ελαφριάς
και συχνής βροχής, σε συνδυασμό με τη ζέστη του κοντινού
Ισημερινού, που δεν άφηνε το μεγάλο υψόμετρο των 3000 μέ-
τρων να τσακίσει τη ζωή.

Ήταν πανέμορφος, είχε τραφεί το προηγούμενο βράδυ κι
αυτό του έδινε πάντα μια ανανέωση τρομερής έκτασης. Το
σώμα του κυριολεκτικά άνθιζε σαν τη φύση γύρω μου. Όσο
περνούσα τον καιρό μου μαζί του, τόσο περισσότερο παρατη-
ρούσα την ομορφιά του. Μάλλον με ξένιζε το γεγονός πως κά-
ποιος που δεν ήταν άγγελος μπορούσε να είναι τόσο όμορφος.
Μάλιστα, μερικές φορές φάνταζε πιο όμορφος κι από εμάς, τα
πλάσματα του φωτός.

«Είναι ψεύτικο. Όλο αυτό είναι ψεύτικο, προσωρινό», ψι-
θύρισε μέσα από τα δόντια του χωρίς να γυρίσει να με κοιτάξει.
«Αυτό ακριβώς είναι που σιχαίνομαι». Εξακολουθούσα να
μην καταλαβαίνω πως ένιωθε αυτά που σκεφτόμουν με τόση
ευκολία. «Ενώ εσύ...», συμπλήρωσε γυρνώντας προς εμένα

και κοιτώντας με βαθιά στα μάτια, αψηφώντας τον πόνο που του προκαλούσα. «Εσύ είσαι φτιαγμένη από τα καλύτερα υλικά αυτού του κόσμου. Η όψη σου, η ομορφιά σου καθρεφτίζει την ομορφιά της φύσης σου».

«Προφανώς δεν έχεις δει ποτέ έναν αρχάγγελο στη μάχη», απάντησα γρήγορα. «Άλεφ, μπορώ να πάρω όψεις τόσο φοβερές, που άνθρωποι έχουν μαρμαρώσει νεκροί μόνο κοιτώντας με», είπα σιγανά, σχεδόν με ντροπή για αυτή μου την ιδιότητα. «Αυτό δε φαντάζει και πολύ όμορφο».

«Είναι κάτι τελείως διαφορετικό. Η φύση σου είναι όμορφη, πλημμυρίζει από το φως, από το καλό. Εγώ είμαι αναγκασμένος να εξαγοράζω την όψη μου, την επιβίωσή μου σκοτώνοντας βίαια άλλα πλάσματα, τα οποία δε μου έφταιξαν σε τίποτα», είπε κοιτώντας το έδαφος. «Δεν έχεις δει ποτέ πόσο ειδεχθής είμαι μετά από νηστεία· παραμορφωμένος, σιχαμερός και τελείως απολίτιστος. Το μόνο που σκέφτομαι είναι η τροφή και πώς θα τη βρω».

Τα Λιοντάρια είχαν μια παράξενη κι έντονα εξαρτώμενη σχέση με την τροφή τους. Όταν αυτή αφθονούσε, ήταν γεμάτα ζωή, ζωντάνια, ένταση, πάθος. Όταν δεν μπορούσαν ή δεν ήθελαν να τραφούν, όλη τους η ύπαρξη μηδενιζόταν. Όσο ισχυρά πνευματικά –εκτός από σωματικά- όντα και να ήταν, η έλλειψη τροφής τους έκανε υλιστές στο έπακρο, σχεδόν ζώα. Από ό,τι φαίνεται, μονάχα τα συμβούλιο είχε καταφέρει να δαμάσει αυτήν την εξάρτηση κατά κάποιο τρόπο. Περιορισμένα αλλά τα είχαν καταφέρει, φυσικά, μετά από χιλιάδες χρόνια προσπάθειας κι εξέλιξης.

Είχα μείνει ακίνητη, παρακολουθώντας τον κι αναλογιζόμενη πόσο σχετική ήταν η ομορφιά στον κόσμο τελικά. Αν ακόμα κι εμείς, τα ομορφότερα πλάσματα σε καθένα από τα χιλιάδες επίπεδα του κόσμου, υπήρχαν ώρες που ήμασταν απαίσιοι... Κι όμως... Κοντοστάθηκα κι η ματιά μου έγινε ακόμη εντονότερη, στοχεύοντας ακριβώς μέσα στα δικά του μάτια. Οι ίριδές του τρεμόπαιξαν ελαφρά, σημάδι πως πονούσε, αλλά δε μετακίνησε το βλέμμα του ούτε δέκατο του χιλιοστού. Ωστόσο, υπήρχε κάποιος που ήταν απαίσιος πάντα· τόσο ειδεχθής και τρομακτικός που είχε τιμωρηθεί με μια βάναυση εργασία, μια υπευθυνότητα που θα έσωζε τον κόσμο από την ύπαρξή του, θα τον έκρυβε απ' τα μάτια όλων, θα απάλλασσε τα επίπεδα από το λάθος της γέννησής του.

Πλησίασα με έναν πυρετό να διαχέεται στο σώμα μου. Αυτό ήταν ό,τι ακριβώς χρειαζόμασταν. «Έτσι θα μπούμε», ξεστόμισα με σιγουριά.

«Έτσι πώς;» απάντησε με αδημονία. Τα μάτια του έλαμπαν με ένταση, περίμενε την απάντηση με μια λαχτάρα που φαινόταν σχεδόν παιδική.

«Είχα ξεχάσει την ύπαρξή του. Φαντάζομαι όλοι έχουν ξεχάσει την ύπαρξή του. Ελπίζω κι ο ίδιος ο Μααλίκ», πρόσθεσα με μια μικρή καθυστέρηση να αποκαλύψω τη σκέψη μου. Μου άρεσε αυτή η ανησυχία που τον είχε κατακλύσει. Προσπαθούσα να επιβραδύνω, ώστε να απολαύσω για λίγο ακόμα την όψη του καθώς περίμενε.

«Θα μου πεις επιτέλους;» διαμαρτυρήθηκε έντονα. Όταν εκνευριζόταν, έμοιαζε ακόμα πιο όμορφος, πιο εξωπραγματικός, αλλά ταυτόχρονα και πιο ανθρώπινος, πιο κοντινός.

«Υπάρχει ένα κενό, μια κερκόπορτα, μια μικρή, μικρούλα τρύπα στην ασφάλεια των κάτω», είπα ακόμα πιο βασανιστικά. «Μια τρύπα που ασφαλίζει ανορθόδοξα και –θεωρητικά-απόλυτα».

«Μπορείς σε παρακαλώ να γίνεις λίγο πιο επεξηγηματι-κή;» ψιθύρισε μέσα από τα δόντια του. Ο εκνευρισμός του άρχισε να γίνεται οργή, δίνοντάς μου ακόμα μεγαλύτερη ευχαρίστηση και κάνοντάς τον ακόμα πιο ακαταμάχητο. Η σκέψη πως αυτός ο Άλεφ μου άρεσε με έναν τελείως ανθρώπινο τρόπο, τελείως ξένο προς τη φύση μου, με έκανε να προσπαθώ να αποφύγω αυτή τη συνείδηση. *Μου αρέσει, όπως αρέσει ένας άντρας σε μια γυναίκα, σκέφτηκα σιγανά κι απαλά, σχεδόν κρυφά από τον ίδιο μου τον εαυτό.*

«Στην αρχή, Αυτοί κατασκεύασαν αυτή τη φυλακή, αυτό το σωφρονιστικό σύστημα χωρίς σκοπό και στόχο, αυτήν την παράνοια. Έτσι, υπήρξε μια διακύμανση, ένα κενό, μια φυσική ασυνέχεια, ας πούμε, στο αρχιτεκτονικό Σχέδιο», είπα σταθερά σταματώντας την εκμετάλλευση του εκνευρισμού του. «Ο χωρόχρονος κάνει τα τερτίπια του κι όπως θα ξέρεις, Αυτοί οι νόμοι δεν είναι εύκολο να ξαναγραφτούν. Κάθε λάθος συνήθως αντιμετωπίζεται με μια πρόχειρη λύση», πρόσθεσα περιμένοντας την αντίδρασή του.

«Εννοείς πως υπάρχει κάποιο σημείο στα τείχη από όπου μπορούμε να μπούμε;» ρώτησε πιο ήρεμος τώρα πια. Το βασίλειο των Πλην περικλειόταν από τα τείχη. Ήταν ενεργειακά τείχη, τα οποία κρατούσαν όλη αυτή την *ακαταστασία* και τον αρνητισμό του εσωτερικού από το να αφομοιώσει τον έξω κόσμο. Χωρίς αυτά, το αρνητικό ενεργειακό ισοζύγιο των Πλην θα ρουφούσε κυριολεκτικά όλο το πλεόνασμα ενέργειας που θα έβρισκε διαθέσιμο, διαταράσσοντας ανεπανόρθωτα την Ισορροπία. «Το ξέρω πως τα κομμάτια ταιριάζουν... », ψιθύρισα στον εαυτό μου. «Το ξέρω πως τα κομμάτια ταιριάζουν, γιατί τα έχω δει να διαλύονται...».

Με πλησίασε γρήγορα κι άρπαξε το μπράτσο μου με μια χειρολαβή, που με έσφιξε σα μέγγενη. Τα φτερά μου θρόισαν ανήσυχα, από μια δική τους, αντανακλαστική κίνηση. Εξακολουθούσα να τον κοιτάζω στα μάτια με δύναμη. Σκεφτόμουν κι ανέλυα, αλλά το δυνατό του χέρι μου έδωσε να καταλάβω πως δεν είχα άλλα περιθώρια, παρά να του ομολογήσω όσα σκεφτόμουν.

«Ο Μελωδός, Άλεφ... Ο Μελωδός του Σκότους», ξεστόμισα τελικά ξέπνοα. «Ο τραγουδιστής του κακού, ο δαίμονας που φυλάει το μικρό αυτό σφάλμα· δεν είναι άλλος παρά αυτός».

Το πρόσωπό του έγινε ανήσυχο και ταραγμένο. Δε φοβόταν... Δε φοβόταν τίποτα στον κόσμο, όπως κι εγώ άλλωστε. Μόνο δυο πλάσματα, που δε φοβούνται τίποτα απολύτως θα τολμούσαν να ξεκινήσουν αυτό που είχαμε ξεκινήσει. Αλλά η απλή αλήθεια ήταν πως ανησύχησε.

«Αζραέλ, πίστευα πως ο Μελωδός δεν υπάρχει, πως είναι ένας μύθος, ένα καλοστημένο ψέμα, μια προπαγάνδα», είπε με τη βαθιά, σταθερή φωνή του. Το βλέμμα του ξεκόλλησε από πάνω μου και πλανήθηκε στα δέντρα γύρω μας ενώ προσπαθούσε να συμφιλιωθεί με την ιδέα.

«Είναι πολύ μα πολύ αληθινός. Εξορισμένος από όλους, φυλακισμένος κι αυτός, καταδικασμένος να αστυνομεύει τη μόνη κρυφή διέξοδο από το βασίλειο των Πλην», διευκρίνισα απρόθυμα. Όσο έφερνα στο μυαλό μου αυτήν την εναλλακτική, τόσο πιο ζοφερή μου φαινόταν. Δεν υπήρχε, όμως, άλλος τρόπος. Έπρεπε να περάσουμε από το Μελωδό.

Πριν–8

Έπρεπε να κάνουμε μια αναγνωριστική προσπάθεια. Θα χρειαζόμασταν μέρες, μήνες, ίσως και χρόνια για να συλλέξουμε τις ψυχές που χρειαζόμασταν για την εξέγερση. Η παράνομη είσοδός μας όφειλε να εξασφαλιστεί όχι μία, αλλά πιθανότατα χιλιάδες φορές, ώστε να μας δώσει το περιθώριο να εργαστούμε, όσο μεθοδικά επέβαλε ο σκοπός μας. Η αλήθεια ήταν πως θα προσπαθούσαμε στα τυφλά. Κανένας από τους δυο μας δεν είχε αντικρύσει ποτέ το Μελωδό και δεν είχαμε απολύτως καμία ιδέα για το τι θα έπρεπε να περιμένουμε, εκτός βέβαια, από το όνομά του και τη φήμη πως κανένας, κανένας δεν άντεχε την παρουσία του.

Όσα θνητά όντα είχαν αναμετρηθεί μαζί του ήταν πια νεκρά. Εγώ η ίδια είχα ψιθυρίσει το τέλος τους, ένα τέλος που έμοιαζαν να λαχταρούν μετά τη συνάντηση μαζί του μέσα σε μια παραφροσύνη, η οποία είχε στιγματίσει τις τελευταίες τους στιγμές. Όλοι ανεξαιρέτως με είχαν ουσιαστικά υποδεχθεί ως ευλογία, ως το τέλος που θα τους απελευθέρωνε από όσα έζησαν με το Μελωδό. Όσο για τις ψυχές τους είχαν στη συνέχεια σωπάσει, βουβαθεί για πάντα κι απέμειναν αιωρούμενες μάζες ενέργειας δίχως ούτε ένα ψήγμα αυτού που ήταν κάποτε, άηχες υπάρξεις ρουφηγμένες από ζωή. Όσα αθάνατα όντα είχαν βρεθεί απροετοίμαστα απέναντί του είχαν παρανοήσει, τρελαθεί, στερηθεί πια λογικού ειρμού στη σκέψη, αχρηστευθεί κι αφεθεί να σαπίζουν στην αιωνιότητα παραπαίοντας μεταξύ των επιπέδων. Όμως, δεν ήξερα ούτε το πώς το κατάφερνε αυτό ο Μελωδός, ούτε τι θα μπορούσα να κάνω για να τον αποφύγω. Δεν είχε επιζήσει κανείς για να μεταφέρει αυτήν την πληροφορία.

Έπρεπε να ξεκινήσουμε το μακρινό και δυσοίωνο ταξίδι γύρω από τα τείχη. Αυτό που δοκιμάσαμε πρώτο ήταν η μετάβαση, το ταξίδι ανάμεσα στα επίπεδα. Τα Λιοντάρια μπορεί να ήταν το τελειότερο δημιούργημα της εξέλιξης σε δύο από τα επίπεδα, το υλικό και το πνευματικό, αλλά δεν είχαν ποτέ στο παρελθόν ταξιδέψει μεταξύ των υπολοίπων. Δεν είχαν παρά αφεθεί να εξελιχθούν στο υλικό επίπεδο από έναν απλό, αρχικό «σπόρο», ένα σπόρο ανώτατης ποιότητας προφανώς, αλλά την πλειοψηφία των επιτευγμάτων τους την είχαν κερδίσει με το σπαθί τους, με την απλή βιολογική εξέλιξη, όπως κι ο άνθρωπος. Ήξερα πως μπορούν να υπάρξουν στα δύο βασίλεια. Εγώ τους μετέφερα εκεί, αλλά ήμουν ανίδεη στο τι θα μπορούσε να συμβεί παραπέρα. Δεν ήξερα καν αν ο Άλεφ θα μπορούσε να υπάρξει στο μεταίχμιο των κόσμων με τον τρόπο που μπορούσα εγώ.

Αποφασίσαμε να δοκιμάσουμε με μια διερευνητική πτήση -ή σωστότερα βουτιά- στα Ενδιάμεσα Πεδία. Στάθηκα απέναντί του δίπλα σε ένα ψηλό, πλατύφυλλο δέντρο των Άνδεων. Με κοιτούσε άφοβα και περίμενε ανυπόμονα την επόμενη κίνηση. Δεν ήταν αμήχανος, απλά δεν μπορούσε να περιμένει.

«Δε φοβάσαι», δήλωσα με κάποιο ελαφρύ σαρκασμό στα λόγια μου και με κοίταξε κοροϊδευτικά.

«Φαντάζομαι αστειεύεσαι», είπε μονότονα. Όλη αυτή η προσπάθεια του έμοιαζε σαν ένα αναγκαίο, διαδικαστικό κακό. Ανυπομονούσε να μπει στη δράση κι ήθελε να τελειώνουμε με τα μεταφορικά.

«Δεν είμαι και τόσο σίγουρη πως ξέρω τι να κάνω», γκρίνιαξα απαλά. «Δεν ξέρω αν το θυμάσαι, αλλά δεν έχω βρεθεί ξανά τόσο μπλεγμένη με το βρωμοείδος σου σχεδιάζοντας ανομολόγητα, απαγορευτικά πράγματα», πρόσθεσα με μια πειρακτική διάθεση.

Μου χαμογέλασε σχεδόν σατανικά και φαινόταν ακόμα πιο όμορφος από πριν. «Αυτό είναι δικό σου λάθος. Θα μπορούσες να είχες ανακαλύψει εδώ και καιρό κι εμένα και το βρωμοείδος μου. Είμαστε αρκετά ενδιαφέροντες, δε νομίζεις;» ψιθύρισε τόσο κοντά μου, που η μυρωδιά του με χτύπησε σαν άνεμος. Δέντρα σκέφτηκα... Γύρισα το κεφάλι μου απότομα για να καταφέρω να συντονιστώ με τις σκέψεις μου και πάλι. Αυτό είναι πολύ μεγάλο μπέρδεμα, πρόσθεσα η ίδια στον εαυτό μου με μια έκπληξη για όσα είχα αρχίσει να αισθάνομαι. Πολύ, πολύ ανθρώπινο...

«Θα πρότεινα να προσπαθήσω να σε μεταφέρω με την ορμή της δικής μου ενέργειας», είπα αποφεύγοντας το βλέμμα του.

«Με αυτό εννοείς;» είπε με πραγματική απορία στη φωνή του.

«Έλα κοντά μου». Σχεδόν τον πρόσταξα. Διέκρινα μια ενόχληση στη ματιά του, την οποία, όμως, γρήγορα ξεπέρασε και με πλησίασε τόσο, που τα μέτωπά μας δεν ακουμπούσαν για λίγα χιλιοστά. Παρακολουθούσα το βλέμμα του, το οποίο είχε καρφωθεί στα χείλη μου. Πολύ, μα πάρα πολύ ανθρώπινο...

Τύλιξα το δεξί μου χέρι στο λαιμό του και με το αριστερό άρπαξα το δεξί του μπράτσο. Ένιωσα την αντίδραση στην κίνησή μου, αλλά ήμουν τόσο γρήγορη κι αυτός φαινόταν να μου έχει τόση εμπιστοσύνη, που δεν αντέδρασε σημαντικά. Τώρα... Θα μπορούσα να τον είχα σκοτώσει τώρα. Η σκέψη ήρθε και πέρασε πιο γρήγορα κι από την κίνησή μου. Τον έσπρωξα στο κενό τινάζοντας τα φτερά μου. Το επόμενο δέκατο του δευτερολέπτου ένιωσα το υγρό της μεταφοράς να με περιλούζει κι εξακολουθούσα να νιώθω το σώμα του πάνω μου. Πριν θριαμβολογήσω για την επιτυχία κι αναδυθώ, η ζέστη του κορμιού του μου ξέφυγε. Τον έχασα, σκέφτηκα πανικόβλητη. Αναδύθηκα στα Ενδιάμεσα Πεδία ξαφνιασμένη κι απογοητευμένη. Τον έχασα. Τίναξα τα φτερά μου για να διώξω την ενοχλητική υγρασία κι ετοιμάστηκα να γυρίσω πίσω, ενοχλημένη που ίσως αυτό που σχεδιάζαμε δεν ήταν εφικτό.

«Πολύ βολικός τρόπος τελικά», άκουσα τη φωνή του πίσω μου. Γύρισα απότομα και τον διέκρινα μερικά μέτρα μακρύτερα από μένα, βρεγμένο από το ασημένιο υγρό. Γελούσε και με κοιτούσε χαρούμενος, ευχαριστημένος. «Δε φαντάζομαι πως θα νόμιζες ότι θα τα έκανες όλα μόνη σου», πρόσθεσε με μια διάθεση που έδειχνε πως όλα πήγαιναν όπως ακριβώς τα ήθελε.

«Γιατί μου ξέφυγες;» ρώτησα ελαφρά θυμωμένη. Μου φαινόταν πως έπαιζε, πως διασκέδαζε.

«Ήθελα να δω πώς είναι να κολυμπάς μέσα σε αυτό το περιβόητο νερό», απάντησε με θράσος. «Μην ξεχνάς πως δεν έχω πεθάνει και ποτέ για να ξέρω πώς είναι το αίσθημα αυτό».

«Έχουμε τόσα να κάνουμε κι αυτό που σε νοιάζει είναι να νιώσεις πώς μεταφέρονται τα όντα όταν πεθαίνουν;» ρώτησα με περισσότερο θυμό στη φωνή μου από ό,τι πριν. «Δεν παίζεσαι!» ξαναγκρίνιαξα ενοχλημένη.

«Πρέπει να παραδεχτείς πως είναι μια εμπειρία που δε σου συμβαίνει και κάθε μέρα», είπε παιχνιδιάρικα. «Τουλάχιστον πρέπει να είσαι ευχαριστημένη που αυτό που θέλουμε γίνεται».

«Η αλήθεια είναι πως δε μου είναι κι αδιάφορη αυτή η επιτυχία», ομολόγησα σκαρφαλώνοντας στο μικρό, στενό βράχο από όπου είχε πιαστεί. «Θέλω να ελπίζω πως θα έχουμε την ίδια τύχη και στα όρια του βασιλείου των Πλην. Γιατί αυτό θα πρέπει να μας απασχολεί τώρα», συμπέρανα τελικά.

Γύρισε και με κοίταξε κάπως μελαγχολικά. Τα μάτια του σκιάζονταν από μια ανησυχία που είχα ξαναδεί, όταν του περιέγραψα τι σκόπευα να δοκιμάσουμε για να εισχωρήσουμε στο σκοτεινό κόσμο. Μήπως τελικά ήταν διαφορετικός από ό,τι νόμιζα; Μήπως είχε αμφιβολίες;

«Τι νομίζεις πως θα μας συμβεί εκεί κάτω;» με ρώτησε αποφεύγοντας το βλέμμα μου.

Σε τσάκωσα, σκέφτηκα θριαμβευτικά. Τελικά, ίσως και να μην είσαι ο ατρόμητος αρχηγός που πίστευα. «Άλεφ, νομίζω πως φοβάσαι», ψιθύρισα τόσο κοντά στο λαιμό του, που τον ένιωσα να αποτραβιέται ελαφρά. Γύρισε απαλά και βύθισε το βλέμμα του στο δικό μου.

«Φοβάμαι», ανταπάντησε. «Φοβάμαι, πως ίσως να ελπίζω εκεί να έρθει το τέλος μου».

Η απάντησή του με ξάφνιασε. Ήταν δυνατόν να ήθελε να πεθάνει; Ήταν δυνατόν να μην ήθελε τη ζωή του σε τέτοιον βαθμό; Ξαφνικά κατάλαβα ακριβώς τι του συνέβαινε. Τα μάτια του τα ομολογούσαν όλα. Ήταν κουρασμένος. Τόσο απόλυτα κι αμετάκλητα κουρασμένος, από την τράπουλα που του είχε μοιραστεί. Χωρίς να σκεφτώ δευτερόλεπτο, χωρίς να αναλογιστώ τι έκανα, γύρισα απαλά και τον αγκάλιασα βυθίζοντας το κεφάλι μου στο βρεγμένο του στέρνο. Επέτρεψε στον εαυτό του να χαλαρώσει, να δεχτεί αυτό το χάδι για ένα απειροελάχιστο χρονικό διάστημα κι απότομα ξεκόλλησε από πάνω μου κοιτώντας το μουντό φως των Ενδιάμεσων Πεδίων.

«Πάμε. Δεν έχουμε χρόνο για χάσιμο», είπε τεντώνοντας το κορμί του και στεκόμενος απέναντί μου, όπως νωρίτερα. Κοιτούσε μέσα στα μάτια μου, με αυτό το ανεπαίσθητο τρεμούλιασμα, που είχα πια συνηθίσει. Ήταν ψυχρός κι αδυσώπητος, όπως πριν. Τίποτα πάνω του δε μαρτυρούσε πόσο ευάλωτος ήταν πριν λίγο· μια τέλεια μηχανή, ένας πολεμιστής, ένας απόλυτος θηρευτής έτοιμος για μάχη. «Πάμε, πριν κάνω κάτι που θα μετανιώσουμε κι οι δυο μας». Τα τελευταία του λόγια τα είπε μέσα από τα δόντια του, σχεδόν στον εαυτό του. Κατάλαβα και σώπασα. Όλα ήταν πολύ πολύπλοκα για να τα περιπλέξουμε περισσότερο.

Αναδυθήκαμε μέσα στη σιωπή, μέσα από το υγρό που ήταν κατάμαυρο και σκοτεινό. Γύρω μας το φως ήταν ελάχιστο, ίσα-ίσα καταλάβαινες πως το νερό πλατσούριζε πάνω σε μεγάλα, πέτρινα τείχη. Έπρεπε να κολυμπήσουμε κάποια απόσταση μέσα στην απόλυτη σιωπή, την αρρωστημένη σιωπή, η οποία διακοπτόταν από το νωχελικό παφλασμό μέχρι να δούμε μια ασυνέχεια, μια μικρή διακοπή, που θα υποδήλωνε την πιθανή θέση του κενού και φυσικά, την ύπαρξη του δαίμονα. Οι ανάσες μας ήταν ανύπαρκτες από την ένταση. Η προσπάθειά μας να εντοπίσουμε το άγνωστο μας έκανε και τους δυο τεντωμένους σαν τόξα. Αυτός προχωρούσε κολυμπώντας αργά και διερευνητικά μπροστά μου, ενώ εγώ έριχνα πού και πού κρυφές ματιές πίσω μας. Στο κάτω-κάτω δεν ήξερα από πού να περιμένω το Μελωδό. Δεν ήξερα καν με τι έμοιαζε ή τι ήταν. Είχε υλική υπόσταση; Ήταν απλά ενέργεια; Θα μπορούσα να τον δω ή απλά θα τον άκουγα;

Σε τακτά χρονικά διαστήματα γυρνούσε πίσω του κι έψαχνε τη ματιά μου μέσα στο ημίφως. Κολυμπούσαμε πάνω από μια ώρα, ακούραστα και σιωπηλά, καθώς το τοπίο δεν άλλαζε στο ελάχιστο. Νερό μαύρο, ερεβώδες και πέτρα μέχρι εκεί που έφτανε το βλέμμα, κατακόρυφη κι απόλυτη. Καθώς συνεχίζαμε την ατέρμονη πορεία μας, αρχίσαμε να αντιλαμβανόμαστε μια αλλαγή στα τείχη. Φαινόταν σα να καμπύλωναν προς τα μέσα και το νερό έμοιαζε να ρηχαίνει, σα να δημιουργούνταν μια μικρή εσοχή. Γύρισε και με κοίταξε έντονα. «Εδώ...», ψιθύρισε ανεπαίσθητα. Η σιωπή εξακολουθούσε να είναι απόλυτη, νόμιζα πως πια δεν άκουγα ούτε το νερό να κινείται απαλά, όπως πριν, αλλά ούτε και τον εαυτό μου να κινείται μέσα σε αυτό. Μου έριξε ένα βλέμμα όλο απορία αυτή τη φορά. Είχε νιώσει κι αυτός την αφύσικη ησυχία.

Τα τείχη καμπύλωσαν ακόμα περισσότερο και το νερό άρχισε να έχει μια πιο ανοιχτόχρωμη, βρωμερή πράσινη απόχρωση. Συνεχίζαμε πια να προχωράμε περπατώντας πάνω στον πυθμένα, ο οποίος διαρκώς γινόταν όλο και πιο ρηχός. Αναδυόμασταν. Οι αισθήσεις μας ήταν οξυμένες σε μια προσπάθεια να προλάβουμε οποιοδήποτε στοιχείο που θα μας υποδείκνυε πού βρισκόταν και τι ήταν ο δαίμονας.

Καθώς προχωρούσαμε διστακτικά, απλά τον είδαμε. Ήταν ένα μικρό παιδί, ένα κορίτσι γύρω στα τέσσερα ή πέντε. Στεκόταν στη μέση ενός υγρού βράχου, σε στάση προσοχής και μας κοιτούσε με περιέργεια κι ανυπομονησία. Τα μαλλιά της ήταν καλοχτενισμένα, το πρόσωπό της πεντακάθαρο και το φόρεμά της όμορφο και φροντισμένο. Τα μάτια της είχαν το απόλυτο μαύρο των δαιμόνων, αυτό το σκούρο, μασίφ χρώμα, δίχως ασπράδι. Στο χέρι της κρατούσε μια διαλυμένη κούκλα που σερνόταν απόκοσμα στο πλάι του ποδιού της, καθώς την κρατούσε από το χέρι. Τα μάτια της κούκλας ήταν βγαλμένα, το στόμα της κομμένο, σαν με μαχαίρι, σε ένα απάνθρωπο χαμόγελο, ένα βίαια επιβεβλημένο γέλιο.

Μας κοίταζε για αρκετή ώρα καθώς είχαμε κοκαλώσει απέναντί της χωρίς να κινείται, χωρίς να ακούγεται. Δεν τολμούσα να μετακινήσω ούτε τις ίριδες των ματιών μου και περίμενα όλο ένταση μια αλλαγή. Αυτός στεκόταν δίπλα μου, αλλά δεν μπορούσα να τον δω λόγω αυτής μου της ηθελημένης παραλυσίας. Το κορίτσι ξαφνικά έγειρε το κεφάλι της στο πλάι με μια μηχανική, κοφτή κίνηση, λες κι ήθελε να μας παρατηρήσει από μια διαφορετική οπτική γωνία. Περίμενα υπομονετικά να με χτυπήσει η παράνοια, που ήξερα πως θα ακολουθήσει. Το κορίτσι κίνησε ανεπαίσθητα τα χείλη του τόσο γρήγορα, που δεν κατάφερα να διαβάσω τίποτα. Δεν ακούστηκε ο παραμικρός ήχος. Επέμενε να μας κοιτάζει διερευνητικά, απαράλλαχτη, όπως και πριν. Το στέρνο μου πηγαινοερχόταν πολύ πιο γρήγορα τώρα. Τίποτα δεν ερχόταν, τίποτα δεν κινούνταν, τίποτα δεν ακουγόταν, τίποτα… Στεκόμασταν εκεί, μια περίεργη, παράδοξη εικόνα.

Το κορίτσι ξανακίνησε τα χείλη και νόμισα, πίστεψα πως ακούστηκε ένα αδιόρατος ήχος, ένα μικρό γρατζούνισμα.

«Τι είπες;» ξεστόμισα αντανακλαστικά σιγανά και σχεδόν αδιόρατα. Σιγή... Τίποτα...

«Τι είπες;» επανέλαβα ελάχιστα πιο δυνατά.

Τα μικρά, καλοσχηματισμένα χείλη κινήθηκαν και πάλι γοργά κι απαλά. <small>«Με άφησαν εδώ μόνη μου».</small>

«Τι είπες, Μελωδέ;» ξαναρώτησα πιο δυνατά τώρα, πιο σίγουρα. Έπρεπε να τελειώνουμε με αυτό.

<small>Με άφησαν εδώ μόνη μου. Με άφησαν εδώ μόνη μου.</small> Με άφησαν εδώ μόνη μου. Με άφησαν εδώ μόνη μου. Με άφησαν εδώ μόνη μου. Με άφησαν εδώ μόνη

μου. Με άφησαν εδώ μόνη μου. Με

ΑΦΗΣΑΝ ΕΔΩ ΜΟΝΗ ΜΟΥ.

Το μικρό στόμα άνοιξε διάπλατα, ήταν κενό και μαύρο σαν το χάος κι ούρλιαζε, φώναζε, τραγουδούσε, μια μελωδία άγρια κι αρρωστημένη, που μου τρυπούσε το μυαλό, το έλιωνε, το έβραζε, το βίαζε, το κακοποιούσε. Έπιασα το κεφάλι μου και με τα δύο χέρια, αίμα έτρεχε από τα αυτιά μου, ένιωθα τη λογική μου να χάνεται, να αρρωσταίνω, να πεθαίνω· εγώ, που ήμουν αυτός που έπαιρνε τις ψυχές, ο άρχοντας του τέλους όλων.

Κενό, μαύρο, σκοτάδι, ο Μιχαήλ να βουτάει στο υγρό, ψάρια κολυμπούν σε ένα ποτάμι. Οι πυραμίδες, σύννεφα, πόνος, λαχάνιασμα, λέπρα, σοδομισμός, ένα ξεκούρδιστο πιάνο, ύφεση.

ΜΕ ΑΦΗΣΑΝ ΕΔΩ ΜΟΝΗ ΜΟΥ. ΜΕ ΑΦΗΣΑΝ ΕΔΩ ΜΟΝΗ ΜΟΥ.

Σκουλήκια σε ένα νεκρό σώμα, δυσωδία, ψάρια κολυμπούν σε ένα ποτάμι, ο Μααλίκ θα προσπαθεί να με χτυπήσει με το Σπαθί του, ο ήλιος. Ένας λύκος ουρλιάζει στο σκοτάδι, ταχυπαλμία, μια γροθιά μου σπάει τα πλευρά, φτύνω τα δόντια μου στο έδαφος, μαζί φτύνω και μια μπάλα σφήκες.

«Μην υποκύψεις», ψιθύριζα.

Βόθρος, δυσωδία, σύννεφα, φίδια, βόθρος.

ΜΕ ΑΦΗΣΑΝ ΕΔΩ ΜΟΝΗ ΜΟΥ, ΜΟΝΗ ΜΟΥ, ΜΟΝΗ ΜΟΥ, ΜΟΝΗ, ΜΟΝΗ, ΜΟΝΗ ΜΟΥ, ΜΟΝΗ.

Ένα νεκρό χέρι γραντζουνάει ένα τοίχο, νύχια βγαλμένα, πόνος, περιττώματα.

Αυτό είναι! Μια μικρή ιδέα, μια αναλαμπή, μια σταλιά εμφανίστηκε τρεμάμενη μέσα στο μυαλό μου. *Αυτό είναι!*

Γουρούνια καταβροχθίζουν τα σωθικά μου. Μια μπάλα σφήκες την έφτυσα στο έδαφος. Πόνος.

«Ήρθα εγώ τώρα», προσπάθησα να ξεστομίσω με κάποια δύναμη, χωρίς επιτυχία. «Ήρθα εγώ. Δεν είσαι μόνη πια». Σιωπή, ησυχία, τίποτα ξανά.

Ο Μελωδός με κοιτούσε και πάλι διερευνητικά. Ήμασταν κι οι τρεις ακίνητοι, όπως πριν ξεσπάσει όλο αυτό το κακό στο κεφάλι μου. Τα μαύρα μάτια με κοιτούσαν με απορία, με ζύγιζαν, με δοκίμαζαν. *Ένας ελαφρύς, βρωμερός αέρας, παλιός αέρας φύσηξε πάνω μας. Δάκρυα κυλούσαν από τα μάτια μου, πονούσα...* Η κούκλα έφυγε από το χέρι της κι έπεσε άηχα πάνω στον κακοτράχαλο βράχο. *Σιωπή, βάλσαμο, σωτηρία. Λέξεις σχηματίζονταν μέσα στο μυαλό μου που ήταν απορρυθμισμένο, τραυματισμένο σοβαρά. Νόμιζα πως αιμορραγούσε.*

Ο Μελωδός άρχισε να έρχεται προς το μέρος μου με γρήγορα βήματα. Αντανακλαστικά έκανα μια μικρή υποχώρηση μερικά εκατοστά, ανεπαίσθητα. Ακόμα τη θεωρούσα απειλή. Δεν ήξερα αν θα ξανάνοιγε αυτό το σατανικό στόμα, αυτόν το θάνατο, την τρέλα. Δε θα το άντεχα. Αδιάφορη για το γεμάτο απέχθεια βλέμμα μου σκαρφάλωσε πάνω μου, όπως θα έκανε ένα συνηθισμένο παιδί, αρπάζοντας τους ώμους μου, λες και δε θα με άφηνε ποτέ ξανά. Κούρνιασε στην αγκαλιά μου κι έκλεισε τα μάτια.

«Δεν μπορώ... Μόνη μου... Να κοιμηθώ...», ψιθύρισε το παιδί στο μεταίχμιο αυτό ανάμεσα στον ύπνο και τη συνείδηση. Μέσα σε μερικά δευτερόλεπτα είχε κοιμηθεί σαν συνηθισμένο παιδί. *Ήθελε απλά να κοιμηθεί.* Η πόρτα προς το σκοτάδι ήταν αφύλακτη κι ανοιχτή.

Πριν–9

Παρατηρούσα το σώμα του καθώς ξεκουραζόταν πάνω στα υγρά χόρτα της κοιλάδας. Ήταν βαθιά νύχτα, αλλά το φεγγάρι ήταν τεράστιο κι η περιοχή φωτιζόταν τόσο καλά, που θα νόμιζες πως ήταν μέρα. Οι ήχοι της φύσης ήταν αρμονικά δεμένοι σε αυτόν τον όμορφο βόμβο του τροπικού δάσους. Ένιωθα τόσο κουρασμένη, εξουθενωμένη, που αδυνατούσα να κινήσω το παραμικρό μέρος του σώματός μου. Έμοιαζε στην ίδια κατάσταση να βρίσκεται κι αυτός. Από την ώρα που επιστρέψαμε από το σκοτάδι δεν είχαμε ανταλλάξει κουβέντα. Όλη αυτή η προσπάθεια κάθε φορά μας κατέβαλε, λες και κουβαλούσαμε στους ώμους μας βράχια για μέρες.

Έστρεψε το κεφάλι του προς εμένα, χωρίς να με κοιτάξει πραγματικά. Πάλι δε μίλησε, αλλά μπορούσα πια να τον διαβάσω με τόση ευκολία που καταλάβαινα εύκολα πως κάτι ήθελε να μου πει. Σε ξέρω, σκέφτηκα. Σα να βρήκε το κουράγιο τελικά, κατάφερε να μου απευθύνει το λόγο.

«Αζραέλ...», είπε ξέπνοα, «για πόσο ακόμα;» πρόσθεσε σιγανά.

«Δεν ξέρω. Δεν μπορώ να ξέρω», απάντησα χωρίς να σκεφτώ, μάλλον στον εαυτό μου περισσότερο παρά στον ίδιο. «Μάλλον όχι για πολύ», αποφάσισα να απαντήσω τελειωτικά.

Με κοίταξε στ' αλήθεια αυτή τη φορά και το βλέμμα του ήταν γεμάτο απορία. «Πώς άντεξες να το κάνεις αυτό;» ρώτησε τόσο σιγά, που με βία τον άκουσα. «Όλους αυτούς... Τέτοια καταδίκη... Πώς άντεξες;» Διέκρινα στη φωνή του τον οίκτο. Με λυπόταν. Ένα πλάσμα του κόσμου λυπόταν τον αρχάγγελο του θανάτου.

Κοίταξα γενικά κι αόριστα δίπλα μου. Δεν άντεχα, αλλά κανείς δεν το είχε καταλάβει ποτέ ως τώρα. «Ήταν η δουλειά μου. Απλά», δικαιολογήθηκα ανεπιτυχώς και σκάλισα με το πόδι μου το νωπό χώμα, υγραμένο από τη δροσιά της νύχτας των βουνών. Πέρασε το χέρι του πάνω από τα φτερά μου, σαν ένα απότομο χάδι κατευθύνοντάς τα προς τα κάτω, χαζεύοντας το μαύρο χρώμα. Σταμάτησε το χέρι του στη μέση της διαδρομής, έμεινε ακίνητος, δεν ανέπνεε καν. Δεν τράβηξε το χέρι του, το άφησε εκεί να ξεκουράζεται πάνω μου παρόλο που συνήθως δε με άγγιζε. Όταν αυτό συνέβαινε, μας άφηνε και τους δύο σε μια αμηχανία. Η μόνη περίπτωση στην οποία επέτρεπε στον εαυτό του να με αγγίξει ήταν όταν τον άρπαζα κυριολεκτικά για να τον παρασύρω μέσα στο υγρό για να μεταφερθούμε.

«Δε σου άξιζε αυτό», προσέθεσε. «Είναι μια τιμωρία, Αζραέλ, δεν είναι τιμή. Δεν το σκέφτηκες ποτέ;»

Σηκώθηκα από τη θέση μου απότομα, αναγκάζοντάς τον να τραβήξει βίαια το χέρι του και τον αφουγκράστηκα να παίρνει μια βαθιά ανάσα. «Πρέπει να γυρίσω για λίγο πίσω», είπα κοφτά και χωρίς να του αφήσω περιθώριο επιλογής, πετάχτηκα προς την πύλη και βούτηξα στο υγρό.

«Μη φεύγεις!» πρόλαβα να τον ακούσω να ουρλιάζει. «Μη φεύγεις τώρα!» Ήμουν σίγουρη πως τον είχα απογοητεύσει.

Ο Μιχαήλ στεκόταν πάνω από ένα από τα αιώνια βιβλία του. Φυλλομετρούσε, διάβαζε και στο πρόσωπό του διαγραφόταν αυτή η τόσο οικεία σε εμένα έκφρασή του, η οποία υποδείκνυε πως εργαζόταν πυρετωδώς. Δε με αντιλήφθηκε, συνέχιζε τη δουλειά του ανίδεος για την παρουσία μου. Ο αρχάγγελος του ελέους διαρκώς ερευνούσε τα μεγάλα βιβλία σε μια ατέρμονη προσπάθεια να βρει εναλλακτικές, παραθυράκια στους νόμους, ώστε τα διάφορα πλάσματα του κόσμου να μην τιμωρηθούν αμετάκλητα και βάναυσα, να έχουν έστω μια ελπίδα. Ήταν ο καλύτερος συνήγορος, που θα μπορούσε να ονειρευτεί ποτέ κανείς. Κοντοστάθηκα για λίγο πίσω του παρατηρώντας τον. Ένιωθα μέσα μου την αγάπη για τον αδελφό μου να με πλημμυρίζει σαν κύμα. Πόσο μου είχε λείψει!

«No rest for the wicked...», ψιθύρισα. Το υπεράνθρωπο αυτί του έπιασε τον ανεπαίσθητο κυματισμό των μορίων του αέρα και στράφηκε απότομα προς το μέρος μου, καταπνίγοντας μια ανάσα και προσπαθώντας να συγκρατήσει την ορμή, που φανταζόμουν πως τον καθοδήγησε. Ο Μιχαήλ δεν έχανε εύκολα την ψυχραιμία του, αλλά πίστευα πως εκείνη η στιγμή ήταν από τις λίγες της ύπαρξής του που, ναι, η ψυχραιμία του είχε χαθεί κι ας μην φαινόταν.

«Γύρισες πίσω. Τρελή...», ψέλλισε με μια φωνή τόσο μαλακιά, που έμοιαζε λες και μάλωνε τρυφερά ένα παιδί. «Πώς το έκανες αυτό;» συμπλήρωσε και κινήθηκε τόσο γρήγορα προς εμένα, που δεν πρόλαβα να αντιδράσω. Στάθηκε απέναντί μου ψυχρός και παγωμένος χωρίς να με κοιτάζει στα μάτια, χωρίς να κινείται. Φόρτωσε με δύναμη το δεξί του χέρι και, σε αντίθεση με την ήρεμη -ως εκείνη τη στιγμή- στάση του, προσγείωσε την ανάστροφη του χεριού του στο πρόσωπό μου. Πόνεσα τόσο από την σχεδόν απόκοσμη ορμή του, αλλά δεν κινήθηκα στο ελάχιστο. Ήμουν πολύ περήφανη για να το κάνω. Επιπλέον, πίστευα ακράδαντα πως, εν μέρει, μου άξιζε. «Αζραέλ... Πώς το έκανες αυτό;» πρόσθεσε με μια χροιά, που τώρα πια φανέρωνε πόνο.

«Δεν άντεχα άλλο», είπα ορθά–κοφτά. «Δεν ήθελα να χρειαστεί να αντέξω άλλο. Να πάρει η ευχή, δεν ήθελα να χρειάζεται να αντέξει κανένας άλλος όλο αυτό». Όλη η αδικία που αισθανόμουν τόσους αιώνες μέσα μου, έμοιαζε να ξεχειλίζει απότομα και καταιγιστικά από μέσα μου.

«Τι εννοείς;» ρώτησε με μια διάθεση που φανέρωνε πως πραγματικά νοιαζόταν να καταλάβει. Ο ελεήμονας πάντα έδινε μια δεύτερη ευκαιρία. Ήταν η φύση του.

Απέστρεψα το βλέμμα μου από αυτόν και το επικέντρωσα στα ατελείωτα ερμάρια με τους νόμους πίσω του. «Δεν έχει νόημα... Όλη η Ισορροπία, όλα τα επίπεδα, όλη αυτή η κατάσταση στην οποία Αυτοί επιβάλλουν τα πλάσματα απλά δεν έχει νόημα», ψέλλισα απελπισμένα. «Αν ξέρεις το παραμικρό περισσότερο από μένα, Μιχαήλ... Εννοώ το παραμικρό, θέλω να μου το πεις». Λέξη δε βγήκε από το στόμα του, ούτε καν ανάσα. «Γιατί, Μιχαήλ; Γιατί τα πράγματα έχουν όπως έχουν;» διατύπωσα τις λέξεις καλοσχηματισμένα και διακριτά. «Υπάρχει κανένας απολύτως λόγος για όλα αυτά ή απλά δεν είναι και πολύ σωστό να πάει χαμένη όλη αυτή η ενέργεια; Για αυτό την έχουν βάλει σε μια υποτυπώδη τάξη, δημιουργημένη με την ελάχιστη προσπάθεια κι αυτή κάνει τον κύκλο της;» πρόσθεσα με μια δίψα να προλάβω, να μάθω. Ξανά σιωπή. Ούτε μια κουβέντα, ούτε ένα θρόισμα που να αποδεικνύει πως σκέφτεται ή να δηλώνει την πρόθεσή του να απαντήσει. Τίποτα. «Δεν αντέχω να μην ελέγχω τίποτα, να μην έχω επιλογή, να μην έχει κανένας μας επιλογή». Αποτελείωσα την απλοϊκή μου σκέψη, τόσο σαφή, κατά τη γνώμη μου και τόσο ξεκάθαρη, που πραγματικά απορούσα πώς όλοι όσοι συμμετείχαν στο σύστημα δεν τη διατύπωναν τόσο καιρό, δεν είχαν αμφισβητήσει το παραμικρό και συνέχιζαν να κάνουν όλα όσα ήταν προγραμματισμένοι να κάνουν.

Φάνηκε να ανασυντάσσεται, προσπαθούσε να ελέγξει τον εαυτού του και να ξαναπάρει το πάνω χέρι. «Δεν ξέρω. Δεν είναι δουλειά μου να ξέρω», απάντησε στεγνά. «Αυτό που ξέρω είναι πως ξεκίνησες μια κατάσταση που όχι απλά δεν έχει προηγούμενο αλλά που έχει αναγκάσει τους πάντες σε κινήσεις πανικού», πρόσθεσε με μια πίκρα. «Πώς μπαίνετε στο σκοτάδι, Αζραέλ;» ρώτησε με μια πραγματική ανυπομονησία. «Πώς περνάτε από το Μελωδό;» Τα τελευταία του λόγια τα πρόφερε τόσο σιγανά, που με δυσκολία τον άκουσα. Άρα, μας είχαν καταλάβει. Άρα, ο Μελωδός δεν είχε προδώσει το πώς μπαίναμε, ή κανείς δεν άντεχε να τον ρωτήσει. Ήταν ένα βολικό διαβολόπαιδο τελικά… «Πώς καταφέρνετε να μη σας εντοπίσει ο Μααλίκ;» συμπλήρωσε ακόμα μια ερώτηση στη λίστα του. «Έχει απελευθερώσει τα Σκυλιά και σας ψάχνουν. Όχι να σας σκοτώσουν, δεν μπορούν άλλωστε, αλλά να σας φυλακίσουν», είπε κοιτώντας το έδαφος. «Δεν μπορώ καν να φανταστώ σε τι τιμωρία θα σε καταδικάσουν. Το μόνο που ξέρω είναι πως είμαι σίγουρος κι εννοώ 100% σίγουρος πως θα είναι ακόμα χειρότερη κι από το χειρότερο φόβο σου. Τους έχω ικανούς». Ανησυχούσε για μένα. Δεν απάντησα σε καμία ερώτηση. Έμεινα εκεί να κοιτάζω τις στίβες πίσω του. Αναστέναξε βαθιά. «Αυτόν δεν τον σκέφτεσαι;» πρόσθεσε μετά από μερικά δευτερόλεπτα παύσης. «Σε τι τον καταδικάζεις;» Όπως ήταν πάντα ο Μιχαήλ. Η λύπηση, ο οίκτος μέσα του για όλους.

«Αυτό το σκέφτομαι περισσότερο από όλα», απάντησα τόσο σίγουρα που απόρησα με τον εαυτό μου. «Αλλά δεν έχουμε άλλη επιλογή... Είναι λες και... φτιαχτήκαμε για να το προκαλέσουμε όλο αυτό, σα να ταιριάζουν όλα τα κομμάτια μας».

Με κοίταξε με ένα απορημένο, αλλά ταυτόχρονα διερευνητικό βλέμμα. Έκανε ένα βήμα πίσω και με κοίταξε βαθιά κι εξονυχιστικά, τόσο έντονα, που ανατρίχιασα, λες και διάβαζε μέσα μου. «Αζραέλ... Νομίζω πως γίνεσαι πολύ ανθρώπινη...», είπε σχεδόν κουρασμένα. «Νομίζω πως πέφτεις σε λάθη πολύ ανθρώπινα, πολύ έξω από τη φύση σου. Νομίζω πως έχεις αρχίσει να τον αγαπάς», πρόσθεσε με έναν ανεπαίσθητο τρόμο στη φωνή του.

Προς Θεού, να μην πέσει ποτέ σε τέτοιο σφάλμα ένα πλάσμα του φωτός..., σκέφτηκα πονεμένα. «Το ίδιο νομίζω κι εγώ», απάντησα με πλήρη επίγνωση αυτού που μου συνέβαινε. Μια επίγνωση που ως εκείνη τη στιγμή απέφευγα μανιωδώς να παραδεχτώ, κυρίως επειδή έτρεμα την αντίδραση του Άλεφ. Πίστευα πως όλο αυτό θα ήταν πολύ μπερδεμένο για αυτόν.

Ο Μιχαήλ πήρε μια βαθιά ανάσα και μου γύρισε την πλάτη. «Καλύτερα να φύγεις... Πραγματικά, δεν ξέρω πώς να σε βοηθήσω», είπε σταθερά με σιγουριά. Μια σιγουριά που με πλήγωνε. Δεν είχα πάει για βοήθεια, είχα πάει για ξεκαθάρισμα και δε μου έδινε την ευκαιρία να το κάνω. Άρχισα να απομακρύνομαι. Ένιωσε το θρόισμα των φτερών μου σε αυτήν την τόσο γνωστή του προετοιμασία να βουτήξω, να φύγω.

«Αν χρειαστεί...», είπε χωρίς να γυρίσει να με κοιτάξει. «Αν χρειαστεί... Αν μετανιώσεις...», πρόσθεσε μιλώντας πάνω από τον ώμο του. «Ξέρω πώς και πού να σε κρύψω». Δεν κουνήθηκα. Υπήρχε εναλλακτική... Καβάτζα... «Θα σε κοιμίσω», είπε στεγνά κι απαλά. «Θα σε στείλω στον πλανήτη». Βούτηξα και χάθηκα από μπροστά του.

Πριν–10

Δεν τον έβλεπα πουθενά γύρω μου. Η νύχτα ήταν σιωπηλή, το σκοτάδι στη χάση του, άρα συμπέρανα πως έλειπα αρκετές μέρες. Μέσα σε αυτή τη σκοτεινή σιωπή, που και που ένα πούμα διατάρασσε την ησυχία με το ουρλιαχτό του. Είχα μια ελαφριά ανησυχία, ακριβώς επειδή δεν τον έβλεπα, δεν μπορούσα να τον εντοπίσω. Ομολόγησα στον εαυτό μου, πως αυτή μου η ανησυχία, είχε ρίζες στο γεγονός ότι δεν ήξερα πώς θα αντιδρούσε για την απουσία μου. Δεν είχα ιδέα τι θα νόμιζε πως είχε συμβεί, για ποιο λόγο είχα φύγει και πού είχα πάει.

Βολεύτηκα σε μια πέτρα, από αυτές που υπήρχαν διάσπαρτες σε εκείνο το σημείο του δάσους, κάτω από ένα υπερμεγέθες δέντρο από τα χαρακτηριστικά της περιοχής. Δεν υπήρχε φεγγάρι για να χαζέψω. Σκόπευα απλώς να περιμένω, μέχρι να εμφανιστεί, να βυθιστώ στις σκέψεις μου. Ένας σκοπός, που ευνοούνταν ιδιαίτερα από το σκοτάδι και τη σιγαλιά που ήταν απλωμένη τριγύρω.

Με απασχολούσε πολύ η πληροφορία, που μόλις μου είχε μεταδώσει ο Μιχαήλ. Μπορεί πάνω στον πλανήτη να είχαν περάσει δεκατέσσερις μέρες αλλά στην Κυψέλη, όπου είχα δει το Μιχαήλ, δεν είχαν περάσει παρά μόνο μερικά λεπτά της ώρας. Αυτό ήταν ακόμα ένα από τα τερτίπια μας, από τον τρόπο που κινούμασταν στο χωρόχρονο. Μπορούσαμε να το κάνουμε έτσι ή κι αντίθετα. Απλά μερικές φορές, όταν δεν ήμουν συγκεντρωμένη, έχανα τον έλεγχο του πόσο μπροστά ή πόσο πίσω είχα πάει. Έπρεπε να επεξεργαστώ τα γεγονότα, ώστε την επόμενη φορά που θα ήμασταν στο σκοτάδι, να είμαστε προετοιμασμένοι. Τελικά, σκέφτηκα ίσως να μην πήγα απλά για να ξεκαθαρίσω τα πράγματα με το Μιχαήλ, ίσως να πήγα γιατί ήξερα πως θα μάθαινα κάτι περισσότερο, κάτι σα μια μικρή προσπάθεια κατασκοπίας.

Ο Μααλίκ είχε εξαπολύσει τα Σκυλιά κι αυτό σίγουρα δεν ήταν καλό. Τα Σκυλιά ήταν άνθρωποι, νεκροί, ψυχές καταραμένες και καταδικασμένες σε μια από τις χειρότερες τιμωρίες. Είχαν χάσει τη συνείδησή τους, η ενέργειά τους είχε περιοριστεί στο ελάχιστο και τους είχε επιβληθεί κάτι σαν *πνευματική λοβοτομή*. Τέτοιο είναι το μαρτύριο αυτό για ένα πνεύμα που σημαδεύεται αιώνια από την πνευματική δυστυχία, παραμορφώνεται. Αυτοί οι καταδικασμένοι νεκροί, ήταν τα πιστά Σκυλιά του Μααλίκ, ένας απάνθρωπος στρατός έτοιμος να κάνει τα πάντα με το χειρότερο δυνατό τρόπο, οι οποίοι συχνά δεν κατάφερναν να περιορίσουν τη φονική τους μανία. Αυτοί, λοιπόν, ήταν που μας έψαχναν...

Το άλλο σημαντικό στοιχείο που είχα καταφέρει να συλλέξω ήταν πως μας ήθελαν φυλακισμένους. Άρα, επιβεβαιωνόταν η θεωρία μας πως δεν μπορούσαν να μας σκοτώσουν. Δεν υπήρχε πουθενά κανένα παραθυράκι σε αυτό, ήμασταν άτρωτοι. Αυτό όμως, τελικά δεν εγγυώνταν ότι δεν μπορούσαν να μας βλάψουν ανεπανόρθωτα και το γεγονός ήταν πως προφανώς αν μας έπιαναν στα χέρια τους, δεν υπήρχε όριο στο τι θα μπορούσαν να μας κάνουν. *Δε φοβόμουν για μένα, αλλά για αυτόν...*

Άκουσα τη γρήγορη θυμωμένη ανάσα του πίσω μου. Έτσι ξαφνικά, λες κι εμφανίστηκε από το πουθενά. Είχα αμελήσει να υπενθυμίζω στον εαυτό μου πόσο αθόρυβος μπορούσε να γίνει όταν το ήθελε. Το επόμενο χιλιοστό του δευτερολέπτου, δυο χέρια, δυνατά σα σίδερο με έπιασαν από τα φτερά και τα μαλλιά και με κόλλησαν στον κορμό του δέντρου που ήταν μπροστά μου.

«Τι κάνεις;» κατάφερα να ψιθυρίσω πνιχτά. Με είχε βρει αδύναμη κι ανέμελη και με είχε ακινητοποιήσει. Το στήθος μου και το πρόσωπό μου ήταν κολλημένα στο δέντρο ενώ το αριστερό του χέρι είχε περιορίσει τα δυο μου χέρια από τους καρπούς, στη μέση μου, λες και με είχε δέσει πισθάγκωνα, το δεξί του χέρι κρατούσε το κεφάλι μου ακίνητο και το πόδι του εξανάγκαζε τα δικά μου πόδια σε διάσταση. Δεν μπορούσα να κουνηθώ στο ελάχιστο. Ένιωθα την ανάσα του ζεστή και κοφτή μέσα στο αφτί μου.

«Γιατί έφυγες, Αζραέλ;» ψέλλισε οργισμένα. Τα χείλη του ακουμπούσαν στο πτερύγιο του αφτιού μου, δεν μπορούσα να κουνηθώ ούτε *χιλιοστό.* «Γιατί έπρεπε να τα χαλάσεις όλα;» Η αναπνοή του ήταν τόσο θερμή, που νόμιζα πως μου μετέδιδε τον πυρετό του.

«Δεν είναι αυτό που νομίζεις...», απάντησα με δυσκολία, έτσι φυλακισμένη που ήμουν από το σώμα του. Η ένταση ήταν τόση, που ένιωθα λεπτά ρυάκια ιδρώτα να κυλούν πάνω στη ραχοκοκαλιά μου. *Αυτή είναι η ευκαιρία του, σκέφτηκα. Τώρα θα με σκοτώσει...*

«Πήγες σε αυτούς!» είπε σχεδόν ουρλιάζοντας μέσα στο κεφάλι μου. «Γύρισες πίσω σαν πιστή σκλάβα που είσαι…». Ο τόνος της φωνής του περιείχε ένα ψήγμα πόνου που με σκότωνε. Αισθανόταν προδομένος, πίστευε πως αυτομόλησα…

«Δεν είναι αυτό που νομίζεις…», συνέχισα μέσα από τα δόντια μου. Είχα θυμώσει κι εγώ με τη σειρά μου. Πώς μπόρεσε να πιστέψει τόσο εύκολα πως τον είχα προδώσει; Ένιωθα σα να μη με ήξερε καθόλου. Ασυναίσθητα πάλεψα να απελευθερωθώ από τη λαβή του κι έβαλα δύναμη στα πόδια και τα χέρια μου προσπαθώντας να τον αναγκάσω να με αφήσει, αλλά έσφιξε ακόμα περισσότερο το σώμα του πάνω μου. Δεν το πίστευα πως είχε κι άλλη δύναμη να διοχετεύσει. Αισθανόμουν τους πνεύμονές μου περιορισμένους από την πίεσή του, δεν άντεχα να τους γεμίσω σωστά, νόμιζα πως θα σπάσουν τα πλευρά μου.

«Άλεφ, δε θα έκανα ποτέ κάτι σαν αυτό που φαντάζεσαι…», κατάφερα να προφέρω ξεψυχισμένα. Ήμουν αδύναμη, εξουδετερωμένη κι αυτή η αίσθηση που δεν είχα συνηθίσει ως τότε, έκανε την καρδιά μου να χτυπάει άτακτα. Κάτι που σίγουρα δεν ξέφυγε από τις οξυμένες αισθήσεις του άριστα εκπαιδευμένου θηρευτή, ο οποίος είχε καταφέρει να φυλακίσει τον αρχάγγελο του θανάτου με μια κίνηση.

«Νομίζω πως ανησυχείς σοβαρά…», πρόσθεσε με κακία. «Μια σκύλα σαν εσένα δεν πίστευα πως θα είχε αισθήματα…». Τα λόγια του με έκοβαν σα μαχαίρι, αλλά δεν είχα περιθώριο να σκεφτώ περισσότερο πόσο με πλήγωνε.

«Δεν πήγα πίσω», απάντησα. «Δε θα το έκανα ποτέ, σου το εξήγησα», είπα και πάλι λαχανιασμένα.

«Τι θα σε εμπόδιζε, Αζραέλ;» ρώτησε εξίσου θυμωμένα με πριν. Ήταν ένας άγνωστος σε εμένα. Το προσωπείο που φορούσε μου ήταν άγνωστο, κακό. Προσπάθησα και πάλι απεγνωσμένα να κινηθώ για μια ακόμα φορά κι αυτός με χτύπησε βίαια πάνω στο δέντρο. Ένιωσα την ανάσα μου να κόβεται από τον πόνο. Ήμουν σίγουρη πως ένα δυο πλευρά έσπασαν, ο γοφός μου χτύπησε με δύναμη πάνω στον κορμό του δέντρου και το κεφάλι μου επίσης. Πονούσα...

«Κάτσε ήσυχη, αλλιώς θα το μετανιώσεις... Μπορώ να σε πονέσω ακόμα περισσότερο αν θέλω», ψιθύρισε και πάλι με τη ζεστή του ανάσα μέσα από τα μαλλιά μου. Αφέθηκα, δεν είχα άλλη επιλογή. Ένιωθα κουρασμένη, νύσταζα... Ήμουν μόνη, πιο μόνη από ποτέ, όλοι με είχαν εγκαταλείψει, ακόμα κι αυτός. Η αντίδρασή μου μειώθηκε, σχεδόν δε με κρατούσαν τα πόδια μου. Η θανατερή του λαβή μετατράπηκε σε μια προσπάθεια να με κρατήσει όρθια. Δε με φυλάκιζε πια, με στήριζε.

«Εσύ θα με εμπόδιζες...», απάντησα τελικά τόσο σιγανά, που νόμιζα πως δε με άκουσε. «Δε θα το έκανα ποτέ σε εσένα».

Δεν απάντησε. Η αναπνοή του εξακολουθούσε να ζεσταίνει το σβέρκο μου, το χέρι του ήταν ακόμα μπλεγμένο στα μαλλιά μου και κρατούσε το κεφάλι μου ακίνητο. Το λαχάνιασμά μου ήταν το ίδιο έντονο καθώς συνέχιζε να με κρατάει κολλημένη πάνω στο δέντρο κι ένας οξύς πόνος μου τρυπούσε τα πλευρά σε κάθε προσπάθεια να ανασάνω. Το γόνατό του, γερά κρατημένο πάνω στη μέση μου, δε μου επέτρεπε να πέσω ή να κινηθώ. Ήταν σα να μην άκουγα τίποτα άλλο γύρω μου παρά μόνο τις ανάσες μας. Λες κι ο κόσμος είχε πάψει να δημιουργεί τους μικρούς, καθημερινούς του θορύβους κι είχε σωπάσει για να ακούσει τι είχαμε να πούμε.

Το αριστερό του χέρι απελευθέρωσε τη λαβή που κρατούσε τα χέρια μου ακινητοποιημένα, αλλά το υπόλοιπο σώμα του δε

365

χαλάρωσε. Αντίθετα, εντάθηκε ακόμα περισσότερο. Ένιωθα, όμως, πως κάτι είχε αλλάξει. Δεν ήταν η επιθετική ακινησία που επιβάλλει ένας πολεμιστής, ήταν διαφορετικό. Ήταν σα να προσπαθούσε να έρθει όσο πιο κοντά μου γινόταν, να με αγγίξει όσο ήταν δυνατόν περισσότερο.

Το χέρι του κατέβηκε στους γοφούς μου και πέρασε από πάνω τους με μια δύναμη που με τρόμαξε. Έχωσε το πρόσωπό του μέσα στα μαλλιά μου, στο πίσω μέρος του κεφαλιού μου και πήρε μια βαθιά ανάσα, να ρουφήξει όσο περισσότερη από τη μυρωδιά μπορούσε. Δεν τολμούσα να σκεφτώ με λέξεις τι έκανε, δε μου ήταν οικείο, δεν το είχα νιώσει ξανά ποτέ πριν. Το μόνο που μπορούσα να σκεφτώ ήταν πως μου άρεσε τόσο, που δεν ήθελα να σταματήσει. Άφησε το κεφάλι μου ελεύθερο και το χέρι του άρχισε να ταξιδεύει στην πλάτη μου, το σώμα του κολλημένο πάνω μου με την ίδια δύναμη με πριν, αλλά τώρα πια με μια λαχτάρα, μια πείνα για σάρκα. Με μια κίνηση του χεριού του έσκισε το ρούχο, που κάλυπτε το σώμα μου, το σώμα ενός πλάσματος του φωτός. Αυτός, ένας κυνηγός, ένα ζώο του πλανήτη. Ένιωσα τα χείλη του στην πλάτη μου, να με φιλάει βίαια, καταιγιστικά. Το δεξί του χέρι χώθηκε μπροστά μου κι άρπαξε το στήθος μου.

«Δεν μπορώ να μη σε έχω άλλο…», ψιθύρισε βραχνά. «Δεν αντέχω…». Ήμουν σίγουρη πως αυτό που κάναμε ήταν πιο παράνομο από ο,τιδήποτε άλλο είχαμε κάνει ως τότε.

«Τότε μη σταματάς», απάντησα. Γύρισα με μια κίνηση και τον κοίταξα στα μάτια, γατζώθηκα πάνω του. Το φιλί του ήταν καλύτερο από ό,τι κι αν είχα ζήσει μέχρι τότε και πίστευα κι από ό,τι θα ζούσα ποτέ μετά από αυτό.

Πριν–11

Ο χρόνος κυλούσε πιο βασανιστικά για μένα τώρα πια από ότι πριν. Φυσικά, λέγοντας πριν, εννούσα πριν από ό,τι συνέβη μεταξύ μας εκείνο το σκοτεινό βράδυ. Δεν το συζητήσαμε ποτέ ξανά κι οι δυο προσποιούμασταν πως δεν είχε συμβεί, πως όλα ήταν όπως παλιά. Το σίγουρο ήταν πως δεν μπορούσαμε να το διαχειριστούμε. Εγώ από την πλευρά μου είχα συγκλονιστεί και μόνο από το γεγονός πως η φύση μου τελικά ήταν τόσο απλούστερη από όσο νόμιζα ως τότε, πως με ενδιέφεραν, ή σωστότερα με συγκλόνιζαν πράγματα τόσο έξω από τον πνευματικό κόσμο. Ήταν λες και κάποιος μου έδειξε τα χρώματα και μετά με ανάγκασε και πάλι να ζω σε ένα ασπρόμαυρο σύμπαν. Δεν είχα ιδέα τι θα μπορούσε να περνάει από το δικό του κεφάλι. Το μόνο που ήξερα ήταν πως κάθε φορά που τον άγγιζα, τυχαία ή από ανα γκαιότητα, ένιωθα μια ένταση στο κορμί του, ένα ελαφρύ τρεμούλιασμα, που θα μπορούσε εύκολα να υποδηλώνει *πόσο κοντά* στο να χάσει τον έλεγχο βρισκόταν. Δεν τον έχανε ποτέ όμως...

Συνεχίσαμε να κατεβαίνουμε στο σκοτάδι με την ίδια, αν όχι μεγαλύτερη, συχνότητα. Στην πλάτη μας νιώθαμε τις ανάσες των Σκυλιών του Μααλίκ, τόσο κοντά στο να μας ανακαλύψουν, να μας συντρίψουν. Πολλές φορές αναγκαστήκαμε να φύγουμε όσο γινόταν πιο γρήγορα, έχοντας ακούσει τους απόκοσμους ήχους του κακόβουλου αυτού στρατού τόσο κοντά μας, που σχεδόν τρομάξαμε. Ο Μελωδός ξυπνούσε πάντα μόλις εμφανιζόμασταν στη μικρή πορτούλα της εισόδου αλλά και διαφυγής μας, μας κοιτούσε λυπημένα με το κενό, ερεβώδες βλέμμα του κι απλά μας άφηνε να φύγουμε. Κάτι στα μάτια μου τον διαβεβαίωνε πως θα ξαναπήγαινα σύντομα, πως δε θα αργούσε να κουλουριαστεί και πάλι στην αγκαλιά μου και να κοιμηθεί γαλήνια, ακριβώς όπως το ήθελε. Είχα αρχίσει να παραξενεύομαι από το πόσο λίγα πράγματα ικανοποιούσαν και τα πιο πολύπλοκα πλάσματα. Μια αγκαλιά μπορούσε να κατευνάσει έναν απεχθή δαίμονα, ένα φιλί να ημερέψει τον άγγελο του θανάτου... Ήταν λες και μια κρυμμένη σταθερά έβαζε μια μπερδεμένη εξίσωση στη θέση της.

Οι καταδικασμένοι είχαν κι Αυτοί οργανωθεί με τη σειρά τους. Κάτω από το άγρυπνο βλέμμα των σωφρονιστών, των φυλάκων του βασιλείου των Πλην, που κατάφερναν να εισχωρούν και στις πιο μύχιες σκέψεις των καταδικασμένων ψυχών, Αυτοί είχαν βρει ένα τρόπο αντίστασης. Είχαν καταλάβει πως όταν σκέφτονταν τις αναμνήσεις τους από τον πλανήτη, το διερευνητικό, *αδιάκριτο μυαλό* των σωφρονιστών τούς παρατούσε ήσυχους. Ήταν τόσο *βαρετό* για τους σωφρονιστές να παρακολουθούν σαρώνοντας με το πνεύμα τους αυτά τα σημεία των αναμνήσεων των καταδικασμένων που, αδιάφορα, βαριεστημένα απομακρύνονταν και ξεκινούσαν να σαρώνουν το πνεύμα ενός άλλου υποκειμένου. Με λίγη εξάσκηση οι καταδικασμένοι, οι οποίοι είχαν μυηθεί στο δικό μας κόσμο, τον κόσμο της επικείμενης εξέγερσης, της Μεγάλης Αντάρσιας, μπορούσαν να αποπροσανατολίσουν τους σωφρονιστές και να κάνουν τη δουλειά τους. Εν ολίγοις, να ασχοληθούν με το πώς και πότε θα ξεκινούσε ο πόλεμος. Η αλήθεια ήταν πως είχαν και λίγη εξωτερική βοήθεια από πλευράς μου για να ανακαλύψουν αυτή τη μέθοδο.

Εμείς συνεχίσαμε να κηρύττουμε στο σκοτεινό βασίλειο και να συλλέγουμε στρατιώτες. Άλλοι τρομοκρατημένοι από τη μοίρα τους, από αυτή τη συνείδηση που είχαν μετά το θάνατό τους πως η τιμωρία ήταν τόσο πιο βαριά από όσο θα μπορούσαν ποτέ να πιστέψουν, συγκλονισμένοι από τη δύναμη αυτών, από την απανθρωπιά και τη σκληρότητά τους, μας έδιωχναν. Δεν ήθελαν να έχουν καμία σχέση με το Σχέδιό μας, φοβισμένοι και παραδομένοι στη μοίρα τους προσπαθούσαν να αποφύγουν το μπλέξιμο, μια επιπλέον καταδίκη κι ίσως βαρύτερη από αυτήν που καλούνταν να εκτίσουν στο σκοτάδι, την ήδη τόσο ανυπόφορη.

Υπήρχαν όμως κι οι άλλοι. Φυσικές συγκεντρώσεις ανήσυχου πνεύματος με έμφυτη αίσθηση της δικαιοσύνης ή απλά, ψυχές που διψούσαν για μια δεύτερη ευκαιρία που δεν τους δόθηκε ποτέ. Άνθρωποι που, αν ήξεραν όλη την αλήθεια για το σύμπαν, θα είχαν πράξει τελείως διαφορετικά. Αυτοί ήταν γεμάτοι πάθος και συνήθως καλωσόριζαν τα λόγια μας με ενθουσιασμό, με μια ανέλπιστη χαρά. Πολλοί από αυτούς πίστευαν πως απλώς δεν είχαν τίποτα να χάσουν.

Από την άλλη πλευρά, τα μέτρα ασφαλείας του Μααλίκ είχαν ενταθεί σε τέτοιο βαθμό, που το έργο μας γινόταν όλο και πιο δύσκολο. Κάθε φορά που κατεβαίναμε κάτω, πίστευα όλο και περισσότερο πως πλησίαζε η ώρα που όλη αυτή η επερχόμενη αντιπαράθεση όφειλε να ξεσπάσει, να μεταφερθεί αλλού, να προχωρήσει σε πράξη από το Σχέδιο που απλά ήταν ως εκείνη τη στιγμή. Είχε έρθει η ώρα ο στρατός μας να απελευθερωθεί.

Είχαμε κατέβει στο σκοτάδι κι είχαμε εντοπίσει τους εφτά αρχηγούς των καταδικασμένων. Σε μια προσπάθεια να οργανωθούν καλύτερα, είχαν δώσει μεταξύ τους ηγετική θέση σε εφτά από αυτούς. Οι πέντε ήταν Λιοντάρια κι οι δύο άνθρωποι. Τα πέντε Λιοντάρια ήταν προηγούμενοι Άλεφ, Άλεφ που κι Αυτοί δεν ακολούθησαν τις οδηγίες, ανυπότακτα πνεύματα γεμάτα ζωντάνια και γνώση. Οι δύο Άνθρωποι ήταν δυο μαρτυρικές ψυχές, που είχαν κληθεί να πάρουν δύσκολες αποφάσεις σε δυο πολύ αντικρουόμενες στιγμές της ιστορίας. Έπρεπε να διαλέξουν ανάμεσα στο θάνατο πολλών και λίγων κι είχαν επιλέξει το δεύτερο. Άνθρωποι που θα έχαναν ό,τι κι αν έπρατταν, παγιδευμένοι από τις συνθήκες γύρω τους.

Αφού καταφέραμε να συντονίσουμε τους αρχηγούς, καταλήξαμε στην οργάνωση της μεγάλης φυγής. Έπρεπε να τους βγάλουμε έναν-έναν από τη μικρή πορτούλα του Μελωδού και να βεβαιωθούμε πως αυτός δε θα ξεσήκωνε με κανένα συναγερμό το στρατό του Μααλίκ. Είχαμε μάθει πως ο ίδιος ο Ιμπλίς, ο ίδιος ο σατανάς, ο τρομακτικότερος των αγγέλων, ήταν εκεί, στο βασίλειο κάθε στιγμή και παρακολουθούσε, προσπαθούσε να μας εντοπίσει και να μας εμποδίσει. Ήταν πια βέβαιο ότι όλη η κατάσταση θα εξελισσόταν σε έναν πόλεμο. Έναν πόλεμο που ήταν σε όλους άγνωστο αν ο κόσμος, ως είχε, θα μπορούσε να τον αντέξει.

Φυσικά, ακόμα κι αν καταφέρναμε να τους βγάλουμε από αυτό το κολασμένο μέρος στο οποίο ήταν καθηλωμένοι, ακόμα δεν ξέραμε αν το επίπεδο του πλανήτη θα ήταν κατάλληλος χώρος για να τους υποδεχθεί, αν θα μπορούσε να αντέξει μια τέτοια ανωμαλία. Το μόνο που μου απόμενε ήταν να δοκιμάσω, να κάνω μια δοκιμαστική πτήση και πάλι.

Αφού καταδυθήκαμε με τον Άλεφ για μια φορά ακόμα στα άδυτα του σκοτεινού βασιλείου, εντοπίσαμε το βασικό μας συνένοχο. Ο δεύτερος αρχαιότερος Άλεφ στην ιστορία είχε πειστεί να κάνει τη δοκιμή. Ήταν σίγουρο πως δεν ήταν μια εύκολη απόφαση για κανέναν μας, κυρίως γιατί η έκβαση της προσπάθειας ήταν άγνωστη σε όλους. Κανένας δεν είχε γυρίσει ποτέ από τους νεκρούς. Εντάξει, σχεδόν κανένας, αλλά κι αυτός που είχε γυρίσει, ας πούμε πως είχε *συγκεκριμένο χαρτοφυλάκιο.* Το πειραματόζωό μας ίσως να μην επιβίωνε από αυτό το τεστ, ούτε καν ως συγκέντρωση ενέργειας. Θα μπορούσε απλά να εξανεμιστεί. Δεν είχα απολύτως καμία ιδέα του τι να περιμένω. Οπωσδήποτε, όμως, επρόκειτο για έναν πόλεμο που αν δεν μεταφερόταν σε μέρη πιο φωτεινά κι υλικά, θα δυσκόλευε εμάς στο έπακρο. Αν οι μάχες, που υπολογίζαμε να δώσουμε, παρέμεναν στο σκοτάδι, οι καταδικασμένοι θα έπρεπε να εκπαιδευτούν σε έναν τελείως διαφορετικό τρόπο αντιπαράθεσης. Θα έπρεπε να μάθουν να μάχονται με το πνεύμα τους κι αυτό ίσως μας έπαιρνε ακόμα κι εκατοντάδες χρόνια για να αποκτήσουμε απλά έναν αξιοπρεπή στρατό, ούτε κατά διάνοια ένα θανατηφόρο στρατό. Εκεί, τα πλάσματα του φωτός είχαν το σαφές και ξεκάθαρο προβάδισμα. Όχι, βέβαια, πως δεν είχαμε άπειρο χρόνο να σκοτώσουμε...

Ο αρχαίος Άλεφ στάθηκε μέσα στο πηχτό σκοτάδι, δυο βήματα από τη μικρή πόρτα πίσω από την οποία κοιμόταν ο Μελωδός. Μια ανεπαίσθητη *ριπή φωτός* δήλωνε την ύπαρξη της εξόδου. Ο αρχαίος δεν πτοήθηκε από την αβεβαιότητα της κατάστασης. Ήταν ένα υπέροχο πλάσμα, δυνατό, αξιοπρεπές και καθόλα ανθεκτικό από κάθε άποψη, ακόμα και πνευματική. Δίχως να το θέλω, αναλογίστηκα πόσο ανώτερος θα ήταν ο Άλεφ που εγώ γνώριζα, τόσες γενιές εξελικτικής απόστασης απ' τον αρχαίο, τόσο πιο καινούργιος, τόσο καλύτερος. Έδιωξα τη σκέψη βίαια από το κεφάλι μου, δεν ήταν η ώρα.

«Είσαι έτοιμος;» ψιθύρισα απαλά. «Σου το υπενθυμίζω, δεν είσαι υποχρεωμένος να το κάνεις…», πρόσθεσα με μια μικρή φοβία πως ίσως και να έκανε πίσω τελευταία στιγμή.

«Όχι», απάντησε κοφτά. «Πάμε. Δεν είναι η ώρα για δεύτερες σκέψεις», είπε λίγο πιο δυνατά από όσο θα έπρεπε ο αρχαίος κι έκανε ένα βήμα προς την πόρτα. Την έσπρωξα μαλακά χωρίς να αποφύγω το σιγανό τρίξιμο από τους από αιώνες αχρησιμοποίητους μεντεσέδες. Όπως κάθε φορά, ο Μελωδός ξύπνησε από αυτόν τον ελαφρύ ήχο και γύρισε να μας κοιτάξει εξερευνητικά κι αδηφάγα με τα κενά, κατάμαυρα μάτια του. Η σιωπή εξακολουθούσε να είναι παρηγορητικά παρούσα. Ο μικρός δαίμονας μας ακολουθούσε με τα μάτια του δίχως να αντιδρά με κανέναν άλλο τρόπο, καθώς εμείς διστακτικά βηματίζαμε προς το νερό. Χρειαζόμουν αρκετό βάθος για να παρασύρω μαζί μου τους δυο Άλεφ και να καταφέρω να εξαναγκάσω το χωροχρόνο στη δημιουργία μιας πύλης. Μιας πύλης που θα μας οδηγούσε ίσως στην ασφάλεια, αλλά ίσως και στην καταστροφή.

Ο Μελωδός εξακολουθούσε να μας παρατηρεί ανέκφραστα κι εμείς εξακολουθούσαμε να προχωράμε σιγά-σιγά όλο και βαθύτερα μακριά του. Το νερό άρχισε να παίρνει και πάλι τη γνώριμη, σκούρα απόχρωση που υποδήλωνε μεγαλύτερο βάθος. Ήμουν τόσο κοντά κι ο Μελωδός ακόμα δεν αντιδρούσε. Κοίταξα φευγαλέα τον Άλεφ, το δικό μου Άλεφ κι αμέσως κατάλαβε πως έπρεπε να έρθει πιο κοντά μου, να μου γίνει πιο προσβάσιμος. Ένιωθα μικρές σταγόνες ιδρώτα να σχηματίζονται στο μέτωπό μου. Ανησυχούσα όχι για μένα αλλά για τις πιθανότητες που ξαφνικά άρχισαν να μου φαίνονται πιο ισχνές για το δικό μας όφελος. Είχα ένα μαύρο, καταπλακωτικό συναίσθημα. Ένα συναίσθημα που ήξερα βαθιά μέσα μου πως ήταν μια προειδοποίηση, που μου παρείχε το είδος μου, πως ο κίνδυνος ήταν κοντά. Δεν είχα χρόνο να το αναλύσω όμως. Έπρεπε να τους βγάλω γρήγορα από εκεί. Καθώς βουτούσα στο νερό, έχοντας κυριολεκτικά αδράξει και τους δύο Άλεφ σε μια προσπάθεια να τους συμπαρασύρω μαζί μου ενεργειακά, η ραχοκοκαλιά μου ρίγησε από το τραγούδι του Μελωδού. Το μικρό τέρας μας πρόδωσε, είχε σημάνει συναγερμό... *Τελικά όλο αυτό θα ήταν πιο δύσκολο από όσο νόμιζα.*

Ένιωσα τους δυο Άλεφ να αναδύονται στο δάσος των Άνδεων μαζί μου. Ακόμα τους κρατούσα γερά από τους ώμους με όση δύναμη είχα καταφέρει να ξεθάψω, ακόμα κι αν αυτή δεν υπήρχε. Μόλις κατάφερα να σταθώ στα πόδια μου, γύρισα αμέσως προς τον αρχαίο. Για αρχή, έπρεπε να δω σε τι κατάσταση βρισκόταν, αν βρισκόταν κι υπήρχε σε κάποια κατάσταση. Απορημένος προσπάθησε κι αυτός να καταλάβει τι του συνέβαινε. Τον κοιτούσα εξεταστικά. Ήταν ίδιος με πριν, όπως τον είχα ζήσει στο σκοτάδι. Βρώμικος αλλά ίδιος.

«Νομίζω πως χρειάζεσαι απλά ένα καλό μπάνιο», είπε ο Άλεφ στον αρχαίο με ένα χαμόγελο θριάμβου να διαγράφεται στα χείλη του. Ο αρχαίος έκανε ένα γύρω αυτοεξετάζοντας το σώμα του, πιάνοντας το στήθος του, τα μπράτσα του. Δεν το πίστευε πως είχε και πάλι υλική υπόσταση.

«Άλεφ, δε χρειάζεται να αναπνέω!» είπε με έναν ενθουσιασμό μικρού παιδιού. «Απείρως βολικότερο...», πρόσθεσε σαρκαστικά. «Υποθέτω πως μάλλον δε θα χρειάζεται και να τρώω! Αζραέλ, θα έχετε ένα στρατό με μηδενικά κόστη συντήρησης...», είπε και ξέσπασε σε ένα βροντερό, άγριο γέλιο.

Δεν μπορούσα να συμμετέχω στην ευθυμία τους. Το σκοτεινό συναίσθημα δε με είχε εγκαταλείψει. Δεν ήταν απλά ότι ο Μελωδός είχε προδώσει την παρουσία μας, ήταν κάτι άλλο.

Αυτός παρατήρησε την ανησυχία μου, τόσο συντονισμένος στις αντιδράσεις μου. Με κοίταξε με μια αμυδρή απορία που ανάγκασε και τον αρχαίο να γυρίσει προς το μέρος μου, προφανώς σοφά αποφεύγοντας να με κοιτάξει στα μάτια.

«Τι συμβαίνει;» ρώτησε εξωτερικεύοντας σε λόγια το ερωτηματικό που ως εκείνη τη στιγμή απλά υπονοούσε. «Κάτι δεν πάει καλά...», συμπλήρωσε απαντώντας μόνος του στον εαυτό του. Δε μίλησα, αφουγκραζόμουν. Μοχθούσα να καταλάβω από πού μπορεί να έρχονταν τα σημάδια που δεν αναγνώριζα. Κοίταζα ανήσυχη γύρω μου, τόσο αδύναμη να κατανοήσω πού βρισκόταν ο κίνδυνος. Δεν υπήρχε κανένα σημάδι. Ή σωστότερα, σχεδόν κανένα σημάδι. Γιατί άρχιζα να αναγνωρίζω τη μυρωδιά... Μια μυρωδιά τόσο γνώριμη, που γινόταν ολοένα πιο κοντινή, επικίνδυνα κοντινή.

Είχα αρχίσει να ψάχνω απεγνωσμένα για κάποιο οπτικό σημάδι γύρω μας, για ο,τιδήποτε που θα μπορούσε να επιβεβαιώσει πως η μυρωδιά του είδους μου πραγματικά συνοδευόταν από τα ίδια τα πλάσματα του φωτός. Κι όμως, τίποτα. Απολύτως τίποτα δεν υποδήλωνε, αποδείκνυε, σηματοδοτούσε την ύπαρξη κανενός αγγέλου εκεί γύρω. Τα δέντρα, τα μικροσκοπικά ζώα, το φως, ο απαλός αέρας ήταν τελείως φυσιολογικά. Απλά, μια μικρή κατευθυνόμενη κι ανεπαίσθητα εντονότερη ροή αέρα ερχόταν κατά πάνω μας από τα δυτικά μας. Τα δέντρα σε εκείνο το σημείο ήταν σα να μαστιγώνονταν ελαφρά από αυτή τη διαφορά στις αέριες μάζες. Κάτι μέσα μου με πίεζε να εντοπίσω τον κίνδυνο σε αυτή τη μικρή διαφορά. Γύρισα προς τη δύση και προσπάθησα να ξεχωρίσω τι προκαλούσε αυτόν τον άνεμο.

Τα φυτά φαινόταν λες κι αναρριγούσαν διαρκώς εντονότερα. Ο αρχικά δροσερός κι ελαφρύς αέρας έγινε πυκνότερος, σχεδόν χτύπησε το πρόσωπό μου. Ένιωσα τους δύο Άλεφ πίσω μου να γρυλίζουν ερεθισμένοι και να αλλάζουν θέση σε μια προσπάθεια να προετοιμαστούν για το άγνωστο. Οι κορυφές των δέντρων και του χορταριού ανταριάστηκαν ακόμα πιο πολύ, μερικά ζώα φάνηκαν να τρέχουν πανικόβλητα προς το ξέφωτο, προς εμάς, λες κι ήθελαν να γλιτώσουν από κάτι. Η μυρωδιά με πλημμύρισε, έντονη κι εμφανώς παρούσα.

«Μας βρήκαν...», πρόλαβα να ψιθυρίσω περισσότερο στον εαυτό μου παρά στους Άλεφ. Άκουσα τα σώματά τους να συντονίζονται, να στέκονται εκεί ετοιμοπόλεμα και δυνατά, ενωμένα από αυτόν το περίεργο συλλογικό τους νου.

Όταν ξεχώρισα τη μορφή του Μααλίκ να ξεχύνεται μέσα από τα δέντρα, ένιωσα την καρδιά μου να σταματάει. Ήταν όμορφος, όσο δεν υπάρχουν λόγια να περιγράψει κανείς, άγρια όμορφος. Τα μακριά του μαλλιά ανέμιζαν ελεύθερα, το σώμα του τέλεια συντονισμένο με το υπέροχο, κατάμαυρο άλογό του ακτινοβολούσε ζωντάνια, τα φτερά του κυμάτιζαν πίσω του σχεδόν όρθια και κατακόκκινα. Τον ακολουθούσαν κι άλλα αδέρφια μου. Ο μικρός στρατός του τόσο άψογα σχηματισμένος και ζοφερός πάνω στα αθάνατα άλογά τους. Είχαν απελευθερώσει τα σπαθιά τους από τις θήκες τους και τα κινούσαν σε κύκλους πάνω από το κεφάλι, έτοιμοι να αποκεφαλίσουν. Ποιον αδυνατούσα να καταλάβω. Δεν μπορούσαν να με αγγίξουν, ούτε τον Άλεφ, το δικό μου Άλεφ. Όσο για τον αρχαίο, αυτός ήταν ήδη νεκρός, δεν είχε απολύτως τίποτα να φοβηθεί.

Οι πολεμικές τους φωνές, έτσι συντονισμένες, συντελούσαν στο απόκοσμο και φοβερό της εικόνας τους. Μας χώριζαν ακόμα περίπου 300 μέτρα. Τα αδέρφια μου κινούνταν εναντίον μου κι αυτή η σκέψη με κατάθλιβε, με έκανε να σιχαίνομαι αυτούς ακόμα περισσότερο. Είχαν καταφέρει να μετατοπίσουν το κόστος, όλη αυτήν την αντιπαράθεση *που θέλαμε να γίνει μαζί τους* κι είχαν κατορθώσει να τη μετατρέψουν σε ένα πόλεμο ανάμεσα στα πλάσματα του φωτός. Τέντωσα το χέρι μου πάνω από το κεφάλι μου, στη θήκη ανάμεσα στα φτερά μου και τράβηξα το Σπαθί μου. Ποτέ δεν ήταν καλό σημάδι όταν τα σπαθιά έβγαιναν από τις θήκες τους κι ακόμα περισσότερο το δικό μου Σπαθί, το απόλυτο όργανο του τέλους, τόσο τελεσίδικο και μοναδικό, ικανό να ξεπεράσει το ψιθύρισμα, να περάσει μερικές αράδες –ή και πολλές- στα χαρτιά μου και να σκοτώσει *από δική μου θέληση τα αδέρφια μου*...

Ο Μααλίκ με έφτασε ουρλιάζοντας και σείοντας το Σπαθί του κατά πάνω μου. Με μια μικρή κίνηση απέφυγα τον τραυματισμό από τη λάμα του σπαθιού του, ο ίδιος πρόλαβε να με χτυπήσει με τη λαβή του με ένα απότομο γύρισμα. Δίπλωσα στα δύο πέφτοντας στα γόνατα, δεν έβλεπα τι συνέβαινε πίσω μου, τι είχε συμβεί στα Λιοντάρια. Μπορούσα μόνο να ακούσω τα γρυλίσματά τους και να συμπεράνω πως πάλευαν κι ήμουν σίγουρη όχι άνισα. Τα αδέρφια μου πιθανώς να είχαν συνειδητοποιήσει με τι πολεμιστές είχαν να κάνουν. Έφτυσα τα δόντια μου στο έδαφος. Κοιτούσα με περιέργεια τα μικρά, πορσελάνινα οστά σα να ήταν το κέντρο του κόσμου, περίπου αδιάφορη για ό,τι γινόταν γύρω μου. Ο Μααλίκ θα γυρνούσε κι εγώ τι θα έκανα; *Δε γινόταν να με σκοτώσει, ήταν χαμένος.* Κάποιος τον είχε στείλει στο θάνατό του, ήταν ανέφικτο να με νικήσει. Κάποιος είχε προδιαγράψει αυτός ο φόνος να γίνει από το δικό μου χέρι. Για πόσο ακόμα θα μας εκβίαζαν στις πράξεις που διαμόρφωναν τη ζωή μας;

Αποφάσισα να δοκιμάσω τι θα μπορούσε να συμβεί. Σηκώθηκα από το έδαφος και γύρισα προς το Μααλίκ. Είχε επιστρέψει, μερικά μέτρα μας χώριζαν, το Σπαθί του και πάλι προτεταμένο. Άφησα το όπλο μου να πέσει δίπλα μου και στάθηκα ακίνητη, περιμένοντας το ζοφερό μέταλλο να μπει μέσα μου. Το τι θα ένιωθα, τι θα μπορούσα να νιώσω μου ήταν άγνωστο. Διέκρινα την απορία στα μάτια του αδερφού μου καθώς ετοιμαζόταν και ζύγιζε το Σπαθί στο χέρι του υπολογίζοντας να το καταφέρει με δύναμη στο λαιμό μου. *Αποκλείεται...,* σκέφτηκα με δύναμη. Έκλεισα τα μάτια καθώς η ριπή του αέρα που προηγούνταν του όπλου με μαστίγωσε πρώτη. Θα ακολουθούσε το βαρύ υλικό από το οποίο ήταν φτιαγμένα τα σπαθιά της δικαιοσύνης.

Κεφάλαιο 24

Έτρεμα τυλιγμένη με μια κουβέρτα κι ένιωθα λες κι είχε περάσει από πάνω μου οδοστρωτήρας. Ήμουν σίγουρη πως το τρίξιμο των δοντιών μου ακουγόταν τουλάχιστον σε απόσταση χιλιομέτρων από το δωμάτιο του ξενοδοχείου, στο οποίο με είχε καταχωνιάσει ο Μιχαήλ. *Βασικά, μάλλον ήταν θαύμα το πώς Αυτοί και γενικότερα ο κακός χαμός που με κυνηγούσε, δε με εντόπιζαν καθαρά και μόνο από το χτύπημα των δοντιών μου. Κι όμως, έκανε τόση ζέστη.*

«Πππ...ποιος τττττον ππππαρέδωσε;» κατάφερα να ψελλίσω απευθυνόμενη στο Μιχαήλ και την Γκαμπριέλα. Ανησυχούσα, ποιος θα μπορούσε να είχε παραδώσει την ψυχή, που μόλις αποχώρησα από το σώμα της μέσα στο πολύβουο, αραβικό παζάρι.

«Μην ανησυχείς», απάντησε ο Μιχαήλ με το γνωστό του θυμωμένο ύφος. Αυτό το ύφος που με έκανε να αισθάνομαι υπεύθυνη για όλα τα δεινά του κόσμου. Ψιλογέλασα χαιρέκακα. Ίσως τελικά και να ήμουν υπεύθυνη για όλα τα δεινά του κόσμου. «Ξέρεις, υπάρχει ένας αντικαταστάτης», πρόσθεσε μετά από λίγο ο Ιερέας. Πόσο *λίγος* μου φαινόταν πια ο τίτλος που του είχα δώσει... «Φαντάζομαι δεν πίστευες πως θα σταματούσε η γη να γυρίζει, επειδή σε ανάγκασα σε μια μικρή διαθεσιμότητα».

Άπλωσα το τρεμάμενο χέρι μου και γέμισα το νεροπότηρο με βότκα μέχρι το χείλος. Ο Μιχαήλ μόρφασε προς την Γκαμπριέλα με ένα βλέμμα στα *έλεγα εγώ*...

«Όμορφα! Πριν είχαμε έναν *ατίθασο αρχάγγελο του θανάτου*, τώρα καταφέραμε να έχουμε έναν *αλκοολικό, ατίθασο αρχάγγελο του θανάτου*», είπε η Γκαμπριέλα σχεδόν χαρωπά. Πού έβρισκε όλη αυτή τη διάθεση, πάντα μου διέφευγε...

«Μμμάλλον *δημιουργήσατε ένα τέρας*», κατάφερα να αρθρώσω κι όχι με μεγάλη ευκολία. Ήπια το ποτήρι μου με ευχαρίστηση, που πίστευα πως ξεχείλιζε από κάθε μόριο του κορμιού μου. Ήταν το τρίτο που κατέβαζα κι ίσα-ίσα που ένιωθα κάποια υποτυπώδη ζεστασιά να εμφανίζεται σε ριπές πάνω μου. Βέβαια, καλύτερα θα ήταν να είχα και μερικές γραμμούλες, ή καλύτερα ένα ολόκληρο γραμμάριο. Ναι, ένα γραμμάριο θα ήταν ό,τι έπρεπε... «Μιχαήλ...», απεύθυνα το λόγο λιγάκι πιο συντονισμένα αυτή τη φορά. Το αλκοόλ είχε αρχίσει να κάνει τη δουλειά του. «Με τι σκοπό τον έστειλαν σε εμένα; Τον Μααλίκ εννοώ», είπα ψάχνοντας με το βλέμμα μου τη μορφή του Ιερέα, του αγγέλου, ό,τι ήταν ο άντρας που στεκόταν απέναντί μου εν πάσει περιπτώσει...

Ο Μιχαήλ κοίταξε με ένα κενό βλέμμα τον τοίχο απέναντί του, αποφεύγοντας να απαντήσει άμεσα. Καθυστερούσε σα να έψαχνε τις κατάλληλες λέξεις. Η Γκαμπριέλα κοίταξε κι αυτή το υπερπέραν με ένα σκοτεινιασμένο βλέμμα, που επιβεβαίωνε πως, τουλάχιστον για λίγο, είχε χάσει το χιούμορ της ή το είχε απλά κρύψει βαθιά μέσα της.

«Ήθελαν να τον σκοτώσεις εσύ», ξεστόμισε τελικά με ίσως λίγο περισσότερο στόμφο από όσο θα χρειαζόταν και πισωπάτησε λιγάκι παρατηρώντας την αντίδρασή μου.

«Αυτό το είχα καταλάβει», ανταπάντησα άμεσα. «Το γιατί είναι που δεν ξέρω». Τον κοιτούσα έντονα, κάτι που κατά τα φαινόμενα τον ενοχλούσε ιδιαίτερα, τον έκανε ανήσυχο κι εκνευρισμένο.

«Αζραέλ, δε θα υποκριθώ πως γνωρίζω τις ορέξεις τους», είπε σιγανά. «Αλλά όλοι μας νομίζουμε πως πιθανώς αυτό ήταν ένα μέρος της τιμωρίας σου». Ανακάθισα αναλογιζόμενη αυτήν την πιθανότητα.

«Εννοείς πως ήθελαν να στρέψουν τα πλάσματα του φωτός εναντίον μου;» ανασκεύασα τη σκέψη του. «Νομίζουν πως η προσωπική μου κόλαση καθορίζεται από τη σχέση μου με τα ίδια μου τα αδέρφια;» πρόσθεσα δειλά. Με μερικές γενναίες γουλιές ήπια το τέταρτο ποτήρι. *Το γιατί το σώμα μου δε θυμόταν την αγγελική του φύση μου διέφευγε. Ήμουν ίδια με πριν, το ίδιο ανθρώπινη κι εξαρτημένη από τις μικρές βλακείες της πλανητικής ζωής.* Έπιασα το κεφάλι μου με τα δυο μου χέρια μπερδεμένη. «Υπάρχουν υπερβολικά πολλά πράγματα, που πρέπει να μου εξηγήσετε για την περίοδο μετά την επιβεβλημένη μου εξορία», είπα ξέπνοα. «Έχω χάσει την μπάλα…». Η Γκαμπριέλα έπνιξε ένα μικρό γελάκι. *Μα πού στο διάολο, ξανασκέφτηκα, έβρισκε τη διάθεση…* «Λοιπόν… Θυμάμαι αμυδρά το Μιχαήλ να εμφανίζεται από το πουθενά και να με αρπάζει, πριν ο Μααλίκ προλάβει να με αγγίξει με το Σπαθί του», είπα αποφασίζοντας πως έπρεπε όλα να μπουν σε μια σειρά *άμεσα, πριν χάσω το μυαλό μου τελείως.* Ο Μιχαήλ συγκατένευσε, το ίδιο έκανε κι η Γκάμπι. «Μετά φαντάζομαι πως με κοίμισες με το γνωστό, παλιό τρόπο...», πρόσθεσα ξεψυχισμένα. Είχα τόσα πολλά να βάλω στη θέση τους, που άρχισα να νιώθω πως τα πόδια μου δε θα με κρατούσαν για πολύ.

«Έχει βαρύ χέρι!» είπε η Γκαμπριέλα χαρωπά. «Όμως, μας πήρε αρκετή ώρα για να συγκεντρωθούμε και να καταφέρουμε να κοιμίσουμε το μυαλό σου».

«Ωραία, αυτό μπήκε στη θέση του», ψέλλισα. «Δυο αρχάγγελοι με κοπάνησαν στο δόξα πατρί και μετά συνομώτησαν πνευματικά, συντόνισαν τις ενέργειές τους κι απλά κλείδωσαν το μυαλό μου».

«Και πετάξαμε το κλειδί», πρόσθεσε ο Μιχαήλ. «Φαντάζομαι ξέρεις πως αυτό το κλείδωμα προς ένα ον του ίδιου ιεραρχικού επιπέδου με εμάς δεν αντιστρέφεται», εξήγησε απλοϊκά ώστε να με βάλει στο νόημα. Δεν το ήξερα αλλά ήταν η αλήθεια.

«Δε θα μπορούσαμε ποτέ να σε ξυπνήσουμε», ανέλαβε τα ηνία η Γκαμπριέλα. «Όχι εμείς. Όχι απότομα. Όχι με απλή παράθεση των γεγονότων. Δε θα μπορούσαμε ποτέ απλά να σου εξηγήσουμε και να θυμηθείς», κατέληξε. «Χωρίς να ιονίζαμε τόσο την ενέργεια της ψυχής σου ώστε να πάρεις φωτιά εσύ, το πνεύμα σου, η υλική και πνευματική σου υπόσταση, εμείς κι ό,τι θα βρισκόταν σε ακτίνα μερικών χιλιάδων χιλιομέτρων», είπε κοιτάζοντας και πάλι το υπερπέραν. «Εσύ τελικά θα επιβίωνες, αλλά οι υπόλοιποι; Ίσως να επιβίωνες με σοβαρές πνευματικές αναπηρίες. Κανείς δεν ξέρει στ' αλήθεια...».

«Τότε τι στην ευχή θα γινόταν ένας κόσμος χωρίς τέλος;» είπα στον εαυτό μου. «Ή τουλάχιστον χωρίς κάποιον λογικό να δώσει τέλος;»

Ξαφνικά το δωμάτιο μου φάνηκε μικρό, βρώμικο κι αφόρητα πνιγηρό. Συνειδητοποίησα μέσα σε μια μικρή στιγμή πως αυτός ήξερε. Ο Άλεφ ήξερε πόσο επικίνδυνο ήταν το να μου πει το ο,τιδήποτε θα μπορούσε να συνδέεται με το πριν, την προ ανθρώπινης ύπαρξής μου περιόδου. Δε με εκμεταλλευόταν, με προστάτευε. Αφόρητος πόνος με γέμισε και μόνο στη σκέψη του. Η έλλειψή του μου ήταν αβάσταχτη. Πώς υπήρχα και μόνο τόσο καιρό χωρίς αυτόν, μου ήταν τώρα πια αδιανόητο. Κούνησα το κεφάλι μου σε μια προσπάθεια να διώξω τις σκέψεις. Δεν έπρεπε να μου επιτρέψω να τον εισάγω στην εξίσωση που είχα κληθεί να επιλύσω. Όφειλα να βάλω τα πάντα σε μια σειρά και μετά να αφήσω τον εαυτό μου να τον σκεφτεί, έστω φευγαλέα.

«Πάμε παρακάτω», είπα κουρασμένα, γέρνοντας από το βάρος της έλλειψής του. «Πρέπει να μου πείτε... Ο Άλεφ... Πώς επιβίωσε;» ξεστόμισα επιφυλακτικά. Η Γκαμπριέλα μόρφασε, λες και πονούσε. Η πλάτη του Μιχαήλ τεντώθηκε, σα να πάτησε σε μια νάρκη και προσπαθούσε να αποφύγει την έκρηξη με την ακινησία του. Μου φάνηκε ξαφνικά πιο γερασμένος.

«Αυτό το οφείλει στο Μιχαήλ», είπε διστακτικά η Γκαμπριέλα. «Έχασε κάποια προσωπικά προνόμια σε αντάλλαγμα της σωτηρίας του Άλεφ». Ο Μιχαήλ εξακολουθούσε να μην κινείται, παρά μόνο να αναπνέει. Ποτέ δεν ήταν περήφανος για τις ελεήμονες πράξεις του. «Ο Μιχαήλ είναι εξορισμένος», πρόσθεσε η Γκαμπριέλα. «Δεν μπορεί πια να φύγει από τον πλανήτη». Τον κοιτούσα με το στόμα ορθάνοιχτο χάσκοντας. Μέχρι πού είχε φτάσει για μένα; Σκέφτηκα πλημμυρισμένη από ενοχές. Μέχρι πού είχαν φτάσει όλοι τους για μένα; Για έναν άγγελο με υπαρξιακά προβλήματα; Μάλλον η καινούργια, ανθρώπινη φύση μου μέσα στην οποία φαινόταν πως ήμουν κι εγώ φυλακισμένη, με είχε προικίσει με μια νέα, αυτοσαρκαστική διάθεση, που έπρεπε να ομολογήσω πως με διασκέδαζε λιγάκι. Κάπως έτσι θα πρέπει να επιβίωναν τα ανθρωπάκια από τα χτυπήματα της μοίρας τους: με μια γενναία δόση αυτοσαρκασμού.

Κατάφερα να ανασυντάξω το μυαλό μου και δίχως να τολμήσω να κοιτάξω τον Ιερέα, ψέλλισα μερικές μπερδεμένες λέξεις: «Ευχαριστώ... Ευχαριστώ για ό,τι έκανες για αυτόν».

«Δεν κάνει τίποτα», απάντησε αμέσως ο Ιερέας. «Όχι πως το εκτίμησε ο ίδιος ιδιαίτερα· όχι πως δεν προσπάθησε να μου φέρει όποια δυσκολία του ήταν δυνατόν από τότε», πρόσθεσε πικραμένα. Φαινόταν ιδιαίτερα ενοχλημένος από το γεγονός ότι ο Άλεφ δεν του έδειξε την απαιτούμενη ευγνωμοσύνη κατά τα φαινόμενα.

«Δε νομίζω πως σε συγχώρησε ποτέ για το γεγονός ότι του στέρησες την Αζραέλ», αποφάνθηκε η Γκαμπριέλα προς τον Μιχαήλ. Γύρισα και την κοίταξα απότομα, λες και με χτύπησε ηλεκτρικό ρεύμα. «Έλα τώρα, Αζραέλ», γκρίνιαξε η μεγαλόσωμη γυναίκα. «Ολόκληρο το γαλακτώδες νεφέλωμα γνωρίζει πως δεν είστε απλά φίλοι. Δε χρειάζεται και πολύ προσπάθεια για να το καταλάβει κανείς. Αρκεί να σας παρατηρήσει όταν είστε μαζί». Ώστε ήταν τόσο φανερό, που το ήξεραν όλοι.

«Οπότε μάλλον θα πρέπει να συμπληρώσουμε: έναν αλκοολικό, ατίθασο αρχάγγελο του θανάτου με ιδιαίτερη προτίμηση στα όντα του πλανήτη γη, από τα οποία θα έπρεπε να τους παίρνει το κεφάλι όταν του δίνεται η σχετική εντολή κι όχι να συνάπτει ερωτικές σχέσεις μαζί τους», είπε δεικτικά ο Ιερέας.

«Ομολογώ πως αυτό ήταν μάλλον το συγκλονιστικότερο κατόρθωμά σου, Αζραέλ», συνέχισε παιχνιδιάρικα η Γκαμπριέλα. Θυμήθηκα πόσες φορές στο παρελθόν ήθελα να την αγκαλιάσω για αυτή της την ικανότητα, τη θέληση, την προσπάθεια να κάνει τα πάντα πιο χαρούμενα γύρω της. «Κατάφερες να φέρεις τα πάνω κάτω. Δεν ήταν γνωστό πως μια τέτοια σχέση ήταν δυνατή. Να πάρει, δεν ήξερα καν πως ένας άγγελος μπορεί να ερωτευτεί για να είμαι ειλικρινής».

«Ωχ! Σταματήστε επιτέλους!» παραπονέθηκα έντονα. «Έχουμε άλλα πράγματα να ξεκαθαρίσουμε. Θα έπρεπε να το φαντάζεσαι πως ένας άγγελος μπορεί να ερωτευτεί. Έχουμε αισθήματα. Δεν αγαπάω εσάς; Εσείς δεν αγαπάτε εμένα; Γιατί να μην αγαπήσω αλλιώς και κάποιον άλλο;» της επιτέθηκα μάλλον αμυνόμενη. Ήταν η πρώτη φορά που, έστω κι έμμεσα, παραδεχόμουν πως τον αγαπούσα. Ε, ναι! Τον αγαπούσα. Τον ήθελα. Αυτόν και κανέναν άλλον. Αυτό το πλάσμα το πανέμορφο, ζωντανό, υπέροχο, με την ασύγκριτη δύναμη, το ισχυρό πνεύμα, τον ανταγωνιστή μου, το σύντροφό μου, το πιθανό μου τέλος. Αυτόν που κάθε δευτερόλεπτο έπρεπε να συγκρατεί την αδυσώπητη ανάγκη του να με σκοτώσει, τη γενετικά καθορισμένη ανάγκη του να με βγάλει από τη μέση. Αυτόν που δεν το έκανε γιατί πιθανότατα κάτι ένιωθε κι αυτός για μένα.

«Τι γίνεται τώρα;» είπα δυνατά απευθυνόμενη και στους δυο αγγέλους στο δωμάτιο. «Τι συμβαίνει *τώρα*;» συνέχισα ανυπόμονα. Με κοίταξαν κουρασμένοι, σα να είχαν να κοιμηθούν μέρες, πράγμα που μπορεί να ήταν κι αλήθεια.

«Τώρα είμαστε μια παρέα εξορισμένη στον πλανήτη», απάντησε η Γκαμπριέλα. «Εντάξει, ο Μιχαήλ είναι εξορισμέ-

νος, η αφεντιά μου είναι αυτοεξορισμένη αφού δεν μπορούσα
να μείνω πίσω χωρίς εσάς τους δύο κι εσύ είσαι φυλακισμέ-
νη, γιατί απλά δεν έχουμε ιδέα πού πήγαν τα φτερά σου για
αρχή». Τους κοίταξα έκπληκτη για δεύτερη φορά μέσα σε
λίγη ώρα. Ήταν αλήθεια πως δεν ένιωθα και πολύ *αγγελική.*
Ήμουν μάλλον η ίδια, ταλαιπωρημένη φύση, που ήξερα τα τε-
λευταία είκοσι τρία χρόνια.

«Τουλάχιστον ξέρουμε πως είσαι ακόμα ο Ψιθυριστής»,
είπε έντονα ο Μιχαήλ. «*Αυτό το διαπιστώσαμε με τα ίδια
μας τα μάτια προ ολίγου αν και δε μοιάζεις με τον αρχάγγελο.
Πού είναι τα φτερά σου; Μπορείς να βουτήξεις ξανά; Να τα-
ξιδέψεις ανάμεσα στα επίπεδα; Μπορείς να πολεμήσεις όπως
πολεμούσες; Μπορείς να χρησιμοποιήσεις το Σπαθί σου; Αν
σε χτυπήσω, θα πονέσεις; Έχω αρχίσει να φοβάμαι πως σου
κάναμε μεγαλύτερο κακό, παρά καλό με αυτόν τον ύπνο».*

Πέρασα το χέρι μου πάνω από τα μπράτσα μου. Τα σχέδια
που μέχρι τότε πίστευα πως ήταν τατουάζ, που κάποιος για
άγνωστο, αρρωστημένο λόγο «χτύπησε» σε ένα παιδί δεκα-
τριών ετών, ήξερα πια πως ήταν τα σημάδια του είδους μας,
οι προσευχές που μας προστάτευαν, οι Ύμνοι. Τέτοια είχαν σε
όλο τους το σώμα, στα μπράτσα, την πλάτη, τους μηρούς, το
κεφάλι, το λαιμό όλα τα πλάσματα του φωτός. Ο Μιχαήλ μου
τα έκρυβε επιμελώς τόσα χρόνια κάτω από τα μαύρα ράσα του
ορθόδοξου παπά. Την Γκαμπριέλα δεν την είχα δει γυμνή, αν
και θα ομολογούσα πως κάποια στιγμή, τη βραδιά που την
πρωτοσυνάντησα, είχα σκεφτεί πόσο θα ήθελα να την είχα
δει γυμνή, αλλά αυτό ήταν άλλο θέμα. Έσκυψα πάνω από το
τραπεζάκι μπροστά μου και πήρα τον αναπτήρα. Άναψα ένα
τσιγάρο και τράβηξα δυο γερές ρουφηξιές. Η νικοτίνη ήταν

ιδιαίτερα παρήγορη εκείνη τη στιγμή. Άναψα και πάλι τον αναπτήρα και με μίσος, ανάγκασα τη φλόγα να καψαλίσει το δέρμα της παλάμης μου. Με μια απότομη κίνηση τινάχτηκα από τον πόνο. *Πονούσα.*

«Αυτό δεν είναι καλό», ψιθύρισε ο Μιχαήλ. «Βλέπω πως το σώμα αντιδρά σαν ανθρώπινο. Αυτό *σίγουρα* δεν είναι καλό», είπε ανήσυχα αυτήν τη φορά. Πριν προλάβω να σκεφτώ καν ό,τι είχε συμβεί, τράβηξε το Σπαθί του με όση δύναμη διέθετε. Το Σπαθί που μέχρι εκείνη τη στιγμή δεν το είχα αντιληφθεί καλά φυλαγμένο μέσα στη θήκη του, πίσω του κι ετοιμάστηκε να με χτυπήσει. Μα τι τους είχε πιάσει όλους κι ήθελαν να με πετσοκόψουν, δεν μπορούσα να καταλάβω. Αφού *ήταν αδύνατον.* Ή μήπως δεν ήταν πια; Δίχως να σκεφτώ, λες κι ήταν η δεύτερη φύση μου, δίχως να αλλάξω θέση, δίχως να ιδρώσω καν, σταμάτησα την αδυσώπητη λεπίδα με τις δύο μου παλάμες, λίγα χιλιοστά πάνω από την κορυφή του κεφαλιού μου. Μια μικρή τρίχα πρόλαβε να κοπεί από τα μαλλιά μου, καθώς την παρακολουθούσα να πέφτει στο πάτωμα της σουίτας. *Πολεμιστής, όμως, εξακολουθούσα να είμαι.* Ένιωθα βαθιά μέσα μου πως ήμουν ακόμα αυτός ο πολεμιστής, ο μοναδικός ισάξιος του Ιμπλίς, του ίδιου του σατανά, αυτός που μπορούσε να ξεπαστρέψει ολόκληρες στρατιές σε μερικά λεπτά της ώρας. Ο Μιχαήλ με κοιτούσε παγωμένος κι έκπληκτος. Η Γκαμπριέλα ήταν κοκαλωμένη δίπλα του, άφωνη και φοβισμένη.

«Ένας αλκοολικός, ατίθασος, *ημίαιμος* αρχάγγελος του θανάτου. Μιχαήλ, με έκανες *μπασταρδόσκυλο...*».

Κεφάλαιο 25

Ο σιδηρόδρομος ξεκινάει από το Πορόι, μια μικρή πόλη λίγο έξω από το Κούζκο του Περού. Παλιότερα, ξεκινούσε από την ίδια την πρώην πρωτεύουσα των Ίνκας, αλλά οι κάτοικοι διαμαρτύρονταν έντονα, ενίοτε πετώντας πέτρες και φρούτα στο συρμό, γιατί η γραμμή ήταν τόσο απότομη και δύσκολη και το τρένο έκανε τόσα πισωγυρίσματα για να βγει από την πόλη, ώστε ο θόρυβος κι η φασαρία τους ήταν αφόρητη. Έτσι, η σιδηροδρομική εταιρεία του Περού αποφάσισε να χρησιμοποιήσει ως αφετηρία τη βολικότατη μικρή πολιτεία του Πορόι. Ήταν Κυριακή κι οι μικροπωλητές, που κάθε βδομάδα στήνονταν για να πουλήσουν την πραμάτεια τους στο παζάρι, είχαν ήδη αρχίσει να εκθέτουν το εμπόρευμά τους παρά το πρωινό της ώρας. Σε λίγο θα κατεύθαναν οργανωμένα καραβάνια τουριστών κι οι άλλοτε περήφανοι Ινδιάνοι. Αυτή η φυλή που επί δεκαετίες έκανε ανταρτοπόλεμο δυσκολεύοντας στο μέγιστο τους Ισπανούς Κονκισταδόρ, έσκυβαν το κεφάλι ηττημένοι προσπαθώντας να κερδίσουν μερικά ρεάλ.

Ο συρμός που θα παίρναμε δεν ήταν ο τουριστικός, ο οποίος κατέληγε στο Άγουα Καλιέντες, το άναρχα δομημένο μικρό χωριό, που στήθηκε μόνο και μόνο για την εκμετάλλευση του αρχαιολογικού χώρου του Μάτσου Πίτσου. Το τρένο που πήραμε ήταν γεμάτο εργάτες, ταλαιπωρημένους ανθρώπους, πάμφτωχους κι υποσιτισμένους, οι οποίοι παρόλ' αυτά ήταν ευτυχείς που είχαν μια καλή δουλειά. Λειτουργούσαν το παλιό εργοστάσιο υδροηλεκτρικής ενέργειας που κινούσε ο ποταμός Ουρουμπάμπα. Χάζευα τις γυναίκες που πουλούσαν ζεστά, υπερμεγέθη καλαμπόκια μέσα σε καλάθια ακουμπισμένα στρατηγικά στους ώμους τους. Τελικά, ίσως η περουβιανή κοκαΐνη να ήταν καλύτερη από την κολομβιανή. Το προηγούμενο βράδυ είχα καταφέρει τόσο αβίαστα κι απλά να προμηθευτώ με την αγαπημένη μου σκόνη, απλά περπατώντας σε ένα σκοτεινό δρομάκι δίπλα από το ξενοδοχείο μου. Ήταν καλή... Πολύ καλή! Αισθανόμουν τέλεια.

Το τρένο ήταν αρχαιολογικής αξίας κατά τη γνώμη μου. Νόμιζα πως η ατμομηχανή ήταν καμουφλαρισμένη, πως κάτι έκαναν, ώστε να μη φαίνεται ο ατμός που απελευθέρωνε, για να μη φοβίσουν τους τουρίστες με τον οπισθοδρομισμό της χώρας. Ή σωστότερα με τη φτώχια της. Έξω από το τρένο, ένα αυτοκίνητο έβαλε όπισθεν κι άρχισε να τραγουδάει ένα μαραφέτι στο ρυθμό της λαμπάντα. Κοιτούσα έντονα τον οδηγό, όταν αυτός γύρισε και μου χαμογέλασε λίγο δειλά, αλλά και λίγο αυτάρεσκα. Ήταν περήφανος για το οξυγονοκολλημένο αυτοκίνητό του, για το μαραφέτι που προανέφερα ή για την επιλογή του τραγουδιού, μου διέφευγε. Ο Μιχαήλ ήρθε και κάθισε στην κενή θέση απέναντί μου, έγειρε προς το μέρος μου κι ακούμπησε την παλάμη του στο μάγουλό μου, σε αυτόν τον τρυφερό χαιρετισμό, που τόσο μου είχε λείψει. Έκλεισα τα μάτια απολαμβάνοντας το άγγιγμά του.

«Πώς νιώθεις;» είπε ψιθυριστά, λες κι υπήρχε περίπτωση να μας καταλάβουν οι ισπανόφωνοι Περουβιανοί γύρω μας. Η Γκαμπριέλα κοιμόταν στη θέση στα αριστερά μου. Ο Διαπραγματευτής που είχε κουβαληθεί μαζί μας, καθόταν αντικριστά μου στο βάθος του βαγονιού κι έμοιαζε αμέτοχος μέσα στο σκληρό, καλοσιδερωμένο ιταλικό του κουστούμι. Τα περίεργα, αν και διακριτικά βλέμματα των εργατών, δε φαίνονταν να τον ενοχλούν.

«Σούπερ!» απάντησα αγχωμένα. «Τώρα είμαι πολύ καλύτερα. Φαίνεται πως 18 ώρες συνολικού ύπνου μέσα στα αεροπλάνα δε μου έκαναν και πολύ κακό», πρόσθεσα σε μια μικρή προσπάθεια να δικαιολογήσω την ενεργητικότητά μου, χωρίς ελπίδα να ξεφύγω από τον αδυσώπητο κριτή απέναντί μου, φυσικά. Ο Μιχαήλ έστρεψε το βλέμμα του στα παπούτσια του λιγάκι αμήχανα.

«Ας το πούμε έτσι, αφού το θέλεις...», ψέλλισε το ίδιο μυστικιστικά με πριν. «Δε θα μαλώσουμε για αυτό. Όχι τώρα τουλάχιστον». Αναστέναξα ανυπόμονα.

«Κοίταξε, δε φταίω εγώ επειδή με κατάντησες έναν κατεστραμμένο *άνθρωπο*. Εσύ μπλέχτηκες στα πόδια μου στο κάτω-κάτω σε εκείνο το ξέφωτο αρκετά χρόνια πριν, σε απόσταση μερικών χιλιομέτρων από εδώ που βρισκόμαστε τώρα», γκρίνιαξα.

Ο Μιχαήλ αγνόησε το σχόλιό μου, το οποίο ήταν χτύπημα κάτω από τη μέση, συνηθισμένος να μην του αποδίδουν σχεδόν ποτέ τα εύσημα όταν βοηθούσε κάποιον. Όχι χωρίς μια πίκρα στο βλέμμα του όμως. Έτριξε ελαφρά τα δόντια του.

Αγγελική Μαραγκοπούλου

«Αζραέλ, θα το εκτιμούσα, αν δε με έκανες να μετανιώνω κάθε λεπτό για το γεγονός πως αποφάσισα να σε σώσω εκείνη τη μέρα στο ξέφωτο», απάντησε εξακολουθώντας να κοιτάζει εξεταστικά τα παπούτσια του. Ήταν θυμωμένος όμως. Το καταλάβαινα εύκολα. *Τον καταλάβαινα εύκολα. Όσο εύκολα κατάφερνα να καταστρέφω κάθε προσπάθειά του να με πλησιάσει εδώ και δύο μέρες, από εκείνη τη στιγμή στο λιβυκό παζάρι, όπου όλα είχαν επανέλθει στη μνήμη μου μέσα σε μια στιγμή.* «Έχουμε πολλά να κάνουμε», είπε απότομα, μια ένδειξη πως ήθελε να συζητήσουμε. Έστρεψα το κεφάλι μου προς την Γκαμπριέλα με ένα νεύμα που υπονοούσε πως ίσως θα ήθελε να μας ακούει κι εκείνη. «Ξέρει ούτως ή άλλως τι θέλω να σου πω», απάντησε στο νεύμα μου, έχοντας καταλάβει τι εννοούσα. Πήρα μια βαθιά ανάσα περιμένοντας την εξήγησή του. Με κοίταξε συγκεντρωμένα, αλλά και ταυτόχρονα αφηρημένα, αποφεύγοντας τα μάτια μου, τα τόσο καταστροφικά για όλους.

«Μας περιμένει πολύς κόσμος εκεί πάνω...», πρόσθεσε αινιγματικά. «Τα Λιοντάρια κι οι Ιερείς είναι παρατεταγμένοι εδώ και μέρες. Από τότε που εσύ άφησες τον Άλεφ στη Λιβύη κι αυτός πέταξε για εδώ».

«Και περιμένουν εμάς», είπα κουρασμένα. «Γιατί; Πώς ήξεραν πως θα ερχόμουν τελικά; Τι περιμένουν από μένα;» είχα πολλές ερωτήσεις. *Το τρένο ξεκίνησε αργά πάνω στις χιλιοταλαιπωρημένες ράγες. Αυτές τις ράγες που κατασκευάστηκαν στις αρχές του εικοστού αιώνα, με την ανακάλυψη της χαμένης πόλης του Μάτσου Πίτσου από τους Αμερικανούς αρχαιολόγους. Το τρένο έμοιαζε πιο κουρασμένο από το Μιχαήλ.*

392

«Αζραέλ, Αυτοί ξέρουν πως εγώ σε κοίμισα και μου ζήτησαν να σε ξυπνήσω», απάντησε ξέπνοα κι επιφυλακτικά. Προφανώς δεν ήξερε πώς θα το έπαιρνα αυτό. Εξακολουθούσα να τον κοιτάζω αμέτοχη. Δεν ήταν η αντίδραση που περίμενε. «Καταλαβαίνεις τι σου λέω;» ρώτησε ανυπόμονα. «Το γεγονός πως εγώ σε έκρυβα δεν τους ήταν άγνωστο».Πάλι δεν αντέδρασα.

«Έχεις κι εσύ τους μοχλούς πίεσής σου», είπα απαλά. «Ποτέ δε νόμιζα πως είσαι ένας τυχαίος άγγελος, Μιχαήλ», πρόσθεσα. Χαμήλωσε το κεφάλι με μετριοφροσύνη.

«Μου κόστισε αρκετά οφείλω να ομολογήσω να σε κρατήσω ασφαλή», ψιθύρισε. Η τρυφερότητα που αισθανόμουν για αυτόν ξεχείλιζε, αλλά δε θα άφηνα τον εαυτό μου να προδοθεί. «Όμως, χρειάστηκε να τους δώσω μια υπόσχεση που δεν μπορούσα να τηρήσω. Για να κερδίσω χρόνο. Να σου κερδίσω χρόνο». Τότε ήταν που άρχισα να ανησυχώ σοβαρά.

«Τι εννοείς;» ρώτησα ανυπόμονα. Κάτι περνούσε από το μυαλό μου, αλλά προσευχόμουν να μην ήταν αλήθεια. Με κοίταξε πιο έντονα αυτή τη φορά. Το τρένο έκανε πολύ θόρυβο, τόσο θόρυβο που αδυνατούσα να συγκεντρωθώ. Φοβόμουν την απάντησή του κι η μηχανή, τα βαγόνια, οι ίδιοι οι επιβάτες που άσθμαιναν με έκαναν να φοβάμαι ακόμα περισσότερο αυτό που πιθανώς θα μου έλεγε. Πήρε μια ανάσα.

«Αζραέλ, τους είπα, τους υποσχέθηκα πως θα έμενες κοιμισμένη, μακριά από όλα, έξω από τα πόδια τους», είπε αργά, τονίζοντας μία-μία τις λέξεις, λες κι ήθελε να σιγουρευτεί πως τις κατάλαβα καλά. «Ορκίστηκα πως όταν θα έπρεπε να τον σκοτώσεις, θα γυρνούσες πίσω και θα το έκανες, ακριβώς όπως είχαν σχεδιάσει από την αρχή». Γρύλισα οργισμένη

393

μέσα από τα δόντια μου. Το χέρι μου κινήθηκε αργά κι άγγιξε τη λαβή του σπαθιού μου, που ξεκουραζόταν στα πλάγια του μηρού μου μέσα στη θήκη του. Το πόσο ήθελα να ξεγυμνώσω την άσπλαχνη λεπίδα του και να την καρφώσω μέσα στον αρχάγγελο που είχα απέναντί μου δεν περιγραφόταν με λόγια. Τα μάτια του έπιασαν την κίνηση και με μιμήθηκε με ακρίβεια.

«Ήρεμα... Δε θέλεις να το κάνουμε αυτό τώρα...», ψιθύρισε με μια χροιά στη φωνή του, που από τη μια πλευρά προσπαθούσε να με κατευνάσει, αλλά από την άλλη περιείχε μια σαφή κι ιδιαίτερα τρομαχτική προειδοποίηση. Όχι, ο Μιχαήλ δεν ήταν ένας εύκολος αντίπαλος. Σίγουρα όχι ένας αντίπαλος που θα ήθελα να αντιμετωπίσω μέσα στο στριμωγμένο βαγόνι ενός περουβιανού τρένου.

«Θέλεις να μου εξηγήσεις γιατί στο διάολο το έκανες αυτό;» ρώτησα οργισμένα αλλά τόσο χαμηλόφωνα, που πιθανότατα ούτε η Γκαμπριέλα μπορούσε να με ακούσει.

«Θέλεις να καταλάβεις ότι δεν είχα άλλη επιλογή; Αν ήθελα να ζήσεις; Όπως εσύ θέλεις τουλάχιστον...», απάντησε το ίδιο ψιθυριστά με εμένα. «Σκότωσέ τον. Κάν' το αυτό και μετά είσαι ελεύθερη. Ελεύθερη να ζήσεις, όπως εσύ θες. Απαλλαγμένη από τα καθήκοντα που τόσο σιχαίνεσαι. Θα σου έχουν χορηγήσει χάρη. Αυτή είναι η προσφορά τους».

Σωτηρία. Μου πρόσφερε τη σωτηρία μου με ένα αντάλλαγμα που δεν μπορούσα να αντέξω. Γύρισα το βλέμμα μου προς τα απότομα βράχια των Άνδεων. *Πόση φασαρία μπορεί να κάνει ένα τρένο...* Η βλάστηση ήταν οργιαστική, ακριβώς όπως τη θυμόμουν. Έντομα πετάριζαν δεξιά κι αριστερά μέσα στη φρεσκάδα του υψομέτρου των 3000 μέτρων. Το οξυγόνο δε μου έφτανε.

394

«Ήσουν μαζί τους από την αρχή...», είπα πικραμένα.

«Όχι», ανταπάντησε πιο δυνατά αυτή τη φορά. Η Γκα-μπριέλα κουνήθηκε ενοχλημένη, αλλά συνέχισε τον ύπνο της, απλά μετακινούμενη λίγο. *Να τον σκοτώσω. Πάντα αυτό ήταν στη μέση.* «Ήμουν μαζί σου από την αρχή», πρόσθεσε με ένα βάρος στη φωνή του, που έδειχνε πως ο δρόμος που είχε διαλέξει ήταν δικός του, όσο δύσκολος κι αν μου φαινόταν.

«Δεν είναι τίποτα, Αζραέλ. Είναι απλώς *άλλος ένας Άλεφ!*» είπε ψάχνοντας τα μάτια μου. Μα ήταν τρελός; Καταλάβαινε άραγε τι μου ζητούσε; *Να σκοτώσω αυτόν.* Το μοναδικό πλά-σμα που με αφουγκράστηκε ποτέ, που μου παραδόθηκε δεί-χνοντάς μου απόλυτη εμπιστοσύνη;

«Για το Θεό, έχεις σκοτώσει δισεκατομμύρια. Τι διαφορά έχει αυτός;» ρώτησε ανυπόμονα.

«Τον αγαπάω», είπα με πόνο, αποφεύγοντας τη ματιά του. «Τον αγαπάω, όπως αγαπάω εσένα, όπως αγαπάω τα πλάσματα. Γιατί δεν καταλαβαίνεις;» απάντησα.

«Δεν είδα να σε εμπόδισε αυτή σου η αγάπη να προσπα-θήσεις να μου επιτεθείς πριν από λίγο», είπε με ένα δείγμα ζήλιας στη φωνή του.

«Μιχαήλ, είσαι πολύ *αρχαίος* για να έχεις τέτοιες ανασφά-λειες», γκρίνιαξα. «Θα σου επιτεθώ μόνο αν αναγκαστώ», πρόσθεσα.

«Μάλλον θα πρέπει να θεωρήσεις πως αναγκάζεσαι», είπε επίσημα.

«Οι νόμοι ξαναγράφονται. Σου πέρασε ποτέ από το μυαλό πως ίσως Αυτοί να μην είναι η απόλυτη αρχή; Πώς ίσως η Τριάδα να είναι ακόμα ένα εκτελεστικό όργανο;» Τα μάτια μου άνοιξαν διάπλατα από έκπληξη. Αυτοί, η Τριάδα δεν ήταν παρά ένα όργανο ακόμα.

«Η Μεγάλη Ανταρσία, ό,τι εσύ κι αυτός ξεκινήσατε, συνεχίστηκε», είπε και πάλι σιγανά. Το τρένο μου φάνηκε ακόμα πιο μικρό, παλιό, βρώμικο κι άβολο από πριν. Ήθελα να φύγω από εκεί. Όμως, Δε θα το απέφευγα όλο αυτό. «Ο πλανήτης έχει γεμίσει από νεκρούς που ξαναγύρισαν και μαζί με τα Λιοντάρια απειλούν την Ισορροπία», είπε αργά και σταθερά για ακόμα μια φορά. «*Εσύ απειλείς την Ισορροπία. Αν δεν κάνεις αυτό που θέλουν, θα μάθεις πως κι αυτός που δεν πεθαίνει, είναι δυνατόν να πεθάνει*». Τον κοιτούσα και πάλι απορημένη.

«Αζραέλ, αυτό που τα άρχισε όλα αποφάσισε πως θα τα τελειώσει όλα αν αρνηθείς», είπε χαλαρά περιμένοντας την αντίδρασή μου. Δεν κουνήθηκα. «*Θα πάμε όλοι από εκεί που ήρθαμε αν εσύ δε σκοτώσεις τον Άλεφ, συμπεριλαμβανομένης κι εσού*». Πάλι δεν κουνήθηκα ούτε χιλιοστό. Νόμιζα πως δεν ανέπνεα. «*Δεν μπορούμε να αφήσουμε μια τόσο ενδιαφέρουσα παρτίδα σκάκι να πάει χαμένη…*», είπα πικραμένα. «*Όχι απλά για ένα* love story», πρόσθεσα. Ξαφνικά τα βουνά μου φαίνονταν τόσο γαλήνια, τόσο μακριά από όλα, από τις αποφάσεις που καθόριζαν τα πάντα. *Υπεύθυνη για όλα τα δεινά του κόσμου.* «*Δε νομίζω πως έχουμε και πολλές επιλογές*», είπα περισσότερο στον εαυτό μου παρά στον αρχάγγελο. «Έχουμε να βγάλουμε από τη μέση έναν Άλεφ», είπα στεγνά, χωρίς χρώμα. «Όσο γρηγορότερα, τόσο το καλύτερο». Το Σπαθί μου με έκαιγε κολλημένο στο μηρό μου. Δε θα απέφευγα τη μοίρα μου τελικά. Κανείς δεν αποφεύγει τη μοίρα του τελικά.

Κεφάλαιο 26

Το μονοπάτι των Ίνκας είναι παλιό. Μπορεί να διατρέχει πιθανώς το μεγαλύτερο μέρος των Άνδεων, αλλά κανείς δεν μπορεί να αμφισβητήσει πως είναι παλιό. Υποτίθεται πως οι αγγελιοφόροι-δρομείς των Ίνκας έφταναν παντού μέσω αυτού του συστήματος μονοπατιών, ακόμα και μέχρι τη σημερινή πρωτεύουσα του Εκουαδόρ, αλλά το γεγονός πως επρόκειτο για ένα στενό *δρομάκι* μέσα στην κατάφυτη περιοχή με έκανε να τους θαυμάζω. Ίσως και λίγο να τους καταριέμαι, έτσι όπως ανεβοκατέβαινα ακολουθώντας τις πέτρινες πλάκες πάνω στις δύσβατες πλαγιές, ασθμαίνοντας έντονα καθώς το σώμα μου δεν είχε ακόμα συνηθίσει σε αυτές τις περιεκτικότητες οξυγόνου στον αέρα. Θα μπορούσαν να είχαν κάνει καλύτερη δουλειά, αλλά δεν είχα άλλη επιλογή παρά να ακολουθήσω το δρόμο, που Αυτοί είχαν κατασκευάσει αρκετές εκατονταετίες πριν.

Ο Διαπραγματευτής φαινόταν να τα καταφέρνει ιδιαζόντως επιτυχώς μέσα στο σκουρόχρωμο κοστούμι του. Προχωρούσε μπροστά μας κρατώντας ένα μεγάλο μασάτι στο χέρι κι ανοίγοντας δρόμο μέσα στην πυκνή βλάστηση, πετσοκόβοντας τα οργιαστικά φυτά γύρω μας. Φυσικά, ήταν ένα Λιοντάρι, κάτι που σήμαινε πως σωματικά τουλάχιστον, όλη αυτή η προσπάθεια δεν πρέπει να τον κατέβαλε, παρά μόνο στο ελάχιστο. Πίσω του ακολουθούσε η Γκαμπριέλα, στη συνέχεια εγώ και τέλος, στην οπισθοφυλακή, ο Μιχαήλ. Κανένας -εκτός από μένα φυσικά- δε φαινόταν να προβληματίζεται από το γεγονός πως είχαμε καλύψει ήδη, μέσα στη βροχή και τη λάσπη καμιά τριανταριά χιλιόμετρα. Μόνο εγώ έμοιαζα έτοιμη να καταρρεύσω. Το γεγονός ότι ήμουν φυλακισμένη σε αυτό το μάλλον αδύναμο σώμα, ενώ όλοι γύρω μου έμοιαζαν να απολαμβάνουν την ισχυρή τους φύση, είχε αρχίσει να με εκνευρίζει.

Η βροχή, απαλή και σιγανή, το μόνο που κατάφερνε, εκτός από το να αναζωογονεί τη χλωρίδα γύρω μας, ήταν να με θυμώνει ακόμα περισσότερο. Νόμιζα πως όλα συνωμοτούσαν για να με κάνουν να νιώθω πιο ανεπαρκής. Παρότι δε μιλούσα, ήμουν σίγουρη πως η δυσαρέσκειά μου ήταν παραπάνω από αντιληπτή σε όλους.

«Μήπως θέλεις να σταματήσουμε για λίγο;» είπε η Γκαμπριέλα χωρίς ίχνος κούρασης στη φωνή της. Γρύλισα δυσαρεστημένη.

«Μην την πιέζεις να παραδεχθεί την αδυναμία της», απάντησε αντί εμού ο Μιχαήλ. «Θα προτιμούσε να πεθάνει, παρά να σου ζητήσει βοήθεια».

«Αλκοολικός, ατίθασος, ημίαιμος και σπαστικός αρχάγγελος του θανάτου», είπε μέσα από τα δόντια της η Γκαμπριέλα. Ποτέ μα ποτέ δεν έχανε το κέφι της...

«Πάμε», είπα απότομα σε μια προσπάθεια να κρύψω το λαχάνιασμά μου. «Να τελειώνουμε...», πρόσθεσα.

Δε μίλησαν άλλο. Συνέχισαν στωικά το περπάτημα ή καλύ-τερα το σκαρφάλωμά τους. Νευριασμένη, σταμάτησα απότο-μα κι άρχισα να ψάχνω την τσάντα μου. Βρήκα το σακουλάκι, που πρέπει να περιείχε πάνω από δέκα γραμμάρια σκόνης και, με τη μικρή μου σπάτουλα έχωσα μια γενναία δόση σε κάθε μου ρουθούνι σφυρίζοντας ευχαριστημένα.

«Έλεος, Αζραέλ!» φώναξε ο Μιχαήλ.

«Αυτό είναι δική σου ειδικότητα», απάντησα ξινισμένα. «Αν θες να προχωρήσουμε με τους δικούς σας ρυθμούς, θα χρειαστεί να μου επιτρέψεις λίγη ντόπα», πρόσθεσα άγρια. «Στο κάτω-κάτω, ας μην ξαναναφερθούμε στο ποιος φταίει για όλο αυτό».

Ο Μιχαήλ αναστέναξε επιδεικτικά και συνέχισε το δρόμο του. Είχαμε ακολουθήσει το μονοπάτι για πάνω από δεκαπέ-ντε χιλιόμετρα κι η αλήθεια ήταν πως ήμουν μεν ξεθεωμένη αλλά η έξυπνη κίνησή μου να ρουφήξω λίγη σκόνη με ανανέ-ωσε σημαντικά. Ήμουν σχεδόν εφάμιλλη πια του δικού τους ρυθμού, αν κι η αλήθεια ήταν πως αν σταματούσα, μάλλον θα κατέρρεα. Ο Διαπραγματευτής συνέχιζε να μας ανοίγει το δρόμο τόσο εύκολα, λες κι έκανε ένα περίπατο στο πάρκο. Εί-χαμε ακολουθήσει το χαμένο μονοπάτι κι ήμασταν πια σκαρ-φαλωμένοι πάνω στο απότομο βουνό, αρκετά μακριά από το Μάτσου Πίτσου.

Μέσα στην πυκνή βλάστηση, σημαντικά ψηλότερα από το σημείο που βρισκόμαστε, άρχισα να διακρίνω μια περίερ-γη κινητικότητα. Λες και τα δέντρα με τους ψηλούς, λεπτούς κορμούς σάλευαν από έναν αφύσικο άνεμο. «Εκεί είναι όλοι», είπε ξέπνοα η Γκαμπριέλα. Η κομμένη της ανάσα ήμουν σί-γουρη πως δεν οφειλόταν στην κούρασή της. Μάλλον ήταν η

*προσμονή, η αδημονία για αυτό το κάτι μεγάλο που μας πε-
ρίμενε. Στην πραγματικότητα φοβόμουν, αλλά δεν επρόκειτο
να το παραδεχθώ.*

«Πώς τους έφερε εδώ;» ρώτησα απαλά. «Τους νε-
κρούς...», πρόσθεσα για να γίνω σαφέστερη. Ο Μιχαήλ
συνέχιζε το δρόμο του δίχως να μου απαντήσει. *Ένιωθα πως
προσπαθούσε να με αγνοήσει αλλά στην πραγματικότητα
απέφευγε την απάντηση. Τον ήξερα τόσο καλά. Τη σκυτάλη
πήρε η Γκαμπριέλα, αυτή που πάντα αναλάμβανε να διαφωτί-
σει, να ενημερώσει, να αποκαλύψει.*

«Οι Κέλτες. Αυτοί τα έκαναν όλα», απάντησε με μια ανά-
σα η Γκαμπριέλα. Οι Κέλτες... *Έπρεπε να το είχα φανταστεί.
Η μοναδική ανθρώπινη φυλή που έβλεπε τα πλάσματα του
φωτός, ακόμα κι όταν αυτά δεν το ήθελαν, που είχαν μια τέ-
τοια Ισορροπία με τη φύση, το σύμπαν, τους κανόνες ώστε
τίποτα από τα απόκρυφα δεν μπορούσε να τους μείνει κρυφό.*

«Κάποιος συγκεκριμένος;» συνέχισα τις ερωτήσεις μου.

«Χρειάζεται πολλή φαντασία για να καταλάβεις ποιος;»
απάντησε η Γκαμπριέλα.

«Μόνο ένας από αυτούς μεγάλωσε δίπλα σου κι απέκτησε
τις δικές σου κακές συνήθειες», πρόσθεσε με ένα αμυδρό, παι-
χνιδιάρικο χαμόγελο. *Αγαπούσε κι αυτή πολύ αυτούς τους πε-
ρήφανους, οξύθυμους ανθρώπους, που έχωναν πάντα τη μύτη
τους σε ό,τι κι αν κάναμε. Τα μάτια μου έλαμψαν με μια πε-
ρηφάνια αλλά και με μια ανησυχία. Αυτή που είχα στο μυαλό
μου ήταν πολύ σημαντική για μένα ώστε να διακινδύνευα την
ασφάλειά της.*

«Θες να μου εξηγήσεις πώς βρήκε την ελεγκτή;» συνέ-
χισα μέσα από τα δόντια μου. *Δε θα συγχωρούσα ποτέ τον*

Άλεφ για το γεγονός ότι έμπλεξε σε όλο αυτό, τον μοναδι-
κό άνθρωπο που αγαπούσα τόσο πολύ και τόσο βαθιά. Την
ελεγκτή των ρευστών. Μια μικρή, πανίσχυρη Ιρλανδέζα που
μπορούσε να μας δει από μωρό και που όλοι μας είχαμε περά-
σει άπειρα βράδια νανουρίζοντάς την στην αγκαλιά μας. Με-
γαλώνοντας μέσα σε ένα τέτοιο *αλαφροΐσκιωτο* περιβάλλον, η
μικρή είχε εξελιχθεί στον μεγαλύτερο ελεγκτή του ρευστού
στοιχείου που είχε γνωρίσει ποτέ ο *πλανήτης*. Ακόμα θυμό-
μουν τα βράδια που έκανε εξάσκηση υπό την καθοδήγηση και
των τριών μας στο πώς να δημιουργεί και να κοπάζει θύελλες
με μια κίνηση.

«Απλό, Αζραέλ», είπε ακόμα πιο χαρωπά η Γκαμπριέλα.
«Πήγε στο Δουβλίνο, κατέβηκε στο Να Γκλάσαϊν και τη
βρήκε στο σπίτι της». Γρύλισα με αποδοκιμασία.

«Κανένας σας δε σχετιζόταν με αυτό;» είπα ακόμα πιο
εκνευρισμένα.

«Φυσικά και όχι», απάντησε η Γκαμπριέλα. Δεν καταλά-
βαινα γιατί το διασκέδαζε τόσο. Γύρισε και με κοίταξε από-
τομα, λες και χαιρόταν απεριόριστα που ανησυχούσα. «Αυτή
φρόντισε να τον ενημερώσει για τις ικανότητές της. Δεν έχεις
ιδέα πόσο χαρισματική έχει γίνει».

«Τι εννοείς;» ρώτησα απορημένη. «Πώς γίνεται να τον
ενημέρωσε αυτή;»

«Έχεις παρεξηγήσει τους Κέλτες», πρόσθεσε η αρχάγ-
γελος. «Δεν είναι απλά, εκνευριστικά ανθρωπάκια που φυ-
τρώνουν εκεί που δεν τους σπέρνουν. Είναι *ανάμεσα*, Αζραέλ.
Βλέπουν και τα δύο επίπεδα από τη φύση τους. Ίσως να εί-
ναι η γενετική εξέλιξη των ανθρώπων. Η μικρή τα είδε όλα
μέσα στο κεφάλι της, τα οσμίστηκε, τα ένιωσε, δεν μπορώ να

το εξηγήσω καλύτερα. Το μόνο σίγουρο είναι πως ένα ωραίο πρωί, του τηλεφώνησε και του είπε πως αφού έμαθε να ελέγχει ό,τι ρευστό έχει ο πλανήτης, το νερό, τον αέρα, ήταν σίγουρη πως θα μπορούσε να μάθει να ελέγχει και το ρευστό *ανάμεσα στον πλανήτη και στα άλλα επίπεδα*». Σταμάτησε για λίγο τα όσα μου έλεγε σα να περίμενε να δει την αντίδρασή μου. Δεν κουνήθηκα. «Και το έμαθε», κατέληξε η Γκαμπριέλα.

Ομολογώ πως ήμουν και λίγο περήφανη, τι στην ευχή, πολύ περήφανη για τη μικρή παρά την ανησυχία για την ασφάλειά της, που ομολογουμένως με είχε πλημμυρίσει. Η Μαέβε, το μικρό μου ξωτικό. Δεν υπήρχε τίποτα που να μη το βάλει στόχο και να μην το καταφέρει.

«Μην ανησυχείς τόσο όμως», πήρε το λόγο ο Μιχαήλ. «Δε χρειάζεται πια τόση προστασία. Είναι απόλυτα ικανή να κρατήσει τον εαυτό της ασφαλή. Θα πρέπει να παραδεχθώ πως εξελίχθηκε σε μια πολύ ισχυρή γυναίκα. Μερικές φορές τρομάζει ακόμα κι εμένα».

«Ίσως θα έπρεπε να ανησυχείς περισσότερο για το γεγονός πως η ελεγκτής σε αγαπάει τόσο, σα μητέρα της, ώστε προσπάθησε να συνεχίσει αυτό που άρχισες εσύ», είπε η Γκαμπριέλα. *Πόσο πολύ είχαν μπλέξει για εμένα όσοι αγαπούσα; Σκέφτηκα πικραμένα. Προφανώς ήμουν ό,τι χειρότερο θα μπορούσαν να συναντήσουν σε όλη τους τη ζωή, θνητή ή αθάνατη.*

«Έλα τώρα, Αζραέλ!» φώναξε η Γκαμπριέλα πάνω από τον ώμο της. «Η Μαέβε είναι πια ενήλικη, εδώ κι αρκετά χρόνια μάλιστα. Ό,τι κάνει, το κάνει με πλήρη συνείδηση».

«Χωρίς αυτό να σημαίνει πως δεν της αξίζει ένα γερό χέρι ξύλο βέβαια», είπε χαμηλόφωνα ο Μιχαήλ. «Ίσως να μην ήμασταν εδώ αν δεν έμπλεκε με τον Άλεφ και τα σκοτεινά σας σχέδια αυτή η μικρή ταραξίας...». Ήταν ολοφάνερο πως του την έδινε στα νεύρα. Χαμογέλασα κρυφά. Η ανάμνηση του παιδιού με πλημμύρισε. Τα μικρά χέρια που γραπώνονταν στα φτερά μου καθώς, σκαρφαλωμένη πάνω μου, απολάμβανε μια πτήση, το κρυστάλλινο γέλιο που γέμιζε το δάσος καθώς μου τραβούσε τα μαλλιά όλο ευχαρίστηση και το βλέμμα γεμάτο έκπληξη που περίμενε μια εξήγηση, όταν για πρώτη φορά, μωρό ακόμα, κατάλαβε πως μπορούσε να κάνει τον αέρα να λυσσομανάει. Πριν ακόμα καταλάβει τι στην ευχή *είναι* ο αέρας.

Καταφέραμε, ή για να είμαι δίκαιη μιας κι οι υπόλοιποι δεν είχαν χύσει ίχνος ιδρώτα, *κατάφερα* να φτάσω σε ένα μικρό πλάτωμα. Σταμάτησα κι απελευθερώθηκα από το σακίδιό μου ασθμαίνοντας. Με ή χωρίς τεχνητή βοήθεια, το υψόμετρο κι η έλλειψη οξυγόνου δεν παλεύονταν εύκολα. Έβγαλα ένα μπουκάλι νερό και το άδειασα σε δευτερόλεπτα, απολαμβάνοντας την ευεργετική δροσιά του. Σκούπισα με την παλάμη μου την υγρασία από το πρόσωπό μου και γύρισα να τους αντιμετωπίσω.

«Τι θα πρέπει να κάνω εκεί πάνω», ρώτησα κοφτά, «εκτός από το να σκοτώσω τον Άλεφ; Υπάρχει κάτι άλλο που θέλετε, θέλει, θέλουν να ολοκληρώσω;» Ο κόσμος τα είχε καταφέρει. Είχα πάψει να αγαπώ ο,τιδήποτε τον είχε δημιουργήσει. Είχε κατορθώσει να μετατρέψει τον άγγελο του θανάτου σε έναν τέλειο μηδενιστή. Ο πιο αγαπημένος στρατιώτης, αυτός που εκτελούσε τη θέλησή τους από αγάπη, ήταν πια γεμάτος ούτε καν μίσος. Αδιαφορία... Ίσως και να ήταν καλύτερα έτσι. Ίσως και να ήταν πιο ταιριαστό.

«Τίποτα άλλο. Δε σου ζητούν να κάνεις τίποτα άλλο», είπε θλιμμένα η Γκαμπριέλα. Ξαφνικά είχε χάσει όλη της τη ζωντάνια. Η πίκρα φαινόταν να την πλημμυρίζει, να την καταβάλει. Κανένας δεν απολαμβάνει να βλέπει τους φίλους του να γίνονται κομμάτια, πιόνια.

«Θα παλέψει, Αζραέλ», πρόσθεσε με την ίδια θλίψη, αλλά με πολύ περισσότερη ένταση ο Μιχαήλ και με μια δόση ανησυχίας στη φωνή του. «Είναι η φύση του. Δε θα περιμένει απλά να πας και να του πάρεις το κεφάλι. Θα βάλει όλη του τη δύναμη, όλη του την τέχνη, όλο του το είναι στο να σε σκοτώσει».

«Κι αν τα καταφέρει;» ρώτησα ξεψυχισμένα, απεγνωσμένα σχεδόν να βρω μια διέξοδο, έστω και την τελευταία στιγμή.

«Δε θα τα καταφέρει!» είπε ορθά κοφτά ο Μιχαήλ. «Δεν μπορεί να τα καταφέρει. Θα είναι το τέλος μας, να με πάρει!» Ο αρχάγγελος ήταν οργισμένος τώρα, αλλά καταλάβαινα καλά πως υπέφερε μαζί μου από αυτή την έλλειψη επιλογών.

«Είναι όλοι εκεί, Αζραέλ. Περιμένουν εσένα ώστε είτε να τελέσουν μια κηδεία για κάποιον που αγαπούν πολύ, είτε να υπομείνουν το τέλος το δικό τους αλλά και των πάντων», είπε απαλά η Γκαμπριέλα. «Δεν υπάρχει τρίτος δρόμος. Εδώ που όλα άρχισαν, εδώ που ξεκίνησε η διοχέτευση της ενέργειας της ζωής στον πλανήτη, ή θα πάρουμε όλοι μια *παράταση*, ή θα γυρίσουμε από εκεί που ήρθαμε. Στο τίποτα».

Πρώτα, είδα την Μαέβε μέσα από τα δέντρα. Ήταν πια γυναίκα. Δάκρυα γέμισαν τα μάτια μου μόλις αντίκρισα αυτόν τον αγαπημένο Άνθρωπο. Ήταν τόσο όμορφη κι έμοιαζε τόσο συγκροτημένη. Μια άγρια Ιρλανδή, με μακριά μαύρα μαλλιά, κάτασπρο δέρμα κι εκείνα τα υπέροχα, πράσινα μάτια που

404

έμοιαζαν να φωτίζουν ολόκληρο το πρόσωπό της. Τα μαλλιά της κυμάτιζαν από ένα ελαφρύ αεράκι, αταίριαστο κι ασυμβίβαστο με το υπόλοιπο τοπίο, το σημάδι της ιδιότητάς της. Το ξωτικό μου είχε γίνει μάγισσα... Μια πανέμορφη, πανίσχυρη μάγισσα. Στεκόταν δίπλα στο Στρατηγό, Στρατηγός κι αυτή σε ένα στρατό που μαχόταν για τη δικαιοσύνη πολύ περισσότερο από όλους τους στρατούς του φωτός ως τότε. Απέναντί τους διέκρινα τον Μααλίκ, τα μακριά του μαλλιά χυμένα στους ώμους του, πεντακάθαρος από το σκοτάδι κι υπέροχος. Στα πόδια του ξεκουραζόταν ο Ιμπλίς. Ο σατανάς ήταν το ομορφότερο πλάσμα του φωτός που είχε υπάρξει ποτέ κι όμως, ήταν την ίδια στιγμή τόσο τρομερός που έκανε τα θνητά πια πόδια μου να τρέμουν. Ανασύνταξα τη σκέψη μου και θυμήθηκα πως όσο τρομακτικός και να μου φαινόταν, ήμουν εφάμιλλή του, ένας πολεμιστής ισάξιος σε τέτοιο βαθμό που μια μάχη μεταξύ μας ήταν καταδικασμένη να λήξει σε ισοπαλία. Πίσω τους, αυστηρά διαχωρισμένες οι ορδές των αγγέλων, των Λιονταριών, των Κελτών και των νεκρών που είχαν ξαναγυρίσει. Η εικόνα ήταν γεμάτη ένταση, έτοιμη να ξεσπάσει. Όλοι έμοιαζαν να περιμένουν ανυπόμονα κάτι, εμένα...

Αυτός στεκόταν στην άκρη πιο όμορφος από ποτέ, γεμάτος δύναμη και την ίδια ανυπομονησία με τους υπόλοιπους. Με τίποτα δεν έμοιαζε ένα θύμα. Η ζωντάνια του ξεχείλιζε τόσο που έκανε τα μάτια μου να πονάνε. Αργά, σχεδόν σιωπηλά γύρισε και με κοίταξε μέσα από τα δέντρα, όπως εκείνο το βράδυ στο μικρό μπαρ, στο χιονισμένο νορβηγικό χωριό. Άφησε τα μάτια του να ξεκουραστούν μέσα στα δικά μου για μερικά μόνο δευτερόλεπτα, αναγνωρίζοντας εμένα κι εμένα μόνο. Το σύντροφό του. Το τέλος του. Μετά σηκώθηκε κι άρχισε να βαδίζει γρήγορα προς το μέρος μου. Το σώμα μου πάγωσε. Τα πάντα πάγωσαν. Όλοι όσοι βρίσκονταν γύρω μας έπαψαν να αναπνέουν μαζί με εμένα. Στάθηκε μπροστά μου και με κοίταξε ακόμα πιο έντονα από πριν, από ποτέ πριν. «Ό,τι είναι να γίνει, θα γίνει μεταξύ μας», είπε απότομα και με άρπαξε από το μπράτσο και με τράβηξε μέσα στα δέντρα, μακριά απ' όλους.

Κεφάλαιο 27

Το ξέφωτο που με έσυρε κυριολεκτικά ήταν το ίδιο ξέφωτο που, πριν συμβούν όλα αυτά, πριν με κοιμίσουν διά της βίας τα ίδια μου τα αδέρφια και πριν ξεχάσω τα πάντα, καθόμασταν μέσα στην παχύρρευστη από την υγρασία νύχτα και σχεδιάζαμε την ανατροπή των πάντων. Ήταν το ίδιο σημείο όπου ξεκουραζόμασταν μετά από μια ανηλεή προσπάθεια να μαζέψουμε όσο το δυνατόν περισσότερες ψυχές μέσα στα σκοτάδια της αιώνιας τιμωρίας. Ήταν το ίδιο μέρος που είχαμε ενωθεί σφραγίζοντας την καταδίκη μας, ένας άγγελος κι ένα Λιοντάρι, δυο είδη τόσο διαφορετικά, που όμως εκείνη τη νύχτα ταίριαξαν σα δυο σταγόνες νερό.

Προχώρησα μπροστά του και κάθισα στη ρίζα του δέντρου όπου με είχε ακινητοποιήσει εκείνη τη νύχτα.

«Φτηνό κόλπο, δε νομίζεις;» είπα σαρκαστικά.

«Το φτηνότερο», απάντησε ξέπνοα. «Δεν έχω άλλα στη διάθεσή μου». Ήταν απογοητευμένος. Από το επερχόμενο τέλος που δεν μπορούσε να αποφύγει σε καμιά από τις δύο εκδοχές; Από εμένα; Δεν μπορούσα να καταλάβω.

«Τελικά αυτός ο πόλεμος γίνεται για τους ανθρώπους ή για τους νεκρούς; Τι από τα δύο;» απαίτησα να μάθω λίγα βήματα πριν το τέλος. Με κοίταξε με εκείνο το βλέμμα έκπληξης που μου έριχνε συχνά. Πάντα πίστευε πως υπήρχαν στιγμές που ήμουν εκτός θέματος. Χαμογέλασε αχνά αλλά κουρασμένα.

«Και για τα δύο. Δες το σαν δυο παράλληλες προσπάθειες», πρόσθεσε καθώς με πλησίασε και στάθηκε μπροστά μου.

«Γιατί δε με σκότωσες όταν μπορούσες;» ρώτησα απότομα. Τα μάτια του έδειξαν πως ξαφνιάστηκε. Αλλά λες και μέσα σε μια στιγμή αναγνώρισε πως τα προσχήματα δεν είχαν πια καμιά αξία, με πλησίασε λίγο περισσότερο, χαμήλωσε πάνω στα πόδια του μπροστά μου κι έβαλε τις παλάμες του ζεστές, λες κι είχε πυρετό, γύρω από το λαιμό μου. Ήμουν σίγουρη πως ένιωθε το αίμα μου να χτυπά στις φλέβες μου, άτακτα και δυνατά.

«Κατ᾽ αρχάς, σε αγαπώ όσο αγαπώ τον εαυτό μου κι ίσως περισσότερο», είπε κι ακόμα και τα μάτια του έκαιγαν. Ακούμπησα το δικό μου χέρι γύρω από το λαιμό του, ίσος προς ίσον και εξίσου επικίνδυνα κοντά στο να του τελειώσω τη ζωή, όσο ήταν κι αυτός στο να τελειώσει τη δική μου. Κι όμως, *τον ήθελα*. «Κατά δεύτερον, ήθελα λίγο χρόνο ακόμα μαζί σου», είπε κι αμέσως σηκώθηκε και πάλι όρθιος μπροστά μου, στην ίδια στάση με πριν. Όλα μου φαίνονταν απόκοσμα, ρευστά. Ίσως έτσι να αισθάνεσαι όταν ξέρεις πως πλησιάζει ο χειρότερός σου εφιάλτης. Το να πεθάνεις ή το να χρειαστεί να ζήσεις χωρίς ό,τι πολυτιμότερο έχεις. Γύρισε και κοίταξε το δάσος δίπλα μας. Το βλέμμα του χάθηκε μέσα στο πράσινο. «Αν και δε θα μου έφτανε ούτε μια αιωνιότητα για να ζήσω μαζί σου όσα θέλω», είπε τόσο απαλά που μετά βίας τον άκουσα.

«Δε θα σου το κάνω εύκολο ξέρεις…», πρόσθεσε εξακολουθώντας να κοιτάζει το δάσος και να αποφεύγει το βλέμμα μου. «Θα χρειαστεί να βάλεις τα δυνατά σου για να σκοτώσεις αυτήν εδώ την αγριόγατα…», είπε σε μια προσπάθεια σαρκασμού. Μου έδωσε το χέρι του βοηθώντας με να σηκωθώ. Στάθηκα μπροστά του και τον ανάγκασα να με κοιτάξει στα μάτια.

«Κι εγώ…». Προσπάθησα να μιλήσω, να του εξηγήσω ποιος ήταν για μένα, τι ήταν, πόσο τον αγαπούσα, πόσο τον ήθελα.

«Μη!» με διέκοψε. «Το ξέρω. Μην το κάνεις πιο δύσκολο…», είπε ξεψυχισμένα. «Σε παρακαλώ…». Δε με είχε παρακαλέσει ποτέ. Ο άντρας που είχα μπροστά μου δε με είχε παρακαλέσει ποτέ και τώρα μου ζητούσε να μην του πω όσα ένιωθα για αυτόν, να μην τον δυσκολεύω περισσότερο. Θύμωσα. Αυτό που τα είχε αρχίσει όλα ήταν ένα διαολεμένο, σαδιστικό πλάσμα και δε θα του συγχωρούσα ποτέ όσα με ανάγκαζε να κάνω. Η παρτίδα ήταν σκατά.

Έκανα μερικά βήματα προς τα αριστερά μου και τοποθετήθηκα μέσα σε ένα νοητό κύκλο που άφηνε και στους δυο μας ελευθερία κινήσεων. Τα δέντρα σείστηκαν αναστατωμένα, η γη άρχισε να τρέμει κάτω από τα πόδια μου από έναν απαλό σεισμό. Οι Άνδεις ήταν ανήσυχες. Ελευθέρωσα το Σπαθί και το έκανα δυο κύκλους πάνω από το κεφάλι μου. Κάρφωσα τα μάτια μου μέσα στα δικά του, γυάλινα και παγωμένα, τα μάτια ενός πολεμιστή. Ξέχασα την αγάπη μου, ξέχασα τα αδέρφια μου, ξέχασα τους ανθρώπους και τους κανόνες. Ξέχασα την Τριάδα, αυτό που τα άρχισε όλα, τους νεκρούς, τους ψιθύρους που έπαιρναν τις ψυχές. Ξέχασα την Μαέβε, τον Μελωδό και το σκοτάδι. Ξέχασα τα πάντα κι έμεινε μόνο ο πόλεμος. Είδα τα δόντια του να ξεγυμνώνονται κι άκουσα το γρύλισμα μέσα από το στέρνο του. Η γη σείστηκε ακόμα περισσότερο και μέσα σε μια αχτίδα φωτός τον είδα να ορμά μπροστά σαν το τέλειο αιλουροειδές που ήταν.

Επίλογος

Το κεφάλι μου πονούσε διαολεμένα και το στόμα μου ήταν στεγνό σα να είχα να πιω νερό μέρες. Άνοιξα τα μάτια μου και τυφλώθηκα από μια άσπρη αχλή γύρω μου. Ένα διαρκές *μπλικ-μπλικ μου έσπαγε κυριολεκτικά τα αρχίδια.* Συγκεντρώθηκα και προσπάθησα να ανοίξω τα μάτια μου σταδιακά ώστε να συνηθίσω το φως. Κάτι τραβούσε το χέρι μου *από μέσα.* Αν κατάφερνα να συνέλθω από αυτή τη μαλακία, κάποιος θα το πλήρωνε πολύ ακριβά.

«Φωνάξτε τη νοσοκόμα, συνέρχεται!» μια τρομοκρατημένη, αντρική φωνή έμοιαζε να ξερνάει όσα ήθελε να πει προς τα κάπου μακριά από μένα. *Ποια νοσοκόμα; Τι στο διάολο γίνεται, μη γαμήσω!!!!* Σκέφτηκα εκνευρισμένη τα μάλα.

Αυτή τη φορά η τεχνική μου πέτυχε και καθώς άνοιγα σιγά-σιγά τα μάτια μου κατάφερνα να διακρίνω σκιές γύρω μου. Έφερα το χέρι μου στο κεφάλι μου, το χέρι που εξακολουθούσε να με τραβάει από μέσα κι έπιασα ένα κομμάτι ύφασμα στο μέτωπο, γύρω από το κεφάλι και παντού.

«Ηρέμησε, Άζρα, τραβάς τον ορό σου», πρόσθεσε η αντρική φωνή χωρίς σώμα. Έστρεψα αργά το κεφάλι μου προς τον ήχο που μόλις άκουσα και μέσα σε ένα δευτερόλεπτο η φωνή χωρίς σώμα απέκτησε ένα σώμα. Το τυπάκι με το οποίο είχα φύγει από το στριπτιτζάδικο με κοιτούσε εξεταστικά με τα μάτια ορθάνοιχτα κι ένα αμήχανο χαμόγελο.

Τον κοιτούσα με απορία χωρίς να καταλαβαίνω τι συνέβαινε. Έστρεψα το βλέμμα μου γύρω κι άρχισα να διακρίνω πράγματα καλύτερα. Εγώ μπανταρισμένη, χέρι στο γύψο, ορός, κρεβάτι, τυπάκι από το Baby O, μηχάνημα καρδιακής παρακολούθησης, νοσοκομείο. Ουπς! Νοσοκόμα… Γιατρός… Νέο αίμα στο χώρο.

«Ηρεμήστε, ηρεμήστε…», είπε απαλά η κυριούλα με την άσπρη στολή. «Θα σπάσετε τη φλέβα σας έτσι που τραβάτε το χέρι σας».

«Για αρχή πονάω. Δώστε μου κάτι, γιατί θα σηκωθώ και θα τα σπάσω όλα!» είπα εκνευρισμένα.

Η νοσοκόμα τσακίστηκε να μου χώσει μια σύριγγα στον ορό. Ευτυχώς για το καλό της, μάλλον φαινόταν πως διέθετε μια γενετική ικανότητα αναγνώρισης των μπελάδων, εξού και προσπάθησε άμεσα να με κάνει να νιώσω καλύτερα κι ένιωσα. Ό,τι σκατά και να μου έδωσε είχε άμεση επίδραση πάνω μου. Όχι τόση όση θα ήθελα, αλλά ήμουν σαφώς λιγότερο πονεμένη. Δε θα μπορούσα να πως πως ήμουν λιγότερο μπερδεμένη όμως.

«Τώρα πείτε μου τι συνέβη γιατί το κεφάλι μου πάει να σπάσει κι είμαι πολύ μα πολύ, μα πολύ εκνευρισμένη!» είπα με μια ανάσα αλλά με αρκετή ένταση στη φωνή μου ώστε να τους αναγκάσω, κατά τα φαινόμενα, να ανταποκριθούν άμεσα.

«Κυρία μου, είχατε ένα μάλλον άσχημο ατύχημα με τη μηχανή σας», απάντησε με στόμφο κι ιδιαίτερα κριτικό ύφος ο γιατρός, του οποίου όχι μόνο δεν είχα αφομοιώσει ακόμα τη φάτσα, αλλά δεν τον διέκρινα καλά-καλά. Το μόνο που έβλεπα πολύ καθαρά ήταν η μεγάλη, λιπαρή του μύτη που έκανε τα γυαλιά του να γλιστρούν πάνω της και διαρκώς τα έσπρωχνε στη θέση τους με τον αριστερό του δείκτη. «Κληρονομήσατε μια σοβαρή διάσειση, ένα σπασμένο χέρι και μια ρήξη σπλήνας. Μην ανησυχείτε όμως! Τα πηγαίνετε πολύ καλά», πρόσθεσε με τον ίδιο στόμφο με πριν κι ίσως μια διακριτική ευχαρίστηση που με έβρισκε σε αυτή την κατάσταση. «Ίσως σε 2–3 μέρες να μπορέσετε να πάτε σπίτι σας. Εφόσον συνήλθατε, είμαι σίγουρος πως όλα θα πάνε μια χαρά, είπε χώνοντας ένα φωτάκι μέσα στο μάτι μου. Άρπαξα το χέρι του με δύναμη.

«Κόφτο!» είπα απότομα. Ο γιατρός χλώμιασε. «Δώσε μου πέντε λεπτά και μετά με εξετάζεις», πρόσθεσα συμβιβαστικά.

Το τυπάκι, όπως είχα αποφασίσει να τον λέω, στεκόταν σε μια γωνία και παρακολουθούσε αμήχανα. Είχε ένα αδιόρατο βλέμμα χαζομάρας, κάτι που με έκανε να συμπεράνω πως του είχα χαρίσει πολύ σεξ νωρίτερα. Ήξερα καλά να γνωρίζω τα αποτελέσματά του πάνω στους άντρες. Μα τι σκεφτόμουνα ήθελα να ήξερα...

«Εσύ!» του απηύθυνα το λόγο απότομα. «Τι έγινε; Με λεπτομέρειες!» Διέκρινα το γιατρό και τη νοσοκόμα να την κάνουν με ελαφρά πηδηματάκια, προφανώς θεωρώντας τη σκηνή πολύ προσωπική. Ήμουν τόσο μπερδεμένη... Πού πήγαν όλοι; Ο Άλεφ; Ο Μιχαήλ, η Γκαμπριέλα... Τι είχε γίνει γαμώτο;

«Ε, να… Φύγαμε από το στριπτιτζάδικο με τη μηχανή σου», ψέλλισε το τυπάκι.

«Και μετά;» ρώτησα ανυπόμονα.

«Πήγαμε στο ξενοδοχείο σου και…», πήγε να συνεχίσει.

«Ξέρω, ξέρω παρακάτω!» απαίτησα να μάθω.

«Θα πηγαίναμε κάπου για πρωινό όταν πέσαμε με τη μηχανή. Εγώ έσπασα μόνο το χέρι μου», είπε και μου έδειξε το γύψο στο ίδιο χέρι με το δικό μου. Δεν το είχα παρατηρήσει.

«Εσύ χτύπησες πολύ. Βλέπεις, δε φορούσες κράνος, μου το είχες δώσει…», πρόσθεσε μελιστάλαχτα.

«Τι μαλάκας!» είπα εκνευρισμένα, ξινισμένα.

«Τι;» ρώτησε το τυπάκι.

«Τι μαλάκας είμαι!» απάντησα πιο χολωμένα από πριν. «Τέλος πάντων…Έφαγα το κεφάλι μου, λοιπόν», είπα στον εαυτό μου.

«Για τα καλά!» απάντησε το τυπάκι. Τον αγριοκοίταξα με την άκρη του ματιού μου κι αυτός αυτομάτως έσκασε. «Σου έδωσαν πολλά φάρμακα. Όλο παραμιλούσες…», είπε διστακτικά, μάλλον ντροπαλά.

«Κι εσύ πού στο διάολο το ξέρεις;» έφτυσα πάνω του νευριασμένη.

«Δεν ήρθε κανείς… Για σένα εννοώ… Είπα να μείνω αφού δεν ήρθε κανείς», απάντησε ακόμα πιο ντροπαλά από πριν, σχεδόν ζητώντας συγγνώμη. Δε μίλησα. Είχε ένα δίκιο. Δε θα ερχόταν κανείς για μένα. Όλα τα είχα φανταστεί; Ονειρευτεί υπό την επήρεια των φαρμάκων; Γαμώτο. Γαμώτο. ΓΑΜΩΤΟ!

«Φύγε», είπα κοφτά, απότομα αλλά και ξεψυχισμένα.

«Τι;» ρώτησε το τυπάκι. Μα δεν άκουγε;

«Είπα φύγε!» Γύρισε και με κοίταξε θλιμμένα. Σηκώθηκε διστακτικά, πήρε ένα μπουφάν που ήταν ακουμπισμένο σε μια πολυθρόνα δίπλα μου κι έφυγε χωρίς να πει κουβέντα.

Γαμώτο! Πόσο γαμημένο εγκέφαλο μπορεί να είχα; Χαμογέλασα στον εαυτό μου. Μα τι φανταζόμουν! Αρχάγγελοι, αυτός, δαίμονες, πόλεμος. Μα πόσο μαλάκας ήμουν; Ανασηκώθηκα αργά κρατώντας το πονεμένο μου κεφάλι. Όλα γύριζαν, αλλά επέμεινα στην προσπάθειά μου. Ανακάθισα στο κρεβάτι μου κι άρχισα να ψάχνω την τσάντα μου. Εντόπισα το κινητό μου κι άρχισα να ψάχνω τον αριθμό του Μιχαήλ. Πάτησα το κουμπί και περίμενα καρτερικά τον ήχο κλήσης. Μετά από σχεδόν μισό λεπτό, μια νυσταγμένη φωνή απάντησε.

«Ναι; Άζρα εσύ είσαι;» ήταν ο Ιερέας. Δε μίλησα. «Άζρα είσαι καλά; Γιατί μου τηλεφωνείς νυχτιάτικα; Ξέρεις τι ώρα είναι στη Βραζιλία;» πρόσθεσε ο Ιερέας αυτό που δεν ήθελα να ακούσω. Δεν ήταν στη Νορβηγία... Ήταν στη Βραζιλία. Ποτέ... Όλα αυτά που θυμόμουν δεν έγιναν ποτέ...

Σηκώθηκα αργά και προσεκτικά από το κρεβάτι μου. Ήταν απίστευτο πόσο πολύ γύριζαν όλα. Νόμιζα πως θα χρειαζόμουν μια δραμαμίνη αν το έδαφος επέμενε να είναι τόσο εκνευριστικά ασταθές. Έβαλα τα ρούχα μου με αναπηρικούς ρυθμούς και βγήκα από το θάλαμο. Από το φως της ημέρας έκρινα πως θα ήταν μάλλον μεσημέρι. Κοίταξα εξεταστικά δεξιά αριστερά και δεν είδα κανέναν. Κρατήθηκα από τους τοίχους και βγήκα στο δρόμο. Κηφισίας. Ήμουν στο Ιατρικό Κέντρο.

Σήκωσα το χέρι μου και μπήκα σε ένα ταξί. Πού ήταν η μηχανή μου ούτε ήξερα ούτε με ένοιαζε. Φόρεσα τα γυαλιά ηλίου μου κι άναψα ένα τσιγάρο αδιαφορώντας για το γεγονός πως ήμουν στο πίσω κάθισμα ενός ταξί. Παρατήρησα φευγαλέα πως ο οδηγός είχε κι έναν συνοδηγό. Ωραία... Άλλος ένας πελάτης...

«Ξενοδοχείο Πεντελικό. Από όποιο γαμο-δρόμο θέλεις...», είπα στριφνά χωρίς να τους ρίξω ούτε μια ματιά. Δεν άκουσα κουβέντα αντίδρασης από κανέναν από τους δύο, ούτε για το τσιγάρο ούτε για τη γλώσσα που μόλις είχα χρησιμοποιήσει κι έτσι απορροφήθηκα στο κάπνισμα και στο χάζεμα του δρόμου έξω από το παράθυρό μου.

«Ξέρετε, θα χρειαστεί να σας ζητήσω να σβήσετε το τσιγάρο σας...», είπε μια γυναικεία φωνή. Η οδηγός ήταν γυναίκα τελικά. Δεν το είχα παρατηρήσει...

«Δεν υπάρχει περίπτωση!» απάντησα και συνέχισα να καπνίζω. Η οδηγός κι ο συνοδηγός κοιτάχτηκαν φευγαλέα.

«Αλκοολικός, ατίθασος, ημίαιμος και σπαστικός αρχάγγελος του θανάτου». Ο Άλεφ γύρισε και με κοίταξε ενώ η Μαέβε με κάρφωσε με τα πράσινα μάτια της μέσα από τον καθρέφτη.

«Τι λες; Έτοιμη;» είπε και με ζέστανε με τα υγρά, μαύρα του μάτια.

«Ναι. Πιο έτοιμη από ποτέ».